GOLDMANN

Buch

Die amerikanische Studentin Lena, in Guatemala für das Peace Corps tätig, verschwindet spurlos in den Bergen des Landes. Auf der Suche nach ihr gerät Police Detective Stuart Haydon an eine Reihe ebenso faszinierender wie schillernder Figuren, die alle etwas verbergen. Beispielsweise die Tatsache, daß sie auf die eine oder andere Weise in einen abgrundtiefen Skandal verwickelt sind. Und dem war Lena auf der Spur: einem Millionen-Deal mit Kindern. Mord, Folter, Entführung sind die Mittel, mit denen die Beteiligten den Skandal zu ersticken versuchen. Schließlich findet Haydon die Leiche Lenas – doch es ist die falsche. Es beginnt die nächste Runde auf der Jagd nach der Wahrheit...

Autor

David L. Lindsey lebt und arbeitet in Austin, Texas. Er war lange Jahre Lektor und hatte einen kleinen Verlag, bevor er selbst zu schreiben begann. Detective Stuart Haydon ist die sympathische Hauptfigur seiner Romane, über deren ersten Ruth Rendell äußerte: »Der Roman hat mich hingerissen. Unglaublich hart, brutal und realistisch, besitzt er zugleich Szenen von ungewöhnlichem menschlichen Verständnis und Gefühl. Manchmal war ich gezwungen, das Buch aus der Hand zu legen wegen seiner unglaublich schockierenden Wirkung – aber ich konnte nicht widerstehen, es gleich danach wieder weiterzulesen.«

Außerdem als Goldmann-Taschenbuch:

Sog der Gewalt (9765)
Todesspirale (9908)
Kalter Amok (41045)
Abgründig (42097)
Amaranta (41214)

DAVID L. LINDSEY

Teuflisch

ROMAN

Aus dem Amerikanischen
von Elke vom Scheidt

GOLDMANN VERLAG

Die Originalausgabe erschien unter dem Titel
»Body of Truth« bei Doubleday, New York

Umwelthinweis:
Alle bedruckten Materialien dieses Taschenbuches
sind chlorfrei und umweltschonend.
Das Papier enthält Recycling-Anteile.

Der Goldmann Verlag
ist ein Unternehmen der Verlagsgruppe Bertelsmann

Genehmigte Taschenbuchausgabe 1995

Umschlaggestaltung: Design Team München
Umschlagmotiv: Terry von Bibra, München
Druck: Elsnerdruck, Berlin
Verlagsnummer: 41480
Ge · Herstellung: Peter Papenbrok
Made in Germany
ISBN 3-442-41480-6

1 3 5 7 9 10 8 6 4 2

Wir erfassen ein Bild der Wahrheit
und besitzen nichts als Falschheit …

Blaise Pascal, *«Gedanken»*

I

Haydon starrte durch die regennasse Windschutzscheibe seines geparkten Wagens in den kalten Januarnachmittag. Er wartete darauf, daß die Frau neben ihm ihrer Gefühle Herr wurde. Sie war keine Person, die ihre Emotionen leicht zeigte, und sie neigte auch nicht dazu, andere zu Zärtlichkeitsbeweisen einzuladen; trotz ihres Kummers, den sie so lange in sich versperrt hatte, wagte Haydon daher nicht, sie zu trösten. Bis jetzt war ihre Niedergeschlagenheit heimliches Leiden gewesen, verborgene Qual. Während er sich nach einer Zigarette sehnte, obwohl er seit Jahren nicht geraucht hatte, stellte er sich vor, daß die räumliche Intimität in diesem Wagen und die Tatsache, daß er aus nächster Nähe miterlebte, wie sie die Selbstkontrolle verlor, sie sehr bedrücken mußten.

Germaine Muller war sechsundfünfzig, zehn Jahre älter als Haydon. Er kannte sie und ihren Mann auf den Tag genau drei Monate. Kennengelernt hatte er sie, als er Nachforschungen über das Verschwinden ihrer Tochter Lena anstellte. Sie war auf den Campus der Rice University gegangen, um einen Freund zu treffen, und nicht wieder nach Hause gekommen.

Drei Jahre vor ihrem Verschwinden hatte Lena in Rice ihren Abschluß gemacht. Sie hatte Philosophie studiert und sich dann dem Peace Corps angeschlossen und zweieinhalb Jahre bei den Ixil-Indios im Nordwesten Guatemalas zugebracht. Sie hatte ihre Dienstzeit im Corps beendet und war erst sechs Wochen wieder daheim gewesen, als sie verschwand. Germaine und George Muller waren überzeugt, ihre Tochter sei zur Universität gefahren, um einen jungen Journalisten namens John Baine zu treffen, den sie in Guatemala kennengelernt hatte, einen Amerikaner, der Zentralamerika bereiste. Er war fünf oder sechs Tage zuvor unangemeldet im Haus der Mullers erschienen. Sie sagten, ihre Tochter habe nach seinem Besuch verstört gewirkt, und als er am nächsten Tag wieder erschien, hatte George Muller ihn aufgefordert, das Haus zu verlassen, und gedroht, die Polizei zu rufen. Baine war gegangen, aber erst nach einem erbitterten Streit zwischen Lena und ihrem Vater, für den George Muller den Journalisten verantwortlich machte.

Nach langwierigen Nachforschungen war Haydon zu dem Schluß gekommen, daß kein Verbrechen vorlag. Tatsächlich glaubte er, daß Lena freiwillig verschwunden war, vermutlich zusammen mit John Baine. Haydon hatte nicht lange gebraucht, um herauszufinden, daß die Beziehung zwischen George Muller und seiner Tochter kompliziert gewesen war. Vor Lenas Abreise zum Peace Corps hatte das Verhältnis alle Spielarten von unzertrennlich – und, wie einige sagten, «ungesund» – bis unerträglich durchlaufen. Alle Anzeichen von Lenas Verschwinden deuteten auf Flucht und nicht auf Entführung hin.

George Muller jedoch konnte diese Vermutung nicht hinnehmen. Er war so aggressiv, wie seine Frau stoisch war, und hatte von Anfang an behauptet, das Police Department von Houston mißdeute das Verschwinden seiner Tochter. Er war überzeugt, sie sei ermordet worden. Er hatte die Polizisten mit Fragen gelöchert, hatte versucht, politische Beziehungen spielen zu lassen, und sich bemüht, jeden im Department unter Druck zu setzen, vom Polizeichef bis hinunter zu Haydon. Er war sicher, daß John Baine ein Mörder war, obwohl es dafür keinerlei Beweise gab. Muller war außer sich, weil das Verschwinden seiner Tochter nicht aufgeklärt werden konnte, und in seiner Frustration schoß er sich auf alles und jeden ein.

Weil Muller medienwirksam Krach schlug, war die Story ein Dauerbrenner in Zeitungen und Fernsehen. Lena Muller war ein hübsches Mädchen, die Eltern waren wohlsituiert, die Universität, von deren Campus sie verschwunden war, eine prestigeträchtige private Institution. Für die Medien war Lenas Verschwinden in gewisser Weise faszinierender, als wenn ihre Leiche gefunden worden wäre.

Germaine Muller öffnete ihre Handtasche, um Papiertaschentücher herauszunehmen. In der Enge des Wagens roch Haydon einen schwachen süßlichen Duft. Er hatte im Laufe der Jahre die Handtaschen vieler Frauen geöffnet, und die meisten hatten einen ähnlichen Geruch gehabt. Germaine, eine ergrauende Blondine, war eine attraktive Frau, stets gut gekleidet. Lena war ihr einziges Kind gewesen.

Haydon wartete. Er blickte über die gepflegten Rasenflächen des Campus; der nasse Wintertag verkürzte die Perspektiven des von Bäumen bestandenen Geländes durch einen tiefhängenden Dunstschleier. Er nahm eine Hand vom Steuerrad und berührte seinen Schnurrbart. Er war drei Wochen alt und fing gerade an, die vorteilhaften, scharfen Linien anzunehmen, die er haben wollte. Er war dunkler als sein Haar, das an den Schläfen schon seit einigen Jahren ergraute.

Germaines Regenmantel raschelte gedämpft, als sie sich auf dem Ledersitz bewegte, ihre Nase betupfte, sich räusperte. Er hatte keine Ahnung, warum sie ihn an diesem regnerischen Nachmittag zu Hause angerufen und gebeten hatte, sie hier zu treffen. Sie hatte gesagt: «Danke, daß Sie gekommen sind. Tut mir leid, daß ich Sie an einem Sonntag gestört habe. Ich hätte wirklich –» Und dann war sie ganz plötzlich und überraschend zusammengebrochen. Für die nächsten zehn Minuten hatte er ihrem unkontrollierten Weinen gelauscht. Es waren lange zehn Minuten. Sie hatte sich gegen die Tür fallen lassen und ihren Kopf an die Scheibe gelehnt.

Haydon fühlte sich unbehaglich. Jeder, der so litt, erweckte mühelos sein Mitleid, und gewöhnlich sagte er, was er fühlte, tat, was seine Natur ihm eingab, mit fester Hand und einfühlenden Worten. Aber Germaine Muller war kompliziert. Er wollte sie nicht kränken, und er war nicht sicher, ob sie eine solche Geste nicht zu intim finden würde.

Er wartete, während sie sich allmählich wieder faßte. Er wünschte, er hätte sich auf ein anderes Geräusch konzentrieren können als die kleinen Laute ihres Bemühens, ihre Gelassenheit wiederzufinden, ein eingeübtes Verhalten, von dem er annahm, daß sie es ihr Leben lang dazu benutzt hatte, die Welt auf Armeslänge von sich fernzuhalten.

«Großer Gott», brachte sie schließlich heraus, und ihre Stimme war belegt vor Emotionen und Tränen. «Das war der reine Masochismus. Ich hätte Sie überall sonst treffen können.»

Es sah ihr ähnlich, daß sie sich für masochistisch hielt statt für sentimental, weil sie ihn gebeten hatte, sie so nahe an dem Ort zu treffen, wo ihre Tochter zuletzt gesehen worden war. Er schaute sie an.

«Sie sind zu hart gegen sich selbst», sagte er. «Die letzten drei Monate waren eine große Belastung. Seien Sie ein bißchen nachsichtig mit sich.»

Sie hielt den Kopf gesenkt, und ihre Lider begannen zu flattern. Er dachte, sie würde wieder zu weinen anfangen, aber das tat sie nicht. Sie faßte sich. Seit sie zu ihm in den Wagen gestiegen war, hatte sie ihn noch nicht angesehen.

Haydons Augen erfaßten eine Bewegung im Rückspiegel. Er schaute auf und sah ein Mädchen, das sich ihnen auf der schmalen Straße von hinten auf einem Fahrrad näherte. Sie trug einen grünkarierten Rock, einen hellgelben Pullover und Kniestrümpfe. Als sie die beiden Personen im Auto sah, hörte sie auf, die Pedale zu treten, und ließ das Fahrrad rollen. Unmittelbar bevor sie den Wagen erreichte, begann sie wieder zu treten und schaute sie an, während sie vorbeifuhr. Die Reifen ihres Fahrrads erzeugten ein schwirrendes Geräusch auf dem nassen Asphalt, und ihr Atem stieg als Dampfwolke von ihrem Mund auf. Germaine hatte das Mädchen nicht kommen hören und zuckte zusammen, als sie vorbeifuhr; sie sah ihr unverwandt nach, während das Mädchen in Nebel und Wald verschwand. Haydon fragte sich, was das Mädchen wohl gedacht haben mochte, was sie in diesem Wagen taten. Wahrscheinlich hatte sie angenommen, sie wären ein Liebespaar. Sie mußte ungefähr so alt sein wie Lena. Vielleicht hatte sie sie sogar gekannt. Rice war keine große Universität.

Germaine starrte in den wirbelnden Dunst, wo das Mädchen verschwunden war.

«Sie haben sicher die Zeitungen gesehen», sagte sie.

«Ja, habe ich.»

«Das war schlimm», sagte sie und drehte sich jetzt auf ihrem Sitz ein wenig zu ihm um. «Ich war nicht darauf vorbereitet. Oh, die Reporter haben natürlich vorher angerufen, aber ich konnte nicht mit ihnen reden. Also wußte ich, was sie vorhatten. Trotzdem... war es... schockierend.»

Das Wort klang seltsam altmodisch, obwohl es ganz zu ihrer moralischen Rechtschaffenheit paßte, einer Einstellung, die im letzten Jahrzehnt des zwanzigsten Jahrhunderts ganz unangebracht wirkte, in dem nur wenige Menschen die Zeit oder die Unschuld besaßen, über irgend etwas «schockiert» zu sein.

«Abgesehen von allem... Herzeleid» – auch dieses Wort überraschte Haydon – «war es qualvoll, daß der Verlust nun nicht mehr uns allein gehörte.»

Haydon wußte nicht, wieviel den Mullers über die persönlichen Beziehungen ihrer Tochter bekannt war. Die Zeitungsreporter, die gründlich recherchiert hatten, um die Story lebendig zu machen, hatten keinen Zweifel daran gelassen, daß Lena Muller ein Kind ihrer Zeit gewesen war. Ihre sexuellen Beziehungen in Rice hätte man als promiskuitiv bezeichnen können, obwohl auch dieses Wort im Kielwasser der sexuellen Revolution außer Gebrauch gekommen war.

«Wir müssen Ihnen seltsam vorgekommen sein in diesen letzten Monaten, George und ich», sagte sie. «Und wir haben uns auch seltsam gefühlt, um ehrlich zu sein. Wir waren nicht wir selbst. Es war ... demütigend. Für mich. Natürlich, George ...» Sie schüttelte den Kopf. «Wenn man wohlhabend ist, kann man es sich leisten, sich von vielem fernzuhalten, nicht wahr? Von dem Wirrwarr, der anscheinend typisch ist für das Leben so vieler Leute. Man glaubt, man sei jemand, der sich aus dem törichten Durcheinander heraushalten kann, in das andere Leute sich bringen, daß man Skandale und zweifelhafte Situationen meiden kann. Man fängt an zu glauben, man schaffe all das allein, weil man besser erzogen, intelligenter ist. Wenn man lange genug so denkt, dann glaubt man allmählich, man sei ... über die Schwächen anderer erhaben.» Nachdenklich hielt sie inne und flüsterte dann: «So eine ... Anmaßung.»

Haydon betrachtete ihr Profil. Germaine Muller war eine Frau, die soeben mit den unveränderlichen Schwächen der menschlichen Natur und der Erkenntnis konfrontiert wurde, daß sie sie schließlich doch mit allen anderen teilte.

«Ich habe jedes Wort gelesen, das in den letzten Monaten über uns in den Zeitungen stand», fuhr sie fort. «Heimlich. George wußte es nicht. Ich habe alles ausgeschnitten, auch die kleinsten Artikel. Ich war wie hypnotisiert. Als sähe ich mich selbst von außerhalb. Eine ganz eigenartige Erfahrung. Es gab Zeiten, in denen es mir vorkam, als würde ich über jemand anderen lesen. Man hätte unsere Namen leicht gegen irgendwelche anderen austauschen können. Es gab nichts in unserem Leben, das uns von anderen Leuten unterschied. Tatsächlich wirkten wir, unser Leben, schrecklich gewöhnlich. Wir hätten ... jedermann sein können.»

Sie hielt inne, als werde ihr plötzlich bewußt, wieviel sie geredet hatte. Haydon sagte nichts.

«Vermutlich klingt das für Sie seltsam, vielleicht sogar naiv, aus dem Mund einer Frau meines Alters», sagte sie. «Aber es war so ... aufschlußreich und so traurig. Alles, was sie über Lena schrieb ... das hätten sie nicht tun sollen. Sie war ein Kind mit ihren einundzwanzig Jahren; alle sind sie Kinder. Ihre Arbeit beim Peace Corps schien für die Presse nicht so wichtig zu sein wie die Art, wie sie ... im College lebte.» Sie schüttelte müde den Kopf.

Germaine Muller hatte in den neunzig Tagen seit dem Verschwinden ihrer Tochter eine erstaunliche Veränderung durchgemacht, aber Haydon hätte kaum sagen können, ob es eine langsame Wendung zu etwas Besserem war.

«Lena lebt», sagte sie unverblümt und unvermittelt. «George hat sie gefunden.»

Haydon war verblüfft. Als Germaine sagte, George habe sie gefunden, bezog sie sich in Wahrheit auf die schon zwanghafte Entschlossenheit ihres Mannes. Die Person, die sie wirklich gefunden hatte, war ein Privatdetektiv namens Jim Fossler, den George Muller vor fast drei Wochen angeheuert hatte.

«In Guatemala?»

Sie nickte. «Aber Mr. Fossler sagt, der Junge und Lena leben nicht zusammen. Er glaubt nicht, daß sie es jemals getan haben.» Dies war ein wichtiger Punkt für Germaine Muller, eine Art Beweis dafür, daß ihre Tochter kein triebhaftes Geschöpf war. Und der Hinweis kam von Jim Fossler, der ein guter Mann war, ein ehemaliger Polizist, ein geradliniger, ausdauernder Detektiv, der etwas von dem verstand, was er tat.

«Wann haben Sie von ihm gehört?»

«Er hat mich gestern abend angerufen.»

«Sie?»

«Ja, er rief auf meinem Apparat an. George weiß es noch gar nicht.» Um das zu erklären, wandte sie sich zum erstenmal direkt an Haydon. Ihre farblosen Augen waren vom Weinen geschwollen, ihr Gesicht wirkte abgespannt. Sechsundfünfzig war nicht alt, aber Haydon konnte die alte Frau sehen, die sie eines Tages werden würde. Wie so oft gestattete der Kummer einen Blick in die Zukunft.

«Ganz am Anfang, als George Mr. Fossler anheuerte, habe ich mich unter vier Augen mit ihm unterhalten», sagte sie. «Er ist ein scharfsinniger Kopf. Allerdings braucht man keinen großen Scharfblick, um zu sehen, was mein Mann für ein Mensch ist. Deswegen sind wir dahin gekommen, wo wir heute sind. Jeder außer George weiß das. Deswegen sind Sie ihm so unsympathisch. Sie haben ihm das ins Gesicht gesagt, auf viele Arten. Man... man sollte meinen, nachdem ein junges Mädchen das College absolviert und zweieinhalb Jahre im Peace Corps verbracht hat, mit all der Selbstsicherheit, die das erfordert... man sollte meinen, daß sie danach berechtigt wäre, eine gewisse Unabhängigkeit zu fordern. Aber von einem Mann wie ihm wird man nicht unabhängig. Wenn sie nach Hause kam, übernahm er sofort wieder das Kommando... Es tut mir leid. Mein Gott.»

George Muller war der Gründer einer petrochemischen Firma, ein reicher Mann, der wußte, was er wollte und was nötig war, um es zu bekommen, und dessen kraftvolle und unnachgiebige Persönlichkeit ihm ein Vermögen eingebracht hatte. Von anderen erfolgreichen Männern wurde er bewundert, von Männern, die ihm ähnlich waren und die in Mullers willensstarken Triumphen etwas von sich selbst wiedererkannten. Doch daß George Muller darauf bestand, seinem egozentrischen Willen dürfe nichts entgegenstehen, weder im Berufs- noch im Privatleben, hatte seinen Preis gekostet – einen Preis, der ihm viel Schmerz bereitet haben mußte in jenen geheimen Augenblicken, die im Leben jedes Mannes vorkommen, wenn er einen Blick auf die nackte Realität seiner eigenen Schwächen tut. Daß er sich selbst stets in den Mittelpunkt stellte, hatte die Liebe seiner Frau verdorren lassen und ihm seine Tochter für alle Zeit entfremdet.

«Wie auch immer, ich beschloß, wenn wir jemals wieder Kontakt mit ihr hätten, würde ich nicht zulassen, daß er... sie ruiniert. Ich habe all das mit Mr. Fossler beredet, in einem langen, aufrichtigen Gespräch. Er schien mich gut zu verstehen. Ich bat ihn einfach, mich zuerst zu informieren.»

«Und er hat Sie gestern abend angerufen.»

«Ja. Er hat gesagt... es gäbe vielleicht eine Chance, sie zu überreden, nach Hause zu kommen.»

Vielleicht eine Chance. Haydon betrachtete sie. Verzweifelte Menschen konnten sich an flüchtige Hoffnungen klammern.

«Aber anscheinend macht ihm etwas Sorgen», sagte sie. Germaine Mullers Stimme zitterte leicht, und sie lehnte den Kopf wieder ans Fenster und atmete tief ein, ehe sie fortfuhr. «Er hat gesagt, er glaube, daß sie in irgendwelchen Schwierigkeiten ist. Daß sie und der Junge in irgendwelchen Schwierigkeiten stekken.»

In der ganzen Zeit, seit Haydon sie kannte, hatte Germaine Muller niemals den Namen John Baine ausgesprochen. Er war immer «dieser Junge» oder «er» oder «dieser junge Mann». Etwas Urtümliches in ihr hielt sie davon ab, seinen Namen zu nennen. George Muller dagegen führte ihn nur zu oft im Mund und spie ihn aus wie einen Fluch: «Baine... Baine... Baine.» Der Name «Baine» verfolgte ihn.

«Wie ist ihre Situation?» fragte Haydon. «Sie haben gesagt, sie lebten nicht zusammen?»

«Lena wohnt bei einer Amerikanerin in Guatemala City, die sie bei einem ihrer Wochenendurlaube vom Peace Corps kennengelernt hat. Anscheinend sind sie enge Freundinnen.»

«Und Baine?»

«Ich weiß nicht. Ich vermute, er lebt allein.»

«Welche Art von Schwierigkeiten?»

Sie schüttelte den Kopf. «Ich weiß nicht. Er sagte, Lena ginge es gut, aber etwas... Offen gesagt, ich war böse auf Mr. Fossler, weil er sich so vage ausdrückte, aber er sagte, er könne sich auch vollkommen irren. Er sagte, er wolle mit Ihnen reden, das aber zuerst mit mir absprechen.»

«Warum mit mir?»

«Als ich mich zum ersten Mal mit ihm unterhielt und ihm berichtete, was während der Untersuchung geschehen war, wie hilfreich Sie gewesen waren, sagte er, daß er Sie kennt. Er äußerte sich positiv über Sie, sagte, er respektiere Sie. Ich vermute, als er auf etwas Unerwartetes stieß... Sie hatten ja die Untersuchung geleitet...»

«Sie wissen, wenn er sich mit mir in Verbindung setzen sollte, muß ich das dienstlich behandeln», sagte Haydon. «Ich kann das nicht aus den Untersuchungsakten heraushalten.»

«Er hat gesagt, daß Sie so reagieren würden. Deshalb hat er mich gefragt, ob ich die Sache inoffiziell halten wollte. Ich verstehe das. Aber ich hätte gern Ihre Hilfe.»

Haydon schaute in Germaine Mullers gequälte Augen. Auch sie sah ihn an und wartete auf eine Reaktion, auf die Versicherung beispielsweise, daß sie das Richtige tat.

«Hat Fossler gesagt, wie Lena es aufnahm, daß er sie gefunden hat?»

Germaine schaute wieder aus dem Fenster auf die nasse, mit Blättern bedeckte Straße.

«Ich habe ihn danach gefragt», sagte sie. «Er sagte, sie sei aufgebracht gewesen und habe geweint. Aber ...» Sie blickte auf ihre Hände, die die zusammengeknüllten Taschentücher umklammerten. «Er sagte – und ich war verblüfft über seine Sensibilität –, er wisse nicht genau, wie er das auffassen solle.»

Haydon beobachtete sie, und er spürte ihre Verstörtheit mehr, als er sie sah. Es war, als sei er Zeuge einer emotionalen Implosion.

«Sie können sich gar nicht ... vorstellen ...» sagte sie heiser, schluckte dann und hob den Blick wieder zum Fenster. «Sie können sich gar nicht vorstellen, wie verzweifelt ich war, als er das sagte.»

2

Haydons Blicke wanderten zu den frostig angehauchten Glasscheiben der Fenstertüren seines Hauses, durch die er auf die nackte Terrasse und die tote Winterlandschaft dahinter sehen konnte, über den Rasen hinweg und hinunter zu den beiden Gewächshäusern, die durch die kahlen Äste der Bäume schimmerten. Es war ein trostloser Anblick, und für ihn war der Winter eine trostlose Jahreszeit, die er kaum ertragen konnte, obwohl sie an der texanischen Küste nur kurz dauerte. Er haßte die tödliche Berührung des Winters, die die Bäume entblätterte und die anmutigen Ranken der Weinreben kahl und häßlich erscheinen ließ. Normalerweise bot sich dieses Schauspiel nicht sehr oft, aber dieses Jahr war eine Ausnahme gewesen. Unmittelbar vor Weihnachten hatte eine Reihe heftiger Nordstürme bis weit in den Süden und nach Mexiko hinunter getobt und die subtropische Landschaft brutal mit Regen und Schnee überzogen.

Die Frostnächte, die darauf folgten, hatten Haydons tropischen Garten zerstört. Der träge Saft in den Limonenbäumen, die in lockerer Gruppe unten in der Nähe der Treibhäuser standen – wo zumindest die Ananaspflanzen in Sicherheit waren – gefror bei den eisigen Temperaturen und sprengte lange, gezackte Wunden in die Rinde, die das zarte Innere der Bäume freilegten. Der Schneesturm hatte die Terrakottakübel der Bougainvilleas mit winzigen weißen Hagelkörnern gefüllt, die alten, verholzten Ranken der Weinreben in eine kalte, zerstörerische Umarmung gehüllt und die wilden Trompetenblüten an den hohen Steinmauern vereist und getötet. Der Schnee selbst war nicht lange liegengeblieben – zwei Tage, am dritten Tag nur noch eine Spur davon, eine ausgefranste, staubige blaue Linie unten am Fuß der Steinmauer, die den Garten und den Rasen umgab –, doch er hatte Haydon mit seinem unvermittelten Raub in unerschütterlichen Trübsinn getaucht.

«Na, wie geht's dir da drüben?»

Haydon fuhr zusammen. Es war still in der Bibliothek. Er drehte sich um und schaute sie an. Nina saß hinter ihm auf einem kleinen Ledersofa, die Füße unter eines der Kissen geschoben, den Rücken an die gepolsterte Armlehne gelehnt. Sie trug einen schwarzen, gerippten Baumwollpullover mit V-Ausschnitt, dessen Ärmel sie bis zu den Ellbogen hochgeschoben hatte, und schwarze Hosen. Sie hielt in einer Hand eine Zeitschrift, während sie mit der anderen ihr langes kastanienbraunes Haar zusammenraffte und aus dem Nacken hob.

«Ganz gut», sagte er. Er sah sie an. Olivfarbene Haut, dunkle Augen, gesunder Menschenverstand. Er genoß Augenblicke wie diesen, wenn er sie aufgrund irgendeiner Eigenart seiner Wahrnehmung wieder wie zum erstenmal sah. Alles an ihr war frisch und überraschend, ihre dunklen Farben, ihre ruhig interessierte und selbstverständliche Art, die eine seltene und wertvolle emotionale Stabilität verriet. Sogar ihre Sexualität, die von der Harmonie aller anderen Eigenschaften herrührte, war ein Zusammenklang von Qualitäten, derer er nie müde wurde.

«Ganz gut», sagte sie, zog die Augenbrauen hoch und schob ihre Brille zurück, als überlege sie, was mit einer so schwachen Antwort anzufangen sei. Er wußte, sie hatte gemerkt, daß er in Gedanken gewesen war und daß sie neugierig war, was ihn beschäftigte.

Meist konnte Nina mit Haydons nicht ganz einfachen Eigenarten leben. Das war das Gute an ihr und das Schlechte an ihm. Wäre sie die Art Frau gewesen, die jeden Augenblick wissen mußte, was er dachte, in jeden Gedanken einbezogen werden mußte und eine Erklärung für jede Laune seiner Natur brauchte, oder hätte sie sich bei seinem introvertierten Temperament vernachlässigt gefühlt, so hätte die Ehe nie Bestand gehabt. Außerdem wäre Haydon, wenn er irgendwelche grundlegenden Veränderungen in seiner Persönlichkeit hätte vornehmen müssen, um die Ehe zu retten, dazu nicht in der Lage gewesen, wenn es ihm auch an Willen und Bereitschaft nicht gefehlt hätte. Es war nur so, daß die Besonderheiten seines Charakters keine radikale Veränderung zuließen. Er hätte sich zwingen können, sich zu bemühen, aber er hätte sich nicht zwingen können, damit Erfolg zu haben. Doch Haydon unterlag keiner Selbsttäuschung. Man mußte ihm zugute halten, daß er sich keine Illusionen über sich selbst machte und dankbar anerkannte, welches Glück er gehabt hatte, gerade sie gefunden zu haben.

Nina ihrerseits wäre ebenso bereit gewesen, sich zu ändern, um ihre Ehe zu retten, wenn das jemals nötig gewesen wäre, doch wo Haydon gescheitert wäre, hätte sie Erfolg gehabt. Sie war eine Überlebenskünstlerin, eine starke, unverwüstliche Frau, die nicht mit ihrer eigenen Persönlichkeit in Konflikt stand. Sie sah das Leben durch eine klare und fein geschliffene Linse. Wenn sie sich hätte ändern müssen, um ihre Ehe zu retten, so hätte sie das Opfer gerne gebracht und nie mit Hintergedanken zurückgeschaut.

Es war nicht so, als hätte keiner von ihnen Opfer gebracht. Zwei Menschen können nicht achtzehn Jahre zusammenleben, ohne gelegentlich voneinander enttäuscht zu sein, ohne Unzufriedenheit und den schmerzlichen Verzicht auf egoistische Ziele, sowohl bedeutende als auch zufällige, zu erleben. Doch keines ihrer Opfer hatte ihre Fähigkeiten überfordert oder war, was wichtiger ist, größer gewesen als ihre Achtung voreinander. Das wirkliche Glück ihrer Ehe hatte darin bestanden, daß sie aufgrund unberechenbarer und günstiger Zufälle das berühmte, überaus seltene und gelungene Paradox der echten Vereinbarkeit von Gegensätzen getroffen hatten.

Haydon schlug die langen Beine übereinander, legte einen Arm auf die Rückenlehne seines Stuhls und betastete mit Zeigefinger und Daumen der anderen Hand seinen Schnurrbart, unbewußt dessen präzisen Schnitt überprüfend.

«Ich weiß, was wir brauchen», sagte Nina. «Wie wär's mit einer Tasse Kaffee?»

«Ausgezeichnet.»

«Welche Sorte?» Sie ließ ihre Zeitschrift sinken, nahm die

Brille ab und legte sie neben die Lampe auf dem Mahagonitisch hinter dem Sofa.

«Etwas Dunkles.»

«Kolumbianischen Supremo?»

«Ja, den.»

«Stark.»

Haydon nickte. «Gib einen Extralöffel in die Mühle.»

«Dann wird er zu stark», sagte sie. Aber er wußte, daß sie es tun würde.

«Und ein bißchen Schokolade dazu, ja?»

«Du verwöhnst dich», sagte sie. «Zu sehr. Du solltest ein schlechtes Gewissen haben.»

«Habe ich», sagte er.

Sie sah ihn an. «Ja, wahrscheinlich», sagte sie und schüttelte den Kopf.

Haydon sah ihr nach, wie sie die Bibliothek verließ, und hörte ihre Schritte, als sie durch den Marmorflur in das Eßzimmer und in die Küche ging. Er spürte plötzlich eine Kälte an den Füßen und bewegte die Zehen in den abgetragenen Wildlederslippern. Er haßte kalte Füße, und in dem alten Haus mit seinen Kalkstein- und Marmorböden kämpfte er in den wenigen kurzen Monaten, die den Winter ausmachten, ständig dagegen an. Er stand von dem großen Refektoriumstisch auf und ging hinüber zum Kamin, nahm einige Scheite aus dem kupferbeschlagenen Korb neben den Bücherregalen und stapelte sie auf der Feuerstelle. Mit einem Streichholz vom Kaminsims aus Kalkstein entzündete er die Gasflamme unter der Feuerstelle und sah zu, wie sie blau an den Scheiten hochzüngelte, bis sie Feuer fingen und er die ersten süßen Schwaden des Eichenfeuers roch.

3

Das Telefon in der Bibliothek war so eingestellt, daß sein Läuten kaum mehr war als ein leises Summen. Haydon ging vom Kamin hinüber zu seinem Schreibtisch und nahm den Hörer ab.

«Hallo?»

«Stuart?»

«Ja.»

«Hier ist Jim Fossler.»

Haydon hätte Geld auf Fossler wetten können, ohne fürchten zu müssen, einen Cent zu verlieren. Er war zuverlässig und methodisch. Vernunft stand ganz oben auf der Liste seiner persönlichen Werte, einer Liste, die er sehr ernst nahm. Fossler war ein schlaksiger Mann von vierundfünfzig Jahren mit ruhigem Temperament, schütter werdendem schwarzem Haar, einem ständigen Bartschatten und leicht hervortretenden Augen, denen nichts entging, was ihnen nicht entgehen sollte. Er war bedächtig, doch oft ungeduldig angesichts des starrköpfigen Denkens der städtischen Bürokratie, und so nahm er früh seinen Abschied, nachdem der jüngere seiner beiden Söhne das College abgeschlossen hatte, und eröffnete eine Detektei. Seine Frau Mari, eine gesprächige und heitere Filipina, die Fossler nach dem Tod seiner ersten Frau geheiratet hatte, als die Jungen noch in der High School waren, gab ihre Stelle bei einer Buchhaltungsfirma auf und benutzte ihren ausgeprägten Geschäftssinn, um Fossler beim Aufbau seiner Agentur zu helfen. Nach fünf Jahren zeichnete sich Fosslers Arbeit durch eine hohe Erfolgsrate und seine Vorliebe für Diskretion aus. Fossler war sehr tüchtig.

«Ich hatte gehofft, daß du heute abend anrufen würdest», sagte Haydon. «Wie ich höre, hast du da unten Glück gehabt.»

«Du hast also mit Germaine Muller gesprochen?»

«Heute nachmittag.»

«Gut. Ich sage dir, ich weiß überhaupt nicht, was zum Teufel hier unten eigentlich vorgeht», sagte Fossler mit ruhiger Stimme.

Er mußte aus einer Telefonzelle anrufen, denn er schien dicht am Hörer zu sprechen, und Haydon glaubte Verkehrslärm zu hören. «Lange Geschichte, wie ich das Mädchen endlich gefunden habe; ich erzähle sie dir ein anderes Mal, aber das kann ich dir sagen, in diesem Land ist nichts einfach. Ich bin von Küste zu Küste und von Grenze zu Grenze gefahren, bis ich sie schließlich genau hier fand, wo ich angefangen hatte. Was überraschend war.»

Doch Fossler klang nicht überrascht. Er hatte nicht nur eine Persönlichkeit, die einige als wenig aufregend bezeichnet hätten, er war auch nicht aufzuregen. Er konnte in anderen Leuten den Wunsch erwecken, die Wände hochzugehen, doch er selber war in heiklen Situationen und unter Druck unerschütterlich und die Art von Mann, für die man betet.

«Hör zu», sagte Fossler, «bevor ich hier überhaupt anfange, möchte ich, daß du dir ein paar Namen und Adressen aufschreibst. Warum, erkläre ich dir gleich. Hast du etwas zu schreiben?»

«Ja, hab ich.»

«Okay. John Baine.» Haydon schrieb die Adresse auf.

«Janet Pittner.» Fossler gab ihm Adresse und Telefonnummer. «Sie ist die Frau, bei der Lena wohnt und fast die ganze Zeit seit ihrem Verschwinden gewohnt hat. Die Frau ist etwa zehn oder fünfzehn Jahre älter als das Mädchen. Reiche Amerikanerin mit vielen gesellschaftlichen Kontakten. Jeder kennt sie, und sie kennt jeden. Sieht gut aus, ist aber ein bißchen überspannt. Dr. Aris Grajeda. Er arbeitet hier in den Slums, kein Telefon und keine genaue Adresse, irgendwo in einem verkommenen Viertel namens, ich buchstabiere, M-e-z-q-u-i-t-a. Ich habe ihn noch nicht kennengelernt, versuche ihn aber morgen zu treffen. Wie ich hörte, arbeitete er mit Lena bei irgendeinem Indiostamm oben im westlichen Hochland. Er ist vielleicht Mitte Dreißig. Guatemalteke. Hat seinen Doktor in Medizin an der Johns-Hopkins-Universität gemacht. Ist jetzt seit drei Jahren wieder in Guatemala. Sein Privatleben ist ziemlich interessant, er lebt ganz für seine Arbeit. Bei der Polizei hier nicht beliebt, weil er die Dinge beim Namen nennt. Gilt als Linker und wird sich vermutlich umbringen lassen. Und, ehe ich's vergesse...» Fossler gab Haydon seine eigene Adresse. «So eine Art Pension, ein altes Hotel.»

«Und die Telefonnummer?»

Fossler antwortete nicht sofort, und Haydon konnte das Dröhnen von Lastwagen hören. Es klang, als sei Fossler in einer Art Depot, vielleicht an einer Busstation.

«Nein. Da kannst du mich nicht erreichen», sagte Fossler. «Ich meine, es gibt schon ein Telefon dort, aber das ist nicht gut.» Er hielt inne. «Keines der Telefone hier unten ist gut, verstehst du? Ich rufe dich aus einer Telefonzelle an, aber... ich bin trotzdem nicht sicher, ob es gut ist.»

Langsam setzte Haydon sich an seinen Schreibtisch. «Was ist los, Jim?»

«Ich habe zweimal mit diesem Muller-Mädchen gesprochen», sagte Fossler. «Das erste Mal am Donnerstag nachmittag. Nachdem ich herausgefunden hatte, wo sie wohnt, bin ich einfach hingegangen und habe nach ihr gefragt.»

«Und das war bei dieser Janet Pittner?»

«Richtig. Einen Augenblick lang war es peinlich, als Lena merkte, wer ich war. Mir kam es so vor, als wisse Janet Pittner nichts von den Schwierigkeiten daheim in Houston. Lena bat sie also, uns ein paar Minuten allein zu lassen. Tatsächlich haben wir uns ganz gut unterhalten. Ich sagte ihr, nach ihrem Verschwinden habe man geglaubt, sie sei ermordet worden, und Baine verdächtigt. Sie konnte es nicht glauben, behauptete, sie hätte keine Ahnung gehabt. Sie erkundigte sich ausführlich nach ihrer Mutter, wie es ihr ginge, und schien zu bedauern, daß sie ihr solche Sorgen gemacht hatte. Ihr Vater schien sie gar nicht zu kümmern. Sie wollte nicht einmal von ihm reden. Ich erzählte ihr von den Besorgnissen ihrer Mutter und daß sie ihrem Vater nichts von unserem Kontakt sagen würde, sondern die Sache allein mit dem Mädchen ausmachen wolle. Da fing sie an zu weinen. Ich wußte nicht, ob sie ängstlich oder erleichtert oder deprimiert war oder was. Schließlich konnte ich sie beruhigen. Ich sagte ihr, sie solle es sich überlegen, und wir sollten uns am nächsten Morgen – Freitag – noch einmal treffen und darüber reden. Aber sie wollte nicht, daß ich noch einmal zu dieser Pittner kam, und darum machten wir aus, uns in einer Konditorei zu treffen.

Ich habe Germaine Muller nicht gleich angerufen. Ich dachte, ich sollte mich noch einmal mit dem Mädchen treffen, um ein klareres Bild von dem zu bekommen, was da läuft. Um ehrlich zu sein, Stuart, irgendwie mochte ich die Kleine auf Anhieb. Scheint ein nettes Mädchen zu sein. Dann, am nächsten Morgen, saß ich in der Konditorei am Fenster, damit ich die Straße überblicken konnte. Sie kam zwanzig Minuten zu spät. Ich wollte schon gehen, als sie hereingelaufen kam, mir sagte, ich solle mitkommen, etwas Geld auf den Tisch warf und mich auf die Straße zog, wo wir in ein Auto sprangen. Ich vorne, sie hinten. Am Steuer saß John Baine. Wir fuhren herum, und Baine fing an, mich auszufragen, als sei ich nicht der, für den ich mich ausgab. Lena drehte sich dauernd um und schaute nach hinten, und Baine ließ den Rückspiegel nicht aus den Augen.

Wie auch immer, nach einer Weile wurden sie etwas lockerer. Ich sagte, sie seien offenbar irgendwie in Schwierigkeiten, und sie sollten zur amerikanischen Botschaft gehen. Baine fing an zu fluchen, und Lena sagte, nein, nein, das wäre überhaupt nicht gut. Die Botschaft wäre ein Fehler. Was immer ich täte, ich solle nicht hingehen und über sie berichten. Tun Sie das nicht, beschwor sie mich. Ich sagte, ich hätte nicht die Absicht, es zu tun. Ich machte den Vorschlag, *sie* sollten es tun. Sie hätten das Problem, nicht ich. Nein, sagten sie, das wäre nicht gut. Wir fuhren immer weiter.»

Obwohl Fossler auf seine überlegende Art sprach, ziemlich langsam und stetig, verriet er sich. Jim Fossler war nie redselig gewesen, sondern neigte eher zum anderen Extrem. Meist mußte man ihm die Informationen aus der Nase ziehen. Doch Fossler redete immer zur Sache, und hier gab er mehr preis, als er mußte, ohne sich zu erklären. Er hätte all das in fünf Sätzen zusammenfassen können, doch er zog die Sache unnötig in die Länge, natürlich auf seine langsame Art, aber immerhin. Er verriet eine Erregung, die Haydon noch nie an ihm erlebt hatte, und Haydons Magen verkrampfte sich.

«Wir fahren also herum. Weitere Fragen», fuhr Fossler fort, «bis sie zufrieden und überzeugt waren, ich sei nicht der, für den sie mich möglicherweise gehalten hatten. Aber anscheinend wollten sie mich noch nicht gehenlassen. Baine fragte mich, ob ich bei der Botschaft jemanden kennen würde. Ich sagte, nein, was stimmt. Ich hatte mich bei der Botschaft nicht gemeldet, als ich ankam, weil ich nicht wollte, daß mich möglicherweise jemand beobachtet. Baine sagte, das sei gut gewesen, weil die Botschaft Scheiße sei. Baine, er ist vielleicht siebenundzwanzig, achtundzwanzig, ist schon lange da unten, kennt ganz Mittelamerika, seit sechs oder sieben Jahren, er ist also kein Kind mehr. Machte keinen schlechten Eindruck auf mich. Nach einer Weile setzten sie mich ab, drei oder vier Blocks von der Stelle entfernt, wo ich eingestiegen war. Lena sagte, sie würden sich bei mir melden und mich wissen lassen, was ich ihrer Mutter sagen sollte und was sie tun würde.»

«Sie weiß also, wo du wohnst?» fragte Haydon.

«Ja, das wissen sie.»

Fossler wartete wieder, bis der Verkehrslärm etwas nachließ. Haydon wußte noch immer nicht, warum Fossler ihn angerufen hatte, abgesehen von der Information, daß das Mädchen am Leben war. Doch mit dem Anruf hatte es noch mehr auf sich, Fossler war nur noch nicht dazu gekommen, es ihm zu sagen. Er würde es gleich tun.

«Noch etwas», sagte Fossler. «Hier unten ist ein Mann, der sagt, er kenne dich. Taylor Cage.»

Haydon beugte sich auf seinem Stuhl vor. Seine Erinnerung an Taylor Cage war so frisch, als seien nur wenige Tage vergangen und nicht ein Jahrzehnt. Haydon würde nie jene heiße, feuchte

Nacht vergessen, in der er ihn zum letztenmal gesehen hatte, die breite Brust vorgereckt, als er auf das Frachtschiff im Schiffskanal von Houston zustolzierte. Cage war allein, als er sich dem pechschwarzen Rand näherte, der den Bauch des Tankers markierte und in dem er ohne Zögern verschwand. Haydon war sicher gewesen, einen Mann zu sehen, der seiner Hinrichtung entgegengeht. Fünf Wochen später, in der Nacht, wurde Haydon ein R-Gespräch von einem Pater Guillen in Baranquilla, Kolumbien, gemeldet. Er nahm den Anruf an und erkannte sofort Cages Stimme: «Es war eine verdammt üble Sache, aber ich hab's geschafft. Ich melde mich wieder.» Das war alles. Haydon hörte nie wieder von ihm, außer als Gegenstand von Klatsch unter den entsprechenden Leuten, alle zwei oder drei Jahre einmal.

«Du kennst ihn also?» fragte Fossler.

«Ja, flüchtig. Hast du mit ihm gesprochen?»

«Oh, ja.»

«Was hat er mit all dem zu tun?» fragte Haydon.

«Weiß ich auch nicht genau», sagte Fossler. «Aber er kennt jeden, den ich erwähnt habe. Ich habe ihn nur kurz getroffen. Unerwartet.»

«Wo hast du ihn gefunden?»

«Er hat mich gefunden. Er kam dahin, wo ich wohnte. Ein anderes Hotel. Ich bin umgezogen. Mehrmals.»

«Was hat er gewollt?»

«Das war, ehe ich Lena fand, etwa vor fünf Tagen», berichtete Fossler. «Ich saß in meinem Zimmer am offenen Fenster und wollte etwas Luft schnappen – hier unten ist Trockenzeit, Sommer, großer Gott –, als es an die Tür klopfte. Ich stehe auf und öffne, und dieser Bursche schiebt sich einfach herein, wie ein Bulldozer mit seiner breiten Brust, und ehe ich mich versehe, stehen wir mitten im Zimmer. Ich hatte eine Scheißangst. Dieses Land, Stuart, ist voll von Sachen, die einem eine Scheißangst machen. Keine Regeln hier unten. Man kann über alles verhandeln – oder auch nicht. Jedenfalls sehe ich sofort, daß er Amerikaner ist, und er fängt an, Fragen auf mich abzuschießen. Ein paar davon habe ich überhaupt nicht kapiert, und ich vermute, daß er das merkte. Ich habe mich also erklärt, geradeheraus – die Wahrheit. Er sah mich an. Ob ich jemanden im Hauptquartier kenne. Ich sage ihm, ich sei im Morddezernat gewesen. Keinen Stuß, sagt er. Ob ich Stuart Haydon kenne? Natürlich. Also erzähle ich ihm von dir und diesem Fall.»

Im Hintergrund hörte man eine Autohupe aus der Geräuschkulisse hervortreten und wieder verklingen. Fossler fuhr fort.

«Er stellt dazu ein paar Fragen, und ich beantworte sie. Er scheint zufrieden. Er gibt mir ein paar Namen und Hinweise, sagt, ich solle auf mich aufpassen und mich unbedingt bei dir melden. Und so kam ich zu Lena. Die Namen führten mich direkt zu Janet Pittner.»

«Und seither hast du ihn nicht mehr gesehen?»

«Genau.»

«Du sagst, er hätte mit der Sache zu tun?»

«Mein Bauch sagt mir, daß er etwas mit dem Grund zu tun hat, warum die jungen Leute Angst haben. Nur mein Bauch, verstehst du? Und seit er bei mir hereingeplatzt ist, habe ich jemanden auf den Fersen. Vielleicht ein Zufall, aber ich glaube das nicht. Es ist eine Frau, ein Mädchen. Ein Mädchen aus Guatemala. Sie macht das gut. Vielleicht ist sie schon lange hinter mir her. Würde mich nicht überraschen. Selbst jetzt kann ich sie nicht immer ausmachen, aber wenn ich mir Mühe gebe, entdecke ich sie. Sie ist sehr gut.»

«Glaubst du, daß Muller und Baine mit Drogen handeln?»

«Nein. Eigentlich nicht. Ich glaube, es geht um etwas ganz anderes.»

«Und das wäre?»

«Weiß ich nicht. Hör zu, in einer Minute ist unser Telefongespräch zu Ende. Diese Unterhaltung ist nicht privat, Stuart, vergiß das nicht. Hör mal, wenn du nicht rechtfertigen kannst, daß du wegen dieses Falles herkommst, verstehst du, um dich zu vergewissern, daß das Mädchen lebt und du die Akte schließen kannst, dann nimm dir einen kurzen Urlaub. Ich bitte dich jetzt um einen Gefallen, Stuart. Ich werde mich revanchieren. Komm hierher, gib mir vierundzwanzig Stunden von deiner Zeit. Du bist hier herumgekommen. Du weißt, wie es ist. Ich kann am Telefon nicht mehr sagen, glaub mir.»

Das war ungewöhnlich. So arbeitete Jim Fossler nicht. Geheimnisvolles Getue war seiner Natur fremd. Seine Untersuchungsmethoden waren so handfest wie seine Ernährung, die aus Fleisch und Kartoffeln bestand, nichts Raffiniertem. Er sah keine Gespenster; seine Phantasie ging nicht mit ihm durch. Und er bat keinen um einen Gefallen.

«Was sagst du?»

«Ich werde morgen mit Dystal reden.»

«Hör zu», sagte Fossler, «ich muß es wissen, bevor dieses Gespräch zu Ende ist. Kannst du es machen oder nicht? Es gibt von Houston aus täglich einen Flug. Continental. Du kommst gleich nach Anbruch der Dunkelheit hier an. Ich muß es jetzt wissen. Es ist wichtig, daß ich es jetzt weiß.»

Einen Mann wie Fossler, einen beherrschten, unerschütterlichen alten Hasen, seine Nervosität verraten zu hören, war eine merkwürdige Erfahrung. Es war, als unterhielten sie sich in einem Code. An der Oberfläche blieb Fossler immer seinem Charakter treu, aber wie dringend es ihm war, teilte sich durch feine Nuancen mit. Er hängte es nicht an die große Glocke. Wenn man mit Fossler zu tun hatte, entfiel mehr als die Hälfte der Arbeit auf den Zuhörer.

«Okay», sagte Haydon. «Ich nehme die Maschine morgen abend. Willst du, daß ich mich mit Mari in Verbindung setze, falls sie dir etwas zu schicken hat?»

«Nein, nicht nötig. Ich habe eben mit ihr gesprochen, ehe ich dich anrief. Ich hole dich am Flughafen ab.» Er zögerte. «Ich weiß das zu schätzen, Stuart. Ich muß Schluß machen.»

Eine Sekunde später war die Leitung tot.

4

«Ist dir kalt?» Nina kam mit dem Kaffeeservice auf einem Tablett in die Bibliothek. Haydon stand wieder vor dem Kaminfeuer und hielt erst einen Fuß hoch, dann den anderen. Nina hatte nie kalte Füße. Tatsächlich besaß sie so viel Wärme, daß sie die Auswirkungen des Winters überhaupt nie zu spüren schien.

Nachdem sie das Geschirr auf einen niedrigen Rosenholztisch vor dem Sofa gestellt hatte, goß sie jedem eine Tasse ein. Sie nahm ihre und setzte sich wieder auf ihren alten Platz, drehte sich zur Seite und schob die Füße erneut unter das Kissen.

«Trink lieber, solange er noch heiß ist», sagte sie.

Nina trank ihren Kaffee schwarz und kochend heiß, ganz unkompliziert. Haydon dagegen nahm einen Löffel Sahne – nicht Milch – und, wenn er sie bekommen konnte, etwas geraspelte Bitterschokolade. Was die Temperatur betraf, so mochte er ihn von heiß bis sehr warm, aber nicht kochend heiß.

Er bückte sich und stellte die Gasflamme im Kamin ab. Die Scheite brannten jetzt allein und verbreiteten ein leises Knacken und einen würzigen Duft.

Haydon setzte sich auf das Sofa und dachte weiter über Fossler nach. Eines der Dinge, die einen Mann wie ihn so wertvoll machten, war seine Erfahrung. Obwohl er vor vier Jahren frühzeitig seinen Abschied von der Polizei nahm, hatte er das Chaos acht oder neun Jahre länger erlebt als Haydon selbst. Ein Mann, der soviel gesehen hatte, regte sich nicht allzusehr auf, wenn er auf etwas Ungewöhnliches stieß. Und nun rief Fossler aus Guatemala an, handelte ganz gegen seinen Charakter und setzte Haydon unter Druck, eine Entscheidung zu treffen. Wenn er auf die letzten paar Minuten zurückblickte, war Haydon nur über eine Sache wirklich beunruhigt: Fossler hatte nicht erklärt, warum er ihm die Namen und Adressen gegeben hatte. Sicher wäre es nicht nötig gewesen, daß Fossler sich die Zeit nahm, sie Haydon zu nennen, wo er ihn doch schon am nächsten Abend sehen würde.

«He», hörte er Nina sagen. «Ich glaube, dein Kaffee wird kalt.»

Haydon hielt inne und merkte, daß er noch immer in seiner Tasse rührte. Er schaute sich nach Nina um, die ihn beobachtete, und zuckte mit den Schultern.

«Okay, was geht dir durch den Kopf?» fragte sie.

«Eigentlich nichts», sagte er, lehnte sich auf dem kleinen Sofa zurück, schlug die Beine übereinander und hielt Tasse und Untertasse im Schoß. Er war nur ein paar Zentimeter von Ninas Beinen entfernt, nahe genug, um den Duft ihrer Kleidung zu riechen.

«In deinem ganzen Leben ist dir noch nicht ‹nichts› durch den Kopf gegangen», sagte sie. «Dazu bist du gar nicht fähig.»

Er schaute durch die Bibliothek zu den Fenstertüren und der kalten Landschaft dahinter. Das wäßrige Nachmittagslicht verblaßte vor der Dunkelheit des Winters.

«Scheußliches Wetter», sagte er.

«Wer war das, der dich nach dem Mittagessen angerufen hat?» fragte Nina, beugte sich vor und stellte ihre Kaffeetasse auf das Serviertablett. «War das die Person, mit der du dich getroffen hast?»

«Ja.» Haydon nickte. «Das war sie.»

«Und eben hat wieder jemand angerufen. Ich sah das Licht am Telefon in der Küche.» Sie fuhr sich mit einer Hand durch das Haar, um es aus dem Gesicht zu streichen. Es wurde jetzt merklich grau, perlfarbene Strähnen durchzogen das üppige Kastanienbraun und gaben ihrer Schönheit einen sphinxähnlichen Anstrich, den er eindeutig sexy fand. Das war ein Glück, denn das Grau würde bleiben. Es wäre Nina nie in den Sinn gekommen, sich das Haar zu färben. Das kam einfach nicht in Frage.

«Der Anruf nach dem Mittagessen», sagte Haydon, «kam von Germaine Muller. Jim Fossler hat ihre Tochter gefunden. Sie lebt in Guatemala City.»

«Oh, mein Gott», sagte Nina. «Ist sie in Ordnung?»

«Anscheinend geht es ihr gut. Aber der Anruf vor ein paar

Minuten kam von Jim Fossler. Er meint, das Mädchen sei irgendwie in Schwierigkeiten. Er will, daß ich für ein paar Tage runterkomme und ihm helfe, die Sache zu untersuchen.»

«Wirst du das tun?»

Haydon nickte und schlürfte seinen Kaffee. «Das werde ich müssen.» Er berichtete ihr von beiden Gesprächen, ließ aber das meiste von Fosslers verwirrendem Verhalten aus und stellte es so dar, als reise er nur, um die Formalitäten zu erledigen und Lenas Fall abzuschließen.

«Aber das ist doch nicht nötig, oder?» fragte Nina. «Du könntest dir von der Botschaft da unten bestätigen lassen, daß sie am Leben ist, oder was immer sonst notwendig ist, nicht?»

«Ja, könnte ich. Aber ich mache es lieber selbst. Ich möchte das Mädchen und ihre Situation gern kennenlernen.»

«Ich wußte nicht, daß der Fall dich so fasziniert.»

«Tut er jetzt aber. Fossler hatte ein paar interessante ... Informationen.» Er streckte den Arm nach hinten aus und stellte seine Tasse auf den langen Mahagonitisch hinter der Rückenlehne des Sofas. Er rückte näher an Nina heran, legte seinen linken Arm um ihre Beine, lehnte sich an ihre Schienbeine und spürte ihre Wärme an seiner Seite.

So saßen sie eine Weile, während das blaue Winterlicht langsam verdämmerte und die Scheite mit niedrigeren, ruhigeren Flammen brannten.

Nina sagte nichts, aber Haydon konnte spüren, wie ihre Füße sich unter dem Kissen bewegten. Vorsichtig wandte er ihr den Blick zu und hoffte, sie unbemerkt beobachten zu können. Sie starrte mit gerunzelter Stirn auf das Feuer, und ihr Haar, dessen graue, drahtige Strähnen vom Schein der Scheite betont wurden, umrahmte wieder ihr Gesicht. Jetzt, da die Nacht sich um das Haus geschlossen hatte, wurden die hohen Bücherregale der Bibliothek nur von der grünen Messingkugellampe erhellt und von dem kleinen chinesischen Leuchter mit dem Pergamentschirm.

Haydon war deutlich bewußt, daß das Gespräch über Jim

Fosslers Situation in Guatemala etwas Unbehagliches in die Wärme der Bibliothek gebracht hatte, einem kalten Luftzug ähnlich. Es brauchte nicht handfester zu sein, damit Nina es spürte, den Geruch von Gefahr erkannte. Man brauchte ihr auch nicht zu sagen, Haydons Worten zum Trotz, daß er das eigentlich nicht tun müßte. Er wußte nicht mehr, wie sie beschlossen hatte, mit solchen Situationen umzugehen, nur, daß sie sich entschieden haben mußte, nie wieder eine Auseinandersetzung zu beginnen, wenn er einmal den Vorsatz gefaßt hatte, etwas zu tun, das sie für unnötig gefährlich hielt. Ebenso hatte er nie ausgesprochen, daß er nie, nicht einmal für sie, seinen Job aufgeben würde, der ihn regelmäßig auf ungewisse Pfade führte.

Sie beobachteten zusammen das Feuer, bis nur noch Glut übrig war.

5

Haydons Wecker schrillte um halb sechs. Er nahm seinen Arm von Nina, griff nach der Uhr auf dem Nachttisch und stellte die Glocke ab. Dann zog er die Arme wieder unter die Decke. Nina hatte sich nicht gerührt und würde sich auch noch zwei Stunden nicht rühren. Sie ging erst um neun Uhr in ihr Atelier, und Haydons Arbeitstag begann um sieben. Er kuschelte sich noch ein paar Minuten an sie, dankbar, daß sie warmblütig war und nur in einem Slip schlief. Aber er schloß die Augen nicht. Himmel, es war stockfinster wie um Mitternacht, ein weiterer Grund, warum der Winter eine lausige Jahreszeit war.

Nach ein paar Minuten wanderten seine Gedanken zu Jim Fossler, ein sicheres Zeichen, daß er nun aufstehen sollte. Resigniert stieg er aus dem Bett. Er meinte den Wind wehen zu hören, was ihn zusammenzucken ließ, aber als er zum Fenster ging und hinausschaute, sah er die kahlen Bäume vor dem öden Schimmer des bedeckten Himmels, und die schwarzen Silhouetten ihrer knochigen Zweige waren unbewegt. Er ging ins Badezimmer.

Er nahm eine heiße Dusche und stand lange unter dem dampfenden Wasser, bis er sich am ganzen Körper warm fühlte. Nina sagte, die heißen Duschen entzögen seiner Haut die natürlichen Fette, aber er war bereit, das in Kauf zu nehmen, wenn er den Tag warm beginnen konnte. Er trat aus der Dusche, trocknete sich rasch ab, kämmte sein nasses Haar, wickelte sich das Handtuch um die Taille und rasierte sich. Seinen neuen Schnurrbart sparte er sorgfältig aus. Er spritzte sich etwas Eau de Cologne ins Gesicht und ging in sein Ankleidezimmer, um sich anzuziehen.

Um fünf vor sechs ging er die Steintreppe hinunter und durchquerte die große Eingangshalle zur Küche. Er warf einen Blick auf die Gläser mit Kaffeebohnen, entschied sich für eine Sumatra-Röstung und gab genug Bohnen für vier Tassen in die Mühle.

Er dachte an Germaine Muller, während der Kaffee durchlief. Er schnitt dicke Speckscheiben ab und legte sie auf den Grill. Während sie brieten, ging er den kurzen Gang zur Seitentür entlang, wappnete sich gegen die erwartete Kälte und trat nach draußen. Mit angehaltenem Atem eilte er die geschwungene Einfahrt zum Eingangstor hinunter, wo der Zeitungsbote die Zeitungen durch die schmiedeeisernen Gitterstäbe schob. Als er wieder in der Küche war, zischte der Speck. Er warf die Zeitungen auf den Hacktisch, griff rasch nach einer Gabel und drehte die Scheiben auf dem Grill um. Er nahm die beiden Eier, die er bereits aus dem Kühlschrank geholt hatte, schlug sie in eine Schüssel, rührte sie rasch mit einem Schneebesen durch und schnitt dann zwei grüne Zwiebeln in die Schüssel. Er säbelte zwei dicke Scheiben Brot von dem Laib auf der Arbeitsplatte, steckte sie in den Toaster, drehte den Speck um und goß die Eier in eine Bratpfanne. Binnen weniger Minuten war alles fertig. Er griff nach den Zeitungen und setzte sich, um zu essen und zu lesen. Im Winter machten der warme Raum und die sich vermischenden Düfte nach Kaffee und Speck und gebratenen Zwiebeln das Frühstück zu seiner Lieblingsmahlzeit.

Um zwanzig vor sieben zog er in der Eingangshalle den Mantel an, drückte den Hut tief in die Stirn, schlüpfte in seine Handschuhe und trat in den kalten, dunklen Morgen hinaus. Er startete den Jaguar und ließ ihn ein paar Minuten leerlaufen. Dann fuhr er hinaus ins Freie, öffnete per Fernbedienung das vordere Tor und bog in die Straße ein. Diese Routine vollzog sich das ganze Jahr über, ohne daß er auch nur um fünf Minuten davon abwich. Und gewöhnlich war dies das letzte Mal für den Rest des Tages, daß er einigermaßen sicher vorhersagen konnte, was von einer Minute zur anderen passieren würde.

Gleich nachdem Haydon durch die Tür des Morddezernats getreten war, ging er zu Bob Dystals Büro. Er hielt nicht einmal inne, um sich eine Tasse des notorisch schlechten Kaffees seiner Abteilung zu holen, von dem immer eine Kanne bereitstand. Dystal war bereits da, über die Papiere auf seinem Schreibtisch gebeugt.

«Morgen, Stu», sagte Dystal und schaute auf, als Haydon eintrat. Ein abgetragenes schokoladenbraunes Jackett hing auf einem Drahtbügel an der Seite des Aktenschranks hinter ihm, und darüber, an der vorderen Oberkante des Schranks, spielte ein kleines rotes Plastikradio Country-Music, etwas mit einer singenden Fiedel.

«Hast du eine Minute Zeit?» Haydon nahm seinen Hut ab und hängte ihn an den Mantelständer neben Dystals Tür. Er stopfte die Handschuhe in die Manteltaschen und fing an, seinen Mantel aufzuknöpfen.

«Sicher. Mir ist jeder Vorwand recht», ächzte Dystal und ließ seinen Kugelschreiber auf die verstreuten Papiere fallen. Er richtete sich auf, nahm die massigen Schultern zurück und bewegte sie auf und ab, als habe er die ganze Nacht dagesessen. «Ich bin eine Stunde früher gekommen, nur um diesen Scheiß zu erledigen, und es fühlt sich an, als wäre ich das ganze Wochenende hiergewesen. Worum geht's?»

«Lena Muller», sagte Haydon, zog den Mantel aus und hängte ihn neben den Hut auf den Ständer.

«O verdammt.»

Haydon berichtete Dystal alles, was am Vortag geschehen war, das Gespräch mit Germaine Muller und das spätere Telefonat mit Jim Fossler. Während er sprach, bewölkte sich Dystals breites, gutmütiges Gesicht, und er stand langsam auf und kam mit einer Kaffeetasse in der Hand um den Schreibtisch herum. Neben dem leeren Stuhl an Haydons Seite blieb er stehen, hörte zu. Er dachte nach, während Haydon sprach, trat dann beiläufig zur Seite, schloß die Tür seines Büros, kehrte zu Haydon zurück und setzte sich auf den Stuhl neben ihm. Er drehte ihn ein wenig herum, so daß er Haydon ansehen konnte, aber durch das Glasfenster noch immer das Abteilungszimmer im Blick hatte, das sich inzwischen mit den Leuten der Tagesschicht füllte. Die enorme Masse seines Körpers füllte den abgenutzten hölzernen Bürostuhl aus, der gelegentlich krachte, wenn Dystal sein Gewicht verlagerte. Sein Bauch, der immer mächtig, früher aber etwas fester gewesen war, hing mehr als gewöhnlich über seiner Gürtelschnalle, die aus einer alten, silbergefaßten mexikanischen Spore gemacht war.

Haydon kannte Dystal seit der Polizeiakademie. Am Anfang waren sie zusammen Patrouille gegangen, und später hatten sie in Zivil beim gleichen Spezialauftrag des Sittendezernats ihren ersten Durchbruch geschafft. Seit Jahren arbeiteten sie in derselben Schicht des Morddezernats, wenn auch nicht immer als Partner. Eine der ersten Beförderungen, die Haydon sich hatte entgehen lassen, war Dystal zugefallen. Sie standen sich so nahe wie Brüder, was bedeutete, daß sie Dinge voneinander wußten, die kein anderer wußte, und sie respektierten einander genug, um es dabei zu belassen.

Als Haydon fertig war, saß Dystal einen Augenblick da, ohne etwas zu sagen, die stämmigen Beine vor sich ausgestreckt, die

Cowboystiefel, blankgeputzt, aber abgetragen, an den Knöcheln übereinandergeschlagen. Wieder bewegte er Schultern und Hals von einer Seite zur anderen. Die dicken, massigen Muskeln, die ihm im College Ruhm beim Football und eine Menge Profi-Angebote eingetragen hatten, machten ihm mit Ende Vierzig teuflisch zu schaffen.

«Guatemala», sagte er schließlich, schüttelte mit leisem Schnauben den Kopf und schaute noch immer in den Abteilungsraum. Er hielt die Blechtasse mit den dicken Fingern beider Hände und drehte sie langsam und müßig. «Scheißguatemala.» Er bewegte sich auf seinem Stuhl, und das Leder seiner Stiefel knarrte. «Der alte Jim hat sie also gefunden.» Er war nachdenklich. «Dabei kann er gar nicht so gut Spanisch.» Er hob die Blechtasse an die Lippen, die Augen noch immer auf den Abteilungsraum gerichtet. «Ich kann gar nicht glauben, daß dieser Scheißkerl Muller ihn für so eine dreiwöchige Entenjagd bezahlt hat. Für das, was Muller ihm gegeben hat, wäre Fossler auch nach Bangkok gegangen. Aber er hätte das nicht machen sollen. Wenn man nicht besser Spanisch spricht als der alte Jimbo, sollte man nicht in dieses verdammte Land fahren.»

Dystals breites, glattrasiertes Gesicht verriet besorgte Gereiztheit. Für ihn war Mittelamerika so fremd und exotisch wie Bhutan und deshalb höchst verdächtig und potentiell gefährlich. Außerdem hatte er absolut keinen Respekt vor George Muller oder George Mullers Art, Dinge zu erledigen. Er hob einen dicken Finger und kratzte sich an seinem sauber geschnittenen Backenbart. Dystal liebte eine glatte Rasur und einen ordentlichen Haarschnitt, und jetzt, da er ihm näher war, konnte Haydon sein Mennen-Rasierwasser riechen. Haydon vermutete, daß Dystal die Marke seit der High School nicht mehr gewechselt hatte und ganz gewiß nicht, seit er ihn kannte.

«Scheiße», sagte Dystal. «Das verdammte State Department hat sicher ein paar Schnüffler an der Hand, und es gibt keinen raffinierteren als Cage, nehme ich an. Das ist verdammt beunruhigend, Himmel.» Dystal schüttelte nachdenklich den Kopf.

«Fossler glaubte nicht, daß die jungen Leute mit Drogen handeln und daß es die Polizei war, vor der sie Angst hatten?»

«Die Polizei hat er überhaupt nicht erwähnt. Was vermutlich zu seiner Annahme paßt, daß es nicht um Drogen geht. Und er war entschieden etwas durcheinander.»

«Sieht ihm gar nicht ähnlich.»

«Nein.»

«Ach, zum Teufel, ich wäre auch durcheinander, und zwar in der Sekunde, in der ich da unten aus dem Flugzeug steigen würde. Er hat ein Recht, durcheinander zu sein. Man schnüffelt nicht in einem Land herum, das einem eine Todesschwadron hinterherschickt, wenn ihnen die Art nicht paßt, wie man in der Nase bohrt. Er hat die Kleine gefunden, und dafür ist er hingefahren. Fossler sollte nach Hause kommen, solange er noch atmen kann.»

«Ich glaube, er fühlt sich verpflichtet, etwas mehr über die Sache herauszufinden, in die das Mädchen vielleicht verwickelt ist.»

«Na ja, das kann ich noch verstehen», sagte Dystal und rollte den Kopf in Haydons Richtung. «Was ich nicht verstehe, ist, warum du meinst, du müßtest ihm helfen.»

«Komm schon, Bob, was hätte ich denn sonst tun sollen? Ihm sagen, daß ich ihm nicht helfen würde? Ihm sagen, daß er auf sich allein gestellt ist?»

«Er ist ein erwachsener Mann.»

«Er sitzt in der Klemme.»

«Er hätte sich nicht auf solche Geschäfte einlassen sollen. Wenn man aus der Organisation ausscheidet, die das Gesetz vertritt, und auf eigene Faust da hingeht, dann muß man damit rechnen, in die Klemme zu geraten.»

Haydon sagte nichts.

«Diese ganze Muller-Geschichte kotzt mich an», fügte Dystal hinzu.

Das wußte Haydon natürlich. Dystal war wirklich beleidigt gewesen, als George Muller seinen Einfluß hatte geltend machen und das Department manipulieren wollen. Dystal war nicht so schnell beleidigt, aber Muller fand er besonders unangenehm.

«Er bat mich um einen Gefallen», sagte Haydon, auf Fossler bezogen.

«Na, das ist ein großer Gefallen, in dieses Scheißguatemala zu fahren.» Gleich darauf hob Dystal begütigend die Hand. «Ich weiß, ich weiß. Du tust das Richtige.» Dann zwinkerte er Haydon zu. «Aber ich bin nicht sicher, daß du auch das Schlaueste tust. Wann fährst du?»

«Die Maschine startet um zwanzig vor sechs. Ich komme kurz nach Einbruch der Dunkelheit an.»

«Weißt du, das Department wird nicht dafür aufkommen. Um diesen Fall abzuschließen, brauchst du die Akte der Kleinen bloß ganz hinten in die Schublade zu legen. Du brauchst keine verdammte eidesstattliche Versicherung, daß sie am Leben ist.»

Haydon nickte. «Das weiß ich. Aber hier ist alles in Ordnung. Ich habe nichts Dringendes auf dem Tisch, nichts, was nicht ein paar Tage warten könnte.»

«Okay, dann bekommst du zwei Tage», sagte Dystal, stemmte sich vom Stuhl hoch und ging um seinen Schreibtisch herum. Er setzte sich in seinen Sessel, stellte die Blechtasse ab und griff nach einem Computerausdruck mit den Dienstplänen der Beamten. Er runzelte die Stirn und schrieb eine Notiz auf die grünen Linien des Ausdrucks. Er blickte auf. «Fertig. Verdammt, ich hoffe, du weißt, was du tust.»

Haydon ging in sein Büro, das auf der gegenüberliegenden Seite des Abteilungszimmers lag, und rief sein Reisebüro an. Er buchte einen Platz in der Nachmittagsmaschine von Continental Airlines nach Guatemala City. Mit ein paar Anrufen sagte er seine Verabredungen für die nächsten Tage ab und sah seinen Kalender durch, um sicher zu sein, daß er nichts vergessen hatte. Dann wandte er sich seinem Aktenschrank zu und nahm seinen Ordner über Guatemala heraus. Haydon hatte gelernt, sich umfassende Notizen zu machen, wann immer er einen Fall bearbeitete, der ihn ins Ausland führte, was gewöhnlich Lateinamerika bedeutete. Er führte eine Akte über jeden dieser Fälle, komplett mit Fotos und Karten und den Namen von Polizeibeamten, mit denen er gearbeitet, und Informanten, die er benutzt hatte. Natürlich stand die Zeit nicht still, und die Leute und ihre Umstände veränderten sich mit den Jahren, doch die Wiederaufnahme des Kontakts mit früheren Bekannten war oft der schnellste Weg, um seine Informationen auf den neuesten Stand zu bringen.

Er blätterte seinen Guatemala-Ordner durch, sah sich Gesichter und Namen an – für den Anfang genug –, schloß den Ordner, nahm seinen Mantel und Hut und verließ das Morddezernat.

6

Obwohl es beinahe zehn Uhr war, war der Morgen düster und trüb, und ein schmutziger Dunst hing in der kalten Luft. Die Straßenbeleuchtung brannte, als sei Abend, und alle Wagen auf den Straßen hatten die Scheinwerfer eingeschaltet. Haydon mied die Schnellstraßen und fuhr geradeaus die Main Street hinunter. Er hatte reichlich Zeit, also wich er dem Verkehr nicht aus, der ihm Zeit zum Nachdenken verschaffte. Er hatte sich nicht die Mühe gemacht, in irgendeinem Hotel in Guatemala City ein Zimmer zu reservieren, da er lieber beweglich bleiben wollte. Er reiste sozusagen mit leeren Händen. Da dies keine offizielle Dienstreise war, ließ er die dünne Akte über Lena Muller im Büro, und auch seine Beretta würde er zu Hause lassen müssen, was ihm leises Unbehagen verursachte.

Er fuhr durch die Innenstadt, vorbei an den vietnamesischen Läden und Restaurants und Clubs, und dann unter dem Southwest Freeway durch, wo sich der Charakter der Straße rasch veränderte, als die riesigen Wassereichen die nassen Straßen überwölbten und einen großen Baldachin bildeten. Als er das Museum of Fine Arts erreichte, bog er rechts in die Bissonnet, in eine Gegend, die beliebt war wegen der Kunstgalerien.

Er bog in eine kleine Straße ein und hielt vor der Galerie Deux Femmes, einem alten, zweistöckigen Haus, dessen Erdgeschoß renoviert und zu großen, offenen Räumen umgebaut worden war. Das Obergeschoß gehörte Ninas Architekturbüro, das sie vor elf Jahren mit einer anderen Architektin gegründet hatte, Margaret Lessing. Haydon & Lessing konzentrierten sich ganz auf Wohnhäuser und hatten von Anfang an beschlossen, die Firma klein zu halten und jeweils nur einen Auftrag anzunehmen. Ihr Entschluß, auf Qualität statt auf Quantität zu setzen, hatte sich bald ausgezahlt, und nun hatten sie einen solchen Ruf, daß nach Beendigung eines Auftrags immer schon der nächste anstand.

Haydon stieg aus dem Wagen und ging die Steinstufen des alten Hauses zu der Veranda hinauf, die sich über die ganze Breite zog. In der hellen Halle des Erdgeschosses sah er Denise Ronsard, eine der beiden neugierigen Schwestern, denen die Galerie und das Haus gehörten. Er erwiderte ihr Winken und wandte sich der Treppe in der Mitte der Veranda zu. Oben ging er auf die Milchglastür zu, die in das Architekturbüro führte.

Selbst die vielen Oberlichter in der hohen Decke machten den Raum wegen des düsteren Himmels nicht hell; alle Lampen brannten. Mehrere große Räume gruppierten sich um einen geräumigen Mittelteil; die Böden waren aus Hartholz und die Wände weiß. Es gab einen Konferenzraum mit einem großen, ovalen Kirschholztisch, gleich gegenüber dem Eingang, und rechts konnte Haydon Margaret im Modellzimmer arbeiten sehen, aus dem der harzige Duft von Holzspänen und Leim drang.

Margaret war eine wuschelhaarige Frau mit alabasterner Haut und blauen Augen. Sie hatte eine zurückhaltende Art, hinter der sich eiserne Entschlossenheit und ein eindeutig unanständiger Sinn für Humor verbargen. Sie arbeitete am Modell eines Hauses und hatte im Augenblick den Saum ihres langen Rockes geschürzt und in den breiten Ledergürtel gestopft, was bewirkte, daß ein beträchtliches Stück eines ihrer hellen Beine zu sehen war. Margaret hatte sich über den Tisch gebeugt und schaute von unten in das Modell. Ohne sich aufzurichten, drehte sie den Kopf, sah ihn und lächelte, nicht im geringsten verlegen, mit geschürztem Rock überrascht zu werden.

Haydon winkte, wandte sich nach links und ging durch den kurzen Flur zu Ninas Studio. In der Tür blieb er stehen. Nina war am Zeichenbrett, barfuß, halb stehend, halb auf dem Hocker sitzend, zu drei Vierteln von ihm abgewandt. Sie hatte einen grünen Zeichenstift zwischen den Zähnen und zog mit einem Lineal kleine Linien.

Sie schaute sich um. «Großer Gott», sagte sie grinsend. «Ich hab dich gar nicht kommen hören.»

«Du hättest mich nicht mal gehört, wenn ich schießend hereingekommen wäre», sagte Haydon, trat ein und zog die Tür hinter sich zu.

Sie griff nach ihrer Kaffeetasse auf einem Tisch neben dem Zeichenbrett. «Was machst du?»

«Ich fliege nach Guatemala.»

«Oh», sagte sie, legte den Kopf schräg und zuckte mit den Schultern. Sie ging zu einem kleinen Sofa unter den Fenstern, die auf die Straße schauten, und setzte sich hin. «Jetzt gleich?»

«Na ja, heute nachmittag. Zwanzig vor sechs. Ich bin auf dem Weg nach Hause, um zu packen.»

«Wie lange bleibst du fort?»

«Ein paar Tage.»

«Ich hatte gehofft, Bob würde dich zur Raison bringen», versuchte sie zu scherzen.

«Ich bin am Donnerstag wieder zu Hause.»

«Ich weiß nicht. Lateinamerika scheint für dich so etwas zu sein wie eine Verwerfung im Kontinuum von Zeit und Raum.»

«Das ist es für jeden», sagte er. «Ich glaube, Jim Fossler findet es da unten ganz schön anstrengend.»

Nina nickte. Sie beugte sich auf dem Sofa vor, die Beine geschlossen, die Unterarme auf den Knien, und hielt ihre Kaffeetasse. Haydon hatte nicht einmal den Mantel ausgezogen. Er fuhr sich mit den Fingern durch das dunkle Haar. Er brauchte einen Haarschnitt, aber der mußte warten.

«Da unten ist jetzt Sommer», erinnerte Nina ihn und schaute auf. «Vergiß das nicht. In diesen Wollsachen würdest du dich schrecklich fühlen.»

«Ja, Fossler sagte, es sei ziemlich warm.»

«Soll ich dich zum Flughafen fahren?»

Er schüttelte den Kopf. «Um diese Zeit würdest du auf dem Expressway bloß eine Menge Zeit verschwenden, und bei diesem Wetter dürfte es noch schlimmer sein. Ich lasse den Wagen auf dem Dauerparkplatz. Das ist am einfachsten.» Er schaute hinüber zum Zeichenbrett. «Wie läuft es?»

«Inzwischen recht gut», sagte sie, froh, das Thema seiner Abreise zu verlassen. «Die Spahns kommen irgendwann in den nächsten zwei Wochen vorbei, um es sich noch einmal anzusehen. Das dürfte dann die letzte Inspektion sein. Danach fahren wir alle nach Mexiko zum Ausheben der Fundamente.» Sie stand auf und wandte sich dem Zeichenbrett zu. «Wie findest du es?»

«Ich hab's dir schon gesagt», sagte er und trat neben sie. «Das Beste bis jetzt.»

«Ja, mir gefällt es auch immer besser. Das Grundstück ist toll, mit Blick auf den Pazifik.»

Haydon stand etwas hinter ihr und schaute über ihre Schulter. Er warf seinen Hut auf das Sofa, trat näher und legte von hinten beide Arme um sie. Er umfaßte ihre Taille, fühlte ihre Hüften, fuhr mit den Händen über ihren Bauch und tiefer. Er küßte ihren Nacken, küßte die Biegung der Schulter, küßte ihren Haaransatz, wo ihr Haar fest zum Knoten hochgekämmt war, und spürte die feinen Strähnen, die sich gelöst hatten, kitzelnd an seinem Gesicht. Er atmete ihren Duft ein, küßte ihr Ohrläppchen, spürte ihre Wärme an seiner von der eisigen Morgenluft noch kalten Wange. Er schob seine Hände hoch zu ihren Brüsten, während sie den Kopf nach hinten legte, und hörte, wie sie die Luft anhielt, als seine kühle Hand in ihre Bluse und ihren Büstenhalter glitt. Sie wandte ihm das Gesicht zu, und mit der freien Hand knöpfte er ihre Bluse auf.

7

Wegen des schlechten Wetters startete die Maschine nach Guatemala City mit fünfundvierzig Minuten Verspätung vom Houston Intercontinental Airport. Sie warteten vor der Rollbahn in einer Schlange von Maschinen, die wie riesige, überraschte Käfer die Schneeböen abwarteten, die es eigentlich gar nicht hätte geben dürfen. Die Kabinenlichter waren gedämpft. Haydon saß allein in seiner Reihe. Er schaute hinaus auf den großen Terminal, der wie eine Raumstation jenseits eines breiten Streifens von mit Reif überzogenem Gras lag. Wie immer das Wetter in Guatemala City sein mochte, es konnte kein unerfreulicherer Anblick sein als das, was Haydon im Augenblick durch das Fenster sah. Er war froh, dieses verrückte Wetter hinter sich zu lassen.

Sie waren zwei Stunden und vierzig Minuten in der Luft. Haydon lehnte die Mahlzeit ab, dafür trank er mehrere Scotchs mit Wasser und dachte über Jim Fossler und Lena Muller und Taylor Cage und seinen letzten Besuch in Guatemala nach. Es gab nicht viel, das für dieses Land sprach. Einst war es als Land des ewigen Frühlings bekannt, doch seit dem Putsch von 1954 war Guatemala von einer Reihe regierender Generäle ruiniert worden, die ihre Macht jeweils durch Staatsstreiche und Gegenstaatsstreiche gewannen. Die Militärherrschaft wurde von Mal zu Mal grausamer, unterstützt von den sogenannten Todesschwadronen, ein Phänomen, das sich schließlich auf ganz Lateinamerika ausbreitete und zum Markenzeichen der dortigen Politik wurde.

Guatemala war ein einziges riesiges Schlachtfeld. Die Todesschwadronen operierten ungestraft, und jeden Tag «verschwanden» Leute einfach von den Straßen. Die Zahl der «Verschwundenen» betrug etwa fünfzig pro Monat, und in den letzten zwanzig Jahren gab es täglich vierzehn «illegale Tötungen» – also Morde an Zivilisten. Ganz gleich, wer im Präsidentenpalast residierte, die Armee regierte. Sie war die modernste, bestausgerüstete und ruchloseste Armee Lateinamerikas. Und da die moderne Welt nun einmal so ist, wie sie ist, bekam sie reichlich Hilfe von anderen Ländern, die sämtlich bereit waren, ihr Kriegsmaterial einer Armee zu verkaufen, die keine Feinde hatte außer dem eigenen Volk: von den Vereinigten Staaten, von den Israelis und Deutschen, von Südafrikanern, Italienern und Taiwanern.

Im Killergeschäft war Haydon Taylor Cage zum ersten Mal begegnet. In einem späten August Anfang der achtziger Jahre hatte Haydon rasch hintereinander drei Morde zu bearbeiten, alle in der Nähe des Houstoner Schiffskanals. Die Untersuchungen waren schwierig aus Gründen, die erst klar wurden, als Haydon eines Abends zu Hause einen Anruf von Captain Mercer erhielt, dem Chef der Mordkommission. Er wollte zu Haydon ins Haus kommen und «einen Herrn» mitbringen, der Licht in die Schiffskanalmorde bringen könne. Das war der einzige Besuch Mercers in seinem Haus gewesen. Der Mann, den er mitbrachte, stellte sich als Mitarbeiter des State Department vor und sagte, er habe Informationen über jeden der drei Fälle. Es dauerte lange, die Geschichten zu erzählen, aber der eigentliche Grund, warum Haydon mit seinen Untersuchungen nicht vorangekommen war, lag darin, daß er der amerikanischen Abwehr in die Quere gekommen war. Trotzdem trieb er die Sache weiter, und ihnen war klargeworden, daß sie ihn in die geheime Operation einweihen mußten, um ihn daran zu hindern, ahnungslos das zu beschädigen, was davon noch übrig war.

Die drei Morde hingen mit einem Plan zusammen, der schiefgegangen war, und zwar wegen des schwächsten Gliedes jeder Operation, des menschlichen Faktors. In der Geschichte, die da ans Licht kam, ging es um den Verkauf geheimer militärischer Computertechnologie Israels nach Südafrika. Aus Gründen, die Haydon nie begriff, wurde die Hardware von Tel Aviv aus verschifft, während die Verhandlungen über die Bezahlungsweise in Houston geführt wurden. Es ging um eine Art Ringtausch: Kokain für südafrikanische Krüger Rands und israelische Schekels und panamaische Dollars, und zwar nach einem komplizierten Waschplan, der die Transaktion und ihre Bedingungen so verschleiern sollte, daß sie nicht mehr zu verfolgen waren. Doch homosexuelle Abhängigkeit und Geldgier ließen den Plan fehlschlagen, und aus irgendeiner dunklen Ecke des Globus wurde Taylor Cage als Troubleshooter herbeigeholt. Er war ein notorischer Lügner mit dem sexuellen Appetit eines Satyrs; er war egozentrisch, unfähig zu Einfühlung, arrogant, bar jeder Bosheit, berechnend wie ein Schachmeister, unbestreitbar charmant und von einem echten Mut, wie Haydon ihn selten an einem Mann erlebt hatte.

Ihre kurze Verbindung hatte einen unauslöschlichen Eindruck auf Haydon gemacht, und Taylor Cage ging in Haydons persönliches Archiv ein. Nur weil Haydon so viel wußte, hatte man ihn überhaupt zugezogen. Sie ließen ihn drei Tage lang Spion spielen, ließen ihm seinen Willen, und als es vorbei war, machten sie ihm klar, für sie – und für ihn – wäre es am besten, wenn er die ganze Geschichte vergessen würde. Wie durch Zauberei versorgten sie ihn mit allen Dokumenten, die er brauchte, um seine drei Mordfälle ordnungsgemäß abzuschließen. Niemand hatte es ihm je gesagt, aber er hatte immer vermutet, daß Cage ein Mitarbeiter der CIA war, der nicht innerhalb der traditionellen Kanäle operierte.

Haydon hatte gemischte Gefühle bei der Aussicht, Cage wiederzusehen, und seine Befürchtungen wurden nicht kleiner, nachdem er erfahren hatte, daß Cage anscheinend in der Lage gewesen war, Fossler direkt vor Lenas Tür zu führen. Wenn das Zufall war, dann war es gewiß ein ganz außergewöhnlicher Zufall.

Um Viertel nach neun landete die Maschine auf dem Aurora International Airport in Guatemala City. Während das Flugzeug über die unebene Rollbahn in Richtung Terminal ruckelte, schaute Haydon aus seinem Fenster auf das bunte Gemisch von militärischen und privaten Hangars und Flugzeugen. Alles war schwach beleuchtet, ein Markenzeichen guatemaltekischer Nächte, und Haydon sah die allgegenwärtigen bewaffneten Soldaten. Als die Maschine schließlich ihre Parkposition erreichte, nahm Haydon seine weiche lederne Wochenendtasche aus der Gepäckablage und ging zum Ausgang, vorbei an den lächelnden Stewardessen und hinaus in die Gangway, die zum Terminal führte. Er folgte den wenigen Passagieren, bis sie an einen kleinen Schreibtisch in einer Nische kamen, wo sie befristete Visa erhielten und die Einreisegebühr bezahlten. Danach ging er zum nahegelegenen Schalter, wo sein Paß und sein Visum gestempelt wurden, ehe er sein Gepäck abholte.

Haydon ging geradewegs zur Zollabfertigung, und während der Beamte seine Reisetasche durchsuchte, drehte er sich um und betrachtete die Leute, die hinter dem Balkongeländer im ersten Stock standen. Einige winkten und lachten den Passagieren zu, die auf ihre Koffer warteten, einige beugten sich vor und riefen ein paar Worte, die von den Fliesen- und Marmorböden widerhallten, andere starrten nur gelangweilt nach unten. Haydon konnte Fossler nicht entdecken, und er sah auch sonst niemanden, der sich in irgendeiner Weise für ihn zu interessieren schien.

Der Zollbeamte zog den Reißverschluß seiner Tasche zu und schickte ihn mit einem Nicken und einer seitlichen Drehung des Kopfes weiter. Haydon ging durch eine der Schwingtüren hinaus in die lange, überdachte Einfahrt, wo Gepäckträger und Taxifahrer müßig herumstanden und schwatzten. Sofort wirkte die warme, dieselgeschwängerte Luft des städtischen Mittelamerika auf sein psychisches Barometer ein. Alles, was er je über dieses schöne und brutale Land gelernt und erfahren hatte, fiel ihm wieder ein, als hätten die Jahre dazwischen nie existiert. Es war kein durchgehend angenehmes Gefühl. Wieder suchte Haydon unter den Gesichtern nach Fossler. Noch immer sah er ihn nicht.

Da in Guatemala nie etwas dann geschieht, wann es geschehen soll, und Zeitpläne nur als Vorschläge und nicht als wörtliche Verpflichtungen betrachtet werden, ging Haydon hinüber zu einem Betonvorsprung in der Nähe der Mietwagenschalter und setzte sich hin. Er würde eine halbe Stunde warten. Doch die halbe Stunde verging, ohne daß Fossler erschien. Haydon winkte einem Taxi und machte sich auf den Weg in die Stadt.

8

Die Nacht war heiß, und die Taxifenster waren weit geöffnet, als der Fahrer über den einsamen Flughafenboulevard mit seinen dürren, neu angepflanzten Palmen fuhr. Die unverwechselbare Nachtluft von Guatemala City war schon jetzt schwer von dem vertrauten, rauchigen Geruch, der sich über die Stadt senkte, wenn die Brisen des Tages sich legten. Die Stadt, fast ganz von Bergen umgeben, lag auf einem flachen Plateau, das auf allen Seiten durch tiefe Schluchten stark erodiert war.

Die Bevölkerung der Stadt war auf über zwei Millionen angewachsen, sie verwandelte viele der *barrancas*, der Schluchten, die die Stadt umgaben, notgedrungen in ungesunde Slums. Hunderttausende von armseligen Hütten entstanden in ihren Rändern und ergossen sich über die steilen Abhänge, zusammen mit den Tonnen von Müll, die die Stadt dort ablud. Die Armen wetteiferten mit den Geiern um eßbaren Müll. In der Regenzeit stürzten Wassermassen die Hänge hinunter und rissen Schneisen in die Hütten. Mühsam und mit einer Zähigkeit, die nur die Verzweifelten verstehen, wurden sie wieder aufgebaut. Jeden Abend stieg der Gestank der ständig schwelenden Abfälle und der Hüttenfeuer über die Ränder der Schluchten und legte sich wie ein Alptraum über die Stadt.

Sie fuhren unter den Bögen der alten Steinaquädukte durch, die noch immer parallel zum Bulevar Liberación verliefen. Der Taxifahrer bog rechts ab und folgte der Straße um den Kreis der Blumenuhr herum, vorbei am Indianerdenkmal bis zum riesigen Oval des Parque Independencia mit seinem hohen Steinobelisken. Sie umrundeten den Platz zur Hälfte und fuhren dann in die Avenida La Reforma, eine der breitesten und attraktivsten Avenuen Mittelamerikas mit hoch aufragenden Zypressen, die beide Seiten der Avenue beschatteten. Dieser Teil der Innenstadt, in dem auch die amerikanische Botschaft lag, war das Beste, was die Stadt zu bieten hatte, und selbst das war nicht viel.

Es überraschte Haydon nicht, daß der Taxifahrer durch die schönsten Viertel der Stadt einfach durchraste, um Fosslers Hotel zu erreichen. Obwohl der Wechselkurs günstig war, wohnte Fossler drittklassig, was in Lateinamerika besonders karg sein konnte. Posada Cofino lag in Zona 1, dem Herzen der alten Innenstadt, wo die Straßen eng und schmal und schlecht beleuchtet waren. Sie waren fünf oder sechs Blocks von der Plaza Mayor entfernt, als der Fahrer in eine kurze Straße mit Kopfsteinpflaster einbog und an einigen Haustüren vorbeifuhr, ehe er die *posada* fand, erkennbar nur an dem Namen auf einer Keramikplatte. Eine schwache Glühbirne brannte hinter dem Tor am Fuß der Treppe.

Haydon stieg aus und bezahlte den Fahrer, der im Rückwärtsgang aus der engen Straße fuhr. Haydon stand einen Augenblick auf dem Gehsteig und schaute in beide Richtungen der kleinen Sackgasse, die kaum mehr war als ein langer Hof. Ihm gegenüber lag ein Schreibwarengeschäft, an der Ecke, von der sie gekommen waren, eine Drogerie, dieser gegenüber ein Friseurladen, nur wenige Meter von Haydon auf dem Gehsteig entfernt. Die restlichen Eingänge waren nicht gekennzeichnet, vermutlich Privatwohnungen oder einzeln vermietete Zimmer oder kleine Büros.

Er wandte sich der Mauer hinter ihm zu und erwartete, einen Klingelknopf oder eine Sprechanlage zu finden, aber da war nichts. Das Tor war nicht verschlossen. Er stieß es auf und sah, daß neben dem Treppenhaus ein schmaler Gang in einen Hof führte. Er suchte Zimmer Nummer vier, aber er fand keinen Hinweis darauf, ob es draußen im Hof zu finden war, von wo man ein Radio spielen hörte. Er hoffte, die Treppe nicht ersteigen zu müssen, und ging den kurzen Gang entlang, der nach feuchtem Stein roch, bis in den kleinen Hof zu seiner Linken, in dessen Mitte Platanen und ein paar stachelige Palmen standen, hoch genug, um den größten Teil der anderen Seite zu verdekken. Hier war das Radio deutlich zu hören, es kam von jenseits der Palmen. Auf jeder Seite des Innenhofes befand sich eine Tür. Er trat an die, die ihm am nächsten war und rechts von ihm lag, und sah eine Eins auf der steinernen Türfassung. Er ging zu der Tür auf der anderen Seite des Ganges, aus dem er gekommen war, und schaute hinauf. Es war Nummer vier.

Ehe er anklopfte, sah er sich noch einmal im Hof um. Vermischt mit dem muffigen Geruch von Stein nahm er den Duft von gebratenen Zwiebeln und Paprika und Maistortillas wahr. Neben jeder Tür, die in den Innenhof ging, befand sich ein einzelnes Fenster, und obwohl die von Zimmer eins und vier dunkel waren, sah man hinter zwei und drei Licht, teilweise von den Pflanzen verdeckt. Haydon ging ein Stück auf Nummer drei zu; obwohl das Fenster wegen der Hitze der Nacht geöffnet war, hörte man innen keinen Laut. Gegenüber jedoch kam die Radiostimme aus dem anderen offenen und erleuchteten Fenster, und

Haydon vernahm das Klirren von Tellern und jemanden, der hustete.

Er ging zurück zu Fosslers Tür, doch wegen der Stille in dem kleinen Innenhof zögerte er anzuklopfen. Wenn Fossler nicht da war, wollte er nicht auf seine eigene Anwesenheit aufmerksam machen. Fosslers Zimmer war dunkel, und Haydon bezweifelte, daß er darin war. Er drehte am Türknopf. Er gab nach, und ein leises Klicken ertönte, ein Geräusch, das Haydon den Schweiß auf die Stirn trieb. Wenn Fossler fortgegangen war, hätte er die Tür abgeschlossen. Haydon erinnerte sich, wie Fossler gesagt hatte, Lena und Baine wüßten, wo er wohnte, und er erinnerte sich auch, wie er gesagt hatte, er sei mehrmals umgezogen. In diesem Augenblick kam es Haydon unglaublich vor, daß er Fossler nicht nach dem Grund dafür gefragt hatte.

Er hielt den Türknauf fest, damit er nicht wieder zurückschnappte. Er sehnte sich verzweifelt nach seiner Beretta. Langsam trat er seitlich an die Wand und drückte vorsichtig mit ausgestrecktem Arm die Tür nach innen auf, während hinter ihm, jenseits der Platanen, ein Chor blecherner Stimmen sang.

«Fossler», sagte er, nicht laut, aber laut genug. «Fossler.»

Als die Tür sich öffnete, sah Haydon im Schein des bläulichen Lichts, das durch ein Fenster von der Straße kam, daß es sich um einen einzelnen Raum handelte. Er trat in die Tür und schaute in die andere Richtung. Die Tür war ganz geöffnet und stieß an die Innenwand, so daß niemand dahinter versteckt sein konnte. Haydon trat einen Schritt vor und überprüfte den Raum, so gut er das im Halbdunkel konnte. Vor ihm befand sich das Fußende eines Einzelbetts, über dem Bett das Fenster und rechts eine Trennwand, die eine Toilette und Dusche verbergen sollte; rechts davon standen ein Tisch und zwei Stühle und ein Schrank ohne Tür. Etwas hing im Schrank. Haydon hob seine Tasche auf, trat ein und schloß die Tür. Er stützte sich mit einem Knie auf das ungemachte Bett, griff nach oben über das Kopfende und zog den Vorhang vor dem Fenster zum Hof zu. Das Zimmer war warm und roch nach Schimmel. Haydon ging vorsichtig zum

Tisch, bemüht, keine Trittgeräusche zu machen, und schaltete das Licht ein.

Die Birne hatte nur vierzig Watt oder weniger, aber der gelbe Lichtschein war hell genug, um Haydon erstarren zu lassen. Das Zimmer war ein wüstes Durcheinander. Die Bettdecken waren am Kopfende zusammengeknüllt, ein Stuhl war umgestürzt, der Tisch stand schief. Der Duschvorhang war von den meisten Haken gerissen, und aus irgendeinem Grund war das Toilettenpapier von der Rolle gezogen und wand sich in Schlangenlinien durch den Raum, die in einem Häufchen zu Haydons Füßen endeten. Selbst bei der schlechten Beleuchtung konnte er deutlich die tiefroten Flecken erkennen, die das Papier durchweichten. Instinktiv schaute er zum Waschbecken; das schmutzige, angeschlagene Email wies wäßrige Blutspuren auf, der Spiegel darüber war mit Blut bespritzt bis an die Decke. Er wirbelte herum; ein Hemd im Wandschrank war halb vom Bügel gerissen, und auf den Fenstervorhängen neben dem Schrank sah man verschmiertes Blut und blutige Fingerabdrücke. Haydon schluckte. Überall war Blut, Spritzer, Tropfen, verschmierte Flecken, aber – Haydon klammerte sich an eine fadenscheinige Hoffnung – nirgends gab es eine größere Blutlache. Dieses Blut war in einer Art wilder Hektik verspritzt worden, aber wer immer es verloren hatte, war nicht lange genug hiergeblieben, um eine Blutlache zu hinterlassen.

Plötzlich hörte Haydon den Türknopf hinter sich klicken. Er fuhr herum und sah, wie die Holztür sich sacht und vorsichtig öffnete. Doch in der Tür stand niemand. Eine Katze schoß aus dem Hausgang zwischen die Platanen, und dann trat Taylor Cage in den gelben Lichtschein, einen riesigen Revolver in den Hosenbund schiebend.

9

«Hallo, Haydon», sagte Cage. Er zögerte einen Moment, als wolle er Haydon Zeit geben, ihn zu betrachten, zu taxieren, sich zu fassen. Er war etwa so groß wie Haydon, aber viel massiger; die breite Brust war um einige Pfunde gewachsen, aber er bewegte sich noch immer auf die sichere, leichtfüßige Art, die darauf hindeutete, daß er stets aktionsbereit war. Seine hellrosa Haut war von einem Sonnenbrand gezeichnet, dessen Reste sich von seinem geraden Nasenrücken schälten; die grünlichen Augen waren unverändert. Er trug das wellige graue Haar jetzt etwas kürzer, aber es war noch genauso dicht wie vor zehn Jahren.

Ohne den Blick von Haydon zu wenden, kam er durch die Tür, blieb gleich dahinter stehen und nahm eine Schachtel Zigaretten aus der Brusttasche seiner Jacke. Er zündete sich eine Zigarette an, ohne Haydon eine anzubieten.

«Du wußtest, daß ich hier bin, nicht?» sagte er und blies den Rauch aus. Er schwitzte, auf seiner Stirn standen Tropfen, und Schweiß rann ihm über die rechte Schläfe.

«Meinst du mit ‹hier› dieses Haus oder ‹hier› in Guatemala?»

Cage sah Haydon an. «Himmel, du hast dich nicht verändert, was? Okay, mal sehen, sagen wir zuerst ‹hier› in Guatemala.»

«Ja.»

«Und in diesem Haus?»

«Natürlich nicht.»

Cage drehte sich ein wenig, so daß er den Rücken nicht der Tür zuwandte, sondern der Wand. Er schaute hinaus in den Hof und drehte sich dann wieder um. Die Waffe in seinem Hosenbund war durch den dünnen Stoff der Jacke deutlich zu sehen.

«Ich weiß nicht, wo dein Freund ist», sagte er.

«Weißt du, was passiert ist?» Haydon hatte es schwer, seinen Adrenalinpegel zu kontrollieren. Er wollte nicht einmal an das denken, was hier vorgegangen sein mochte.

«Nein.»

«Warst du schon einmal hier?»

Cage zog an seiner Zigarette und nickte. «Ich war vor ungefähr einer halben Stunde hier.» Er sah sich um. «Es haute mich um.» Er strich sich mit der dicken Hand über die Stirn, verteilte den Schweiß und wischte sich die Hand an der Jacke ab.

«Woher wußtest du, daß ich hier bin?»

«Als ich herkam und all das sah, ging ich wieder hinaus und die Straße hinunter, um ein paar Leute anzurufen. Auf dem Rückweg hörte ich ein Auto in die Gasse einbiegen und versteckte mich in einem Hauseinang.» Er nickte in Richtung auf die andere Straßenseite. «Ich sah dich aus dem Taxi steigen und durch den Gang gehen. Als ich sah, daß das Licht eingeschaltet wurde, kam ich herüber.»

«Warum hast du nicht von hier aus telefoniert?»

«Weil ich privat sprechen wollte.»

«Sein Telefon ist angezapft, sogar hier?»

Cage seufzte. «Das ist eine lange Geschichte, Haydon. Wir müssen hier weg. Komm. Um die Ecke steht mein Wagen.»

Haydon wollte noch nicht gehen. «Hast du alles durchsucht?»

«Klar. Hier ist nichts. Aufgeräumt.» Wenn er nicht log, wenn er das Zimmer wirklich durchsucht hatte, dann konnte Haydon sicher sein, daß hier nichts zu finden war. Cage wußte, wie man einen Raum filzt.

Cage drehte sich um, und Haydon nahm seine Tasche auf und folgte ihm. An der Tür blieb er stehen, wandte sich um, um ein letztes Mal seinen Blick durch das Zimmer schweifen zu lassen, schaltete das Licht aus und schloß die Tür hinter sich. Sie gingen durch den düsteren Gang zurück zu dem schmiedeeisernen Tor. Hier war die Nacht etwas kühler als in Fosslers stickigem, grausigem Zimmer.

Sie gingen nebeneinander auf dem unebenen Gehsteig, Haydon an den Hausmauern, Cage auf der Straßenseite, und ihre Schritte waren das einzige Geräusch in der verlassenen Straße. Cage wirkte besorgt, und Haydon versuchte sich an die Zeit vor zehn Jahren zu erinnern und herauszufinden, ob dies seine übliche Art war oder ob die gegenwärtigen Umstände ihn beunruhigten. Er wußte es nicht mehr. Auch konnte er nicht das Gefühl abschütteln, indem er Fosslers Zimmer verlassen hatte, habe er auch Fossler selbst verlassen, als habe er kehrtgemacht und Fosslers blutenden Leichnam hinter sich gelassen. Er fühlte sich, als habe er im Gestank von Fosslers blutverschmiertem Zimmer etwas zurückgelassen.

An der Ecke der Avenida zögerte Cage, blieb aber nicht stehen; er überquerte die Kreuzung und ging die etwas abschüssige Straße in Richtung Plaza Mayor. Sie kamen an einigen Schaufenstern vorbei und bogen dann in eine schmale Gasse ein, die zu einem ummauerten Hof führte, in dem einige Autos parkten und *ranchera*-Musik aus einem Radio in einem erleuchteten Gang tönte. Cage ging zu einem der Autos, einem großen japanischen Modell, und schloß die Tür auf. Haydon warf seine Tasche auf den Rücksitz, während Cage den Wagen anließ. Sie fuhren aus dem Hof in die enge Gasse und dann hinaus auf die Straße.

«Ich kriege ungefähr alle drei Monate so einen Wagen», sagte Cage und schaltete. «Von einem Gebrauchtwagenhändler am Mixco-Highway. Ich kaufe ihn, er macht mir einen anständigen Preis, an dem er selbst auch etwas verdient, und ich lege noch etwas drauf, damit er den Mund hält. So habe ich alle paar Monate einen neuen Wagen, und das erschwert es ihnen, mir auf den Fersen zu bleiben.»

«Wohin fahren wir?» fragte Haydon und dachte an das halb vom Bügel gerissene Hemd in Fosslers Schrank. Er dachte an die Blutflecken in dem schmutzigen Emailbecken und das blutdurchtränkte Toilettenpapier, das überall im Zimmer auf dem Fußboden gelegen hatte. Sie waren noch immer in den engen Straßen der alten Innenstadt, aber nun herrschte Verkehr, auf den Gehsteigen gingen Passanten, die Ampeln waren in Betrieb, und ein paar spärlich besetzte Cafés hatten noch geöffnet.

«Ich habe Hunger», sagte Cage. «Wir gehen etwas essen, wo wir uns unterhalten können.»

Martin Fierro's war ein argentinisches Steakhouse, dessen Eingangstür an der Ecke der 9. Avenida und der Calle 15 lag. Die Fenster gingen auf den Gehsteig hinaus und waren der Nachtluft geöffnet. Unter der niedrigen Balkendecke hing der Rauch des Grillfeuers, und einfache Holzstühle standen an Tischen mit Wachstuchdecken. Sie befanden sich in Zona 1, in einer Gegend, wie Cage sie in allen Städten Lateinamerikas gut kannte. Es war nicht die Art von Lokal, in die man zufällig geriet.

Obwohl das Restaurant voll war, gelang es ihnen, einen Tisch zu bekommen, den drei Männer gerade verließen. Er stand an einem Fenster gleich hinter der doppelten Eingangstür, war jedoch durch ein Geländer abgetrennt und einigermaßen geschützt. Sie setzten sich. Auf dem Tisch stand noch schmutziges Geschirr. Haydon schob seine Tasche unter den Tisch, zwischen die Wand und sein Bein. Cage hatte gesagt, er solle sie mitnehmen, man dürfe nie etwas im Auto lassen. Der Tisch wurde sofort von einem jungen Indiomädchen mit wunderbar geflochtenem Haar abgeräumt. Sie trug einen traditionellen *corte*-Rock und ein T-Shirt, unter dem sich ihre Brustspitzen abzeichneten. Als sie gegangen war, kam der Kellner, und sie bestellten Gallo, das beliebteste Bier Guatemalas. Cage bestellte außerdem noch *churrasco*, dünne, gegrillte Scheiben von Rinderfilet. Haydon wollte nichts essen.

Der Tisch stand dicht am offenen Fenster, durch das man den Gehsteig und die Straße sah. Haydon legte den Ellbogen auf das Fensterbrett und beobachtete die Prostituierten, die draußen auf und ab gingen. Haydons Magen war verkrampft, aber er war entschlossen, Cage die einleitenden Worte sprechen zu lassen. Er versuchte, ruhiger zu werden. Er hatte keine Wahl.

Cage öffnete sein Gallo und trank fast die halbe Flasche aus, ehe er sie wieder absetzte.

«Was geht hier vor?» fragte Haydon.

Cage schluckte noch. Er nickte. «Okay», sagte er. «Wie dringend willst du wissen, was hier vorgeht?»

«In der Minute, in der ich Fosslers Zimmer betrat», sagte

Haydon, «hat sich alles verändert. Vorher hätte ich mich umdrehen und problemlos mit der nächsten Maschine nach Hause fliegen können. Jetzt würde mir das schwerfallen.»

«Wenn du hierbleibst, hast du auch ein Problem», sagte Cage. «Das ist eine von den Sachen, in denen man gleich bis zum Hals drinsteckt, wenn man sich einmal darauf einläßt.»

«Ich kann ja nicht gut nach Hause fahren und Fosslers Frau sagen, ich sei einfach abgereist.»

«Dann sag's ihr eben nicht. Du könntest es bei der Botschaft melden und dann guten Gewissens abreisen.»

«Das könntest du auch tun», sagte Haydon. Plötzlich fühlte er sich nicht mehr wie betäubt, sondern wütend. Die Logik und sein ganzer gesunder Menschenverstand sagten ihm, er solle zur Botschaft gehen und berichten. Er wußte, wie wichtig es nach einem Mord war, schnell etwas zu unternehmen. Himmel, dachte er wirklich gleich an Mord? Andererseits sagte ihm sein Bauch, er solle sich anders verhalten. Er sollte zuerst Cage zu Ende anhören, ehe seine Vernunft ihn in Schwierigkeiten brachte in einem Land, dem es entschieden an Vernunft fehlte und wo nach Regeln gespielt wurde, die er nicht ganz begriff. So wenig es ihm auch gefiel, er würde Cage anhören müssen – zumindest für eine Weile.

«Ich lasse nicht locker», sagte Haydon.

Cage zuckte mit den Schultern. Wieder glänzten Schweißperlen auf seiner Stirn. Er zündete sich eine Zigarette an. Der Zigarettenrauch hing in der Luft, mischte sich mit dem Rauch des Grillfeuers und trieb dann langsam aus dem Fenster in die Dunkelheit. Cage sah Haydon an.

«Ich hab den Job gewechselt», sagte er. «Nicht mehr beim State Department, keine Sondervergünstigungen mehr, keine Beförderung, keine Versicherungspolice, keine Krankenkasse, kein Rentenprogramm. Ich stehe auf eigenen Füßen.»

«Seit wann?»

«Seit fast zwei Jahren.»

«Freiwillig?»

«Vollkommen freiwillig. Die Israelis haben mich auf die Idee gebracht, all diese ‹Ehemaligen›, die beim Mossad, Shin Bet, Aman waren. Scheiße, die waren überall auf der ganzen verdammten Welt stationiert. Wenn die Zeit kommt, wenn sie genug haben, dann hören sie auf. Sie gehen dahin zurück, wo sie stationiert waren, und benutzen ihre Verbindungen, um im Waffenhandel Geld zu machen. Das große Geld. Unsere Jungs tun das auch, aber die Israelis können es besser.»

Mit dem Daumen der Hand, die die Zigarette hielt, wischte er sich den Schweiß von der Stirn. Er trank einen Schluck Bier.

«Aber ich bin ja nicht verrückt und lasse mich umlegen.» Cage schüttelte den Kopf. «Nein, aus dem Waffenhandel halte ich mich raus. Und aus dem Drogenhandel auch. Die gehen Hand in Hand, und das Geld ist... gigantisch. Aber ich kann dir ein Dutzend Männer aufzählen, große Männer, die schlau genug hätten sein sollen, um Schluß zu machen, als sie noch konnten, und die ihr Geld nicht mehr ausgeben können. Nein, ich möchte noch ein Weilchen leben. Ich habe diese israelischen Arschlöcher gesehen, Mike Harari mit dem alten Noriega unten in Panama, Pesakh Ben Or hier in Guatemala, David Katz in Mexiko, Sa'ada in Honduras. Wo sind sie jetzt? Tja, Scheiße, das wissen wir nicht, aber es gibt Gerüchte, und was ich da höre, gefällt mir nicht.»

Cage sah nachdenklich aus dem Fenster. Vielleicht überlegte er, ob es richtig war, das zu sagen, was er gesagt hatte. Was immer er auspacken würde, Haydon war sicher, daß es berechnet war. Obwohl Cage impulsiv wirkte, handelte er immer bedacht, niemals unbesonnen. Was Cage nicht nützte, würde Haydon nicht hören. Damit verbunden und ebenso riskant war die Möglichkeit, daß Cage ihn mühelos in etwas hineinziehen könnte. Wenn Cage durch Haydons Anwesenheit nichts zu gewinnen hätte, hätte er sich niemals in Fosslers Zimmer blicken lassen.

Cage hielt einen Zeigefinger hoch, als wolle er etwas betonen. «Mehr oder weniger verkaufe ich Informationen», sagte er. «Ich vermarkte sozusagen meine Fähigkeiten. Ich habe mein ganzes Berufsleben in Lateinamerika verbracht, größtenteils in Zentralamerika. Die USA haben miese Verbindungen, menschliche, meine ich. Was Elektronik und Satelliten angeht, ist eine andere Sache. Aber damit allein kann man nicht viel ausrichten, nicht in Präventivsituationen. Man muß Leute am Ort haben. Und da sitzen die USA in der Patsche. DEA und CIA verlassen sich zu achtundneunzig Prozent auf bezahlte Informanten im G-2, dem militärischen Geheimdienst Guatemalas. Und der steckt bis über beide Ohren im Drogenhandel, in den Operationen der Todesschwadronen, im Waffenhandel, in Putschplänen, was immer du willst. Und wir bezahlen einige von ihnen, damit sie uns doch bitte über diese ganze Scheiße auf dem laufenden halten. Der amerikanische Geheimdienst hat so wenig Beziehungen, daß er sich auf Brotkrumen der G-2-Offiziere verlassen muß, die uns bescheißen und über uns lachen, während sie unser Geld nehmen. So sieht das aus. Und was Hilfe von der Armee betrifft, Scheiße! Diese Generäle nehmen unsere ‹Auslandshilfe›, die nichts anderes ist als Bestechungsgeld vom Außenministerium, und statt der erwarteten diplomatischen Gegenleistungen, die die Generäle in Honduras und El Salvador wenigstens *scheinbar* erbringen, lachen diese Bastarde uns ins Gesicht und sagen, wir könnten sie mal. Mit seiner ‹Auslandshilfe› hat Amerika hier überhaupt nichts erreicht. Wir haben diese Sache mit der ‹Demokratie› ...» Cage hielt inne und schüttelte den Kopf. «Mist.»

Er rauchte einen Augenblick lang seine Zigarette, als versuche er, sich zu beruhigen. Ein Indiokind mit einem fettig aussehenden Holztablett, von dem es bunte Plastikkämme und Feuerzeuge und Uhrarmbänder verkaufte, blieb vor ihrem Fenster stehen und sah Cage an. Es sagte nichts. Man sah, was es hatte, und entweder wollte man etwas davon kaufen oder nicht. Cage griff in seine Tasche, nahm ein paar Quetzals heraus und kaufte ein rotes Plastikfeuerzeug. Er legte es auf den Tisch neben das, das er bereits hatte, und das Kind ging weiter.

«Ich verkaufe jetzt Informationen», sagte Cage und nahm

seine Geschichte wieder auf, «an den Meistbietenden. Nicht immer an die Amerikaner. Eine sehr riskante Sache, aber sie zahlt sich unglaublich aus. Ich habe überall in diesem verfluchten Land meine Informanten... einige an sehr hohen Stellen. Ich habe schon mehr Geld auf einem Schweizer Konto, als ich in fünf Berufsleben bei der Regierung hätte verdienen können, wenn ich jeden Pfennig gespart hätte.» Er hielt inne und sah Haydon an. «Worum es mir hier geht, ist, daß ich unabhängig bin. Das betrifft auch dich. Erstens: Die wenigen Regeln, an die ich mich gehalten habe, als ich für den Staat arbeitete, gelten für mich nicht mehr. Zweitens: In gewisse Sachen möchte ich nicht verwickelt werden, weil das meine Geschäfte bedrohen könnte, und ich habe nicht die Absicht, die zu gefährden. Und drittens: Ich tue dir einen Gefallen, und danach stehst du auf eigenen Füßen, und ich will dich nie wieder sehen. Merk dir eins: So gut du auch bist, Haydon, ich hoffe, du bist dir klar darüber, daß du hier ganz schön im Regen stehst, und wenn du nicht auf deinen Arsch aufpaßt, endest du auf der Müllhalde in einer dieser Schluchten, und zwar mit durchschnittener Kehle und deinen Eiern im Mund.»

Cage zog die Mundwinkel herunter und sah Haydon ausdruckslos an.

«Was für einen Gefallen tust du mir?» fragte Haydon.

Cage schüttelte den Kopf und sah Haydon an, als sei er ein Narr. Und so fühlte Haydon sich auch. Es gefiel ihm nicht und machte ihm angst, aber er hatte keine Chance, dieser Sache auszuweichen. Es war einfach bizarr, auch nur daran zu denken. Wenn Fossler tatsächlich etwas passiert war, dann konnte er vermutlich nicht viel mehr tun, als sein Verschwinden der Botschaft zu melden. Doch selbst dann mußte er sich wenigstens mit Lena Muller in Verbindung setzen.

«Informationen. Ich werde dir geben, was ich kann.»

«Und was willst du von mir?»

«Dazu kommen wir noch», sagte Cage und drückte seine Zigarette aus.

«Ich muß mit Lena Muller reden.»

Cage nahm einen Schluck von seinem Bier. «Da kommst du etwas zu spät, mein Freund. Sie ist seit drei Tagen verschwunden.»

10

In diesem melodramatischen Moment, als Cage seine Bombe platzen ließ, kam das Steak. Während er aß, berichtete Cage, was sich zugetragen hatte, seit Jim Fossler am Freitag mit Lena Muller gesprochen hatte. Nachdem sie zu Janet Pittner zurückgekehrt war, hatte Lena eine kleine Tasche gepackt und Janet gesagt, sie fahre mit John Baine für einen Tag nach Panajachel, einer kleinen Stadt am Nordufer des Atitlán-Sees und ein beliebter Ferien- und Touristenort. Sie sagte, sie würde am Samstagabend zurückkommen. Als sie am Sonntagnachmittag immer noch nicht da war, rief Janet Pittner in dem Hotel in Panajachel an, in dem Lena hatte absteigen wollen, und der Portier sagte ihr, ein Gast dieses Namens sei niemals dagewesen. Dies löste eine Reihe hektischer Anrufe Janet Pittners bei anderen Hotels in dem Feriengebiet und dann bei allen Leuten aus, von denen sie annahm, sie wüßten vielleicht, wo Lena sei. Sie hatte kein Glück. Am Montag morgen, also heute, rief sie Cage an. Cage zapfte den ganzen Tag lang seine Quellen an, ebenfalls ohne Erfolg. Dann durchsuchte er Lenas Zimmer und fand ein Stück Papier, auf dem Fosslers Adresse in der Posada Cofino stand. Er ging hin, entdeckte das blutige Zimmer, und dann kam Haydon.

Cage schob seinen leeren Teller weg, und sie bestellten beide noch ein Bier. Haydon konnte nicht glauben, in was er da geraten war. Wenn diese Sache nicht befriedigend aufgeklärt wurde, hätte das Folgen, die über die internen Machtkämpfe in Guatemala weit hinausgingen. Drei amerikanische Staatsbürger waren innerhalb von sechsunddreißig Stunden verschwunden. Wenn sie tot aufgefunden würden, würde ein Feuersturm der amerikanischen Medien über Guatemala hereinbrechen. Einer der Gründe, warum die guatemaltekische Armee und die rechten Todesschwadronen mit ihren Massakern und Morden so lange davongekommen waren, hatte darin bestanden, daß Guatemala selbst immer vermieden hatte, große internationale Aufmerksamkeit auf sich zu ziehen. Der Tod mehrerer US-Bürger konnte das jedoch sehr schnell ändern.

«Fossler hat mir gesagt, daß er glaube, Lena sei in irgendwelchen Schwierigkeiten, und Baine stecke auch mit drin», sagte Haydon, während Cage sich eine neue Zigarette anzündete. «Was ist damit?»

Cage nickte. «Ja, Janet hat so etwas angedeutet. Sie hatte auch gemerkt, daß etwas im Gange war und daß Lena sich merkwürdig und geheimniskrämerisch verhielt. Janet wußte nicht, was los war, und nahm es auch nicht weiter wichtig, bis Lena verschwand. Dann natürlich...» Er zuckte mit den Schultern.

«Aber gewußt hat sie nichts?»

Cage schüttelte den Kopf.

«Was ist mit Baine?»

«Baine? Mit dem ist nicht viel los. Freier Journalist. Seit fünf oder sechs Jahren in Zentralamerika. ‹Investigativer› Journalismus, weißt du. Will immer irgendwelche schrecklichen Sachen ‹enthüllen› und reist mit Kamera und Tonbandgerät durch die Lande. Gelegentlich macht er etwas für den Rundfunk oder wird als ortskundiger Führer von Reportern großer Blätter angeheuert. Solche Leute sitzen gewöhnlich in Ländern mit wichtigerem politischem Profil – El Salvador, Nicaragua, Panama – und kommen nur nach Guatemala, wenn es Hinweise auf eine heiße Sache gibt. Baine ist ihr Kontaktmann, weil er hier lebt und Dinge hört und sie auf die richtige Spur bringen kann. Aber die große Story kriegt er nie.»

«Weißt du, woran er gearbeitet hat? Hatte er irgendwelche besonderen Interessen? Militär? Politische Streitereien? Jemand, über den er einen Bericht machen wollte?»

«Alles zusammen. Der Bursche trieb sich überall herum und war auf Schwierigkeiten aus.»

Cage verstummte. Haydon merkte, daß sie in der Vergangenheitsform über Baine gesprochen hatten. Er sah Cage an.

«Der Junge war unbedeutend», sagte Cage. «Falls er Feuer gefangen hatte ... und so weiter, und so weiter.»

«Hatte Lena hier einen Job?»

«Sie hat bei USAID gearbeitet, oben im Hochland, Huehuetenango. Sie verbrachte die halbe Zeit da oben, in derselben Gegend, wo sie auch für das Peace Corps war. Sie sammelte für ein landwirtschaftliches Programm Daten über Ernteerträge.»

«Wie gut hast du sie gekannt?»

«Ganz gut und auch wieder nicht», sagte Cage und sah aus dem Fenster, als interessiere die Frage ihn nicht. Auch Haydon schaute hinaus, in die entgegengesetzte Richtung, und beobachtete einen Mann, der die Straße herunterkam. Er sah ihn durch das weiche Licht einer Laterne gehen und an dessen Rand stehenbleiben. Er sprach mit jemandem. Im schwachen Licht sah man nur seinen Rücken. Er bewegte sich ein Stück weiter in die Dunkelheit, bis Haydon nicht mehr erkennen konnte, ob er noch da war oder nicht. Dann kam langsam, als bewege sie sich zu einer anmutigen Sarabande, eine Frau ins Blickfeld. Sie wechselte mehrmals mit ihm die Stellung wie beim Tanz. Sie lächelte, bewegte den Kopf hin und her und sprach verführerisch mit dem Mann. Doch es sollte nicht sein. Haydon sah nur den Arm des Mannes kurz ins Licht kommen; dann drehte die Frau sich um und ging in die andere Richtung. Einmal wandte sie sich noch um, für den Fall, daß er seine Meinung geändert hatte. Doch der Mann war in der Dunkelheit verschwunden.

«Ich habe Lena vor ein paar Jahren kennengelernt», sagte Cage und wandte sich wieder Haydon zu. «Janet Pittner ist eine von diesen Frauen, die Leute sammeln. Sie kennt hier jeden aus der amerikanischen Gemeinde. Du kommst zu Besuch her, und Janet kennt jemanden, der den gleichen Beruf oder ähnliche Interessen hat oder der Dinge weiß, für die du dich interessierst, oder der jemanden kennt, den du kennst oder kanntest oder kennenlernen willst. Sie ist von einem Botschaftsmann geschieden. Sie hat den größten Teil ihres Lebens in Guatemala verbracht. Vor zwanzig Jahren war ihr Vater verantwortlicher Leiter eines großen amerikanischen Kaffeekonsortiums, dessen Fincas auf den unteren Hängen der Sierra Madre südlich von Guatemala City lagen. Er baute sich ein Haus in Zona zehn, und im Laufe der Jahre bauten in der Nachbarschaft etliche Botschaften, und die Gegend wurde schick. Als er in Pension ging und nach Amerika zurückkehrte, bekam Janet das Haus.

Ich weiß nicht genau, wie sie Lena kennenlernte, aber es war bei einem der Urlaube, die diese jungen Leute vom Peace Corps hin und wieder bekommen. Auf einer Party in der Botschaft, glaube ich. Jedenfalls hat Janet sie sozusagen adoptiert. Einmal, als ich ins Hochland fuhr, in die Cuchumatanes, bat Janet mich, Lena etwas mitzunehmen; sie war mit ihren Indios da oben, den Chuj. Ich fand sie in Huehuetenango, in diesem entlegenen kleinen Kaff namens Ocante, wo die Pinien- und Fichtenwälder lichter werden und es morgens eisig und neblig ist. Sie war ein hübsch aussehendes Mädchen, tiefbraun von der hellen Gebirgssonne. Sie hatte ihre langen blonden Haare zu einem Indiozopf gebunden und eine leuchtend rote *cinta* hineingeflochten.»

Cage zuckte mit den Schultern, doch Haydon hatte bereits bemerkt, daß die Geschichte von mehr als rein beschreibendem Interesse war.

«Wie auch immer», fuhr er fort, «ich blieb über Nacht, weil die Fahrt zur nächsten größeren Ortschaft eine volle Tagesreise war. Lena erwies sich als anders, als ich erwartet hatte. Völlig unbefangen. Sie war nicht schüchtern, und es machte ihr überhaupt nichts aus, daß sie schmutzige Sachen trug und Schmutzränder unter den Fingernägeln hatte oder hinter einem Busch pinkeln mußte. Und die Indios respektierten sie, vor allem die

Frauen. Sie behandelten sie liebevoll. Ich habe solche Leute schon früher besucht, auch andere Amerikaner draußen in der Wildnis, Archäologen, vereinzelte Missionare, was auch immer, und nach ein paar Monaten wollten alle lieber sonstwo auf dem verdammten Planeten sein als gerade da. Sie nicht. Die ganze Zeit, die ich da war, stellte sie keine einzige Frage über das Leben jenseits ihres Dorfes. Tatsächlich war ich eine Art Ablenkung für sie. Sie interessierte sich mehr dafür, wo sie das beste Gras für die Schafe fanden, die sie in diesen verdammten kalten Hochtälern hielten, und kümmerte sich um die Gesundheit der winterharten Obstbäume, die sie das ganze Jahr über pflegten. Scheiße.»

Haydon war überrascht, widerwillige Bewunderung in Cages Stimme zu hören, und sah zu, wie Cage mehrere Schlucke von seinem Bier trank und sich dabei im Raum umschaute. Es kam ihm so vor, als bemühe Cage sich, beiläufig zu sprechen.

«Das nächste Mal», fuhr Cage fort, «sah ich sie einige Monate später und unter völlig anderen Umständen. Sie hatte ihre Dienstzeit beendet, und Janet gab eine Abschiedsparty für sie, bevor Lena nach Hause flog. Himmel, die amerikanische Kleidung und Frisur ließen sie ganz anders aussehen, aber ihre Persönlichkeit war noch dieselbe. Sie war noch immer völlig unprätentiös und bescheiden, aber sie fühlte sich ganz wohl in der schicken Trattoria bei teurem Essen mit all den privilegierten, reichen Leuten, mit denen Janet verkehrt. Weißt du, es war komisch, sie zu beobachten. Dort all diese oberflächlichen Partytypen, und da Lena, wohlerzogen, aber ziemlich zurückhaltend. Sie fühlte sich wohl, aber nicht so, als interessiere sie diese ganze Scheiße. So unkompliziert war sie nicht. Sie war älter für ihre Jahre, aber keiner schien das zu bemerken.»

Der letzte Satz war eine einsichtsvolle Beobachtung von Cage, die Haydon ihm gar nicht zugetraut hätte. Nicht, daß er nicht scharfsinnig gewesen wäre – Cage hätte in seinem Metier nicht lange überlebt, wenn er menschliches Verhalten nicht sehr genau beobachtet hätte. Er hatte vielmehr einen Riß in der monolithischen Fassade zugelassen, die er für sich errichtet hatte. Doch dieser Riß verriet nicht Schwäche, sondern ließ einen Blick ins Innere zu. Cage rauchte seine Zigarette zu Ende und drückte sie aus.

«Sie flog also nach Hause, und nach einem Monat war sie wieder da. Janets geschiedener Mann verschaffte ihr diesen Job bei USAID. Das war vor ungefähr drei Monaten, glaube ich. Seit ihrer Rückkehr habe ich sie nur ein- oder zweimal gesehen.»

Abrupt nahm Cage ein kleines Notizbuch aus einer der Taschen seiner Jacke, riß ein Blatt heraus, zückte einen Kugelschreiber und kritzelte etwas auf das Papier. Dann schob er es zu Haydon herüber.

«Das ist Janet Pittners Adresse», sagte er. «Falls du daran denkst, mit all dem zur Botschaft zu gehen, überleg es dir. Denk zwölf Stunden darüber nach. Hier unten kann innerhalb von zwölf Stunden viel passieren... Ich habe meine Bedenken gegen die Art, wie das Außenministerium sich in Zentralamerika verhält.»

Letzteres war stark untertrieben. Haydon sagte nichts.

«Denk darüber nach», wiederholte Cage. «Das könnte dir Kummer ersparen.»

«Was glaubst du, was mit ihr passiert ist?»

«Ich habe keine Ahnung.»

Haydon streckte die Hand aus und drehte den Zettel herum, ohne ihn aufzunehmen. Er sah, daß die Adresse dieselbe war, die Fossler ihm gegeben hatte. Er ließ den Zettel liegen, wo er war. Cage sah ihn an.

«Wie ist deine Beziehung zu Janet?»

«Körperliche Anziehung», sagte Cage. «Aber jetzt ist das alles geregelt und vorbei. Es war eine wunderbare Affäre, aber Janet ist eine viel bessere Freundin als Geliebte. Außerdem war es ein bißchen schwierig, weil ihr Mann mein Vorgesetzter war. Gegen Lügen im Beruf habe ich nichts, aber auch der Lust wegen zu lügen, wurde etwas verwirrend. Ich machte Schluß, ehe er es herausfand. Und dann ließ Janet sich von ihm scheiden, was völlig sinnlos war, aber das ist auch so eine Sache bei Janet: Sie tut immer sinnlose Dinge.»

«Du hast unter Janets Mann gearbeitet?»

«Bennett Pittner, Stationschef.»

«Himmel.»

«Ja, ohne Spaß.»

Das war zuviel. Haydon trank sein Bier aus, um seine Überraschung zu verbergen. Er fragte sich, ob Jim Fossler eine Ahnung davon hatte, wo er hineingeraten war. Und dann wurde ihm klar, daß er vermutlich eine Ahnung davon gehabt hatte, und das eröffnete ein ganzes Labyrinth von Möglichkeiten. «Fossler hat gesagt, du hättest ihn besucht.»

Cage nickte.

«Er sagte, du hättest gesagt, du hättest ‹jemanden getroffen›, der nach Lena fragte.»

Cage strich sich wieder mit dem Daumen über die Stirn. «Stimmt, habe ich. Meine Leute stießen auf jemanden, der Nachforschungen anstellte. Es stellte sich heraus, daß das Fossler war.»

«War Fossler der einzige, der nach ihr fragte?»

«Der einzige, den ich aufsuchte.»

«Also nicht der einzige.»

Cage zögerte fast unmerklich. «Der guatemaltekische Sicherheitsdienst. Militärischer Nachrichtendienst. Abteilung für Verbrechensaufklärung. Das ist Guatemalas Äquivalent zur Gestapo. Alle, mit denen man am liebsten nichts zu tun haben will, waren hinter ihr her. Was immer sie tat, sie saß ziemlich in der Scheiße. Ich konnte es nicht glauben. Verdammt, ich konnte es nicht glauben.»

Cage schien vor allem wütend zu sein. Zumindest hielt Haydon das, was er sah, für Wut.

11

Danach gab es nicht mehr viel zu sagen, und nach ein paar Minuten erklärte Cage, er müsse gehen. Er erbot sich nicht, Haydon in sein Hotel zu fahren, er fragte nicht einmal, wo er abgestiegen sei. Er sagte einfach, er müsse gehen, stand auf, warf Geld für sein Essen auf den Tisch und ging hinaus.

Haydon schaute aus dem Fenster und sah zu, wie er in der dunklen Straße in der Richtung verschwand, in der sie den Wagen zurückgelassen hatten. Seine Gedanken wanderten sofort zu Jim Fossler. Kein Wunder, daß Fossler am Telefon so eigenartig redselig gewesen war. Wie viele ahnungslose Reisende hatte er sich in Guatemalas Seltsamkeit verstrickt und mußte sich stark bemüht haben, sie in den Griff zu bekommen. Alles, was er hier antraf, mußte ihm rätselhaft erschienen sein. Er war die Art Mann, dessen erster Impuls in jeder neuen Situation darin besteht, die Dinge zu klären, Bruchstücke zusammenzusetzen und alles zu ordnen. Nach fünf oder sechs Wochen in Guatemala mußte er zu der angsterregenden Erkenntnis gelangt sein, daß hier nie etwas geklärt oder geordnet wurde.

Haydon sah auf seine Uhr. Es war kurz nach zehn. Also war er gar nicht so lange mit Cage zusammen gewesen. Er bezahlte seine Rechnung – in Dollars, da er noch keine Quetzals eingetauscht hatte –, und der Kellner war entzückt, Geld zu erhalten, das tatsächlich Wert besaß. Haydon gab ihm ein Trinkgeld und bat ihn, ein Taxi zu rufen. Nach wenigen Minuten war es da, und der dankbare Kellner erschien auf der Stelle und begleitete Haydon zur Tür. Wie sich zeigte, war das Taxi gar kein Taxi, sondern ein Privatwagen, vermutlich von einem Verwandten oder Freund des Kellners. Der Fahrer, ein Mann in mittleren Jahren, nahm Haydons Tasche, stellte sie auf den Beifahrersitz und öffnete für Haydon die hintere Tür. Gleich darauf fuhren sie los.

Haydon stieg in Guatemala City immer im selben kleinen Hotel ab, dem Residencial Reforma, das früher ein großes altes

Privathaus gewesen war. Auf der Avenida La Reforma verlangsamte der Wagen seine Fahrt, beschrieb in einer Abbiegespur eine U-Kehre, fuhr etwa einen Block weit zurück und bog in die Hoteleinfahrt ein. Das Hotel lag hinter der breiten, kreisförmigen Einfahrt in einiger Entfernung von der Straße; von der Avenida aus gelangte man zwischen hohen Säulen in diese Einfahrt. Das Gebäude war zweistöckig, mit weißem Stuck und Ziegeldach. Vor dem oberen Stockwerk verlief eine breite Veranda mit kurzen Bögen und Marmorsäulen, von der aus man einen wundervollen Blick auf die große Avenida hatte. Die Mitte der kreisförmigen Einfahrt zierte ein großer Brunnen, in dem längst kein Wasser mehr sprudelte; das Becken war jetzt mit Zimtfarnen und blühenden purpurnen Liriopen bepflanzt, in deren Mitte sich die Alabasterstatue eines nackten Engels mit ausgebreiteten Flügeln erhob, der eine nackte und ohnmächtige Sterbliche umarmte.

Der Fahrer hielt vor der Eingangstür. Rasch sprang er aus dem Wagen, lief herum, um Haydons Tür zu öffnen, und nahm seine Tasche vom Beifahrersitz. Haydon bezahlte ihn und fragte, ob er einen Augenblick warten und ihn anderswo hinfahren würde.

In dem kleinen Foyer füllte Haydon das Anmeldeformular aus und sagte dem Portier, er habe reserviert. Als Hotel war das alte Haus ziemlich exzentrisch. Während man es zur kommerziellen Nutzung aufgeteilt hatte, hatte man sich keine Mühe gegeben, die Zimmer etwa gleich groß zu machen. Anscheinend war das Haus noch so, wie es ursprünglich erbaut worden war, nur, daß man jedem Raum ein Bad hinzugefügt hatte. Alle Zimmer kosteten jedoch den gleichen Preis, ob man nun ein zellengroßes ehemaliges Dienstbotenzimmer ohne jeglichen Luftzug oder eine geräumige, luftige Suite im ersten Stock mit Blick auf die Stadt bekam. Reisende, die dieses reizende Hotel, liebevoll «La Casa Grande» genannt, häufiger besuchten, wußten dies und bestellten bestimmte Zimmer. Haydon erbat und erhielt Zimmer 21, einen der größten Räume mit einer Sitzecke und Fenstern auf beiden Seiten.

Er überließ dem eifrigen Hausboy seine kleine Tasche, und sie gingen in einen der Aufenthaltsräume, wo ein paar Gäste in Sofas und bequemen Sesseln saßen und im Fernsehen eine Nachrichtensendung von CNN sahen. Sie stiegen die runde Marmortreppe hinauf, wandten sich nach rechts, und der Junge führte Haydon zu seinem Zimmer, gab ihm den Schlüssel und ging. Haydon warf seine Tasche auf das Bett und öffnete die beiden Fenster, die auf den Vorgarten hinausgingen.

Haydon nahm sich nicht die Zeit zum Auspacken, sondern ging wieder nach unten. Er gab dem Portier seinen Schlüssel und erfuhr, daß das Tor um elf geschlossen wurde. Wenn er danach das Hotel betreten wollte, mußte er den Knopf auf der Sprechanlage drücken, dann würde ihm das Tor elektronisch geöffnet.

Janet Pittners Haus lag in Zona 10, dem gleichen Bezirk wie Haydons Hotel. Zona 10 war eine teure und ziemlich sichere Gegend. Wie fast alle Häuser dieser Zona war auch das von Janet Pittner durch eine hohe, solide Mauer von der baumbestandenen Straße abgegrenzt. Der Fahrer hielt vor dem Eingang; Haydon stieg aus, ließ die Wagentür offen und drückte den Knopf an der Sprechanlage in der Säule seitlich des schmiedeeisernen Tores. Links, weiter unten an der Mauer, befand sich ein weiteres Tor, die Ausfahrt.

Ein Dienstmädchen antwortete auf spanisch, und langsam und artikuliert identifizierte Haydon sich und erwähnte Lenas Namen, da er annahm, dann werde das Mädchen sich den Rest zusammenreimen. Er mußte eine oder zwei Minuten warten, ehe sich die Stimme wieder meldete. «Kommen Sie herein», sagte sie, und das elektronische Schloß des kleinen Fußgängertors sprang auf. Haydon bezahlte seinen Fahrer, ging durch das Tor und schloß es hinter sich.

Als er durch den Vorgarten ging, kam ihm ein Dienstmädchen entgegen. «*Buenas*», sagte sie mit raschem Lächeln, und er folgte ihr zwischen niedrigen, üppigen Pflanzen hindurch, die von in den Blättern verborgenen Spotlights angestrahlt wurden, zu einem zweiten schmiedeeisernen Tor. Gleich dahinter traten sie in einen breiten Windfang, der zu einem Innenhof führte, ringsum von einer Loggia umgeben. Doch das Mädchen wandte sich nach links zu einer zurückliegenden Tür und führte ihn in einen Wohnraum, der auf den Außengarten hinausging. Eine besorgt aussehende Janet Pittner kam ihm entgegen.

«Mr. Haydon?» sagte sie und streckte die Hand aus.

«Ja, Stuart Haydon, und ich bitte um Entschuldigung, daß ich so spät und unangemeldet komme.»

«Ach, das macht gar nichts. Ich bin froh, daß Sie gekommen sind. Treten Sie näher», sagte sie und ging voran. «Ich möchte Sie mit Bennett Pittner bekannt machen», sagte sie und führte ihn zu einem Sofa, von dem ein Mann Anfang Fünfzig, einen Drink in der Hand, aufgestanden war. «Wir waren ... eh, früher einmal verheiratet», erklärte sie, auf die Gleichheit der Nachnamen anspielend.

Janet Pittner mußte zehn Jahre jünger sein als ihr Ex-Mann. Sie war ziemlich groß und schmal gebaut, so daß Kleider an ihr gut zur Geltung kamen, in diesem Falle ein Sonnenkleid aus blaßgelber Baumwolle. Ihr sienafarbenes Haar war lose zurückgebunden und mit einem Clip befestigt und ließ silberne Hängeohrringe frei. Das Kleid hatte einen Ausschnitt und eine enge Taille, und er konnte sehen, daß sie zwar dünn, aber nicht kleinbrüstig war. Sie war nervös und schaute Haydon mit verschränkten Armen stirnrunzelnd an.

Bennett Pittner dagegen war ganz ruhig. Sein Anzug, dessen Jackett über die Rückenlehne des Sofas geworfen war, auf dem er gesessen hatte, war deutlich zerknautscht, und er hatte seine Krawatte gelockert und den Kragen seines weißen Hemdes geöffnet. Seine Lippen waren schmal, und er neigte dazu, sie leicht zu schürzen. Er sah Haydon aus schwerlidrigen Augen über einer vorspringenden Hakennase an.

Einen Augenblick herrschte Verlegenheit; dann bot Janet ihm rasch Platz an und fragte, ob er einen Drink möge. Den Drink lehnte er ab. Er setzte sich in einen Sessel und begann zu erklären. Jim Fosslers ungewöhnliches Verhalten erwähnte er nicht.

Er sagte nur, er sei gekommen, um mit Lena zu sprechen und alles Nötige zu unternehmen, um den Fall abzuschließen. Er berichtete Janet, Fossler habe ihm ihren Namen genannt, und er sei gerade erst in der Stadt angekommen. Die Entdeckung von Fosslers blutverschmiertem Zimmer verschwieg er, und er erwähnte auch nicht Taylor Cage oder die Tatsache, daß er wußte, daß Lena erneut verschwunden war.

«Darum», sagte er abschließend, «wäre ich dankbar, wenn ich mit ihr sprechen könnte.»

Pittner hatte sich wieder auf seinen Platz auf dem Sofa gesetzt, ein Bein lässig über das andere geschlagen; Janet stand in einiger Entfernung von den beiden Männern, die Arme verschränkt, und rieb sich gelegentlich erregt mit der rechten Hand den linken Oberarm. Eine kurze Pause trat ein, in der Bennett Pittner Haydon nur ansah, als erwarte er, daß er fortfahre.

Aber Haydon hatte alles gesagt, was er sagen wollte. Er sah die beiden Pittners an.

«Nun», sagte Janet mit einem tiefen Seufzer, bewegte nervös den Oberkörper und ging ein paar Schritte auf die Männer zu. «Ich ... wirklich, es wäre nicht günstig, wenn Sie gerade jetzt mit Lena sprächen. Nicht heute abend. Tatsächlich ... es ist, nun ja, ich bin nicht sicher, ob sie mit Ihnen würde sprechen wollen.»

«Wirklich? Jim Fossler hat gesagt, er habe zweimal mit ihr gesprochen und nicht den Eindruck gehabt, daß ihr das Probleme bereitete.»

«So einfach ist das nicht», sagte Janet. Sie war fahrig, und Bennett Pittner half ihr nicht; er ließ sie einfach stammeln, bis sie schließlich verstummte und ihren Ex-Mann ansah.

Der schaute in seinen Drink, spürte, daß sie ihn frustriert fixierte, sah leicht überrascht zu ihr auf, zuckte ein wenig mit den Augenbrauen und wandte sich an Haydon.

«Tatsächlich», sagte er betont artikuliert, «ist Lena verschwunden.»

«Himmel, Herrgott», platzte Janet heraus, warf die Arme in die Luft und ging zu den Fenstern hinüber, die zum Hof schauten. Weiches Licht beschien die Büsche draußen, und in der Mitte sah Haydon einen Brunnen sprudeln, den er durch die offenen, hohen Fenster auch hören konnte. Janet kam zu ihnen zurück.

«Verdammt, sie ist *verschwunden*», sagte Janet zu Pittner, der sie mit milder, ruhiger Geduld ansah. Sie wirbelte zu Haydon herum. «Sie ist *weg*, Mr. Haydon», sagte sie dramatisch. In einem abgehackten Monolog teilte sie Haydon rasch mit, was Cage ihm bereits gesagt hatte, und als er auf dem laufenden war, machte sie abrupt kehrt, ging zu einem kleinen Tisch mit Getränken und goß sich einen unverdünnten Drink ohne Eis ein.

Pittner hatte sich auf dem Sofa zurückgelehnt. Nun beugte er sich vor, die Unterarme auf den Knien, das Glas in der Hand, und sah Haydon an.

«Janet meint, Lena sei etwas zugestoßen», sagte er ohne Hast. «Im Augenblick ist die Verbrechensrate hier schlimm. Die Leute müssen auf sich aufpassen.»

«Ach, Scheiße», entgegnete Janet, stöhnte und rollte die Augen. «Die ‹Verbrechensrate›.» Sie kam herüber und sah Haydon fest an. «Waren Sie früher schon mal hier?»

Haydon nickte. «Einige Male», sagte er.

Janet setzte sich auf das Sofa, näher bei Haydon als bei Pittner. «Dann kennen Sie ja die ‹Verbrechensrate› hier unten. Wenn Sie überhaupt etwas mitkriegen, dann wissen Sie, daß die ‹Verbrechensrate›» – sie sprach das Wort wie eine Beleidigung aus – «institutionell ist. Es ist die Abteilung für Verbrechensaufklärung der Nationalen Polizei, das DIC. Es sind die G-2-Leute, der militärische Nachrichtendienst. Es ist die Guardia de Hacienda, die Grenzpolizei. Es sind die Schlägerbanden, die jede politische Partei auf ihren Gehaltslisten hat, damit sie ihre Rivalen nach Art der Mafia erledigen. All das fällt unter die allgemeine Rubrik der ‹Todesschwadronen› ... ha, die ‹Verbrechensrate›!»

Sie warf den Kopf herum und sah Pittner an. «Ist es nicht so, Pitt?» Wieder zu Haydon: «Wenn hier unten jemand umgebracht wird, schieben es alle diese Organisationen auf das ‹übliche kriminelle Element›, aber in Wirklichkeit wissen alle, daß es das Werk der Todesschwadronen ist, und alle wissen auch, daß das *jeder* sein kann. Man kann nur herausfinden, wer es getan hat, wenn man etwas über die Opfer weiß. Wen haben sie gestört? Wem standen sie im Weg? Wer profitiert vom Tod der Opfer? Welche Politik vertraten die Opfer?» Wieder sah sie sich nach Pittner um. «‹Gewöhnliche Kriminalität›, so ein Quatsch!»

Pittner ließ den Blick einen Moment auf ihr ruhen, während sie einen tiefen Schluck von ihrem unverdünnten Drink nahm. Er wandte sich an Haydon.

«Ich bezweifle, daß etwas Derartiges geschehen ist», sagte er gedehnt. Pittner hatte den rötlichen Teint eines schweren Trinkers. Haydon fragte sich, ob seine langsame Art auf seine Natur oder auf seinen Zustand zurückzuführen war. «Es ist selten ... selten ..., daß amerikanische Staatsbürger diesen ‹Todesschwadronen› zum Opfer fallen. Diese Sachen ... sind interne Angelegenheiten.» Er schloß die Augen und schüttelte langsam den Kopf. «Ich kann mir das einfach nicht vorstellen.»

«Da hast du verdammt recht», versetzte Janet barsch.

12

Einen Augenblick herrschte Schweigen, und sie wandten sich ihren Drinks zu, als habe die Glocke geläutet und jeder sich in seine neutrale Ringecke zurückgezogen. Haydon sah sich im Zimmer um. Es war teuer eingerichtet, ein großer Flügel, dunkle Antiquitäten vor den graubraun gestrichenen Wänden, ein massiver, viel benutzter Kamin an einem Ende des Raumes, über dem ein riesiges Ölgemälde einer guatemaltekischen Landschaft hing, dominiert von einem der zahlreichen Vulkane des Landes. Und es gab Bücher, viele Bücher, die herumlagen und offensichtlich gelesen wurden, ein ganzer Stapel davon auf dem Fußboden neben dem cremefarbenen Ledersofa. Auf einem Ständer am anderen Ende des Zimmers saß ein majestätischer scharlachroter Ara, dessen rote und zitronengelbe und saphirfarbene Federn leuchteten wie üppig gefärbte Seide. Er saß so reglos da wie ein Artefakt, aber Haydon hatte ihn blinzeln sehen.

«Was ist mit John Baine?» fragte Haydon, weil er dachte, er solle das Schweigen brechen und ihnen etwas Erleichterung verschaffen.

«Was soll mit ihm sein?» fragte Pittner.

«Hat von ihm auch keiner gehört?»

«Nein, zum Teufel», sagte Janet. Haydon wußte nicht, ob ihr Sarkasmus der Skepsis ihres Ex-Mannes galt oder ihre eigene Meinung von Baine widerspiegelte.

Haydon sah Pittner an. «Sie glauben also nicht, daß ihr etwas Ernsthaftes zugestoßen ist?»

«Sagen wir einfach, daß ich nicht damit rechne, im *Gabinete de Identificación*, dem Verzeichnis unidentifizierter Leichen, ihr Bild zu finden. Zu dieser Annahme haben wir einfach keinen Grund.» Er sah Haydon an. «Ich meine, schauen Sie sich an. Sie ist vor Ihnen verschwunden, nicht? Sie sind doch ihretwegen hier, oder? Sie scheint diese Gewohnheit zu haben ...» Er gestikulierte vage mit seinem Glas, das inzwischen leer war. Er stand auf und ging zum Getränketisch. Haydon bemerkte, daß er guten amerikanischen Bourbon trank.

«Wie sieht's damit aus, Haydon?» fragte Pittner, richtete sich von dem niedrigen Tisch auf und drehte sich um. «Warum ist sie von da oben verschwunden?»

«Hat sie nicht mit Ihnen darüber geredet?» fragte Haydon, an Janet und nicht an Pittner gerichtet.

«Nein, hat sie nicht», sagte Janet. «Ich wußte nicht mal, daß sie zu Hause Schwierigkeiten hatte, oder ob sie . . ., was auch immer es war. Ich hatte keine Ahnung, bis dieser Detektiv hier erschien und nach ihr fragte.»

«Als ich gestern am Telefon mit Jim Fossler gesprochen habe», fuhr Haydon fort und wandte sich wieder an Pittner, «sagte er mir, er glaube, daß Lena in irgendwelchen Schwierigkeiten steckt und daß Baine auch darin verwickelt ist.»

«Schwierigkeiten?» Pittners Gesicht war ausdruckslos. In unschuldiger Verblüffung zog er die Augenbrauen hoch und sah Janet an.

«Was?» sagte sie.

«Hast du sie etwas darüber sagen hören?» fragte Pittner.

«Nein. Nein, habe ich nicht.»

Natürlich hatte sie. Ihr Leugnen war so durchsichtig wie Glas. Janet Pittner war unfähig, ihre Gefühle zu verbergen. Sie war die Art von Frau, die einem zuerst ihre Emotionen zeigt, ganz direkt. Das verriet eine gewisse Aufrichtigkeit, aber auch eine Art Instabilität.

«Sie erinnern sich an nichts dergleichen?» fragte Haydon überflüssigerweise.

«Nein.» Janet schüttelte betont den Kopf.

«Vielleicht war sie schwanger», sagte Pittner, um zu helfen.

«Oh, um Himmels willen, Pitt.» Janet sah ihn an, als sei er schwachsinnig.

«Fossler erwähnte, sie habe ängstlich gewirkt.»

Janets Gesicht reagierte darauf.

«Nun, Mr. Fossler scheint besonders scharfsichtig zu sein», sagte Pittner, ging zum Sofa zurück und setzte sich wieder hin. Sein Drink leuchtete bernsteinfarben, ein doppelter ohne Wasser. Er schürzte die Lippen. «Haben Sie seit Ihrer Ankunft schon mit ihm darüber gesprochen?»

Haydon sah Pittner scharf an. «Ich hatte noch keine Zeit.»

«Aber Sie müssen doch mit der, nun, mit der Maschine um zwanzig Uhr vierzig gekommen sein.» Er schaute auf seine Uhr. «Sie hatten . . . nun ja, Sie hatten wohl zu tun.»

«Was ist Ihre Aufgabe bei der Botschaft?» fragte Haydon. Wenn dieser Pittner unverschämt werden wollte...

«Oh. Nun, die Politische Abteilung. Ich bin seit Jahren in der Politischen Abteilung. Aber nicht immer hier. Auch in anderen lateinamerikanischen Ländern.»

Janet hörte nicht zu. Sie hatte ein Bein unter sich auf das Sofa gezogen und tippte mit ihren Fingern gegen das Glas, das sie im Schoß hielt. Sie war in Gedanken versunken. Wieder folgte ein Augenblick des Schweigens, und Pittners Augen wanderten zu dem roten Ara und dann zurück zu Haydon.

«Ich möchte gern wissen, was jetzt geschieht», sagte Haydon, direkt an Pittner gewandt.

«Mmmmmm», sagte Pittner und nickte. «Ich geh morgen zur Konsularabteilung und sage ihnen, sie sollen sich darum kümmern. Vermutlich werden sie herumfragen. Ich bin nicht sicher, wie sie das machen werden, aber ich habe Janet versprochen, daß ich etwas in die Wege leite.»

«Haben Sie vor, die Familie des Mädchens zu benachrichtigen?»

«Darum wird die Konsularabteilung sich kümmern», sagte Pittner. «Und natürlich bin ich sicher, daß sie mit dem aufmerksamen Mr. Fossler werden sprechen wollen. Und mit Ihnen. Sie könnten hilfreich sein. Sie sollten sich morgen bei ihnen melden.»

«Was hat Fossler dazu gesagt?»

«Ich nehme an, daß er das nicht weiß», sagte Janet zerstreut. Sie massierte mit den Fingerspitzen ihre rechte Schläfe. «Wir haben ihn nicht mehr gesehen, seit...»

«Seit Janet sich entschlossen hat, sich aufzuregen», sagte Pittner.

«Sie erwähnten das *Gabinete de Identificación*», sagte Haydon zu ihm. «Ist irgend jemand zum Hauptquartier der Staatspolizei gegangen und hat sich das Buch angesehen?»

Haydon wußte nicht, wie lange das «Buch der Toten», wie es gemeinhin genannt wurde, schon Teil des modernen guatemaltekischen Lebens war, aber für ihn war das Unheimliche daran, daß es schon so lange existierte, daß alle es für selbstverständlich hielten und sich so verhielten, als sei es etwas, das es in einer zivilisierten Gesellschaft eben geben mußte. Das düstere Buch wurde im Hauptquartier der Staatspolizei geführt, einem alten, festungsähnlichen Steinbau im engen Korridor der 6. Avenida, Zona 1, an der nordöstlichen Ecke des Parks Enrico Gómez. Es enthielt Fotos, die regelmäßig in allen Leichenhallen gesammelt wurden, von unidentifizierten Leichen, die man an Straßenrändern, auf Müllkippen, an Fluß- und Seeufern und an den Stränden des Golfs von Honduras und der Südküste, zwischen den zerdrückten Maisstengeln kleiner *milpas*, in den Zisternen alter Fincas, in Rinnsteinen, auf *plazoletas* und leeren Fußballfeldern gefunden hatte. Sie waren allgegenwärtig, diese Leichen. Fünfzig oder sechzig im Monat. Siebzig. In einem Wahljahr mehr, viel mehr.

Und Guatemala hatte gerade eine landesweite Wahl hinter sich.

«Nein», sagte Pittner. «Aber Janet möchte das tun. Darüber sprachen wir gerade, ehe Sie kamen. Doch es hat ein paar Veränderungen gegeben, mit dem Buch, meine ich. Es ist nicht mehr im Hauptquartier der Staatspolizei. Tatsächlich ist es nicht mehr nur ein Buch. Vor einiger Zeit gab es etliche administrative Veränderungen. Jetzt führt jedes *departamento* sein eigenes Buch in einem der Polizeireviere am Sitz der Departementsregierung. So brauchen alle diese Leute nicht in die Hauptstadt zu reisen, wenn sie nach einer vermißten Person suchen.»

«Oh, fabelhaft, die wohltätige guatemaltekische Demokratie», sagte Janet und sah Pittner an. «Denkt immer an den armen Campesino.» Sie schüttelte den Kopf und wandte sich an Haydon. «Er vertritt hier die offizielle Linie der Regierung. Denken Sie darüber nach. Dreiundzwanzig Departements. Dreiundzwanzig Totenbücher. Wenn diese Typen von den Todesschwadronen Leute aufgreifen, dann schleppen sie sie meistens in irgendein heimliches Gefängnis, weit weg vom Ort ihrer Entführung, und machen sich über sie her. Teufel, man findet die Leichen dieser Leute Hunderte von Kilometern vom Ort ihrer Verschleppung entfernt. Wenn man also jemanden sucht, der verschwunden ist, dann ist er wahrscheinlich in ein anderes *departamento* gebracht worden. Aber in welches? Jetzt haben diese armen Menschen, die nach verschwundenen Angehörigen und Freunden suchen, zweiundzwanzigmal mehr Schwierigkeiten. Ein weiterer düsterer Triumph – offiziell verordnet – für die Todesschwadronen.»

Pittner sah sie an, mit unbewegtem Gesicht, und ließ sie reden. Als sie fertig war, behielt er sie weiter im Blick und schlürfte seinen Whisky. Dann wandte er sich an Haydon.

«Janet hat Probleme mit der Art, wie sich die guatemaltekische Regierung beträgt.»

«Wie bitte?» sagte Janet. «Ich habe Probleme mit Terrorregimen», erklärte sie. Sie schaute Haydon an. «Bei den Leuten von der Botschaft ist es so, daß sie diplomatisch sein müssen. Selbst wenn sie wissen, daß sie in Scheiße tanzen, richten sie die Augen auf die bunten Lichter und schauen nie nach unten. Diejenigen, die Skrupel haben, werden davon aufgefressen, von dieser Falschheit. Aber andere» – sie wandte sich Pittner zu – «haben so viel davon in sich eingesaugt, daß sie die Scheiße nicht mal mehr riechen.»

«Wie auch immer», sagte Pittner gedehnt und unbeeindruckt, «ich werde die Leute vom Konsulat darauf ansetzen.»

Janet sah Haydon an und schüttelte den Kopf.

«Nun», sagte Haydon und stand auf. «Ich muß gehen. Ich entschuldige mich nochmals, daß ich hier einfach so hereingeplatzt bin, aber ich wollte mit der Sache weiterkommen.»

«Was werden Sie jetzt machen?» fragte Janet und stand ebenfalls auf. Zum ersten Mal, seit er den Raum betreten hatte, verriet ihre Stimme keine starken Gefühle.

«Ich weiß es noch nicht. Ich werde heute nacht darüber nachdenken.»

«Ich rufe Ihnen ein Taxi», sagte sie, ging zu einem Sekretär vor den Fenstern und nahm den Telefonhörer ab.

«Wo wohnen Sie?» fragte Pittner, ohne aufzustehen. Das war eine unschuldige, eine natürliche Frage, aber Haydon kam sie besonders unheilverkündend vor. Doch es war dumm, es ihm nicht zu sagen. Er konnte es binnen einer halben Stunde in Erfahrung bringen.

«Residencial Reforma.»

«Oh, das ist ja ganz in der Nähe», sagte Pittner milde.

Janet sprach kurz in den Hörer und legte auf.

«Hören Sie», sagte sie, strich die Vorderseite ihres Kleides glatt und stellte ihr Glas ab, «warum kommen Sie nicht morgen wieder vorbei. Vielleicht ruft sie an ... oder so. Und wenn Sie etwas herausfinden, würden Sie es mich wissen lassen? Ich ... ich mache mir wirklich Sorgen.»

«Aber gern.» Er ging hinüber zu Pittner, der noch immer nicht aufgestanden war, und schüttelte ihm die Hand. Pittner nickte einmal und schloß dabei die Augen wie eine ältliche Puppe.

«Bis bald», sagte Pittner.

«Ich bringe Sie hinaus», sagte Janet.

Sie gingen aus dem Wohnzimmer in den Windfang und dann durch das erste schmiedeeiserne Tor in den Vorgarten, wo sie wartend stehenblieben.

«Das Taxi war ganz in der Nähe, Camino Real. Es dauert nur ein paar Minuten», sagte sie und verschränkte wieder die Arme. «Wirklich, Sie werden wiederkommen, ja?»

«Natürlich», sagte Haydon.

«Hören Sie», sagte sie zögernd, «ich will ja kein Schwarzseher sein, aber ich glaube wirklich, daß all das ziemlich übel ist. Pitt nimmt mich nicht ernst. Na gut. Unsere Ehe war beschissen. Ich war kein diplomatisches Material. Zu unverblümt. Aber ich werde jedenfalls nicht auf seine diplomatischen Kunststückchen warten. Ich werde mich einmischen.»

Sie hatte recht, das Taxi kam sofort. Sie streckte die Hand aus und berührte mit der Handfläche seinen Arm.

«Ich konnte in seiner Gegenwart nicht alles sagen», sagte sie. «Rufen Sie mich an.»

Der Fahrer auf der anderen Seite des schmiedeeisernen Tores war ungeduldig und hupte.

Haydon sah sie an. «Okay, morgen», sagte er, und sie zog ihre Hand zurück, stand mit verschränkten Armen da und sah zu, wie er durch das Tor ging und das Taxi bestieg.

13

Auf dem Rückweg ins Hotel starrte Haydon aus dem Fenster. Der rauchige Dunst und die feuchte Nachtluft ließen die Avenidas geisterhaft und düster wirken. Bennett Pittner war alles, was ein Offizier des Nachrichtendienstes sein sollte. Er war verbindlich, langweilig, und in einer gesellschaftlichen Umgebung würde er buchstäblich unsichtbar sein. Selbst sein Benehmen, das Haydon keineswegs nur dem Bourbon zuschrieb, verriet einen Mann, der die Gewohnheit hatte, alles, was ihm zustieß, sehr gründlich zu bewerten. Wissen, nicht Handeln war Macht.

Janet Pittner war emotional das Gegenteil ihres Ex-Mannes, und Haydon nahm an, daß sie deswegen häufig unterschätzt wurde. Er nahm außerdem an, daß sie die Art Paar waren, die nicht miteinander, aber auch nicht ohne einander leben konnte. Haydons Ankunft schien eine bereits hitzige Diskussion der beiden über die Vorgehensweise nach Lenas Verschwinden unterbrochen zu haben, und nach dem, was Janet am Tor zu Haydon gesagt hatte, war Pittner mit ihr nicht allzu weit gekommen.

Das Taxi fuhr in die Einfahrt des Residencial Reforma und hielt sofort an. Wie angekündigt, war das Tor verschlossen.

Haydon bezahlte den Taxifahrer und drückte dann auf den Knopf in der Säule. Er nannte seinen Namen und wurde eingelassen.

Er ließ sich vom Nachtportier seinen Schlüssel geben und ging in den kleinen vorderen Aufenthaltsraum. Ein paar Amerikaner lagen in ihren Sesseln vor dem Fernseher, als seien sie zu Hause in Dayton; leuchtende Blitze einer apokalyptischen Explosion in einem Arnold-Schwarzenegger-Film zuckten über ihre gelangweilten Gesichter und ließen sie aussehen wie Totenmasken.

Haydon ging langsam die Treppe hinauf. Er merkte, wie müde er war. Das gedämpfte Dröhnen von Explosionen und das Knattern automatischer Waffen erstarb hinter ihm, als er die gebogene Treppe in den ersten Stock erstieg. Er ging in sein Zimmer, zog sich aus, hängte seine Kleider in den großen Wandschrank und wusch sich das Gesicht. Nachdem er seine Pyjamahose angezogen hatte, nahm er den Manila-Umschlag mit der Akte seiner guatemaltekischen Kontakte, legte sich ins Bett und begann, die Papiere durchzusehen. Der erste Mann, den er anrief, würde Efran Borrayo sein, ein Agent in einer Abteilung der Sicherheitskräfte, der DIT, ein Zweig der Staatspolizei, der den Ruf hatte, mit den Todesschwadronen in Verbindung zu stehen. Haydon kannte diesen Ruf, aber Borrayo hatte ihm und einem kolumbianischen Beamten des Morddezernats einmal sehr geholfen, einen Mann aufzuspüren, dem sie zweimal durch ganz Zentralamerika gefolgt waren. Borrayo war tüchtig und verantwortungsbewußt gewesen. Wenn er noch im Lande war, konnte Haydon seine Hilfe erneut gebrauchen. Er kreiste Borrayos Namen ein, legte den Ordner auf den Tisch neben dem Bett und schaltete das Licht aus.

Erschöpft lag er im Bett; das einzige Licht im Raum war ein mattgrüner Schimmer, der über seinem Kopf durch die beiden kleinen Rundfenster fiel, die auf den Vorgarten und die Avenida La Reforma hinausgingen. Er hatte die langen Vorhänge aufgezogen und sie über die Metallhebel gelegt, die die Glastüren offenhielten, um so viel Nachtluft wie möglich einzulassen. Die dünne Luft trug die winzigsten Geräusche, gelegentlich ein Taxi auf dem Boulevard, Feuerwerk, das irgendwo wie Kanonendonner krachte – die Guatemalteken liebten Feuerwerke und brannten sie bei dem geringsten Vorwand zum Feiern oder einfach zum Spaß ab. Jemand schrie aus Leibeskräften aus einem Wagen, der durch die verlassene Straße fuhr. Grillen.

Er schlief ein und wachte dann auf, ohne zu wissen, ob schon Morgen war oder nur ein paar Augenblicke vergangen. Er widerstand der Versuchung, auf seine Armbanduhr zu schauen. Er versuchte, nicht an Fosslers blutiges Zimmer zu denken, nicht an Lena Muller, nicht einmal an Taylor Cage. Taylor Cage, der schwitzte. Taylor Cage, der sich an Lena erinnerte. Taylor Cage, so bleich wie wäßriges Licht.

Er setzte sich kerzengerade auf und schnappte nach Luft wie ein Fisch. Sein Körper war schweißgebadet. Er starrte Cage an, der grün wie ein amerikanischer Buddha am Fußende seines Bettes stand.

«Nur die Ruhe», sagte Cage leise und ruhig. «Okay? Ich bin's nur, okay?»

Haydon brachte ein Nicken zustande.

«Steh auf und zieh dir was an», verlangte Cage, nachdem er soviel Rücksicht aufgebracht hatte, wie es ihm möglich war. «Wir müssen gehen.»

Haydon warf die Decken zurück. «Wie spät ist es?»

«Fast zwei Uhr.»

Cage setzte sich auf eine Bank vor der niedrigen Kommode gegenüber von Haydons Bett, während Haydon durch den Raum zu seinem Schrank ging, seine Hose vom Bügel nahm und dabei sofort an das heruntergerissene Hemd in Fosslers Schrank denken mußte.

«Was ist los?»

Cage saß entspannt auf der Bank und sah Haydon ohne großes Interesse an.

«Na ja, jetzt geht's ans Bezahlen.»

Haydon setzte sich auf einen Stuhl und zog seine Socken an.

«Beim Essen hast du mich gefragt, was ich für all die Unterstützung haben will, die ich dir gegeben habe», sagte Cage und klang, als hätte er Haydon mit Informationen überschüttet. «Tja, das ist es.»

«Und was ist ‹das›?»

«Nicht viel», sagte Cage.

«Gut.» Okay. Haydon konnte nicht erwarten, daß Cage in diesem Hotelzimmer viel sagte.

Als Haydon angezogen war, gingen sie hinaus auf den kleinen Treppenabsatz und folgten der geschwungenen Treppe in den Aufenthaltsraum, wo der Fernseher endlich schwieg. Der junge Portier am Empfang hatte praktischerweise den Kopf abgewandt, als sie die Vordertreppe hinuntergingen, wo ein kleiner Ford-Kombi wartete.

«Steig ein», sagte Cage, während er zur Fahrertür ging.

Als Haydon den Schlag öffnete, war er überrascht, ein junges Indiomädchen auf dem einzigen Rücksitz zu sehen. Einen Augenblick lang schaute er in das vertraute Gesicht von vielen hundert Jahren Maya-Geschichte. Sie konnte nicht älter als achtzehn sein. Sie sagte nichts, und auch Haydon schwieg, während er einstieg und sich neben Cage setzte, der soeben die Tür schloß und abfuhr.

Schnell waren sie draußen auf der Reforma und fuhren nach Norden; die Scheinwerfer brannten sich in den Dunst aus Rauch und Nebel. Kurz vor dem Denkmal auf der Plazuela Reina Barrios bog Cage links ab und fuhr nach Westen am Parque Centro América vorbei; nach einem halben Kilometer überquerte er die Eisenbahnschienen und steuerte den Westteil von Zona acht an, einem Viertel mit schmalen Straßen und ärmlichen Häusern, in dem die Leute von der Hand in den Mund lebten. Er fuhr in immer dunklere, düsterere Straßen, bis der Kombi auf Kopfsteinpflaster und dann durch Schlaglöcher rumpelte und immer langsamer werden mußte. Haydon wußte, daß das Geräusch des Automotors für viele der Menschen, die hinter den Mauern dieser verlassenen kleinen Gassen wohnten, unheilvoll klingen mußte. Viele würden aufwachen und mit offenen Augen lauschen und in der Dunkelheit den Atem anhalten, bis der Wagen vorbeigefahren war. Cage bog in eine Gasse ohne Beleuchtung ein und legte einen kleineren Gang ein, als die Gasse anzusteigen begann. Die Scheinwerfer tanzten über die rauhen Steine und erhaschten den eingerollten Schwanz eines Straßenköters, der gerade die Anhöhe der Straße vor ihnen erreicht hatte.

Oben auf dem Hügel fuhr Cage an den Straßenrand. Das Mädchen stand auf, schob die Seitentür des Kombis auf und stieg aus. Hier war die Straße nicht asphaltiert, und Haydon konnte neben dem Gestank des Mülls den Staub riechen. Das Mädchen ging den Gehsteig entlang zwei oder drei Häuser weiter und klopfte leise an eine Tür. Haydon bemerkte, daß sie moderne Kleidung trug, keine Indiotracht, und sie stand ihr gut. Die Häuser waren angeschlagen und verfallen, die Farbe, die einst die Mauern bedeckt hatte, war verblaßt. Cage zündete sich eine Zigarette an. Haydon konnte das Mädchen sprechen hören, eine angenehme Stimme. Dann kam sie zurück, die Stufen hinunter, stieg wieder in den Wagen, schob die Tür zu, und sie fuhren weiter.

Cage setzte seinen Weg durch die elenden Sträßen fort, aber nun in einer anderen Richtung. Sie hielten erneut, und wieder stieg das Mädchen aus, flüsterte an einer Haustür, kam zurück, und sie fuhren weiter. Jetzt veränderte sich das Viertel, und Haydon erkannte einige der Wahrzeichen und wußte nun, wo sie waren. Zona drei, auf einer der älteren, breiteren Straßen, die während der Herrschaft von El Reformador angelegt worden waren.

Auf dieser südlichen Zufahrt zum Cementerio General, dem ältesten Friedhof der Stadt, standen häßliche, niedrige Häuser aus Zement, von denen aus sich Stromkabel wie zerrissene schwarze Spinnweben vor dem rauchigen Nachthimmel über die Straße spannten.

Zu ihrer Linken erhob sich sechs Meter hoch die blau verputzte Mauer des Friedhofs und erstreckte sich über fast einen Kilometer. Dahinter lag eine Nekropolis, eine wahre Stadt der Toten mit baumbestandenen Avenuen und Straßen und Gassen und Wegen, bescheidenen *hoyas,* prätentiösen Krypten und pompösen Mausoleen. Die Stadt der Toten war besser organisiert, sauberer, schöner und freundlicher zu ihren Bewohnern als die Stadt der Lebenden. Dort war jeder gnädig von der ständigen Angst befreit, das zu werden, was er bereits geworden war.

Haydon hatte den Polizeiwagen nicht bemerkt, der auf sie aufmerksam geworden war, bis Cage fluchte und zur Seite fuhr und der rote Lichtschein auf der Windschutzscheibe und auf Cages Hinterkopf zuckte. Cage bog in die erste Seitenstraße ein und hielt vor einem mit Läden verschlossenen Grabsteinladen, dessen Schild die Form einer Grabplatte hatte. Der Polizeiwagen bog ebenfalls ab, fuhr langsam an ihnen vorbei, wendete dann und parkte in Gegenrichtung auf der anderen Straßenseite. Die Türen öffneten sich, und drei Männer stiegen aus. Der vom Beifahrersitz trug Zivil.

«DIC», sagte Cage. Der Mann in Zivil und einer der Polizisten blieben beim Wagen und lehnten sich an den Kotflügel, während der andere Beamte über die Straße auf sie zukam.

«Lita», zischte Cage. «*Ven aquá… tu camisa!* Haydon, nimm sie auf den Schoß, so herum.» Das Mädchen kletterte zu ihnen auf den Vordersitz und auf Haydons Schoß, wobei sie hektisch an den Knöpfen ihrer Bluse zerrte, während Cage sein abgedunkeltes Fenster halb herunterkurbelte, die Tür öffnete und ausstieg. Das Mädchen riß ihre Bluse auf. Sie trug keinen Büstenhalter.

Cage traf den Beamten in der Mitte der Straße, ehe er dem Kombi zu nahe kommen konnte, als er gerade seine Taschenlampe in Schulterhöhe hielt. Cages Körper blockte den Strahl einen Moment ab. Der Beamte blieb stehen.

«Muevese», sagte er, ruckte mißtrauisch mit dem Kopf und benutzte den Lichtstrahl, um Cage beiseite zu winken. *«Qué pasa?»*

Das Mädchen legte den linken Arm um Haydons Hals, und er roch den schwachen, würzigen Duft ihrer unparfümierten Haut und spürte den von der Anstrengung heftigen Atem. Als Cage beiseite trat, traf der Lichtstrahl aus der Taschenlampe des Beamten Haydons Profil und das lachende Gesicht des Mädchens und ihre nackten Brüste, ehe sie sie hinter dem freien Arm verbarg.

Cage lachte nervös, und der Polizist fluchte und grinste. Sie unterhielten sich kurz in der Mitte der Straße, und Cages Stimme wurde leiser, als er dem Beamten erklärte, «sein Boß» habe «dieses kleine Ding» schon lange haben wollen. Also hatte er das arrangiert, verstehen Sie, und jeder kam dabei auf seine Rechnung.

Haydon lauschte angestrengt; die Brüste des Mädchens waren nur ein paar Zentimeter von seinem Gesicht entfernt, ihr Körper atmete mit seinem in einer wilden Kombination aus Angst und Erotik.

«Die beiden Männer aus Auto nicht kommen», flüsterte sie Haydon mit starkem Akzent zu. Ihr Gesicht war seinem so nahe, daß er ihren Atem auf den Lippen spürte und in die dunklen, mandelförmigen Mayaaugen schaute, während sie ihre Aufmerksamkeit auf die Vorgänge auf der Straße hinter ihnen richtete. *«La mordida»*, flüsterte sie wieder und meinte das unvermeidliche Bestechungsgeld, das Cage anbot und das erwartet und akzeptiert wurde. Haydon war ihren Augen nahe genug, daß er die Feuchtigkeit darin sehen konnte, und er war verblüfft über die Art, mit der sie das hier durchspielte. Obwohl er ihren heftigen Atem spüren konnte, wußte er, daß er nur von den raschen Bewegungen herrührte und keine Angst verriet. Das Gesicht des Mädchens war so friedlich wie das eines hölzernen Altarengels, und als der Strahl der Taschenlampe des Polizisten sie getroffen hatte, hatte sie so wollüstig gelacht wie eine Prostituierte. Jetzt war ihr Gesicht wieder entschlossen, sie wartete auf den nächsten Hinweis. Sie war einer jener wirklich seltenen Menschen, die in einer Krise äußerste Gelassenheit an den Tag legen.

Cages Stimme klang einschmeichelnd, und der Polizist lachte wieder in machohafter Bewunderung für das, womit der Mann in dem Kombi sich beschäftigte. Gleich würde es vorbei sein. Das Mädchen zog rasch Haydons freie Hand auf ihre Brust, und fast im gleichen Moment konnte der bestochene Polizist der Versuchung nicht widerstehen, noch einmal in den Kombi zu leuchten; er erhaschte das lächelnde Gesicht des Mädchens, als sie sich von dem hellen Lichtstrahl abwandte und dann Haydons Hand in gespieltem Protest wegschob, wodurch der Polizist einen guten Blick auf ihre nackten Brüste hatte.

Nach einer Minute war alles vorbei. Cage kam zurück zum Kombi, öffnete die Tür, stieg ein und kurbelte das Fenster wieder hoch, während das Mädchen von Haydons Schoß zurück auf den Rücksitz kletterte.

«Heilige Scheiße», sagte Cage. Hinter der verdunkelten Scheibe hervor beobachteten sie den Polizeiwagen, bis er startete, zur Kreuzung fuhr, in die Avenida einbog und verschwand. «*Das* gefällt mir überhaupt nicht.» Er war wütend. Er zündete sich eine Zigarette an und zog einige Male nachdenklich daran. Das Mädchen saß hinter ihnen, knöpfte ihre Bluse zu, stopfte sie in den Taillenbund ihres Rockes und hielt den Kopf gesenkt, so daß ihr derbes Haar ihr Gesicht verdeckte.

«‹Das DIC will mit Ihnen reden›, hat der Hurensohn gesagt.» Cage sog heftig an der Zigarette. «DIC. Scheiße. Diese *micos!* Je größer der Hund ist, den sie bei sich haben, desto mehr lassen sie einen bezahlen, damit er nicht beißt. Das gefällt mir überhaupt nicht. Ich weiß nicht, *wann* ich zum letzten Mal angehalten wurde. Die ganze Sache stinkt. Ich wünschte, ich hätte einen Blick auf den Agenten werfen können.»

Cage hob das Kinn und sah im Rückspiegel das Mädchen an. «Lita, hast du den Kerl gesehen?» Sie zog ihre Bluse glatt und hatte das Gesicht noch immer von ihnen abgewandt. Sie schüttelte nur den Kopf. «Mann, das gefällt mir nicht», sagte Cage. Er legte den Gang ein und wendete.

14

Sie waren wieder auf der Avenida. Sie kamen an den großen, neoklassizistischen Eingang des Cementerio General zu ihrer Linken, der dunkel und verlassen bedrohlich in die Nacht ragte, und fuhren daran vorbei. Am Ende der blauen Mauer auf der Nordseite des Friedhofs sank die Höhe der Einfriedung auf drei Meter. Sie waren beim Morgue Organismo Judicial angekommen, dem Leichenschauhaus. Haydon schaute durch die schmutzige Windschutzscheibe des Kombis nach oben und sah eine nackte Glühbirne über der Toreinfassung hängen. Die kleine Birne warf einen improvisierten Schein auf den Kies. Gleich innerhalb der Toreinfassung fiel ein ebenso gelblicher Schein durch das kleine Fenster des Torhäuschens und dessen geöffnete Tür.

Cage stieg aus. Er ging um die Vorderseite des Kombis herum, näherte sich dem Tor und rief durch die Gitterstangen etwas zu dem Wachhäuschen hinüber. In dem kleinen Gebäude sah man Schatten von Bewegung, und ein zerbrechlicher, buckliger Mann, der in einer Art Pumpbewegung die Arme schwenkte, kam hinaus zum Tor und hörte Cage durch die Gitterstäbe zu. Der alte Mann nickte gebeugt, zog den Riegel zurück und öffnete das Tor, während Cage zum Kombi zurückkehrte.

«Himmel, ich habe noch nie Leute gesehen, denen so viel an Formalitäten liegt», war alles, was Cage sagte.

Die rechteckige Fläche vor dem Leichenschauhaus war leer bis auf einen einsamen Wagen, der unter einem Eukalyptusbaum auf der Mittellinie parkte, die über die ganze Länge des Hofes bis ans Ende verlief, wo ein zweistöckiges Gebäude, das fünf oder sechs Räume breit war, sich an eine der hohen Mauern schmiegte. Das Erdgeschoß bestand aus einer Halle, die jetzt schwach erleuchtet war, und rechts davon zog sich in einer langen weißen Mauer eine einzelne Reihe kleiner Fenster leicht über Kopfhöhe über die ganze Wand bis zum Ende des Baus. Den ersten Stock bildete eine einzige Reihe wesentlich größerer Fenster, hinter denen die Büros lagen. Darüber ein Flachdach, und das war alles.

«Schon mal hier gewesen?» fragte Cage.

«Vor drei Jahren.»

Haydon erinnerte sich an jede Einzelheit des Leichenschauhauses. Das war kein Ort, den man vergaß. Natürlich war es vielen anderen Gebäuden in Mittelamerika ähnlich, ein Bau aus verputzten Hohlziegeln. Obwohl das Gesetz vorsah, daß unidentifizierte Leichen bis zu mehreren Wochen aufbewahrt werden sollten, um identifiziert zu werden, machte es die mangelnde Kühlung in der Praxis erforderlich, daß die Leichen so schnell wie möglich seziert und binnen vierundzwanzig Stunden begraben wurden. Manchmal konnte man diesen Plan natürlich nicht einhalten, und die Leichen lagen in den Kammern, bis sie zu stinken begannen. Tatsächlich geschah das so oft, daß es hier ständig nach Tod roch. In der Regenzeit war dieser Geruch so stark, daß man das Gebäude am Geruch erkannte, ehe man es sah.

Zu dritt stiegen sie aus dem Kombi, und die junge Indiofrau, die Cage noch immer nicht vorgestellt hatte, folgte ihnen in das Leichenschauhaus. Nur ein Wärter hatte Dienst. Er hatte die Füße auf einen der beiden Metallschreibtische in der Eingangshalle gelegt und las in einem Comic-Heft. Als Cage sich durch die schmutzigen Glastüren schob, nahm der Mann abrupt seine Füße vom Tisch; er wirkte, als wolle er kehrtmachen und davonrennen. Tatsächlich hatte sich hier nichts verändert. Das Gebäude war schmutzig; hier und da waren auf dem Fußboden oder bis in Kniehöhe an den Wänden Blutspritzer, die niemand entfernt hatte. Er hatte keine Lust, hier zu sein, in diesen Räumen, wo der talgige Geruch des Todes nicht zu vertreiben war, nicht einmal von der Süße der Desinfektionsmittel. Eine Brise drang durch die offenen Fenster, bewegte die Schwingtüren, die zu den Aufbewahrungskammern führten: flap-flap ... flap-flap ... flap-flap. Haydon schaute zu den Türen, hinter denen in der brütenden Hitze die Leichen lagen und wo er einen wachsbleichen nackten Fuß erspähte.

Haydon hatte Cages Dialog mit dem Wärter nur mit halbem Ohr zugehört, und er merkte jetzt, daß Cage darauf bestand, die als Formular 16 bekannten Papiere zu bekommen, die aus dem Bericht des Untersuchungsrichters und den Polizeiberichten bestanden, die bei der Entdeckung der Leiche einer unbekannten Person anfallen, offiziell als «XX» bezeichnet. Schließlich zog Cage ein Bündel Geldscheine hervor, und der Mann sah sie mit einem Ausdruck an, der verriet, daß seine Entschiedenheit gebrochen war. Er wandte sich dem Aktenschrank zu, sah einige Ordner durch und zog einen Manila-Hefter heraus. Er und Cage tauschten Geld gegen Ware, und Cage reichte die Papiere dem Indiomädchen.

«Komm, Haydon», sagte er und ging auf die Schwingtüren zu.

Der Raum war klein. Es gab zwei kleine Aufbewahrungsräume, der zweite war nur durch den ersten zugänglich. Augenblicklich lagen im ersten Raum nur drei Leichen, nicht in Säcken, sondern auf Bahren, bedeckt mit dünnen Laken. Die luftdichten Plastiksäcke hätten in der lähmenden Hitze die Verwesung nur beschleunigt. Sechs Füße waren zu sehen. Cage hielt inne, betrachtete sie einen Augenblick und ging zur letzten der drei Bahren. Er schlug das Laken zurück.

Ihr Gesicht war aufgequollen und verzerrt, und ihr blondes Haar war blutverkrustet und mit Resten von etwas durchsetzt, das nach Stroh und Zweigen aussah. Da er Lena Muller nur auf Fotos gesehen hatte, glaubte Haydon nicht, daß er sie erkannt hätte. Sie war bereits seziert worden, da war der vertraute Y-förmige Einschnitt, dessen obere Verzweigung ihren Brustkorb gleich unter den Brüsten überquerten, während die Senkrechte sich bis zum Schambein erstreckte. Die Einschnitte waren fachmännisch durchgeführt und sauber vernäht. Doch es gab auch andere Wunden, zerfetzte Wunden, Spuren von Grausamkeit und Folter. Die handlosen Unterarme waren auf der Brust gekreuzt, und die Hände selbst lagen einzeln auf ihrem Bauch.

«Okay, Haydon. In Guatemala ist der Tod eine praktische Sache. Stecken wir sie in einen Sack.»

Der Wärter stand mit einem Plastiksack hinter ihnen, und sie machten sich daran, sie in diesen Sack zu stecken, indem sie eine zweite Bahre neben ihre stellten, den Sack öffneten und sie herüberholten und hineinschoben. Das war nicht leicht, und als er ihren toten, der Schwerkraft gehörenden Körper fühlte, verspürte Haydon tief in seinen Eingeweiden eine Wut, die er schon lange nicht mehr empfunden hatte und deren Intensität ihn überraschte, als ihm eine plötzliche Übelkeit in die Kehle stieg.

Sie rollten die Bahre durch die Schwingtüren aus dem Aufbewahrungsraum. Als diese sich öffneten, rührte der Wirbel der Brise den übermäßig süßen Desinfektionsgeruch auf, der so dick und schwer in der Luft hing, daß es Haydon vorkam, als hinterlasse er eine Saccharinschicht auf seinem Gesicht. Er wartete mit dem Indiomädchen und der Bahre, bis Cage den Wagen rückwärts an die Halle herangefahren hatte, und zu zweit hoben sie Lena in den Laderaum und schlossen die Türen. Der besorgte und aufgeregte Wärter war froh, sie gehen zu sehen. Als der Kombi sich dem Tor näherte, kam der alte Torwächter aus seinem Haus, ging armeschwenkend zum Tor und öffnete es.

Cage sagte immer noch nichts, während er den gleichen Weg zurückfuhr, den sie gekommen waren, immer an der hohen Mauer entlang, bis sie die kreuzende Calle 20 erreichten, die eine Sackgasse war und zu dem riesigen römischen Bogen des Torhauses des Cementerio General zu ihrer Rechten führte. Doch Cage bog links ab, und in diesem Moment sah man, daß der Friedhof tatsächlich auf einem Hügel lag, der nach Osten schaute. Langsam und allmählich fiel die Straße ab, und Guatemala City lag in einem weiten, kupferfarbenen Glanz vor ihnen ausgebreitet.

Haydon schwieg auf dem Rückweg in die seltsam erleuchtete Stadt und versuchte, sich nicht von dem durchdringenden Formaldehydgeruch ablenken zu lassen, der jetzt den Kombi erfüllte. Er wünschte sich jetzt nichts dringender, als herauszufinden, wer beschlossen hatte, daß Lena Muller sterben sollte – und wie sie hatte sterben müssen.

15

Da, wo die Calle 20 steiler in Richtung Avenida Bolìvar abfällt und die Unterführung scharf in die Calle de Castillo abbiegt, wird sie tagsüber von Händlern belebt, die Gehsteige sind fast unpassierbar wegen der zahllosen Verkaufsstände, an denen alles mögliche feilgeboten wird, Notwendiges und Überflüssiges.

Doch jetzt, um halb drei Uhr morgens, war die Calle 20 still. Erschöpfung und Angst hatten sie geleert. Fast am unteren Ende der langen, abfallenden Straße, nur noch etwa einen Block von der Avenida Bolìvar entfernt, bog Cage abrupt in eine dunkle, enge Gasse ein, und Lenas glatter Leichensack aus Plastik rutschte auf die linke Seite der Ladefläche des Kombis. Zwei oder drei Häuser weiter verlangsamte Cage und bog nach links in eine gedeckte Einfahrt ein, über der ein schwarzes Schild hing, auf dem in Goldbuchstaben geschrieben stand: CAPILLA DE SANTA CLARA. Darunter war ein Mönch in einer Kutte abgebildet, der den Kopf gesenkt hielt. Die Einfahrt in den Hof stieg leicht an, so daß Cage mehr Gas geben mußte, und diesmal rutschte Lenas Leiche nach hinten. Gleich darauf erreichten sie einen kleinen, kopfsteingepflasterten Hof.

Cage fuhr in diesen Hof, stellte den Motor ab und zog die Handbremse an.

«Warte eine Sekunde», sagte er, ehe Haydon aussteigen konnte. Sie hatten während der kurzen Fahrt die Fenster herunterkurbeln müssen, weil der Formaldehydgeruch unerträglich geworden war. Nun saßen sie schweigend da, während Cage auf etwas zu lauschen schien. Nach einem Augenblick öffnete er die Tür und stieg aus dem Wagen, und sofort wurde in dem dunklen Hof zwischen den Mauern ein tiefes Knurren hörbar.

«Die Hunde sollten angekettet sein», sagte Cage leise durch das Fenster. Er bewegte sich vom Wagen fort in das graue Licht des Hofes, und Haydon sah ihn zuerst in die eine, dann in die andere Richtung an den Mauern entlanggehen. Wenn Cage sich einem Hund näherte, knurrte dieser etwas lauter, aber keiner von ihnen bellte oder verließ die Dunkelheit. Cage kam zum Kombi zurück. «Kommt», sagte er.

Haydon und Lita stiegen aus und folgten Cage zu einer Tür in der Seite des Hauses gleich gegenüber der Einfahrt. Der steinerne Türbogen war von Bougainvilleas umrankt und mit einer schmiedeeisernen Gittertür versehen, die die gleiche Größe hatte wie die Holztür dahinter und bündig mit der Steinmauer abschloß. Cage griff durch die Gitterstäbe und drückte auf einen in den Stein eingelassenen Knopf. Beim fernen Läuten einer Glocke fühlte sich einer der Hunde verpflichtet zu jaulen, und das löste eine Kettenreaktion von Gejaule in allen Höfen der schmalen Straße aus.

In einem kleinen Treppenhausfenster über ihren Köpfen wurde ein Licht sichtbar, und sie warteten, daß sich das kleine Fenster in der Holztür öffnete.

«*Quién es?*» Ein Auge sah sie durch die Öffnung an.

«Macabeo, ich bin's, Cage.»

«Cage. Ah. *Momentito.*» Das kleine Fenster wurde aufgeschlossen, Riegel und Schlösser klirrten, und dann öffnete sich die schwere Tür langsam und quietschend.

«*Perro! Callate!*»

Macabeo ermahnte den Hund von der anderen Seite der Gitterstäbe aus, während er mit dem Vorhängeschloß kämpfte. Der Hund verstummte gehorsam.

«Mach die verdammte Garage auf», sagte Cage, den Macabeos umständliches Hantieren nervös machte, und trat von den Gitterstäben zurück. Sofort surrten Elektromotoren hinter einer benachbarten Mauer, und ein verrostetes metallenes Garagentor schob sich langsam hoch.

«Ich kann diesen kleinen Scheißer nicht ertragen», sagte Cage zu Haydon, ohne sich die Mühe zu machen, die Stimme zu senken. «Leichenbestatter zu sein ist eine Sache. Leichenbestatter in Guatemala zu sein ist eine andere Sache. Leichenbestatter in Guatemala mit einem blühenden Geschäft mit ‹diskreten›

Todesfällen zu sein, in Todesfällen mit ‹Beziehungen›, ist wieder eine andere Sache. Macabeo Micheo ist nichts weiter als eine gutbezahlte Made.»

Cage ging zur Seite, und Haydon wollte ihm folgen, spürte aber plötzlich Litas kleine Hand auf seinem Arm.

«Espera», sagte sie. «Warten Sie.»

Haydon sah sie an. Sie hielt noch immer den Ordner, den Cage ihr im Leichenschauhaus gegeben hatte, und Haydon hegte den Verdacht, sie werde ihn für alle Zeit festhalten, falls Cage ihr keine andere Anweisung gab. Er war inzwischen überzeugt, daß sie mehr war als ein tüchtiger Lehrling, eine aus Cages seltsam loyaler Bande von freien Zuträgern, von der er im Laufe der Jahre so viel gehört hatte. Er nahm an, daß sie auf eine Art, die er noch entdecken mußte, außergewöhnlich war. Während er sie anschaute, glaubte er sie schwach lächeln zu sehen, obwohl das im grauen Dämmerlicht des Hofes schwer zu erkennen war.

Nachdem Cage den Kombi rückwärts in die geöffnete Garage gefahren hatte, kam er zu ihnen zurück, und sie öffneten das schmiedeeiserne Gitter und stießen die schwere Holztür auf. Sie betraten einen kleinen, düsteren Raum, der nach alten Möbeln roch und von dem aus fast in der Mitte eine geschwungene Treppe aufwärts führte. Lita schloß die Tür hinter ihnen, und Cage blieb stehen und wandte sich an Haydon.

«Ich werde dir die Papiere, die wir über Lenas Fall bekommen haben, überlassen», sagte er mit leiser Stimme. «Einiges wirst du überraschend finden. Der Polizeibericht darin ist vom *subcomisario* in Huehuetenango geschrieben.» Cage hielt inne. «So, wie es jetzt aussieht, sollte sie im Leichenschauhaus von Huehue sein, nicht? In diesem Bericht steht, sie sei von einer Indiofrau zum Leichenschauhaus von Huehue gebracht worden. Und da steht auch, daß sie von einem Arzt – einem guatemaltekischen Arzt – nach Guatemala City gebracht wurde.»

«Wie heißt er?»

«Eh, Gra ... Grajeda, glaube ich.»

Haydon sagte nichts.

«Die Sache ist die: Das war Sonntag nacht, nach Mitternacht, fast schon morgens. Wer immer sie erwischt hat, hat das getan, sobald sie und Baine da oben angekommen waren.»

«Da oben?»

«Nun, die Indiofrau sagte, sie seien von Yajaucú gekommen. Das ist ungefähr sechzig Kilometer von Huehue entfernt. In der Nähe der Quiché-Grenze. Hier passiert eine Menge Scheiße, Haydon.» Er seufzte. «Okay, was wir jetzt tun müssen, ist, da hineinzugehen und sie uns anzusehen. Wir müssen uns ihre Wunden ansehen und uns alles merken, denn wir werden sie hierlassen müssen.»

Cage wandte sich ab und trat in einen kleinen, gewölbten Gang, der unter der steinernen Treppe hindurchführte. Haydon folgte ihm in einen stickigen, fensterlosen kleinen Raum, der Macabeo Micheos Arbeitsraum war.

Darin standen zwei weiße, gekachelte Autopsietische. Jeder hatte ringsum eine Abflußrinne, und über beiden hingen lange Leuchtröhren. Links glänzten vier schimmernde Stahlfächer, die in die Steinmauern eingelassen waren.

Der erste Tisch war leer bis auf eine Plastikflasche mit Shangrila-Mineralwasser. Lena lag auf dem zweiten Tisch, und ihre bleiche Haut glänzte beinahe in dem weißen Licht; in der Abflußrinne rings um den Tisch gurgelte Wasser, das aus einem an einer Ecke angeschlossenen grünen Gartenschlauch strömte. Es floß durch einen Abfluß am Fuß des Tisches ab und von dort aus vermutlich in die Rinnsteine der Straße.

Macabeo und sein Assistent, ein flachgesichtiger und offenbar schwachsinniger junger Indio, standen schwerfällig wartend am Kopfende des Tisches. Sie trugen Gummischürzen.

«Buenas», sagte Macabeo. Er war nicht eigentlich fett, aber aufgeschwemmt. Sein Körper war schlaff, und er hatte große Rehaugen, die an einem Ausfluß litten. Sein Teint war eigenartig, um Augen und Mund herum dunkler gefärbt, und er hielt die Lippen etwas zimperlich zusammengepreßt.

Cage wandte sich an Haydon und machte sich erneut nicht die

Mühe, leiser zu sprechen. «Was mir an diesem Kerl immer unheimlich ist», sagte er mit dem Kopf auf Macabeo weisend, «ist, daß er mit den Leichen so umgeht, als stelle er irgendeinen ... Tortenguß fertig. Er ist dabei viel zu fröhlich für eine so abstoßende Arbeit, scheint mir.» Er sah die beiden Männer an und dann wieder Haydon. «Der andere, der debile Indio, ist Nestor. Alles, was einige Muskelkraft erfordert, wird von ihm erledigt. Er ist interessant. Sein dummes Gesicht läßt gar nicht erwarten, was er tut. Er arbeitet schnell und sauber. In bezug auf Autopsien ist er ein verdammter Fachidiot, er hat verblüffend präzise Kenntnisse über die menschliche Anatomie.» Er schüttelte den Kopf. «Diese Typen», sagte er, «bekommen regelmäßige Barzahlungen vom amerikanischen Außenministerium. Natürlich auf Umwegen. Nicht zurückzuverfolgen.»

Haydon mußte sich jedes einzelne Wort merken. Cage war ein Mann, der sich niemals erklärte, und darum konnte Haydon nur raten, warum er zu dieser makabren Angelegenheit mitgenommen worden war. Was immer der Grund sein mochte, Haydon hatte das Gefühl, es sei ungewöhnlich und etwas, das Cage normalerweise allein erledigt hätte, natürlich mit Litas Hilfe. Das war vermutlich der Grund, warum er sich solche Mühe gegeben hatte, die Scharade mit den Polizisten zu spielen. Irgendwie schien Cage es für wichtig zu halten, daß Haydon all das gesehen hatte, aber im Augenblick verstand Haydon den Grund noch nicht, und er verstand auch nicht, warum sein Gesicht vor dem DIC-Agenten, der sie vorhin angehalten hatte, versteckt werden mußte, während diese beiden Leichenhausratten keine Rolle zu spielen schienen.

Cage betrachtete Lena einen Augenblick lang.

«Geht aus dem Weg», sagte er zu Macabeo und Nestor, die rasch vom Tisch zurückwichen und steif vor den Stahlfächern standen, als Cage und Haydon zu der Leiche traten.

Lenas Arme waren wieder auf der Brust gekreuzt. Ihre Armstümpfe waren bereits schwarz. Die Hände, die von der Indiofrau offenbar bei ihrer Leiche gefunden worden waren und den ganzen Weg als «zusätzliche Gegenstände» mit zurückgelegt hatten, waren auf ihren Bauch gelegt worden. Cage ging um den Tisch herum, während Lita abseits wartete.

Der Geruch war so stark, daß Haydon ihn förmlich schmeckte und sogar wie einen öligen Film auf der Haut zu spüren meinte. Er bemühte sich, seine Sinne zu ignorieren, während er Lenas Leiche untersuchte. Außer den Autopsienarben, die, wie Haydon bemerkte, mit regelmäßigen Stichen vernäht waren, bemerkte er die andere Wunde, die ihr schon vor der Autopsie zugefügt worden war, eine gezackte, unregelmäßige Linie, die von einer Bauchseite Lenas auf die andere lief. Das war eine vertraute Wunde, und ihr Anblick ließ eine heiße Welle wie einen Fieberanfall in ihm aufsteigen und seine Beine unsicher zittern.

Wieder fielen ihm ihre Hände auf; noch immer klebte Schmutz an den freigelegten Ganglien. An der Hälfte der Finger fehlten die Nägel. Zwischen ihren Beinen waren Wunden, die er nicht ansehen wollte. Er zwang seine Augen, sich wieder auf ihr Gesicht zu richten. Ihr Kopf war auf einen Holzklotz gestützt, und ihr langes, blondes, verschmutztes Haar hing steif über die Wasserrinne. Die Tortur, die sie erlitten hatte, hatte grausige Dinge mit ihrem Gesicht getan. Jetzt, da sie bleich und reglos auf den schlüpfrigen Fliesen lag, war ihm kaum ein Gesichtszug bekannt, obwohl er, während er die Anonymität ihres Gesichts studierte, gern geglaubt hätte, daß es bei all diesen Verzerrungen etwas gab, das ihn an die schöne junge Frau erinnerte, von der er seit ihrem Verschwinden aus Houston vor drei Monaten so viele Bilder gesehen hatte. Er dachte an Germaine Muller.

«Mach nichts mit ihr, Macabeo», sagte Cage barsch. Haydon blickte auf. Auch Cages Augen waren auf Lenas Gesicht fixiert. «Wasch sie nicht. Bei Gott, rühr sie nicht einmal an. Nichts!»

«*Para servirle*.» Der Guatemalteke verbeugte sich rasch, orientalisch devot und alarmiert über den verstörten Ton von Cages Stimme.

«Gar nichts, verdammt!» zischte Cage und wandte sich an Nestor. «*Nada!*»

Nestor blinzelte.

«Legt sie in das... verdammte Fach und laßt sie in Ruhe.»

Steif griff Nestor nach hinten in den Schatten, und seine verwirrten Augen sahen Cage an, während er mit einer verstohlenen Bewegung das Wasser im Schlauch abdrehte, um Cages Zorn zu entgehen. Sie alle standen da und hörten zu, wie das Wasser mit einem lauten, häßlichen Gurgeln im Abfluß verschwand.

Keiner bewegte sich.

Plötzlich drehte Haydon sich um, und seine Augen trafen Litas Blick. Sie beobachtete ihn; die dunklen Augen schauten vertraut wissend aus dem runden, braunen Engelsgesicht. Er ging um das untere Ende des leeren Autopsietisches herum und verließ den feuchten kleinen Raum, ging durch den niedrigen, schmalen Gang und den stickigen Vorraum hinaus in den Hof. Er haßte den Gedanken, Lena mit diesen Affen des Todes alleinzulassen.

Beim Klang von Haydons Schritten auf dem Kopfsteinpflaster knurrten wieder die Hunde. Himmel, was für ein verrücktes Land. Haydon atmete mehrmals tief ein, als wolle er seine Lungen von all dem Tod reinigen, den er in den letzten paar Stunden eingeatmet hatte. Er schaute zu den hohen Mauern rings um den Hof hinauf. Der Himmel war ohne Sterne, nur ein graues, dahintreibendes Firmament.

Er hörte Schritte dicht hinter sich, leichte Schritte. Er wußte, wer das war, und drehte sich um. Lita streckte die Hand aus und gab ihm ein Päckchen Zigaretten und ein rotes Plastikfeuerzeug. Er nahm eine Zigarette, zündete sie an und gab ihr das Päckchen zurück. Der Rauch schmeckte scharf, aber er vertrieb den Geruch der Leichenkammer aus seinen Nüstern. Er inhalierte mehrmals tief.

Lita stand schweigend bei ihm, die Zigaretten und den Ordner in der Hand. Sie sah ihn einen Augenblick lang an.

«Dieses Mädchen», sagte sie, «ist sie eine Freundin, eine gute Freundin?»

Haydon schüttelte den Kopf. «Nein. Ich habe sie gar nicht gekannt.» Er hielt inne. «Ich kenne ihre Mutter.»

«Aha», sagte Lita. Haydon dachte, sie mißverstehe wahrscheinlich die Situation.

«Cage», sagte sie und sprach seinen Namen mit einem weichen g aus. «Ich glaube, er ist sehr wütend ... über diese Sache. Sie macht ihm viel Kummer», sagte sie und hob die Hand mit den Zigaretten ans Herz. «So es gehen vielen Leuten in Guatemala ... sehr lange sterben.» Sie schwieg einen Augenblick. «*Lo sciento mucho*», sagte sie leise. «Es tut mir sehr leid.»

16

«Ich werde dir einiges sagen, das ich verstehe, und einiges, was ich nicht verstehe», sagte Cage, der den Kombi durch die düsteren Gassen und Avenidas wieder zu Haydons Hotel fuhr. «Du weißt, daß wir hier vor kurzem Nationalwahlen hatten. Die amerikanische Regierung, die seit den fünfziger Jahren auf die eine oder andere Art versucht hat, dieses Land zu kontrollieren, hat viel Wind darum gemacht, daß bei dieser Wahl zum ersten Mal in der Geschichte Guatemalas die Regierungsgewalt von einem gewählten Zivilisten auf einen anderen gewählten Zivilisten übergeht. Demokratie, nicht? Nun ja, das ist der rhetorische Quatsch des Außenministeriums. Zu sagen, es sei so, macht die Sache noch nicht wahr. Aber all die Leute zu Hause in den Staaten, die gern glauben möchten, die Demokratie mache in Lateinamerika Fortschritte, können sich in ihren weichen Sesseln selbstzufrieden zurücklehnen, weil das Außenministerium sagt, die Demokratie sei in Lateinamerika auf dem Vormarsch.»

Cage warf seine Zigarette aus dem Autofenster. «Die Tatsachen sehen verdammt anders aus.» Er hielt den Daumen hoch. «Erstens: Die Armee kontrolliert alles.» Er hielt den Zeigefinger hoch. «Zweitens: Es gibt eine winzige, reiche Elite, der der größte Teil des landwirtschaftlich nutzbaren Landes gehört. Drittens: Das Militär erhält diese Situation aufrecht, und das Verhältnis zwischen dem Militär und der reichen Elite ist unproblematisch. Sie wollen, daß der Status quo bestehen bleibt. Manchmal gerät das Militär außer Kontrolle, aber im allgemeinen besteht Ausgewogenheit zwischen Geld und Gewalt. Viertens: Die großen Verlierer sind neunzig Prozent der Bevölkerung. Fünftens: Nichts von all dem wird sich ändern. Die zivile ‹Regierung› ist in Wirklichkeit eine Farce. In dem Augenblick, in dem sie verlauten läßt, sie wolle etwas Substantielles tun, etwa Entmilitarisierung, Landwirtschaftsreform, Umverteilung von Grund und Boden, irgendeinen Schritt in Richtung auf eine *wirklich* zivile Kontrolle des Landes, tauchen Leichen von Mitgliedern der Legislative, Politikern, Richtern und Geschäftsleuten – oder Leichen von deren Angehörigen – auf wie tote Fliegen. Und plötzlich verschwinden alle hochtönenden Pläne in einer Atmosphäre von nackter Angst. Die ‹Demokratisierung› ist noch immer nichts weiter als ein amerikanischer Traum.»

Endlich hatte Cage die Avenida La Reforma wieder erreicht, nicht weit vom Campo de Marte, dem militärischen Hauptquartier in der Stadt, einer Festung mit hohen Mauern und bewaffneten Wachposten. Er fuhr einen Augenblick schweigend dahin und schaute in den Rückspiegel.

«Ich bekam eine Mitteilung, nachdem ich dich heute abend in dem Steakhaus zurückgelassen hatte. ‹Geh zum Cementerio General… du wirst wissen, wen du zu Macabeo bringen mußt.› Scheiße. Ich hatte gleich so ein Gefühl. Also ging ich hin und fand Lena. Ich habe den Bericht gelesen. Aber ich habe sie nicht abgeholt. Statt dessen habe ich dich geholt. Ich wollte, daß du all das siehst, weil ich nicht genau weiß, wie es jetzt weitergeht.»

Haydon verstand nicht ganz, was das heißen sollte, aber Cage konnte es ihm erklären – wenn er wollte. Und er würde es tun – wenn er wollte. Im Augenblick brauchte Haydon nur zuzuhören. Er mußte sich alles merken, weil die Zeit kommen würde, um Zusammenhänge herzustellen, und dann tat er gut daran, dazu in der Lage zu sein.

«1988 und 1989 gab es drei fehlgeschlagene Staatsstreiche, um Vinicio Cerezo zu stürzen, den Präsidenten, dessen Amtszeit gerade zu Ende gegangen ist. Jeder Versuch wurde von einer Fraktion der Militärs angezettelt, die aus verstimmten Hardlinern bestand, und von einer anderen Fraktion vereitelt, die loyal zum Oberkommando steht. Nach dem dritten Versuch aber haben Oberkommando und Präsident beschlossen, einigen Forderungen der Hardliner nachzugeben. Tatsächlich haben sie den *meisten* nachgegeben. Dazu gehörte auch die militärische Kontrolle über die Polizeikräfte. Jetzt haben wir also eine Staatspolizei, deren Beamte – Agenten – stark vom militärischen Geheimdienst durchsetzt sind und praktisch zu einem Arm des Militärs geworden sind. Die wichtigsten Leute bei der Polizei sind Agenten der Abteilung für Verbrechensaufklärung – des DIC. Innerhalb des Militärs selbst sind die wichtigsten Leute die Burschen vom militärischen Nachrichtendienst – G-2. Ein großer Prozentsatz der Arbeit der Todesschwadronen wird von diesen beiden Gruppen erledigt.»

Cage suchte in seiner Jacke nach einer weiteren Zigarette und steuerte mit den Ellbogen, während er sie anzündete. Er hatte die Fahrt beträchtlich verlangsamt, um Zeit für seine Geschichte zu haben. Er blies blauen Rauch aus dem Fenster und legte die Hände wieder auf das Steuerrad.

«Bei ihrer Arbeit für USAID hatte Lena einige Zeit in einer kleinen Stadt namens Soloma verbracht, die ungefähr in der Mitte des *departamento* von Huehuetenango und nicht allzuweit von einem Dorf namens Yajaucú entfernt liegt, gleich an der Grenze von Huehue zum *departamento* von El Quiché. Zwei Dinge gibt es gleich hinter der Grenze von Yajaucú in Quiché. Erstens: ein größeres ‹Konfliktgebiet›, bekannt als Ixil-Dreieck, wo das guatemaltekische Militär jahrelang gegen die Guerilleros eine Politik der verbrannten Erde betrieben hat. Es gibt Hunderte von Militärposten, Garnisonen, Basen, Flugplätzen, Vorrats- und Munitionsdepots. Innerhalb dieses verwüsteten Gebietes haben sie auch öde ‹Musterdörfer› und ‹Umerziehungslager› errichtet, also Straflager – mit allem, was an Grauenhaftem dazugehört.

Das zweite ist, daß es in diesem Gebiet eine Dschungelregion gibt, die die Armee ‹Zufluchtsgebiet› nennt. Im Grunde ist das eine Gegend, die nicht von der Armee kontrolliert wird; sie nehmen an, die Guerilleros ziehen sich dorthin zurück. Im wesentlichen leben dort ein paar bedauernswerte, aber tapfere Indios aus acht oder neun verschiedenen ethnischen Gruppen, die sogenannte ‹Widerstandsgemeinden› gegründet haben. Das sind Leute, die sich weigern, alles aufzugeben und in die Blechdachhütten der Musterdörfer zu ziehen, wo sie die Armee um Erlaubnis bitten müssen, um zu atmen oder auch nur ins Unkraut zu pissen. Diese Gebiete werden periodisch von der Armee durchsucht, Razzien, bei denen jedes Dorf zerstört wird, das sie finden. Gewöhnlich gehen diesen Razzien strategische Bombenangriffe von Hubschraubern oder Pilatus PC-7 oder A-37 voran. Die Leute, die nicht umkommen, fliehen tiefer in den Dschungel. Und wenn sie in ihre Dörfer zurückkehren – falls sie zurückkehren –, ist davon nichts mehr übrig als Rauch und Asche.»

«Ich habe Zugang zu Berichten», sagte Cage. Er war am Residencial Reforma vorbeigefahren, das auf der anderen Seite des Boulevards hinter der breiten Esplanade lag, und steuerte nun den ovalen Parque Independencia an, um seine Geschichte zu Ende erzählen zu können. «Ich sehe Dinge aus einer Honigwabe von Geheimdienstbüros, die im Nationalpalast und seinen Nebengebäuden liegen. Eines davon, der präsidentielle Nachrichtendienst, leitet den G-2. Sie haben Lena beobachtet, seit sie vor drei Monaten aus Houston hier ankam. Ich weiß nicht warum, aber sie brauchen nicht unbedingt einen Grund. Sie haben ein ziemliches Dossier zusammengetragen. Die Sache ist so, daß ich ein oder zwei Wochen vor Jim Fosslers Auftauchen auf dieses Material gestoßen bin, und ich habe nur die Berichte der ersten beiden Monate gesehen. Was in letzter Zeit passiert ist, weiß ich nicht. Ich habe angefangen, noch ein paar andere Quellen anzuzapfen. Das DIC hatte Informationen über ihre Bewegungen hier in der Hauptstadt. Und die amerikanische Abwehr hatte auch ein Auge auf sie. Die israelischen Berater ebenfalls. Und noch andere. Die große Null war die CIA. Sie schauten bloß dumm, als wüßten sie nicht, wovon zum Teufel ich eigentlich redete. Dann gab es plötzlich eine Veränderung – was sehr ungewöhnlich ist –, und ich konnte nichts mehr in Erfahrung bringen. Das ist mir noch nie zuvor passiert. Die ganze Sache dreht sich um Geld. Die CIA, die Abwehr, die Israelis, alle bezahlen für ihre Informationen. Alle außer dem Nationalen Nachrichtendienst, der einfach jeden abhört, wann immer er Lust hat. Aber alles andere ist eine Sache des Geldes. Loyalitäten, Ideale, Patriotismus und solches Zeug kannst du vergessen. Es geht um Geld. Du kaufst Informationen, und je heikler das Produkt ist, desto höher ist der Preis. Ein simples System.»

Sie umrundeten den Parque Independencia und fuhren in entgegengesetzter Richtung den Boulevard entlang. Cages Kombi war das einzige Fahrzeug, das im rauchigen Dämmer der frühen Morgenstunde unterwegs war.

«Meine Kontakte waren immer ausgezeichnet. Aber bei Lena begannen sie mich kaltzustellen. Ich konnte nichts über sie in Erfahrung bringen. Alles war dicht. Alles, was ich weiß, ist, daß sie während ihrer Arbeit für AID da oben in Huehue gelegentlich Urlaub nahm und über den Rìo Quixil und die Grenze nach El Quiché in das Zufluchtsgebiet fuhr. Die Leute vom Geheimdienst konnten ihr bis dahin folgen, aber dann mußten sie aufhören, und sie haben es nie geschafft, sie bei der Rückkehr zu erwischen. Sie verschwand einfach und tauchte dann in Huehuetenango oder Santa Cruz del Quiché oder hier in Guatemala City oder sonstwo wieder auf und ging wieder an die Arbeit.

Und wenn sie hier in der Hauptstadt war, hatte das DIC die größten Schwierigkeiten, sie im Auge zu behalten. In mehr als der Hälfte der Fälle schüttelte sie ihre Überwacher ab.»

Cage hielt inne und hing seinen Gedanken nach, als sie am Camino Real vorbeifuhren. Auf der anderen Seite der Avenue näherte sich aus der Ferne, von der Plazuela Reina Barrios her, ein einzelnes Scheinwerferpaar. Cage zeigte kein Interesse daran.

«Ich muß dir sagen», fuhr er fort, «ich war überrascht von dem, was ich da herausfand, aber ich habe sie wirklich bewundert. Das Mädchen war gut. Nur weiß ich nicht, was zum Teufel sie eigentlich machte. Was immer es war, sie ist deswegen umgebracht worden.»

Sie waren nun vor dem Tor von Haydons Hotel, und Cage fuhr an den Straßenrand. Er griff nach hinten zu Lita, nahm den Manila-Ordner und reichte ihn Haydon.

«Das solltest du dir ansehen», sagte er. «Erzähl keinem von heute nacht. Du kannst Janet gegenüber erwähnen, daß wir miteinander gesprochen haben – das könnte für dich sogar günstig sein –, aber sag nichts von dem hier. Ich melde mich wieder.»

Das war ein vertrauter Ausspruch, der sich in der Vergangenheit als nicht allzu verläßlich erwiesen hatte, aber Haydon nahm, was er bekommen konnte. Haydon schaute sich nach Lita um, die ihn mit dunklen, unergründlichen Augen anstarrte. Er sah wieder Cage an, aber statt auszusteigen, sagte er: «Ich dachte, du würdest nur Informationen verkaufen.»

Cage hatte eine Hand am Schalthebel. Sie sahen einander an.

«Ich tue, was ich tun muß», sagte Cage. Es klang in keiner Weise entschuldigend.

«Lenas Leiche zu Macabeo zu bringen, war also etwas, das du tun mußtest.»

«Allerdings.»

«Warum?»

«Lena ist aus dem Schlamassel heraus, aber ich nicht. Weil die Wirklichkeit so aussieht, daß Pittner hier noch immer eine Menge Geschichten kontrolliert.»

«Warum wollte er, daß du das tust? Warum nicht einer seiner festen Leute?»

«Ich habe ihn nicht gefragt.»

«Du weißt es nicht?»

«Ich will es nicht wissen.»

«Warum wolltest du mich dabeihaben?»

«Das wirst du erfahren, wenn es an der Zeit ist», sagte Cage. «Du steigst jetzt besser aus.»

Sobald Haydon in seinem Zimmer war, zog er sich aus und ging, so spät es auch war, unter die Dusche. Dann legte er sich mit dem Manila-Ordner zu Bett.

Der Polizeibericht aus Huehuetenango war kurz. Eine Gruppe von Ixil-Indiofrauen hatte Lenas Leiche zum Militärkommissar in Soloma gebracht, und zwar aus Yajaucú, einem kleinen Dorf am Rìo Quixil, einem Nebenfluß des größeren Rìo Ixcán. Weil sie in der Nähe eines Zufluchtsgebiets waren, hatten die Frauen ihr Leben nicht unbeträchtlich in Gefahr gebracht, als sie mit einer toten weißen Frau aus diesem Gebiet kamen, die sie übrigens, wie sie sagten, in ihrer Milpa gefunden hatten, wohin sie früh am Morgen zur Arbeit gegangen waren.

Obwohl nur eine staubige kleine Stadt, war Soloma Distriktshauptquartier. Lenas Tod wurde vom lokalen Militärbeauftragten untersucht – der ohne Erlaubnis des Kommandanten der nahen Garnison weder schlief noch träumte –, und man «bestimmte», sie sei von den Guerilleros umgebracht und vergewaltigt worden. Wäre Lena eine Indiofrau gewesen, hätte man sie dort begraben, aber keiner wollte die Verantwortung auf sich nehmen, eine weiße Frau zu beerdigen; also «beschlagnahmte» man für sie einen Platz auf einem Lastwagen, der mit Maniok und anderen Gemüsen für die Departementhauptstadt Huehuetenango beladen war.

Zweifellos begierig, die Verantwortung für diese ihm aufgezwungene unheimliche Fracht loszuwerden, fuhr der Fahrer bei Nacht über die gefährlich kurvigen und steilen Schotterstraßen über die Cuchumatanes nach Huehuetenango. «XX», wie Lena und alle anderen unidentifizierten Leichen genannt wurden, erhielt weiterhin eine besondere Behandlung und wurde in das Hauptkrankenhaus gebracht, wo Dr. Aris Grajeda, ein Gastarzt aus Guatemala City, die Autopsie vornahm. Der Lastwagenfahrer teilte ihm mit, die Mutter von «XX» wolle, daß ihre Tochter nach Guatemala City gebracht werde. Dr. Grajeda war bereit, für ihren Transport in die Hauptstadt zu sorgen. Sie wurde mit etlichen Eiswürfeln aus der Krankenhauskantine in einen schweren Plastiksack gesteckt und in Dr. Grajedas Kombiwagen geladen. Ende des Berichts.

Dem ersten Dokument war ein weiteres angeheftet, vom Bezirkschef des Gabinete de Identificación in Zona sechs in Guatemala City: Die unidentifizierte weibliche Leiche sei ihnen am Sonntag in der Nacht «anonym» überbracht worden, begleitet vom angehefteten Bericht, der bei der Leiche in dem Plastiksack gefunden wurde. Sie wurde fotografiert, und ihr Bild wurde in das Buch der Toten aufgenommen. Ihre Leiche wurde noch in der gleichen Nacht in die Leichenhalle des Cementerio General überstellt.

17

Am nächsten Morgen schlief Haydon bis neun Uhr. Selbst seine zusammenhanglosen Träume von dem, was er seit seiner Ankunft in Guatemala City am Vorabend gesehen und gehört und gerochen und gefühlt hatte, konnten das Röhren des Verkehrs nicht mehr überdecken, das durch die beiden Fenster über seinem Bett hereinströmte. Irgendwann in den stillen, ruhigen Stunden vor Tagesanbruch war es in dem alten Haus kühl geworden, und er hatte am Fußende des Bettes nach den Decken geangelt, die er beim Einschlafen zurückgeworfen hatte. Jetzt, da der Morgen wieder warm zu werden begann, schob er die Dekken wieder fort und drehte sich auf die andere Seite. Seine Glieder fühlten sich steif und schwer an, und sein verkrampfter Hals machte es ihm schwer, eine bequeme Lage zu finden. Obwohl er am Vorabend geduscht hatte, stand er auf, legte seinen Pyjama ab und trat erneut unter die Dusche. Er hatte das Gefühl, sonst nicht klar denken zu können.

Und klar denken mußte er. Lena Muller konnte nicht länger der Hauptgrund für seine Anwesenheit hier sein. In den Staaten hätte er sich kopfüber in eine Morduntersuchung gestürzt, aber hier konnte er sich nur davon fernhalten. Zumindest wäre dies das Klügste. Ihren Tod melden und nach Hause fahren. Das sah wie eine schwache Option aus, aber er wußte, es war die einzig wahre. Doch da gab es noch Fosslers Verschwinden. Das war nicht so leicht auf die Seite zu schieben. Da gab es Alternativen. Er zweifelte nicht daran, daß Cage recht gehabt hatte, Jim Fosslers Zimmer zu verlassen. Wenn es irgend etwas gab, das Haydon für Fossler tun konnte – und er hatte nicht die leiseste Ahnung, was das sein könnte –, dann wohl nicht über die Botschaft mit ihrem schwerfälligen Apparat ihrer Politik der geheimen Tagesordnungen und dementierbaren Operationen. Überall auf der Welt gingen die amerikanischen Botschafter mit der Anwesenheit der CIA in ihren Gesandtschaften verschieden um; einige versuchten, Herr der CIA-Aktivitäten zu bleiben und wenigstens halbwegs über die Operationen informiert zu sein, die im Schutz der diplomatischen Vertretung durchgeführt wurden. Andere schauten einfach in die andere Richtung, hielten sich die Ohren zu und schlossen die Augen. Dementierbarkeit als Form der moralischen Auswahl. Haydon hatte nicht genug Zeit, sich auf solche Spiele einzulassen.

Doch es gab andere Möglichkeiten, nach Fossler zu suchen, und Fossler selbst hatte Haydon ein oder zwei Hinweise gegeben. Wenn Haydon Janet Pittner glauben konnte, und daran zweifelte er, dann wußte sie nichts über Jim Fossler. Sie würde nicht mitteilsam sein, jedenfalls nicht jetzt gleich. Cage hatte seine Rolle gespielt. Baine war fort. Und Lena war ... tot. Von den Namen, die Fossler ihm genannt hatte, blieb also nur Dr. Aris Grajeda, der sich bereits durch den Polizeibericht wieder in Erinnerung gebracht hatte, den Haydon erst vor ein paar Stunden gelesen hatte. Grajeda würde seine nächste Station sein.

Um zehn vor zehn ging Haydon auf der Avenida La Reforma in südlicher Richtung zum Camino Real, wo er einen Mietwagen bekommen konnte. Um halb elf hatte er eine japanische Limousine gemietet und zehn Minuten lang einen Stadtplan studiert.

Es gab keinen einfachen Weg nach Mezquital. Obwohl es in Luftlinie nicht so weit entfernt lag, befand es sich auf der anderen Seite einer der großen Schluchten, die den Süden der Stadt durchschnitten und durch die der Rìo Guadrón floß. Haydon mußte auf der Diagonale 12 nach Norden fahren und dann wieder nach Süden wenden und die Petapa nehmen, die Hauptstraße zur Universität San Carlos.

Er wollte jedoch viel weiter als bis zur Universität. Er fuhr durch die zunehmend industrialisiertere Gegend, vorbei an den Lagerhäusern von Shell und Chevron, an Stahlwerken, einer Fabrik zur Petroleumverarbeitung, einer Sackfabrik. Es gab nur wenige Häuser, alle ärmlich, und dann wurden sie noch seltener und wichen unkrautübersäten Parzellen, die die Industriebauten umgaben. Dann verschwanden auch die Industriebauten und machten weiten, vertrockneten Feldern mit struppigem Gebüsch und vom Wind verstreutem Müll Platz; ein Stück weiter tauchte rechts eine armselige *colonia* auf. Von da an nichts mehr als Slumhütten und in der Ferne die majestätischen, purpurnen Hänge und wolkigen Gipfel der Vulkane Pacaya und Agua südwestlich der Stadt.

Eine barfüßige Frau kam ihm entgegen, die an einem dünnen Strick ein mageres, langbeiniges Schwein führte. Als Haydon näher kam, streckte er einen Arm aus dem Fenster, hob die Hand, verlangsamte die Fahrt und hielt an.

«*Perdona me, señora.* Ich suche einen Arzt, einen Guatemalteken. Wohnt der hier?»

Die Frau hielt das Schwein kurz und lächelte. Sie hatte schlechte Zähne, aber wunderschönes Haar, das im traditionellen Indiostil mit einer leuchtend grünen *cinta* verflochten war. Sie trug den indianischen Wickelrock, darüber ein weites, durchsichtiges Männerhemd. Sie sagte Haydon, sie kenne den Doktor, ein guter Mann. Sie sagte, er solle zu dem *pirul*-Baum fahren und dem Pfad über die sandige Böschung und zwischen den Häusern auf der anderen Seite des Hügels hinunter folgen. Die *clìnica* lag nicht weit dahinter auf der linken Seite.

Haydon dankte ihr.

«*Se va bien*», sagte sie und wandte sich ab, als Haydon den Wagen in Gang setzte.

Er fuhr das kurze Stück bis zu dem Pfefferbaum und stellte den Wagen in seinen Schatten. Er schaute die Böschung hinauf, die sich gleich neben der Straße erhob. Zwei zerlumpte Jungen beobachteten ihn aus einer Hecke. Er winkte ihnen zu, und sie kamen herbei. Er gab jedem etwas Geld, damit sie das Auto bewachten, und machte sich auf den Weg. Es bestand eine entfernte Chance, daß sie den Wagen nicht ausrauben würden, bevor er zurückkam. Als er den Kamm des Hügels erreichte, verzweigte sich der Weg in eine *colonia* aus Elendshütten hinein, die an dem zu den fünfzig Meter tiefer gelegenen Eisenbahnschienen abfallenden Hang klebten. Er wählte einen der breiteren Wege, von Legionen nackter Füße festgetreten, und folgte seinem Zickzackkurs, vorbei an Papp- und Blechhütten und gelegentlich besseren Behausungen aus *lepa*, einem billigen Bauholz.

Er begegnete Frauen, die Plastikkrüge mit Wasser auf den Köpfen trugen, und dann zwei kleinen Jungen, die am Rande des Pfades ihr Geschäft verrichteten; ihre schmutzigen, verschwitzten Gesichter mit den großen dunklen Augen schauten unter einem Schirmdach aus Unkraut hervor. Ihre Blicke folgten Haydon mit offener Neugier und ohne Verlegenheit.

Bei den Eisenbahnschienen am Fuß des Abhangs spielten Kinder. Die Gleise verschwanden in beiden Richtungen hinter einer Kurve. Er hielt einen Jungen an, der einen kümmerlichen, mit Fliegen übersäten jungen Hund auf ein Holzbrett mit Rädern gesetzt hatte, das er über die heißen, glänzenden Gleise schob, und fragte nach dem Doktor. Der kleine Junge hatte keine Ahnung, von wem er sprach, aber ein Mädchen, neun oder zehn Jahre alt, erbot sich, Haydon zu ihm zu bringen. Sie war gut gekleidet und trug die bunten Webkleider einer der vielen guatemaltekischen Indiogruppen, und obwohl Haydon zu wenig über ihre traditionellen Kostüme wußte, um die Gruppe bestimmen zu können, sah er, daß sie ein Neuankömmling vom Land war. Sie hatte noch nicht den gehetzten Blick, den sie in den Slums unweigerlich bekommen würde, und ihre heimische Tracht war noch nicht den Fetzen aus Nylon oder Polyester gewichen.

Die Kleine ging in stetigem Tempo, drehte sich ab und zu um, um zu sehen, ob er noch da war, und wanderte sicheren Schrittes mit bloßen Füßen über die unebenen Wege. Im Gehen ließ sie eine ausgefranste Schnur mit einem roten Knopf am Ende wirbeln. Sie war ein geselliges, freundliches Kind, das auf gutem Fuß mit seiner Umgebung stand. Gelegentlich blieb sie stehen und spähte rasch durch eine Tür und sagte *Buenas* zu irgendwem, und dann ging sie gleich wieder weiter, ehe Haydon sie auch nur einholen konnte.

Sie erreichten eine schmale, unasphaltierte Gasse, die so mit Schlaglöchern übersät war, daß man sie mit dem Wagen nicht hätte befahren können. Automatisch suchte das Kind den schmalen Schattenstreifen neben den Häusern auf, dem es drei oder vier Minuten folgte, ehe es in eine offene Tür trat. Haydon fand sich im Eingang eines dunklen Raumes, in dem es nach Alkohol roch.

«*El doctor*», verkündete sie stolz aus dem Dunkel, und Haydon erkannte ihren Umriß auf der anderen Seite des Zimmers vor einem Glasschrank und neben der Gestalt eines Mannes, der sich von den Regalen, wo er gearbeitet hatte, halb umdrehte.

«Dr. Grajeda?» fragte Haydon. «Ich bin Stuart Haydon.»

«Ja», sagte der Guatemalteke. Er wandte sich Haydon ganz zu und legte einen Arm um das Kind, das sich an ihn schmiegte. Er war kaum mehr als eine undeutliche Silhouette, aber Haydon konnte sehen, daß er etliche Zentimeter kleiner war als er selbst, die typische guatemaltekische Statur. Seine Schultern waren weder breit noch schmal, aber gut proportioniert, und sein Körper weder dünn noch dick. Er wartete ruhig neben dem Kind. Haydon hatte das Gefühl, daß der Doktor ihn rasch, aber kühl musterte und abschätzte.

«Hätten Sie ein paar Minuten Zeit, mit mir zu sprechen?»

«Sind Sie Amerikaner?»

«Ja, das bin ich. Ich würde Ihnen gern ein paar Fragen über Lena Muller stellen.»

«Über wen?» Grajeda ging kein Risiko ein.

«Die amerikanische Frau, die Sie in Huehuetenango seziert und in die Hauptstadt zurückgebracht haben.»

Grajeda sah Haydon schweigend an, aber wegen des Dämmerlichts im Raum konnte Haydon seinen Gesichtsausdruck nicht erkennen.

«Sind Sie von der amerikanischen Botschaft?» fragte Grajeda. Seine Stimme war ziemlich leise und geduldig, sogar höflich. Er sprach ausgezeichnet Englisch und artikulierte seine Worte genau. Als er sich etwas nach rechts wandte, dem schwachen Licht zu, das aus dem Fenster gleich hinter ihm fiel, schimmerten seine Brillengläser als zwei ovale Reflexe auf.

«Nein», sagte Haydon. «Ich bin nicht von der Botschaft.» Er erklärte kurz, wer er war und warum er hier war, und er nahm sogar seine Polizei-Marke heraus und reichte sie Grajeda, der sie in das Licht des Fensters hinter seinem Rücken hielt und betrachtete.

«Ist Fossler ein Freund von Ihnen?» fragte er und gab die Marke zurück.

Haydon nickte und fragte sich, ob er ihm von Fosslers Zimmer erzählen sollte.

«Er war also gestern morgen hier und hat mit Ihnen gesprochen?» fragte Haydon.

«Ich mag Fossler», sagte Grajeda freundlich. «Warum ist er nicht mit Ihnen gekommen?»

«Ich fürchte, ihm könnte etwas zugestoßen sein», sagte Haydon. «Er hätte mich gestern abend vom Flughafen abholen sollen, aber er war nicht da. Ich ging zu der Adresse, die er mir gegeben hatte, zu seinem Hotelzimmer, und das Zimmer war verwüstet worden. Überall war Blut, aber Fossler war nicht da.»

Grajeda hörte sich das an, ohne zu reagieren, und eine längere Pause folgte, ehe er fragte: «Sie haben nicht mehr mit ihm geredet, nachdem er mit mir gesprochen hatte?»

«Nein.»

Grajeda nickte und streichelte schweigend das Haar des Kindes.

Haydons Augen hatten sich inzwischen dem Dämmerlicht angepaßt. Sie befanden sich in einer Art Büro. Hinter Grajeda stand ein Schreibtisch am Fenster, und eine Tür führte in ein weiteres Zimmer, wo ein mit einem Laken bedeckter Tisch stand. An der Wand zu Haydons Linker standen einige Stühle, und überall ermahnten handgeschriebene Schilder die Leute, sich nicht auf die Lehmböden ihrer Häuser zu erleichtern, sich danach erst die Hände zu waschen, ehe sie Essen anfaßten, nicht ohne Sandalen zu gehen (diese Ermahnung wurde von der großen, wilden Zeichnung eines Hakenwurms illustriert), nicht ohne Kondome Sexualverkehr zu haben.

«Ich habe am Sonntagnachmittag mit Jim Fossler gesprochen», sagte Haydon. «Er sagte, Sie seien ein Freund von Lena und hätten mit ihr im westlichen Hochland gearbeitet.»

Bei dieser Bemerkung veränderte sich Grajedas Gesichtsausdruck. Obwohl er eindeutig ein Ladino war – mit europäischem und Indioblut –, hatte der Doktor die Maya-Augen seiner Vorfahren behalten, die leicht schräg in seinem runden Gesicht standen. Sein Teint war bräunlich, und er hatte auch das dicke schwarze Haar der Indios. Er trug einen sauber geschnittenen

Schnurr- und Kinnbart, der wie auch sein Haupthaar von grauen Strähnen durchzogen war.

«Ich fürchte, da hat Mr. Fossler sich geirrt», sagte er mit einem respektvollen Lächeln.

«Wieso?»

«Ich habe diese Lena Muller nie gekannt. Er behauptete dasselbe mir gegenüber, nämlich, daß ich sie kenne. Ich sagte ihm, das sei nicht der Fall. Wer hat ihm erzählt, daß ich sie angeblich kenne?»

«Das hat er nicht gesagt.»

«Es tut mir leid, falls Sie wegen der Annahme, ich kennte sie, zu mir gekommen sind.»

«Ich weiß nicht, wer es ihm gesagt hat», erwiderte Haydon, «aber da ich keine Gelegenheit hatte, nach seinem Gespräch mit Ihnen mit ihm zu reden, weiß ich nichts über Ihre Unterhaltung.»

Grajeda dachte darüber nach. «Nun gut, dann sollten wir wohl reden», sagte er. Er schaute auf das Mädchen hinunter und griff dann auf den Schrank. Er nahm eine zerknitterte Papiertüte herunter, die offensichtlich sein Mittagessen enthielt. Er öffnete sie, griff hinein, nahm eine Orange heraus und gab sie dem kleinen Mädchen. Er dankte ihr für die Freundlichkeit, diesen *gringo* zu ihm geführt zu haben, und sagte ihr, sie könne nun gehen. Sein Ton war gutmütig, als sei er den Umgang mit Kindern gewohnt. Er wandte sich wieder dem Glasschrank zu, schloß dessen Türen, versperrte sie und steckte den Schlüssel in die Tasche des kurzen weißen Laborkittels, den er trug.

«*Siéntese!*» sagte er und bot Haydon einen der wackligen Stühle an der Wand an. Er ging hinter seinen Schreibtisch und setzte sich. Das Licht aus dem Fenster fiel über seine rechte Schulter. Die Hitze nahm rasch zu, aber innerhalb der dicken Mauern war es etwas kühler. Haydon konnte irgendwo draußen Hühner hören und Gesprächsfetzen von Frauen, wenn sie an der offenen Praxistür vorbeigingen. Grajeda lächelte wieder, ein weiches, fast schüchternes Buddhalächeln.

«Ich habe sie nicht aus Huehuetenango zurückgebracht», sagte er mit einem tiefen Seufzer. «Es war eine Tragödie. Fossler wußte, daß sie tot war. Ich habe es ihm gestern morgen gesagt, als er hier herauskam.»

18

Dr. Aris Grajeda war Anfang Dreißig. Sein dichtes Indiohaar wuchs ihm ziemlich tief in die Stirn, und obwohl es sauber geschnitten und gekämmt war, hing eine schwere Strähne davon über seine Augen. Er hatte dunkle Augen und eine gerade Nase mit den ausgeprägten Nüstern der Mayas. Sein Mund jedoch war europäisch, fein gezeichnet. Er saß vor Haydon, die Ellbogen auf den Schreibtisch gestützt, die Hände gefaltet, während er sich vorbeugte, und beim Sprechen strich er sich manchmal nachdenklich den Kinnbart. Die Ärmel seines Kittels waren zu lang, und er hatte sie einmal umgekrempelt. Darunter sah man die weiße Manschette eines zerknitterten Hemdes. Seine Hände wirkten wie Pianistenhände mit langen Fingern und sauber manikürten Nägeln.

«Ich war in Huehuetenango, um einem befreundeten Chirurgen zu helfen, der im dortigen Hauptkrankenhaus arbeitet», sagte er. «Er hatte eine Reihe von Operationen zusammenkommen lassen, und ich fuhr hin, um ihm zu assistieren. Bei einigen dieser Sachen hat man gern einen Kollegen dabei, der zu assistieren versteht. Der Mann ist Italiener. Er hilft mir hier in Mezquital und im Roosevelt-Hospital, und ich fahre zu ihm hinauf. Wir sind immer noch dabei, die Folgen zu beseitigen, die die Masernepidemie hinterlassen hat.» Er sah Haydon durch seine drahtgerahmte Brille an. «Wissen Sie von der Epidemie?»

Haydon nickte. «Ich habe davon gelesen.»

Grajeda lehnte sich auf seinem Stuhl zurück, nahm einen Kugelschreiber aus der Kitteltasche und kritzelte etwas auf einen Notizblock.

«Im nächsten *departamento* drüben, in Quiché, sind in einem Monat der Epidemie mehr als tausend Kinder gestorben», sagte er. «Können Sie sich tausend kleine Leichen vorstellen, Seite an Seite auf der Straße liegend?» Er zuckte mit den Schultern. «Bloß Masern, mehr war es nicht. Eine Menge Wohlfahrtsorganisationen aus Europa und Amerika hatten der Derezo-Regierung Geld zum Einkauf von Impfstoff gegeben, damit die Kinder geimpft würden. Ein wenig Impfstoff wurde angeschafft, bei weitem nicht genug, und außerdem wurde der größte Teil davon schlecht. Er war nicht richtig gekühlt. Er war in einem Lagerhaus hier in der Stadt. Aufs Land ist er gar nicht erst gekommen. Und nicht nur das, zwei Millionen Dollar von dem Geld verschwanden. Das Gesundheitsministerium beschuldigte USAID, und USAID beschuldigte das Gesundheitsministerium. Es gibt natürlich eine Untersuchung. Eintausend Kinder. Sehr, sehr traurig.»

Obwohl das eine bittere Geschichte war, ließ Grajedas Miene nichts dergleichen erkennen. Er kritzelte wieder mit seinem Kugelschreiber, ein heiteres Lächeln auf dem Gesicht, als sei er überzeugt, daß die korrupten Männer, die zu dieser Katastrophe beigetragen hatten, dumme Kinder waren, die man wegen ihrer Ignoranz nur bemitleiden konnte. Er schüttelte den Kopf.

«Nun, es gab auch in Huehuetenango Todesfälle», fuhr er fort. «Hunderte und Aberhunderte. Aber es gab auch viele Fälle, zu viele Fälle, in denen die Kinder überlebten ... allerdings mit einer hartnäckigen Infektion der Augen. Das ist nicht ungewöhnlich, aber wo man moderne medizinische Einrichtungen hat, kann man etwas dagegen tun. Doch hier ... gibt es nur eine Behandlung.» Grajeda sah aus dem Fenster. «Entweder läßt man ihnen ihre Augen und riskiert, daß die Infektion sich auf den restlichen Körper ausbreitet und sie schließlich umbringt. Oder man entfernt die Quelle der Infektion. Man schickt diese Kinder zu ihren Familien auf dem Land zurück, wo sie weiterhin in Armut leben ... und *blind*. Wir haben Tage und Nächte damit verbracht, winzige Augen herauszunehmen und wegzuwerfen. ‹Sei guten Mutes, Mama ... wir haben das Leben deines Kindes gerettet.›»

Grajeda hob die Hand und fuhr sich durch die Locke, die ihm in die Stirn hing, schob sie sich aus den Augen; dabei sah man einen dunklen Schweißfleck unter dem Ärmel seines schmutzigen Laborkittels. Er nahm einen winzigen, seltsam geformten Kürbis in die Hand und untersuchte ihn. Er hielt ihn hoch, damit Haydon ihn sehen konnte.

«*Un pescado*! Sieht das für Sie wie ein Fisch aus?» Er hob den Kürbis ins Licht und senkte ihn wieder, als ließe er ihn in der Luft schwimmen. Dann legte er ihn wieder auf eine Seite seines Schreibtischs, stützte die Ellbogen auf und betrachtete ihn. «Den hat mir ein Kind gegeben», sagte er, «und es behauptete, das sei ein Fisch. Natürlich hatte dieses Kind nie einen Fisch gesehen ... Seine Mutter hatte einmal einen gesehen und ihm davon erzählt.»

Einen Augenblick lang senkte er den Kopf, ermüdet, und schaute dann wieder auf.

«Ich war also in Huehuetenango und half meinem Freund, Leben zu retten», fuhr Grajeda fort, selbstironisch und mit einer Spur Zynismus. «Es war zehn oder halb elf abends. Wir hatten lange operiert, und mein Kollege war krank geworden und hatte aufhören müssen. Ein Magenvirus setzte ihm ganz plötzlich zu. Er war unten am Rìo Buca gewesen. Ich denke, da hat er ihn sich geholt. Jedenfalls war ich beinahe froh über die Unterbrechung. Ich war erschöpft, und wenn er nicht Krämpfe und Durchfall bekommen hätte, wäre ich vielleicht zusammengebrochen. Und da brachten sie sie ins Krankenhaus, diese Burschen.»

«Die Polizei?»

«Zwei trugen die Uniform der Staatspolizei, zwei waren in Zivil. Ich weiß nicht, ob die beiden Männer in Zivil G-2- oder DIC-Agenten waren. Das spielt auch keine Rolle. Sie machten sich nicht die Mühe, sich auszuweisen. Ich schlief auf einem der Operationstische, und sie rollten sie einfach herein und rüttelten mich wach. Als ich aufstand, warfen sie sie auf den Tisch, auf dem ich geschlafen hatte. Autopsie! Sie war noch in einen Umhang gewickelt und stank nach verfaultem Maniok. Ich rief eine Krankenschwester herein und fing an.»

Grajeda strich sich mit der Hand über das Gesicht und seufzte. «Es war keine großartige Autopsie. Ich war wütend auf die Männer. Ich sagte ihnen, sie sollten hinausgehen, während ich meine Arbeit tat, aber der Leutnant bestand darauf, daß sie alle blieben. Sie waren ohnehin nervös, weil sie die Verantwortung für eine weiße Frau hatten. Es sei *muy importante*, daß sie blieben, sagte er, aus amtlichen Gründen. Nein. Sie waren bloß Voyeure.» Er schluckte und versuchte, nochmals zu schlucken, war aber nicht dazu imstande. «Ich bemühte mich, es ordentlich zu machen, methodisch, aber sie wurden ungeduldig. Ich schrie sie an, sie sollten bloß verschwinden, und drohte ihnen mit dem Skalpell. Sofort wurden vier Uzis gehoben.»

Grajeda streckte die Arme aus und zog sie an die Brust, als halte er eine stumpfnasige Uzi-Maschinenpistole und richte den imaginären Lauf auf Haydon. Er behielt diese Pose einen Moment bei und ließ dann die Arme fallen.

«Die Kerle sind verliebt in diese Waffen. Sie schwenken sie gern herum und richten sie auf Leute. Sie lieben es, Ihr Gesicht zu sehen, wenn Sie plötzlich erkennen, daß nur ein Atemzug zwischen der Spannung in ihren Fingern und Ihrem Tod liegt. Glauben Sie mir, wenn Sie in dieser Situation sind, dann sieht man Ihrem Gesicht das an. Vergessen Sie den *machismo*. In so einem Augenblick möchte man sich am liebsten in die Hosen machen.»

Grajeda starrte auf seine Schreibtischplatte.

«Während wir uns also so gegenüberstanden, erstarrt, und uns ansahen, schob einer von ihnen langsam den Lauf seiner Uzi unter den Saum des Kittels der Schwester. Und dann hob er ihn hoch. Sie war wie versteinert.» Er schüttelte den Kopf und lächelte traurig. «Alle diese Kerle sind Feiglinge. Ich wußte, daß sie warten konnten. Später würde die Schwester für meine dumme Kampfbereitschaft zahlen müssen. Und sie würden dafür sorgen, daß ich hörte, was sie mit ihr machten. So gehen sie immer vor. Mein Gott.» Er verscheuchte träge eine Fliege. «Die Schwester wußte das alles. Sie hatte schreckliche Angst. Als ich fertig war, nahmen sie die Leiche des Mädchens in einem Plastiksack mit etwas Eis aus der Kantine mit. Mehr weiß ich nicht.»

«Und was war mit der Autopsie?»

Grajeda sah Haydon an. «Was soll damit gewesen sein?»

«Was war mit dem Mädchen passiert?»

Grajeda war müde; er strich sich über den Kinnbart. «Oh, sie wurde zu Tode gefoltert.»

«Wie?»

Grajeda sah ihn wieder an, und sein Gesicht zeigte milde Neugier. «Warum wollen Sie das wissen?»

«Ich bin Polizist», sagte Haydon. «Ich sehe zwar nicht oft Folterungen, aber sie kommen immerhin vor. Ich muß ebenso detailliert Bericht erstatten wie ein Pathologe. Also ist es leider notwendig, daß ich es erfahre.»

Grajeda musterte Haydon durch die kleinen, runden Brillengläser. «Das sind sehr schlimme Sachen», sagte er, «diese Todesfälle.»

Haydon wartete.

«Die Grausamkeit hier in Guatemala ist unvorstellbar», murmelte Grajeda. «Diese Soldaten werden darauf trainiert, unmenschlich zu sein. Sie tun, was immer man ihnen sagt. Viele von ihnen sind bloß unwissende Burschen, eingeschüchtert und brutalisiert. Indiojungen, die die Armee von den Straßen der kleinen Städte und Dörfer überall im Land einfach gekidnappt hat. Und dann gibt es da die Sadisten, die sich diese Arbeit aussuchen. Jeder Tod ist eine Botschaft, ein Brief an die Lebenden. Die Menschen werden von den Todesschwadronen, den G-2- und DIC-Leuten, nicht einfach ‹getötet›. Den Männern werden nicht nur die Eingeweide herausgerissen, man schneidet ihnen auch die Genitalien ab und stopft sie ihnen in den Mund. Frauen werden nicht einfach vergewaltigt, sondern man reißt ihnen den Uterus heraus und legt ihn ihnen aufs Gesicht. Kinder werden nicht einfach umgebracht, sie werden über Stacheldraht geschleift, bis ihnen das Fleisch von den Knochen fällt, und ihre Eltern werden gezwungen, dabei zuzusehen. Tod ist nicht bloß Tod in meinem traurigen, unglücklichen Land.»

Einen Augenblick schienen ihre Augen den Kontakt zu verlieren, und Haydon glaubte, daß die Gedanken des Arztes sehr weit von ihnen beiden entfernt waren.

Für eine Weile schwiegen beide, und die Gerüche und Geräusche aus den Elendshütten begleiteten dieses Schweigen.

«Wußten Sie, daß es im Gabinete de Identificación einen Bericht gibt, in dem steht, Sie hätten sie nach Guatemala City gebracht?» fragte Haydon.

Grajeda lehnte sich wieder auf seinem Stuhl zurück und zog die Augenbrauen hoch, als wolle er ein Geheimnis verraten. «Lassen Sie sich erzählen, wie das in Guatemala ist», sagte er, «die wirkliche Bedeutung der Beziehung zwischen Wirklichkeit und Wörtern. Wörter sind hier nichts ... weniger als nichts. Die Lüge ist hier allumfassend; wir geben nichts auf Sprache. Weil es so viele Lügen gibt, weil Worte so billig sind, werden sie in einem System, das den Respekt vor der Sprache verloren hat, als bloße Hintergrundgeräusche betrachtet. Menschen werden nach dem beurteilt, was sie tun, nicht nach dem, was sie sagen. Der Glaube an die Integrität von Sprache kommt nicht vor. Die Lüge hat mein Volk angegriffen wie eine Krankheit und zerstört es so sicher, als wäre sie die Pest. Traurigerweise bedeutet es überhaupt nichts, was die Polizei sagt oder was in ihren Berichten steht. Die Männer, denen die Aufgabe anvertraut ist, in meinem armen Land den Frieden zu wahren, sind Mörder und Lügner. Es ist schrecklich, daß ich das sagen muß, aber es ist die Wahrheit.»

«Sie haben sie also im Autopsieraum zum letzten Mal gesehen?»

«Ich habe sie zum letzten Mal gesehen», sagte Grajeda liebenswürdig, «als diese vier Männer sie in einen Leichensack steckten und sie zu einem Lieferwagen mit geschwärzten Scheiben brachten, und das Eis, das sie zu ihr in den Sack getan hatten, schmolz bereits und tropfte rötlich aus dem Sack.»

Es war ein grausames Bild, um so schockierender wegen dem sanften Tonfall in dem es beschrieben wurde. Grajeda schien überraschenderweise frei von Bitterkeit. Haydon kam es so vor, als habe der Arzt keine andere Möglichkeit, das Elend von Mezquital zu ertragen, als eine Art philosophischen Frieden mit der Leichtigkeit menschlicher Grausamkeit zu schließen.

«Wie lange sind Sie schon hier?» fragte Haydon und stand auf.

«Drei Jahre», sagte Grajeda. «Eine Ewigkeit.»

«Wer finanziert Sie?»

Diese Frage schien dem Arzt unangenehm zu sein. Er sah Haydon über den Schreibtisch hinweg an. Einen Moment lang schien er unsicher, wie er auf diese Frage antworten sollte.

«Ich komme aus einer sehr reichen Familie, Mr. Haydon.» Er lächelte entschuldigend. «Sie waren stolz, einen Arzt in der Familie zu haben. Mein Großvater war auch Arzt, und mein Vater... war ein sehr erfolgreicher Geschäftsmann. Aber... diese Art von Praxis gefiel ihnen nicht. Indem ich darauf beharrte, habe ich leider eine Art Familienkrach heraufbeschworen. Jetzt bin ich so etwas wie ein schwarzes Schaf, fürchte ich..., aber sie haben mir ein kleines Gehalt ausgesetzt. Das benutze ich hier, und zweimal im Jahr reise ich in die Vereinigten Staaten, um Geld zu sammeln.»

Etwas erregte seine Aufmerksamkeit, er sah an Haydon vorbei zur Tür und trat einen Schritt vor. *«Pase adelante»*, sagte er rasch.

Haydon drehte sich um und sah zwei schmutzbedeckte Frauen in schäbigen Indiokleidern vor der Tür stehen und mit großen, ängstlichen Augen hereinschauen. Ihre tief gefurchten Gesichter waren staubig, als kämen sie von weither. Beide hatten Kinder bei sich, die eine zwei, die andere drei, von denen jeweils eines ein in ein Tuch gewickelter Säugling war. Grajeda ging um seinen Schreibtisch herum und sagte mit seiner leisen Stimme etwas in einem Indiodialekt, während er sich der Tür näherte. Er versuchte, den Frauen die Angst zu nehmen, indem er sich scheinbar an ihre Kinder wandte, drei Kleine, die sich an die fleckigen Röcke ihrer Mütter klammerten. Ihr verfilztes Haar stand hoch. Fliegen saßen in ihren Augenwinkeln und um ihre feuchten Nasenlöcher herum. Die Frauen waren scheu, und Grajeda bückte sich und sprach mit ihnen. Er lächelte auf die ihm eigene Art und wirkte fast so schüchtern wie die Frauen selbst.

Haydon ging an Grajeda, der ihn völlig vergessen hatte, vorbei aus der Tür und entfernte sich. Er wußte, daß die Indiofrauen ihn beobachteten und sich fragten, ob seine Gegenwart ihnen irgendwie Schwierigkeiten bereiten würde. Es war am besten, zu verschwinden.

19

Haydon ging zurück, zwischen den Hütten hindurch, den Hügel hinunter, über die Eisenbahnschienen und auf der anderen Seite auf gewundenen Pfaden wieder hinauf. Die Hitze war erdrückend, und die ranzigen Gerüche der Armut machten die Luft stickig. Grillen zirpten im welken Gestrüpp. Als er die Böschung erreicht hatte, an der der schmächtige *pirul*-Baum den Standort seines Autos kennzeichnete, hatte der Staub seine Schuhe überzogen und klebte an seinen Hosenbeinen, wo er den Stoff durchgeschwitzt hatte.

Der Wagen war noch da, aber die Jungen, die er zu seinem

Schutz bezahlt hatte, waren verschwunden, genau wie die Radkappen und zwei lange Chromstreifen von beiden Seiten der Karosserie. Auch die Scheibenwischer waren fort. Er konnte sich glücklich schätzen. Er staubte seine Hosenbeine notdürftig ab, sperrte den Wagen auf und stieg ein. Er kurbelte die Fenster herunter, um die angestaute Hitze herauszulassen, ließ den Motor an, wendete den Wagen und fuhr in die Stadt zurück.

Wenn man Grajeda die Sache mit den beiden Männern in Zivil glauben konnte, dann, so nahm Haydon an, waren sie DIC-Agenten. G-2-Leute wären vermutlich nicht in Begleitung von zwei Staatspolizisten gekommen, sondern eher mit Soldaten. Andererseits hatten die Dinge sich in den letzten zwanzig Monaten so verändert, hatten Militär und Staatspolizei so enge Beziehungen entwickelt, daß Haydon bezweifelte, ob irgend jemand die Vorschriften noch kannte oder sich überhaupt darum kümmerte. Jede der Einrichtungen und ihrer Unterabteilungen war ein eigener Machtbereich. Intrigen waren das einzige gemeinsame Merkmal, und Machtkämpfe die Regel.

Für Haydon war das ein Grund mehr, sich mit Efran Borrayo in Verbindung zu setzen. Haydon hatte Glück, Borrayo einen großen Gefallen erwiesen zu haben. Dieser Gefallen hatte sich als größer erwiesen, als Haydon beabsichtigt hatte. Er kannte einen Geschäftsmann aus Houston, der in Guatemala City eine Fabrik eröffnete, und empfahl Efran Borrayo als einen Mann, der in der Lage war, für die Firma einen wirksamen Werkschutz zu organisieren. Borrayo verwandelte diese kurzfristige Aufgabe in ein dauerhaftes zweites Einkommen, das wesentlich höher war als sein Gehalt beim DIT. Das dauerte vier Jahre, bis der Geschäftsmann aus Houston sich auf eine politische Rangelei mit der Regierung einließ und sein Werk schloß. Doch Borrayo war Haydon ewig dankbar. Einmal, als er auf dem Weg nach Virginia, wo er einen Antiterror-Lehrgang besuchen sollte, der vom State Department bezahlt wurde, durch Houston kam, schickte er Haydon über eine örtliche Weinhandlung eine Kiste Bordeaux. Selbst wenn Lenas Geschichte viel zu heikel war, als daß Borrayo sich darin hätte einmischen können, so konnte Haydon doch zumindest mit einigen Ratschlägen aus erster Hand rechnen. Und falls die Sicherheitskräfte sich mit Fossler beschäftigt hatten, dann wußte Borrayo wahrscheinlich davon.

Das wirkliche Rätsel um Lenas Tod, abgesehen von der Frage, aus welchem Motiv sie umgebracht worden war, bestand darin, warum man sie nach Guatemala City zurückgebracht hatte. Schon früher waren Ausländer im Hinterland Guatemalas verschwunden, und zwar spurlos. Warum hatten die Indiofrauen mit der Leiche eine so gefährliche Reise gewagt? Stimmte dieser Bericht überhaupt? Warum hatte der Militärbeauftragte von Soloma sie nicht auf dem Ortsfriedhof begraben, statt sie auf einem Gemüselaster nach Huehuetenango schaffen zu lassen? Warum hatte in dem Bericht, der ihre Leiche nach Guatemala City begleitete, gestanden, Dr. Grajeda habe sie gebracht? Warum hatte das Gabinete de Identificación in Zona 6 einen Anhang geschrieben, der auf die Diskrepanz zwischen der Art und Weise, wie die Leiche bei ihm angekommen war, und der, wie sie laut Bericht angekommen war, hinwies? Und nachdem sie (wer immer *sie* sein mochten) Lena wunschgemäß nach Guatemala City zurückgebracht hatten, warum hatten sie sie dann anonym als «XX» in der Leichenhalle zurückgelassen? Und wer hatte Fossler gesagt, Grajeda sei ein persönlicher Freund von Lena?

Keine dieser Fragen schien auf einen gemeinsamen Nenner hinauszulaufen. Es war fast, als seien an Lenas Tod so viele verschiedene Gruppen beteiligt, daß man unmöglich sagen konnte, er gehe auf einen einzelnen Plan zurück. Haydon konnte nicht glauben, daß sie sich – auf welche Weise auch immer – für so viele verschiedene Gruppen zu einer Bedrohung oder Störung entwickelt hatte, daß ihr Tod allen willkommen war.

Er sah auf seine Uhr. Er hatte länger gebraucht, um nach Mezquital und zurück zu fahren, als er erwartet hatte. Es war beinahe zwölf Uhr mittags, eine ungünstige Zeit, um Janet Pittner anzurufen. Er aß in einem Restaurant rasch etwas und trank einige Biere dazu.

Dabei beobachtete er einen alten Mann auf der anderen Straßenseite, der eine übergroße Last aus neuen Terrakotta-*parillas*, scheibenförmigen Kochgittern, trug. Der alte Mann hatte sie sich mit einem Hanfseil auf den Rücken gebunden, und ein Lederriemen lief über seine Stirn und war an beiden Seiten der Last befestigt. Sie war so schwer und er so alt, daß er auf dem ungepflasterten Gehweg unter den Eukalyptusbäumen nur quälend langsam weiterkam. Während der Zeit, die Haydon zum Essen brauchte, schaffte der alte Mann nur eineinhalb Blocks. Er stützte sich auf einen Stock, den Kopf gegen den Lederriemen gedrückt, und blickte in den Staub zu seinen Füßen. Er war schweißgebadet und blieb häufig stehen. Einmal lehnte er sich sogar an den Stamm eines Eukalyptusbaumes und ließ sich auf ein Knie nieder, um die Belastung seines Halses zu verringern. Doch nach einer Weile richtete er sich offenbar unter Schmerzen wieder auf und ging weiter.

Das war die Geschichte Guatemalas. Überall im Lande konnten Haydon und jeder, der sich die Mühe machte, es zu bemerken, solche kleinen Leute unter enormen Lasten sehen, jede einzelne Anstrengung ein Gleichnis für die Geschichte ihres Volkes.

Haydon verließ das Restaurant und fuhr zu Zona 10. Kurz nach ein Uhr bog er in das Tor von Janets Einfahrt ein. Ihr Gärtner schnitt das Gras neben dem ersten Hof mit einer Handschere, auf Hände und Knie gestützt. Haydon grüßte ihn, während er eintrat, ging durch den ersten Hof, öffnete das Eisentor und betrat den Windfang. Er läutete an der Tür, und eines von Janets Hausmädchen öffnete. Sie führte ihn in die *sala*. Der Raum war kühl und angenehm und wirkte groß mit seinen zwei hohen Doppeltüren, die offen waren und auf den gepflegten Hof und die schattige Veranda des Hauses hinausgingen. Haydon trat durch eine der Türen; draußen ging gelegentlich eine leise Brise und bewegte die Pflanzen. Links, etwas weiter die Veranda hinunter, stand ein großer Jacaranda-Baum, in dem etwa ein Dutzend kleiner Weidenkäfige hingen, jeder mit etlichen winzigen pastellfarbenen Sittichen, deren Gezwitscher eine Atmosphäre fast klösterlichen Friedens schuf.

Haydon ging zu dem Baum hinüber, um sich die Vögel anzusehen, als er bemerkte, daß der Baum gleich vor einem Raum stand, der Janets Badezimmer sein mußte. Durch die hohen, offenen Fenster des Bades konnte er Wasser plätschern hören. In der Dusche, deren Fenster ihm am nächsten war, wurde das Wasser abgedreht. Vor den Käfigen stehend, sah er Janet in den luftigen Mittagsschatten ihres Zimmers treten und sich mit einem Handtuch abtrocknen, das sie dann fallen ließ. Er sah ihren nackten Rücken und ihre Hüften, vage schimmernde Kurven, deren Erotik durch das diffuse Licht verstärkt wurde. Ein hoher Standspiegel warf etwas Licht zurück, und er sah sie ein- oder zweimal hin und her gehen, ehe er seinen Platz verließ und zu den offenen Türen der *sala* zurückging, wo er sich auf der Veranda auf eine lederbezogene Bank setzte.

Es dauerte nicht ganz fünfzehn Minuten, bis Janet in einem schlichten, eierschalenfarbenen Kleid aus dünner Baumwolle aus der *sala* kam, und zwar aus so dünner Baumwolle, daß man sehen konnte, daß sie einen Slip hätte tragen sollen. Sie entschuldigte sich, daß er habe warten müssen, und er entschuldigte sich, unangemeldet gekommen zu sein. Ihr Haar war frisch ausgekämmt, aber noch etwas feucht. Sie trug kein Make-up, und im klaren Mittagslicht sah er, daß ihre blasse Haut auch keines brauchte.

«Haben Sie schon gegessen?» fragte sie und schüttelte leicht den Kopf, um ihr Haar zu lockern.

Er nickte. «Ja, ich komme gerade vom Essen.»

«Wie wär's dann mit einem Drink?»

«Ein Gin mit Limonensaft wäre fein.»

«Einen Moment», sagte sie und verschwand im Haus. Gleich darauf kam sie mit den Drinks zurück. «Setzen Sie sich doch», sagte sie und nahm selbst in einem Armsessel ihm gegenüber

Platz, den Rücken dem Hof zugewandt, ein attraktives Bild in Weiß vor den Bögen der Veranda und den grünen Wedeln der Sago-Palmen dahinter. Die warme Mittagsluft war voll vom Duft falscher Orangen, die rings um den Brunnen in üppiger Blüte standen. Haydon fragte sich, was Cage gemeint hatte, als er sagte, daß Janet eine bessere Freundin als Geliebte sei. Von einem alten Satyr wie Cage war das eine interessante Beobachtung.

«Ich war gestern nacht mit Taylor Cage zusammen», sagte Haydon, und der erfreute, erwartungsvolle Ausdruck auf Janets Gesicht verschwand abrupt.

«Woher zum Teufel kennen Sie ihn?» fragte sie verblüfft.

«Ich habe ihn vor Jahren in Houston kennengelernt. Ich kenne ihn nicht sehr gut, nur so, wie man jemanden in ein paar Tagen kennenlernt. Aber Jim Fossler hat ihn hier getroffen, und dadurch sind wir nach meiner Ankunft in Verbindung gekommen.»

«Und wie hat Fossler ihn kennengelernt?»

«Das weiß ich nicht. Das ist ein Teil meines Problems: Fossler scheint ebenfalls von der Bildfläche verschwunden zu sein.»

Janets Augen schauten überrascht. «Ich dachte, Sie hätten Neuigkeiten von Lena», sagte sie kurz, vielleicht eine Spur wachsamer, so, als werde ihr klar, daß die Motive für seine Anwesenheit suspekt sein könnten.

«Tut mir leid, ich habe keine. Gestern sagten Sie mir, ich solle mich wieder melden», erinnerte er sie. Natürlich hatte er andere Gründe, aber sie tat so, als habe sie ihre Einladung vergessen, und er fragte sich, warum sie das tat.

«Oh. Deshalb sind Sie gekommen? Weil ich das gesagt habe?»

«Ja.»

Sie nahm einen Schluck von ihrem Drink und sah ihn an.

«Sie sagten, Sie könnten vor Ihrem geschiedenen Mann nicht reden–»

«Nennen Sie ihn nicht so», unterbrach sie ihn, hielt inne und versuchte, ihre Gereiztheit zu überspielen, indem sie diese Bemerkung erklärte. «Ich bin sicher, daß er das gerne vergessen würde», sagte sie mit unsicherem Lächeln.

«Sie haben gesagt, Sie glaubten, daß mit Lenas Verschwinden etwas ganz und gar nicht stimme, daß Sie nicht auf Pittners diplomatische Kunststückchen warten wollten. Sie wollten sich einmischen. Und Sie haben gesagt, ich solle heute wieder vorbeikommen.»

Haydon benutzte absichtlich ihre Worte, um sie deutlich auf ihren scheinbaren Gedächtnisverlust hinzuweisen. Er würde nicht lockerlassen.

Sie nickte, leicht amüsiert über seine Zitate. «Ja, das habe ich gesagt, nicht? Ich nehme an, ich hatte wirklich genug.» Jetzt schien sie verlegen. «Ich hatte mit Pitt geredet. Ich war sehr sauer über seine ... schlafmützige Haltung. Sein verdammtes Zögern. Das ist die offizielle Politik des State Department. Wissen Sie, so verdammt vorsichtig, daß nichts getan wird.»

«Sie haben also ein bißchen aus der Schule geplaudert.»

«Das würde ich nicht sagen», meinte sie. «Ich hatte eher ein bißchen die Kontrolle verloren.»

Haydon fragte sich, wieviel sie von dem wußte, was Pitt wirklich tat. «Wie lange waren Sie verheiratet?»

«*Acht* Jahre», sagte sie, als sei das viel zu lange gewesen.

«Was macht er bei der Botschaft?»

«Politische Abteilung, wie er gesagt hat. Aber das ist auch alles, was ich darüber weiß. Ich war nicht für diese Art Leben gemacht. ‹Unüberlegt› war das Wort, das Pitt am häufigsten benutzte, um meinen Mangel an diplomatischem Feingefühl zu bezeichnen. Aber er liebte mich, der arme Teufel. Und tut es noch immer», fügte sie etwas kleinlaut hinzu. «*Ich* habe mich von *ihm* scheiden lassen.»

Haydon konnte nicht feststellen, ob sie sich verstellte oder ob Pittner und sie tatsächlich so wenig gemeinsam hatten.

Janet sah ihn einen Augenblick an, ehe sie fragte: «Was hatte Cage zu berichten?» Sie hoffte wohl, die Frage würde beiläufig klingen.

«Ich bin nicht sicher, ob er sonderlich hilfreich war. Was macht er überhaupt?»

«Wissen Sie das nicht?»

«Ich glaube nicht, daß er es mir je gesagt hat.» Haydon mußte unbedingt eine Vorstellung davon bekommen, wer was über wen wußte.

«Er ist unabhängig, und es geht ihm gut. Was er macht, habe auch ich nie erfahren. Ich glaube, er hatte einen reichen Vater. Er tat immer so, als sei er im Import tätig, lateinamerikanische Antiquitäten. Aber das war Quatsch. Lateinamerika ist voll von Leuten wie ihm, Leuten, die ohne dauerhafte Bindung sind. Es ist eine Kultur, die Leuten zusagt, die sich nicht festlegen wollen, Leuten, die sich selbst nicht finden können oder finden wollen und die vor der Verantwortung weglaufen. Ich kenne eine Menge Leute, die in der glühenden Hoffnung hier leben, weit genug von der Zivilisation entfernt zu sein, um nie mit Verantwortung behelligt zu werden.»

«Wie lange kennen Sie ihn?»

«Fünf Jahre.» Sie lächelte leicht. «Hatten Sie viel Mühe, uns hier unten ausfindig zu machen?»

Haydon sagte nichts.

«Waren Sie bei Cage zu Hause?» fragte sie.

«Nein.»

«Na, da haben Sie etwas verpaßt. Señor Cage hat es mit den Eingeborenen», sagte sie, und der leicht bedauernde Unterton entging Haydon nicht. «Er lebt mit einem Indiomädchen zusammen ... einem Kind eigentlich. Sie kann nicht älter sein als achtzehn.»

20

«Sie heißt Marielita», sagte Janet. «Er nennt sie Lita. Sie ist recht hübsch. Er hat sie seit zwei Jahren bei sich, spielt wohl Pygmalion. Und ich kann Ihnen sagen, das paßt gar nicht zu ihm. Er ist selbst nicht sonderlich kultiviert.» Sie schien ihre Offenheit zügeln zu wollen. «Aber das Mädchen hat eine entsetzliche Geschichte hinter sich, und ob man ihn als Kinderschänder ansehen will oder nicht, hängt davon ab, wie man die bösen Optionen sieht, die das Leben in einem Land wie diesem bietet.»

Janet rührte mit einem Finger in ihrem Glas, nahm die Limonenscheibe heraus, drückte sie aus, warf sie in den Gin zurück und tupfte sich die Finger an ihrer Serviette ab.

«War sie eine Waise?»

«Ja. Ihre ‹Geschichte› ist leider keine Ausnahme im Hochland, wo die Armee furchterregend präsent ist.» Janet trank einen Schluck von ihrem Gin und zögerte nur einen Augenblick, ehe sie fortfuhr.

«Sie lebte in einem kleinen Dorf namens Ojo de Agua, Wasserauge, im nordwestlichen *departamento* von El Quiché. Ihr Vater war ein kleiner Bauer, der mühsam seinen Lebensunterhalt zusammenkratzte. Als sie fünfzehn war, wurden sie und ihre Eltern mitten in der Nacht von einer Gruppe Soldaten aufgeweckt, die das Mädchen packten und auf einen Lastwagen verfrachteten. Als ihr Vater versuchte, sie aufzuhalten, erschossen sie ihn einfach. Die Schreie der Mutter machten die Burschen wütend, und sie schlugen sie mit ihren Gewehrkolben ins Gesicht und ließen sie blutend neben ihrem toten Mann liegen. Marielita wurde in eine naheliegende Militärgarnison gebracht. Die Frau, blutend und verrückt vor Angst um ihre Tochter, schaffte es, sich in der Finsternis in den nächsten kleinen Weiler zu schleppen, wo Marielitas Brüder lebten. Die Frau erzählte ihnen, was passiert war. In derselben Stunde machten sie sich in die Garnison auf, und gegen Morgen kamen sie dort an. Der *commandante* der Garnison sagte, ein Mädchen gäbe es dort nicht. Er ließ die beiden als Spione verhaften. Die Soldaten verhörten sie und wendeten dabei eine Methode an, die als *el capucho*, die Kapuze, bekannt ist. Den Jungen wurden die Arme auf dem Rücken gefesselt, und sie mußten sich auf den Boden knien. Nylonkapuzen wurden ihnen über die Köpfe gestülpt und um den Hals herum festgezogen, und dann wurde durch ein kleines Loch Insektenvertilgungsmittel in die Kapuzen geblasen. Starkes Zeug, man benutzt es auf Plantagen, und beim Hautkontakt verätzte es ihre Gesichter. Und als sie nach Luft rangen, erzeugte es sofort Blasen in Hals und Lungen. Nachdem sie ohnmächtig geworden waren, wurde eimerweise Wasser auf sie geschüttet, bis sie wieder zu sich kamen. Sie wurden verhört. Falsche Antworten. Wieder *el capucho*. Das ging sehr lange so weiter, wie lange, weiß ich nicht, aber ich habe gehört, daß man den Soldaten beibringt, wie sie die Prozedur in die Länge ziehen können, um das Leiden zu verlängern. Die Gesichter der Jungen schwollen so an, daß sie nicht mehr zu erkennen waren. Sie hatten Krämpfe, ihre Lungen bluteten, und ihre Kapuzen und Kleider waren von blutigem Erbrochenem durchtränkt. Als es so aussah, als würden sie eine weitere Runde nicht mehr überstehen, ‹gestanden› sie. Natürlich logen sie, um ihr Leben zu retten. Sie setzten ihr Zeichen auf ein Stück Papier, auf das der *commandante* hilfreicherweise ihre ‹Geständnisse› geschrieben hatte. Ihre Zungen waren so geschwollen, daß sie nicht sprechen konnten. ‹Dachte ich mir's doch›, sagte der *commandante* und betrachtete die ‹Geständnisse›, und die Soldaten führten die Jungen ins Freie und schlugen ihnen mit Macheten die Köpfe ab, weil sie ‹Spione› waren.»

Janet hielt inne und trank einen Schluck Gin. Sie schaute einen Augenblick in den Innenhof und fuhr dann fort:

«Marielita wurde von den Soldaten drei Tage festgehalten. Als sie mit ihr fertig waren, konnte sie die Garnison nicht auf eigenen Füßen verlassen. Sie konnte nicht einmal mehr aufstehen. Ohne jede Scham gingen die Soldaten nach Ojo de Agua und holten drei Witwen und eine Bahre. Die verängstigten alten Frauen wurden in die Garnison gebracht und gezwungen, Marielita auf die Bahre zu legen und ins Dorf zurückzutragen. Marielitas Mutter starb am gleichen Tag, an dem Marielita aus der Garnison zurückgebracht wurde. Verrückt vor Trauer und Wut, nahm Marielita all ihren Mut zusammen. Gegen den Einwand aller Dorfbewohner erstattete sie Anzeige beim Oberkommissar des Dorfes, dem Verbindungsmann der Zivilpatrouille zur Armee. Das war eine dumme, aussichtslose Tat. Natürlich war es von Gesetzes wegen ihr Recht, aber die Leute wußten, daß man die Armee nicht wegen irgendwelcher Gewalttaten anzeigen durfte. Sie hatte ihr eigenes Todesurteil unterschrieben.

Es gab eine ‹Untersuchung›, bei der festgestellt wurde, daß Marielita gelogen hatte. Die aufgedeckten ‹Tatsachen› waren die folgenden: Ihr Vater war auf seinem Maisfeld bei einem Unfall umgekommen; die Ehefrauen der verschwundenen Brüder sagten aus, die Jungen hätten wie viele andere Männer ihre Familien verlassen, um als Saisonarbeiter auf den Kaffeefincas in San Marcos an der mexikanischen Grenze zu arbeiten; und was die Beschuldigung betraf, die Soldaten hätten Marielita vergewaltigt, so sei ja wohlbekannt, daß Marielita für jeden die Beine breitmache.

Das Mädchen war empört über diese Lügen und verbittert, weil die Dorfbewohner und sogar ihre Schwägerinnen zu ängstlich gewesen waren, um sie zu verteidigen oder auch nur die Wahrheit zu sagen. Sie zog sich ganz in sich selbst zurück. Zu diesem Zeitpunkt kam Cage in das Dorf, hörte ihre Geschichte, stellte fest, daß sie allein lebte, eine Ausgestoßene im Dorf, und nahm sie mit nach Guatemala City. Soweit ich hörte, brauchte sie lange, um einigermaßen ihr Gleichgewicht wiederzufinden. Die Zeit verging. Er schrieb sie in der High School ein, und sie machte ihren Abschluß. Dann schickte er sie an die Staatliche Universität San Carlos, und da studiert sie jetzt.»

Während sie Marielitas Geschichte erzählte, hatte Janets

Stimme ihre vorherige Lockerheit verloren. Es war ein Bericht, der nicht nur auf den Zuhörer einwirkte, sondern auch auf die Erzählerin.

«Was intim zwischen den beiden vorgeht, ist Gegenstand üppiger Klatschgeschichten», sagte sie, eine Information, die ihr offensichtlich nicht gefiel.

«Hatte das Mädchen sonst keine Familienangehörigen?»

«Nein, keine. Und das Dorf war froh, sie loszuwerden. Sie erinnerte die anderen ständig an deren Feigheit und Grausamkeit.»

Janet trank aus ihrem Glas.

«Es gibt noch eine faszinierende Nebengeschichte zu all dem, die ich gern bezweifeln würde, die aber glaubwürdig klingt. In den letzten zwei Jahren wurden zwei der Soldaten, die in Marielitas Haus eingedrungen waren, aus der Armee entlassen. Der eine verkaufte in einer Bude Uhren und japanische Radios, und der andere arbeitete für seinen Vetter auf einem Parkplatz. Vor gar nicht langer Zeit wurden die beiden getötet, und zwar innerhalb vierzehn Tagen. Beim zweiten Mord gab es einen Zeugen. Er sagte, die Mörder seien eine guatemaltekische Frau und ein ‹großer› Mann gewesen. Der Zeuge erzählte dem Zeitungsreporter, die Frau habe geschossen. Sie ging geradewegs auf das Opfer zu und sagte etwas zu ihm, und als der Mann erschrocken reagierte, schoß sie ihm ins Gesicht. Nachdem er gestürzt war, beugte sie sich über ihn und schoß noch zweimal. Sie warf ihre Waffe dem ‹großen› Mann zu, und sie verschwanden in verschiedene Richtungen. Das passierte bei Nacht. Natürlich kam bei der Untersuchung nichts heraus.»

Haydon dachte daran, wie Lita ihn an ihren nackten Brüsten gehalten hatte, dachte daran, wie sie sich anfühlte und duftete; er dachte daran, wie sie auf dem Hof vor Macabeos mittelalterlichem Leichenhaus schüchtern neben ihm gestanden hatte. *So es gehen vielen Leuten in Guatemala... sehr lange sterben. Lo siento mucho.*

«Schlimme Geschichte, nicht?» sagte Janet leise.

Haydon nickte. Er hielt die Geschichte durchaus nicht für nebensächlich. In Taylor Cages Welt lag sie vollkommen innerhalb der Logik seiner Lebensweise. Haydon dachte einen Augenblick nach und versuchte, seine nächste Frage so zu formulieren, daß sie nicht mehr verriet, als er in Erfahrung gebracht hatte.

«Wie ich hörte, arbeitete Lena für AID.»

Janet nickte. «Stimmt. Sie arbeitete an einem Projekt mit, bei dem Daten über die Diversifizierung des Anbaus gesammelt wurden. Verstehen Sie, es ging um den Versuch, die Indios dazu zu bringen, etwas anderes als Mais anzubauen.»

«Hat sie da oben jemals mit Leuten des Gesundheitsdienstes zusammengearbeitet?»

Janet sah ihn stirnrunzelnd an.

«Amerikanische oder andere ausländische Freiwillige, die bei den Indios arbeiten, Ärzte, Gesundheitsspezialisten, Zahnärzte...?»

Janet schüttelte den Kopf, schlug die Beine übereinander und zog ihren Rock zurecht. «Ich weiß nicht», sagte sie. «Aber sie muß wohl welche getroffen haben.»

«Würde es Ihnen etwas ausmachen, wenn ich mir ihr Zimmer ansehen würde?»

«Nein», sagte sie. «Aber falls Sie etwas suchen... ich meine, ich glaube, Sie werden nicht viel finden.»

«Ach?»

«Nein. Der verschlafene Mr. Pitt ist Ihnen zuvorgekommen.»

«Er hat ihre Sachen durchsucht?»

«Nicht er, aber ein paar Jungs von der Botschaft. Und sie haben ihre Sachen mitgenommen. Praktisch alles. Sie haben das Zimmer geräumt. Ich hatte ein komisches Gefühl dabei. Ich durfte nicht im Zimmer sein, während sie das taten. Es war, als sei sie tot und sie sammelten die ‹persönliche Habe› ein», sagte sie und schaute über den Hof.

«Hatten sie guatemaltekische Polizei bei sich?»

«Nein, es waren nur Leute von der Botschaft.»

«Waren sie von der Konsulatsabteilung?»

Sie zuckte mit den Schultern und sagte dann: «Das glaube ich nicht. Ich erkannte einen der Männer, weil er einmal hiergewesen war, um Pitt abzuholen. Damals hatte er gesagt, er arbeite mit Pitt zusammen, darum nehme ich an, daß er von der Politischen Abteilung war.»

Die Politische Abteilung.

«Wann haben Sie Jim Fossler zum letzten Mal gesehen?»

«Gestern. Lena sollte Samstag abend nach Hause kommen. Am Sonntag abend wurde ich unruhig und rief das Hotel in Panajachel an, wo sie wohnen wollte, und dann all die anderen Hotels. Ich konnte nichts in Erfahrung bringen. Ich habe in dieser Nacht kein Auge zugetan, und am Montag morgen bin ich zusammengeklappt und habe Pitt in der Botschaft angerufen. Er sagte, er würde vorbeikommen. Aber bevor er kam, erschien Fossler wieder. Ich war wirklich aufgeregt und erzählte ihm alles. Ich glaube nicht, daß er begriff, was ich ihm sagte, oder daß ihm klar war, ob wirklich Grund zur Sorge bestand oder ich nur hysterisch war.»

«Was hat er gesagt?»

«Er hat gesagt, er würde mit einigen Leuten reden und mir Bescheid sagen, falls er auf etwas stieße.»

«Haben Sie Pitt erzählt, daß Fossler da war?»

«Ja.»

«Was meinte er?»

Janet warf Haydon einen entnervten Blick zu. «Soweit ich das sehen konnte, nicht viel. Schauen Sie, Pitt ... ist nicht mitteilsam ...»

Janet hielt inne, als habe sie sich gerade noch daran hindern können, eine Tirade von Klagen anzustimmen.

«Was ist mit Lena?» fragte Haydon, um Janets Probleme mit ihrem Ex-Mann zu umgehen. «Traf sie sich oft mit Männern?»

«Da war Lena eher reserviert. Sie redete nicht viel darüber.»

«Wie meinen Sie das?»

«Nun, wir wohnten zusammen, und wenn man sich so gut kennt wie wir, dann spricht man über solche Dinge. Frauen tun das.»

«Aber sie wollte nicht.»

«Nur so viel, um mich wissen zu lassen, daß mich das nichts anginge. So war sie, eine ganz reizende Person, aber der Vertrautheit setzte sie Grenzen. Diese etwas verschwiegene Seite an ihr hat mich am Anfang ein bißchen gekränkt. Wir waren wie Schwestern. Schwestern teilen solche Dinge miteinander.» Janet hatte angefangen, ihr übergeschlagenes Bein gleich über dem Knie, am Saum ihres Kleides, zu massieren. «Aber nach einer Weile merkte ich, daß das an ihrer Natur lag und nicht an einer mangelnden Verständigung zwischen uns.»

«Aber sie traf sich mit vielen Männern?»

«Nicht mit vielen.»

«Haben Sie irgendeinen der Männer kennengelernt, mit denen sie sich traf?»

«Ein paar.»

«Waren es Amerikaner?»

«Ja. Die beiden Jungen, die ich kennenlernte, waren Leute aus ihrer Abteilung bei AID. Ich glaube nicht, daß sie sich mit einem von ihnen mehr als zweimal getroffen hat.»

«Hat sie sich je mit guatemaltekischen Männern getroffen?»

«Das weiß ich nicht.»

«Finden Sie es nicht ungewöhnlich, daß sie so wenige Verabredungen hatte? Sie war eine hübsche Frau.»

Janet sah ihn an. «War?»

«Entschuldigung.»

Janet wandte nicht gleich den Blick ab, sondern versuchte, seinen Versprecher zu deuten. «Na ja, da Sie ein Mann sind, finden Sie es wahrscheinlich ungewöhnlich, aber Tatsache ist, daß Männer nicht zu den wichtigsten Nahrungsmitteln gehören. Wir können auch ohne euch gesund leben.»

Haydon ließ das Thema fallen. «Sie waren geduldig und hilfreich», sagte er und stand auf.

Janets Gesicht verriet Überraschung und nicht geringe Enttäuschung. Entweder hatte sie eine längere Gelegenheit zu verbalem Schlagabtausch erwartet, oder sie wünschte sich einfach Gesellschaft. Trotz ihres gesellschaftlichen Renommees sah Haydon in ihr eine Frau, die geschickt eine nicht allzu tief unter der Oberfläche steckende Einsamkeit verbarg.

Sie stand gleichfalls auf. Ihr Gesicht war ernst, und sie sah ihn einen Augenblick an, ohne etwas zu sagen, die Arme unter der Brust verschränkt.

«Wenn Sie etwas ... Bedeutsames wüßten, würden Sie es mir sagen, nicht wahr?»

«Wie meinen Sie das?»

«Gestern abend habe ich ziemlich kühn geredet. Ich meine, als ich sagte, ich würde selbst nach Lena suchen. In Wirklichkeit habe ich nicht den Mumm, das allein zu tun. Man weiß in diesem Land nie, wann man in Gefahr ist und wann nicht. Ich lebe schon lange hier, aber so wie jetzt habe ich das Land noch nie gesehen.»

Haydon sah sie an. Wieder wirkte sie anders auf ihn. Er hatte nicht damit gerechnet, daß sie ihre Bissigkeit so schnell und vollständig ablegen würde. Sie sah ihn offen an, in ihr steckte Angst.

«Sobald ich verstehe, was hier vorgeht, lasse ich es Sie wissen», sagte er. «Aber wenn ich Sie wäre, würde ich mit nichts hinter dem Berg halten. Allein werde ich wohl kaum etwas herausfinden.»

«Schauen Sie ...» sagte sie und streckte die Hand nach ihm aus, wie sie es am Vorabend getan hatte. «Wenn ich Ihnen helfen kann ... Ich meine, ich kenne mich hier aus ... Lassen Sie mich Ihnen helfen.»

Haydon zweifelte nicht an ihrer Aufrichtigkeit, und er lehnte ihren Vorschlag auch nicht ab. Im Unterschied zu Bennett Pittner schätzte Haydon Janets Bewertung dessen, was um sie herum vorging, nicht gering. Sie war dem Leben gegenüber noch nicht so abgestumpft, daß sie das Makabre nicht mehr als solches erkannte.

«Ich weiß Ihr Angebot zu schätzen», sagte er. «Vielleicht werde ich Sie beim Wort nehmen müssen.»

21

Haydon fuhr in Richtung Camino Real zurück und dachte über Janets Hilfsangebot nach. In der richtigen Situation könnte sie ihm tatsächlich eine Menge Zeit sparen. Wenn nicht bald etwas zum Vorschein kam, würde er ohne Bedenken zu ihr zurückkehren.

Er parkte vor dem Hotel Camino Real, doch statt einzutreten und die dortigen Telefone zu benutzen, ging er einen Block weiter zu einer Telefonzelle an der Reforma. Falls irgendein Hotel in der City von den Sicherheitskräften abgehört wurde, dann würde das Camino Real an der Spitze der Liste stehen, denn es war die erste Wahl der Mehrheit aller in der Stadt weilenden Amerikaner. Er rief die Staatspolizei an und verlangte das DIC, die Kriminalpolizei. An diesem Punkt wußte er, daß sein Anruf von Computern des militärischen Nachrichtendienstes zurückverfolgt wurde. Es dauerte eine Weile, ehe sich jemand meldete, der bestätigte, vom DIC zu sein, und Haydon fragte nach Efran Borrayo. Man bat ihn zu warten. Wie Fossler mied er die amerikanische Botschaft, wo er die Information binnen weniger Minuten hätte bekommen können.

Nach einiger Zeit fragte eine asthmatische männliche Stimme, ob sie mit dem Mann spreche, der Capitano Borrayo suche. Haydon bejahte, und der Mann sagte, Borrayo sei jetzt Direktor des Pavón-Gefängnisses und nicht mehr direkt dem DIC unterstellt. Haydon bedankte sich und legte auf. Direktor des Pavón-

Gefängnisses? Das schien weit von der Fahndungstätigkeit entfernt und eine eigenartige Laufbahnveränderung. Haydon würde nach Pavón fahren müssen, um sich selbst zu überzeugen. Er ging zurück zu seinem Wagen und fuhr in die Richtung, aus der er gerade gekommen war. Danach verließ er die Stadt und fuhr zu den östlichen Hügeln, wo die Straße in den Interamerikanischen Highway CA-1 überging, eine Schnellstraße mit vielen Serpentinen, die südlich in Richtung El Salvador verlief, wo sie in San Cristóbel Frontera im *departamento* Jutiapa die Grenze überquerte. Die Böschungen und Straßengräben des Highways waren berüchtigt als Müllkippen der Todesschwadronen: Mit furchterregender Regelmäßigkeit tauchten am Rande dieser Straße Opfer der politischen Gewalt Guatemalas auf.

Pavón lag zwanzig Kilometer außerhalb von Guatemala City in einer kleinen Gemeinde namens Fraijanes. Als Gefängnisfarm lag es in einem sandigen, halb gerodeten Pinienwald, der ringsum aus Sicherheitsgründen kahl gehalten wurde, aber nicht weit jenseits der Wachtürme wieder begann. Erst seit kurzem war Pavón nur noch ein Schatten seines früheren Zustandes, was ein Segen war, denn dieser frühere Zustand war die Hölle gewesen. Ursprünglich war das Gefängnis für vierhundert Insassen bestimmt, aber bis Ende 1989 hatte es mehr als zweitausend Männer beherbergt. Sechzig Prozent der Insassen erwarteten ihren Prozeß und ihre Verurteilung. Es gab nicht genug Betten, um zweitausend Männer unterzubringen, nicht einmal genug Raum, so daß diejenigen, die es sich nicht leisten konnten, sich eine trockene Ecke oder eine schattige Nische zu kaufen, wie Tiere draußen im Regen oder in der brütenden Hitze vegetierten. Für die Ernährung gab der Staat elf Cents pro Gefangenem und Tag aus. Es gab nur zwei Dinge, mit denen man seine Situation verbessern konnte: Geld oder die Fähigkeit, gemeiner und grausamer zu sein als die Leute, die das hatten, was man wollte, oder die das besorgen konnten. Ein Leben war billig, Drogen waren teuer, Prostituierte waren leicht zu bekommen, und Vergewaltigung von Männern war an der Tagesordnung.

Doch zu Ostern 1989 explodierte das Gefängnis. Der Aufstand dauerte eine Woche und mußte von der Armee niedergeschlagen werden. Vierzehn Männer starben; die Bundesregierung ließ widerwillig Gefängnisreformen zu, nicht so sehr aus Mitleid für die miserablen Lebensbedingungen der Gefangenen, als vielmehr, um eine Wiederholung dieser Art negativer Publicity zu vermeiden.

Haydon steuerte seinen Wagen von der Hauptstraße in eine sandige Nebenstraße, vorbei an einer kleinen Gebäudegruppe, wo weibliche Gefangene untergebracht waren, auf einen kahlen, nicht asphaltierten Parkplatz außerhalb des hohen Maschendrahtzaunes, der das Gefängnisareal umgab. Er parkte den Wagen vor einem Laden, der die Gefängniswärter versorgte. Zwei langbeinige schwarzweiße Schweine wühlten in dem Boden vor dem Laden und kämpften um die Orangen- und Papayaschalen, die die Wärter in die Sonne hinauswarfen.

Haydon verschloß den Wagen und ging den leichten Abhang zum Tor hinunter. Die Hitze der Sonne am fast wolkenlosen Himmel strahlte von dem harten, rötlichen Lehm unter Haydons Füßen zurück wie von einem Grill. Der vier Meter hohe Maschendrahtzaun, der die äußere Umrandung des Gefängnisses bildete, war an Zementpfosten befestigt und schien in den Hitzewellen zu wabern, als schmelze er in einem Meer aus heißen Gasen.

Haydon näherte sich dem Wachhaus auf der anderen Seite des Tores.

«Buenas», sagte er.

Ein Korporal, der ranghöchste der sechs Soldaten, die unter dem Portiko herumlungerten, kam an das Maschendrahtgeflecht. Er sagte nichts, sondern lächelte und nickte und wartete auf Haydons Erklärung.

«Ich bin hier, um Direktor Borrayo zu sprechen», sagte Haydon. Er zückte seinen Paß und seine Dienstmarke und reichte sie durch eine Lücke im Zaun. Der Korporal sah sich den Paß an, seine Augen wanderten darüber hin, aber Haydon hätte hundert

Dollar gewettet, daß er nicht wußte, was er da «las». Die Dienstmarke war etwas anderes. Der Korporal wußte, daß dies *policìa* war, obwohl er wahrscheinlich Houston nicht von Istanbul unterscheiden konnte. Er nickte mit geschäftsmäßigem Ernst.

«Momentito, por favor», sagte er und deutete mit Daumen und Zeigefinger einen winzigen Abstand an. Er ging zu einer kleinen Zelle im Portiko und nahm einen Telefonhörer auf. Haydon betrachtete die anderen Wächter. Einige ignorierten ihn, einer musterte ihn frech, zwei weitere wandten den Blick ab, als er sie ansah. Sie waren alle bewaffnet. Wahrscheinlich konnte keiner von ihnen lesen.

Der Korporal kam wieder aus der Zelle heraus, und einer der Wächter, der nahe genug gewesen war, um sein Gespräch mitzuhören, sprang von seinem Sitz auf, ging zum Tor und löste die Kette.

«Treten Sie ein», sagte der Korporal. Er übergab Haydons Paß und Dienstmarke einem mürrisch blickenden Mann, der an einem kleinen Tisch saß und nun mühsam die Nummern von Haydons Paß und Marke aufschrieb. Dann legte er beide in eine Zigarrenschachtel aus Pappe, um sie bis zu Haydons Rückkehr aufzubewahren. Er drückte einen Gummistempel auf ein Stempelkissen und anschließend auf Haydons Handrücken. Danach drehte Haydon sich um und hob die Arme, um sich von einem anderen Wächter oberflächlich durchsuchen zu lassen.

«Treten Sie ein», wiederholte der Korporal, und Haydon ging über das Gelände in Richtung auf das Verwaltungsgebäude.

Im Vergleich zu der Zeit, als es total überfüllt gewesen war, wirkte Pavón jetzt nahezu verlassen. Kein Ton war auf dem kahlen Vorhof zu hören, und kein Wärter ließ sich blicken.

Er ging die Stufen zu dem gepflasterten Hof vor dem Verwaltungsgebäude hinauf, vorbei am Fahnenmast, und betrat das einstöckige Haus. Auch hier war es still. Ein Empfangsbüro zu seiner Linken war leer, und ein paar Gefangene der leichtesten Sicherheitsstufe gingen mit Schrubbern und Putzlappen in den kurzen Gängen umher, die zu einem halben Dutzend Büros führten. Es gab wenige Türschilder, und er sah keines, das auf ein Mitglied der Verwaltung hinwies.

Haydon wählte den Gang auf der rechten Seite und folgte den grünen Kachelwänden mit offenen Türen und leeren Büros. Es gab in Guatemala fast keine Klimaanlagen, und schon gar nicht hier. Am Ende des Ganges auf der linken Seite stand eine Tür halb offen.

«Ich höre dich, Stuart Haydon», sagte eine Stimme, als Haydon näherkam. «Komm herein, *mi amigo.*»

Als Haydon eintrat, nahm Efran Borrayo die übereinandergeschlagenen Beine vom Fensterbrett des geöffneten Fensters, stand auf und grinste breit, während er Haydon die Rechte entgegenstreckte.

«Ich weiß es zu schätzen, daß du dir bei all deiner Arbeit Zeit nimmst, mich zu empfangen, *Director*», sagte Haydon gespielt förmlich.

Der Guatemalteke lachte. «Im Ernst?» Sein Lachen war tief. Er war ein kräftiger Mann Anfang Fünfzig, dessen dunkles, gutaussehendes Gesicht, gewelltes graues Haar und zwanglose Art über eine scharfsinnige und skrupellose Natur hinwegtäuschten. «Sieht hier fast aus wie in den Staaten, was? Teufel, es macht keinen Spaß mehr. Im Augenblick ist hier nichts los. Ist wie bei den Pfadfindern.»

«Wie lange bist du schon hier?» fragte Haydon.

Borrayo zog ein langes Gesicht. «Verdammt zu lange. Über ein Jahr.»

«Es gefällt dir nicht?»

«Teufel, nein. Würde es dir gefallen?» Er schüttelte den Kopf. «Reform.» Er sprach das Wort aus, als handele es sich um eine Geschlechtskrankheit. «Als 1986 dieser Scheiß-Cerezo gewählt wurde, mußte er ein paar *polìticos* und den ‹Amerikanern› einige kleine Gefallen erweisen, ha!»

Wie viele Lateinamerikaner hegte Borrayo eine Haßliebe zu den Vereinigten Staaten. Er mochte die *gringos* nicht und beneidete sie gleichzeitig, und es war ihm ein Dorn im Auge, daß sie sich als «die Amerikaner» bezeichneten, so als seien sie die einzigen «Amerikaner» in der westlichen Hemisphäre und die Lateinamerikaner keine richtigen «Amerikaner».

Haydon nickte mitfühlend, und Borrayo wies auf den einzigen Stuhl im Zimmer außer seinem eigenen; er stand direkt vor Borrayos Schreibtisch. Haydon nahm ein Päckchen Pall Mall aus der Tasche. Er hatte es eigens zu diesem Zweck mitgebracht. Seine amerikanischen Zigaretten mit einem Mann zu teilen, von dem man etwas wollte, war eine gute Sache. Er bot Borrayo eine an, und der nahm sie begierig. Haydon nahm ebenfalls eine Zigarette und zündete beide an. Borrayo blies den Rauch in die stille Luft des kahlen Zimmers.

«Einige der Jungs vom DIT hatten einen schlechten Ruf bekommen», sagte er leichthin, als sei ihnen das, was ihnen den schlechten Ruf eingebracht hatte, nicht vorzuwerfen, und als sei ihre ungeheuerliche Gewalttätigkeit nicht von internationalen Menschenrechtsorganisationen verurteilt worden. «Ein paar von uns wurden gebeten, in andere Abteilungen der Sicherheitskräfte überzutreten, damit sie sagen konnten, sie hätten ‹aufgeräumt›. Ich wurde mehrmals versetzt, und dann schickten sie mich hierher.» Er zog ein saures Gesicht. «Ich hasse diesen Scheißladen», sagte er. «Und du, welche wunderbaren Dinge sind dir zugestoßen?»

Sie berichteten von ihrem Leben, sprachen über Männer, die Haydon von früher kannte, und dann fluchte Borrayo auf die Inflation und die Linken und sagte, die Wiederherstellung der Militärherrschaft (als wäre diese nicht längst Tatsache) sei die einzige Hoffnung des Landes.

«Hör zu», sagte Haydon endlich und drückte seine Zigarette in dem Aschenbecher aus, den er auf dem Schoß gehalten hatte, «ich bin seit der ‹Reform› nicht mehr hiergewesen. Hast du Lust, einen Spaziergang zu machen?»

Borrayo hatte ihre Plauderei genossen, aber bei der Erwähnung eines Spaziergangs schwand seine Begeisterung. Einen Spaziergang zu unternehmen, war eine ernste Sache. Keiner, der bei

Verstand war, unterhielt sich lieber draußen in der Sonne als im kühlen Schatten des dickwandigen Gebäudes. Andererseits aber wußte jeder, daß die heiße Sonne keine Ohren hatte. Wenn man in die heiße Sonne gehen wollte, hatte man ernsthafte Geschäfte, die anderswo nicht zu bereden waren.

«Natürlich», sagte Borrayo und stand von der Schreibtischkante auf. Er fuhr sich mit den Händen durch die dicken grauen Haarwellen und nahm seine Militärmütze. «Die Soldaten sehen den Anführer gern mit Mütze, ha!»

Er grinste, setzte sie auf und zog sie sich tief in die Stirn.

22

Sie gingen zu dem Tor, wo Wächter und ein paar Gefangene schwatzend herumstanden; die meisten Häftlinge schlugen die Zeit tot, während sie darauf warteten, das Münztelefon benutzen zu können, das an einer Wand außerhalb des Maschendrahtzaunes hing. Jeder Häftling mußte den Arm durch eine Öffnung im Zaun strecken, um seinen Centavo in den Apparat zu werfen, und den Hörer dann an den Draht halten und Ohr und Mund dagegen drücken, um sich verständigen zu können. Links von dieser Veranda befand sich ein Flügel aus einem halben Dutzend Bungalows mit einem offenen Gang dazwischen, die Zellen für die Besuche von Ehefrauen, nahe genug an der beliebten Veranda, daß die müßig Herumstehenden die Geräusche der Intimitäten hören konnten. Dahinter befand sich ein langer Gang, der zum Hauptgefängnishof und den verschiedenen Zellenblocks dahinter führte.

Borrayo wandte sich nach rechts und betrat einen schmalen,

schattigen Durchgang zwischen den verputzten Häusern, der sich bald in einen schmalen Hof öffnete; von dort ging ein Weg ab, der einer Reihe Pinien folgte, die am Außenzaun des Gefängnisses standen. Das spärlich bewaldete Land begann mehrere hundert Meter jenseits von drei gestaffelten Sicherheitszäunen aus Stacheldraht.

«Siehst du», sagte Borrayo, «alles hat sich verändert. Keine Wärter folgen uns. Ich kann jetzt überall allein hingehen. Hier ist alles friedlich. Keine Probleme.»

Über ihnen, in den Spitzen der Pinien, saßen Krähen, deren Gekreische aus dem Tal widerhallte.

«Wo haltet ihr jetzt die schweren Fälle fest, Efran?» fragte Haydon.

«Tja, natürlich, die schweren Fälle sind nicht mit den anderen zusammen.»

Haydon bückte sich und nahm einen Pinienzapfen auf. Dann begann er, die Samen herauszuknipsen, während sie weitergingen. «Haltet ihr sie angekettet in irgendeiner Grube?»

«Leider nein», sagte Borrayo, dem Haydons ironischer Ton entging. Er steckte die Hände in die Taschen und schaute über den Draht hinweg über das Tal. «Ich würde sie gern in die Grube stecken. Wenn es nach mir ginge, würde ich sie draußen in der Sonne an ihren Eiern aufhängen. Diese verdammte Regierung. Weißt du, sie kriechen dauernd euch ‹Amerikanern› in den Hintern.» Er hielt inne und wandte sich empört an Haydon. «Ich muß jetzt im Gebäude der Vereinten Nationen Kurse für Menschenrechte besuchen. Kannst du dir diesen Wahnsinn vorstellen? Ich ersticke fast daran. Es ist mir peinlich.»

Haydon sah Borrayo an. «Hast du noch Zugang zu jemandem beim Nachrichtendienst?» fragte er unverblümt.

Borrayos Ausdruck veränderte sich nicht. Er spielte das Spiel schon viel zu lange, um sich bei einer unerwarteten Frage Überraschung anmerken zu lassen.

«Die Dinge haben sich verändert», sagte er philosophisch. «Zugang? Nun, du mußt schon gute Gründe haben, wenn du nach dem Nachrichtendienst fragst. Eine einzige falsche Frage...» Borrayo schüttelte den Kopf.

Haydon konnte nicht erwarten, daß Borrayo viel unternehmen würde ohne eine umfassende Erklärung. Niemand in Guatemala erzählte jemals die ganze Geschichte. Man hielt immer etwas zurück, das einem einen Vorsprung geben konnte, wenn man einen Vorsprung brauchte für den Fall, daß alles andere durchgesickert war. Borrayo mußte Haydons Geschichte hören.

Sie näherten sich einer abschüssigen Stelle der Straße und einem anderen Sektor des Gefängnisses, den kleinen Hütten und Gartenparzellen der privilegierten Gefangenen. Einige Hühner pickten vor den Türen und zwischen den sauberen Reihen von Gemüsepflanzen herum, und hier und da blühte ein Hibiskus.

Haydon erzählte Borrayo seine Geschichte, ohne Namen oder die Entdeckung von Lena Mullers Leiche und ihre Entfernung aus dem Cementerio General zu erwähnen. Wenn es notwendig war, etwas zu berichten, in das Cage verwickelt war, bezeichnete Haydon ihn als «ein Freund» – eine völlig akzeptable Diskretion, die Borrayo verstehen würde.

«Was ich wissen muß», sagte Haydon, «ist, ob irgendeiner von ihnen noch am Leben ist – das Mädchen oder Baine oder Jim Fossler.»

Borrayo blieb am Rand der Straße stehen und schaute hinunter auf den Fußballplatz, wo gerade ein Spiel im Gange war.

«Heute ist der letzte Tag eines dreitägigen Turniers», sagte er, die Mütze tief in die Augen gezogen. «Sektor zwei ist die beste Mannschaft. Ich glaube, sie werden das Turnier gewinnen.»

Zwei Mannschaften liefen auf dem kahlen, steinigen Platz in der heißen Sonne hinter dem Ball her. Ein paar Männer lagen im Schatten kleiner Bäume und sahen zu.

«Willst du, daß man dir den Hals durchschneidet, mein Freund?» sagte Borrayo und ging zu einem *chilca*-Baum mit gelben Blüten. Er stellte sich in dessen Schatten. Gelegentlich übertönten die Schreie der Fußballspieler das ständige, pulsierende Singen der Zikaden, das den heißen Nachmittag erfüllte. «Weißt du, was hier vor sich geht?»

«Ich muß bloß wissen, ob sie am Leben sind.»

Borrayo wandte sich um und sah Haydon an.

«Du weißt nichts, was?»

«Nicht viel.»

Borrayo schüttelte den Kopf und pflückte eine gelbe Blüte vom Baum. Mit den Lippen zupfte er ein Blütenblatt ab und faltete es nachdenklich mit der Zunge, während seine Augen sich wieder auf das Fußballfeld richteten.

«Das ist eine Sache, bei der du wegschauen solltest, Haydon», sagte Borrayo. «Höchst gefährlich.» Seine Augen zwinkerten unter dem schwarzen Mützenschirm hervor.

«Du weißt also etwas darüber?»

«Ich habe ein paar Dinge gehört», sagte Borrayo und spie das Blütenblatt aus. Er zupfte noch eines aus der Blüte. «Ich hörte von einem *gringo* ... den das DIC geschnappt hat.»

«Baine?»

Borrayo zuckte mit den Schultern und schüttelte den Kopf, um sein Unwissen zu zeigen. «Ein *gringo*.» Seine Augen waren bei den Fußballspielern.

«Wo ist er?»

«In einem der geheimen Gefängnisse», sagte er, während seine Zunge das gelbe Blütenblatt bearbeitete.

Das sah nicht gut aus für Baine. Die geheimen Gefängnisse wurden für Verhöre benutzt, und wo es Verhöre gab, gab es Folterungen.

«Wo wurde er geschnappt?»

«Chichoque, Huehuetenango.»

«Welcher Teil von Huehuetenango ist das?»

«Welcher Teil? Im Südosten.»

«Wie weit vom Ixil-Dreieck entfernt?»

Borrayo sah Haydon an. «Was zum Teufel soll das?»

«Ich habe gehört, Lena Muller habe gleich jenseits der Grenze hinter dem Ixil-Dreieck gearbeitet. Ich habe mich gefragt, ob das in der Nähe ist.»

«Nicht allzu weit entfernt», sagte Borrayo und sah Haydon stirnrunzelnd an. Er dachte daran, daß er Haydon verpflichtet war. Borrayos eigenes Ehrgefühl verlangte, daß er sich für Haydons Hilfe erkenntlich zeigte, von der er vier Jahre lang profitiert hatte.

«Wer ist dafür verantwortlich, Efran? Das Militär oder die Polizei? Wer macht sich Sorgen über das, was dieses Mädchen weiß?»

«Die Armee. Dieser Baine wurde von G-2-Leuten geschnappt.»

Haydon betrachtete verstohlen Borrayos Profil. Die breite Stirn des Mannes begann in der Hitze zu glänzen, und Haydon sah eine einzelne Schweißperle aus dem grauen Haar über seine Schläfe und seine Kinnbacke fließen. Haydon vermutete, daß es nicht nur die Hitze des Nachmittags war, die ihm den Schweiß auf die Stirn trieb.

«Und – haben sie das Mädchen auch geschnappt?»

Borrayo nahm die Mütze ab, zog ein Taschentuch aus der Tasche und wischte das Schweißband der Mütze ab. Dann fuhr er sich über die Stirn und setzte die Mütze wieder auf. Er wandte sich Haydon zu, und hinter ihm brach eine der Fußballmannschaften in Schreie und Jubel aus.

«Ich habe keine Ahnung, was hier passiert, keine», sagte Borrayo, und seine Stimme war leise, obwohl weit und breit niemand zu sehen war, der sie hätte hören können. «Aber ich will dir sagen, daß ich Victor Tablayas Namen gehört habe. Tablaya ist ein argentinischer Berater bei G-2. Und er ist ein Freund, ein sehr enger Freund von General Luis Azcona Contrera.»

Haydon kannte den Namen des Generals. Langsam kam eine Gruppe von Gefangenen die ansteigende Straße vom Fußballplatz herauf. Borrayo beäugte die Männer unter dem Schirm seiner Mütze hervor und nahm ein Päckchen Zigaretten aus der Tasche. Er bot Haydon eine an, der zwar in der Hitze keine Lust darauf hatte, sie aber trotzdem nahm. Borrayo riß ein Streichholz an und gab zuerst Haydon, dann sich selbst Feuer.

Als die Männer vorbeigingen, schauten Borrayo und Haydon in die andere Richtung, als warteten sie auf jemanden. Dann drehte Borrayo sich um und sah ihnen nach, bis die Männer außer Hörweite waren.

«Hör zu, Haydon», sagte er und blies den Rauch in die heiße Luft, «ich mache dir nichts vor: Ich glaube, daß das mit dem Mädchen eine ziemlich üble Sache ist.»

Haydon nickte. Er wußte es in der Tat, und allmählich glaubte er, sie könne nur noch übler werden. Borrayo war schon lange im Geschäft, und er hatte eine feine Nase für Schwierigkeiten.

Haydon sah den Guatemalteken an. Borrayo wich Haydons Blick aus. Er starrte einfach in die Sonne über dem verlassenen Fußballplatz.

«Er ist hier, Efran, nicht?»

Borrayos Gedanken mußten sich überschlagen. Jeder Mann hatte für jede Situation gewissermaßen eine geheime Liste von Möglichkeiten. Wie er sich unter jeweils neuen Umständen verhielt, hing ebensosehr von dieser Liste ab wie von den realen Gegebenheiten. Borrayo war im Augenblick dabei, seine Liste durchzugehen, und Haydon wußte, unter den Prioritäten des Guatemalteken stand der Selbsterhaltungstrieb an oberster Stelle. Was immer er Haydon erzählte, selbst wenn es aussah, als handele es sich um einen Gefallen, der für ihn mit einer gewissen Gefahr verbunden war, es würde seinem eigenen Interesse dienen. In dieser Hinsicht war er wie Taylor Cage. Die Welt, in der sie lebten, machte sie zu Pragmatikern, vereinfachte ihr Leben, indem sie moralische Rücksichten beseitigte. Das Leben war auf eine einzige große Sorge reduziert – Überleben.

«Es gibt jetzt eine Menge leerer Zellenblocks, was, Efran?» sagte Haydon. «Orte, wo keiner mehr hingeht. Das ist praktisch, so nahe bei der Stadt. Dicke Mauern und ganze Flügel dunkler Zellenblocks.»

Borrayo schluckte.

Haydon hatte recht. Pavón bestand aus zwei Gefängnissen, einem offiziellen und einem inoffiziellen. Borrayo war nicht auf irgendeine nebensächliche Tätigkeit abgeschoben worden, wie er Haydon hatte glauben machen wollen. Vielmehr hatte man ihm eine Stellung mit hoher Verantwortung anvertraut, bei der er in enger Verbindung zum militärischen Nachrichtendienst stand. Borrayo war zu einer Schlüsselfigur in einem der dunkelsten Geheimnisse der Sicherheitskräfte geworden, dem berüchtigten – und wütend geleugneten – Netz von geheimen Gefängnissen, dem lateinamerikanischen «Gulag der Verschwundenen».

Borrayo wandte Haydon das Gesicht zu. Seine Miene war ernst.

«Der Junge ist *un chivo expiatorio*.»

«Ein Sündenbock.»

Borrayo nickte. «Ich glaube, sie hecken etwas aus, und wenn sie damit fertig sind, geben sie seine Verhaftung bekannt.» Borrayo wußte also, daß auch Lena tot war. «Ich denke, das wird bald sein.»

«Wie bald?»

«In ein paar Tagen vielleicht», sagte Borrayo achselzuckend. «Sie müssen sich beeilen. Den Tod eines *gringo* zu verheimlichen und einen anderen insgeheim zu verhaften, ist eine höchst riskante Angelegenheit, sogar für die Generäle, sogar für das DIC. Jeder weiß, daß die ‹Amerikaner› ihr Blut für viel edler halten als das irgendeines stinkenden Guatemalteken. Und in so eine Scheiße wollen diese Leute nicht treten.»

«Die amerikanische Botschaft weiß also nichts von seiner Verhaftung?»

«Nein.»

«Was ist mit Jim Fossler?»

«Von dem weiß ich nichts.»

«Ich muß mit Baine reden», sagte Haydon.

Borrayo schüttelte energisch den Kopf und schaute auf seine Füße. Er blies den Rauch auf den heißen Boden. «Sie würden mich umbringen. Ich bräuchte mindestens drei Männer, die helfen müßten, ihn in eine Zelle zu bringen, in der man dich nicht sehen könnte. Ich bin nicht sicher, ob ich drei Männer finden kann, denen man bei entsprechender Bestechungssumme vertrauen könnte.»

Noch immer zu Boden schauend, zog er eine Grimasse und biß fest die Zähne zusammen, um zu zeigen, daß sie vor einer höchst riskanten Situation standen.

«Das hier ist ein verrückter Ort», sagte er. «Bestimmte Leute haben hier bezahlte Ohren. ‹Du gehst für ein Jahr nach Pavón, lebst in Sektor vier, und ich bezahle dich gut für alles, was du hörst und siehst.›» Er zuckte mit den Schultern. «Das ist wie ein Job in einer ungemütlichen Umgebung. Du bist nicht im Gefängnis; du hast eine Stellung in einer ungemütlichen Umgebung, die ihre Härten hat, aber du wirst sehr gut bezahlt. Wenn du ein Jahr durchhältst, gehst du mit einer Menge Geld nach Hause.» Borrayo zog die Mundwinkel herunter. «Es ist nicht wie früher, als man mit einem Quetzal hier und da Informationen kaufen konnte.» Er zog an der Zigarette und schnippte sie dann in den brennend heißen Sand. «Die Reichen», sagte er, «und die Generäle haben hinter der Bühne alle Fäden in der Hand.»

Borrayo schwitzte, sowohl physisch als auch psychisch. Der Lautsprecher ertönte, und von den Spitzen aller Telefonmasten überall auf dem Gefängnisgelände erscholl die Ankündigung, der Häftling Soundso werde heute nachmittag entlassen.

«Ich muß die verdammten Papiere unterschreiben», sagte Borrayo. Wieder nahm er seine Mütze ab und wischte mit dem Taschentuch das Schweißband und seine Stirn ab. Sie verließen den spärlichen Schatten des *chilca*-Baumes und gingen auf dem Weg zurück, auf dem sie gekommen waren. Sie vermieden die Haupthöfe des Gefängnisgeländes. Es war die heißeste Stunde des Nachmittags, und die lautesten Geräusche waren das Knirschen ihrer Schritte auf dem Weg und das Krächzen der Krähen in den Wipfeln der Pinien.

«Was wäre nötig, damit ich ihn heute abend sprechen kann?» fragte Haydon.

Borrayo schüttelte den Kopf, erwiderte aber für fünfzehn oder zwanzig Meter nichts. Dann, mit gesenktem Kopf, die Hände in den Taschen, sagte er: «Ich werde versuchen, dir ein paar Informationen zu besorgen. Sei um neun Uhr in deinem Hotel.»

Er fragte nicht, wo Haydon abgestiegen war, und Haydon hatte es ihm auch nicht gesagt.

23

Haydon bemerkte den Verfolger erst, nachdem er in den Highway eingebogen war, der rasch anstieg und sich in die Hügel südöstlich der Stadt wand. Es war ein Cherokee-Jeep mit verdunkelten Fenstern, ein bevorzugtes Fahrzeug der Sicherheitskräfte, das inzwischen so berüchtigt war, daß allein sein Auftauchen schon eine Botschaft war. Es war unwahrscheinlich, daß der Verfolger ungesehen bleiben wollte. Einschüchterung war der erste Schritt bei der «Zivilkontrolle». Falls das Individuum, für das die Botschaft bestimmt war, den Hinweis nicht begriff, wurde die Botschaft verstärkt. Doch die Sicherheitskräfte hatten nicht viel Geduld.

Ein paar Wagen waren zwischen Haydon und dem Cherokee, als der Highway immer kurvenreicher wurde. Im Außenspiegel sah Haydon den Cherokee dauernd auf die Gegenfahrbahn wechseln, als wolle er überholen, ein Manöver, das nicht ungewöhnlich war, denn die Guatemalteken waren haarsträubende Fahrer, ungeduldig und draufgängerisch, und Frontalzusammenstöße kamen auf den bergigen Highways häufig vor. Doch der Cherokee überholte nicht; er wollte nur sicher sein, daß Haydon sich seiner Existenz bewußt war.

Wegen Straßenarbeiten war eine der Serpentinenkurven nur einspurig befahrbar; Arbeiter waren nirgends zu sehen, und auch niemand regelte den Verkehr. Wer Vorfahrt hatte, darüber entschied die Kühnheit der Fahrer, und gerade als Haydon sich der Verengung näherte, erzwang ein Lastwagen sich und dem nachfolgenden Verkehr die Durchfahrt. Das Auto vor Haydon wich aus, und sowohl Haydon als auch alle Wagen hinter ihm mußten an den Außenrand des Abhangs fahren.

Endlich entstand eine Lücke im Gegenverkehr, und der Fahrer vor Haydon erzwang sich freie Fahrt; Haydon schloß sich an. Der Cherokee blieb auf dem ganzen Weg in die Stadt auf Haydons Fersen, immer ein oder zwei Wagen hinter ihm.

Als Haydon jedoch am Parque Independencia in die Avenida La Reforma einbog, schob sich der Cherokee in die Fahrspur neben ihm und blieb dort, so nahe er konnte, ohne ihn zu streifen, verlangsamte, wenn Haydon verlangsamte, gab Gas, wenn er beschleunigte, und der Anblick der geschwärzten Scheiben gab Haydon ein seltsames Gefühl von Verwundbarkeit. Die Einschüchterung machte ihn wütend, aber er beherrschte sich und schaute hin und wieder nach dem Jeep, als wisse er nicht, daß von ihm erwartet wurde, starr geradeaus zu blicken.

Als sie schon ein ganzes Stück am Hotel Camino Real vorbei waren und sich einer Kreuzung näherten, in deren Mitte eine Abbiegespur auf die Gegenfahrbahn des Boulevards führte, schwenkte der Cherokee plötzlich dicht vor Haydon in dessen Fahrspur ein, wobei er mit der hinteren Stoßstange über Haydons vordere schrammte, und zwang ihn, auf die Bremse zu steigen, um einem Zusammenstoß zu entgehen. Hinter ihm bremsten quietschend andere Wagen; im gleichen Moment bekam der Querverkehr grünes Licht. Der Cherokee gab Gas, entging gerade noch den von links kommenden Fahrzeugen, fuhr den Boulevard hinunter und war nicht mehr zu sehen.

Herzklopfend sah Haydon sich nach den Fahrern hinter ihm um. Alle starrten vor sich hin, als sei nichts geschehen. Auch sie wußten, was sie gesehen hatten, und sie wollten nichts mit dem Vorfall zu tun haben, nicht einmal einräumen, daß sie ihn bemerkt hatten.

Die Einfahrt zum Residencial Reforma war kurz hinter der Ampel, und Haydon fuhr in den Hof und parkte auf einer Seite unter einer riesigen Zypresse. Er stieg aus und untersuchte die Stoßstange, die schlimmer aussah, als er gedacht hatte, aber nicht so schlimm, daß der Wagen nicht mehr benutzbar war.

Haydon holte sich am Empfang seinen Schlüssel und stieg die Marmortreppe hinauf. Oben schaute er über die Brüstung und sah mehrere Personen im Speisesaal, ein paar Geschäftsleute mit gelockerten Krawatten, die Bier tranken, die junge Frau, die er beim Frühstück gesehen hatte, ein Paar mittleren Alters. Er ging nach rechts zu seinem Zimmer und schloß auf. Die Fenster, die auf den Boulevard hinausgingen, waren noch offen, wie er sie zurückgelassen hatte, und das Zimmer war bereits aufgeräumt. Die Sonne stand jetzt so tief, daß sie hinter den hohen Zypressen auf dem Boulevard verschwand und mit der weichen Färbung des Spätnachmittags durch die Fenster drang. Eine leichte Brise bewegte die Vorhänge, und der Verkehrslärm auf dem Boulevard war ein stetiges, gedämpftes Röhren.

Er ging ins Bad und wusch sich das Gesicht mit kaltem Wasser. Schmerzlich wurde ihm jetzt seine Müdigkeit bewußt. Er trocknete sein Gesicht ab und vermied es, sich im Spiegel anzusehen. Er war erschöpft. Schlafmangel, Ungewißheit, Enttäuschung und Spannung hatten seine Energie aufgezehrt.

Er legte seinen Handrücken auf die Stirn und dachte daran, wie Taylor Cage ihn mitgenommen hatte, um ihm Lenas Leiche zu zeigen. Er dachte daran, was Borrayo über John Baine gesagt hatte – er werde als Sündenbock benutzt. Das konnte Haydon verstehen; ein *gringo* bringt einen anderen um, ein sauberes Verbrechen. Nur eines machte Haydon zu schaffen. Falls Baine irgend etwas darüber wußte, wo Lena hineingeraten war, und wenn das, wohinein sie geraten war, tatsächlich etwas mit General Luis Azcona zu tun hatte, dann mußte Azcona doch befürchten, daß Baine reden würde. Wenn sie seine Verhaftung erst bekanntgegeben hatten, konnten sie ihm kaum den Kontakt zur Konsularabteilung der Botschaft verweigern. Wäre die Verhaftung erst publik, so müßten sie wenigstens so tun, als gebe es ein korrektes juristisches Verfahren, in dessen Verlauf Baine Gelegenheit hätte, mit Beamten der Botschaft zu sprechen und seine Geschichte zu erzählen. Würde Azcona das wirklich zulassen?

Und Jim Fossler? Haydon mußte aufhören, sich über Fossler etwas vorzumachen. Es gab keinen Grund, warum er noch am Leben sein sollte. Er war ein Opfer schlechter Zeitplanung, und er war so entbehrlich wie ein streunender Hund und hatte wahrscheinlich auch nicht mehr Rücksicht erfahren. Was für ein Land, daß solche Dinge unter absolutem Schweigen passieren konnten und Haydon hier im schwindenden Licht des späten Nachmittags liegen und über sie nachdenken konnte, als erinnere er sich an einen Spielfilm.

Er merkte nicht, daß er den Faden verlor und einschlief. Als das Telefon läutete, erinnerte er sich an nichts, das ein Traum hätte gewesen sein können. Er rollte sich herum und nahm den Hörer ab.

«Haydon.»

«Mr. Haydon, hier spricht Bennett Pittner. Haben Sie schon Pläne für das heutige Abendessen?»

«Nein», sagte Haydon, «noch nicht.»

«Gut, ich würde gern mit Ihnen essen, wenn es Ihnen recht ist. Ich hole Sie ab.»

«Ja, gern», sagte Haydon und versuchte, einen klaren Kopf zu bekommen. Er schaute durch das Zimmer auf die rote Wand, auf den Spiegel über der alten Kommode, in dem sich die Zypressen des Boulevards hinter ihm als schwarze Silhouetten von einem lavendelfarbenen Himmel abhoben.

«Würde Ihnen die Zeit reichen, wenn ich in einer halben Stunde käme?»

«Ich bin in einer halben Stunde fertig», sagte Haydon und legte den Hörer auf.

24

Zu Haydons Überraschung aßen sie in Pittners Heim, einem älteren Haus, das nicht groß, aber genau wie das von Janet aus verputzten Steinen und viereckig angelegt war. Die Wohnräume liefen um einen Patio herum. Es war bequem und unprätentiös und roch schwach nach Kaminfeuern. Der Tisch im Eßzimmer war bereits für sie gedeckt, als sie ankamen, und sobald Pittner Drinks für sie zurechtgemacht hatte, setzten sie sich hin. Ein Indio und seine Frau bedienten sie schweigend und gewandt, während Pittner Konversation machte und erzählte, wie gut es ihm in Guatemala gefalle und daß er seit seiner Scheidung von Janet in diesem Hause lebe, was er erwähnte, als kenne Haydon die ganze Geschichte. Er trug einen dunkelgrauen Tropenanzug mit einem schwachen Karomuster und ein weißes Hemd, dessen Kragenecken sich hochrollten. Haydon bemerkte zum ersten Mal, daß er rechts neben der Nase ein Muttermal hatte. Er saß bequem zurückgelehnt, während er sprach und das Indiopaar sie bediente wie zwei geräuschlose Geister. Als alles auf dem Tisch stand, verschwanden sie und ließen sich für den Rest des Abends nicht mehr blicken.

Pittner begann zu essen, wobei er weiterredete und sich nach Haydons Arbeit erkundigte. Er stellte allgemeine Fragen, auf die Haydon allgemeine Antworten gab, und so brachten sie die Mahlzeit hinter sich.

Obwohl Haydon spürte, daß Pittner einer der Männer war, die es vorziehen, beim Essen nicht über ernsthafte Geschäfte zu reden, und daß alles in der Schwebe blieb, bis sie mit der Mahlzeit fertig waren, stellte er fest, daß er sich in Bennett Pittners Gesellschaft zunehmend wohler fühlte. Haydon erinnerte sich an Janets Beschreibung von Pittners Dickfelligkeit, und wieder mußte er an die menschliche Voreingenommenheit denken.

Endlich, als sie beide fertig waren, schob Pittner seinen Teller zurück, stand auf und goß sich noch einen Bourbon nach; er bot Haydon nicht an, auch sein Glas aufzufüllen, da er annahm, Haydon werde sich selbst bedienen, wenn er mehr wollte. Er kam an den Tisch zurück und drehte seinen Stuhl ein wenig, um bequem die Beine übereinanderschlagen zu können. Das Speisezimmer lag am Ende eines der beiden U-förmigen Flügel des Hauses. Eine Seite mit hohen, offenen Fenstern ging auf den Rio Negro hinaus, jenseits derer die Lichter der Häuser von Vista Hermosa durch den Rauch der Nachtfeuer glitzerten.

«Ich habe mir die Mühe gemacht, mich nach Ihnen zu erkundigen», sagte Pittner und runzelte die Stirn, als sei er ein Schuldirektor, der im Begriff ist, sich einen aufsässigen Schüler vorzuknöpfen. Er schien nicht zu fürchten, daß Haydon ihm seine Erkundigungen übelnehmen könnte. «Ich glaube nicht, daß Sie die Art Mann sind, bei dem ich um den heißen Brei herumreden muß. Wie ich hörte, haben Sie vor ein paar Jahren einen Mann kennengelernt, einen älteren Mann, der einmal mein Vorgesetzter war. Karl Heidrich.»

Haydon erinnerte sich sofort an den Namen, obwohl er weniger als eine halbe Stunde mit dem Mann gesprochen hatte. Und er erinnerte sich an das Gesicht, als sei es heute nachmittag gewesen. Er war Mitte Fünfzig gewesen und hatte eine rote Gesichtsfarbe gehabt, als sei er zu lange in der Sonne gewesen.

«Ich habe ihn nicht wirklich gekannt, bin ihm nur einmal begegnet», sagte Haydon.

«Heidrich ist jetzt in Pension», sagte Pittner. «Lebt in Virginia. Hat den größten Teil seines Lebens in Lateinamerika zugebracht und will den Rest jetzt in Virginia verleben. Ich habe mich oft gefragt, ob er sich dort nicht fehl am Platz fühlt.»

Haydon sagte nichts, sah Pittner an und wartete ab, wie er fortfahren würde. Indem er auf Heidrich zu sprechen kam, ließ er Haydon merken, daß er wußte, daß Haydon wußte, daß er bei der CIA war.

«Aber schon vor dieser Sache verbrachten Sie einige Zeit mit einem anderen Mann, der ein Mitarbeiter von mir war. Taylor Cage.»

«Ich habe drei Tage mit ihm verbracht.»

Pittner nickte. «In Cages Bericht kamen Sie recht gut weg. Was ein Kompliment ist. Bei Cage kommen nicht viele gut weg.»

«Das ist zehn Jahre her», sagte Haydon.

«Aber Sie haben ihn kürzlich gesehen, nicht?»

«Nun, wenn er für Sie arbeitet, sollten Sie das wissen.»

«Oh, er arbeitet nicht mehr für mich.» Pittner schüttelte den Kopf, während er seinen Bourbon schlürfte. «Nein. Vor ein paar Jahren hat er sich von uns getrennt.»

«Und wie fanden Sie das?»

Pittner sah Haydon an und behielt den Bourbon einen Augenblick im Mund, ehe er schluckte. Er zog die Augenbrauen hoch. «Ach, das war schon in Ordnung. Es änderte natürlich einiges. Manche Dinge sind etwas schwieriger, andere ... viel einfacher.» Er zuckte mit den Schultern.

«Die Art, wie Sie sich in diesen beiden Fällen verhalten haben, ist der Grund, warum ich Sie hergebeten habe», fuhr Pittner fort. «Sie scheinen ein diskreter Mann zu sein und zu verstehen, wie der Staat Dinge handhabt.»

«Ich weiß, wie er Dinge handhabt», sagte Haydon. «Ich bin mir aber nicht immer sicher, ob ich das verstehe.»

Pittner legte den Kopf schief, zuckte mit den Schultern und nahm das träge zur Kenntnis. «Wie auch immer», sagte er, «jedenfalls, diese Sache mit Lena Muller, also, da geht es um ... Sie scheinen ein Talent dafür zu haben ... über Sachen zu stolpern, in die das Außenministerium verwickelt ist.»

«Davon scheint es viele zu geben», sagte Haydon.

Pittner zog die Augenbrauen hoch. «Tja, also ...» Er dachte

einen Augenblick nach. «Tatsache ist, daß wir Lena Muller geführt haben.»

Haydon wurde innerlich ganz steif.

«Seit ihrer Rückkehr nach Guatemala vor drei Monaten», sagte Pittner und schürzte die Lippen. «Janet wußte das natürlich nicht. Ich hatte Lena den Job bei USAID besorgt. Anfangs hatte ich nicht geplant, sie zu führen. Es war nur so, daß sie gleich nach ihrem Einstieg bei AID eine Aufgabe bekam, die sie genau dahin zurückbrachte, wo sie für das Peace Corps gearbeitet hatte. In ein sehr konfliktträchtiges Gebiet. Es war keine große Sache. Alles war inoffiziell. Sie wissen, wie das anfängt. Nachdem sie sich in ihren Job eingelebt hatte, kam ich einfach eines Tages vorbei und führte sie zum Mittagessen aus, um zu sehen, wie alles lief. Sie war dankbar, daß ich geholfen hatte und so. In den nächsten paar Wochen ging ich mehrmals mit ihr essen und sprach mit ihr über ihre Arbeit da oben. Fragte beiläufig, ob sie jemals irgendwelche Gerüchte über angebliche ‹Ermordungen› von Indios durch Armeeangehörige da oben gehört habe. Ja, hatte sie. Sie kannte einige der Witwen. Sie erzählte mir die Geschichten. Nachdem ich gesehen hatte, daß sie Mitgefühl mit den Indios hatte, war es nicht schwer, sie zu gewinnen. Dann machte ich sie mit dem Mann bekannt, der ihr Führungsoffizier sein würde. Ich führte sie nicht selbst. Sie war sehr gut. Sehr aufmerksam, sehr sensibel für versteckte Andeutungen und Nuancen, Eindrücke.»

Pittner hielt inne, dachte einen Augenblick nach und sah Haydon an. Er wirkte müde, und die Krähenfüße in seinen Augenwinkeln wiesen auf einen Schmerz hin, der nicht allzu tief unter der Oberfläche lag.

«Sie wurde eingeteilt», fuhr er fort. «Es war nichts Gefährliches. Kein besonderer Einsatz, nur ein weiteres Paar Augen und Ohren.» Er schlürfte den Bourbon. «Monatelang sah ihr Arbeitsplan so aus, daß sie zwei Wochen draußen war und dann eine hier. Ganz einfach. Sie war immer im Dschungel, also brachte sie militärische Sachen mit: welches Bataillon wo stand, welches Dorf sie überfallen und geplündert und es dann den Guerilleros in die Schuhe geschoben hatten. Oder welche Dörfer die Guerilleros überfallen und es dann der Armee in die Schuhe geschoben hatten. Die Militärabteilung hier beobachtet die Truppen, also sagte sie uns nichts, was wir nicht schon auf elektronischem Weg erfahren hatten. Wir wußten, wo sie waren, aber wir wußten nicht immer, was sie taten. Da oben in der Nähe von Ixil und nördlicher geht eine Menge vor sich. Neben den regelmäßigen Übergriffen auf die Zivilbevölkerung sind zahlreiche Angehörige der Armee da oben jetzt auch im Drogengeschäft. Über diese Art von Aktivität kann man nie genug Informationen bekommen. Und das betrifft jetzt nicht nur die Jungs von der Drogen-Agentur. Der Staat steckt auch mit drin ... auf eine etwas andere Weise. Lena war da oben vor Ort. Sie brachte Sachen mit über die Korruption: welcher Militärbeauftragte oder Patrouillenführer mit welchem Basiskommandeur unter einer Decke steckte, um einer Familie ihr Land zu nehmen oder sich ihre Töchter für Sex zu holen oder sie zu ermorden, um alte Rechnungen zu begleichen; wo und wann die Armee ein Dorf überfallen und ein paar Indiokinder ‹rekrutiert› hatte und wie viele es waren. Sie hielt uns auf dem laufenden über die Vermißten und die Morde in dieser Gegend. Die Indios vertrauten ihr. Erzählten ihr alles mögliche. Sie sprach mehrere Dialekte.» Pittner ließ die Eiswürfel in seinem Glas kreisen. «Das war es. Das meiste war Hörensagen, aber mehr hatten wir von ihr auch nicht erwartet. Es verschaffte uns eine zusätzliche Perspektive.»

Haydon sagte nichts.

«Wir wissen, daß Sie in der Leichenhalle waren», sagte Pittner. «Sie haben sie gesehen.»

«Ich habe sie im Cementerio General gesehen», räumte Haydon ein. «Aber da scheint sie nicht mehr zu sein.» Er wollte sehen, ob Pittner wußte, daß er in Macabeos Leichenhalle gewesen war. Wenn Pittner wußte, daß er auf dem Cementerio General gewesen war, dann wußte er auch, daß er mit Cage zusammen gewesen war; aber vielleicht wußte er nicht, daß er auch bei

Macabeo gewesen war, und Haydon mußte diese Information für sich behalten, wenn das möglich war.

«Darüber wissen wir nicht viel», sagte Pittner und nahm die Möglichkeit nicht wahr, die Haydon ihm gegeben hatte.

«War sie in etwas verwickelt, von dem sie Ihnen nichts erzählt hat?»

«Das müssen wir annehmen.»

«Sie haben keinen Hinweis?»

Pittner schüttelte den Kopf. «Nein.»

Haydon glaubte ihm nicht. «Aber Sie nehmen nicht an, daß ihr Tod ein reiner Kriminalfall ist?»

Beide wußten, daß das durchaus der Fall sein konnte. Das Land war in dem schlimmsten Zustand seit Jahrzehnten, die Wirtschaft zerfiel, Präsident Cerezo hatte seine Autorität schon lange an die Armee abgetreten und seine beiden letzten Jahre im Amt damit zugebracht, Geld zu scheffeln, wo er es finden konnte. Der neue Präsident würde der Armee gegenüber wohl ebenso willfährig sein, wie Cerezo es gewesen war. Die Armee steckte tief im blühenden Drogenhandel. Es gab kein wirkliches Mittel, die zivile Ordnung aufrechtzuerhalten, denn bei der Staatspolizei herrschten Chaos und Korruption. Gruppen von *vigilantes* sprossen überall aus dem Boden, als die politische Rechte «Recht und Ordnung» selbst in die Hand nahm. Am vorigen Wochenende hatte es innerhalb von achtundvierzig Stunden sechsundvierzig Morde gegeben. Niemand tat auch nur so, als halte er mit der Zahl der Vergewaltigungen Schritt. Überall hatte man das Gefühl, eine ganze Gesellschaft löse sich auf. Wenn Lena Muller Opfer eines gewöhnlichen Verbrechens gewesen wäre, hätte das keinen von ihnen überrascht.

«Die Sache ist die», sagte Pittner. «Wir wollen nicht, daß sie in die Schlagzeilen kommt. Ich weiß, ihr Verschwinden ist kein Bagatellfall, ihr Vater hat seinen Einfluß benutzt, um die Sache in die Medien zu bringen. Die Auswirkung wäre hier unten unannehmbar, weil sie uns an mehreren Fronten verwundbar machen würde. Verdammt, der Rückschlag wäre ungeheuer.»

Haydon sah Pittner an. «Wie zum Teufel wollen Sie die Tatsache verheimlichen, daß in Guatemala innerhalb der letzten sechsunddreißig Stunden drei amerikanische Staatsangehörige verschwunden sind?»

Pittner nickte. «Das können wir nicht unbegrenzt. Aber wir können es für eine Weile. Wir brauchen Zeit, um selbst ein paar Erklärungen zu finden. Sie haben uns mit heruntergelassenen Hosen erwischt.»

«Was ist mit Baine? Was ist mit Jim Fossler?»

«Verdammt, wir wissen nicht, wo sie sind.»

«Das glaube ich Ihnen nicht.»

«Damit habe ich auch nicht gerechnet. Deshalb bitte ich Sie, uns Hilfestellung zu geben. Lassen Sie uns mit auf den verdammten Gaul steigen, bevor Sie ihm die Sporen geben. Es handelt sich hier schlicht und einfach um Schadensbegrenzung. Die Sache ist uns aus der Hand geglitten.»

«Ihrer Hand», sagte Haydon.

«Ja, stimmt.»

Haydon schaute hinaus auf die flackernden Lichter. In der Stille hörte er irgendwo in der Schlucht einen Pfau schreien, ein schriller Laut, der seltsam widerhallte.

«Ich glaube nicht an ‹übergeordnete Rücksichten›», sagte Haydon.

«Das weiß ich.»

«Schadensbegrenzung verstehe ich. Vertuschen verstehe ich nicht.»

Pittner nickte.

«Und Sie sagen mir, daß diese Sache anders sein wird als das, was gewöhnlich hier passiert?»

«Das möchten wir annehmen.»

Diese schwächliche Phrase machte Haydon wütend, aber er beherrschte sich. Schließlich warnte Pittner ihn unter dem Vorwand, er glaube, daß die Vereinigten Staaten in Guatemala durchaus nicht alles unter Kontrolle hätten. Wenn Haydon zu viele Fragen stellte, würde er sich nicht vor dem State Department der USA verantworten müssen, sondern vor einer der vielen Todesschwadronen der guatemaltekischen Armee, den Bestien hinter den geschwärzten Fenstern ominöser Autos, die Menschen wie das Antlitz der Medusa zu kaltem Stein erstarren ließen.

«Ich sollte das auch so sehen», sagte Haydon. «Aber ich tue es nicht.»

Pittner lehnte sich in seinem Stuhl zurück. Seine schweren Augenlider waren vom Bourbon noch schwerer geworden. Er sah Haydon mit distanzierter Nachdenklichkeit an.

«Was haben Sie also vor?» fragte er. «So handeln, als wäre Guatemala City Houston? Eine gesetzliche Untersuchung durchführen? Das wäre intelligent, denn dann hätten wir binnen achtundvierzig Stunden vier vermißte Amerikaner anstelle von dreien in sechsunddreißig.»

Haydon schwieg eine Weile. Dann sagte er abrupt: «Ich muß in mein Hotel zurück.»

Pittner musterte ihn unter seinen schweren Lidern hervor, setzte sich dann auf, führte das Glas an den Mund und wandte keinen Blick von Haydon.

«In Ordnung», sagte er, atmete tief und kramte in seiner Tasche. «Ich fahre Sie.»

Schließlich fand er die Schlüssel auf einem Tisch neben der Haustür, und sie gingen durch die rauchige Nacht zu seinem Wagen. Auf dem Rückweg in die Avenida La Reforma sprach Pittner sehr wenig. Haydon wußte nicht, ob das der Bourbon war oder die Tatsache, daß er seine Rolle gespielt hatte und jetzt zu seinem wirklichen Selbst zurückkehrte, oder ob es daran lag, daß er einfach sauer war.

Er fuhr durch das Tor des Residencial Reforma und hielt vor der Tür an.

«Danke für die Einladung», sagte Haydon. «Und den Rat weiß ich zu schätzen.»

Pittner saß mit hängenden Schultern und ziemlich schlaff hinter dem Steuer.

«Sie wissen, wo Sie mich finden können», sagte er. «Man weiß nie, wann man die Hand ausstrecken und jemanden anfassen möchte, selbst wenn man ihn verachtet.» Sein Grinsen war nicht sehr überzeugend.

25

Haydon hatte während der ganzen Zeit, die er bei Pittner verbracht hatte, nicht auf die Uhr gesehen. Es war zwanzig vor neun, als er sein Zimmer betrat.

Er machte sich nicht die Mühe, das Licht einzuschalten, da er in dem durch die Zypressen gefilterten Schein des Boulevards ganz gut sehen konnte. Er hängte sein Jackett in den Schrank und zog die Schuhe aus. Er setzte sich in einen ziemlich bequemen Sessel, legte die Füße auf die Bettkante und lehnte den Kopf in die weiche Polsterung zurück. Er hatte gerade angefangen, über sein Gespräch mit Pittner nachzudenken, als das Telefon läutete. Er nahm den Hörer ab.

«Weißt du noch, wo dieser Berto Gott gefunden hat?» Borrayo war am Apparat.

«Ja.»

«Sei in einer halben Stunde da.»

«Okay», sagte Haydon.

Berto Colones war ein skrupelloser, dicker Offizier der Guardia di Hacienda gewesen, der Finanzpolizei, den Haydon auf einem Einsatz in Zentralamerika kennengelernt hatte. Er hatte sich bereit erklärt, Haydon und der DEA Informationen über seinen Vorgesetzten zu verkaufen, der von einem entlegenen kleinen Hafen in Suchitepéquez aus, der Chicago hieß, ein lukratives Kokaingeschäft betrieb. Haydon jagte damals einen Kolumbianer, der einer der Hauptlieferanten dieses Vorgesetzten war, und der Mann sollte wissen, wie man sich mit ihm in Verbindung setzte.

Berto hatte das Treffen in der Hütte einer Prostituierten anberaumt, die er in der Colonia Santa Isabel kannte, einem der elendigsten Slums der City in Zona 3. Der Platz, tief in den Schluchten des Rìo La Barranca, lag in einer Gegend, die er gut kannte, und er fühlte sich sicher, denn er konnte die dunklen Labyrinthe von Wegen und Pfaden zur Flucht benutzen, falls das nötig wurde. Haydon und Berto kamen ziemlich früh und versteckten sich in einem Weg höher auf dem Hang; sie beobachteten, wie Borrayo und der DEA-Agent kamen und die Hütte der Prostituierten aufsuchten. Sie warteten ein paar Minuten, um sicher zu sein, daß ihnen niemand auf den Fersen war, und folgten ihnen dann durch den Müll auf den Hängen. Als sie die Hütte erreichten, betrat Berto vor Haydon den einzigen, dämmrig beleuchteten Raum. Haydon blieb nur eine Sekunde zurück, um sich an einer vor der Tür liegenden Autostoßstange den Schlamm von den Schuhen zu kratzen.

Plötzlich ertönten ein lauter Schrei und dann das Krachen von Schüssen, und der schwere Berto kam rückwärts aus der Tür, in einem makabren Tanz von Borrayo umarmt, dessen 9mm-Automatik in Bertos fette Mitte gerammt war. Den anderen Arm hatte er um Bertos dicken Nacken geschlungen, und er schoß wieder und wieder in das Fett, so daß beide über und über mit Bertos Blut bespritzt wurden. Am Rande des Weges vor der Hüttentür hielt Borrayo inne, lockerte seine Umarmung, feuerte ein letztes Mal und stieß Berto über den Rand und in den Abgrund hinunter.

Das Treffen war vorüber.

Die Tötung war ein Rückschlag für die Untersuchung, aber sie mußte sein, wie Borrayo später sagte. Er hatte in dem Augenblick, in dem Berto durch die Tür trat, in ihm den Mann erkannt, der drei Jahre zuvor seine, Borrayos, Nichte vergewaltigt hatte.

Borrayo zufolge war es ein großer Glücksfall, daß Haydon diesen Bastard seinem schon lange überfälligen Schicksal zugeführt hatte.

Danach hatte Borrayo begonnen, ihnen bei ihrer Untersuchung zu helfen. Nachdem er sie mit Berto einer wichtigen Quelle beraubt hatte, fühlte er sich dazu verpflichtet, das wieder gutzumachen.

Bei dieser Erinnerung hatte Haydon gemischte Gefühle in bezug auf den von Borrayo gewählten Ort ihrer Zusammenkunft. Aber ihm blieb keine Wahl. Rasch zog er die Schuhe an, griff sein Jackett und ging die Treppe hinunter.

Er stieg in sein Auto und kurbelte das Fenster herunter, während er den Zündschlüssel ins Schloß steckte und den Motor anließ. Gerade, als er zurücksetzen wollte, griff jemand durch sein Fenster und hielt das Steuerrad fest.

«Borrayo schickt mich», sagte der Mann, dessen Atem stark nach Tabak roch. «Sie sollen mich fahren lassen.»

Haydon rutschte auf den Beifahrersitz. Der Mann öffnete die Tür und setzte sich hinter das Steuer. Einen Augenblick machte er sich mit dem Wagen vertraut, dann fuhr er los.

Der Fahrer sprach nicht. Er war Guatemalteke und etwa zehn Jahre jünger als Haydon. Er trug eine Sportjacke und hatte sein Haar stark geölt. Gelegentlich, wenn er beide Hände brauchte, um eine scharfe Kurve zu nehmen, sah Haydon den Griff einer Pistole in seinem Hosenbund stecken. Er fuhr vorsichtig und schaute dauernd in den Rückspiegel. Er kannte schmale, abgelegene Straßen, und einmal war Haydon sicher, daß er einem Mann mit einem Funkgerät, der an einer dunklen Ecke stand, ein Zeichen gab, als sie aus einer dieser schmalen Straßen kamen. Das war mehr, als Haydon erwartet hatte. Das war viel mehr als schlichte Vorsicht. Sie bogen schließlich in eine Avenida ein, von der er wußte, daß sie sie direkt in eine Vertiefung am Rande der Schlucht führte, unter der, wie er sich erinnerte, das Haus der Prostituierten lag.

Der Fahrer hielt den Wagen mehrere Blocks vor dem Ende der

Sackgasse an und parkte zwischen einigen anderen Autos am Straßenrand.

Beide Männer stiegen aus dem Wagen, verschlossen die Türen, und der Fahrer warf Haydon die Schlüssel zu. Zusammen gingen sie auf das zwei Blocks entfernte Ende der Sackgasse zu, doch schon nach dem ersten zischte der schweigende Mann Haydon zu, gab ihm ein Zeichen, und sie traten in einen dunklen Hauseingang. Sie warteten eine Minute, beobachteten die Straße; der Geruch von Urin und modrigem Verputz stieg ihnen in die Nasen. Nach einem Weilchen tippte der Mann Haydon auf die Schulter, und sie verließen den Schatten und gingen auf dem Gehsteig dem Ende der Sackgasse zu. Sie waren fast dort angelangt, als Haydon das vertraute Zischen erneut hörte.

«Ssssst – sssssst!»

Haydon schaute auf die Mauer des letzten Hauses gegenüber, dessen leere Fenster und Türöffnungen einen undeutlichen Blick in das zerfallende Innere erlaubten. Borrayo stand an der Ecke, halb im schwachen Licht, halb im Dunkeln. Als er sah, daß Haydon ihn gesehen hatte, bewegte er sich nicht, sondern wartete einfach, bis Haydon und der schweigende Mann die Straße überquert hatten.

«*Buenas*», sagte Borrayo leise. Sie reichten sich die Hände, und Haydon sah den dunklen Lieferwagen, der an der Steinmauer des Hauses geparkt war. Der schweigende Mann verschwand in der Dunkelheit.

«Ich habe jemanden, mit dem du reden kannst», sagte Borrayo. Sein Gesicht war ernst. «Da drinnen.» Er wies mit dem Kopf auf den Lieferwagen.

«Was ist mit den ‹Ohren›?»

«Tja, einer von ihnen wurde im letzten Augenblick in einen anderen Sektor versetzt. Einer mußte zur Krankenstation, und der letzte ist mit da drinnen.»

Haydon sah ihn an. Was zum Teufel sollte das bedeuten?

«Hör zu, Haydon», sagte Borrayo und trat tiefer in den Schatten. Haydon folgte ihm. Sie standen jetzt vor der Rückseite des

Lieferwagens. «Du hast vielleicht eine halbe Stunde, und dann werde ich mit dem Wagen verschwinden.»

Haydon nickte.

«Okay», sagte Borrayo, trat an die rückwärtige Tür des Lieferwagens, schloß sie auf und öffnete sie.

Im Licht der schwachen Deckenlampe des Lieferwagens sah Haydon John Baine bäuchlings auf dem gerillten Metallboden liegen, die Hände hinter dem Rücken gefesselt, die Beine gefesselt, Augen und Mund mit Klebeband verschlossen. Ihm gegenüber saß ein junger Mann, der Haydon wachsam ansah, als versuche er in dessen Gesicht einen Hinweis darauf zu finden, was hier mit ihm geschehen würde.

«Bring ihn her», sagte Borrayo zu dem jungen Mann, der sofort Baines Arme packte und ihn an die Tür des Lieferwagens schleifte.

Er und Borrayo drehten ihn um, so daß er auf dem Rand der Ladefläche saß und seine Beine nach außen hingen.

Borrayo näherte seinen Kopf Baines Gesicht. «Ich reiße das Band ab», sagte Borrayo leise. «Nicht schreien. *Comprendes?*»

Baine nickte widerwillig.

«Verdammt, ich bring dich um», sagte Borrayo.

Baine nickte stärker.

«Okay», sagte Borrayo zufrieden. Er riß das Band von Baines Mund und Hals. Das Geräusch ließ Haydon zusammenzucken. Dann riß er das Band von den Augen ab. Baine legte den Kopf auf die Seite und schaute zu Borrayo und Haydon auf, die vor ihm standen. Seine Augen und Lippen waren von Schlägen geschwollen. Sein sandfarbenes Haar war verfilzt und stand ihm vom Kopf ab, und seine schmutzigen Kleider stanken nach saurem Urin.

«Es ist nicht wichtig für Sie, daß Sie meinen Namen erfahren», sagte Haydon. Beim Klang einer offenbar amerikanischen Stimme riß Baine den Kopf hoch und sah in Haydons Richtung; sogar im schwachen Licht der Gasse zwinkerte er. Seine Augen mußten schon lange verklebt gewesen sein. Haydon fügte hinzu:

«Aber es ist absolut notwendig, daß Sie mit mir zusammenarbeiten, wenn Sie wollen, daß man Ihnen aus diesem Schlamassel heraushilft.»

«Oh!» Pause. «Scheißkerle! Oh, Scheiß-...» Baine sank zusammen. «Oh, Gott. Ich dachte, ich wäre tot... Ich dachte, sie brächten mich weg, um mich zu erschießen. Was... was... sind Sie Amerikaner? He? Mann, holen Sie mich hier heraus. Oh, Scheiße, es ist unglaublich! Sind Sie von der Botschaft, oder was?»

Baine war am Ende seiner Nervenkraft. Der Junge hatte eine sehr schlimme Zeit hinter sich. Was er gnädigerweise nicht wußte, war, daß er noch mehr davon erleben würde, ehe es vorbei war.

26

«Wollen Sie eine Zigarette?» fragte Haydon und griff nach den Pall Malls in seiner Tasche.

Baine nickte. Haydon sah Borrayo an, der sich herüberbeugte und Baines Handfesseln löste, während Haydon die Zigarette anzündete und dann Baine reichte.

«Ich bin nicht von der Botschaft», sagte Haydon. «Die wissen noch nicht, daß Sie verhaftet worden sind, aber es wird nicht lange dauern, bis sie es wissen.»

Baine zog an der Zigarette, die er in der stark zitternden rechten Hand hielt, während er den linken Ellbogen gegen den Magen drückte, als versuche er, Schmerzen zu lindern. Seine Schultern waren vorgebeugt. Er bemühte sich, die Fassung zu wahren.

«Wenn die Leute von der Konsularabteilung kommen, um mit Ihnen zu reden», sagte Haydon, «dann erzählen Sie ihnen nichts von diesem Gespräch. Dafür haben Menschen ihr Leben riskiert. Sie können Ihnen vielleicht noch weiter helfen, aber Sie müssen kapieren, wann Sie sich selbst einen Gefallen tun, indem Sie den Mund halten.»

Haydon hielt einen Augenblick inne, damit Baine das in sein gequältes Gehirn aufnehmen konnte. Der junge Mann sah ihn an, aber Haydon konnte von seinem Gesicht nicht ablesen, was er dachte. Außer, daß er Angst hatte. Baine zog an der Zigarette. Sein Mund war so verquollen, daß ihn sogar die Zigarette an den Lippen zu schmerzen schien.

«Vermutlich waren Sie nicht derjenige, der sie umgebracht hat», sagte Haydon.

Baine schüttelte müde den Kopf. «Nein, Mann. Himmel, ich wußte nicht einmal, daß sie tot ist, bis sie... Die G-2-Leute haben mich gestern abend in Masagua geschnappt.» Er stöhnte, doch Haydon konnte nicht erkennen, ob vor Schmerz oder Frustration oder Furcht. «Sie umbringen! Scheiße, Mann! Das ist vielleicht grotesk! *Ich* habe sie nicht umgebracht!» Er schaute hektisch zu Borrayo und dann wieder zu Haydon. «Ich doch nicht!»

«Okay, hören Sie zu», sagte Haydon. «Erzählen Sie mir einfach, was passierte, nachdem Sie mit ihr Guatemala City verlassen hatten. Einfach der Reihe nach.»

Baine ließ müde und verwirrt den Kopf hängen. Er hob die Hand.

«Zuerst... wo wurde sie gefunden?»

«Im Polizeibericht steht, sie sei in der Nähe von Yajaucú von den Guerilleros umgebracht worden.»

Baine blickte stirnrunzelnd auf. «Wann?»

«Es muß irgendwann in der Nacht vom Samstag gewesen sein.»

«Diese Hurensöhne», knurrte Baine. «Das ist alles ein solcher Mist.»

«Wer? Was ist Mist?»

«Die verdammte Staatspolizei. Guerilleros!»

«Sie glauben nicht, daß es Guerilleros waren?»

Baine wollte etwas sagen und hielt dann inne. «Ich glaube der Polizei einfach gar nichts, das ist alles. Es ist eine Erfahrung...» Er schüttelte den Kopf.

«Ich muß wissen, was passiert ist», beharrte Haydon.

Baine nickte und schien neue Kraftreserven zu mobilisieren. Selbst unter diesen bedrohlichen Umständen zeigte er noch beträchtliches Rückgrat.

«Ich bat sie, mit mir ein paar Tage an den Atitlán-See zu fahren», begann Baine. «Das war alles.» Er zuckte mit den Schultern. «Ich hatte sie schon ein paarmal gebeten, mit mir zu verreisen, aber sie tut das nicht oft. Ich hatte mich darauf gefreut. Wir fuhren gegen Mittag ab. Man fährt bequem in einem halben Tag bis Atitlán, aber sie wollte zuerst in Antigua anhalten und nach Santa Marìa de Jesus hinaufgehen. Wissen Sie, das kleine Indiodorf oben am Hang des Vulkans Agua. Ich hatte keine große Lust dazu. Da oben ist es heiß wie die Hölle, die Trockenzeit hat alles verbrannt, und der Weg ist uneben und staubig. Man geht buchstäblich in einer Staubwolke. Aber sie wollte unbedingt gehen, also machten wir uns auf. Als wir oben ankamen, sagte sie, sie wolle ein paar Leute sehen, die sie kannte, Indios. Sie kennt überall Indios. Ich wollte nicht in einem dieser verdammten Glutöfen von Hütten sitzen, also lungerte ich auf dem Dorfplatz herum. Setzte mich in den Schatten eines Hauses und beobachtete die Leute. Aß ein paar Limonen. Sie blieb lange weg, länger, als sie gesagt hatte. Als sie zurückkam und wir wieder hinuntergingen, wurde es schon Nachmittag.»

Baine ließ seine Zigarettenkippe zwischen seinen Füßen in den Staub fallen. «Kann ich noch eine haben?» Haydon gab sie ihm.

«Gleich danach hatten wir eine Meinungsverschiedenheit. Sie wollte die untere Route nehmen. Ich nicht, obwohl die Strecke ein bißchen kürzer ist. Die Armee hatte da unten gerade ein paar Leute umgebracht – ‹Guerilleros›. Ich wollte ihnen nicht begegnen, nicht der verdammten Armee. Aber sie schien das nicht im geringsten zu stören. Allerdings war es mein Wagen. Wir fuhren also meine Strecke, die Hochstraße, wissen Sie, Tecpán, Zaculeu, Los Encuentros, hinunter nach Sololá. In Sololá wollte Lena wieder anhalten. Dieselbe Geschichte, um ein paar Leute zu besuchen. Inzwischen wurde es dunkel, und ich wollte nicht. Aber sie bestand darauf. Kennen Sie Sololá? Das ist kein Ort, den man nach Einbruch der Dunkelheit aufsucht. Wir fuhren durch diese winzigen Gassen mit Kopfsteinpflaster, und sie sagte mir, wo ich abbiegen mußte. Schließlich fanden wir das Haus. Sie ging hinein, und ich wartete im Auto. Sie blieb ungefähr eine halbe Stunde aus, dann fuhren wir hinunter in Richtung Panajachel. Gegen sieben Uhr kamen wir nach Panajachel. Ich hatte dort Zimmer bestellt...»

«Sie hatten *tatsächlich* Zimmer bestellt?»

«Ja.»

«Wo?»

«Sol Atitlán.»

«Und Sie sind dort abgestiegen?»

«Ja? Warum? Was ist los?»

«Erzählen Sie weiter», sagte Haydon.

Baine warf ihm einen Blick zu und fuhr dann fort. «Wir meldeten uns an. Kennen Sie das Hotel?» Haydon nickte, aber Baine sprach schon weiter. «Kleine Bungalows, ungefähr fünfundsiebzig bis hundert Meter vom Strand entfernt. Sehr nett und ganz zwanglos. Wir meldeten uns an, warfen unsere Sachen in den Bungalow und machten uns auf den Weg in die Bars. Im Atitlán war allerhand los. Überall diese Neo-Hippies, wie üblich, Engländer, Franzosen, Deutsche. Wir haben uns amüsiert, uns mit diesen *jipis* unterhalten und herumgehangen. Am nächsten Morgen standen wir ziemlich früh auf – um als erste am Strand zu sein, zogen uns nackt aus und legten uns hin. Wir ließen uns von der Sonne wärmen, als sie aufging. Gegen halb elf stand Lena auf, bürstete sich den Sand ab und sagte, sie ginge zum Bungalow hinauf, um Sonnencreme zu holen. Sie zog ein langes Hemd über und ging los. Das», sagte er und zog wieder an der Zigarette, «war das letzte, was ich von ihr sah.»

«Fahren Sie fort», sagte Haydon. Baine brauchte zu lange.

Baine nickte. «Nach einer Weile fragte ich mich, wo sie blieb, aber ich döste ein. Als ich aufwachte und sie immer noch nicht da war, suchte ich unsere Sachen zusammen und ging zum Bungalow hinauf. Sie war nicht da. Ich dachte, sie wäre vielleicht in den Laden gegangen, und ich suchte sie dort. Aber sie war auch nicht in dem Laden. Ich schaute in einige Bars in der Nähe. Nichts. Keiner hatte sie gesehen. Ich ging zurück in den Bungalow und setzte mich mit einem Bier hin, um nachzudenken. Inzwischen wurde es spät. Ich ging hinauf in den Ort, ging in alle Lokale, in denen wir am Vorabend gewesen waren, und auch in die, in denen wir nicht gewesen waren. Nichts. Niemand hatte sie gesehen. Um ehrlich zu sein, ich bekam Angst. Meine Phantasie ging wirklich mit mir durch – was wäre, wenn dies, was wäre, wenn das. Ich ging zurück zum Bungalow und überlegte, was ich als nächstes machen sollte. Als ich hinkam, war die Tür offen. Ich hatte sie abgeschlossen. Ich bin sicher, daß ich sie abgeschlossen hatte. Wie auch immer, jemand war dagewesen, und alle ihre Sachen waren weg.»

Wieder ließ Baine die Zigarettenkippe zwischen seine Füße fallen. Als Haydon ihm noch eine anbot, schüttelte er den Kopf.

«Da zählte ich zwei und zwei zusammen oder bildete mir das jedenfalls ein. Am Abend vorher waren wir in dieser Bar gewesen, Popol. Da gab es einen gutaussehenden deutschen Jungen, und Lena flirtete mit ihm. Das tat sie gern, wenn sie viel trank. Sonst war sie zurückhaltend ..., aber wenn sie trank, wurde sie ziemlich scharf. Mir fiel ein, daß ich ihn in keinem der Lokale gesehen hatte, in denen ich gewesen war, und sofort *wußte* ich, daß sie wahrscheinlich mit ihm abgehauen war. Je mehr ich darüber nachdachte, desto sicherer wurde ich, und desto mehr regte ich mich auf. Sie hatte einen Schlüssel. Vermutlich war sie zurückgekommen und hatte ihre Kleider geholt. Ich blieb noch über Nacht, und am nächsten Morgen fuhr ich zurück.»

«Sie kamen zurück nach Guatemala City?»

«Ja.»

«Und Sie haben sich nicht bei Janet Pittner erkundigt, ob Lena gut nach Hause gekommen war?»

«Teufel, nein. Ich wollte ihr nicht nachlaufen, nachdem sie mir das angetan hatte.»

Baine wollte aufstehen, aber Borrayo drückte ihn mit hartem Griff wieder hinunter, so daß Baine vor Schmerz stöhnte.

«Machte sie so was häufiger?»

«Ich weiß nicht», stöhnte Baine und wich Borrayos Blicken aus. «Ich dachte bloß, sie hätte es getan, das ist alles. Sie konnte ihren Sex ganz kühl einsetzen.»

«Was meinen Sie mit ‹ihren Sex einsetzen›? Ich hatte den Eindruck, daß sie nicht viel mit Männern hatte.»

Baine sah Haydon an. «Wer hat Ihnen das gesagt?» stöhnte er. «Lena stieg mit jedem ins Bett, Herrgott, wußten Sie das nicht? Na, hören Sie sich mal unter den Leuten von der Botschaft und von den AID-Programmen um, da werden Sie allerhand über Lena erfahren. Ich meine, sie ging nicht mit den Türstehern ins Bett, aber mit anderen schon.»

Haydon fühlte sich wie ein Trottel.

«Aber, hören Sie», sagte Baine, «sie hatte ihre Tücken. Sie tat es nicht umsonst. Wenn man etwas hatte, das sie wollte, dann schacherte sie. Sie war anspruchsvoll. Man mußte sich gewissermaßen qualifizieren. Ein paar von den Botschaftsleuten rissen sich ein Bein aus, um sich zu qualifizieren. Man munkelte über Verstöße gegen Sicherheitsbestimmungen und all das.»

«Was munkelte man?»

Baine war scharfsinnig genug, um zu merken, daß sein Mund hier schneller gewesen war als sein Gehirn, und er schwächte ab.

«Nur Klatsch», sagte er. «Im Umkreis von Botschaften wird immer über die ‹Sicherheit› geklatscht. Vor allem an Orten, wo das State Department viel mit der Gastregierung herummanövriert und wo es eine Menge gegenseitige Geschäfte gibt.»

«Wie haben Sie sich qualifiziert?»

«Was?»

«Bei Lena.»

Baine zuckte zusammen und stöhnte, als er sich vorbeugte, um einen plötzlichen Schmerz im Magen zu lindern.

«Wenn die das noch einmal mit mir machen, bin ich tot.» Er sah Haydon an. «Muß ich wirklich dahin zurück?» sagte er plötzlich.

Haydon nickte.

«Herrgott, Mann! Jetzt bin ich doch draußen!» Er sah Borrayo an und dann wieder Haydon. «Es geht um einen Deal, was? Bin ich bloß hier, um mit Ihnen zu reden? Ist das alles? Sie haben mich von diesem gottverdammten Ort weggeholt, nur, um mit mir zu *reden*... und mich dann zurückzuschicken?»

«Dagegen bin ich machtlos», sagte Haydon und haßte sich selbst. Der Junge hatte wirklich gedacht, Haydon hätte ihn herausgeholt und er müsse nicht zurück. «Aber es wird schon gutgehen.» Er hatte keinen Grund, das für wahr zu halten. «Halten Sie einfach durch», sagte Haydon. «Und wenn die Leute vom Konsulat kommen, vielleicht morgen, dann schreien Sie sich die Seele aus dem Leib. Nehmen Sie sich einen Anwalt.»

«Was zum Teufel geht hier vor?» sagte Baine empört und gleichzeitig in panischer Angst. «Sie Schweinehund, Sie müssen mir sagen, was hier vorgeht.»

«Man hängt Ihnen etwas an...»

Baine riß den Mund auf. «Man hängt mir etwas an? Was...? Sie meinen Lenas Tod? Wer...?»

«Ich weiß nicht», sagte Haydon jetzt rasch. «Ich versuche, das herauszufinden.»

«Oh, allmächtiger Gott...» Baine nahm sich zusammen und schüttelte ungläubig den Kopf.

Haydon beobachtete ihn einen Augenblick. Es gab für ihn keinerlei Möglichkeit, John Baine zu helfen.

«Sie hatten eine Unterredung mit Jim Fossler», sagte Haydon.

Baine sah abrupt zu ihm auf. Wenn das Gesicht des Jungen von den Schlägen nicht so verschwollen gewesen wäre, hätte

Haydon vielleicht geglaubt, einen überraschten Ausdruck zu sehen.

«Ach, so einer sind Sie? Hat Lenas alter Herr noch einen Privatdetektiv ausgeschickt?»

«Nein, ich arbeite nicht für ihren Vater. Es wäre besser, Sie würden meine Fragen beantworten.»

Baine nickte nur. «Ja, wir haben mit Fossler gesprochen.»

«Fossler hat gesagt, Sie und Lena hätten vor etwas Angst, er meinte, Sie seien in irgendwelchen Schwierigkeiten. Können Sie erklären, worum es sich dreht?»

Baine schüttelte den Kopf. «Er schien uns für Bonnie und Clyde zu halten oder so was. Lena wollte nicht nach Hause zurück. Tatsächlich war Fossler verständnisvoll. Er wußte, daß ihre Mutter sie wiederhaben wollte, aber er wußte auch, daß ihr Alter ein Ungeheuer war. Na, ich nehme an, jetzt hat er Lenas Leuten einiges zu berichten, nicht?»

«Ich bin nicht sicher, ob er dazu jemals kommen wird», sagte Haydon. «Fossler ist verschwunden, und ich konnte von ihm außer viel Blut keine Spur finden.»

Diesmal war Baines Augen der Schock anzusehen.

«Sie sollten mir besser erzählen, was hier vor sich geht», sagte Haydon. «Es gibt eine geringe Chance, daß Fossler noch lebt. Ich versuche, ihn zu finden, aber ich muß wissen, was er wußte, das ihn in Gefahr brachte. Wenn Sie mir etwas Wichtiges verheimlichen, dann ist es mir ziemlich egal, was aus Ihnen wird.»

Baine krümmte sich wieder zusammen, nahm fast eine fötale Haltung an und ächzte stoßweise. Haydon fürchtete fast, daß die G-2-Leute es mit den Prügeln zu weit getrieben hatten. Der Junge sah schlimm aus. Möglicherweise hatte er innere Blutungen. Wenn Tablayas Leute ihn sich noch einmal vornehmen, ehe die Botschaft eingreift, dann wird Baine es nicht schaffen, dachte Haydon.

Baine hustete etwas aus, beugte sich vor und ließ es aus dem Mund laufen. Er wischte sich mit dem Ärmel den Mund ab, bemühte sich einen Augenblick, wieder zu Atem zu kommen, und wandte dann das Gesicht von Borrayo ab. «Ich war hinter einer Geschichte her», sagte er heiser. Er stützte sich gegen die Rückwand des Lieferwagens.

«Wir haben bloß noch ein paar Minuten», sagte Haydon.

«Ich kam auf die Geschichte von diesem General, eigentlich von seiner Schwester... Sie handeln mit Waisenkindern, Kindern aus dem Hochland.»

«Waisenkinder?»

Baine nickte. «Im Hochland gab es seit Ende der siebziger Jahre so viele Tote, Zehntausende. Da oben leben zweihunderttausend verwaiste Kinder. Dieses Land ist voller heimatloser Kinder. Eine schlimme Situation.»

Plötzlich war Haydon Borrayos Gegenwart schmerzhaft bewußt.

«Und Lena wollte Informationen darüber?»

«Sie wollte sie und bekam sie. Sie hatte schon viel länger an dieser Geschichte gearbeitet als ich. Sie war lange da oben gewesen. Sie hat miterlebt, was da alles passierte; sie hatte Dokumente, und ich stieß auch auf etliches Material. Jeder von uns hatte etwas, das der andere wollte.»

Ein Funkgerät knackte unter dem Armaturenbrett des Lieferwagens, und der Fahrer antwortete mit leisen, raschen Worten. Er drehte sich ruckartig um und rief gedämpft durch den dunklen Wagen:

«Efran! *Vamos!*»

«Was für Dokumente?»

Borrayo wandte sich an den anderen jungen Mann im Wagen. «*Maricon*, steig aus!»

Der Junge sprang aus dem Wagen und griff nach Baines Arm, um ihm beim Einsteigen zu helfen, aber er hatte falsch verstanden. «Nein, nein», sagte Borrayo und trat zu ihm.

«Wissen Sie, *welcher* General?» fragte Haydon rasch. «Wie war sein...»

Zwei Explosionen krachten, und reflexhaft ließ Haydon sich gegen die Steinmauer fallen und griff nach seiner Beretta, die nicht da war. Borrayo wandte Haydon den Rücken zu und stand über dem jungen Mann, der in den Staub gestürzt war, sterbend. Der Fahrer ließ den Lieferwagen an, und Borrayo drehte sich zu Haydon um und hielt mit einer beschwichtigenden Geste die Hände und seine Waffe in die Luft.

«Es mußte sein», erklärte er rasch. «Er war der einzige, den man mit mir hätte in Verbindung bringen können. Schau, Freund», sagte Borrayo, «das mußte sein. Dieser Junge ist eine Schlange. Glaubst du, daß Tablaya von dieser Zusammenkunft erfahren hätte? Ja, natürlich hätte er. Ich will dir helfen, Haydon, aber ich will nicht für dich sterben. Okay?» Er zog die Augenbrauen hoch. «Aber dieser kleine *pinche* wird für dich sterben müssen.»

Haydons Herz klopfte wie eine Faust gegen seine Rippen, als Borrayo sich langsam wieder dem Jungen zuwandte. Er starb langsam, weil Borrayo ihn in den Magen geschossen hatte. Seine Augen sahen nichts mehr, aber er gab blökende Laute von sich. Borrayo schoß ihm ins Gesicht. Was von seinem Kopf übrig war, lag im Schatten, die untere Hälfte seines Körpers in dem dämmrigen Lichtschein, der aus der offenen Hintertür des Lieferwagens fiel.

Borrayo drehte sich langsam nach Haydon um. «Okay?»

Die Schüsse hallten noch in Haydons Ohren wider. Was zum Teufel sollte er sagen? Daß es nicht okay war?

«Ich muß jetzt gehen», sagte Borrayo und schob die Waffe in das Schulterhalfter unter seinem Jackett. Er griff nach Baine, der seitlich am Lieferwagen lehnte. Seine Muskeln waren vor Angst schlaff geworden, und er konnte sich nicht aufrecht halten. Seine Augen verdrehten sich entsetzt, und seine geschwollenen Lippen waren ungläubig zurückgezogen, als Borrayo ihn packte, wieder fesselte und auf den gerillten Boden des Lieferwagens hievte.

«Zum Teufel, du solltest besser von hier verschwinden», sagte Borrayo zu Haydon und verschloß die Hintertür des Lieferwagens.

«Was ist mit dem Fahrer?» fragte Haydon und war selbst überrascht, daß er so logisch denken konnte.

«Kein Problem», sagte Borrayo. «Er ist mein Schwager.» Er klopfte Haydon auf den Rücken. «Verschwinde von hier», sagte er wieder.

Haydon stand an die Mauer gelehnt in der Dunkelheit, während Borrayo einstieg. Die Hinterräder wirbelten Kies auf, und der Wagen fuhr an der Seite des Gebäudes vorbei in die Gasse, wendete und verschwand.

Haydon dachte an John Baine auf der Ladefläche, der nach den Schlägen Schmerzen litt und panische Angst hatte. In der ruhigen Nacht konnte er den Motor des Lieferwagens in den fernen, verlassenen Straßen hören. Zum ersten Mal, seit er an diesen steilen Abhang über den Schluchten gekommen war, roch er jetzt den schweren, öligen Gestank des schwelenden Mülls. Ein letztes Mal sah er die Leiche des jungen Mannes mit verspritztem Hirn besudelt, im blutigen Unkraut liegen.

27

Er atmete mehrmals tief die faulige Nachtluft ein und hielt dann den Atem an, um sein Herzrasen zum Stillstand zu bringen. Mühsam wandte er sich von dem toten Jungen ab und schlich um die Ecke des Hauses; der rauhe Stein und der abgebröckelte Verputz schabten an der Schulter seines Jacketts. Aus dem Schatten betrachtete er die Straße, in der vereinzelte Laternen unregelmäßige Lichtflecke erzeugten. Sein Wagen stand zwei Blocks entfernt am Straßenrand.

Er verließ die Dunkelheit und rannte über die Straße. Er hielt sich dicht bei den Hütten, die den Rand des Abgrunds säumten und zwischen denen verschlungene Pfade abwärts führten. Er beeilte sich, die Häuser zu erreichen, wo er schnell in einigen dunklen Hauseingängen verschwinden konnte, wenn das nötig war, und verfiel in Laufschritt. Er dachte an die gleichgültige Leichtigkeit, mit der Borrayo das Leben des Jungen ausgelöscht hatte, und er dachte daran, daß das ohne ihn möglicherweise nicht passiert wäre.

Er hatte Borrayo Anfang der achtziger Jahre kennengelernt, während *la violencia*, der Zeit der Gewalt. In so außergewöhnlichen Zeiten stellte man Vermutungen über menschliches Verhalten an, Vermutungen, die oft Extreme entschuldigten oder wenigstens vorgaben, sie zu verstehen. Er hatte zwar gehört, daß diese Zeiten wiedergekehrt waren, aber auf dies hier war er nicht vorbereitet gewesen: Lena Muller, Fossler, Baine und nun dieser namenlose Junge...

Er erreichte die Ecke, wo sein Auto geparkt war. Er griff bereits in seiner Tasche nach den Schlüsseln und war im Geist schon dabei, den Wagen aufzuschließen...

«Hay-don.»

Er zuckte zusammen und fuhr in dem Augenblick nach der Stimme herum, in dem er sie erkannte. Ohne zu atmen, spähte er in die Dunkelheit. Eine Gestalt kam an den Hauswänden entlang, indianisch gekleidet, das Haar auf die übliche Art geflochten. Sie trug ein Bündel in den Armen wie ein in ein Tragetuch gehülltes Kind.

«Estoy Lita. Anda listo!» sagte sie und eilte an ihm vorbei. Die Sandalen an ihren Füßen schlappten auf den Steinen. Sie erreichten den Wagen gleichzeitig, und sie stiegen rasch ein.

«Schnell!» sagte sie und wickelte das Tuch auseinander.

«Was ist mit Cage?»

«Nein, nein, nicht ist hier... nein!»

Himmel! Haydon wendete, und die engen Straßen von Santa Isabel sausten im Scheinwerferlicht an ihnen vorbei; die Häuser auf beiden Seiten waren wie Tunnelwände. Sie gab ihm Anweisungen in einer stockenden Mischung aus Englisch und Spanisch, bis sie aus den schmalen Gassen in die große Avenida Elena kamen und südlich auf der Durchgangsstraße Richtung Industriegebiet fuhren.

«Wie sind Sie dort hingekommen?» fragte Haydon.

«Ich kommen mit Cage.»

«Uns ist niemand gefolgt», stellte er fest.

Sie schüttelte den Kopf. «Nein. Funk», sagte sie und zeichnete mit ihrer kleinen Hand eine Schachtel auf das Armaturenbrett.

Cage hatte also einen Peilsender an Haydons Wagen angebracht.

«Und er hat Sie allein dort gelassen?»

Wieder schüttelte sie den Kopf und zog ein Funkgerät aus dem Tuch. Sie bediente einen Schalter und gab wie zur Demonstration ihre Position an. Aber sie war kodiert, Haydon erkannte keine der Koordinaten. Teufel, Cage hatte ihr ein Funkgerät gegeben! Haydon hätte sie gern gefragt, warum er sie allein gelassen hatte, entschied sich aber, die Frage für Cage selbst aufzuheben. Lita schaute weiterhin geradeaus.

Die Avenida verlief einige Blocks östlich parallel zum Cementerio General. Sie kamen an Cafés und den allgegenwärtigen Geschäften für Autozubehör vorbei, mit denen alle zentralamerikanischen Städte jeder Größe durchsetzt sind. Die Straßen wurden schmaler und begannen leicht anzusteigen, und zu beiden Seiten standen jetzt Bäume, hohe Bäume, Zedern und Zypressen, dunkel und bedrohlich.

«*Despacio*», sagte Lita, und Haydon verlangsamte die Fahrt, als sie die Anhöhe eines kleinen Hügels erreichten. Er folgte ihren Richtungsangaben, wandte sich nach links in Richtung Innenstadt und fuhr eine abschüssige Seitenstraße hinunter. Sie passierten einen am Straßenrand abgestellten Wagen, in dem zwei Männer saßen, doch Lita beachtete sie nicht, obwohl Haydon wußte, daß sie sie gesehen hatte; einen Augenblick später hob sie die Hand und zeigte nach rechts, auf eine schwarze Tür in einer hohen Mauer hinter Bäumen. Haydon fuhr an den Straßenrand und hielt. Er hörte Lita zweimal einen Schalter an dem Funkgerät betätigen; sie stiegen aus.

Sie wartete unter den Zypressen, bis er um das Auto herumgegangen war und den Gehsteig erreicht hatte, und zusammen gingen sie zu der schmalen Tür. Hinter einem Gitter war eine solide Metallplatte in gleicher Größe angebracht, damit niemand hindurchsehen konnte. In der Mitte befand sich eine kleine Klappe. Haydon bemerkte, daß es fünfzehn Meter weiter links ein schweres Holztor gab, durch das Autos fahren konnten. Das Licht war so schwach, daß er nicht sehen konnte. ob sich dahinter eine Garage befand. Ein kleines Stück weiter von diesem Tor stand ein anderer Wagen am Straßenrand, und Haydon erspähte noch zwei dunkle Silhouetten. Lita drückte auf einen kleinen, bernsteinfarbenen Knopf neben der Tür.

Sie mußten warten, und inzwischen versuchte Haydon, durch die kleine Klappe in den Hof zu schauen, aber es war zu dunkel. Er betrachtete Litas Profil im schwachen Schein der Laterne. Sie war ganz ruhig, ernst, die Stirn leicht gerunzelt, während sie wartete. Sie zeigte keine Spur jener zurückhaltenden Zärtlichkeit mehr, die sie in der Nacht zuvor vor Macabeos grausiger Leichenkammer bewiesen hatte. Haydon dachte an ihre grausame Vergangenheit.

Ein elektrischer Riegel klickte, und die Tür sprang auf. Lita stieß sie weiter auf, ohne sich nach Haydon umzusehen, und sie betraten einen kopfsteingepflasterten Hof. Auf drei Seiten standen Gebäude; in der Mitte wuchsen drei große Jacarandas, die tagsüber angenehmen Schatten spenden mußten. In den Ecken und entlang der vorderen Mauer, die sie nun im Rücken hatten, standen Platanen. Die drei Gebäude ringsum hatten unterschiedlich viele Stockwerke, aber wegen des abschüssigen Geländes ungefähr die gleiche Höhe. Es handelte sich um Wohnhäuser mit offenen Fenstern, hier einem dämmrigen Licht hinter Vorhängen, dort dem Schimmer eines Fernsehgerätes, Kochdünsten und Zigarettenrauch. Gelegentlich hörte man eine leise Stimme.

Lita überquerte den Hof und wandte sich nach rechts. Sie ging zu einer hellen Türöffnung, durch die Haydon mehrere Männer in einer großen Küche sitzen sah. Einer der Männer war Cage. Als sie näher kamen, sah Cage sich um. Lita trat durch die Tür, gefolgt von Haydon.

«Verdammt», sagte Cage zu Haydon, als sie hereinkamen, «eine Zeitlang dachte ich, du wärest tot. Setz dich.»

Zwei Guatemalteken saßen mit an dem großen Tisch. Hinter ihnen wusch eine Indiofrau das Geschirr einer gerade beendeten Mahlzeit. Es gab zwar einen modernen Gasherd, doch die Frau hatte das Essen anscheinend auf dem großen Kohlenfeuer gekocht, wo noch immer mehrere Töpfe am Rande des Feuers standen. Cage beachtete Lita nicht. Als sie das Funkgerät aus dem Tuch wickelte und neben sich legte, sah Haydon, daß sie außerdem eine große automatische Waffe bei sich hatte.

«Möchtest du etwas essen?» fragte Cage. Haydon schüttelte den Kopf. Die Indiofrau füllte bereits einen Teller für Lita, obwohl sie kein Wort gewechselt hatten. Haydon setzte sich zu Cage an den Tisch, den beiden Guatemalteken gegenüber, die ihre Bierflaschen studierten und Haydons Blicken auswichen. Cage stellte sie nicht vor.

Er gab auch keine Erklärung dafür ab, warum er Haydon verfolgt hatte.

«Als Lita die Schüsse hörte, gab sie durch, sie glaube, daß du erschossen worden seist», sagte Cage. «Sie hörte den Wagen wegfahren... Dann kamst du hinter diesem verdammten Gebäude hervor.» Cage sah ihn an. «Willst du ein Bier?»

«Ja», sagte Haydon.

Cage forderte die Indiofrau auf, Haydon ein Bier zu bringen. «Was war los?» fragte Cage.

«Wahrscheinlich sollte ich nicht überrascht sein, daß du mir gefolgt bist.»

«Das hängt davon ab, wie gut du deine hiesige Situation verstehst», sagte Cage und trank einen Schluck aus seiner Flasche. «Wenn du sie nicht verstehst, dann dürftest du in der Tat überrascht gewesen sein.» Er hatte seinen Stuhl zurückgeschoben und die Beine vor sich ausgestreckt, die Fußknöchel übereinandergeschlagen. Er schien nicht sonderlich erstaunt über die Gewalttat, die soeben verübt worden war. Seine Haltung schien eher so, als erkundige er sich bei Haydon, wie er die Gesellschaft auf der gerade besuchten Cocktailparty gefunden habe.

Die Indiofrau stellte ein Bier vor Haydon auf den Tisch, und er nahm rasch einen tiefen Schluck.

«Nun, ich bin überrascht», sagte Haydon. «Möchtest du mir nicht einiges erklären?»

«Was zum Beispiel?»

«Für einen Mann, der nicht in meine Angelegenheiten verwikkelt werden will, ist es ein seltsames Vorgehen, einen Sender an meinem Wagen anzubringen.»

«Ich dachte, du würdest vielleicht über etwas stolpern.»

«Falls es so wäre, glaubst du, du würdest davon erfahren?»

«Ich verdiene meinen Lebensunterhalt damit, daß ich von Dingen wie deiner Tätigkeit weiß. Wissen und Verwickeltsein sind zwei Paar Stiefel.»

«Und wenn ich in dieser Gasse erschossen worden wäre, was hättest du daraus gelernt?»

«Daß du Borrayo nicht so gut gekannt hast, wie du dachtest. Und daß Lena wirklich bis zum Hals in der Scheiße steckte.»

Haydon sagte nichts. Der Versuch war nutzlos, in Erfahrung bringen zu wollen, woher Cage wußte, daß er Borrayo kannte oder daß er sich mit ihm hatte treffen wollen. Haydon machte sich nichts vor. Er konnte hier nicht allein operieren, und wenn es auch nur die geringste Chance gab, Fossler zu finden, dann mußte er entweder auf Pittner oder auf Cage setzen. Er hatte nur diese beiden Möglichkeiten, obwohl Pittner letztlich keine Option war. Er saß vor dem einzigen Mann, der ihm helfen konnte. Doch Cage war ihm unheimlich.

«Ich will dir was sagen», sagte Haydon und nahm noch einen großen Schluck Bier. «Ich glaube, daß du Blödsinn redest. Lita war heute abend in Funkkontakt mit dir, und du hast ihr gesagt, was sie machen sollte. Wenn du nur an Informationen interessiert wärst, dann wäre es besser für dich gewesen, mich nach der Schießerei einfach verschwinden zu lassen. Ich wäre weggefahren und hätte noch mehr Probleme aufgerührt, immer mit dem Sender am Auto, von dem ich noch nichts wußte. Ich hätte auch nicht gewußt, daß du mir folgst. Aber Lita brachte mich her. Und jetzt sitze ich hier, du wartest, diese beiden Männer warten, die vier Männer draußen auf der Straße warten. All das ist mir nicht entgangen. Warum rückst du nicht mit der Sprache heraus? Ich bin hier nicht der einzige, der etwas will, oder?»

Als Haydon fertig war, sah er Cage gerade ins Gesicht; aus dem Augenwinkel registrierte er, daß die beiden Guatemalteken ihn musterten. Cage hatte den Anflug eines Grinsens im Gesicht, und Haydon war klar, daß er noch über seine Antwort nachdachte. Er glaubte zu sehen, daß das Grinsen einem Ausdruck der Zufriedenheit wich, als habe Haydon reagiert, wie Cage das vorhergesehen oder vielleicht gehofft hatte. Doch dann verging auch dieser Ausdruck, und Cage wurde ernst. Er gab seine lässige Haltung auf und richtete sich auf seinem Stuhl auf. Er legte die Unterarme auf den Tisch und drehte die Bierflasche mit beiden Händen. Die Indiofrau am Herd legte einen kleinen Wurzelstubben auf die Kohlen, und der Geruch von aromatischem Holz füllte den Raum mit einem Duft, der in der heißen Nacht angenehm war. Die beiden Guatemalteken sahen Cage jetzt unverwandt an.

Cage schaute Haydon an. «Lena ist nicht tot», sagte er.

28

Es gab nichts zu sagen. Haydon saß einfach da und wartete darauf, daß Cage weitersprach. Er war sich bewußt, daß Lita ihn beobachtete. Die einzigen Geräusche im Raum waren die im Feuer knackenden Wurzelstubben.

Cage trank seine Flasche leer und stellte sie beiseite. Er schlug die Beine übereinander und nahm ein Päckchen Zigaretten aus der Tasche. Ohne die beiden Guatemalteken anzusehen, schob er ihnen dann das Päckchen und das Feuerzeug über den Tisch.

«Ich habe dir gesagt, daß ich einen Anruf von Pittner bekam, ich solle eine Leiche im Leichenschauhaus abholen, ich wüßte schon, welche. Ich sagte dir, daß ich die Leiche schon gesehen hatte, ehe ich dich abholte.» Die Indiofrau brachte ein neues Bier, und Cage griff danach. «Zuerst dachte ich auch, sie sei es, ich glaubte das wirklich. Der Mann zog das Laken weg und... Scheiße, ich dachte, es sei Lena. Das Mädchen war etwa gleich groß, der gleiche Typ, und vor lauter Schlägen konnte man das Gesicht nicht genau erkennen. Mir ist aufgefallen, daß Leichen auf den ersten Blick schwerer zu identifizieren sind, wenn der Mund entstellt ist. Aber Lena hatte größere Brüste, und das fiel mir auf.» Er schluckte das Bier und zog an seiner Zigarette. «Ich sah mir die Hände an. Lena hatte eine kleine, weißliche, halbmondförmige Narbe über dem dritten Fingergelenk der rechten Hand. Eine ganz kleine Narbe, überraschend, daß ich mich überhaupt daran erinnerte. Aber die Hände waren blutig, schmutzig. Ich nahm in der Leichenkammer die rechte Hand mit zum Ausguß und wusch sie ab. Die Narbe war nicht da. Dann habe ich überlegt, ob ich mich vielleicht getäuscht hatte, und habe die linke Hand ebenfalls gewaschen. Keine Narbe.»

Jemand erschien an der Tür, eine Frau, und sagte etwas in einem Indiodialekt. Die beiden Männer am Tisch schauten zu Lita hinüber, die vom Herd aufstand, das Funkgerät nahm und mit der Frau die Küche verließ. Ihre Automatik ließ sie zurück.

«Kleine Brüste, keine Narbe, falsche Frau», sagte Cage. «Ich habe mir ihr Gesicht genau angesehen. Es war ziemlich entstellt, aber ich war fast sicher, daß es nicht Lena war. Ich fotografierte sie, weil ich ahnte, sie könnte verschwinden.»

«Pittner glaubte, es sei Lena?»

«Ich nehme an, er argwöhnte, daß es Lena war. Vermutlich der Tip eines Informanten: ‹Weiße Frau in der Leichenhalle›.»

«Aber er war nicht sicher?»

Cage schüttelte den Kopf.

«Was hast du ihm gesagt?»

«Ich sagte ihm, ich wisse es nicht genau. Wir müßten auf Fingerabdrücke und die Bestätigung des Zahnarztes warten. Solche Sachen erledigt Macabeo für ihn.»

«Warum hast du ihn angelogen?»

Cage sah ihn an. «Himmel, Haydon!» Er schüttelte den Kopf und zog an seiner Zigarette. Er nahm einen Schluck Bier. Er starrte durch die offene Tür in den Hof. «Ich weiß noch, wie es mir zu anstrengend wurde, Janet zu vögeln und gleichzeitig für Pitt zu arbeiten. Ich machte Schluß. Janet kam damit überhaupt nicht klar. Sie ließ die ganze Sache beinahe auffliegen, weil sie zu den unmöglichsten Zeiten in meine Wohnung kam. Ich weiß nicht, wieso er es nicht herausbekommen hat. Schließlich sagte ich ihr, ich würde sie umbringen, wenn sie nicht aufhörte. Ich würde es als Unfall tarnen oder so was. Da bekam sie wieder einen klaren Kopf. Doch dann, einen Monat später, trennten die beiden sich. Und noch einen Monat später sagte sie ihm, sie wolle die Scheidung. Das hatte bei Pitt interessante Folgen. Eines Abends war ich zu Hause, und Pitt rief von irgendwo an und sagte, ich solle dableiben, er werde vorbeikommen. Ich konnte hören, daß er getrunken hatte. Ich dachte: Oh, Scheiße, er hat das über Janet und mich erfahren. Ich nahm an, sie sei schwach geworden und habe es ihm gesagt – manchmal konnte sie ziemlich spinnen –, und zwar, weil sie ihn haßte und ihm weh tun wollte. Ich stellte mir vor, daß Pitt so eine Art Abrechnung unter Männern wollte. Als er erschien, war er in schrecklicher Verfassung. Ich weiß gar nicht, wie er es bis zu mir geschafft hat. Er hatte eine Flasche von seinem geliebten Bourbon bei sich, und er war in Tränen aufgelöst. Janet hatte ihm an diesem Nachmittag gesagt, sie wolle die Scheidung.

Er hatte in der Botschaft zu trinken angefangen, was riskant ist und zeigt, wie sehr die Sache ihn getroffen hatte. Damals war Regenzeit und wir saßen bei mir in der Loggia, tranken seinen Bourbon und sahen zu, wie der Regen von den Dachrinnen tropfte. Eine verrückte Szene. Die schlechte Nachricht und der Whiskey hatten Pitt gewissermaßen Schleusen geöffnet, und er entblößte mir seine Seele. Scheiße. Ich hasse solche Auftritte. Er erzählte mir all diese intimen Dinge – über ihn und Janet – wie ein verdammter Schuljunge. Er erzählte mir verdammt viel mehr, als ich hören wollte, aber irgendwie war es auch komisch, daß er sich entschlossen hatte, mir alles über seine sexuellen Probleme zu verraten. Verdammt, ich habe in vier Monaten Ehebruch mehr über Janets Möse und ihre Säfte erfahren als Pitt in acht Jahren Ehe. Aber ich betrank mich mit ihm und amüsierte mich. Hatte ich Gewissensbisse, weil ich ihn betrogen hatte?» Cage zog die Mundwinkel herunter und schüttelte den Kopf. «Ich hatte Pitt schon belogen, bevor ich anfing, mit seiner Frau zu schlafen. Pitt ist die Art von Mann, die man belügen muß, wenn man irgendeine Art von Integrität oder Selbstachtung bewahren will.»

Die beiden Guatemalteken hatten der schmutzigen Geschichte mit stoischem Gesichtsausdruck gelauscht, aber Haydon hatte keine Ahnung, ob sie verstanden, was sie gehört hatten, und falls ja, was sie davon hielten. Er wußte nicht einmal genau, was er selbst davon hielt. Worum ging es eigentlich? Cage schien diese wenig schmeichelhafte Erinnerung aus den entlegensten Ecken seines Gedächtnisses gekramt zu haben. Vielleicht hatte sie auch dort gelauert und ihn aus der Dunkelheit angestarrt, und er hatte sie ausgesprochen, um die steigende Angst vor ihrer Anwesenheit zu lindern, wie man gelegentlich ein Furunkel aufsticht, das anschwillt und nicht heilen will.

«Und er weiß immer noch nicht, daß es nicht Lena ist?» fragte Haydon, der sich entschlossen hatte, den Bericht gänzlich zu ignorieren. «Ist er nicht vielleicht hingegangen und hat selbst nachgesehen?»

«Auf keinen Fall», sagte Cage, hob das Kinn und blies einen Rauchring in die Luft.

«Warum hast du mir die Leiche gezeigt?»

«Tja», sagte Cage und richtete Daumen und Mittelfinger, zwischen denen die Zigarette glühte, auf Haydon. «Als ich erkannte, daß sie nicht tot ist, fing ich an, gewisse ... Möglichkeiten zu sehen. Ich kontrollierte meine Fallen erneut. Was hatte es mit dieser vermißten Amerikanerin auf sich? Solche Sachen brauchen Zeit. Ich war nicht sicher, auf welche Art von Optionen ich mich vorzubereiten hatte. Ich wußte, daß du Lena nie kennengelernt, sondern nur Fotos von ihr gesehen hattest. Ich war nicht sicher, aber ich dachte, es käme vielleicht dazu, daß ich einen ‹Zeugen› für die Tatsache brauchte, daß Lena tot war. Zumindest würde ich Zeit gewinnen, während die Tests zu einer definitiven Identifikation liefen. Vielleicht würden Pitts Spürhunde noch weitere achtzehn Stunden im Zwinger bleiben, und ich hätte einen Vorsprung. Ich wollte Lena vor allen anderen finden.»

«Was ist mit der Information, die guatemaltekischen Sicherheitskräfte hätten eine Akte über Lena?»

«Alles, was ich dir erzählt habe, ist wahr, nur, daß es nicht Lenas Leiche ist.»

«Woher kam der Polizeibericht?»

«Was über seine Herkunft darin stand, stimmte. Ich habe das von ein paar Leuten überprüfen lassen.»

«Und die Indiofrauen haben die Leiche gefunden?»

Cage nickte.

Haydon hielt an sich, ehe er es aussprach ... Was war mit Dr. Grajeda? Wie hielt seine Aussage im Lichte all dessen stand?

Cage sah ihn an und lächelte dann langsam. «Der gute Doktor? Tja, ich habe jemanden zu ihm geschickt, aber der gute

Doktor war ‹aufs Land gefahren›. Wohin aufs Land? ‹*No sé.*› Keiner wußte es.»

Haydon fragte sich, wieviel von dem, was Grajeda ihm erzählt hatte, glatte Lüge war und wieviel Wahrheit.

«Und daraufhin hast du deine Fallen kontrolliert?»

Cage nickte. «Ja. Weißt du noch, daß ich dir gestern abend sagte, aus meinen üblichen Quellen könne ich nichts mehr erfahren und daß meine Nachforschungen in bezug auf Lena Fehlschläge waren? Nun, dies war anders. Jetzt wollte ich bloß wissen, ob eine amerikanische Frau von den Sicherheitskräften festgenommen worden war. Ich dachte, sie hätten sie vielleicht endlich geschnappt. Aber es kam keine Bestätigung. Keiner verschwieg etwas, es war einfach nicht geschehen. Sie hatten sie nicht geschnappt.»

«Was ist mit Fossler?» fragte Haydon. «Hast du über ihn etwas gehört?»

Cage schüttelte den Kopf.

«Hast du nachgeforscht?»

«Verdammt, und ob ich nachgeforscht habe.»

«Es fällt mir schwer zu glauben, daß darüber niemand etwas hat», sagte Haydon.

Cage warf seinen Zigarettenstummel durch die offene Tür in den Hof. Er wandte sich den Guatemalteken zu, und sie schoben ihm seine Zigaretten und das Feuerzeug wieder über den Tisch. Er zündete sich eine neue an. Die Indiofrau verließ den Raum.

«Aber ich habe erfahren», sagte Cage und blies eine ganze Rauchwolke in die Luft, «daß John Baine geschnappt worden ist, in Masagua. Aber das ist auch alles. Ich weiß nicht, wo man ihn gefangenhält. Sie sagten, die G-2-Leute hätten ihn erwischt, also könnte er überall sein. Eine Quelle sagt, General Azcona Contrera persönlich habe die Verhaftung angeordnet. Nicht gut für Baine.»

«Wie ist Azconas Situation jetzt?» fragte Haydon. «Ich nehme an, er hat seit den Wahlen etwas von seiner alten Macht zurückgewonnen?»

«Und ob er das hat, verdammt. Er ist wieder Chef des militärischen Nachrichtendienstes. G-2 ist jetzt sein Baby.»

Baine wußte das natürlich, was mit ein Grund dafür war, daß seine Situation ihm so fürchterliche Angst einjagte. Genau die Bestie, die er hatte unschädlich machen wollen, war aufgewacht und hatte ihn geschnappt.

«Du wußtest, daß es Borrayo war, mit dem ich mich heute abend getroffen habe», sagte Haydon. «Was weißt du über ihn?»

Cage zuckte mit den Schultern. «Commandante in Pavón.» Auf solche Fangfragen fiel er nicht herein.

«Weißt du, wen ich sonst noch dort getroffen habe?»

Cage schüttelte langsam den Kopf und sah Haydon dabei an. Er wirkte wie ein müder Riese, wie er da mit den beiden kleinen Guatemalteken am Tisch saß. Zu dieser späten Stunde sah sein kurzes, dichtes graues Haar noch krauser, sein sonnenverbrannter Nasenrücken schärfer, seine grünlichen Augen blasser, sein Gesicht dicker aus. Er war immer mit sehr wenig Schlaf ausgekommen, und jetzt forderten die Jahre allmählich ihren Tribut. Aber er war weit davon entfernt, kürzerzutreten.

«Ich habe mit Baine gesprochen», sagte Haydon. «Sie haben ihn nach Pavón gebracht.»

Cages Blick wurde ausdruckslos vor Überraschung. Aus Stolz konnte er nicht anders reagieren als mit schweigendem, kaltem Eidechsenblick, wenn ihn etwas verblüffte.

«Um ehrlich zu sein», sagte Haydon, «ich bin über ihn gestolpert. Ich hatte Borrayo vor vier oder fünf Jahren kennengelernt, als ich wegen eines Falles hier unten war. Ich dachte, er sei noch immer beim DIC. Ich habe ihn nur aufgesucht, um zu sehen, ob er mich über ein paar Dinge ins Bild setzen könnte...»

Haydon erzählte Cage von seinem Besuch in Pavón und dem Gespräch und den Ereignissen, die sich vor nur einer Stunde bei der Schlucht zugetragen hatten. Er verschwieg nichts, und als er fertig war, hatte Cage seine Zigarette zu Ende geraucht und drückte sie in einem Tonaschenbecher auf dem Tisch aus. Er begann, den Kopf zu schütteln.

«Herrgott», sagte er und starrte auf den Aschenbecher und den Rauchkringel, der von der erlöschenden Zigarette aufstieg. «Dieser verdammte Azcona. Pavón als geheimes Gefängnis zu benutzen ... das macht Sinn. Natürlich ist Pavón ein reguläres Gefängnis, eine bessere Tarnung kann man nicht finden. Mein Gott, dieser Azcona ist wirklich ein Wahnsinniger.» Cage schnaubte. «Und die kleine Vera – Vera Beatriz Azcona de Sandoval – handelt mit Babys. Himmel, eine tolle Familie, was?» Er sah Haydon an. «Was ist mit Baine?»

Haydon trank sein Bier aus. «Er wurde schwer gefoltert. Ich glaube, er ist ernsthaft verletzt.»

Cage dachte darüber nach. «Borrayo. Ich frage mich, warum er das getan hat, warum er Baine zu dir gebracht hat.»

«Ich weiß es nicht. Das beunruhigt mich ein bißchen.»

«Tja, das sollte es auch. Wenn man seine Situation bedenkt.» Cage stand vom Tisch auf, fuhr sich mit der Hand durch das dichte Haar, trat an die Tür und starrte in den Hof hinaus. Seine Gestalt füllte den Türrahmen, seine Haltung – Arme verschränkt, die breite Brust gereckt, die Beine leicht gespreizt – ließ ihn herausfordernd wirken. «Seine Situation ist die: Er ist Azcona unterstellt und direkt für das heimliche Gefängnis verantwortlich. Er kriecht Tablaya in den Hintern, der mit seiner Beute da aus und ein geht wie irgendein gräßlicher Vampir. Borrayo muß allen möglichen Scheiß decken, und er weiß, wenn der geheime Teil des Gefängnisses jemals entdeckt wird, ist er dran. Aber er würde niemals Azcona den Schwarzen Peter zuschieben, weil Azcona ihn umbringen lassen würde – am Ende. Wenn es also jemals dazu käme, würde er die Sache auf seine Kappe nehmen. Eine undankbare Position, die Borrayo verständlicherweise nicht gefällt.»

Cage drehte sich um und ging ans Ende des Tisches zurück. Er hielt nachdenklich inne, und seine Augen wanderten zu der Automatik, die verlassen auf der langen Herdbank lag. Er ging hinüber und hob sie auf. Er nahm das Magazin heraus, prüfte es und steckte es in die Hosentasche. Die entladene Waffe legte er auf den Tisch. Ein lautes Rauschen ertönte aus einem Funkgerät, das auf einem freien Stuhl neben einem der Guatemalteken lag. Der Mann nahm es und antwortete, aber nicht auf spanisch, sondern in einem Indiodialekt.

Cage schwieg während des kurzen Gespräches, beachtete es aber nicht. Er dachte nach. Die beiden Guatemalteken wechselten ein paar Worte. Dann stand einer von ihnen auf und ging an Cage vorbei aus der Küche in den Hof hinaus. Cage kümmerte sich nicht darum.

Endlich sah er zu Haydon auf. «Ich habe einen Vorschlag.»

Haydon wartete.

«Vielleicht findest du ihn ein bißchen riskant. Das einzige, was ich im Augenblick will, ist Lena finden, und zwar so schnell wie möglich. Vielleicht bist du der geeignetste Mann dazu.» Er nahm sein rotes Plastikfeuerzeug und klopfte damit auf den Tisch. «Ich weiß nicht, warum Borrayo Baine zu dir gebracht hat, aber du kannst deinen Arsch darauf wetten, daß er das für sich selbst getan hat, nicht für dich. Er hat da eine Sache laufen, und die ist wichtig, sonst hätte er den Jungen nicht erschossen. Efran tut so etwas nicht mehr für nichts. Aber ich würde eine beträchtliche Summe darauf setzen, daß er schon seine Geier ausgeschickt hat, um Lena zu suchen. Er weiß, wie man so etwas macht.»

Cage verstummte, und seine Gedanken eilten weiter. Er klopfte mit dem roten Feuerzeug auf die Tischplatte, drehte es hin und her, klopfte wieder.

Dann sagte er im Dialekt etwas zu dem am Tisch sitzenden Guatemalteken, der sofort aufstand und den Raum verließ.

«Er erklärt den anderen, sie sollen dich gehen lassen», sagte Cage. Er meinte die Wachposten auf der Straße. «Ich muß da noch einiges klären, bevor wir uns an die Arbeit machen können. Ich melde mich morgen bei dir. Du wirst keine Schwierigkeiten haben, in dein Hotel zurückzufahren. Aber komm nie wieder hierher. Morgen werden alle diese Leute verschwunden sein. Nur die Indiofrau, die das Essen gemacht hat, wohnt hier. Es wäre nicht gut, die Aufmerksamkeit auf sie zu lenken.»

Cage stand auf, aber Haydon rührte sich nicht; er beherrschte nur mühsam die Wut, die in ihm kochte. Er wußte, er hatte keine andere Wahl, als das Spiel nach den hiesigen Regeln mitzuspielen, doch es paßte ihm nicht, daß er alles jemand anderem überlassen mußte. Er hatte nichts in der Hand, und dies konnte das letzte Mal sein, daß er Cage sah, und er vermochte nichts dagegen zu tun. Himmel, was für eine ausweglose Situation.

Cage las seine Gedanken. «Du nimmst besser, was du kriegen kannst, Haydon. Das ist hier unten immer das Schlaueste. Es kann einem sehr schnell aus der Hand gleiten.»

Er streckte die Hand aus und schob die Automatik Haydon zu. Er nahm das Magazin aus der Tasche und legte es neben die Waffe.

«Sie haben eine Schachtel Munition unter den Vordersitz deines Wagens gelegt», sagte er.

Haydon nickte, nahm die Waffe und lud sie. Er steckte sie in seinen Hosenbund. Was für ein mieser Handel. Er wußte, wie Fossler sich gefühlt haben mußte. Er fragte sich, ob Fossler irgendeine Warnung erhalten hatte, bevor in dem blutigen Zimmer passiert war, was immer passiert sein mochte.

29

Haydon war dankbar für die Waffe, die er legalerweise nicht besitzen durfte. Aber er hatte bereits genug erlebt, um zu wissen, daß der Bruch des guatemaltekischen Waffengesetzes seine geringste Sorge sein würde, wenn er in eine Situation geriete, in der er sie benutzen mußte. Andererseits fragte er sich, was er damit getan hätte, wenn er sie gehabt hätte, als Borrayo vor ein paar

Stunden den Jungen erschossen hatte. Vielleicht hätte er einen schrecklichen Fehler begangen. Doch das lag hinter ihm, und ihm war klar, daß andere Prüfungen auf ihn warteten.

Als er aus der Küche und in den Hof trat, war er allein. Die Guatemalteken waren nirgends zu sehen. Allein ging er über das Kopfsteinpflaster, und als er das Eisentor aufstieß und nach draußen gelangte, waren auch die Männer in den beiden Autos verschwunden.

Er stieg in den Wagen und fühlte mit der Hand rasch nach, ob die Munition tatsächlich unter dem Sitz lag. Sie war da. Er ließ den Wagen an und fuhr los. Er brauchte ein paar Minuten, um die Avenida 7 zu finden. Dann bog er nach Süden ab und fuhr zum Hotel.

Er parkte im Hof des Residencial Reforma. Noch bevor er die Tür öffnen konnte, hörte er Schritte näherkommen.

«Ich muß mit Ihnen reden», sagte Janet und beugte sich zum Fenster nieder. «Ich komme auf die andere Seite.»

«Nein, warten Sie», sagte Haydon. Wenn Cage über die Technologie verfügte, seinen Wagen mit einem Sender zu verfolgen, dann konnte er ihn auch abhören. Er stieg aus und verschloß die Tür. «Was ist los?» fragte er, wandte sich um und führte Janet von dem Auto fort.

«Gehen wir zu meinem Wagen», sagte sie. Sie sprach schnell und nervös, ihr Haar hing offen herunter.

«Besser nicht», sagte Haydon.

«Wo dann? In Ihrem Zimmer?»

«Nein, hier ist es in Ordnung.»

Sie sah ihn stirnrunzelnd an, brauchte aber nur einen Augenblick, bis sie verstand.

Janet griff in ihre Schultertasche und nahm ein Blatt Papier heraus, das sie auseinanderfaltete und ihm reichte. Dann zog sie einen kleinen Lichtstift heraus und richtete den dünnen Strahl auf das Papier.

Die Zeilen schienen die Handschrift einer Frau zu sein:

Ich bin in Ordnung, aber ich verstecke mich. Ich melde mich wieder bei dir, aber nur bei dir. Zeige dies keinem außer Haydon. Ich bin in Gefahr. Sei vorsichtig.

Die Notiz war nicht unterschrieben, aber vom gleichen Tag datiert. Auch die Zeit war vermerkt: Sie war vor zwei Stunden geschrieben worden.

«Das ist Lenas Handschrift», sagte Janet. Sie konnte ihre Erregung nur mühsam beherrschen. «Es wurde vor einer Stunde in meinem Haus abgegeben. Mirtha, mein Hausmädchen, brachte es mir. Sie sagte, ein kleines Mädchen sei ans Tor gekommen und habe den Zettel abgegeben.»

«Sind Sie sicher, was die Handschrift angeht?»

«Ja! Ja! Es ist ihre Schrift. Was zum Teufel soll das?»

«Sie haben keinem davon erzählt?»

«Nein, natürlich nicht... was glauben Sie denn?»

«Okay, okay. Hat Ihr Mädchen den Zettel gelesen?»

«Mirtha... ich... sie hat ihn mir zusammengefaltet gebracht. Ich weiß es nicht.»

«Kann sie Englisch lesen?»

«Ich glaube nicht. Sie spricht es kaum.»

«Schalten Sie das Licht aus», sagte Haydon.

«Oh.» Janet schaltete den Lichtstift aus und steckte ihn wieder in ihre Handtasche. «Was machen wir jetzt?»

Haydon faltete das Papier wieder zusammen. Er hatte auf seine Uhr gesehen, als der Stift noch leuchtete. Es war noch nicht halb zwölf.

«Als Fossler zum erstenmal zu Ihnen kam, um mit Lena zu sprechen», sagte Haydon, während er das Papier einsteckte, «hat sie da mit Ihnen geredet, als er fort war?»

«Ja, sie sagte mir, worum es ging.»

«Hat sie gesagt, ob Fossler mich erwähnt hat?»

«Nein.»

«Wußten Sie, daß Lena und Baine sich am nächsten Tag wieder mit Fossler getroffen haben?»

«Nein, am Freitag? Am gleichen Tag, an dem sie mit Baine nach Panajachel fuhr?»

«Richtig. Jim Fossler hat mich am Sonntag von hier aus angerufen und gebeten zu kommen. Ich bin Montag abend geflogen, und er sollte mich vom Flughafen abholen, ist aber nicht erschienen. Ich bin in sein Zimmer gegangen. Alles war voller Blut. Und er war verschwunden...

Die Sache ist die», fuhr Haydon fort, «ich glaube nicht, daß Fossler ihr gesagt hat, ich würde kommen, weil er mich erst zwei Tage später angerufen hat. Und um diese Zeit war sie bereits verschwunden.»

«Woher wissen Sie das?»

«Da bin ich ganz sicher.»

Sie antwortete nicht sofort. Sie sahen einander an. Ihre Gesichter waren sich ganz nah, und sie sprachen leise.

«Mit anderen Worten: Woher weiß sie von Ihnen?»

Haydon nickte.

«Himmel! Ich *weiß*, daß es ihre Handschrift ist.»

«Sind Sie da völlig sicher?»

Sie nickte rasch. «Ja, sie ist es.»

Haydon wünschte, er hätte ihr Gesicht besser sehen können. Es würde noch eine weitere Nachricht kommen, das stand fest, und sie würde höchstwahrscheinlich Instruktionen für Haydon enthalten, etwas zu tun, irgendwo hinzugehen, ein Treffen vorzubereiten. Wenn sie echt waren, würden die Anweisungen vermutlich kompliziert sein und Umwege vorschreiben, um jede Überwachung auszuschließen.

«Was ist los?» fragte Janet.

«Was glauben Sie, was jetzt passieren wird?»

«Wie zum Teufel... Ich weiß nicht. Noch eine Nachricht, nehme ich an. Etwas in der Art. Noch eine Botschaft.»

«Und was ist, wenn darin steht, Sie sollten irgendwo hingehen, etwas unternehmen?» fragte Haydon.

«Dann werde ich das wohl tun.»

«Und was ist, wenn man Ihnen etwas anhängen will?»

«Was anhängen, um Himmels willen?»

«Fragen Sie sich nicht, warum Lena sich versteckt, warum sie in Gefahr ist?»

«Natürlich tue ich das. Aber diese Fragen sind jetzt irrelevant. Wir wissen nicht, was vor sich geht und was als nächstes passiert.»

«Warum glauben Sie, daß Lena nicht wollte, daß Sie sich mit jemandem außer mir in Verbindung setzen? Warum nicht mit Pitt? Ich bin hier unten kein legitimer Vertreter des Gesetzes. Wenn Lena in Gefahr ist, sollten Sie mit der Botschaft Verbindung aufnehmen», faßte Haydon nach.

«Sie sagte, das sollte ich *nicht* tun.»

«Warum?»

«Weiß ich nicht.» Janet hob die Arme und strich mit den Fingern ihr Haar zurück. Sie stieß einen verzweifelten Seufzer aus. «Ich weiß es wirklich nicht.» Sie sah sich um, nicht, weil sie nach jemandem Ausschau hielt, sondern weil sie ungeduldig war. Sie wollte von ihm nicht all diese Fragen hören. Sie wollte Antworten.

«Hören Sie!» sagte Janet dann ziemlich barsch. «Ich dachte, wir könnten hier hilfreich sein. Sie erwähnt ausdrücklich *Ihren* Namen, nicht meinen.»

«Aber Sie sind diejenige, die eine Entscheidung treffen muß.»

«Nicht *Sie*?»

«Natürlich müssen wir *beide* zu einer Entscheidung kommen», sagte Haydon. «Ich meine nur, daß Sie sich besser darauf vorbereiten sollten, eventuell eine Entscheidung treffen zu müssen, die Sie vielleicht später bereuen. Wenn Sie aber nicht weiter in diese Sache verwickelt werden wollen, dann sollten Sie mir zumindest Bescheid geben, wenn Sie die nächste Nachricht erhalten.»

«Und was ist mit Ihnen?»

«Ich *muß* weitermachen. Für mich ist es eine Frage des ‹Wie›, nicht des ‹Ob›.»

Sie sah ihn an. «Dann hängt es wohl davon ab, was wir als

nächstes hören. Wenn es Ihnen recht ist», sagte sie sarkastisch, «dann werde ich warten und meine Entscheidung dann treffen.»

Haydon nickte. Einen Moment lang gab es für sie nichts weiter zu sagen, einen Moment, in dem Janet mehr von ihm zu wollen schien, mehr als diese Ungewißheit.

«Eines noch», fügte Haydon hinzu. «Wenn Sie sie *nicht* umbringen wollen, dann sollten Sie besser Ihre Meinung *nicht* ändern und Pitt doch davon erzählen.»

«Um Himmels willen, was soll das heißen?»

«Ich meine, wenn Sie es sich anders überlegen, wenn Sie noch eine Meinung dazu hören wollen, was Sie tun sollen. Wenn Sie sich anders verhalten, als Lena es verlangt hat, dann müssen Sie auch auf die Konsequenzen gefaßt sein. Sie hat Ihnen vertraut. Sie sollten sich daran halten.»

«Verdammt, ich brauche keine Ratschläge von Ihnen, Haydon», versetzte Janet aufgebracht. «Geben Sie mir den Zettel.» Sie streckte die Hand aus.

«Ich werde ihn behalten.»

Sie wollte protestieren.

«Mein Name steht darauf, Janet. Ich würde mich sicherer fühlen.»

Sie gab nach. «Okay, natürlich, Sie haben recht. Tut mir leid.» Wieder strich sie ihr Haar zurück. «Das ist ... das ist eine verrückte Sache. Ich kann mir nicht vorstellen, was mit ihr los ist; wirklich nicht. Es macht mich wahnsinnig.»

«Hatten Sie noch einmal Kontakt mit Pitt?»

«Nein. Ich habe gewartet. Dies ist das erste Mal, daß ich das Haus verlassen habe, seit Sie da waren. Ich denke dauernd, er würde mit schlechten Nachrichten anrufen. Ich hatte mich schon fast damit abgefunden, daß sie tot ist. Und jetzt das. Es ist vollkommen verrückt.»

Er dachte daran, sie zu fragen, ob sie einen Drink wolle. Die Bar im Camino Real einige Blocks weiter würde noch geöffnet sein. Aber dann änderte er seine Meinung. Das wäre ein Fehler.

Er wußte nicht genau, warum, aber er war sicher, daß es ein Fehler sein würde.

«Hören Sie, Sie sollten nach Hause fahren», sagte er. «Ich melde mich morgen vormittag bei Ihnen. Wenn Sie irgend etwas hören, rufen Sie mich sofort an. Ich gehe morgen nirgends hin, ohne es Sie wissen zu lassen.»

Sie nickte. Zusammen gingen sie zur Einfahrt zurück, und er begleitete sie zu ihrem Wagen, einem Landrover. Fahrzeuge mit Vierradantrieb waren in Guatemala beliebt, denn es gab nicht viele asphaltierte Straßen. Praktisch jeder, der es sich leisten konnte, hatte eines. Sie schloß den Wagen auf, stieg ein und kurbelte das Fenster herunter.

«Hören Sie», sagte sie, «haben Sie Cage noch einmal gesehen?»

Haydon schüttelte den Kopf. «Nein.»

Sie nickte wieder und startete den Rover, und Haydon bat den Portier, das Tor zu öffnen. Aus dem kleinen Foyer sah er zu, wie sie aus der Einfahrt bog und verschwand.

Müde und besorgt stieg er die Treppe zu seinem Zimmer hinauf. Es gab jetzt keine Möglichkeit, in Erfahrung zu bringen, was vor sich ging. Und es gab keinen einzigen Menschen, dem er vertrauen konnte. Der, der es hätte sein können, war Jim Fossler. Und er war der einzige, der völlig von der Bildfläche verschwunden war.

Er sperrte sein Zimmer auf und schleuderte die Schuhe von den Füßen. Es war fremdartig und einsam hier, und er hätte gern mit Nina geredet, sie etwas Verläßliches sagen hören. Er würde sie morgen früh anrufen. Er nahm die Waffe aus seinem Hosenbund und legte sie auf den kleinen Sekretär am Bett, zog sein Jackett aus, warf es auf einen der Sessel und legte dann Hemd, Hose und Socken ab. Er ging ins Badezimmer und ließ sich dann auf das Bett fallen. Kurz darauf lag er in tiefem Schlaf.

30

Was Haydon am Morgen aufweckte, war der fröhliche Gesang eines Vogels in dem großen Loquat-Baum vor seinem Balkonfenster. Das Morgenlicht im Zimmer war hell, aber diffus; Haydon bemerkte, daß der Verkehr auf dem Boulevard schon zunahm. Er lag regungslos und lauschte dem Vogel. Dann fiel er erneut in einen leichten Schlummer.

Als er zum zweitenmal erwachte, sang der Vogel noch immer, doch das Licht auf den Wänden war jetzt klar geworden, und der Verkehr draußen hatte seine volle Stärke erreicht. Er schaute auf seine Uhr, es war Viertel nach acht.

Als er sich rasiert und frische Sachen angezogen hatte, war es fast neun Uhr. Er hinterließ dem Zimmermädchen einen Zettel mit der Bitte, seine schmutzigen Kleider reinigen zu lassen, und rief Nina an. Haydon log, was seinen Auftrag und seine Situation in Guatemala anging, und sagte, weil die Geschäfte hier immer langsamer abliefen, als er in Erinnerung hatte, werde er noch einige Tage bleiben müssen. Nein, es gebe nichts Neues, nein wirklich nicht. Nina akzeptierte das, was nicht bedeutete, daß sie es unbedingt glaubte.

Er sagte ihr, er liebe sie, und sie antwortete: «Ich liebe dich auch. Paß auf dich auf.» Das war das Ende ihres Gesprächs. Doch Haydon fühlte sich unendlich viel wohler. Es gab tatsächlich noch festen Boden, und auf dem stand Nina.

Während Haydon im Speisesaal auf sein Frühstück wartete und vage seine Umgebung beobachtete, dachte er über die wenigen Optionen nach, die ihm offenstanden. Cage, Borrayo, Bennett Pittner. Keine sehr anziehenden Möglichkeiten. Noch weniger anziehend war die Nachricht Lenas an Janet. Sie verursachte ihm Unbehagen. Wenn die Nachricht tatsächlich von Lena stammte, dann erschien es ihm ungewöhnlich, daß sie sich mit Janet in Verbindung gesetzt hatte, als sie Hilfe suchte, um aus ihren Schwierigkeiten herauszukommen. Und er war mehr als nur ein wenig besorgt, weil sein Name in der Mitteilung gestanden hatte. Er konnte sich nicht vorstellen, warum sie ihn da hineinzog. Er fragte sich, was Cage von einer solchen Wendung der Ereignisse halten würde. Zweifellos war die Nachricht ein begehrtes Stück Information, falls sie echt war.

Haydons Frühstück kam, und er aß mit Appetit. Er hatte die Eier und den Toast gegessen und wandte sich einer kleinen Fruchtschale zu, als ein Mann durch den Aufenthaltsraum in den Speisesaal kam. Er blieb bei einer der Marmorsäulen zögernd stehen, warf rasch einen Blick auf die wenigen Leute im Speisesaal und ging dann geradewegs auf Haydon zu. In der kurzen Zeit, die er brauchte, um die geringe Entfernung zurückzulegen, schätzte Haydon ihn ab: Ende Dreißig, zierlich gebaut, kein Lateinamerikaner, aber dunkel, gutaussehend, gut gekleidet, selbstsicher.

Als er Haydons Tisch erreichte, schob er sich einen Stuhl zurecht und setzte sich rasch hin. Er lächelte, beugte sich ein wenig vor und sagte leise: «Tun Sie, als würden Sie mich kennen, bitte. Ich erkläre es Ihnen gleich, okay?»

Haydon nickte. «Gut. Nur zu.»

Der Mann lächelte noch breiter, und diesmal war das Lächeln echt. «Danke, das ist sehr freundlich von Ihnen.» Er stützte die Unterarme auf den Tisch. «Ich bin Dr. Bindo Salviati, ein Freund von Dr. Grajeda. Sie kennen Dr. Grajeda?»

Haydon nickte wieder.

«Gut. Ich komme mit einer Botschaft von Dr. Grajeda. Er würde gern mit Ihnen sprechen.»

«Wie ich hörte, ist er ‹auf dem Land›.»

«Er war.»

«Jetzt nicht mehr?»

Salviati schüttelte den Kopf. «Er würde sich gern heute vormittag mit Ihnen treffen.»

«Gut.»

«Er legt Wert darauf, daß die Zusammenkunft... absolut unauffällig ist. Es darf Ihnen niemand folgen.»

«Ich verstehe.»

«Ich werde Ihnen eine Adresse hier in der Stadt geben, einverstanden? Sie dürfen sie sich nicht aufschreiben.»

Die Adresse war in Zona 1, dem Zentrum der Altstadt. Haydon kannte die Straße. Sie lag gleich bei einem der größten Märkte der Innenstadt.

«Ich habe gehört, daß Sie ein amerikanischer Detective sind», sagte Salviati.

«Ja», sagte Haydon.

«Dann wissen Sie ja, wie man vermeidet, daß man verfolgt wird.»

«Ich denke schon», sagte Haydon amüsiert.

Salviati ließ zum erstenmal das aufgesetzte Lächeln fallen. «Das ist sehr gefährlich für meinen Freund, sehr gefährlich. Wenn die Sicherheitskräfte ihn finden, bringen sie ihn um.»

Haydon war überrascht, daß Salviati das so offen aussprach.

«An dieser Adresse» – er wiederholte die Adresse, die er Haydon bereits genannt hatte – «befindet sich ein Schuhgeschäft. Es liegt hinter den Buden, die dort den Gehsteig säumen. Gehen Sie in den Laden und nach hinten – Sie brauchen mit niemandem zu reden, nur zum rückwärtigen Teil des Ladens zu gehen. Dort ist eine Tür, die in einen Hof mit einer Treppe führt. Gehen Sie nach links und die Treppe zum Balkon hinauf. Dort wird ein Mann sein, der Ihren Namen kennt und Ihnen helfen wird.»

«Ist das alles?»

Salviati nickte.

«Sind Sie der Arzt, dem Grajeda manchmal in Huehuetenango hilft?»

«Ja, der bin ich.»

«Können Sie mir sagen, worum es sich bei dieser Zusammenkunft dreht?»

«Er sagte, Sie würden das wissen.»

Salviati schaute auf seine Uhr. «Es ist halb zehn. Können Sie in einer Stunde dort sein? Er muß wissen, daß Sie zur verabredeten

Stunde da sein werden. Wenn Sie länger brauchen, dann kann ich es auf später verschieben.»

«Nein, halb elf ist in Ordnung.»

Salviati reichte ihm über den Tisch hinweg die Hand. Haydon schüttelte sie, und der Arzt sagte: «Vermutlich werde ich Sie nicht wiedersehen. Danke.» Er stand schnell auf, ehe Haydon noch etwas sagen konnte, und verließ den Speisesaal.

Haydon unterschrieb die Rechnung für sein Frühstück und ging durch den Aufenthaltsraum und die Rezeption zu seinem Wagen. Bevor er einstieg, untersuchte er Stoßstangen und Radkästen nach einem verborgenen Peilsender; Cage war alles zuzutrauen. Doch er fand nichts.

Unterwegs hielt er an und ging zu einer Telefonzelle. Janet hatte offenbar viel Kaffee getrunken, denn sie klang aufgeputscht. Nein, sie hatte nichts gehört, nein, sie hatte nicht mit Pitt gesprochen. Haydon sagte ihr, er werde für ein paar Stunden nicht zu erreichen sein, und danach werde er sie wieder anrufen. Wenn sie von irgend jemandem hörte, sollte sie die Botschaft für sich behalten, bis er anrief. Um sie auf seiner Seite zu halten und zu vermeiden, daß sie ungeduldig wurde und etwas Unvorhersehbares tat, sagte er ihr, er glaube, eine Information zu haben, die wichtig sei und ihnen helfen werde, Lena zu finden. Sie war dankbar und sofort bereit, alles zu tun. Er hatte ein paar Stunden Zeit, sich etwas auszudenken. Er sagte ihr, sie solle versuchen, sich zu entspannen, und in der Nähe des Telefons bleiben. Dann ging er zurück zu seinem Wagen und machte sich auf den Weg zu Dr. Grajeda.

31

Die sechste Avenida war die einzige Avenue, auf der man vom Süden der Stadt in den Norden kam, direkt in die alten, schmalen Straßen der Innenstadt. Sie führte schnurgerade zum Nationalpalast am Parque Central.

Haydon parkte in einer Seitenstraße nicht weit vom Bahnhof und machte sich auf den komplizierten Weg zu der Adresse, die Dr. Bindo Salviati ihm gegeben hatte. Er hatte fast drei Viertelstunden Zeit, um sich zu vergewissern, daß ihm niemand folgte. Er fand die zusätzliche Vorsichtsmaßnahme nicht übertrieben. Er war sicher, daß neben Cage auch Pittner ihm jemanden auf die Fersen gesetzt hatte. Und da war der Zwischenfall mit dem Cherokee-Jeep, eine Freundlichkeit der guatemaltekischen Sicherheitskräfte; also von Azcona. Und schließlich war da noch Borrayo, der ständig intrigierende Luchs.

Von der Seitenstraße aus, wo er geparkt hatte, ging er zur Calle 18, der Haupteinkaufsstraße für einen großen Teil der Bevölkerung von Guatemala City, die nur knapp über der Armutsgrenze lebte. Die hier verkauften Dinge waren so typisch, daß man beispielsweise von jemandem, der billige oder schäbige Kleider trug, sagte, er habe in einer «Calle-18-Boutique» eingekauft.

Haydon blieb bei jeder zweiten Bude stehen, betrachtete das Angebot, sprach mit den Verkäufern. Dann ging er in die andere Richtung, schaute sich die Schaufenster an, die von Schmutz und Ruß überzogen waren und in denen meistens Dinge dargeboten wurden, die anscheinend noch nie aus ihren Regalen entfernt und gegen neuere Artikel ausgetauscht worden waren. Hin und her, her und hin, von Buden zu Schaufenstern bewegte er sich langsam die leicht ansteigende Straße hinauf. Während er scheinbar ziellos dahinschlenderte, prägte er sich sorgfältig Orientierungspunkte und die Adresse ein, wo er Dr. Grajeda treffen sollte. Er fand das Haus und ging daran vorbei, setzte seinen müßigen Spaziergang die Straße hinauf fort.

Jedesmal, wenn Haydon von einer Seite des Gehsteigs auf die andere ging, sah er sich die Menge genau an und hoffte, ein Gesicht zu sehen, das er schon vorher bemerkt hatte, oder ein Hemd oder ein Kleid wiederzuerkennen. Er achtete besonders auf Frauen. Er erinnerte sich daran, was Fossler über seinen Schatten gesagt hatte, und er hatte genug von Lita gesehen, um zu wissen, daß Cage sich einer verblüffenden Sammlung von Spürhunden bediente.

Er begann, nach einer Kirche Ausschau zu halten. Das war ein alter Trick, um einen Verfolger aufzuspüren, der sich nicht mit dem Wissen zufriedengab, daß er eine Kirche betreten hatte, und dann auf der Straße auf seine Rückkehr wartete. Wenn der Schatten wissen wollte, mit wem Haydon sich dort traf, dann mußte er ihm in die Kirche folgen. Haydon brauchte nicht weit zu gehen. Über den Bäumen auf dem Mittelstreifen sah er links auf der anderen Straßenseite einen Glockenturm. Er beschleunigte seine Schritte und ging geradewegs darauf zu. Er überquerte die Straße, zwängte sich zwischen den im Stau stehenden Autos durch, trat unter die Bäume auf dem Mittelstreifen, der nicht breiter war als ein Gehsteig, und überquerte dann die andere Seite der Straße gleich vor einer Reihe von Bussen, die soeben von einer einen Block entfernten Haltestelle abgefahren waren. Das allein würde einen einzelnen Verfolger aufhalten, ihn sogar abhängen, wenn Haydon schnell genug in die Kirche kam.

Der Santuario de la Sagrada Madre war zwar keine Kathedrale, aber recht groß, errichtet aus riesigen Kalksteinblöcken, deren graue Oberflächen von Jahrzehnten Regenzeit und Trokkenzeit gesprenkelt und fleckig und von Abgasen geschwärzt waren. Der breite Bürgersteig vor der Kirche war übersät mit den planenbedeckten Buden und alten Frauen, die am Fuß der Kirchentreppen ihre Tücher ausgebreitet hatten, um in der heißen Sonne Kerzen und Blumen zu verkaufen. Haydon schob sich eilig zwischen der Menge der Fußgänger und Verkäufer durch, lief die Treppe hinauf und in den kühlen Schatten des

Vorraums gleich hinter den schweren Holztüren, die zur Stadt hin geöffnet waren.

Ehe seine Augen sich dem dämmrigen Licht des Innenraums anpassen konnten, eilte er schon auf die Beichtstühle zu, die zu beiden Seiten des Kirchenschiffes standen. Im Augenblick hörte kein Priester die Beichte. Sekundenschnell war er in einem verschwunden, hatte die Tür geschlossen und spähte durch das Gitter. Rasch überprüfte er das Kirchenschiff. Nur zwei Frauen saßen in der hinteren Hälfte der Kirche; vorn war niemand.

Dann kam ein Mann durch die Tür gelaufen und blieb abrupt stehen, ein Guatemalteke. Er zog sich in den Schatten des Kirchenschiffs zurück.

Eine Indiofrau, die in einem Tuch ein Kind bei sich trug, betrat die Kirche. Sie kaufte eine Kerze bei der alten Frau, die gerade mit ihrer Ware hereingekommen war, und ging dann zu einem der Kerzenständer an der Rückseite der Kirche, nicht weit von Haydon entfernt, wo sie die soeben erworbene Kerze anzündete. Dann ging sie zu den Bänken im Hintergrund der Kirche und setzte sich. Gleich darauf kniete sie wie zum Beten nieder.

Wenig später kam ein weiterer Mann herein, auch er ein Einheimischer. Er ignorierte die Frau und den im Schatten des Schiffs wartenden Mann, als er auf die andere Seite des Kirchenschiffs ging und sich in die letzte Bankreihe setzte. Er tat nicht so, als bete er, sondern saß einfach da, starrte prüfend nach vorn und wartete darauf, daß seine Augen sich an das Dämmerlicht gewöhnten.

Haydon sah auf die Uhr. Er konnte von der Vorderseite der Kirche aus das Schuhgeschäft in weniger als einer Minute erreichen. Bis zu seiner Verabredung mit Dr. Grajeda hatte er noch fünfunddreißig Minuten Zeit. Er fürchtete nur, der Mann im Schatten des Schiffs werde beschließen, ihn zu suchen. Ein Beichtstuhl war kein guter Platz, um sich wirklich zu verstecken. Aber er glaubte nicht, daß seine Verfolger das wirklich vorhatten. Wenn sie ihn umbringen wollten, dann würde das so oder so geschehen. Da sie aber nur herausfinden wollten, mit wem er sich traf, würden sie abwarten. Er wettete mit sich selbst, daß sie sich so verhalten würden und lehnte sich dann im Beichtstuhl zurück, um abzuwarten, wer die Wette gewann.

Er hatte dreizehn Minuten gewartet, ohne daß sich etwas rührte, als er Schritte vom Altar her durch beide Seitenschiffe kommen hörte. Es waren zwei Leute, einer auf jeder Seite, die an den Wänden entlanggingen. Er konnte den Mann auf der gegenüberliegenden Seite sehen, einen Guatemalteken. Er ging relativ schnell. Der Mann auf Haydons Seite blieb leicht hinter seinem Partner zurück. Er ließ seine Hand über die Oberfläche des Gitterwerks der Beichtstuhltür gleiten, eine müßige, jugendliche Geste; seine Finger erzeugten ein leise trommelndes Geräusch – wenige Zentimeter vor Haydons Gesicht.

Als die beiden Männer den hinteren Teil der Kirche erreichten, trat der Mann aus den Schatten des Schiffes zu ihnen, um mit ihnen zu sprechen. Sie unterhielten sich vor der Tür zum Ausgang, eine Diskussion, die die Aufmerksamkeit des Mannes in der letzten Bank erregte. Er sah sich um und wandte den Blick dann rasch wieder nach vorn. Das Gespräch an der vorderen Tür war lebhaft, die Stimmen wurden lauter, ein oder zwei Flüche ertönten, und dann eilten die drei Männer aus der Kirche.

Haydon sah nach der Indiofrau. Sie bewegte sich nicht, aber sie hatte ihren Konkurrenten auf der anderen Seite bemerkt. Der Mann jedoch stand auf, sobald die anderen außer Sicht waren, und eilte auf den Altar zu. Er ging in das Querschiff, und nach ein paar Augenblicken hörte Haydon in der Ferne eine schwere Tür zuschlagen.

Die Indiofrau bewegte sich zunächst nicht, doch dann blickte sie sich um. Sie schien zu zögern, was sie jetzt tun sollte. Zu Haydons Überraschung neigte sie dann wieder leicht den Kopf und wartete. Haydon schaute erneut auf die Uhr. Weitere sieben Minuten waren vergangen. Ihm blieben noch fünfzehn Minuten, um das Schuhgeschäft zu erreichen. Er wollte sich Zeit lassen.

Ohne die Indiofrau aus den Augen zu lassen, öffnete er die Tür des Beichtstuhls. Beim Klicken des Riegels senkte sie den Kopf tiefer wie in innigem Gebet, aber er zweifelte nicht daran, daß sie ihre Augen aufs äußerste anstrengte, um von unten herauf die Tür des Beichtstuhls zu beobachten. Er stieß sie auf und trat heraus. Er sah die Frau an. Sie war wie aus Stein. Er schloß die Tür des Beichtstuhls und ging zum hinteren Teil der Kirche, um die Bänke herum und dann wieder durch den Mittelgang nach vorn, bis er in der Reihe hinter der Indiofrau war. Er trat in die Bank und rückte weiter, bis er ihren Hinterkopf vor sich hatte. Er nahm die Automatik aus dem Hosenbund, beugte sich vor und hielt den Lauf neben den von einem Schal bedeckten Kopf der Frau, während er mit der anderen Hand ihre Schulter faßte. Er preßte den Lauf an ihre Schläfe. «Wissen Sie, was das ist?» Sie nickte. Er ließ die Waffe an ihrer Schläfe, zog vorsichtig die Falten des Schals zurück und legte ein Funkgerät frei. *«Con permeso»*, sagte er und zog es langsam heraus. Er wies sie an, aufzustehen und ihm zu folgen. Sie gingen in den Mittelgang und legten zusammen die beträchtliche Entfernung bis zum Chor zurück, wo sie nach links in das Querschiff bogen. Sie kamen an eine Tür. Durch die Fenster seitlich davon konnte Haydon sehen, daß sie auf einen Hof mit Büschen und einem kleinen Brunnen und einer schmiedeeisernen Tür hinausging, die sich auf die Calle 18 öffnete.

Haydon drehte die Frau um und sah ihr ins Gesicht. Sie war älter als Lita, aber noch immer jung; ihr Indiogesicht sah ihn ausdruckslos an, ihre dunklen Augen waren aufgerissen, aber nicht aufgeregt. Er fragte sie, ob sie eine Uhr habe. Sie nickte und zog den Ärmel ihrer Bluse hoch. Es war eine schwarze Plastik-Swatch. Cage. Auf spanisch sagte er ihr, er habe Leute draußen, die die Ausgänge bewachten, und sie solle nach seinem Fortgang zehn Minuten warten, bevor sie gehe. Er sagte ihr, ihr werde nichts passieren, wenn sie sich an seine Anweisungen halte. Wieder nickte sie.

Haydon nahm ihren Arm und führte sie zu einer Bank an der Wand des Ganges vor den Fenstern, die auf den Hof hinausgingen. Er fragte sie, wo die Leute seien, mit denen sie arbeite. Sie sagte, da sei ein Mann in einem Auto. Haydon forderte sie auf, das Auto zu beschreiben, was sie tat. Sie sagte, er stehe um die Ecke auf der der Hoftür gegenüberliegenden Seite am Markt. Wer noch? Ein Mann in einem Batman-T-Shirt. Er trage eine Lederjacke über dem Arm, um das Funkgerät zu verbergen. Wer noch? Das waren alle. Haydon streckte die Hand aus und schob mit dem Lauf der Automatik ihren Ärmel zurück und wies auf ihre Uhr. Zehn Minuten, sagte er. Das Mädchen nickte wieder.

Haydon stieß die Tür auf und ging hinaus in den Hof. Ihm blieben noch elf Minuten. Während er den Hof durchquerte, schob er die Automatik in seinen Hosenbund und hängte das Funkgerät mit seinem Metallclip an seinen Gürtel. Er versteckte beides unter dem Jackett.

Er verweilte einen Moment an dem schmiedeeisernen Tor und beobachtete den überfüllten Gehsteig, zuerst in einer Richtung, dann in der anderen. Der Verkehr auf seiner Seite des Mittelstreifens kam von links, und Haydon überprüfte die Geschwindigkeit und wartete, bis eine Ampel einen Block weiter einer Fülle von Lastwagen, Bussen und Autos freie Fahrt gab. Dann stieß er das Tor auf und lief zwischen überraschten Fußgängern und Verkäufern über den Bürgersteig auf die Fahrbahn, wobei er knapp einem Lastwagen entging. Mit pochendem Herzen erreichte er den Mittelstreifen, und nur einen Moment später kam es auf den Fahrstreifen nach Westen zu einem Stau. Haydon bewegte sich rasch, zwängte sich zwischen den Stoßstangen der Autos hindurch, atmete ölige, beißende Abgase ein und vermied gerade noch den Zusammenstoß mit einem Motorrad, das sich durch die Lücken schlängelte, ehe er sich unter die Zeltbahn einer Bude duckte, in der Lederwaren verkauft wurden. Dann verschluckte ihn die Menge.

Rasch näherte er sich der Adresse, die Salviati ihm gegeben hatte, sah das Haus, ging daran vorbei und trat in den benachbarten Laden. Es war ein Elektrogeschäft, in dem hauptsächlich Fernsehgeräte verkauft wurden. Fünf oder sechs Apparate waren auf den gleichen Kanal eingestellt, und drei Angestellte verfolgten eine Sendung. Einer von ihnen kam auf ihn zu, doch Haydon winkte ab, trat hinter eine Reihe noch verpackter Geräte und beobachtete den Gehsteig. Er atmete schwer. Die drei Angestellten sahen einander an, und dann kam einer von ihnen, der größte, der sich mit leicht abgewinkelten Armen bewegte, stirnrunzelnd auf ihn zu. «Was ist?» fragte er, und die beiden anderen folgten ihm. Haydon zog das Funkgerät heraus, bediente einen Schalter und ließ sie einen Blick auf die Automatik in seinem Hosenbund werfen. Er griff in die Tasche, nahm seine Polizeimarke heraus und hielt sie ihnen hin. Sie waren nicht nahe genug, um sie zu lesen, aber sie wußten, worum es sich handelte, und sie wußten auch, was das bedeutete. Alle blieben gleichzeitig stehen, und Haydon richtete den Blick wieder auf den Gehsteig.

Ihm kam es wie eine Stunde vor, aber es waren nur sechs Minuten. Niemand in einem Batman-T-Shirt war draußen zu sehen. Keiner ging vorbei, der aussah, als suche er jemanden. Haydon wandte sich den drei Angestellten hinter ihm zu, und sechs Augen erwiderten seinen Blick. Sie wollten nichts mit ihm zu tun haben; sie wollten nur, daß er verschwand.

«Fünf Minuten noch», sagte er und atmete tief.

Alle drei taten so, als interessierten sie sich nur für das TV-Programm. Haydon wandte seine Aufmerksamkeit erneut der Straße zu.

32

Fünfzehn Sekunden später stand Haydon in dem düsteren Schuhladen, einem Billiggeschäft mit rohen Holztischen, auf denen Haufen von Schuhen und Sandalen aller Art gestapelt waren. Die einzige Beleuchtung war der bleiche Widerschein des Lichtes von draußen. Ein paar Leute kramten auf den Wühltischen.

Es gab einen Mittelgang, und Haydon konnte an dessen Ende eine Tür erkennen. Er schlenderte geruhsam darauf zu und schaute sich unter den Anwesenden um. Niemand beachtete ihn. Er erreichte die hintere Tür, stieß sie auf und trat in einen geschlossenen Innenhof, in dem es Bananenbäume, Blumenbeete, Sagopalmen und ein paar alte, von Schlingpflanzen erstickte Mimosen gab. Ein gepflasterter Weg führte durch den Dschungel der Pflanzen, und am Ende des Weges, gleich links von ihm, standen drei Pfähle, auf denen drei große grüne Papageien saßen. Die Vögel zwinkerten ihn an, ihre Augen leuchteten so auffallend wie Smaragde. Links führte eine hölzerne Außentreppe zu einem Balkon, der im ersten Stockwerk rings um den Hof lief.

Plötzlich hörte er ein Geräusch wie von Ledersohlen auf dem rauhen Pflaster hinter sich. Er drehte sich so ruhig um, wie er konnte, und sah, daß auf der anderen Seite des Hofes eine weitere Treppe zum Balkon führte. Darunter standen zwei Guatemalteken und schauten ihn an. Einer der Männer, der ältere, stand gerade aufgerichtet und steckte unter der Lederjacke etwas in seinen Hosenbund. Der andere Mann war jünger und dicker. Seine Beine waren gespreizt, dazwischen lag ein dritter Mann, mit dem Gesicht nach unten. Aus seinem Kopf sickerte Blut. Haydon konnte gerade noch das schwarzgelbe Batman-Emblem auf dem weißen T-Shirt des offensichtlich Sterbenden ausmachen. Ein Mann aus der Truppe von Cage also.

«Gehen Sie die Treppe rauf», sagte der Mann mit der Jacke und wies auf die Treppe hinter Haydon. Er hatte Mühe, seine Stimme zu kontrollieren, die vor Anspannung gepreßt klang. Haydon sah ihn an und nickte, schaute noch einmal auf den verblutenden Mann auf dem rauhen Zement, vergewisserte sich, daß es sich tatsächlich um ein Batman-T-Shirt handelte, und stieg die hölzernen Stufen hinauf. Hinter ihm kreischte einer der

Papageien, und Haydon zuckte zusammen. Dann hörte er, wie der Körper über den Zement zur anderen Hofseite geschleift wurde.

Haydons Instinkt sagte ihm, er solle die Automatik ziehen, doch aus irgendeinem Grund tat er es nicht, als flüstere ihm eine andere Stimme ein, wenn er selbst nicht zur Gewalt greife, gebe es noch eine gewisse Hoffnung, weitere Gewalttaten abzuwenden.

Als er das Ende der Treppe erreichte, blieb er stehen. Der hölzerne Balkon lief um den ganzen Hof herum. Er widerstand dem Impuls, nach unten zu blicken, um zu sehen, wohin sie die Leiche geschleppt hatten. Er wandte sich nach links.

Noch ehe er ein Dutzend Schritte getan hatte, trat ein Mann aus einer Tür ungefähr zehn Meter vor ihm. In der rechten Hand, die an seiner Seite herabhing, hielt er eine Uzi. Haydon hörte, wie hinter ihm eine andere Tür geöffnet wurde. Als er sich umwandte, sah er eine Frau, ebenfalls mit einer Uzi.

«Sie haben eine Waffe», sagte der Mann auf englisch mit starkem Akzent. «Nehmen Sie sie aus dem Gürtel und legen sie auf den Boden. Auch das Funkgerät.» Er hob seine Uzi in Haydons Richtung.

Haydon folgte mit langsamen Bewegungen den Anweisungen. Er hörte die Frau hinter sich näher kommen, als er sich bückte, um die Waffe und das Funkgerät auf den Boden zu legen. Sobald er sich wieder aufgerichtet hatte, nahm die Frau Waffe und Funkgerät an sich.

«Hier entlang», sagte der Mann. Er ging auf Haydon zu und öffnete eine Tür, die sich rechts etwas in der Mitte zwischen ihnen befand. Er stieß die Tür weit auf und trat dann zurück, um Haydon zuerst eintreten zu lassen.

Haydon betrat einen langen Raum, der die gleiche Größe hatte wie das Schuhgeschäft darunter. Am hinteren Ende gingen hohe, offene Fenster auf die Calle 18 hinaus. Haydon sah die Wipfel der Bäume.

Vor den hohen Fenstern standen ein altes Sofa, ein niedriger Tisch und verschiedene Stühle. An einer Wand gab es einen

Küchenherd, einen weiteren Tisch mit Holzstühlen und Regale aus gestapelten Holzkisten. Vor einer anderen Wand lagen drei Matratzen auf dem nackten Holzboden.

Dr. Grajeda kam auf ihn zu.

«Wie ich höre, sind Sie sehr trickreich vorgegangen», sagte er. «Tut mir leid, daß ich Ihnen das zumuten mußte. Bitte, kommen Sie her und nehmen Sie Platz.»

Haydon sagte nichts. Er folgte Grajeda durch den Raum zu dem Platz, wo dieser gesessen hatte. Das Zimmer roch stark nach dem durchdringenden, harzigen Duft von Kaffeebohnen. Offenbar war hier einmal lange Zeit Kaffee gelagert worden.

«Ich nenne die beiden José und Maria», sagte Grajeda, auf den Mann und die Frau deutend, die Haydon hereingebracht hatten und nun hinter ihm standen. Der Doktor lächelte über die offenbar falschen Namen. «Sie sind allerdings nicht sonderlich heiligmäßig, obwohl José früher Jesuit war. Bitte, setzen wir uns und reden. Möchten Sie einen *cafecito*, Mr. Haydon?»

«Ja, gern», sagte Haydon.

Grajeda ging selbst zum Herd, nahm zwei Kaffeetassen aus den Holzkisten und goß aus einer Kanne, die auf dem Herd stand, Kaffee ein.

«Ich glaube nicht, daß Sie Ihr Leben riskiert haben, als Sie herkamen, um uns zu sehen, Mr. Haydon», sagte Grajeda, während er die Tassen aufnahm und zu Haydon zurückging. «Aber ich kann Ihnen versichern, daß wir hier unser Leben riskiert haben, um herzukommen und Sie zu sehen.» Er reichte Haydon eine Tasse. Haydon stellte sie auf den niedrigen Tisch.

Grajeda nahm ihm gegenüber Platz. Er schlug die Beine übereinander und balancierte seine Tasse auf dem Knie, indem er sie mit einer Hand festhielt, während die andere ein- oder zweimal über seinen Bart strich. Er sah Haydon einen Augenblick lang mit zweifelndem Ausdruck an.

«Ich bitte um Entschuldigung dafür, daß ich Sie gestern morgen belogen habe», sagte Grajeda unvermittelt. «Gewiß verstehen Sie, daß ich vorsichtig sein mußte.»

«Ich fange an, immer mehr zu verstehen», sagte Haydon.

Ein Aufflackern von Unsicherheit zog über Grajedas Gesicht. Haydon hatte nichts dagegen. Er war froh, daß noch jemand außer ihm die Zweideutigkeit der Situation zu spüren bekam.

«Ich vermute, Sie wissen, daß Lena Muller nicht tot ist», sagte Dr. Grajeda.

«Ich würde sehr gern erfahren, wieso Sie das vermuten», sagte Haydon. «Mir scheint, ich habe hier eine ungewöhnlich große Anzahl von Personen getroffen, die mich zu täuschen versuchen.»

«Wer sind die Leute, die Ihnen gefolgt sind?» fragte Grajeda.

«Ich weiß es nicht.»

Haydon wartete. Er konnte nichts gewinnen, indem er Fragen stellte. Grajeda hatte die Zusammenkunft gewollt, also sollte er auch das Reden besorgen.

«Lena versteckt sich», sagte der Doktor. «Und ich mich auch, seit gestern.» Nun nahm er den ersten Schluck Kaffee. «Ich habe Lena vor fast zwei Jahren kennengelernt, als sie im nördlichen Huehuetenango mit den Chuj zu arbeiten anfing. Dr. Salviati und ich – Sie haben Dr. Salviati getroffen.» Grajeda lächelte. «Er ist ein alter Freund, ein sehr guter Mann, dessen Philosophie alles andere als radikal ist. Ich bewundere das. Seine Auffassung vom Leben ist bereits fest geprägt, und nun braucht er nur noch danach zu leben, was er auch tut, und zwar integer, wie ich meine.» Grajeda zog die Schultern hoch. «Nun, ich kann mich nie endgültig entscheiden, ob ich danach streben sollte, ein guter Christ zu sein und meine Feinde zu lieben. Oder ob ich, im Gegenteil, ein guter Revolutionär werden will. Die Möglichkeiten der Selbstverwirklichung sind da grenzenlos, dies hier ist schließlich die dritte Welt, die Massen leiden, die Demokratie ist eine Lüge, die Regierung korrupt ... Nun ja, Sie verstehen, was ich meine. Bis jetzt ist es mir immerhin gelungen, nicht mehr als ein Arzt zu sein, der einige Dinge tut, die er für gut hält, welche die Regierung jedoch als unpatriotisch und ihren eigenen Zielen abträglich ansieht.» Dr. Grajeda lächelte und legte den Kopf schief. «Wir, meine Regierung und ich, haben bezüglich meiner Arbeit echte Meinungsverschiedenheiten.»

Haydon saß mit dem Rücken zur Tür des langen Raumes und mit dem Gesicht zu den Fenstern. Obwohl Grajeda entspannt zu wirken versuchte, schien es Haydon, als fühle er sich unwohl in diesem Raum, so als gehöre er nicht zu den üblichen Bewohnern dieses Zimmers. Haydon fragte sich, ob Grajeda wußte, was vor wenigen Minuten mit dem Mann in dem Batman-T-Shirt passiert war. Und er fragte sich auch, was Cage davon halten würde.

Grajeda trank von seinem Kaffee. Dann fuhr er fort:

«Ich traf Lena in Huehuetenango. Ich arbeitete dort, wie ich Ihnen schon sagte, und sie begleitete eine der Chuj-Frauen aus San Mateo ins Tal herunter. Ich behandelte die Frau und gab ihr ein Medikament, das einige Stunden brauchte, ehe es eine Reaktion hervorrief, die ich zu beobachten hatte. Die Frau blieb im Hospital. Lena schlief auf einem alten Sofa in der Halle. Ich war beeindruckt, wie – ich hoffe, das kränkt Sie nicht – wie... unamerikanisch sie war. Sie fühlte sich einfach sehr wohl, wo sie war und bei dem, was sie tat. Wir wurden sofort gute Freunde. Manchmal, wenn ich aus der Hauptstadt nach Huehuetenango heraufkam, nahm ich mir einen Tag frei und fuhr nach San Mateo hinauf, um sie zu sehen. Gewöhnlich blieb ich über Nacht. Wir haben bei diesen Gelegenheiten viel geredet, und dann fing sie an, mich zu besuchen, wenn sie in die Hauptstadt kam.

Vor ungefähr sechs Monaten», fuhr Grajeda fort, «fragte Lena mich sehr zögernd, ob ich jemals Geschichten über Leute gehört habe, die Kinder entführen, kleine Kinder, Babys. Ich sagte, leider komme dies von Zeit zu Zeit vor. Sie sagte, nein, keine gelegentlichen Entführungen, sondern eine organisierte Aktion, eine Gruppe von Leuten, die Babys stahlen und sie an gewisse Waisenhäuser verkauften, die die Adoptionsvorschriften sehr lax handhabten.

Tatsache ist, daß 1989 hier in Guatemala eine sehr professionelle Organisation von Kindesentführern aufflog. Mehrere Menschenrechtsorganisationen erhielten Berichte über Babys, die den Indios im Hochland gestohlen worden waren. Anfang der achtziger Jahre gab es im Hochland bis zu zweihunderttausend Kriegswaisen, und viele von ihnen verschwanden spurlos. In diesen Jahren adoptierten eine Menge Leute in den Vereinigten Staaten, Israel und Europa unter sehr verdächtigen Umständen guatemaltekische Babys. Das ging ganz einfach, fast wie der Kauf eines Papageis. Wie sich herausstellte, waren an diesen Vorgängen Regierungsbeamte beteiligt, Generäle der Armee, sogar ein paar Frauen. Ein ganz großer Skandal. Als die Sache platzte, geschah natürlich nichts.»

Grajeda war sehr ernst geworden. «Als ich die Johns-Hopkins-Universität verließ, absolvierte ich meine Assistentenzeit in einem großen Krankenhaus in Baltimore. Ich hatte das Pech, einer von mehreren Ärzten zu sein, die mit einer Gruppe von Kindern arbeiteten. Diese Kinder waren fast ein Jahr lang von einem Ring von Kinderschändern ‹in Verkehr gebracht› worden, wissen Sie, einer dieser Organisationen, die über Computer miteinander in Verbindung stehen und bei denen Kisten mit abscheulichen Fotos und den Namen und Telefonnummern von Leuten gefunden wurden, die auf Kindersex stehen.»

Grajeda hielt inne und starrte auf das Durcheinander von Zeitungen auf dem kleinen Tisch vor ihm. «Sehen Sie», sagte er mit unbewegtem Blick, «ich mußte meine Auffassung von der Natur des Menschen korrigieren. Mehr oder weniger hatte ich das schon während meiner Collegejahre getan, um das politische und moralische System in diesem Land hier zu rechtfertigen ...»

Plötzlich sah er zu Haydon auf, als werde ihm erst jetzt richtig bewußt, was er da erzählte.

«Entschuldigen Sie», sagte er. Er schien im Begriff, sich für seine Abschweifung zu entschuldigen, doch dann fuhr er um so konzentrierter fort. «Wie Sie wissen, hat die Gewalt in den letzten acht oder zehn Monaten dramatisch zugenommen. Alle haben Angst, die Zeiten der *violencia* könnten wiederkommen. Immer mehr Leute werden ermordet oder verschwinden; böse Erinnerungen kommen hoch wie Alpträume.

Lena ging es nicht anders, und plötzlich wurde diese Geschichte mit den geraubten Babys für sie wichtiger als alles andere auf der Welt. Sie hörte sich die Berichte verzweifelter Mütter an; sie redete mit den Vätern. Zum ersten Mal in ihrem Leben war Lena mit etwas konfrontiert, das sie zu größerem Mitgefühl, größerer Empörung, vielleicht sogar größerer Liebe bewegte, mit einem Wort, zu stärkeren Gefühlen, als sie sie je empfunden hatte.

Und dann tat sie etwas sehr Törichtes. Sie ging den Gerüchten nach, kam nach Guatemala City, stellte Untersuchungen an, suchte Leute auf, stellte Fragen. Und damit verstieß sie gegen eine der obersten Regeln des Peace Corps, daß nämlich dessen Mitglieder sich von jeder Art politischer und sozialer Verstrikkung fernhalten müssen. Und erst nachdem sie das Nest aufgestört hatte und die Wespen sie umschwirrten, kam sie zu mir.»

33

Wie in Cages geheimem Versteck gab es auch hier in Haydons Rücken ein unerklärliches Kommen und Gehen, Geflüster an der Tür, Geräusche von Schritten, das Knarren von Türriegeln. Grajeda beachtete diese Bewegungen und Geräusche nicht, und Haydon konnte nicht erkennen, ob der Doktor sich so konzentrierte, daß er sie nicht wahrnahm, oder ob er einfach so naiv war, daß er ihre mögliche Bedeutung nicht ahnte.

Haydon versuchte, alles aufmerksam zu registrieren. Wie viele Leute waren hier beteiligt? Wie viele davon waren Frauen? Waren die beiden Männer, die Cages Mann getötet hatten, heraufgekommen und hatten den anderen berichtet? Wie lange blieben sie in diesem Haus, und wie groß war das Risiko, das sie eingegangen waren, indem sie Haydon hatten kommen lassen? Diese letzte Frage war durch den Tod des Mannes im Batman-T-Shirt teilweise beantwortet.

«Tatsächlich ging Lena sehr umsichtig vor, als sie mir nach und nach mitteilte, was sie herausgefunden hatte», berichtete Grajeda weiter. Er wirkte nicht wie ein Mann, der sich versteckte oder sich seiner heiklen Lage voll bewußt war.

«An dem Nachmittag, an dem sie zu mir kam, wußte ich nicht, daß Lena über solch einfache Nachforschungen bereits weit hinaus war», fuhr Grajeda fort, «und keiner von uns beiden ahnte, daß sie mich durch ihren Besuch in der Klinik unentrinnbar in ihre gefährliche Unternehmung hineingezogen hatte. Natürlich war ich bereits in den Computern der Sicherheitskräfte gespeichert», erklärte Grajeda. «Es war also nicht so, als hätte Lena mich ins Scheinwerferlicht gerückt. Ich habe mich sehr deutlich über die Korruption bei den öffentlichen Gesundheitsprogrammen der Regierung geäußert. Nun, Tatsache ist, daß Lena herausgefunden hatte, wie eine gewisse Frau namens Vera Beatriz –»

«– Azcona de Sandoval...» unterbrach Haydon ihn.

Dr. Grajeda sah ihn erschrocken an.

«Ich vermute», sagte Haydon, «daß General Azcona hinter Lena her ist, weil sie die Verwicklung seiner Schwester in den illegalen Handel mit Kindern auffliegen lassen wollte. Ich nehme an, daß sie sich dazu John Baines Hilfe sicherte, wohl in der Annahme, daß die beste Versicherung in einer solchen Situation die Presse ist, und darum ist er verschwunden. Ich nehme an, daß Jim Fossler all das, oder zumindest einen Teil davon, herausgefunden hat und deshalb getötet wurde. Ich nehme an, daß Sie ihr mehr geholfen haben, als Sie mir gegenüber zugeben. Und ich nehme an, daß Sie etwas von mir wollen und mich deshalb haben herkommen lassen. Außerdem gehe ich davon aus, daß Sie wissen, wo Lena sich versteckt.»

Haydon sagte all das ziemlich gleichmütig, was ihm allerdings zunehmend schwerer fiel. Er war sich nicht sicher, wie lange er sich den Wahnsinn noch vom Leib halten konnte, der rings um ihn passierte. Im Gegensatz zu Dr. Grajeda war er keineswegs überzeugt, alle seine Verfolger abgeschüttelt zu haben. Der Mann in dem Batman-T-Shirt hatte Pech gehabt. Aber es gab noch andere, und er glaubte nicht, daß er und Dr. Grajeda sich unterhielten, ohne daß jemand außer ihnen beiden und den Leuten, die sie bewachten, davon wußte. Haydon hatte das deutliche Gefühl, sich am Rande eines Abgrunds zu bewegen.

«Soviel ich weiß», sagte Dr. Grajeda, der noch ernster geworden war, «treffen die meisten Ihrer Annahmen zu. Über Mr. Fossler weiß ich wirklich nichts. Aber ich fürchte das Schlimmste für ihn. Und für John Baine auch. Ich ...»

«Baine ist von Azconas DIC-Agenten geschnappt worden», unterbrach Haydon ihn. «Er wird in einem geheimen Gefängnis festgehalten.»

Grajeda sah Haydon jetzt mit Argwohn an. Offensichtlich war er betroffen, weil Haydon eine solche Information besaß.

«Woher wissen Sie das?»

«Seien Sie nicht allzu beeindruckt», sagte Haydon. «Und auch nicht allzu mißtrauisch. Das meiste habe ich durch dumme Zufälle herausgefunden. Verstehen Sie, ich will nichts weiter, als Fossler hier herausholen, wenn er noch lebt, und Lena auch ..., wenn sie gehen will.» Während Haydon dies sagte, spürte er einen Anflug von Schuldgefühl. Niemand gab einen Pfifferling um Baine. Später würde die amerikanische Botschaft sich um ihn kümmern, aber nur halbherzig und nur, weil sie dazu verpflichtet war.

«Nur eine Ihrer Vermutungen ist falsch», sagte Dr. Grajeda. «Ich will nichts von Ihnen.» Er richtete den Blick auf die Tür des Lagerhauses und dann wieder auf Haydon. «Diese Leute ... helfen mir.» Er senkte die Stimme. «Es ist ... ein sehr schwieriger Handel. Sie bringen mich aus der Stadt, helfen mir, Azconas Schergen zu entgehen, aber dafür muß ich ihnen zwei Jahre opfern. Ich muß bei ihren Kadern draußen Dienst tun, die keinen

Arzt haben. Sie haben viele Kader, einige in Städten, einige im Dschungel. Ich werde ein sehr beschäftigter Arzt sein.»

Er hob in gespielter Hilflosigkeit die Hände. «Die Aufständischen haben mich rekrutiert. Ich erkaufe mir damit allerdings nur etwas Zeit. Sie schützen jetzt mein Leben, aber wenn ich nach zwei Jahren bei den Guerilleros wieder frei bin, nach Hause zu gehen, ist mein Leben nicht mal mehr eine Zigarette wert.»

«Könnten Sie nicht ins Exil gehen?»

«Ach ja, es gibt ja immer noch das Exil», sagte Grajeda ironisch. «Ja, das gibt es immer.»

«Ist das die einzige Möglichkeit, Azcona zu entkommen?»

«Die einzig *sichere* Möglichkeit.»

«Sie müssen mehr getan haben, als nur mit Lena zu ‹reden›, um Azconas Haß auf sich zu ziehen.»

Dr. Grajeda nickte. «Ja, natürlich. Aber das tut nichts zur Sache. Viele Leute sind von den Todesschwadronen besucht worden, die viel weniger getan haben als ich, um den General zu ‹kränken›. Es besteht nicht notwendigerweise ein Zusammenhang zwischen einer ‹Kränkung› und einem Todesurteil. Der General kann jemanden verschwinden lassen wollen, weil derjenige Geheimnisse der nationalen Sicherheit preisgegeben hat oder weil er ihm heute morgen im Verkehr die Vorfahrt abgeschnitten hat. Beides sind für ihn ‹Kränkungen›.

Aber Sie haben recht. Rückblickend ist es ganz logisch, daß Lena mit ihrem Verdacht über die Entführungen im Hochland zu mir kam. Nachdem wir Freunde geworden waren und uns angewöhnt hatten, bis spät in die Nacht über alle möglichen Dinge zu reden, ließ ich mich einmal hinreißen – wir hatten auch etwas getrunken –, meine Gefühle über den Zustand der Kinder im Hochland zu äußern, wo ich gearbeitet hatte. Ich sprach zuerst über Gesundheitsfürsorge und dann über die trostlose Lage der Waisenkinder überall in Guatemala, aber vor allem in den Städten, und so weiter. Lena wußte also von meinem Interesse an den guatemaltekischen Kindern.

Als sie zu mir kam, hatte sie indessen bereits einen schweren Fehler begangen», fuhr er fort. «Sie wurde vom DIC verfolgt, und jeder, mit dem sie Kontakt hatte, wurde in die zentrale Computerdatei der ‹Subversiven› aufgenommen. Nachdem sie bei mir gewesen war und mir gesagt hatte, was sie tat, wußte ich, daß ich überwacht wurde. Ich hatte mein Archiv schon in zwei Exemplaren gelagert: eines hier, um damit arbeiten zu können, und eines bei Dr. Salviati. Nun machte ich zwei weitere Kopien. Eine legte ich in meinen Safe, die andere brachte ich zu meiner Mutter. Ich sagte ihr, das Bündel Papiere seien alte Studienunterlagen, die ich nicht wegwerfen wolle, und deponierte sie im Speicher ihres Hauses.»

«Wann war das?» fragte Haydon.

Grajeda überlegte. «Es muß... ja, es muß im April gewesen sein, vor neun Monaten.»

«Drei Monate nachdem sie mit Ihnen darüber gesprochen hatte, wurde Lena also aus dem Peace Corps entlassen und kehrte nach Houston zurück.»

«Richtig.»

«Aber Sie haben nochmals mit ihr über den Fall geredet?»

«Nur noch einmal. Ich hatte damals sehr viel damit zu tun, Dr. Salviati zu helfen. Ich sah Lena noch zweimal, bevor sie nach Houston zurückflog. Einmal diskutierten wir über ihr Anliegen, beim zweiten Mal nicht.»

«Und der DIC kam zu Ihnen?»

«Nein. Vermutlich dachten sie, die Sache sei erledigt, als Lena Guatemala verließ.»

«Aber das war sie nicht, weil sie John Baine davon erzählt hatte.»

Dr. Grajeda nickte. «Ja, ich fürchte, das hat sie getan.»

«Und er begann seinerseits herumzuschnüffeln.»

Grajeda nickte. «Und dann war sie, ohne daß ich davon erfuhr, nach Guatemala zurückgekommen und hatte einen Job bei USAID.»

Ja, dachte Haydon, und bald arbeitete sie für Bennett Pittner.

«Wissen Sie, ob sie sich nach ihrer Rückkehr wieder für die geraubten Kinder interessiert hat?» fragte er.

«Ja», sagte Grajeda. «Sie besuchte mich wieder. Ich hatte fast den Punkt erreicht, an dem ich mich fragte, ob ich vielleicht unter Verfolgungswahn gelitten hatte. Das DIC war nicht bei mir aufgetaucht. Vielleicht hatte Lena sie doch nicht unabsichtlich zu mir geführt. Und dann war sie eines Tages wieder da, und sie besuchte mich in meiner Klinik in Mezquital. Sie sagte, sie habe diesen Job bei USAID und werde wieder im Hochland arbeiten. Sie war sehr aufgeregt. Sie sagte mir, sie werde Vera Beatriz auffliegen lassen, sie hätte genug Dokumente, um das zu tun. Ehrlich gesagt, ich war skeptisch. Ich warnte sie. Ich sagte ihr, dafür könne sie umgebracht werden. Ja, ja, sagte sie, aber sie stehe jetzt unter mächtigem Schutz.» Grajeda schüttelte den Kopf. «Ich weiß nicht, was das bedeutete, und sie hat es mir nicht gesagt.»

«Glauben Sie, daß Lena tatsächlich beweiskräftige Informationen hatte?»

«Ich weiß nicht.» Grajeda klang müde. «Bei ihr ... kennen Sie sie?»

«Nein, ich habe sie nie getroffen.»

«Nun, bei ihr weiß man nie. Sie kann überraschend scharfsinnig und intelligent sein, aber manchmal auch sehr naiv.»

Dr. Grajeda stand auf und ging um seinen Stuhl herum. Er tat einige Schritte auf die hohen Fenster zu, und am anderen Ende des Raumes hinter Haydon zischte jemand. Dr. Grajeda drehte sich lächelnd um und hob die Hände. «Ich weiß, ich weiß. Nicht in die Nähe der Fenster gehen.» Er sah Haydon an und rollte leicht die Augen. «Das werden zwei schwierige Jahre bei meinen vorsichtigen subversiven Freunden, was?» Er schlenderte zu Haydon zurück. Er ging zum Sofa und setzte sich auf die Rükkenlehne, einen Fuß am Boden.

«Diese beiden Jahre bei meinen Brüdern ... tja, eines ist für mich, und ein Jahr ist für Lena. Sie haben sie nach Antigua in Sicherheit gebracht.»

34

Antigua ist eine kleine Kolonialstadt von berühmter Schönheit, etwa fünfundvierzig Kilometer westlich von Guatemala City, im Schatten der Vulkane Agua, Fuego und Acatenango gelegen. Haydon sah Grajeda an. Der Doktor steckte voller Überraschungen, und plötzlich wurde Haydon klar, daß er vor einer weiteren stand.

«Sie waren für das blonde Mädchen in der Leichenhalle verantwortlich, nicht wahr?» fragte er.

«Ich will Ihnen etwas sagen», erwiderte Grajeda und sah Haydon fest an. «Wir beide würden jetzt nicht hier sitzen, wenn es jenes Mädchen nicht gegeben hätte. Und wenn ich hundert Jahre alt werde, nie wird mir ein groteskerer Zufall begegnen, falls das nicht ein zu leichtfertiges Wort in Zusammenhang mit einem so grauenhaften Mord ist. Ich war wie betäubt, als sie das blonde Mädchen aus dem Leichensack nahmen, auf den Tisch rollten und eine Autopsie verlangten. Ich ging fast in die Knie, so schockiert war ich. Ich mußte mich buchstäblich an der Kante des Operationstischs festhalten, um nicht umzufallen. Die Männer starrten mich an, aber sie waren zu schwer von Begriff, um zu merken, daß ich jemanden zu sehen glaubte, den ich kannte.»

Grajeda stand vom Sofa auf, unfähig, ruhig sitzend über diesen Vorfall zu reden. Er schob die Hände in die Taschen seines Jacketts.

«Ich fing an zu weinen, aber diese Männer registrierten das nicht. Das Gesicht des Mädchens war unkenntlich. Die Gedanken in meinem Kopf rasten: Wie war das passiert? Azcona? Wo hatten sie sie gefunden? Warum haben sie sie hergebracht? Ist das ein perverses Spiel, um zu sehen, wie ich reagiere? Vor allem ... kann ich diese Autopsie wirklich durchführen? Wie sollte ich? Aber während ich sie noch anstarrte, wurde mir allmählich klar, daß es überhaupt nicht Lena war.»

Dr. Grajeda nahm eine Hand aus der Tasche und strich über

seinen Kinnbart. «Ich kannte ein paar Merkmale an Lenas Körper», sagte er leise. «Und die... die Brüste dieser jungen Frau waren deutlich kleiner als Lenas. Bei näherer Untersuchung... wußte ich dann Bescheid. Der Rest der Geschichte verlief so, wie ich Ihnen berichtete, als Sie in meiner Klinik waren. Es geschah genauso, wie ich Ihnen sagte.

Ich war noch nicht ganz fertig mit der Autopsie, als mir dieser Plan einfiel. Lena und ich, wir wußten beide, daß wir nahe daran waren, vom DIC geschnappt zu werden, und unsere Möglichkeiten, dem zu entgehen, waren sehr gering. Sie hatte Angst und hatte mich dort im Krankenhaus von Huehuetenango mehrfach angerufen. Ich hatte bereits mit diesen Leuten gesprochen», sagte Grajeda und wies mit dem Kopf auf den Mann und die Frau im Zimmer, «und diesen Zufluchtsort hier arrangiert, aber ich konnte Lena nicht überreden mitzumachen. Ein Teil der Vereinbarung war, daß meine Freunde sie aus dem Lande schaffen würden.»

Grajeda ging wieder auf die Fenster zu, drehte sich nach ein paar Schritten um, kam zurück und schaute nach dem Mann und der Frau an der Tür.

«Ich wußte, welche Leichenhalle in Huehuetenango für die ‹XX›-Fälle benutzt wurde. Nachdem ich mich vergewissert hatte, daß die Leiche dorthin gebracht worden war, setzte ich mich mit diesen Leuten in Guatemala City in Verbindung. Ich sagte ihnen, sie sollten den Rechtsanwalt aufsuchen, und er würde ihnen die Papiere beschaffen, die nötig waren, damit ein Mann und eine Frau nach Huehuetenango fahren und die Herausgabe der Leiche ihrer Freundin verlangen konnten, um sie anschließend nach Guatemala City zu bringen, wo sie sie dann als ‹Unbekannte› beim Gabinete de Identificación abliefern sollten. Ich wußte, daß das DIC die dortigen Leichenhallen überwachte, und sobald eine Leiche mit dieser Beschreibung dort auftauchte, würden sie davon erfahren. Nachdem ich das arrangiert hatte, fuhr ich nach Guatemala City, um mit Lena über meinen Plan zu reden. Das war am Freitag, und ich brauchte eine

Weile, um sie zu finden, weil sie und John Baine sich tatsächlich mit Ihrem Freund Jim Fossler getroffen hatten.»

«Warum hatte Baine solche Angst?» unterbrach ihn Haydon. «Als ich am darauffolgenden Sonntag mit Fossler sprach und er mir von diesem Treffen erzählte, sagte er, Baine hätte genausoviel Angst wie Lena.»

«Ja, das stimmt. Inzwischen hatte Lena Fossler eine Menge Informationen gegeben. In der Nacht, ehe Fossler sich mit ihnen traf, wurde Baines Wohnung aufgebrochen und durchsucht. Die Papiere, die er dort aufbewahrt hatte, wurden gestohlen. Und Lena erhielt anonyme Anrufe, die sie vor der Azcona-Geschichte warnten.» Grajeda nahm seine Brille ab und suchte in seiner Tasche nach einem Taschentuch. Er hauchte auf die kleinen Gläser und wischte beide mehrmals ab, während er weitersprach.

«So gehen sie vor, wissen Sie, die Leute vom DIC, die Todesschwadronen. Man bekommt diese verdammten Anrufe. Dann werden Sie, wenn Sie im Auto fahren, von der Straße gedrängt. Oder Sie bekommen einen Drohbrief: Wenn Sie das und das tun oder nicht tun, schneiden wir Ihnen die Zunge ab oder reißen Ihnen die Gedärme heraus oder was immer diesen kranken Geistern sonst einfällt. Sie werden immer vorher gewarnt. Manchmal bekommen Sie sehr viele Warnungen. Das geht oft monatelang so. Es ist ein Vabanquespiel, wenn die einmal anfangen, sich mit Ihnen ‹in Verbindung zu setzen›.

Wie auch immer, schließlich fand ich Lena und schilderte ihr den Plan. Sie war sofort einverstanden. Ich glaube, Baine hatte wirklich Angst, und als sie ihn in diesem Zustand erlebte, wurde sie nachdenklich. Also verabredeten wir beide, daß sie in Panajachel ‹verschwinden› sollte.»

«Hatte Baine sie da schon gebeten, mit ihm hinzufahren?»

«Ja, aber um die Wahrheit zu sagen, ich weiß nicht genau, wie das war. Falls Baine so um sein Leben fürchtete, verstehe ich nicht, warum er mit ihr Urlaub in Panajachel machen wollte. Mir kam das eigenartig vor, aber ...» Grajeda zuckte mit den Schultern.

«Was ist mit dem Bericht, der mit der unbekannten Leiche zum

Gabinete de Identificación gebracht wurde?» fragte Haydon. «Wenn Ihre Leute falsche Papiere vorbereitet hatten, warum stand dann in dem Bericht, Sie hätten die Leiche in die Stadt gebracht?»

«Ich habe keine Ahnung», sagte Grajeda. «Ich kann nur spekulieren, daß das das Werk des DIC war. Ich stelle mir vor, daß der gesamte Bericht neu geschrieben wurde, ehe man die Leiche zum Cementerio General schickte, und sie schrieben hinein, was sie wollten.»

Grajeda kam vom Sofa zurück und setzte sich wieder auf den Holzstuhl Haydon gegenüber.

Die beiden Männer saßen nun eine Weile schweigend da. Dann fragte Haydon: «Lieben Sie Lena?»

Grajeda antwortete nicht sofort, er sah Haydon abwehrend an.

«Sieht man das so sehr?»

«Nein, nicht sehr», sagte Haydon. «Sie machen Ihre Sache gut. Aber ich bilde mir gern ein, bei Menschen hinter die Fassade blicken zu können.»

Dr. Grajeda nickte. «Sie machen Ihre Sache nicht weniger gut», sagte er. «Ja, ich liebe sie. Das Schwere daran, wissen Sie, ist, daß ich die Vergeblichkeit von Emotionen kenne, die eher typisch für einen Mann sind, der halb so alt ist wie ich. Ich bin nicht einmal mehr unschuldig genug, mich von meinen eigenen Gefühlen täuschen zu lassen.»

«Weiß sie, was Sie empfinden?»

«Wenn sie davon weiß, dann ist sie grausam zurückhaltend und nimmt es nicht zur Kenntnis.»

«Grausam?»

«Oh, habe ich ‹grausam› gesagt?» Zum ersten Mal verriet Grajeda Verlegenheit. «Ich muß es wohl gesagt haben. Nun, Freudsche Fehlleistungen sind oft schwer einzugestehen.» Er dachte einen Moment nach, ehe er weitersprach. «Wir hatten Geschlechtsverkehr, sie und ich, aber es war genau das, was der Ausdruck besagt, Geschlechts*verkehr*. Lenas Sexualität ist robust. Sie genießt sie mit ihren Sinnen so total, wie man ein köstliches Essen genießt. Ich könnte sogar sagen, daß sie sie auch mit dem Kopf genießt, vielleicht sogar intellektuell, wie eine ekstatische Erfahrung.» Er lächelte matt und schüttelte den Kopf. «Aber sie ist nicht mit dem *Herzen* dabei. Nicht mit mir – und ich bezweifle, daß sie jemals bei irgend jemandem mit dem Herzen dabei war.» Er klang schmerzlich enttäuscht, und Haydon schwieg.

Nach einer Weile wechselte Grajeda das Thema. «Diese Leute hier haben sich bereit erklärt, Lena außer Landes zu bringen. Ich erzähle Ihnen das, weil ich weiß, daß Sie hergekommen sind, um sie nach Hause zu holen.»

«Nein», berichtigte ihn Haydon. «Ich bin nur hergekommen, um zu sehen, ob sie am Leben ist. Möchte sie denn nach Hause?»

«Ich weiß nur, daß sie im Augenblick versucht, ihr Leben zu retten. Wenn Sie wollen, können diese Leute Ihnen sagen, an welchem Grenzübergang sie sie absetzen, und Sie können sie dort abholen. Ich selbst weiß da nicht Bescheid. Es war schwer genug, dieses Treffen mit Ihnen zu arrangieren. Diese Leute bleiben nur am Leben, weil sie kein Risiko eingehen. Jedes Arrangement, das Sie treffen werden, wird nur zwischen Ihnen und diesen Leuten getroffen.»

Haydon hatte von Germaine Muller nicht den Auftrag, ihre Tochter zurückzubringen. Er hatte auch von der Houstoner Polizei keinen Auftrag, irgend etwas zu tun. Das war eine Sache der persönlichen Verantwortung. Wie bei Fossler wußte er nicht mehr weiter.

«Wissen diese Leute irgend etwas über Fossler?» fragte Haydon.

«Ich habe mich bereits erkundigt. Nichts.»

Es war, als habe Fossler sich in Luft aufgelöst. Das war die Art von «Verschwinden», die man immer den Todesschwadronen zuschrieb.

«Was ist mit der amerikanischen Botschaft?» fragte Haydon. «Ich verstehe nicht, warum Lena sich nicht an sie gewandt hat.

Ich begreife – vielleicht –, warum sie die Botschaft nicht in die Affäre um Vera Beatriz hineinziehen wollte. Sie wäre nicht die einzige Amerikanerin, die skeptisch ist in bezug auf das, was das State Department bei solchen Sachen tun kann und will. Aber ich verstehe nicht, warum sie nicht die Botschaft anrufen wollte, als sie wußte, daß ihr Leben in Gefahr war.»

Haydon war gespannt, was Dr. Grajeda darauf antworten würde. Er fürchtete, die Antwort könne etwas mit der Tatsache zu tun haben, daß Lena durch Pittner angeworben worden war. Wußte Grajeda davon? Falls nicht, sollte er von der Rekrutierung auch nichts erfahren.

«Ich glaube, danach sollten Sie die Botschaft fragen», sagte Dr. Grajeda nur. «Und was wollen Sie nun tun?»

«Möchte Lena, daß ich sie irgendwo an der Grenze abhole?» fragte Haydon. «Will sie nach Houston zurückkehren? Es wäre hilfreich, wenn ich mit ihr sprechen könnte.»

Dr. Grajeda nickte. «Ich versuche, es zu arrangieren.»

Haydon sah Grajeda an und senkte die Stimme. «Das kleine Mädchen, das mich zu Ihrer Klinik brachte, hat sie noch andere Aufträge für Sie erledigt... die diese Sache... die Lena betreffen?»

Dr. Grajedas Augen blickten alarmiert, aber er blieb ruhig. «Nein. Warum? Haben Sie sie gesehen?»

«Nein, ich habe sie nicht gesehen», sagte er. «Könnten wir ein paar Schritte gehen? Ich muß mir die Füße vertreten.» Er wollte fort von dem Tisch, von dem Sofa und den Stühlen, die ohne weiteres verwanzt sein konnten.

«Natürlich», sagte Grajeda, stand auf und sprach mit dem Mann und der Frau. Er sagte ihnen, sie wollten nur ein Weilchen stehen, weil sie des Sitzens müde seien.

Sie entfernten sich von den wenigen Möbeln in der Mitte des höhlenartigen Raumes und gingen zu einer der steinernen Wände und dann wieder zurück, bis sie sich ungefähr in gleicher Entfernung von Möbeln und Wand befanden, wo sie zusammen auf dem nackten Holzboden stehenblieben.

«Janet Pittner bekam gestern am späten Abend eine Nachricht ins Haus geschickt», sagte Haydon. «Sie wurde von einem Kind überbracht, einem kleinen Mädchen.» Haydon zitierte den Wortlaut der Nachricht.

«Großer Gott», sagte Grajeda. «Nein. Ich kann Ihnen schwören, daß diese Leute Lena das niemals erlaubt hätten. Die Nachricht kam nicht von ihr.»

«Janet Pittner schwört, es sei Lenas Handschrift.»

«Es ist mir egal, was sie schwört», entgegnete Grajeda. «Die Nachricht kann nicht von Lena stammen.»

«Ich weiß nicht, warum jemand anderer das getan haben sollte», sagte Haydon. «Ich weiß nicht, wer interessiert sein könnte, mich in etwas hineinzulocken. Ich bin für niemanden eine besondere Gefahr.»

«Diese Leute hätten das unbedingt verhindert», sagte Grajeda. Er hatte noch nicht erklärt, wer «diese Leute» waren. Haydon konnte nur vermuten, daß er mit einer der vielen Guerillagruppen arbeitete, die trotz dreißigjähriger brutaler Aktionen der Armee gegen Aufständische in Guatemala noch immer existierten.

«Okay, gut», sagte Haydon. «Ich mußte das wissen. Ich werde vorsichtig sein.»

Es schien Dr. Grajeda nicht zu beruhigen, daß Haydon seine Überzeugung akzeptierte. Haydon hatte den Keim eines Zweifels in ihm geweckt, was er bedauerte, was ihm aber auch etwas über die Situation des Arztes verriet. Vielleicht war er sich seiner Guerillafreunde gar nicht so sicher, wie er Haydon glauben machen wollte oder selbst gern glauben wollte. Haydon begriff allmählich, daß in Guatemala niemand irgendeiner Sache sicher sein konnte, nicht einmal des Funktionierens des eigenen Gehirns.

35

Dr. Grajeda zu verlassen, war fast so kompliziert, wie ihn zu treffen. Die Frau, die Haydons Waffe und Funkgerät auf dem Treppenabsatz draußen in Empfang genommen hatte, hatte sich umgezogen und trug nun eine honigfarbene Perücke. Haydon vermutete, daß sie die Kleider gewechselt hatte, weil sie während der Zeit, in der er sich zu dem Schuhgeschäft vorgearbeitet hatte, irgendwo auf der Straße gewesen war und nichts tragen wollte, was konkurrierende Schatten vielleicht zuvor gesehen hatten. Sie sah gut aus mit der Perücke, und Haydon fragte sich, ob sie auch eine in Blond besaß.

«Wir bringen Sie auf einem anderen Weg hinaus als dem, auf dem Sie gekommen sind», sagte die Frau, während sie die letzten schwarzen Haarsträhnen unter die honigfarbene Perücke stopfte. Haydon war überrascht, daß sie ihn auf englisch ansprach, ohne den leisesten hispanischen Akzent, obwohl sie offensichtlich Guatemaltekin war. «Sie wissen, daß Sie hier irgendwo sind, irgendwo in Calle achtzehn, und sie sind uns auf den Fersen.»

«Wer sind ‹sie›?» fragte Haydon.

«Wir gehen die Treppe hinunter, über die Sie gekommen sind», sagte die Frau, seine Frage ignorierend. «Und dann gehen wir durch die Hintertür des Hofes nach draußen, statt durch das Schuhgeschäft.» Sie trug billige Sachen, einen schlecht sitzenden Rock und eine schäbige Bluse, die lose über ihre Taille hing. Sie hob die Bluse und löste den Riemen eines Lederhalfters.

Sie hatte sich mit einem Knie auf einer der Matratzen niedergelassen und füllte mehrere Magazine, die sie dann in eine gelbe Plastikhandtasche steckte. Patronen, Magazine, Schalldämpfer, Taschenlampenbatterien und einige Uzis waren zusammen mit Haydons Automatik, die in einem blauen Handtuchfetzen steckte, sauber auf dem «Bett» ausgebreitet. Als sie aufstand, nahm sie die Automatik zur Hand.

«Versuchen Sie nicht, sie zu benutzen», sagte sie und reichte ihm die Waffe. «Das Funkgerät behalten wir. Tut mir leid, aber zur Zeit sind Funkgeräte schwer zu beschaffen.» Sie lächelte. Ihr Gesicht war gut geformt, und sie hatte einen hübschen Mund und gleich rechts von den Lippen ein Muttermal, das wie ein Schönheitspflaster aussah. «Okay?»

«In Ordnung», sagte Haydon. Er war dankbar und überrascht, die Waffe zurückzubekommen. Er drehte den Schaft nach oben, ließ das Magazin herausgleiten und entdeckte, daß es gefüllt war. «Danke», sagte er, «ich weiß das zu schätzen.»

«*De nada!*» sagte die Frau. «Gehen wir.»

Haydon wandte sich noch einmal nach Dr. Aris Grajeda um, der sich nicht von den Möbeln in der Mitte des Lagerraums entfernt hatte. «Passen Sie auf sich auf», sagte Haydon.

«Sie auch», erwiderte Grajeda. Er stand mit verschränkten Armen und strich sich mit einer der kleinen Hände über den melierten Kinnbart. «*Hasta la vista*», sagte er, neigte anmutig den Kopf und lächelte freundlich. Er sah wie ein Mann aus, der hier fehl am Platz war, und wirkte doch gleichzeitig philosophisch gelassen. Dr. Aris Grajeda war kein Mann, der vor harten Entscheidungen zurückschreckte, und er war auch nicht wehleidig, wenn er mit den Konsequenzen leben mußte.

«Was wir vorhaben», sagte die Frau, als sie zu dritt auf die Veranda des Lagerhauses traten, «ist, Sie erst mehrere Blocks von hier wegzubringen, bevor wir Sie ‹auftauchen› lassen. Wir wollen das Viertel hier nicht ‹verbrennen›. Die Tatsache, daß Sie zu Calle achtzehn gekommen sind, bedeutet noch nicht, daß Sie hier auch ein Treffen hatten. Der Betrieb auf der Straße macht sie zu einem beliebten Ort, um Verfolger abzuschütteln, ehe man ganz andere Treffpunkte ansteuert. Wir wollen sichergehen, daß wir nicht einen guten Stützpunkt unbrauchbar machen, verstehen Sie?»

Der Mann ging als erster die Treppe hinunter, gefolgt von Haydon und der Frau. Sie erreichten den Hof neben den drei grünen Papageien. Haydon schaute zum unteren Ende der

Treppe auf der anderen Seite und sah, daß jemand Sand auf die Blutflecken gestreut hatte.

Die Frau bemerkte Haydons Blick.

«Kannten Sie den Mann?»

«Nein», sagte Haydon. «Aber ich glaube, ich weiß, für wen er gearbeitet hat.»

«Für wen?»

«Tut mir leid», sagte Haydon.

«Okay», sagte die Frau, als sie am Anfang des Weges standen, der zwischen den Bananenbäumen hindurchführte. «Schauen Sie, wenn wir zur Hintertür des Hofes kommen, wird er zuerst hinausgehen. Ich sage Ihnen, wann Sie ihm folgen sollen, und dann behalten Sie den gleichen Abstand bei, und ich bleibe im gleichen Abstand hinter Ihnen. Sie gehen einfach hinter ihm her. Sie merken dann schon, wann Sie allein sind. Okay?»

«Okay.»

Die Gasse draußen war eine der engen Nebenstraßen, die fünfzig Meter weiter in eine betriebsame größere Straße mündete. Ohne ein Wort machte der Mann einen großen Schritt über den Rinnstein, in dem Abwässer von der höher gelegenen Hauptstraße gluckerten. Die Frau trat vor Haydon und schaute hinaus, bis es Zeit war, daß Haydon losging.

«Okay», sagte sie. «Er hat die Straße erreicht. Wenn Sie an der Ecke der Gasse sind, gehen Sie nach links. Er wird am Zeitungsstand auf Sie warten. Wenn er Sie sieht und sicher ist, daß Sie ihn gesehen haben, wird er weitergehen. Halten Sie diesen Abstand.»

Haydon tat wie geheißen. Die enge Gasse roch nach fauligen Früchten und Urin, und er mußte aufpassen, wohin er trat. Alles lief ab wie ein Uhrwerk. Der Mann vor ihm verhielt sich so, wie die Frau gesagt hatte. So gingen sie einen Block weit, bogen um eine Ecke, gingen noch einen Block und dann noch einen Block weiter. Haydon hielt in der Menschenmenge Ausschau nach möglichen Verfolgern, aber er konnte keine entdecken.

An der nächsten Ecke hatte Haydon seinen Führer plötzlich

verloren. Er beschleunigte seine Schritte und sah sich in der Menge um. Als ihm klar wurde, daß der Mann endgültig weg war, blieb er stehen, um an seinem Schuhband zu nesteln; dabei schaute er hinter sich: Auch die junge Frau war verschwunden.

Haydon hatte sich so darauf konzentriert, mit seinem Führer Schritt zu halten, daß er die Orientierung verloren hatte. Er ging weiter bis zur nächsten Ecke und schaute nach dem Straßenschild. Er war ungefähr doppelt so weit von seinem Wagen entfernt, wie er es gewesen war, als er die Kirche betreten hatte – und zwar in entgegengesetzter Richtung.

Er ging in diese Richtung. Dann hielt er inne. Wenn er vor fünf Minuten «sauber» gewesen war, dann müßte er es auch jetzt noch sein. Er blieb stehen, wo er war. Verdammt, überlegte er, es wäre dumm, zum Auto zurückzugehen. Mit Sicherheit würden sie sein Auto überwachen. Das war ihre einzige Chance, Haydon wiederzufinden. Wenn er seine Verfolger tatsächlich abgeschüttelt hatte, dann wollte er sie sich auch so lange wie möglich vom Halse halten.

Er fand eine schmuddelige kleine Imbißstube mit drei runden, wackligen Tischen und vier oder fünf metallenen Klappstühlen. Dutzende von Fliegen schwirrten umher, und vier Vietnamesen beobachteten ihn von einer hohen Holztheke aus: eine alte Frau mit den Augen eines Frettchens, ein schmächtiger junger Mann und zwei Frauen gleichen Alters. Haydon trat an einen der Tische, und die alte Frau kam zu ihm.

Auf spanisch bestellte er Kaffee, und sie flog buchstäblich, um seinen Wunsch zu erfüllen, während ihre Familie in lächerliche Geschäftigkeit verfiel, um diese geringfügige Aufgabe zu erledigen. Wie von Zauberhand stand der Kaffee plötzlich auf dem wackelnden runden Tisch. Haydon dankte, schlürfte einige Minuten lang den starken Kaffee und beobachtete, wie der Morgenschatten auf dem Gehsteig mit zunehmender Sonne immer schmaler wurde.

Als er sich umdrehte, begegnete sein Blick acht vietnamesischen Augen, die sich sofort abwandten, und der Kopf der frettchenäugigen alten Frau bewegte sich wieder an der Theke entlang. Augenblicklich stand sie an seinem Tisch.

Haydon bestellte eine weitere Tasse Kaffee, und als die Alte damit zurückkehrte, fragte er sie, ob das Geschäft ihrer Familie gehöre. Ja, ja, ihrem Sohn und ihrer Schwiegertochter und der Schwester ihrer Schwiegertochter. Haydon wollte wissen, ob sie schon lange in Guatemala seien. Erst acht Jahre. Sie unterhielten sich eine Weile über dies und das, und dann fragte Haydon, wie ihr Sohn heiße. Phan. Sein Vater hatte Phan geheißen und sein Großvater auch. Ob Phan Auto fahren könne, forschte Haydon weiter. Die alte Frau sah ihn an, plötzlich argwöhnisch. Haydon erzählte ihr eine Geschichte, die sie zufriedenzustellen schien. Wenn Phan den Wagen für ihn ins Hotel zurückfahren könne, würde Haydon ihn dafür bezahlen und ihm auch Geld für die Taxifahrt vom Hotel zurück geben. Er brauche den Wagen nur auf den Parkplatz des Residencial Reforma zu stellen und die Schlüssel beim Portier abzugeben.

Die Augen der alten Frau wichen ihm aus, als sie fragte, wieviel er bezahlen würde. Zwanzig Dollar. Amerikanische Dollar? Natürlich. Ihre Miene hellte sich auf, und sie zeigte ein zahnlückiges Grinsen. Für dieses Geld würde sie das Auto an einem Seil zum Hotel ziehen, sagte sie mit krächzendem Lachen.

Die alte Frau rief ihren Sohn hinter der Theke hervor, und die Sache wurde ihm erklärt. Phan hörte höflich zu und sagte, er wisse, wo das Residencial Reforma sei. Die alte Frau zischte ihm etwas auf vietnamesisch zu, und der junge Mann senkte den Blick und nickte.

Nachdem die Vereinbarung getroffen war, gab Haydon Phan die zwanzig Dollar, die die alte Frau sofort an sich nahm. Sie verschwand hinter einem Vorhang in einem Hinterzimmer. Die beiden Mädchen kamen hinter der Theke hervor und sahen besorgt aus, als Phan ihnen seinen Auftrag erklärte. Eine von ihnen war schwanger, und sie und Phan tauschten ein paar kurze, schroffe Sätze aus, wobei die Frau Haydon vorwurfsvolle Blicke zuwarf. Phan beruhigte sie mit Berührungen und sanften Worten, die sie zum Schweigen brachten, aber nicht die Angst von ihrem Gesicht und dem ihrer vogelähnlichen Schwester verschwinden ließen.

Als sie sich einen Block von der kleinen Imbißstube entfernt hatten, dankte Haydon dem jungen Mann und gab ihm die Autoschlüssel und weitere fünf Dollar, da er bemerkt hatte, daß die alte Frau ihm für die Rückfahrt vom Hotel kein Taxigeld gegeben hatte. Phan wirkte wie ein sanfter Mensch, dessen Natur schlecht gerüstet war für das harte Leben in dieser Stadt. Er legte das ergebene Verhalten eines Menschen an den Tag, der gelernt hatte, damit zu leben, daß er die letzte Hoffnung dreier verzweifelter Frauen war.

Haydon hatte Glück, daß Phan sich langsam bewegte. Sein entspanntes Schlendern machte es ihm leichter, Phan im Auge zu behalten und gleichzeitig nach Verfolgern Ausschau zu halten.

Ein paar Blocks von dem Wagen entfernt überraschte Phan Haydon, indem er plötzlich in eine Seitenstraße einbog. Haydon überlief es einen Moment lang eiskalt, bis ihm einfiel, daß die Wahl Phans reiner Zufall gewesen war und der Vietnamese unmöglich noch von jemand anderem bezahlt worden sein konnte. Er folgte Phan in die Seitenstraße hinein, bis der junge Mann einen kleinen Laden betrat. Haydon ging auf die andere Straßenseite und las den Namen: LIBROS DINH. Eine vietnamesische Buchhandlung. Gewiß die einzige in Guatemala, wenn nicht in ganz Mittelamerika.

Haydon trat in eine Bäckerei, kaufte eine Scheibe Zimtbrot und beobachtete den Buchladen. Der aufschlußreichste Augenblick würde der sein, wenn Phan den Wagen bestieg und wegfuhr. Dann würden die Leute, die den Wagen beobachteten, einige rasche Entscheidungen treffen müssen. Höchstwahrscheinlich würden sie dem Auto folgen. Und wie konnten sie das bewerkstelligen, ohne sich gleichzeitig konkurrierenden Verfolgern zu erkennen zu geben? Es war wie in einem Puzzle. Wenn Haydon an der richtigen Stelle war, mußte es ihm gelingen, von all diesen Aktivitäten zu profitieren.

Phan überraschte Haydon erneut. Er verließ den Laden, eine Zigarette rauchend, in Gesellschaft einer jungen Asiatin. Sie lächelten und unterhielten sich, und Phan war lebhafter als zuvor. Die junge Frau war anmutig und berührte ein- oder zweimal Phans Arm, wenn sie mit ihm sprach. Die beiden flirteten miteinander.

Haydon folgte ihnen zurück auf die Hauptstraße, wo Phan pflichtbewußt wieder die Richtung zu Haydons Wagen einschlug. Haydon ging ihnen auf der gegenüberliegenden Straßenseite nach und beobachtete durch den Dunst der Dieselabgase hindurch, wie sie sich hinter den dichtgedrängten Autos und zwischen der Menschenmenge fortbewegten.

Phan und das Mädchen gingen den Block entlang. Haydon hatte an einer geschäftigen Stelle der Straße geparkt, ganz in der Nähe einer Apotheke und eines Copyshops. Die Ladenschilder, die über dem Gehsteig hingen, verstärkten die geschäftige, basarähnliche Atmosphäre. Fünf oder sechs Männer, die zu einer inflationären Umtauschrate amerikanische Dollars kaufen wollten, priesen offen und aggressiv ihre Kurse an, schrien sie den dichtgedrängten Autos zu und traten manchmal auf die Fahrbahn, um sie durch die Fenster im Stau stehender Wagen zu rufen. Phan und die junge Frau ignorierten dieses Treiben rings um Haydons Auto vollkommen.

Phan öffnete mit dem Schlüssel, den Haydon ihm gegeben hatte, die Beifahrertür und half der jungen Frau in den Wagen. Das war nicht ganz einfach, denn an dieser Stelle der Straße war der Gehsteig sehr hoch. Dann ging Phan um die Motorhaube herum, drängte sich an einem schreienden Geldwechsler vorbei, der zwischen den Stoßstangen zweier Fahrzeuge stand und eine Handvoll Quetzals schwenkte, und trat an die Fahrertür, die das Mädchen von innen entriegelt hatte. Er wartete, bis ein Wolken von Dieselqualm ausstoßender Bus vorbeigefahren war, öffnete die Tür und stieg rasch ein.

Die Explosion war ohrenbetäubend.

Die Kraft der Detonationswelle tötete alle Menschen in zwanzig Metern Umkreis um den Wagen, die nicht zufällig das Glück hatten, vor der direkten Einwirkung geschützt zu sein. Sie riß die Menschen noch einen halben Block weiter von den Füßen. Der Feuerball, der von Haydons Auto aufstieg, erfaßte die Fronten der nächstgelegenen Geschäfte und setzte Menschen in Brand, die die Explosion selbst überlebt hatten.

Im darauffolgenden Chaos prägten sich Haydon Bilder furchtbaren Leidens ein: die beiden jungen Mädchen, die von der zerfetzten linken Körperhälfte des jungen Geldwechslers umgeworfen wurden, der die gefalteten bunten Geldscheine noch in den Fingern hielt; der kleine Straßenjunge, der einen halben Block entfernt auf dem waagerechten Arm einer altmodischen Straßenlaterne hing, ein Bein über den Kopf geschwungen wie eine Marionette; die alte Frau, die von einem schmalen Karren Fruchtscheiben verkauft hatte und deren kleiner weißer Schädel von fliegenden Glasscherben wie von einem Skalpell gehäutet worden war; das Indiokind, dessen verkohlter und brennender kleiner Körper mit ausgestreckten Armen und Beinen wie eine makabre Puppe über die Motorhauben der umstehenden Autos flog.

Noch ehe der Gluthauch der Explosion von seinem Gesicht gewichen war, ging Haydon etwas durch den Kopf: Phans kleines Liebesabenteuer würde nun ein Geheimnis bleiben, das erste bißchen Glück, das dem jungen Mann vielleicht in seinem kurzen, trostlosen Leben widerfahren war.

36

Haydons Überlebensinstinkt machte sich das Chaos zunutze. Sollte jemand sein Auftauchen bemerkt haben, dann war er jetzt mit Sicherheit durch die Explosion und ihre infernalischen Folgen abgelenkt. Inmitten der Schreie und Flammen und Hupen und Sirenen und der in Panik geratenen Menge war Haydon in östlicher Richtung durch enge Straßen geeilt, aus denen verwirrte Männer und Frauen mit großen Augen zum Ort der Explosion liefen.

Er blieb einmal kurz stehen, um sich in den Rinnstein zu übergeben, dann eilte er weiter. Es war nicht allein das Gemetzel, das ihm weiche Knie verursachte. Er konnte nun nicht länger glauben, bei dieser sich ausbreitenden Gewalt ein Außenseiter zu sein, wie auch immer er das zu betrachten oder zu rationalisieren versuchte. Er war ein Teil davon, ein Teil dieser Serie gewalttätiger Ereignisse. Die Hölle der guatemaltekischen Gewalt klebte an den Menschen wie Napalm, wenn sie töricht genug waren, ihrem Feuer in die Quere zu kommen. Und genau das hatte er mit einem erstaunlichen Maß an Naivität getan.

Er dachte an Fossler. Wenn er tatsächlich tot war, so glaubte Haydon mit Sicherheit zu wissen, was Fossler in seinen letzten Augenblicken gefühlt hatte. Sie waren beide erfahrene Fahnder, doch das hatte ihnen nicht geholfen, als sie plötzlich und überraschend in Guatemalas spezifische Brutalität verwickelt worden waren. Sie waren gewohnt, daß die Gewalt in *Opposition* zur Gesellschaft stand und nicht im Einklang mit ihr. Hier wurde Brutalität durch keinerlei zivile Ordnung abgeschreckt. Haydon verfluchte seine Dummheit, und er verfluchte die Übelkeit, die ihn erfüllte, weil er ohne Not den Tod anderer Menschen verursacht hatte.

Er drehte sich um und sah eine dicke schwarze Rauchwolke über den Dächern der Häuser stehen. Sirenen heulten in den engen, verstopften Straßen. Er wandte sich ab und ging weiter, der einzige Mensch weit und breit, der sich nicht in Richtung auf die Explosion bewegte.

Haydon begann, nach einem Telefon Ausschau zu halten. Beim nächsten Block sah er einen Parkplatz mit einer kleinen Holzkabine an der Einfahrt, wo ein alter Mann Parkscheine verkaufte. Haydon hielt einen Dollarschein hoch und fragte, ob er das Telefon benutzen dürfe. Der alte Mann nahm die Banknote, hob den Hörer von der Wand und reichte ihn Haydon. *«Qué número?»* fragte er und streckte den Finger nach der Wählscheibe aus. Haydon gab ihm die Nummer der amerikanischen Botschaft.

Er fragte nach Pittner, nannte seinen Namen und wartete dann auf der heißen Zementeinfassung des Parkplatzes. Die Sonne brachte zum Schmelzen, was vom Asphalt des Parkplatzes noch übrig war, und brannte auf die staubigen, in enger Reihe geparkten Wagen nieder. Der üble Geschmack des Erbrochenen war noch in seinem Mund, und er spuckte auf die Straße. Sein Kopf begann zu pochen, seine Schultern waren steif wie gespannte Drahtseile. Eine Sekretärin meldete sich, und Haydon wurde mit Pittner verbunden.

«Ich muß mit Ihnen reden», sagte Haydon.

«Okay», sagte Pittner. «Wollen Sie gleich vorbeikommen? Ich bin...»

«Nein. Ich möchte da mit Ihnen sprechen, wo wir uns neulich abends unterhalten haben.»

«In Ordnung», sagte Pittner. «Wann?»

«Jetzt sofort.»

«Okay.» Pittner war wortkarg. «Ich brauche fünfzehn Minuten», sagte er.

«Ich komme.»

Haydon gab dem alten Mann den Hörer zurück und trat hinaus auf die Straße. Er brauchte nur ein paar Augenblicke zu warten, bis ein altersschwaches Taxi vorbeifuhr, dem er winkte.

Haydon achtete kaum auf das, was außerhalb der staubigen Scheiben vorging, und bemerkte nur die großen Wahrzeichen, das riesige Fußballstadion, den riesigen Militärkomplex Campo di Marte, das Militärkrankenhaus...

Beim Ziel angekommen, bezahlte Haydon den Fahrer und blieb kurz auf dem Gehsteig unter einem Jacaranda-Baum stehen. Als eine Lücke im Verkehr entstand, überquerte er die staubige Straße und bog in die schmaleren Straßen der baumbestandenen Viertel über dem Rìo Negro ein. Er erinnerte sich genau, wie Pittners Haus zu erreichen war. Der Weg war nicht weit. Das Viertel war hübsch, obwohl der größte Teil des Lebens sich hinter den hohen, von *mondea*-Ranken überwachsenen Mauern abspielte. Ab und zu bot eine Steigung schöne Ausblicke auf die Distrikte von Vista Hermosa auf der anderen Seite der Schlucht. Die Tageshitze wuchs stetig, und Haydon wurde sich der anhaltenden Übelkeit in seinem Magen mehr und mehr bewußt.

Dann stand er Pittners Haus gegenüber; zwei unauffällige Säulen flankierten die kiesbestreute Einfahrt, die hinter einer Kurve im Gebüsch verschwand. Haydon betrachtete das Tor aus einiger Entfernung. Er sah keine Elektronik, zumindest keine, die gleich ins Auge gefallen wäre. Wenn Pittner ein elektronisches Sicherheitssystem besaß, dann hatte sich jemand große Mühe gegeben, es zu verstecken. Auf der Straße standen keine Autos, und es gab nicht einmal die beiden obligatorischen Männer mit Funkgeräten. Pittner schien sich sicher genug zu fühlen, um ohne High-Tech-Spielereien und Sicherheitsvorkehrungen auszukommen, die Aufmerksamkeit erregt hätten. Vielleicht gab es aber auch andere Gründe, warum niemand da war.

Haydon überquerte die Straße, betrat die Kieseinfahrt, und bei jedem seiner Schritte knirschten die Steinchen unter seinen Füßen. Er erreichte die Haustür. Pittners Wagen stand bereits da. Bei Tageslicht sah Haydon, daß das Haus beträchtlich kleiner war als das von Janet. Es war, wie Pittner selbst, auf elegante Weise ein wenig ungepflegt. Die Vorderseite wies Stockflecken auf. Blumen wuchsen davor, aber in letzter Zeit hatte sich niemand darum gekümmert; sie hingen welk herunter, da keiner sich die Mühe gemacht hatte, sie abzuschneiden.

Die verwitterte Haustür aus Holz stand offen, und Haydon durchquerte einen Gang, der in den Innenhof führte.

«Kommen Sie herein», hörte er Pittner sagen. Haydon wandte sich einem bescheidenen Wohnraum zu, und er entdeckte Pittner in einer Küche dahinter, neben dem ringsum mit Fenstern versehenen Eßzimmer, in dem sie zusammen zu Abend gegessen hatten. «Ich mache gerade einen Drink», sagte Pittner, als Haydon näherkam. «Mein Mittagessen ist flüssig.» Er blickte auf. «Möchten Sie etwas?»

«Ein Coke oder etwas in der Art.»

«Okay.» Pittner sah Haydon an. «Sind Sie in Ordnung?»

Haydon nickte, lockerte seine Krawatte und setzte sich an den Tisch des Eßzimmers vor die Fenster, die auf die Palmen am Ende des Grundstücks und die Schlucht dahinter hinausgingen. Gleich darauf kam Pittner an den Tisch, stellte Coke und ein Glas mit Eis vor Haydon hin und setzte sich an das andere Ende des Tisches. Er trank wieder seinen Bourbon mit einem Eiswürfel. «Was ist los?»

«Wer war das?» fragte Haydon und goß Coke in sein Glas.

Pittner sagte nichts. Seine Augen unter den schweren Lidern, heute mit roten Rändern, betrachteten Haydon ausdruckslos. Er trank einen Schluck, ließ den Eiswürfel im Glas kreisen, trank erneut und versuchte offenbar, sich zu entscheiden, wie er die Sache anpacken sollte. Etwas verriet Haydon, daß Pittner wütend war, sich aber beherrschte; schließlich gehörte das zu seinem Beruf.

«Wir haben gehört, daß John Baine gefaßt worden ist», sagte Pittner. «Wissen Sie zufällig etwas darüber?»

Haydon dachte an den Jungen, dem Borrayo ins Gesicht geschossen hatte. «Offenbar war es das DIC», sagte Haydon. «Er ist in Pavón. Nicht im offiziellen Teil... Azcona hat dort geheime Zellen.»

Pittner starrte Haydon an. «Woher in Gottes Namen wissen Sie das?»

Haydon berichtete von Borrayo. Er berichtete von dem Treffen mit Baine und erzählte, wie Borrayo den Jungen getötet hatte. Er sprach über Vera Beatriz Azcona de Sandoval. Über Lenas Verwicklung. Er machte sich keine Sorgen, daß Pittner ihn wegen dieser Sache bloßstellen würde. Was immer sie Baines wegen unternahmen, wie immer sie das handhabten, Haydon wußte, sie würden es so machen, daß er nicht hineingezogen wurde.

«Ich denke, die Sache mit Lena haben Sie schlechter geregelt, als Sie mich glauben machen wollten», sagte Haydon. Er hatte einige Schlucke von seinem Coke getrunken, und der Geschmack des Erbrochenen schwand. Er wollte die Dinge gleich klarstellen. «Entweder haben Sie sie angeheuert, ohne von ihrem Interesse an den Kindesentführungen zu wissen, oder Sie wußten davon und benutzten sie in einer Situation, die weit über ihre Erfahrung hinausging. In beiden Fällen erscheint Ihr Vorgehen fahrlässig.» Er sah Pittner an. «Aber es ‹erscheint› nur so, nicht wahr?»

Pittner spielte wieder den Stummen; seine Augen schienen zu müde, um auch nur oberflächlich zu reagieren.

«Baine betonte, sie habe darauf bestanden, mit dieser Entführungsgeschichte nicht zur Botschaft zu gehen», sagte Haydon, nur halb aufrichtig. «Er sagte, sie würde die ganze Sache fallenlassen, wenn sie sich an die Botschaft wenden müßte. Natürlich wußte er nicht, daß Lena für Sie arbeitete. Ist sie denn nun mit der Geschichte zu Ihnen gekommen? Wußten Sie, was sie tat?»

Pittner hatte seinen Bourbon fast geleert. Die beiden Männer sahen einander an, und Haydon fiel auf, wie erschöpft Pittner wirkte.

«Wissen Sie», sagte Pittner, «Ihr Freund ist verschwunden, als er dasselbe tat wie Sie jetzt. Ich weiß nicht, wie zum Teufel Sie vorhin der Sache mit dem Auto entkommen sind.»

Haydon sagte es ihm. Pittners Gesicht war ausdruckslos.

«Wissen Sie, wer es war?» fragte Haydon.

«Wir wissen es nicht.» Pittner schüttelte den Kopf. «Wir vermuten ... Azcona, die ganze Operation.»

«Die ganze Operation?»

Pittner nickte einmal und trank wieder einen Schluck Bourbon. «Das DIC und die Generäle.» Pittner lehnte sich zurück; unter seinem Jackett war eine Pistole zu sehen, ein ausgesprochenes Profi-Modell. Er schlug die Beine übereinander, und das Whiskyglas in seiner ausgestreckten Hand hinterließ feuchte, einander überschneidende Kreise auf der hölzernen Tischplatte. Er dachte nach.

«Es ist nicht nur dieser schäbige Kinderhandel», sagte Pittner, des ganzen Themas müde. «Die Generäle und ihre feine Verwandtschaft haben die Finger in allem: Schmuggel von präkolumbianischer Kunst und von Mahagoni aus dem Petén; Mohn im nordwestlichen Hochland; Fincas und Lebensmittelverarbeitung in den nördlichen Gebieten, wo die Indios für Hungerlöhne auf dem gleichen Land arbeiten, das die Armee ihnen weggenommen hat, angeblich, um die Guerilleros aus dem Hochland zu vertreiben; Waffenhandel, Drogenhandel, Bestechung, Dinge, von denen wir noch nie gehört, die wir uns nicht einmal vorgestellt hatten. All das sind miese Geschäfte, die jede Art menschlicher Scheußlichkeiten umfassen. In gewisser Weise sind sie organisiert, in gewisser Weise auch wieder nicht. Diese Leute können an keinem Plan festhalten. Jede Art von Organisation wird von Leuten unterwandert, die nicht so hoch auf der Stufenleiter stehen und die ihre Loyalität aus dem Fenster werfen wie Bananenschalen, wenn sie eine Möglichkeit sehen, selbst einen Anteil zu ergattern, indem sie die Gauner begaunern. Das ist eine endlose Kette, wirklich endlos.

Wir versuchen, so gut wie möglich auf dem laufenden zu bleiben und unsere Vorteile auszunutzen, wo immer wir können und wann immer wir es für nötig halten und wie immer das State Department es als günstig ansieht. Das ist kein Geheimnis.»

Pittner trank seinen Bourbon aus und stellte das Glas ab. Eine Minute lang tippte er leicht mit den Fingernägeln gegen das Glas.

«Die Situation ist im Fluß», sagte er. «Immer. Im Moment ist Azconas Stern in Armee und Politik im Aufstieg begriffen. Zwei

Elemente, die nicht immer übereinstimmen, außer, wenn die Armee harte Bandagen anwendet und die Politiker zur Unterwerfung zwingt.» Pittner hielt inne und schien sich seine Formulierungen sorgfältig zu überlegen. Er schaute aus den Fenstern über den Rìo Negro. «Wir kooptieren Azcona... langsam. Wir glauben, daß er sich lange halten wird.»

Er hatte genug gesagt. Lena hatte zur falschen Zeit und am falschen Ort ihr soziales Gewissen entwickelt.

«Azcona weiß, daß er vom State Department hofiert wird», sagte Haydon. «Er sieht da große Möglichkeiten.»

«Richtig.» Pittner nickte. «Den Rest können Sie sich vorstellen. Er will nicht, daß irgendein humanitätsduseliger *gringo* seine Chancen vereitelt, indem er die Entführungsgeschäfte seiner Schwester an die große Glocke hängt. Um gesetzliche Verbote braucht man sich hierzulande nicht zu kümmern. Natürlich hat Azcona mit dem schmutzigen Handel niemals direkt zu tun. Wenn man ihn drängte, sich zu den Todesdrohungen zu äußern, die Lena bekommen hat» – dies war das erste Mal, daß Pittner diese Todesdrohungen erwähnte – «oder zum Verschwinden von Fossler, oder zu Baines geheimer Verhaftung, zu der Autobombe...» Pittner zuckte mit den Schultern. «Er würde einräumen, daß in seinem Land viele ‹kriminelle Elemente› außer Kontrolle geraten sind. Das Land braucht einen starken Arm, um den Frieden zu erhalten, das Land braucht... Ja, General Azcona, aber was ist mit diesen einzelnen Vorfällen, wir möchten, daß sie untersucht werden. Natürlich, sofort, wird er sagen. Betrachten Sie es als bereits geschehen. Wir werden auf der Stelle eine Untersuchung einleiten.» Pittner schüttelte den Kopf und seufzte müde. «In Guatemala ist ‹Untersuchung› gleichbedeutend mit ‹Vergessen›. Sie bedeutet hier dasselbe wie in den Staaten, wenn sie sagen, sie würden über eine bestimmte Situation ‹eine Studie anfertigen›. Das heißt, daß die Sache unter den Teppich gekehrt wird, daß man hofft, daß die Leute sie vergessen, daß irgendeine andere Sensation hochkommt, um das öffentliche Interesse abzulenken. Hier in Guatemala hat die Armee es allerdings nicht einmal nötig, die Öffentlichkeit abzulenken. Sie sagt einfach, die Leute sollten sich um ihren eigenen Kram kümmern. Und so ziemlich dasselbe sagen sie auch unserm State Department.»

Das war nichts Neues, und einen Augenblick lang fragte sich Haydon, warum das State Department sich überhaupt darum kümmerte. Doch er kannte natürlich den Grund. Bei all seiner offensichtlichen Armut war Mittelamerika überreich an natürlichen Rohstoffen, von denen in den Zeitungen selten die Rede war, weil sie mit Handel zu tun hatten, und Handel war größtenteils langweilig, obwohl er die Politik bestimmte. Am ehesten verstand die amerikanische Öffentlichkeit den Zusammenhang zwischen Handel und Politik noch, wenn es um Öl ging. Kaffee und Bananen und Baumwolle und Zucker waren vielleicht keine aufregenden Themen für die Medien, doch diese Interessen bestimmten die guatemaltekische Politik, und weil die Vereinigten Staaten immer mehr von diesen Dingen konsumierten, waren sie ein Milliardengeschäft, und diese Art von Geld war es wert, ganze Völker dafür umzubringen...

Haydon betrachtete die winzigen Bläschen auf den Eiswürfeln in seinem Glas. Draußen ließ die Mittagssonne die Schlucht des Rìo Negro weiß erglänzen und tauchte das Dunkelgrün der Palmen in die Helligkeit von Laserstrahlen.

«Was die Politik betrifft, leuchtet mir das ein», sagte Haydon. «Was mir nicht einleuchtet, ist, warum Lena mit dieser Sache nicht zu Ihnen gekommen ist.»

Pittner nickte. «Vermutlich wußte sie, daß ich nichts dagegen tun kann.»

«Oder will.»

Pittner schloß achselzuckend die Augen. «Halb und halb. Vera Beatriz wußte, daß etwas im Busch war. Das DIC ihres Bruders war Lena auf der Spur und wußte, was sie tat. Um Ihnen die Wahrheit zu sagen, sie begnügten sich damit, Lena auf verschiedene Arten zu bedrohen und mit ihr herumzuspielen, weil sie nicht glaubten, daß irgend jemand auf sie hören würde. Dann ging Lena zu John Baine. Dann ging sie nach Hause. Das rettete ihr vermutlich das Leben. Doch dann kam Lena zurück, und Baine war hinter ihr her wie ein Neunauge. Er witterte eine ‹heiße Story›. Und er hatte recht.»

«Wollen Sie sagen, Sie wußten, daß sie die Entführungsgeschichte untersuchte, bevor sie zum ersten Mal abreiste?»

«Aber sicher», sagte Pittner. «Wir wußten es.» Er stand auf und ging in die Küche, um sein Glas nachzufüllen. Haydon hörte, wie er Eis und dann Bourbon nahm. Es waren angenehme Geräusche. Als Pittner zurückkam, war das hohe Glas voller als beim ersten Mal, und er rührte das Eis mit dem Finger um. Er setzte sich wieder, spitzte die Lippen und sah Haydon mit trägen, erschöpften Blicken an, als sei er nicht bereit, sich von irgend etwas stören zu lassen.

«Und Sie haben sie trotzdem angeheuert.»

Pittner nickte. «Ja», sagte er. «Habe ich.»

Haydon sah ihn an. Pittner nahm einen Schluck Bourbon und schaute vor sich auf die Tischplatte: Er hatte eine Entscheidung getroffen.

37

Pittner betrachtete Haydon. Sein zerknitterter Anzug und die Tränensäcke unter seinen Augen täuschten darüber hinweg, daß seine Gedanken so klar und geordnet waren wie sein Erscheinungsbild unordentlich.

«Ich werde Sie aus Guatemala ausweisen lassen», sagte Pittner, und sein Ton und sein Verhalten waren dabei so beiläufig, daß man das Gewicht der Botschaft kaum begriffen hätte, wenn da nicht der Inhalt der Worte gewesen wäre. «Sie mischen sich in innenpolitische Angelegenheiten ein, pinkeln den Generälen ans Bein, arbeiten mit den Guerilleros zusammen ...»

Sie waren nur wenige Meter auseinander, und Haydon sah in Pittners gerötete Augen. Er wußte nicht, ob das vom Schlafmangel oder vom Whisky herrührte, aber was Pittners Worte anging, war Haydon ziemlich sicher, daß er bluffte. Die Sache mit der Guerilla konnte nur eine reine Vermutung sein.

«... mischen sich in die Politik des State Department ein ...»

Haydon sagte nichts.

«... und stören das ‹Unternehmensklima›.»

«Was wollen Sie?» fragte Haydon im gleichen Ton.

«Alles, was Sie haben.«

«In bezug auf was?»

«In bezug auf alles, was Sie unternommen haben, seit Sie hier sind», sagte Pittner ohne Begeisterung.

«Dann sollten Sie besser damit anfangen, die Papiere zu verarbeiten», sagte Haydon. «Aber wenn ich in die Staaten zurückkomme, werde ich mehr Fragen stellen, als Ihnen lieb sein wird. Wie ich Ihnen schon sagte, ich glaube nicht an ‹übergeordnete Rücksichten›. Ich pfeife auf die Politik des State Department, wenn es um Jim Fosslers oder Lena Mullers Leben geht. Ich habe im Laufe der Jahre die Erfahrung gemacht, daß die Leute, die immer von ‹übergeordneten Rücksichten› reden, nie diejenigen sind, deren Leben zerstört wird, damit diese Rücksichten verwirklicht werden können. Sie bringen diese Argumente vor, um zu rechtfertigen, daß *jemand anderer* ums Leben gekommen ist oder umkommen wird – es sind immer *andere*, die sterben. Diese Art von verbaler Tapferkeit kotzt mich an.»

Pittner saß geduldig da, nachdem Haydon verstummt war. Haydon hatte sich bemüht, mit ebenso monotoner Stimme zu sprechen wie Pittner. Der beschloß, die Sache anders anzugehen.

«Cage spielt mit Ihnen herum», sagte er.

«Und Sie nicht?»

«Er hat die Geschichte nur knapp unter Kontrolle.»

«Sie arbeiten mit ihm.»

«Ich muß.»

«Ich auch. Niemand sonst war so zuvorkommend.»

«Ja, er ist zuvorkommend», sagte Pittner.

«Haben Sie mir heute morgen auch jemanden hinterhergeschickt?» fragte Haydon unverblümt.

Pittner nickte.

«Und was passierte?»

«Offenbar gab es in Calle achtzehn ein Gedränge unter den Überwachern. Jeder entdeckte alle anderen. Wohin waren Sie unterwegs?»

«Wann haben Sie herausgefunden, daß die Frau in der Leichenhalle nicht Lena war?» fragte Haydon, bewußt das Thema wechselnd.

Pittner wandte sich ab, schaute aus dem Fenster. «Wenn ich sie gesehen hätte, hätte ich es gemerkt», sagte er. «Ich war nicht in der Leichenhalle.» Haydon betrachtete Pittners Profil und stellte fest, daß er aus diesem Blickwinkel älter aussah, fast wie ein anderer Mann. «Aus irgendeinem Grund waren unsere Identifizierungsleute beschäftigt und kamen nicht so schnell hin, wie wir gewollt hatten... Ich erfuhr es gestern abend.»

Er drehte sich wieder um und trank von seinem Bourbon. Irgend etwas gab ihm zu denken. Haydon hätte nicht sagen können, welche Veränderung er an Pittner wahrnahm, aber gerade in den letzten paar Minuten hatte sich etwas verändert.

«Alles hat eine bestimmte Lebensspanne, Haydon», sagte Pittner und schlürfte dann langsam aus seinem Glas, genoß den milden Whiskey mit der Art von Menschen, die ihren Drink zu sehr lieben. «Das menschliche Leben, Beziehungen, Arrangements, Haß, Verpflichtungen. Die Dinge nehmen ihren Lauf.»

«Vor Jahren standen Cage und ich uns ziemlich nahe», fuhr Pittner dann fort. «Er war immer ein Bastard, aber damals war er ein liebenswerter Bastard. Er besaß eine unverkennbare Lebensfreude und ging mit einer Kühnheit auf die Welt los, die man bewundern mußte. Wissen Sie, nicht viele Leute haben den

Mumm, alles zu nehmen, was sie kriegen können, ungeniert egoistisch zu sein.» Er dachte einen Augenblick nach. «Andererseits konnte ich ihn vielleicht nur deshalb ertragen, weil ich jung war und glaubte, es sei doch etwas Akzeptables an ihm. Aber die Dinge veränderten sich natürlich. Ich veränderte mich, der Beruf veränderte sich, die Welt veränderte sich. Alles veränderte sich, nur Cage nicht. In Wirklichkeit veränderte er sich natürlich doch, aber er glaubte es nicht. Er wollte sich nicht verändern, und er begriff nicht, daß das unmöglich ist. Schließlich war er nur noch eine Karikatur seiner selbst, ein schwaches Abbild.»

Pittner starrte das Bourbonglas auf dem Tisch an.

«Er hatte ein Verhältnis mit Janet», sagte er. «Ziemlich wilde Sache. Sie glauben, ich wüßte das nicht. Zumindest Janet glaubt das; Cage ist es vermutlich gleichgültig. Ich nehme an, es war unvermeidlich. Sie sind sich in ihrer Persönlichkeit so ähnlich. Spontan, überstürzt. Aber mir fiel es schwer, damit fertig zu werden. Es war, als würde ich emotional durchdrehen. Es war die Hölle.»

Er räusperte sich. «Was Lena betrifft», sagte er, «ich habe mit ihr geschlafen.»

Haydon hätte nicht überrascht sein sollen, war es aber doch. Ihm wurde klar, daß er seine Fähigkeit zur Voraussicht verloren hatte. Er fing an, sich wie ein alter Kämpfer zu fühlen, dessen stumpf werdende Waffen ihm nicht mehr gestatten, auf der Hut zu bleiben. Er bekam zu viele Schläge auf den Kopf.

«Ich werde keine Beichte ablegen», sagte Pittner beruhigend. «Ich sage Ihnen nur, wie es war. Nichts, das Sie nicht schon gesehen oder gehört hätten. Die übliche Sache. Deshalb habe ich Leute zu Janet geschickt, die Lenas Zimmer durchsuchten und ihre Sachen zu mir brachten. Ich habe nie etwas Schriftliches aus der Hand gegeben, aber ich wußte nicht, ob Lena vielleicht ein Tagebuch führte oder so. Ich habe alles selbst durchgesehen und nichts gefunden.» Er hielt inne und trank einen Schluck Bourbon. «Vielleicht ist gar nichts da.» Der Gedanke schien ihn zu enttäuschen.

Es war schwer, Pittner zu beurteilen. Freimütig gab er seine Affäre zu und räumte offen ein, daß es sich um die übliche Geschichte zwischen einem älteren Mann und einer jungen Frau handelte. Er tat nicht so, als sei etwas Besonderes daran, nur, weil es ihm zugestoßen war und nicht einem der zahllosen anderen Männer mittleren Alters. Doch Haydon vermutete, daß Pittners beiläufiges Abtun der Geschichte ihn über deren wahre Bedeutung für ihn täuschen sollte. Nach dem, was Pittner mit Janet durchgemacht hatte, war es verständlich, daß er Lena Muller als willkommene Zuflucht empfand. Die ernsthafte Frage war, warum Lena es getan hatte. Es war auch eine deprimierende Frage, weil man annehmen mußte, daß sie den Mann nicht um seiner selbst willen gewollt hatte. Mit ziemlicher Sicherheit hatte sie kalkuliert, die Sache würde ihr etwas einbringen. Und Pittner wußte das.

«Etwas zu spät kam ich wieder zu Verstand», sagte Pittner. «Ich hatte nächtliche Schweißausbrüche wegen dieser Sache. Ich weiß nicht, hinter was sie her war, aber ich bin einigermaßen sicher, daß sie es nicht bekommen hat. Selbst als ich verrückt nach ihr war, habe ich mich nie in eine kompromittierende Situation begeben. Ich war nie mit ihr in meinem Büro. Ich habe mich in ihrer Gegenwart nie betrunken. Nie gequatscht. Sie hat mich nie ausgehorcht; ich kann mich nicht einmal erinnern, daß sie es je versucht hätte.»

Er griff nach dem Glas, trank und stellte es wieder hin.

«Später habe ich darüber nachgedacht», murmelte Pittner, mehr zu sich selbst als zu Haydon. «Was zum Teufel ist das für ein Mann, der ein Verhältnis mit einer Frau wie ihr hat und sich nicht ein einziges Mal seinen Gefühlen überläßt, nie ausrastet, nie mit ihr an den Rand des Abgrunds tritt und springt? Mein Gott. Ich war jede Sekunde auf der Hut und dachte immer: aufpassen, aufpassen, aufpassen. Ich war bei der ganzen Sache so verdammt auf der Hut, daß ich mich wundere, wieso ich es bei ihr überhaupt geschafft habe. Aber ich habe es geschafft, und es ging weiter, Nacht für Nacht.»

Er schwieg einen Augenblick. «Aus welchen Motiven *sie* es getan hat, weiß ich nicht. Ich bin mir selbst gegenüber ehrlich genug, um argwöhnisch zu sein. Aber wissen Sie, was mir keine Ruhe läßt? Was wäre, verdammt, was wäre, wenn... sie mich einfach gern hatte? Ich bin schon so lange in diesem elenden Geschäft, daß ich nicht einmal mehr weiß, ob ich ein ehrliches Gefühl überhaupt noch erkennen würde, wenn ich einem begegne. Lena Muller mag ein kolossaler Fehler gewesen sein», sagte er und schüttelte den Kopf über die ganze verrückte Geschichte, «aber ich will verdammt sein, wenn ich verstehe, sogar jetzt, was für eine Art von Fehler sie war.»

Er verstummte und sah aus dem Fenster rechts von Haydon hinaus in den Hof. In der Mitte befand sich ein stillgelegter Brunnen. Nur die Regenzeit füllte ihn mit Wasser, das während der Trockenzeit wieder verdunstete. In den Fugen zwischen den Steinplatten des Hofes wuchsen trockene Grasbüschel.

«Überrascht Sie das, Haydon?»

Haydon nickte. «Ja.»

«Aber...?»

Haydon zögerte. «Es gibt Gerüchte über Lena... und eine ganze Anzahl von Männern.»

«Ach so.» Pittner verstand. «Sie haben eine Menge erfahren. Nun, die Gerüchte waren mir bekannt», sagte er seufzend. «Ich ließ sie überprüfen. Größtenteils aus persönlichen Gründen, aber ich konnte das auch beruflich rechtfertigen, weil ich sie ja als Informantin führte. Soweit wir feststellen konnten, waren es in den meisten Fällen wirklich nur Gerüchte. Eine Menge Typen waren hinter ihr her. Ein paar davon hatten eine allzu lebhafte Phantasie, erlagen ihrem Wunschdenken. Sie hatte ein paar Beziehungen, aber nichts, was man als promiskuitiv bezeichnen könnte.»

Etwas paßte hier nicht zusammen, aber Haydon ließ es auf sich beruhen. Janet sagte, Lena sei ziemlich diskret, treffe sich nicht oft mit Männern, rede überhaupt nicht darüber. Baine sprach von einer ganz anderen Art von Mädchen. Er behauptete sogar, ihre berechnende Taktik aus erster Hand kennengelernt zu haben. Entweder gab Baine schmutziges Gerede mit einem Körnchen Wahrheit als Gerücht weiter, oder aber er täuschte sich gewaltig in dem, was er tatsächlich erlebt hatte. Und Dr. Grajeda hatte sie als schwer durchschaubare Sirene geschildert. Eine junge Frau mit gestörter Seele, hatte er angedeutet. Und dann hatte er für sie ein Jahr seines Lebens verkauft. Lena Muller schien starke und widerstreitende Gefühle auszulösen.

«Wissen Sie, wo sie ist?» fragte Pittner.

Haydon schüttelte den Kopf.

Pittner glaubte ihm nicht, aber er fragte nicht weiter. Er war noch nicht fertig mit Reden, war noch nicht fertig mit seinen Geständnissen, als betreibe er eine Art emotionaler Selbstkasteiung. Jedesmal, wenn er ihren Namen erwähnte oder sie innerlich vor sich sah, war er tief getroffen. Aber er wollte lieber bluten, als überhaupt nicht an sie zu denken.

«Natürlich wußte sie zunächst nicht, daß sie in Gefahr war», sagte Pittner. «Ich entdeckte das ungefähr um die Zeit, als unser Verhältnis anfing. Alles kam gleichzeitig. Das ist meistens so. Ich ließ mir alles bringen, was es über sie gab, was das DIC wußte, was die G-2-Leute wußten. Nach einer Weile dachte ich an nichts anderes mehr als an Lena Muller. Sie verfolgte mich sogar im Traum.»

Er nahm das feuchte Glas auf und hielt es an seine Schläfe, strich mit der kühlen Seite über seine Stirn und schloß einen Moment die Augen.

«Als sie aus Houston zurückkam, beobachteten die G-2-Leute sie vom Moment ihrer Landung auf dem Flughafen an», fuhr Pittner fort. «Und wir bekamen das mit. Deshalb habe ich sie angeheuert. Es war ein Vorwand, um ihr dicht auf den Fersen bleiben zu können. Ich weiß nicht, was ich mir davon konkret erhoffte. Tatsächlich dachte ich gar nicht darüber nach. So sehr hing ich an ihr. Ich war süchtig nach diesem Mädchen.

Ihr auf den Fersen zu bleiben, erwies sich als schwieriger, als ich gedacht hatte. Ich mußte nach allen Regeln der Kunst vorgehen. Ich gab sie an einen meiner Leute weiter, und binnen kurzem lieferte sie uns ihre Sachen. Ich sagte Ihnen neulich schon, wie es lief. Sie war sehr helle und brauchte nicht lange, um zu lernen, wie man es richtig macht.» Er schüttelte den Kopf. «Aber sie wußte nicht genug. Im Nu kam der Mann, der auf sie angesetzt war, hinter ihre Affäre mit Cage. Das traf mich wie ein Schlag auf den Kopf und hatte dieselbe Wirkung. Ernüchternd.»

Haydon dachte an seine Gespräche mit Cage. Das hatte er nie angedeutet. Bei all seinen groben Bemerkungen über Janet und Pittner und sogar seiner oberflächlichen Mißachtung Litas hatte er nie irgend etwas Respektloses über Lena gesagt. Tatsächlich hatte Cage nur Bewunderung geäußert. Haydon hätte das kommen sehen sollen.

«Ich sagte Ihnen schon, ich kam etwas spät wieder zu Verstand», fuhr Pittner fort. «Ich hatte den klassischen Fehler gemacht. Das hätte das Ende meiner Karriere sein können. Könnte es noch immer. Sie kamen hierher, als all das gerade über mich hereinbrach. Es ist wirklich ein Chaos.»

Pittner drehte sich auf seinem Stuhl, stützte seinen Ellbogen auf den Tisch und schlug die Beine übereinander.

«Wenn Sie mir nicht etwas klarer sagen, was zum Teufel Sie eigentlich wollen», sagte er mit leicht geneigtem Kopf, ohne Haydon anzusehen, «dann lasse ich Sie rauswerfen. Im Augenblick gießen Sie Öl ins Feuer, und ich werde nicht dasitzen und zusehen, wie Sie alles in die Luft jagen.»

«In Ordnung», sagte Haydon. «Ich will mit Lena reden. Das bin ich ihrer Mutter schuldig. Wenn sie nach Hause will, werde ich das arrangieren. Wenn nicht, geht es mich nichts an. Aber bevor ich abreise, will ich herausfinden, was mit Jim Fossler passiert ist. Er war ein persönlicher Freund.»

Haydon zuckte zusammen, als er realisierte, daß er die Vergangenheitsform benutzt hatte.

«Dieses Land ist voll von persönlichen Freunden, die verschwunden sind», sagte Pittner müde. «Großer Gott.» Noch immer saß er mit gesenktem Kopf und vagem Blick da. Er verbarg seine Gedanken hinter einem Schleier von Alkohol und einem erlernten Argwohn, der sein Leben geformt hatte. «Ungeachtet meiner persönlichen Anteilnahme an Lena», sagte er schließlich, «habe ich es hier mit einer Agentin zu tun, die in Schwierigkeiten ist. So muß ich das sehen. Das ist etwas anderes als ein Beamter, der in Schwierigkeiten ist. Sie ist eine angeheuerte Hilfskraft. Technisch gesehen. Aber ich kenne mehr als nur ein paar Beamte, die für ihre Agenten Kopf und Kragen riskiert haben. Egal, was die Lehrbücher sagen, ein bestimmtes Maß an emotionaler Beteiligung ist unvermeidlich, wenn man mit menschlicher Intelligenz arbeitet. Ich bin verpflichtet, sie aus diesen Schwierigkeiten herauszuholen, aus guten Gründen, die nichts mit meinen persönlichen Motiven zu tun haben. Wenn sich herausstellt, daß sie meine Karriere ruiniert, wenn all das vorbei ist» – er schüttelte den Kopf – «na ja, zum Teufel, es würde mich nicht überraschen.»

«Sie fragten mich vorhin, ob ich wüßte, wo sie ist», sagte Haydon. «Sie wissen es, oder?»

«Wir haben so eine Idee.» Pittner blickte auf. «Hören Sie», sagte er, «diese Sache kann nur funktionieren, wenn Sie mit mir zusammenarbeiten. Andernfalls sind Sie draußen. Es geht nicht anders. Ich kann nicht zulassen, daß Sie hier allein operieren. Das wäre dumm von mir. Ich dachte, es würde vielleicht klappen ...»

Haydon verstand Pittners Lage, und er wußte, daß Pittner tun konnte und tun würde, was er sagte.

«Okay», sagte Haydon. «Aber ich möchte, daß Fossler in die Sache einbezogen wird. Sonst läuft nichts.»

Pittner betrachtete Haydon und nickte dann.

«Einverstanden?» faßte Haydon nach.

«Ja», sagte Pittner. «Einverstanden.»

Sie saßen seit eineinhalb Stunden zusammen. Haydon trank sein Coke aus, aber Pittner rührte keinen Tropfen Bourbon mehr an. Haydon begann seinen Bericht mit Borrayos Abfahrt aus der Gasse in Colonia Santa Isabel. Er berichtete Pittner, wie Lita ihn abgefangen und zu Cages sicherem Haus gebracht hatte (er vermied es, die Adresse zu nennen); wie Cage geplant hatte, Haydon zu «benutzen», um Lena zu finden, ohne ihm die Einzelheiten des Plans zu verraten; über Janets Besuch im Hof des Residencial Reforma mit der «Botschaft von Lena»; über den Besuch des Abgesandten von Dr. Grajeda am nächsten Morgen (Salviatis Namen und Beruf erwähnte er nicht); über sein Treffen mit Grajeda in Calle 18 (und über den Tod von Cages Mann) und darüber, wie er anschließend den armen, unglücklichen Phan benutzt hatte.

Als Haydon zum Ende seiner Geschichte kam, hatte er die volle Aufmerksamkeit Pittners gewonnen, obwohl Pittner auf seinem Stuhl hing, als habe er das letzte bißchen Kraft verbraucht. Doch seine Augen, von denen Haydon inzwischen wußte, daß sie mehr über seine Stimmung aussagten als seine träge Haltung, blinzelten nicht, waren vollkommen konzentriert.

Pittner setzte sich auf seinem Stuhl auf. «Das muß ich Ihnen lassen, Haydon – Sie haben eine Menge Arbeit geleistet. Und unerhörtes Glück gehabt», fügte er hinzu. Wie beim Abendessen am Vortag wirkte Pittner plötzlich ungepflegt, ohne etwas dazu getan zu haben. Haydon bemerkte erst jetzt den schmuddeligen Zustand seines Hemdes, die Knitterfalten, den verbeulten Hemdkragen. Pittners Blicke lösten sich von Haydon und hefteten sich auf irgend etwas draußen in dem sonnengedörrten Hof vor den Fenstern.

«Wir wußten nichts», sagte er, ohne die Augen zu bewegen, fast, als spreche er mit sich selbst, «von den geheimen Zellen in Pavón. Es überrascht mich nicht, sie verlegen sie dauernd, haben sie überall. Aber es ist gut zu wissen. Wir sind gern im Bilde.» Er seufzte. «Cage», sagte er und schüttelte kaum wahrnehmbar den Kopf. «Verdammt, er legt sich wirklich ins Zeug. Es ist, wie wenn man Faulbrand im Bein oder sonstwo hat. Wie zum Teufel soll man ihn loswerden, ohne gleichzeitig einen Teil seines eigenen Körpers zu zerstören? Er wird es uns schwermachen ... er will sie ..., aber wissen Sie, es sieht aus, als könnten wir zusammenarbeiten, oder? Ich meine, warum sollten wir uns Konkurrenz machen? Ich sehe darin keinen Sinn.»

Er ging die Liste der Optionen durch.

«Janet ... Janet ist eine interessante Möglichkeit. Diese Nachricht könnte von den G-2-Leuten stammen. Sie erfahren zu schnell zu vieles, und sie sehen in Ihnen, Haydon, eine wirkliche Bedrohung. Der Brief, die Bombe, was immer nötig ist. Grajeda. Die Guerilla. Mit den Guerilleros gibt es chronisch Probleme – weltweit. Gewöhnlich haben sie eines gemeinsam: den Haß auf die bestehende Machtstruktur ... manchmal zu Recht. Aber sie sind zersplittert ... jede kleine Gruppe ist auf etwas anderes sauer. Uneinigkeit. Grajeda kennt all das. Er ist damit aufgewachsen. Was er Ihnen nicht gesagt hat, ist, daß seine kleine Vereinbarung bestenfalls ein Glücksspiel ist. Er kann überhaupt nichts garantieren ... vielleicht bei der einen oder anderen Splittergruppe, aber ansonsten ... es ist ein verdammtes Durcheinander.»

«Sie meinen, sie werden Lena als Tauschobjekt benutzen?» fragte Haydon.

«Das könnten sie, ja. Azcona will sie; wir wollen sie. Ich weiß nicht. Das einzige, worauf wir uns verlassen können, sind Instabilität und Unvorhersehbarkeit.» Pittner hielt inne. «Hören Sie», sagte er dann, «ich weiß, ich töne jetzt wie Cage – was wohl nicht überraschend ist –, aber ich muß ein paar Pläne machen, ein paar Sachen überprüfen. Warum fahren Sie nicht ins Residencial Reforma zurück und bleiben da? Es ist ... nun ja, es ist ein ‹bekannter› Aufenthaltsort. Dort sind Sie vor Azcona sicher. Aber es ist vermutlich der *einzige* verdammte Ort, an dem Sie sicher sind. Verstehen Sie?»

Haydon nickte.

Pittner stand auf. Er schien etwas steif, aber nur für einen Augenblick. «Ich bringe Sie zurück», sagte er. «Bleiben Sie im Hotel. Warten Sie auf mich. Wenn irgend etwas passiert, das ich wissen sollte, rufen Sie mich an.» Er gab Haydon eine Nummer. «Damit erreichen Sie mich direkt. Kommen Sie, wir sollten besser gehen.»

38

Haydon lag auf dem Bett in seinem Zimmer und starrte auf die Lampe in der Mitte der hohen Decke. Nachdem Pittner ihn vor dem Hotel abgesetzt hatte, war er gleich in den Speisesaal gegangen und hatte sich gezwungen, einen großen Fruchtsalat zu essen. Er hatte ihn nicht gewollt, aber er aß ihn, weil er wußte, daß er es später bereuen würde, wenn er es nicht täte. Haydon gehörte nicht zu den Leuten, die zwanghaft essen, wenn sie unter Streß stehen. Tatsächlich reagierte er genau entgegengesetzt. Jede Nahrung verlor ihre Anziehungskraft, und er konnte drei Mahlzeiten auslassen, ohne sich Gedanken darüber zu machen. Doch wenn er mehrere Tage so lebte, passierten seltsame Dinge mit seinen Nerven, und er hatte gelernt, daß er zum Beispiel die Kopfschmerzen vermeiden konnte, wenn er viel Obst aß.

Er hatte die blauen Vorhänge von den Fenstern gezogen und sie über die Metallhebel gehängt, die die Fensterflügel offenhielten, und überließ sich den Szenen der Explosion, die er vergeblich zu verdrängen versucht hatte. Wieder und wieder erinnerte er sich an die Millisekunde nach dem Knall, bevor Trümmer und Feuer die Szene verdunkelt hatten und er Phan und das Mädchen noch im Auto sehen konnte, einen winzigen Moment von der Erkenntnis entfernt, was mit ihnen geschah. Dann, in den schrecklichen Sekunden danach, der Sturm von Feuer und Trümmern und Glasscherben, der Menschen in die Luft fliegen ließ, die noch nicht begriffen hatten, daß sie Opfer waren. Das waren die Augenblicke, in denen der Schock einsetzte, die primitive Abwehr der Natur gegen die folgenden Momente, die zu entsetzlich waren, um damit zu leben. Er dachte an die Mutter und die Ehefrau und die Schwägerin und fragte sich, wie sie herausfinden würden, was mit ihrem Phan geschehen war. Und er fragte sich, wer das Mädchen gewesen war und wie ihre Familie oder ihre Freunde von ihrem Ende erfahren würden.

Anfangend mit Jim Fosslers blutigem Zimmer, ließ er noch

einmal die tödlichen Ereignisse Revue passieren, deren Zeuge er innerhalb der letzten sechsunddreißig Stunden gewesen war. Sie wirkten um so unglaublicher, als er sich daran erinnerte, daß sie nicht die geringste Rolle spielten. In den letzten zwanzig Jahren der Geschichte Guatemalas waren weit über hundertfünfzigtausend Menschen «verschwunden» und ermordet worden, ohne daß es die geringsten Folgen gehabt hätte. In einem Land von weniger als neun Millionen Einwohnern betrug allein die Mordrate etwa tausend Fälle pro Jahr. In den Vereinigten Staaten würde das mehr als dreißigtausend Morden im Jahr entsprechen – für die niemand verhaftet wurde, Jahr um Jahr. Diese Tatsache konnte man nur als surrealistisch beschreiben. Natürlich gab es noch andere Bezeichnungen dafür, alle abscheulich und vollkommen bedeutungslos; in Guatemala gab es keinen politischen Willen, der das Morden hätte beenden können.

Draußen schwoll der Verkehrslärm des Boulevards an und erzeugte ein stetiges Dröhnen, das von den Wänden des Zimmers widerhallte.

Haydon drehte sich auf die Seite. Er dachte an Nina und an die Vernunft, die ihr Leben schützend umgab. Er wünschte sich, bei ihr zu sein, sie in der Stille des Nachmittags festzuhalten, seine Arme um ihren nackten Körper zu legen, sie an sich zu ziehen und ihren stetigen, verläßlichen Atem zu spüren, ihren vertrauten Duft zu riechen. Er wollte sie anrufen, ihre Stimme hören, aber er widerstand der Versuchung. Zum ersten Mal in seinem Leben hatte er Angst, seine Stimme könne ihn verraten. Die Schrecken des Morgens hüllten ihn noch ein wie ein dunkles Sargtuch, und er wollte nicht, daß sie davon berührt wurde.

Statt dessen konzentrierte er sich auf die Geräusche draußen. Konnte er außer dem Verkehr etwas hören? In den sekundenlangen Pausen hörte er Vögel in den Büschen des Vorgartens und gelegentlich die Stimmen von Leuten, die sich unterhielten, während sie zu ihren Autos gingen. Hin und wieder vernahm er das Klirren von Geschirr aus dem Speisesaal. Schritte auf den Marmorstufen, Schuhabsätze auf den Terrazzo-Böden ... die vor seinem Zimmer innehielten. Haydon drehte sich auf den Rücken und schaute zur Tür; mit dem rechten Arm griff er nach der Automatik auf dem Sekretär neben seinem Bett.

Ein leises Klopfen, Pause, noch ein Klopfen.

«Haydon, hier ist Janet.» Sie klang, als hätte sie das Gesicht an die Tür gedrückt.

«Okay, einen Augenblick.» Er schwang die Beine über den Bettrand, beugte sich vor und steckte die Waffe zwischen die Matratzen. Er stand auf, ging zur Tür und öffnete sie.

Janet stand vor der Tür. Ihr Ausdruck war eine Mischung aus erwartungsvoller Sorge und Mißbilligung.

«Warum haben Sie mich nicht angerufen?» Sie trug ein Sommerkleid, ärmellos, blau, mit langem Rock. Sie roch nach etwas Zartem, ein leichter und nachklingender Duft, als komme sie gerade aus der Dusche. Janet war eine der Frauen, die immer frisch und sauber wirkten.

«Ich wollte gerade...»

Er legte den Finger auf die Lippen. «Lassen Sie mich schnell den Schlüssel holen...» Er ging zum Schreibtisch, nahm den Zimmerschlüssel, kam zurück zur Tür, trat hinaus und zog sie hinter ihnen zu. «Gehen wir dort hinaus», sagte er. Sie waren nur ein paar Schritte von einem kurzen Gang entfernt, der durch eine schmiedeeiserne Bogentür auf eine Veranda führte, die auf den Vorgarten vor dem Hotel hinausging. Niemand war da, und sie gingen zu einer der Korbmöbelgruppen und setzten sich an einen Tisch mit gekachelter Platte.

«Ich habe nicht angerufen, weil es nicht so geklappt hat, wie ich gehofft hatte», sagte er. «Ich hatte Ihnen einfach nichts zu berichten. Es gab nichts zu sagen. Ich...»

«Eben ist wieder dieses Kind gekommen», unterbrach ihn Janet, griff in eine kleine Unterarmtasche aus Naturleder und reichte Haydon die Nachricht, ohne noch etwas zu sagen. Sie wandte keinen Blick von ihm. Haydon nahm das Papier und faltete es auseinander.

Janet ... hol Haydon & triff mich um halb sechs nachmittags auf dem Cementerio General ... folge der Hauptallee, soweit sie führt ... biege rechts ab ... geh bis ganz ans Ende der Straße auf der Rückseite des Friedhofs ... warte dort. Ich werde dich finden ... Wichtig: vertraue keinem außer Haydon.

Wie bei der ersten Nachricht fehlte die Unterschrift. Haydon sah Janet an. «Ihre Handschrift?»

«Ohne jeden Zweifel.»

Ohne jeden Zweifel. Haydon versuchte nachzudenken, während er schon sprach. «Ich habe ... ich habe Grund zu der Annahme, daß sie nicht auf diese Weise mit Ihnen Kontakt aufnehmen würde», sagte er.

«Sie haben Grund zu der Annahme?»

«Ja.»

Janet nickte, ihren Zorn kaum verhehlend.

«Jemand hilft ihr», sagte Haydon. Er zögerte und fuhr dann fort: «Sie helfen ihr, aus dem Land zu gelangen.»

Janet runzelte die Stirn.

«Sie helfen ihr, den Sicherheitskräften zu entkommen. Lena und Baine haben belastendes Beweismaterial, Dokumente über Azconas Verwicklung in diese Geschichte mit den Kindesentführungen gesammelt. Sie wollten damit an die Öffentlichkeit gehen, sie publizieren. Deshalb haben sie all das auf sich gezogen. Azcona ist dahintergekommen. Er will die Akten, und er will ihren Tod.»

Janet war vollkommen verblüfft. «*General* Azcona?»

Haydon nickte. «Lena arbeitet schon lange an dieser Sache. Wußten Sie nichts davon?»

Janet schluckte und schüttelte den Kopf. Diesmal war sie sprachlos.

«Ich wurde von den Leuten kontaktiert, die ihr helfen», fuhr Haydon fort. «Irgendwann wollen sie sie mir übergeben, aber sie haben sie an einem geheimen Ort in Sicherheit gebracht. Sie behaupten, Lena könne unmöglich ohne ihr Wissen die erste

Nachricht geschickt haben. Sie wollen sich wieder mit mir in Verbindung setzen und mich wissen lassen, wann sie verlegt wird.» Er betrachtete das Blatt Papier, das er in der Hand hielt. «Aber sie wollten es nicht auf diese Weise tun.»

«Woher wissen Sie das?»

«Nach der ersten Nachricht habe ich mich erkundigt. Sie sagten, sie sei nicht von Lena.»

«Also dort waren Sie heute morgen, bei diesen Leuten.»

«Ja.»

Janets Augen beobachteten Haydons Gesicht. «Geht es ihr gut?»

«Sie haben nichts Gegenteiliges gesagt.»

«Sie sagen, Lena hätte ‹Dokumente›?»

Haydon nickte.

«Hat sie sie bei sich?»

«Das weiß ich nicht.»

«Werden diese Leute dafür sorgen, daß die Dokumente veröffentlicht werden?»

«Ich weiß nicht.»

Janet war nachdenklich. Sie hatte das Gesicht dem Boulevard zugewandt und saß auf dem Rand ihres Polstersessels, die Knie geschlossen. Sie wirkte eigenartig spröde, ganz entgegen ihrer sonstigen Art. Offensichtlich war sie verunsichert, und als Haydon sie ansah, fühlte er sich genauso. Ihm war die Tatsache unbehaglich, daß in beiden Nachrichten die Forderung stand, Janet solle nur ihm vertrauen. Falls Lena die Botschaften wirklich geschrieben hatte, woher nahm sie die Überzeugung, sie dürfe ihr Vertrauen ausschließlich in Haydon setzen? Falls sie sie nicht geschrieben hatte, wer dann ... und warum? Dieselben Leute, die eine Bombe an die Zündung seines Wagens angeschlossen hatten? Wenn jemand versuchte, ihn in eine Falle zu locken ... warum? Er hatte nichts, solange er Lena nicht hatte, und alle an diesem Fiasko beteiligten Gruppen mußten das wissen.

«Diese Leute», sagte Janet. «*Wissen* Sie, ob Sie ihnen vertrauen können? Könnten Sie sich irren? Könnten die sich irren?»

Haydon lehnte sich in seinem Sessel zurück und merkte, daß er sein Zimmer ohne Schuhe verlassen hatte. Er dachte an Grajeda. Er glaubte ihm zwar... er vertraute ihm, aber natürlich *wollte* er ihm vertrauen. Grajeda war vermutlich der einzige Mensch in diesem ganzen Durcheinander, dem Haydon sich wirklich verwandt fühlte. Er hatte sofort gespürt, daß er Grajeda verstehen konnte; die anderen waren ihm ein Rätsel. Aber konnte er ihm wirklich vertrauen? Ja. Wichtiger war die Frage, ob Grajeda denen vertrauen konnte, denen er sein Vertrauen geschenkt hatte. Wenn Haydon Pittners Information glaubte, mußte er es bezweifeln.

«Nun?»

Haydon sah Janet an. «Ja. Ich kann meinem Informanten vertrauen, aber ich bin nicht sicher, ob er seinen Quellen vertrauen kann.»

«O Gott. Dann – nein –, die Antwort ist nein.» Sie nahm Haydon den Brief aus der Hand. «Verdammt, ich vertraue *meinem* Informanten», sagte Janet barsch und hielt das Papier hoch. «Diesem Kind. Dieser Handschrift. Lena.»

Haydon schaute vom Balkon über den Vorgarten hinweg zu den Zypressen hinüber, die höher waren als die Villen der Nachbarschaft, aber hier und da von modernen Glasbauten überragt wurden, die den Boulevard säumten wie vom Himmel gefallene Quarzbrocken. Ein schmutziger Dunst hing in den Bäumen und ließ den kobaltfarbenen Himmel in der Ferne blaß erscheinen.

«Kennen Sie den Friedhof gut?» fragte er.

«Ja.»

«Sie wissen also Bescheid, wovon sie schreibt, den ganzen Weg bis zum Ende der Hauptallee...»

«Ja.»

Haydon sah auf die Uhr. Es war jetzt Viertel nach zwei. Die Nachricht besagte, sie sollten um halb sechs auf dem Friedhof sein. Das war eine gute Zeit, ob Lena es berechnet hatte oder nicht. Der Verkehr in den Straßen wäre auf seinem Höhepunkt, die beste Zeit, um Verfolgern zu entkommen. Haydon überlegte, was er tun mußte... Pittner anrufen..., aber er spürte Janets verächtliche Blicke.

«Sie werden doch hingehen, oder?» fragte sie abrupt. Und dann, ohne eine Antwort abzuwarten. «Ich jedenfalls gehe, bei Gott.»

Haydon mußte Janet eines lassen: Soweit es um Lena ging, war sie die einzige, die ihr rückhaltlos helfen wollte. Es sah so aus, als hätten alle anderen noch Hintergedanken dabei. Janet hatte nie ein anderes Interesse geäußert, als Lena in Sicherheit zu bringen. Bei all ihrer Überspanntheit hatte sie den klarsten Blick und die saubersten Absichten: Lena war in Schwierigkeiten und brauchte Janets Hilfe. Das war alles. Sie wollte es einfach tun.

Haydon nickte. «Ja, ich denke, wir sollten gehen, aber wenn Sie der Nachricht glauben», sagte er, «dann sollten Sie ihr ganz glauben. Sie müssen mir vertrauen und es so machen, wie ich es für richtig halte. Das gefällt Ihnen vielleicht nicht, aber Sie müssen es tun.»

Janet hörte zu. Sie sah kühl aus im Schatten des Balkons. Sie hatte etwas an sich, das Haydon an die gepflegten britischen Kolonialherren eines anderen Zeitalters erinnerte, für die Indien und Afrika Abenteuer waren, die ihnen rechtmäßig zustanden. Sie war in Guatemala aufgewachsen, aber sie war nicht zur Guatemaltekin geworden. Trotz ihrer Kenntnis des Landes besaß sie kein tieferes Wissen davon; sie konnte das Land und seine Bewohner richtig einschätzen, aber ohne Verständnis; sie konnte seine Geschichte erklären, aber nicht sein Herz. Da gab es einen Unterschied.

«Ich warte», sagte sie.

Haydon rieb sich das Gesicht. Die Sonne hatte den Höhepunkt überschritten, und der Schatten auf dem Balkon hatte sich bis vor ihre Füße und die Steinbalustrade zurückgezogen, die bereits die Glut zurückzustrahlen begann. Die lähmende Hitze Guatemalas strebte ihrem täglichen Siedepunkt zu.

«Ich möchte, daß Sie allein hingehen», sagte er. «Zur angegebenen Zeit.» Er sah auf seine Uhr. «Ich werde ein paar Stunden früher hingehen.»

«Ein paar Stunden?»

«So bald wie möglich.»

Ihre Augen musterten wieder sein Gesicht, und Haydon konnte beinahe sehen, wie ihr Gehirn arbeitete, ihn einholte, ihm vorauseilte.

«Haben Sie heute die Nachrichten gehört ... von der Autobombe?»

Sie nickte erwartungsvoll.

«Das war mein Wagen.» Er erklärte ihr kurz so viel, daß sie die Kompliziertheit und das Gewicht dessen verstehen konnte, worauf sie sich einlassen würde. Er wollte, daß der Ernst der Lage ihre Begeisterung dämpfte und ihren sechsten Sinn schärfte. Als er geendet hatte, hatten ihre Augen die lebhafte Ungeduld verloren, und ihre Widerborstigkeit war gewichen. Je mehr Erklärungen sie erhielt, desto entspannter wurde sie, als sei der Kern ihrer Wut das gewesen, was sie als herablassende Haltung Haydons und aller anderen angesehen hatte, die sie in Unwissenheit ließen.

«Gehen Sie davon aus, daß Ihr Haus abgehört wird und alle Gespräche dort aufgezeichnet werden», sagte Haydon. «Gehen Sie davon aus, daß für den Landrover dasselbe gilt. Sie können auch annehmen, daß Ihnen jemand gefolgt ist, als Sie hierher kamen. Sie wollen Lena; sie wollen die Dokumente. Sie glauben, ich würde sie zu ihr führen. Darum dreht sich das Ganze.»

«Ich bin nicht sicher, ob ich das kann», sagte sie plötzlich. Sie schaute auf ihre Hände im Schoß, die das Papier auseinander- und wieder zusammenfalteten. «Es ist ... ich habe keine Angst», sagte sie. «Wirklich nicht. Aber ich bin nicht sicher, ob ich verhindern kann, daß mir jemand folgt. Ich würde mir nie verzeihen, wenn ich das täte, wenn ich sie zu ihr führen würde ... ich bin bloß ...»

«Sie müssen nicht hingehen», sagte Haydon. «Ich glaube nicht, daß sie überrascht wären, wenn Sie nicht auftauchen.»

Sie sagte einen Moment lang nichts; dann hob sie ruckartig den Kopf. «Nützt es Ihnen etwas, wenn ich gehe?»

«Sie brauchen es nicht zu tun.»

«Ich meine, wird die verdammte Sache besser, wenn ich mithelfe, oder nicht?»

Haydon sah sie an. «Wenn Sie nicht die Nerven verlieren, wäre es am besten, wenn Sie hingingen. Das könnte es für mich leichter machen. Aber wenn Sie Ihrer selbst nicht sicher sind und durchdrehen und den Kopf verlieren, könnte das verheerende Folgen haben.»

Janet rollte die Augen und wollte die Nachricht in ihre Handtasche stecken.

«Warten Sie einen Moment», sagte Haydon. Er nahm ihr das Blatt Papier aus der Hand. In einem Aschenbecher auf dem Korbtisch lag ein Streichholzheft, und er nahm ein Streichholz heraus und zündete das Papier an. Er hielt es so, daß die Asche in den Aschenbecher fiel. Die Flammen waren im Sonnenlicht fast nicht zu sehen.

«Okay», sagte Janet, die zusah, wie das Blatt verbrannte. «Sagen Sie mir, was zum Teufel ich tun soll.»

39

Um ein Taxi zu finden, ging Haydon hinaus auf den Boulevard und einige Blocks weit in Richtung Stadtmitte. In der Nähe der Plazuela Reina Barrios blieb er unter einem Eukalyptusbaum an einer Ecke stehen. Dort stand ein Denkmal, und in einer dreieckigen Kreuzung mündete eine andere Avenue in den Boulevard. Überall gab es Taxis, aber er mußte drei anhalten, ehe er einen

Fahrer fand, der bereit war, den Auftrag zu übernehmen. Wenn sie an den Randstein fuhren und hielten, erzählte er allen dasselbe: Er werde verfolgt und wolle seinen Verfolgern entkommen. Die Gefahr einer Schießerei bestehe nicht. Er würde dem Fahrer für die Fahrt ein Monatsgehalt zahlen.

Der erste Fahrer fluchte und fuhr mit quietschenden Reifen davon. Der zweite sagte: «Nein-nein-nein-nein», schüttelte den Kopf, hob kapitulierend beide Hände und fuhr los, während Haydon noch sprach. Der dritte Fahrer war jung und reagierte anders. Schweigend hörte er jedem Wort zu, das Haydon sagte, und man sah seinem Gesicht an, wie er den Inhalt verarbeitete. Als er vernahm, welche Summe Haydon zahlen wollte, schaute er prüfend in den Rückspiegel und winkte Haydon mit einer Kopfbewegung auf den Rücksitz. Haydon stieg ein.

Sie mußten warten, bis sie sich in den fließenden Verkehr einfädeln konnten.

«Ich will zum Cementerio General», sagte Haydon, während der junge Mann im Rückspiegel den Verkehr beobachtete. «Aber ich will nicht, daß mir jemand folgt, wenn wir dort ankommen. Ich entscheide, wann es soweit ist. Es ist mir egal, wie lange es dauert.»

Der junge Mann sagte kein Wort. Es gab eine Lücke im Verkehr, aber er bewegte sich nicht und schaute in den Spiegel. Haydon schwieg. Als die nächste Verkehrswelle auf sie zuströmte, ließ der junge Mann den Motor aufheulen, schoß auf die Fahrbahn, lenkte auf die andere Fahrspur und brauste vor den entgegenkommenden Fahrzeugen an die Ecke des Dreiecks, die zu dem in westlicher Richtung verlaufenden Boulevard führte. Sein halsbrecherisches Manöver verursachte sofort einen Unfall. Reifen quietschten, und Haydon hörte Stoßdämpfer zusammenprallen, während der Fahrer das Steuer herumriß und sich in die Autoschlange nach Westen zwängte. Er blieb auf der äußeren Spur, bis sie in der Nähe des Parquo Centro América waren, zog dann auf die Innenspur, was wieder Reifenquietschen auslöste und andere Fahrer zwang auszuweichen, um einen Zusammenstoß zu vermeiden. Dann rasten sie am Park entlang, fuhren in südlicher Richtung auf der Innenspur, schwenkten in einem selbstmörderischen Manöver in letzter Minute auf die Außenspur und bogen in die kurzen, ärmlichen Nebenstraßen von Zona 8 ein, wo der Fahrer in eine Einfahrt steuerte, deren schwere Holztüren in einer hohen Mauer geöffnet waren. Dabei streifte der rechte hintere Kotflügel einen Baum am Rand des Gehsteigs, doch der junge Mann bemerkte es kaum; es schien ihm gleichgültig zu sein. Trotz der wilden Fahrt veränderte sich sein Gesichtsausdruck nicht. Sofort sprang er aus dem Auto, rannte zu dem Tor zurück, und noch ehe sich der Staub gelegt hatte, der durch die Fenster hereinwehte, hatte er das Tor geschlossen und kam zum Wagen zurück.

Die Fahrertür war noch offen, und er setzte sich hinter das Steuer, die Füße im Freien, und nahm ein Päckchen Zigaretten aus der Tasche. Er zündete sich eine Zigarette an und fuhr sich mit den Fingern durch das ziemlich lange schwarze Haar. Es war gelockt, ungewöhnlich für einen Guatemalteken.

«Fünfzehn Minuten», sagte er und blies den Rauch in die heiße Luft. Er schaute zu Haydon auf dem Rücksitz. «Das ist Haus von meiner Freundin. Sie arbeiten bei Le Blé. Kennen Sie Le Blé?»

Haydon nickte. «Ja. Das ist eine gute Bäckerei. Guter Kaffee.»

Der Junge grinste. «Ja, guter Kaffee.» Er rauchte. «Woher in den Staaten Sie kommen?»

«Texas.»

«Welche Stadt?»

«Houston.»

«In Houston viele Guatemalteken.» Er rauchte. «Was Sie machen?»

Haydon wollte nicht sagen, daß er Polizist war. In Mittelamerika gibt man nicht zu, daß man bei der Polizei ist.

«Ich bin Anwalt.»

«*Abogado?*»

«Richtig.»

Der Junge sah ihn an, steckte die Zigarette in den Mund und streckte die Hand zum Rücksitz aus. «Dolfo», sagte er. Er war ein sehr gutaussehender junger Mann. Er trug eine falsche Rolex und strahlte die Art von Selbstvertrauen aus, die ein junger Mensch erwirbt, wenn er in einer Stadt wie dieser seinen Weg macht.

«Wo haben Sie gelernt, so zu fahren?» fragte Haydon.

Dolfo sah ihn noch immer an. «Ich nicht ‹lernen›, so zu fahren.» Er rauchte. «Ich für Geld so fahren.» Er rauchte. «Wer sind diese Typen, die folgen Ihnen?»

Haydon schüttelte den Kopf. «Wir haben eine Meinungsverschiedenheit.»

«Vielleicht ich kann Ihnen helfen.»

«Das glaube ich nicht.»

«Wer weiß?»

«Ich glaube nicht», sagte Haydon. Er sah auf die Uhr. Er hatte keinen Wagen draußen vor dem Tor vorbeifahren hören, und sie standen schon zehn Minuten in der Einfahrt. Der Junge hatte recht. Weitere fünf Minuten müßten reichen.

«Dies ist meine Heimat», sagte Dolfo. «Guatemala City. Ich Ihnen kann helfen. Sie werden sehen, wie sehr ich Ihnen kann helfen.»

«Wo haben Sie Englisch gelernt?»

Der Junge zuckte mit den Schultern und warf die Zigarette in die Einfahrt. «Ich arbeite zwei Jahre in San Diego, Kalifornien.»

«Was haben Sie da gemacht?»

«Teller gewaschen, in mexikanischem Café.» Er schaute hinaus in die Einfahrt auf eine Mauer, an deren Fuß ein Kaktus wuchs. «Die Einwanderer, sie kommen dorthin.» Er schwenkte die Hand mit der Rolex und hielt sie aus der Tür. «Zurück nach Mexiko. Sie haben mich dreimal, nein, viermal geschnappt, und einer von diesen Typen, er mich bringen weg an eine Ecke und mir sagen, wenn er mich noch mal sieht, er mir schneiden die Eier ab. Also gehe ich für sechs Monate nach Mexico City, aber da ist nichts, und dann ich kommen hier nach Hause.» Er drehte sich wieder nach Haydon um. «Aber ich wieder gehen in die Staaten. Nicht nach San Diego. Ich will zum College an der Universität von Texas.» Er nickte ernsthaft.

Haydon bezweifelte, ob es das College war, wonach ihm der Sinn stand, aber der Junge dachte vermutlich, Haydon werde das bewundernswert finden.

«Fahren wir», sagte Haydon.

Dolfo schaute auf seine falsche Rolex. «Wir noch warten etwas.»

«Nein, es war lange genug», sagte Haydon.

«Das ist sehr wichtig?» fragte Dolfo.

«Sehr. Wir müssen vorsichtig sein.»

«Wenn diese Leute sehen, wie Sie steigen in mein Auto, dann sie werden suchen nach diesem Taxi, nicht?»

«Das stimmt.»

Der Junge dachte einen Augenblick nach. «Ich haben einen Freund. Vielleicht er mir geben sein Auto. Ich ihm sagen, er kann haben mein Taxi morgen ganzen Tag und Geld behalten, was verdient, wenn er mir heute seinen Wagen geben.» Er zog die Augenbrauen hoch und sah Haydon an, um zu erkunden, was er von diesem Plan hielt. «Na?»

«Hört sich gut an.»

«*Bueno*. Sie hier warten. Er ist zwei Häuser weiter», sagte er, die Richtung zeigend. «Fünf Minuten, okay? Sie hier warten. Ich hupen» – er machte die Handbewegung – «zweimal. Okay?»

«Okay», sagte Haydon. «Fünf Minuten.»

Der Junge sprang aus dem Wagen, lief zurück zum Tor und war verschwunden. Haydon stieg aus dem Taxi. Der Hof war klein und nackt; ein einziger *pirul*-Baum warf seinen spärlichen Schatten auf den festgetretenen Lehmboden. Das Haus war ein Betonwürfel wie alle anderen; zwei Hühner scharrten auf der anderen Seite des bröckelnden Gehsteigs, der zur Haustür führte. Jetzt, da er das Taxi verlassen hatte, hörte er schwache Klänge von *ranchera*-Musik aus dem dunklen Inneren des Hauses dringen. Haydon hatte das Gefühl, daß es keine Freundin gab, die bei Le Blé arbeitete, und wenn es sie doch gab, war dies nicht ihr Haus.

Aber er hatte keine Zeit, sich darüber Gedanken zu machen. Draußen auf der Straße ertönte eine Hupe zweimal, und Haydon eilte zum Tor, öffnete einen Flügel so weit, daß er durchschlüpfen konnte, und ging hinaus. Dolfo saß hinter dem Steuer eines sonnengebleichten roten japanischen Autos.

Sie fuhren in Richtung Stadt, durch die engen Straßen von Zona 8, dann über die betriebsame Durchgangs- und Geschäftsstraße Avenida Bolìvar, auf der Dolfo nur wenige Blocks zurücklegte, ehe er nach Norden abbog und die 5. Avenida nahm, die entlang der blauen Mauer direkt zum Friedhof führte. In der Nähe des Eingangs ließ Haydon den Jungen an den Straßenrand fahren. Er zahlte ihm den versprochenen Preis, während Dolfo ihm eifrig versicherte, er könne ihm noch auf viele andere Arten nützlich sein. Doch Haydon winkte ab und dankte.

Haydon überquerte die staubige Straße und trat in den tiefen Schatten des langen Portikos, der sich auf das Friedhofsgelände öffnete. Die Hauptallee erstreckte sich vor ihm, gesäumt von massiven Zypressen und Zedern, deren Stämme weiß gekalkt waren und eine helle Kolonnade unter einem dunklen Dach von Grün bildeten. Am Ende des Weges stand die Kuppel der Krypta eines reichen Mannes als Silhouette vor dem dunstigen Himmel. Zu beiden Seiten gingen Nebenwege ab, alle von Bäumen flankiert, meist Palmen, die fast bis an die Wolken reichten, ehe sie in Fontänen von grünen Wedeln ausbrachen.

Die wichtigsten und gepflegteren Alleen des Friedhofs, die dem eleganten, bogenüberwölbten Eingang am nächsten waren, gehörten den sterblichen Überresten reicher Leute. Block um Block säumten üppige Mausoleen, Grabmäler, Krypten und Gewölbe die schattigen Wege. Hier stand ein Mammutmausoleum, das eine architektonische Mischung aus ägyptischer und Maya-Pyramide darstellte und dessen massive Kupfertüren die Gravur eines ägyptischen Königs und seiner Königin trugen, umgeben von Hieroglyphen, einen Geier mit ausgebreiteten Schwingen zu Häupten. Dort gab es ein Miniaturhaus im Tudorstil aus Stein und Holz, eine Miniaturmoschee mit Minaretten, eine Miniaturkathedrale, die Nachbildung eines griechischen Tempels; viele dieser Bauten waren so groß wie richtige Häuser. Der Kitsch lief Amok.

Und dann gab es da noch die Armen, die Legionen und Legionen von Toten, die nur den kleinen Raum beanspruchten, den ihre Leichen einnahmen. Für sie gab es Reihen um Reihen rechteckiger Grabgebäude aus Zement, zehn Meter hoch, lang wie ein Häuserblock und so breit, daß sie zwei Leichname der Länge nach hintereinander aufnehmen konnten. Wenn der Tote in seine Nische geschoben worden war, wurde deren Öffnung mit einer Zementplatte zugemauert. Manchmal bezahlten die Familien eine zusätzliche Gebühr, damit der Name des Toten in die Zementplatte geritzt wurde, manchmal konnten sie sich das nicht leisten und malten ihn selbst auf oder verzichteten auch darauf. Nach mehreren Regenzeiten und Hitzeperioden allerdings verschwanden die Namen. Doch auf fast jeder Platte, ohne Ausnahme, war irgendeine Vorrichtung angebracht, um Blumen aufzunehmen. Die breiten Gehwege vor den Grabgebäuden waren rissig, Gras wuchs in den Fugen, und die Toten, die auf der Erde arm gewesen waren, ruhten still und ohne sich zu wehren in ihrer engen Ewigkeit.

40

Es war halb vier, Haydon hatte also noch etwas mehr als zwei Stunden Zeit bis zum Treffen. Er nahm nicht gleich den von Lena beschriebenen Weg, sondern ging zur ersten Allee und schlug die Richtung ein, die vom Treffpunkt wegführte.

Haydon folgte dem schattigen, leicht abschüssigen Weg, bis er an eine Kreuzung kam, wo eine Abzweigung nach rechts in westliche Richtung führte, in die Richtung seines eigentlichen Ziels. Gelegentlich sah er einen alten Mann, der unter den Zypressen einherging und eine Hacke, Machete oder Säge trug, manchmal zwei alte Männer zusammen in verschwitzten Hemden und ausgefransten Strohhüten. Sie bewegten sich in den Schattenstreifen der Grabmäler, als stünden sie selbst schon vor dem Tor zur anderen Welt.

Bevor er die nächste Allee erreichte, vernahm er Töne, die sich nach einer Panflöte anhörten. Er wandte den Kopf und entdeckte einen Trauerzug, der sich näherte.

Haydon stand reglos, während die Trauergäste durch die Schattenstreifen zogen; er mochte sich nicht eher bewegen, bis die letzten an ihm vorbeigegangen waren und die Töne der Dampfpfeifenorgel zwischen den Gräbern weiter unten am Weg verklangen. Sie waren fort.

Er befand sich jetzt parallel zum Hauptweg und kontrollierte sein Fortkommen an jeder neuen Kreuzung. Unmittelbar ehe er das Ende des Weges erreichte, an dem er sich nach rechts wenden sollte, ging er zurück in Richtung auf die Kolonnade der weißstämmigen Zypressen, überquerte sie und betrat auf der anderen Seite ein Labyrinth von Krypten mit langen Alleen flacher Grabplatten auf einer Seite, deren zerbröckelnde Fassaden von toten und sterbenden Blumen überwuchert waren wie die hängenden Gärten Babylons in einem Zeitalter der Trockenheit und Hungersnot. Auf der anderen Seite standen, soweit er sehen konnte, Reihen um Reihen flechtenbedeckter Steingewölbe.

Er wandte sich wieder nach links und versuchte, sich nicht weiter als fünfzig Meter von dem engen, verwinkelten Weg zu entfernen, der vom Hauptweg abzweigte und einen flachen Abhang hinunterführte, wo die Krypten immer ärmlicher wurden. Hier waren die Toten in ihren Kästen gestapelt wie in einem Lagerhaus. Allmählich verlief sich der Weg, dem er folgte, auf einer Art Hügel, und Zypressen und Eukalyptusbäume überwucherten die Gräber, bis der Friedhof jenseits des Weges am Rand der breiten Schlucht des Rìo La Barranca endete. Der Weg selbst war nur noch ein Trampelpfad, Gräber lagen nur auf einer Seite; auf der anderen standen Zypressen, und auf dem Hang darunter drängten sich die Elendshütten und Slumbaracken.

Haydon hörte an- und abschwellende Stimmen. Er verließ den Weg und ging auf die Stimmen zu, er vernahm das Klirren von Werkzeugen und bog in einen schmalen Gang auf der Rückseite der Totenhäuser ein. Dort, am Rand der Schlucht, hinter einer dicht am Abhang stehenden Krypta, saßen eine ältere Frau und ein vielleicht sechzehnjähriges Mädchen am Rande eines Lochs, das sie gruben, und ruhten sich aus. Zwischen ihnen stand ein Wasserkrug. Als Haydon um die Ecke der Krypta bog, sahen ihn beide an, als sei er ein Geist. Mit erstarrten Mienen schauten ihre verschwitzten Gesichter in seine Richtung. Das Loch, das sie gegraben hatten, war eine rohe, unregelmäßige Öffnung, und beim Blick in ihre verblüfften Gesichter wußte Haydon sofort, daß es sich um ein illegales Grab handelte. Vermutlich kamen die Frauen von den Slumterrassen an den Hängen der Schlucht. Jemand war gestorben und mußte begraben werden, und sie brauchten nur ein kleines Stück Erde.

Sie sahen sich gegenseitig an. Die Augen des Mädchens waren weit aufgerissen, und Haydon dachte, wenn sie nicht mit in das Loch baumelnden Beinen dagesessen hätte, wäre sie über den Abhang gestürzt. Doch die alte Frau schaute Haydon mit milder Resignation an, dem Ausdruck einer Frau, die so lange gelebt und so viel gesehen hat, daß sie nicht überrascht gewesen wäre, auch noch aus einem Grab vertrieben zu werden.

«No tenga pena», sagte Haydon. Keine Sorge. Er griff in seine Tasche, nahm seine Zigaretten heraus und ging zu den beiden Frauen hinüber. Er zündete sich eine Zigarette an, hockte sich bei den Frauen nieder und hielt der alten Frau das Päckchen hin. «Nur zu», sagte er. «Behalten Sie sie.»

Das Mädchen war überrascht und wußte nicht, was zu tun war, doch die alte Frau nahm die Zigaretten, hielt sie in den krummen und schmutzigen Fingern und schüttelte für sich und das Mädchen zwei heraus.

Haydon schaute in das Loch, das sie in den steinigen Boden gescharrt hatten. «Wer ist gestorben?» fragte er.

«Ein Kind», sagte die alte Frau. «Ein Mädchen. Wir wollten nur nachts graben, damit uns die Friedhofswärter nicht sehen.» Sie zuckte mit den Schultern. «Aber es dauerte zu lange; das Kind riecht schon. Darum» – sie schaute auf das Loch, in dem ihre Beine hingen – «machen wir es heute fertig. Heute abend, wenn es dunkel ist, bringen wir das Kind herauf.»

Haydon nickte. Schweiß tropfte von der Nase des Mädchens. Sie hatte den Kopf gesenkt und wich noch immer seinem Blick aus.

«Ist sie eine Freundin?» fragte Haydon.

Die alte Frau grinste. «Nein, nein.» Sie legte einen Arm um die Schultern des Mädchens. «Sie ist meine Enkelin», sagte sie stolz. Dann fügte sie traurig hinzu: «Sie ist taub.»

Haydon versuchte, das Lächeln der alten Frau zu erwidern, doch die Muskeln um seine Lippen wehrten sich.

«Kennen Sie das Roosevelt-Hospital?» fragte Haydon.

«Natürlich, ich weiß, wo das ist.»

Noch immer in Hockstellung, nahm Haydon seinen Stift und ein Stück Papier aus der Brieftasche und schrieb den Namen von Dr. Bindo Salviati auf. Er reichte den Zettel der alten Frau. «Bringen Sie das Mädchen dorthin und lassen Sie ihre Ohren vom Doktor untersuchen. Vielleicht kann er helfen.»

Die alte Frau nahm den Zettel und nickte. Sie konnte nicht lesen, und sie hatte kein Geld für Ärzte, aber sie war höflich. Haydon sagte ihr den Namen und ließ sie ihn wiederholen. Dann griff er wieder in seine Brieftasche und nahm etwas Geld heraus.

«Damit können Sie die Untersuchung durch den Doktor bezahlen. Dr. Salviati ist ein Freund von mir. Wenn man etwas für sie tun kann, weiß er, was zu machen ist. Verstehen Sie mich?»

Die alte Frau nickte wieder und sah Haydon an. Ihr Gesicht war plötzlich ernst.

«Tun Sie es für das Mädchen», sagte Haydon.

Die alte Frau nickte mit feuchten Augen.

«Was mich betrifft», sagte Haydon, «wenn jemand Sie fragt, ob Sie mich gesehen haben, dann sagen Sie, Sie haben niemanden gesehen.»

«Das werde ich tun», sagte die alte Frau entschlossen.

«Ich hoffe, es wird gut werden», sagte Haydon und stand auf.

«Se va bien», sagte die alte Frau, und Haydon verschwand.

41

Er ging den Weg vom Felsvorsprung zurück und hielt sich von der Allee fern, indem er sich zwischen den Reihen der Krypten hielt. Bei jeder Kreuzung konnte er die fünfzig Meter entfernte Allee und auf der anderen Seite die Reihe der Eukalyptusbäume sehen. Zwischen ihrem Laub hindurch war der opalene Himmel über der Schlucht des Rìo La Barranca erkennbar. Das Licht veränderte sich ständig.

Haydon sah auf die Uhr. Es blieb wenig mehr als eine Stunde bis zum verabredeten Treffen. Er wandte der Sonne den Rücken zu und ging ein paar Schritte weiter zwischen die Krypten. Er suchte eine Weile nach einem geeigneten Standort, der ihm sowohl Deckung als auch gute Sicht auf die Allee gab. Er setzte sich auf eine Marmorbank im Schatten. Als er in seiner Tasche nach den Zigaretten griff, fiel ihm ein, daß er sie verschenkt hatte. Doch er hatte Glück, eine war herausgefallen und lag lose in seiner Tasche. Er zündete sie an.

Er saß weniger als eine Minute, als jemand zwischen ihn und die Sonne trat. Er hatte nicht einmal Zeit zu blinzeln.

«So, so, ein Amerikaner, der eine Zigarette raucht.»

Haydon erkannte Borrayos Stimme sofort. Er blickte gegen die Sonne auf – Borrayo ging auf Nummer Sicher – und sah seine Silhouette im Gegenlicht. Er brauchte seine ganze Willenskraft, aber er rauchte weiter. Borrayo trat einige Schritte näher.

«Du bist früh da, mein Freund», sagte er.

«Setz dich hin, Efran», sagte Haydon. Er preßte den Ellbogen an die Rippen und vergewisserte sich, daß die Waffe in seinem Hosenbund nicht zu sehen war. «Du kannst mir ruhig sagen, was du hier machst.»

«Da hast du wohl recht», sagte Borrayo. Er hielt die Waffe in der Hand, mit der er in Colonia Santa Isabel den Jungen erschossen hatte. Sie war nicht auf Haydon gerichtet, sondern hing an seiner Seite herunter. Er ging um eine Säule vor dem benachbarten Grab herum und setzte sich in ihren Schatten. Er stützte die Ellbogen auf die Knie und ließ die Hände baumeln, die Waffe achtlos in der Rechten.

«Das ist meine letzte Zigarette», sagte Haydon.

«Schon gut.» Borrayo schüttelte den Kopf. Sein gut geschnittenes Gesicht zeigte ein amüsiertes, wenn auch etwas angespanntes Lächeln. «Unangenehme Situation, was?»

«Ich weiß nicht», sagte Haydon. «Das hängt von deinen Absichten ab. Mir ist nicht unangenehm zumute.»

Borrayo lachte leise, weil er Haydons eigene Art von *ma-*

chisma zu schätzen wußte. «Na, du solltest wenigstens ein bißchen nervös sein. Guatemala kann ein gefährliches Land sein für Amerikaner ..., die allein reisen.»

«Nicht, wenn man Freunde hat», sagte Haydon. «Jemanden, dem man vertrauen kann.» Sein Kopf war nahe an dem Stein, und er spürte die Hitze, die dieser ausstrahlte. Er roch auch den Geruch alter Gräber.

Borrayo nickte grinsend. «Du hast also solche Freunde?»

«Das dachte ich immer.»

«Nichts bleibt jemals, wie es war, Haydon. Das ist eine der traurigen Tatsachen des Lebens.»

Haydon konnte sich nicht vorstellen, wie Borrayo von dem Treffen erfahren hatte oder warum er gekommen war. Daß er die Waffe so lässig in der Hand hielt, verhieß nichts Gutes für die Zusammenkunft. Borrayo sah auf seine Uhr.

«Es dauert nicht mehr lange, dann müssen wir sehr leise sein», sagte Borrayo. «Ich glaube, daß diese Lena Muller dir eine Sammlung von Dokumenten übergeben wird. Ich glaube zudem, General Azcona würde diese Dokumente sehr gern haben. Ich möchte sie ihm zum Geschenk machen.» Er zuckte mit den Schultern. So einfach war das.

«Das ist alles?»

«Natürlich.»

«Du brauchst diese Waffe, um die Dokumente an dich zu bringen?»

Borrayo grinste. «Ich denke, sie wird die Dinge vereinfachen.»

«Woher weißt du, daß Lena kommt?» Haydon ließ den Stummel seiner Zigarette fallen und trat ihn mit dem Fuß aus.

«Als ich deinem Gespräch mit Baine zuhörte», sagte Borrayo, «erwähnte er diese ‹Janet›. Nachdem wir wieder in Pavón waren, stellte ich ihm ein paar Fragen über sie. Ich ließ ihr Haus von ein paar Leuten beobachten. Ich wußte, wenn ihre Freundin versuchte, sich mit ihr in Verbindung zu setzen, würde es durch Boten geschehen müssen.» Er hielt inne, schaute sich um und sah dann wieder Haydon an. «Das kleine Mädchen war eine gute

Idee. Beim ersten Mal entging sie meinen Leuten. Aber beim zweiten Mal wußten sie, daß etwas stank, und folgten ihr, als sie das Haus verließ.»

Haydon konnte es nicht glauben. Sein Herz begann zu pochen, obwohl er annahm, daß sie der Kleinen nichts getan haben dürften, weil sie ihnen nichts hatte sagen können.

«Ein paar Blocks weiter wartete eine Frau in einem Auto auf sie. Wir haben sie verhört, und sie hat uns gesagt, was in der Nachricht stand.»

Wenn Borrayo jemanden «verhörte», reichte die Vorstellung, was bei dieser Befragung geschehen sein mochte, um weiche Knie zu bekommen.

«Und du glaubst nicht, daß die Frau danach sofort zu Lena Muller gegangen ist?»

Borrayo schüttelte den Kopf. «Das glaube ich nicht.» Dann erriet er Haydons Gedanken. «Nein, nein, der Frau ist nichts passiert», sagte Borrayo. «Sie war für den Job angeheuert worden. Für sie war es nur ein Job. Vermutlich ist sie verschwunden, weil sie wußte, daß sie Schwierigkeiten bekommen würde, nachdem sie geredet hatte.»

«Meinst du nicht, sie hätte sich bei Lena Muller zurückmelden sollen, um ihr zu sagen, daß die Nachricht überbracht worden war?»

«Vielleicht. Aber ich würde darauf wetten, daß sie Angst hatte, zurückzugehen.»

«Wenn sie sich nicht bei Lena gemeldet hat, ist Lena sicher mißtrauisch geworden.» Haydon schüttelte den Kopf. «Dann wird hier jetzt gar nichts passieren.»

Borrayo zuckte mit den Schultern. «Meinst du, ich wäre hier, wenn ich nicht glaubte, daß sie kommen wird?»

Irgend etwas stimmte hier nicht. Wenn Borrayo die Frau tatsächlich «verhört» hatte, wenn sie nicht zu Lena Muller zurückgekehrt war oder vielmehr zu den Guerilleros, die das arrangiert haben mußten, dann hatte Haydon recht. Die Guerilleros würden Lena nirgends hingehen lassen. Doch Borrayo war trotzdem aufgetaucht. Haydon sah den Guatemalteken an, der ihn aufmerksam beobachtete und wartete, ob Haydon auf die richtige Antwort kommen würde. Sie mußte seinem Gesicht anzusehen sein. Borrayo hob langsam die Automatik.

«Versteh das, was hier vorgeht, nicht falsch», sagte Borrayo. «Wir müssen reden, und ich fürchte, die Fragen werden dir nicht gefallen.» Borrayo stand auf und kam langsam auf Haydon zu. Er entsicherte seine Automatik und richtete sie gerade außerhalb Haydons Reichweite auf dessen Gesicht. «Nimm die Waffe aus dem Hosenbund», sagte er. «Mit der linken Hand.»

Haydons Magen verkrampfte sich. Er wußte, daß er binnen Sekunden tot sein konnte.

«Wir gehen auf die Rückseite des Friedhofs», sagte Borrayo und nahm die Waffe. «General Azcona möchte sich mit dir unterhalten.»

Das glaubte Haydon nicht. Azcona hatte Haydon nichts zu sagen. Er wollte seinen Tod. Die Autobombe war keine Einladung gewesen, irgend etwas zu diskutieren. Borrayo wollte, daß der Todesschuß überraschend kam, und er wollte ihn dicht bei der Schlucht, damit er Haydons Leiche über den Rand stoßen konnte.

«Dreh dich einfach um und geh den Weg zurück, den du gekommen bist», sagte Borrayo.

Haydon gehorchte. Er war wie benommen. Er fühlte sich schwindlig und angewidert und ungläubig. Er dachte an den Mann, der Borrayos Nichte vergewaltigt hatte, und daran, wie er ihn umarmt hatte, während er ihm wieder und wieder in den Magen schoß, bis er über den Rand der Schlucht in Santa Isabel stürzte. Er dachte an den jungen Gefangenen, den Borrayo am Rand der Schlucht von Santa Isabel erschossen hatte. Wenn sie das Ende des Felsvorsprungs erreichten, in wenigen Augenblikken, würde Haydon über die breite Schlucht hinweg die Abhänge von Santa Isabel sehen können.

Sie bogen um eine Ecke und gingen an der langen, flachen Fassade einer der Großkrypten vorbei. Haydon fühlte sich, als wate er durch eine Brandung. Seine Beine wurden bleischwer, seine Muskeln drohten zu versagen. Er fürchtete, seine Knie würden einknicken, was er unbedingt vermeiden wollte. Selbst wenn Borrayo ihn tatsächlich umbrachte, wollte er nicht, daß Borrayo es sah. Noch während ihm das klar wurde, dachte er, wie dumm dieser Stolz in einem solchen Augenblick war.

Sie kamen an einer Mauer vorbei, Dutzende von Metern lang und übermannshoch. Die sinkende Sonne teilte die Mauer in zwei Farbstreifen, der untere schattenblau, der obere im Abendlicht messinggelb. Haydon merkte, daß ihm nichts einfiel, was er tun könnte. Er hatte sich nie vorgestellt, daß es so sein würde, und er fühlte sich hilflos wie ein Invalide. Er konnte nicht einmal etwas sagen, und Borrayos Schweigen wirkte heimtückisch, als hätte er den Vorwand längst vergessen, am Ende des Weges würde ein Gespräch stattfinden.

Sie erreichten das Ende der Mauer und betraten eine Gräberallee. Überall an den Steinwänden der Grabmäler wuchsen trokkene Grasbüschel, und er sah eine Eidechse, ein großes, schuppiges Tier, das flach auf dem kühlen Stein eines Türeingangs lag. Hier fiel der Boden leicht in Richtung Felsvorsprung ab. Erst im letzten Augenblick wurde Haydon klar, daß sie genau zu der Stelle zurückgingen, wo er die alte Frau und das Mädchen zurückgelassen hatte. Plötzlich setzte sein Herz aus wie eine stokkende Maschine bei der absurden Vorstellung, die alte Frau könne ihn retten. Sie waren noch einige Gräber entfernt, vielleicht zwanzig Meter. Nein, die alte Frau konnte ihn nicht retten, aber wenn sie um die Ecke bogen, würde Borrayo einen Moment lang überrascht sein, auf jemanden zu treffen... den Bruchteil einer Sekunde lang würde er zu den Frauen schauen, reflexhaft, unvermeidlich. Haydon begann, sich Borrayos Reaktion vorzustellen, begann sich vorzustellen, wie er sich in dieser Sekunde den Abhang hinunterstürzen würde. Alles, was ihm dort passieren könnte, wäre besser als ein Schuß aus kurzer Entfernung.

Zehn Meter. Haydon roch den Eukalyptus, vermischt mit dem Gestank schwelenden Mülls, und er konnte sich nur mit

Mühe beherrschen, um nicht vorzeitig loszustürzen. Sie umrundeten die letzte Krypta, und Haydon stand vor dem leeren Grab. Die alte Frau und das Mädchen waren verschwunden. Er hielt inne und drehte sich um.

«Ich kann nicht glauben, daß du mich umbringen wirst», hörte er sich selber sagen. Das war keine sehr bemerkenswerte Feststellung, und nachdem er sie ausgesprochen hatte, fühlte er sich außerordentlich seltsam, als würden die Moleküle seines Körpers auseinanderfallen. Im gleichen Augenblick füllte sich sein Kopf mit einem schwirrenden Geräusch, und Borrayo zuckte mit den Schultern und begann zu protestieren – die Judasworte, die dem Ende vorausgingen. Nein, nein, Haydon habe alles falsch verstanden, sagte Borrayo, die Waffe auf Haydons Gesicht gerichtet. Der General werde kommen und mit ihm reden. Der General habe Fragen. Haydon konnte sich nicht vorstellen, warum Borrayo immer noch auswich. Er war plötzlich sicher, daß seine Beine nicht einknicken würden, und er maß die Entfernung zwischen sich und Borrayo und zwischen sich und dem Abhang. Borrayo sagte gerade, Haydon werde feststellen, daß der General ein fairer Mensch sei... Haydon beobachtete die Waffe in Borrayos Hand... er atmete tief ein, als wolle er tauchen.

Während Borrayo noch Einwände erhob und bevor er den Abzug bedienen konnte, sah Haydon, wie sich über Borrayos Kopf etwas in einem Bogen bewegte.

Die rostige Spitze der Hacke traf Borrayo genau zwischen Schulter und Hals, gleich über dem Schlüsselbein. Dieser glückliche Treffer lähmte seinen Arm auf der Stelle, und darüber hinaus war die Wucht des Schlages, verstärkt durch die Schwere der Hacke, verheerend. Borrayo stolperte und stürzte nach hinten. Sein eigenes Körpergewicht hebelte ihn von den Füßen, und er fiel in das frisch ausgehobene Grab. Er landete auf seiner eigenen Waffe, die mit einem erstickten Krachen losging. Das Geschoß riß ein großes Loch in seinen Hals.

Haydon starrte mit offenem Mund das Mädchen an. Sie hatte

die Hacke geschwungen. Die alte Frau stand hinter ihr und streckte die Hand nach ihrem Rücken aus. Keiner von ihnen sagte etwas. Dann kam Haydon zur Besinnung. Er sprang in das Loch und drehte Borrayo auf den Rücken. Er nahm seine eigene Waffe aus Borrayos Hosenbund und zog Borrayos Automatik aus Erde und Blut hervor. Er griff in das Jackett des Guatemalteken und holte die Brieftasche heraus. Sie war prall mit Geldscheinen gefüllt, die er in der Hand hielt, während er Borrayos Papiere durchsah. Darunter war nichts, was Haydon hätte benutzen können. Er stand auf und schleuderte die Brieftasche so weit wie möglich in das Gestrüpp am Abhang; die Papiere flatterten heraus in die rauchige Dämmerung.

Dann packte Haydon Borrayo an den Armen, zog ihn über den Rand des Grabes und schleifte ihn einige Meter bis zum Abhang. Die alte Frau und das Mädchen wollten ihm helfen, aber er winkte ab. Er rollte Borrayo über die Böschung, und der massive Körper des Guatemalteken fiel wie ein Mühlstein krachend in das Unterholz hoch über dem Rìo La Barranca.

Haydon drehte sich um, ging zu dem Mädchen hinüber und schaute sie an. Zum ersten Mal sah er, daß sie im Übergang vom Kind zur Frau war. Er wandte sich der alten Frau zu und gab ihr das Geld aus Borrayos Brieftasche.

«Sagen Sie ihr, daß ich keine Worte habe, die stark genug sind, um ihr zu danken ... und sagen Sie ...» Haydon konnte nicht im entferntesten ausdrücken, was er fühlte, das Empfinden, wiedergeboren zu sein, nachdem er auf so erstaunliche Weise vor dem sicheren Tod bewahrt worden war: Gleichzeitig spürte er eine schreckliche Kälte, weil das Mädchen seinetwegen eine so entsetzliche Tat begangen hatte. Er wagte nicht, darüber zu spekulieren, warum sie – und die alte Frau – das getan hatten.

«Ich verstehe», sagte die alte Frau und unterbrach damit Haydons Suche nach Worten. Ihr greisenhaftes Gesicht schimmerte im goldenen Licht, das durch die Zypressen fiel. Sie sah ihre Enkelin und dann das Grab und dann das Geld an. «Es ging nicht anders.»

42

Haydon verließ die alte Frau und das Mädchen zum zweiten Mal und machte sich auf den Rückweg zur Hauptallee. Da er sicher war, daß Lena nicht auftauchen würde, um ihn zu treffen, ging er diesmal einfach den Weg hinauf und machte sich nicht die Mühe, zwischen den Grabmälern Deckung zu suchen. Seine Beine waren wie aus Gummi, und er erinnerte sich, daß er nicht hatte zusammenbrechen wollen, als Borrayo ihn zu erschießen drohte, aber nun war ihm alles egal. Er wankte an den Rand der Allee und zwischen die erste Gräberreihe und ließ sich im Schatten eines der Grabsteine fallen. Die Muskeln seiner Beine waren so schwach, als habe er eine lange Krankheit hinter sich. Er war in kalten Schweiß gebadet. Plötzlich mußte er sich übergeben. Er saß auf dem flachen Deckstein eines Grabes, den Kopf über das trockene Gras zwischen seinen Beinen gebeugt. Zum zweiten Mal an diesem Tag überließ er sich dem Aufruhr seiner Nerven und spuckte die Angst aus sich heraus.

Als er fertig war, ging er zu einem anderen Grabstein, setzte sich in dessen Schatten und lehnte sich mit dem Rücken gegen die kühle Fläche. Er saß sehr still und dachte an den eigenartigen Bogen, den die Hacke beschrieben hatte, als sie sich hinter Borrayo hob und dann fiel. Er dachte an den Ausdruck auf Borrayos Gesicht, eine Grimasse aus Schmerz, der so schrecklich gewesen sein mußte, daß er augenblicklich zum Zentrum seiner Existenz wurde und sogar die Überraschung überlagerte, die er gewiß einen winzigen Moment lang empfunden hatte. Dann war er auf seine eigene Waffe gefallen und hatte sich selbst erschossen. Seine letzte Exekution war seine eigene.

Nach einigen Minuten gelang es Haydon, auf die Füße zu kommen. Er lehnte sich einen Augenblick an den Stein, ging dann in die Allee zurück und machte sich auf den Weg. Er erreichte gerade die Stelle, an der Borrayo ihn überrascht hatte, als er Janets Landrover kommen sah.

Als sie ihn erreichte, sah er ihr besorgtes Gesicht durch die Windschutzscheibe, noch ehe sie angehalten hatte. Er ging zur Beifahrertür und stieg ein.

«Was ist los?» fragte sie sofort. «Alles in Ordnung?»

«Glauben Sie, daß Ihnen jemand gefolgt ist?» Haydon lehnte den Kopf zurück. Seine Beine waren wie Gummi, und die Muskeln in seinen Armen zitterten.

«Ich bin weit gefahren, habe alle möglichen Umwege gemacht, war in Parkhäusern, privaten Einfahrten, dem Supermarkt in der Innenstadt, überall. Wenn jemand hinter mir war, ist ihm vermutlich das Benzin ausgegangen.» Sie sah Haydon stirnrunzelnd an. «Hier ist niemand, oder?»

«Nein», sagte er. «Und es wird auch keiner kommen. Wenden Sie da hinten zwischen den beiden Gräbern.»

«Ich fahre nur hinunter bis ans Ende...»

«Nein. Wenden Sie dort. Tun Sie, was ich sage.»

«Was zum Teufel geht hier vor... ich glaube nicht...»

«Wenden Sie schon», sagte Haydon, und Janet legte den Rückwärtsgang ein, fuhr zwischen die Grabmäler und stellte den Motor ab.

«Verdammt, sagen Sie mir, was los ist.»

Sie saßen dem Sonnenuntergang gegenüber; die Strahlen trafen die Windschutzscheibe des Landrover so, daß man den Staub und die zerquetschten Insekten auf dem Glas sah. Er erzählte ihr die ganze Geschichte. Sie hörte zu, das Gesicht verzerrt angesichts des Wahnsinns der Ereignisse. Als er fertig war, beugte sie sich vor und legte den Kopf auf das Steuerrad.

«Glauben Sie..., daß er dem kleinen Mädchen etwas angetan hat?»

«Nein. Und zwar nicht, weil er so etwas nicht tun würde, sondern weil er dadurch nichts zu gewinnen hatte.»

Janet saß da und starrte durch das Steuerrad in den Staub auf dem Armaturenbrett.

«Sonst hat sich niemand bei Ihnen gemeldet?» fragte Haydon.

«Nein, nichts.» Sie hob den Kopf und sah ihn an. «Sie glauben, daß das noch nicht zu Ende ist, nicht? Lena wird sich doch wieder melden, oder?»

«Ich denke schon.» Haydon war so erschüttert und müde, daß er nicht mehr wußte, wie er sich entspannen sollte.

«Das ist zuviel», sagte sie. «Wenn das vorbei ist, verlasse ich dieses gottverdammte Land. So will niemand leben. Ich muß nicht so leben. Ich brauche das nicht.» Sie schwieg einen Augenblick und sagte dann: «Dieses *Mädchen* hat ihn mit einer *Hacke* getötet?»

Haydon hatte die Augen geschlossen, und als er sie wieder öffnete, schien die Sonne so auf die staubige Windschutzscheibe, daß das Glas vollkommen golden und undurchsichtig war. Er blinzelte und senkte den Blick. Wegen der Hitze war Janet mit hochgeschobenem Rock gefahren, und er schaute auf ihre langen nackten Beine.

Er blickte zu ihr auf, und sie starrte geradeaus in das Gold; das Licht ließ Stirn, Nase, Lippen und Kinn hervortreten ... Und auf ihrer anderen Seite sah er durch das Seitenfenster weiter oben in der Allee die vordere Stoßstange eines Autos glänzen, das gleich hinter dem weißgekalkten Stamm einer Zypresse auf dem Hauptweg geparkt hatte.

«Kommen Sie», sagte er. «Fahren wir.»

Janet streckte die Hand nach dem Zündschloß aus, und plötzlich starrte Haydon die Schlüssel an. «Warten Sie einen Augenblick», sagte er.

«Was ist? Wollen Sie nicht fahren?»

«Borrayo muß mit dem Wagen gekommen sein. Er wäre nicht zu Fuß gegangen. Nicht sehr weit jedenfalls.»

«Okay.»

«Da oben auf diesem Weg», sagte er. «Jemand hat hinter den Zypressen geparkt.»

Janet sah sich um. Vermutlich wurden sie beobachtet, und es war gut so, wenn die anderen sahen, daß sie wußten, daß sie da waren.

«Es spielt jetzt keine Rolle», sagte Haydon, «aber ich möchte Borrayos Fahrzeug finden. Fahren Sie einfach los und geradewegs auf sie zu. Wahrscheinlich wollen sie nicht, daß wir sehen, wer sie sind . . .»

«Was ist, wenn es Azconas Leute sind . . .»

«Borrayo war Azconas Mann. Ich bezweifle, daß Borrayo jemand anderen dabei haben wollte. Fahren Sie einfach hin. Sie werden verschwinden.»

Janet bog in den Weg ein, und sofort wendete der geparkte Wagen unter den Zypressen und fuhr weg. Insgeheim war Haydon erleichtert. Er war an einem Punkt angelangt, an dem er nicht mehr wußte, ob seinem Urteil noch zu trauen war oder nicht.

«Wenn Sie auf den Hauptweg kommen, fahren Sie in Richtung Eingang», sagte er. «Ich halte Ausschau nach Borrayos Wagen, vermutlich einem Cherokee oder so. Fahren Sie langsam und schauen Sie in die Nebenwege links. Ich behalte die rechte Seite im Auge.»

Wenig später waren sie wieder auf dem Hauptweg; am anderen Ende sah man den weiten Portiko mit seinem hohen romanischen Bogen, voll von Menschen, die den Friedhof vor der Sperrstunde verließen.

«Da.» Janet nahm rasch den Fuß vom Gas, ließ aber den Motor des Rover laufen. Sie lehnte den Kopf zurück, damit Haydon an ihr vorbeisehen konnte, und tatsächlich parkte auf halber Höhe der Allee einsam ein roter Cherokee.

«Fahren Sie daran vorbei», sagte Haydon. «Wenden Sie und fahren Sie wieder zurück, und zwar so dicht am Rand, daß ich in der Deckung der Zypressen die Tür aufmachen kann. Wenn ich draußen bin, biegen Sie in den Nebenweg auf der anderen Seite der Allee ein. Warten Sie dort. Geben Sie mir zehn Minuten. Dann kommen Sie zurück und holen mich da unten wieder ab», sagte er und zeigte auf eine Stelle ein Stück hinter Borrayos Cherokee.

«Okay, kapiert», sagte Janet. Sie tat genau das, was er gesagt hatte, wendete, fuhr zurück und an den Wegrand, wo Haydon aus dem Wagen sprang. Dann bog sie in den Nebenweg ein.

Haydon rannte hinter den Grabmälern entlang, und nach wenigen Augenblicken erreichte er die Fahrertür des Cherokee. Sie war abgeschlossen. Er hob einen Granitbrocken auf und schlug das Seitenfenster ein. Er streckte die Hand aus und entriegelte die Tür. Auf dem Vordersitz lagen ein Funkgerät und ein kleines Notizbuch, beides nahm er an sich. Unter dem Sitz fand er eine Schachtel Patronen für die Waffe, die Borrayo bei sich gehabt hatte, und steckte sie zu dem Notizbuch in seine Jackentasche. Auf dem Rücksitz fand Haydon unter einer Zeitung eine Uzi. Das Magazin war voll. Er nahm sie an sich.

Dann wandte er sich dem Handschuhfach zu. Es war verschlossen. Er stieg aus, nahm den Granitbrocken zur Hand, rutschte auf den Beifahrersitz und hämmerte auf das Schloß ein, bis es aufsprang. Das Handschuhfach enthielt ein dickes Päckchen guatemaltekischer Ausweise von Männern und Frauen jeden Alters, die, wie Haydon vermutete, Insassen irgendwo in Guatemalas Geheimgefängnissen waren. Bei den Ausweisen lag noch ein Notizbuch, kleiner als das erste. Haydon steckte alle Ausweise und das Notizbuch ein. Er wollte den Wagen schon wieder verlassen, doch dann nahm er noch eine Reihe von Landkarten Guatemalas an sich.

Er schloß die Wagentür. Die Sonne war jetzt hinter dem Horizont verschwunden, und der Tag näherte sich rasch der Stunde, zu der alle Farben ihre Intensität verloren, weich und pastellig wurden und dann den blauen, grauen und schwarzen Schatten wichen.

Haydon lief in Richtung Allee zurück und war dankbar für die weißgekalkten Stämme der Zypressen im sinkenden Tageslicht. Als er nur noch fünfzig Meter vom Hauptweg entfernt war, wandte er sich nach rechts und ging zwischen den Gräbern hindurch zwei Wege weiter in westlicher Richtung. Es wurde schneller dunkel, als ihm lieb war. Dann sah er plötzlich die Rücklichter von Janets Landrover.

Rasch trat er zwischen den Zypressen hervor, bis er den Rover beschleunigen hörte und wußte, daß sie ihn gesehen hatte. Dann wich er zurück, bis er nur noch von der anderen Wegseite her zu sehen war. Janet lenkte den Rover an den Wegrand und hielt wie zuvor dicht neben den Bäumen. Die Tür wurde geöffnet, und Haydon sprang mit seiner Beute in den Wagen.

«Verdammt, ich hatte schon Angst», sagte sie und steuerte wieder den Eingang an. «Sie schließen die Tore.»

«Alles okay», sagte Haydon. «Keine Sorge.»

«Himmel, war die da drin?» fragte sie und deutete auf die Uzi.

«Und anderes Zeug», sagte Haydon. Seine Taschen waren schwer.

«Irgend etwas Wichtiges? Etwas, das wir benutzen können?»

«Ich denke schon.»

Unter den Zypressen war es dunkel, und Janet mußte die Scheinwerfer einschalten. Ihre Strahlen beleuchteten die Menschen, die durch den Ausgang drängten. Vor ihnen befand sich ein einziger weiterer Wagen, eine Familie. Kleine, geschäftige Kinderköpfe tauchten wie Schattenrisse im Scheinwerferlicht auf. Zwischen die guatemaltekischen Fußgänger gedrängt, fuhren sie im Schrittempo aus dem Tor, und ein paar gespannte Augenblicke lang rechnete Haydon damit, daß bewaffnete Männer die Türen des Landrover aufrissen. Als sie schließlich in die Avenida 5 einbogen, lockerte Haydon den Griff seiner Hand um die Uzi.

«Was jetzt?» fragte Janet.

Haydon lehnte sich gegen die Tür. Er hatte das Gefühl, sein Körpergewicht habe sich verfünffacht.

«Ich brauche einen Drink und ein Bad», sagte er. «Und ich muß ein paar Stunden stillsitzen.»

«Was ist mit Lena? Was ist mit dem Treffen?» Janet runzelte die Stirn und beugte sich über das Steuerrad.

«Wir können nichts mehr tun, bis sie sich wieder mit Ihnen in Verbindung setzt», sagte Haydon müde. «Mehr ist einfach nicht zu machen.»

«Himmel.» Janet brauste die Calle 20 hinunter.

«Ich möchte nicht ins Residencial Reforma zurück», sagte Haydon. «Ich würde gern eines Ihrer Gästezimmer benutzen. Nur für heute nacht.»

«Aber natürlich», sagte Janet überrascht. «Mir ist das ganz recht. Außerdem wäre es ohnehin besser, falls Lena von sich hören läßt.»

«Funktioniert Ihre Alarmanlage?» fragte er.

«Ja...»

«Haben Sie etwas von Pitt gehört?» Haydon hielt die Uzi quer über dem Schoß. «Oder von Cage?»

Janet schüttelte den Kopf. «Nein. Von keinem von beiden.»

«Haben Sie auf dem Friedhof jemanden gesehen, als Sie auf mich warteten?»

«Jemanden, der mich beobachtete? Nein. Ich hielt nach einem Auto Ausschau, vielleicht dem, das wir gesehen haben, aber ich habe nur drei oder vier Wagen bemerkt, und keiner sah so aus, als würde er mich überwachen.»

«Woran haben Sie das erkannt?»

«Also gut, ich weiß nicht, wie ein Überwachungswagen aussieht, aber ich weiß, daß ich keinen gesehen habe, von dem ich dachte, er würde mich beobachten.»

«Gut.» Haydons Müdigkeit war so groß, daß er sich plötzlich fühlte, als stünde er unter Drogen. Er hatte keinerlei Kraft mehr. Er mußte dauernd an Borrayo denken und konnte das Bild nicht loswerden, wie er am Rand des Abgrunds gestanden, in die seelenlosen Augen des Guatemalteken geschaut und gewußt hatte, was dessen Absichten waren. Nur ein Atemzug – oder noch weniger – hatte ihn davon getrennt, im Gebüsch der Schlucht zu liegen wie Borrayo jetzt, statt bei Janet im Auto zu sitzen.

Und er war wütend auf Pittner. Wo zum Teufel war er gewesen? Ehe er das Residencial Reforma verlassen hatte, hatte Haydon die Nummer angerufen, die Pittner als Direktleitung angegeben hatte. Jemand anderer hatte sich gemeldet, und als Haydon nach Pittner fragte, hatte man ihm gesagt, Pittner sei nicht da, er könne aber eine Nachricht hinterlassen. Das war kaum die Art von Organisation, die er erwartete. Haydon hatte keine Wahl gehabt. Entweder nutzte er die Gelegenheit, oder er ließ es. Daß Pittner nicht im Büro war, machte Haydon argwöhnisch. Pittner hatte ihm gesagt, er solle das Residencial nicht verlassen, ehe er sich wieder gemeldet habe. Er hatte Haydon gesagt, das Hotel sei eine «bekannte», eine «öffentliche» Örtlichkeit und werde immer sicher sein. Jetzt sah es so aus, als sei Pittners Ratschlag eine kaum verhüllte Bemühung gewesen, ihn an einen Ort zu binden, um ihn aus dem Weg zu haben. Haydon war weit davon entfernt, Bennett Pittner zu durchschauen.

Und Cage? Der hatte sich merkwürdigerweise seit fast vierundzwanzig Stunden nicht mehr gemeldet.

43

Haydon bekam von Janet eine alte Reisetasche, packte Borrayos Automatik und alles, was er aus Borrayos Wagen genommen hatte, hinein und zog den Reißverschluß zu. Er hatte sich nicht die Zeit genommen, sich irgend etwas genauer anzusehen, sondern war Janet durch den Flur an ihrem eigenen Schlafzimmer vorbei und um eine Ecke zu einem weiteren Schlafzimmer gefolgt, das wie ihres auf den Hof hinausging. Der Raum war groß, an einem Ende befand sich eine Sitzecke, am anderen ein ebenfalls geräumiges Badezimmer, dessen Fenster sich gleichfalls zum Hof öffneten.

Janet sagte, sie werde in der Küche etwas herrichten, und ließ ihn allein. Er schloß die Tür, versperrte sie und schaltete das

Licht aus, das Janet angemacht hatte. Im Dunkeln ging er zu den offenen Fenstern und schaute hinaus. Er hörte den Brunnen plätschern. Auf der anderen Seite des Hofes erleuchtete ein weiches topasfarbenes Licht den Wohnraum; weiter rechts fiel etwas helleres Licht aus der Küche, wo er Janet und ihr Hausmädchen umhergehen sah. Er konnte Bruchstücke ihrer Unterhaltung hören, hier einen Satz, da ein Wort. Der Rest des Hauses, zumindest der Teil, der auf den Hof hinausging, war dunkel.

Er verließ das Fenster und ging zur Sitzgruppe, wo ein Telefon stand. Er wählte die Nummer, die Pittner ihm gegeben hatte. Diesmal meldete sich überhaupt niemand.

Er schob die Reisetasche unter das Bett, so daß er vom Badezimmer aus gerade noch ihren Rand sehen konnte; desgleichen seine Smith & Wesson. Er ging ins Bad, schaltete das Licht ein und zog die Leinenvorhänge zu. Im Halbdunkel begann er, sich zu entkleiden. Er hätte gern die saubere Kleidung zum Wechseln gehabt, die sich im Residencial Reforma befand.

Er duschte bei offener Badezimmertür und konzentrierte sich auf die unmittelbaren Empfindungen – das Echo des Wassers von der gekachelten Wand, die prickelnden kalten Strahlen, die auf seine nackte Haut prasselten, den leisen Duft der Orangenblüten, der durch die offenen Fenster zum Hof drang – all das, um die brutalen Bilder des langen Tages zu vertreiben.

Danach trocknete er sich ab, wickelte sich das Handtuch um die Taille und sah sich nach einem Rasierapparat und Rasierseife um. Er fand beides in einem kleinen Schränkchen rechts vom Waschbecken, sauber auf einem weißen Handtuch ausgebreitet. Es gab drei verschiedene Sorten Eau de Cologne. Alles war makellos. Er nahm an, daß Janet gern auf männliche Gesellschaft vorbereitet war, wann immer sie ihr über den Weg laufen mochte. Als er fertig war, kämmte er sich vor dem Spiegel und ging ins Schlafzimmer zurück.

Er zog sich an und dachte wieder an die sauberen Sachen in seinem Hotel. Er saß am Fußende des Bettes und band seine Schnürsenkel, als es an die Tür klopfte.

«Haydon», sagte Janet, «ich bringe Ihnen einen Drink.»

Er ging zur Tür und öffnete sie, und Janet stand mit zwei Gläsern vor ihm. Sie reichte ihm eines.

«Gin und Tonic mit Limone», sagte sie.

«Danke», sagte er, und Janet trat ins Zimmer.

«Kein Licht?»

Haydon nahm das Glas.

Janet schloß die Tür, ging zur Sitzecke und setzte sich in einen Sessel. Ihren Drink stellte sie auf den Couchtisch davor. Sie hatte sich umgezogen und duftete schwach nach Badeöl.

«Neulich haben Sie mich vor Abhörgeräten gewarnt», sagte sie. «Ein Haus wie dieses nach Wanzen durchsuchen zu lassen, ist eine teure Angelegenheit. Aber für ein Zimmer konnte ich es mir leisten. Dies ist das Zimmer.»

«Das glaube ich nicht», sagte Haydon.

«Tatsächlich war das Cages Idee, damals, als wir etwas miteinander hatten. Er brachte mich mit einem Mann zusammen, und ich bin mit ihm in Verbindung geblieben.»

«Warum nicht Ihr Schlafzimmer?»

«Weil das hier *mein* Schlafzimmer ist.»

«Wieso erzählen Sie mir das?» fragte Haydon und trank dankbar einen Schluck aus dem hohen Glas mit Gin.

«Weil ich sehen will, was in der Reisetasche ist», sagte sie.

«Ich bin nicht sicher, ob das eine gute Idee ist», sagte er und ging zu ihr hinüber.

«Ich habe nicht gefragt, ob die Idee gut ist», sagte sie. «Um ehrlich zu sein, ich glaube, es wäre dumm von mir, mit Ihnen zusammenzuarbeiten, wenn Sie nicht mit mir zusammenarbeiten.»

Haydon trank von seinem Gin. Er ging zum Bett, zog die Reisetasche darunter hervor und trug sie hinüber. Er setzte sich neben Janet, stellte die Tasche zwischen seinen Füßen auf den Boden und öffnete den Reißverschluß. Janet erhob sich, zog die Vorhänge zu und schaltete ein paar Lampen ein.

Haydon nahm die Uzi und legte sie zu seiner Rechten auf den

Boden. Er nahm Borrayos Waffe heraus, die, wie er jetzt bemerkte, ebenfalls eine der neuen Smith & Wesson 1006 war. Das bewies nur, welche guten Beziehungen die mittelamerikanischen Waffenhändler hatten. Die Waffe war mit Borrayos Blut und mit Erde verkrustet. Haydon beschloß, sie zu säubern. Er legte sie mit der Munition neben die Uzi.

Dann nahm er das größere der beiden Notizbücher, die mit Gummibändern zusammengebundenen Ausweise, das kleinere Notizbuch, das im Handschuhfach gewesen war, und die Landkarten heraus.

Langsam, als traue sie ihren Augen nicht, beugte Janet sich vor und nahm das Päckchen mit den Ausweisen in die Hand.

«Was zum Teufel ist denn das?» fragte sie leise, doch im gleichen Augenblick wurde ihr klar, worum es sich handelte.

«Es müssen ein paar Dutzend sein», sagte Haydon.

Janet zog das Gummiband ab und zählte. «Dreiunddreißig», sagte sie und sah die Kartensammlung an, als habe sie die Chroniken einer untergegangenen Zivilisation entdeckt.

«Mein Gott.» Sie flüsterte beinahe. «Die Schweinehunde.»

Haydon nahm das kleinere der beiden Notizbücher und schlug die erste Seite auf. Wenn Borrayo eines war, dann tüchtig. Es sah so aus, als handele es sich um eine Art Buchführung über die «Verschwundenen», für die er zuständig gewesen war in der Zeit (fast drei Jahre), in der er die Aufsicht über die Geheimgefängnisse hatte, nicht nur in Pavón, sondern noch an sechs anderen Orten. Borrayo hatte den vollen Namen jeder entführten Person, Ort und Datum des Verschwindens und den Ort der Inhaftierung verzeichnet. Leider waren die Ortsnamen verschlüsselt. Der Code für jedes der sechs «Gefängnisse» war durchgestrichen und durch neue Codes ersetzt worden, was darauf hindeutete, daß jedes von ihnen verlegt worden war. Das Gefängnis mit den wenigsten Verlegungen wies vier Codes auf, das mit den meisten acht. Haydon vermutete, daß jeweils ein «Gefängnis» sich auf eine Gruppe von mehreren Vernehmern bezog, die trotz Ortsveränderungen als Einheit zusammenblieb.

Als er erkannte, was er da in der Hand hielt, blätterte Haydon rasch zum Ende des Heftes. In der letzten Woche gab es nur drei Personen, für die Borrayo zuständig gewesen war... drei Namen und ein Sternchen.

Haydon wurde allmählich klar, daß er eigentlich eine Verbrechenskartei in Händen hatte. Normalerweise wurde von Borrayo offenbar erwartet, daß er die Personalpapiere irgendeiner anderen Behörde übergab, nachdem er sie eingesammelt hatte, aber das ließ seine Gerissenheit nicht zu. Er führte seine eigenen Akten, wohl weil er annahm, sie eines Tages auf irgendeine Weise benutzen zu können. Borrayo wußte, daß Informationen oft der Schlüssel zu Beförderungen waren und im schlimmsten Fall dazu dienen konnten, den eigenen Hals zu retten. In seinem Fall hatte sich das leider nicht ausgezahlt.

Während Haydon das Notizbuch durchsah, behielt er Janet im Auge. Sie saß da, Beine und Füße geschlossen, vorgebeugt, die Karten im Schoß. Methodisch sah sie den Stapel durch, nahm eine Karte nach der anderen zur Hand, las den Namen jedes Opfers, las die unten auf den Karten stehenden Daten und betrachtete dann das Foto. Bei den Fotos verweilte sie einen Augenblick. Als sie fertig war, schlang sie das Gummiband wieder um das Kartenpäckchen und legte es auf den Couchtisch zurück. Sie griff nach ihrem Glas, trank mehrere Schlucke und sah Haydon an.

«Was steht in dem Notizbuch?» Ihre Stimme war tonlos.

Er sagte es ihr und dachte bei sich, daß Borrayo, falls das Sternchen in dem Notizbuch für Baine stand, dessen Führerschein nicht in die Sammlung aufgenommen hatte, denn sonst hätte Janet ihn entdeckt. Das bedeutete, daß Baines Entführung nicht einmal innerhalb des Geheimsystems registriert worden war, ein weiterer Beweis dafür, daß es sich bei General Azconas Streit mit John Baine und Lena Muller um eine rein persönliche Angelegenheit handelte. Zumindest Baine existierte nicht einmal inoffiziell. Und Haydon konnte nirgends eine Erwähnung von Jim Fossler entdecken.

«Sind das Leute, die sie entführt haben?» fragte Janet.

Haydon nickte. «Ich weiß nicht, um welche Zeitspanne es sich dabei handelt. Vielleicht um einen Monat oder mehr. Das ist bei der jüngsten Zunahme der Verschwundenen schwer abzuschätzen. Ich müßte das Notizbuch lesen und mit den Fotos vergleichen.»

«Und sie sind in diesen verdammten Geheimgefängnissen», sagte sie.

Haydon antwortete nicht.

«Am Leben», sagte sie. «Oder halb am Leben. Und bald tot.» Abrupt wandte sie Haydon den Kopf zu. «Was werden Sie mit diesem Zeug machen?»

«Darüber muß ich nachdenken», sagte er.

«Nachdenken? Himmel, denken Sie doch nicht darüber nach! Geben Sie es den verdammten Zeitungen.»

«Das sollten Sie doch besser wissen. Was glauben Sie, welche Zeitung sich daran die Finger verbrennen wird?»

«Vielleicht wären Sie überrascht», sagte sie. «Vielleicht... vielleicht würde jemand den Mut aufbringen, wenn er solide Beweise hätte... wie das da.»

«Wir müssen darüber nachdenken», wiederholte Haydon. «Wenn es einen Weg gibt, wie wir das hier benutzen können, um Lena zu helfen, dann müssen wir uns das genau überlegen. Wir können es uns nicht leisten, die Sache zu vermasseln.»

Janet ließ sich in ihren Sessel zurückfallen, und Haydon nahm das andere Notizbuch zur Hand. Es schien nichts weiter zu sein als ein Notizbuch. Es war weder ein Kalender noch ein Adreßbuch, obwohl es sowohl Daten als auch Adressen enthielt. Es handelte sich möglicherweise um eine ziemlich willkürliche Sammlung von Daten, die mehr mit Borrayos ganz persönlicher Psychologie zu tun hatte als mit den Eintragungen in dem anderen Buch. An einigen Stellen waren Seiten herausgerissen, Eintragungen durchgestrichen, und es gab eine Menge Kritzeleien – meist Zahlen. Es gab Notizen über Feuerwaffen, über bestimmte Arten von Munition mit einer Liste verschiedener Körnung von

Pulverfüllungen, und er fand selbst eine Aufzählung der Großhandelspreise für Lastwagenreifen, fast eine halbe Seite voll winziger Nummern von Reifengrößen und ihrer Diskontpreise. Auf einer Seite standen drei Spalten mit den Namen von Mädchen, zu denen es keine weiteren Eintragungen gab bis auf eine bunte Ansammlung wiederkehrender Zahlen rings um die Namen. Auf vielen Seiten waren in jedem nur möglichen Winkel Adressen notiert. Haydon konnte mit dem Heft nicht das geringste anfangen. Wenn es etwas enthielt, das sie gebrauchen konnten, so würde er es nicht so schnell herausfinden können, daß es ihnen nutzte.

Haydon warf das Heft auf den Couchtisch zurück und nahm seinen Drink zur Hand.

Ein leises Klopfen ertönte an der Schlafzimmertür. Janet sah auf ihre Uhr. «Das ist Mirtha. Sie hat etwas zu essen für uns hergerichtet, bevor sie nach Hause geht. Sind Sie hungrig?»

«Sehr», sagte Haydon. Er beugte sich nieder und fing an, die Sachen in die Reisetasche zurückzulegen, während Janet zur Tür ging. Er hörte sie mit dem Mädchen reden, aber es handelte sich dabei nicht um das Essen. Janets Stimme veränderte sich, verriet Besorgnis, während die Stimme des Mädchens ein dringliches Flüstern war. Das Mädchen wiederholte etwas, und Janet beruhigte sie und sagte, es täte ihr sehr, sehr leid. Sie wandte sich um.

«Ich bin gleich wieder da, Haydon», sagte sie und verließ im Gespräch mit dem Mädchen den Raum.

Haydon stand auf, ging zu den Lampen und schaltete sie wieder aus; dann trat er ins Badezimmer, machte dort Licht und drückte die Tür halb zu. Er ging zum Fenster, zog die Vorhänge zurück und schaute zu den Küchenfenstern, wo Janet und das Mädchen miteinander sprachen. Das Mädchen gestikulierte, Janet nickte, schüttelte den Kopf, sprach beruhigend auf sie ein. Nach einem Augenblick gingen die beiden Frauen durch das dunkle Eßzimmer in den Wohnraum, noch immer redend. Janet hatte einen Arm um das Mädchen gelegt. Sie verschwanden im Windfang. Einen Augenblick später kam Janet allein wieder herein. Haydon sah, wie sie rasch durch das Haus ging, bis sie wieder an seiner Schlafzimmertür war.

Sie öffnete und kam herein. Sie hielt inne und drückte mit einem Arm die Tür hinter sich zu.

«Was ist los?» fragte Haydon.

«Mirthas Mann fährt ein Taxi», sagte Janet mit tonloser Stimme. Sie kam näher, blieb vor Haydon stehen und verschränkte die Arme. «Sie wohnen in Colonia La Reformita. Jeden Abend um diese Zeit kommt er und holt sie ab. Heute ist er bei ihnen zu Hause vorbeigefahren, um zu sehen, ob die Kinder gut von der Schule heimgekommen waren, und da waren Leute in seinem Haus. Drei Männer und eine Frau ... eine *gringa*. Sie waren drinnen.» Janet schluckte. «Offenbar war das Lena. Sie weiß, wer Mirtha war, kennt ihre Gewohnheiten. Sie wollte, daß der Mann Mirtha sagte, sie solle mir etwas ausrichten, wenn er sie am Abend abholte. Sie ließen es ihn mehrmals wiederholen. Und gerade hat sie es mir gesagt.»

Haydon vermutete, daß das Schicksal des kleinen Mädchens und ihrer Mutter für die Guerilleros eine schmerzhafte Lektion gewesen war. Das hier war ein schlauer Einfall. Diesmal wurde die Botschaft von jemandem überbracht, der bei keinem Überwacher Argwohn wecken würde.

«Lena will, daß wir uns morgen abend mit ihr treffen – ‹wo ich die bernsteinfarbenen Kerzen kaufen wollte›, hat sie gesagt. Dies sei die letzte Chance. Seid vorsichtig, ließ sie ausrichten. Sie sagte: ‹Es gibt einen *quies-ling*.› So hat Mirtha es ausgesprochen, *quies-ling*.» Janet war verwirrt.

Auch Haydon war einen Moment ratlos, aber nur einen Moment. «Ein Quisling», sagte er. «Ein Verräter.»

«Ein Verräter?»

«Was bedeutet ‹wo ich die bernsteinfarbenen Kerzen kaufen wollte›?»

«Das ist Cobán, eine Stadt oben in Alta Verapaz. Ich erinnere mich daran. Lena und ich waren einmal über ein Wochenende da, und sie fand dort ein paar riesige bernsteinfarbene Kerzen. Sie waren für den Altar der Kirche. Sie sah sie, mochte sie und wollte sie kaufen.» Sie zuckte mit den Schultern. «Aber die Frau in dem kleinen Laden hatte sie gerade für den Priester angefertigt. Lena versuchte es immer wieder, sie waren riesige... bernsteinfarbene Kerzen.»

Haydon hatte verstanden. «Warum sagte sie nicht einfach ‹Cobán›?» fragte er und überlegte, ob Janet begriff, was Lena erreichen wollte. «Und warum hat sie nicht einfach ‹Verräter› gesagt statt ‹Quisling›, ein Wort, das sie Mirthas Mann eigens beigebracht haben muß?»

Janet starrte ihn nur an und schüttelte den Kopf. Selbst im Schatten der Nacht erkannte er die Verwirrung auf ihrem Gesicht.

«Sie wollte nicht, daß der Bote die Botschaft versteht», sagte er. «Außer Borrayo wußten noch andere, daß wir auf dem Friedhof sein würden. Vielleicht haben sie es auch mit anderen Mitteln herausgefunden als denen, die Borrayo benutzt hat.»

Janets Gesicht veränderte den Ausdruck nicht. Sie schüttelte einfach den Kopf. «Das glaube ich nicht...»

«Sie können Mirtha nicht übelnehmen, daß sie in Versuchung geriet», sagte Haydon. «Vielleicht hatte sie gar keine Wahl. Sie hat eine Familie. Offensichtlich ängstigte Lenas Besuch in ihrem Haus sie, diese Leute, die ihr Mann dort bei ihren Kindern vorfand, als er nach Hause kam. Wer weiß, unter welchen Druck man sie gesetzt hat, damit sie Sie bespitzelt.»

Janet wandte sich von ihm ab, ging zu den Fenstern und schaute in den Hof. «Ich fühle mich wie eine Närrin», sagte sie. «Wie ein Kind. All das passierte unter meinen Augen, und ich machte unbekümmert einen Fehler nach dem anderen.»

Haydon wollte ihr nicht sagen, für wen Mirtha sie seiner Meinung nach bespitzelte. Er wollte ihr nicht sagen, daß Bennett Pittner seiner, Haydons, Einschätzung nach alles gewußt hatte, was seit seinem Auszug in Janets Haus vor sich gegangen war, und vermutlich auch schon lange vorher. Aller Wahrscheinlichkeit nach war das auch der Grund, warum er überhaupt von Janets Verhältnis mit Cage erfahren hatte.

«Wenn es geklappt hat», sagte Haydon, ging zum Bett und setzte sich in ihrer Nähe hin, «dann haben wir einen Vorsprung.»

«Nach Cobán.»

«Richtig.»

«Aber man wird uns folgen.»

«Stimmt. Doch wenn wir sie diesmal abhängen können, wenn wir es richtig anfangen, dann könnten wir aus dieser letzten Chance etwas machen.»

«Kennen Sie ein paar Zaubertricks?» fragte sie.

«Keinen Zauber», sagte er. «Nur ein paar Tricks.»

44

Sie fuhren in die nahe Zona Viva, wo zwischen teuren Hotels und exklusiven Läden und Boutiquen die besten Restaurants der Stadt lagen. Sie gingen in ein chinesisches Restaurant, dessen einer Flügel eine riesige, restaurierte Dschunke war, die zwischen Kokosnußpalmen stand und von smaragdfarbenen Gartenlampen erhellt wurde. Der Parkplatz war voll.

Haydon bat mit entsprechendem Trinkgeld um einen Tisch in dem Raum, der die größten Fenster hatte, aber in einiger Entfernung von diesen. Sie bestellten Drinks und Vorspeisen, und während Janet den Parkplatz und den einzigen Eingang zum Restaurant im Auge behielt, ging Haydon in den kleinen Vorraum vor den Toiletten. Er schrieb *NO FUNCIONA* auf einen Zettel und steckte ihn unter den Hörer des Telefons neben dem, das er benutzen wollte.

Er rief mehrmals in Belize City an, ehe er den gewünschten Teilnehmer erreichte. Er zog Erkundigungen ein, überprüfte Daten, erhielt Bestätigungen, prüfte bestimmte Daten nochmals und legte auf. Der nächste Anruf war ein Ortsgespräch. Wieder mußte er mehrmals wählen, ehe er den Teilnehmer erreichte. Diese Unterhaltung war kürzer als die mit Belize City, erforderte aber einige Erklärungen. Als er zufrieden war, legte er auf und schaute auf die Uhr. Die Anrufe hatten insgesamt siebzehn Minuten gedauert. Er wählte dann noch eine Nummer, aber niemand meldete sich. Er würde Pittner nicht wieder anrufen. Er nahm den Zettel von dem benachbarten Telefon und ging zurück in den Speisesaal.

«Ich bin schon unruhig», sagte Janet, als er sich hinsetzte.

«Was ist passiert?» fragte er und füllte seinen kleinen Teller mit den verschiedensten Appetithappen. Plötzlich war er heißhungrig.

«Ich habe nur den einen Lieferwagen gesehen», sagte sie und nickte in Richtung Parkplatz. «Den dunklen gleich gegenüber dem Rover. Er kam, während Sie zu den Telefonen gingen. Es ist niemand ausgestiegen. Der Wagen blieb einfach nur stehen.»

«Welche neuen Gäste sind seit unserer Ankunft hereingekommen?» Sein Gin war wäßrig, weil das Eis während seiner Abwesenheit geschmolzen war.

«Das junge, amerikanisch aussehende Paar an der Bar; die vier Touristen am Fenster, der guatemaltekische Mann mit der Frau links hinter mir; und die beiden einheimischen Geschäftsleute da drüben.» Sie hob ihr Glas auf und wies mit dem Zeigefinger unauffällig nach rechts.

Aus Sicherheitsgründen hatten sie auf der Herfahrt im Landrover nicht reden können. Haydon mußte ihr also das wenige, das er sie über die folgenden Geschehnisse wissen lassen wollte, hier sagen.

«Ich habe beschlossen, nicht im Residencial Reforma vorbeizufahren, um meine übrigen Sachen zu holen», sagte er. «Das würde nur zu Fragen führen und den Eindruck machen, wir hätten etwas vor, einen Plan. Am besten ist es, wenn wir sie denken lassen, wir warteten auf Instruktionen.»

Er hielt inne, um ein paar Shrimps zu essen und innerlich seine Liste durchzugehen. Er wollte ihr nicht eine Silbe zuviel sagen. Sie brauchte nur so viel zu wissen, um an dem Plan mitwirken zu können. Außerdem war noch so vieles offen, daß er im Augenblick selbst nur sehr allgemeine Voraussagen treffen konnte.

«Wenn Sie die Stadt verlassen», fragte Haydon, «kommt Mirtha dann auch jeden Tag ins Haus?»

«Ja, sie kommt. Ich möchte, daß routinemäßig jeden Tag jemand da ist.»

«Okay. Ehe wir hier wegfahren, möchte ich, daß Sie sie anrufen und ihr sagen, daß Sie für ein paar Tage verreisen werden und wahrscheinlich schon weg sind, bevor sie am Morgen kommt. Wird sie Sie fragen, wohin Sie fahren?»

«Kann sein. Gewöhnlich sage ich es ihr.»

«Gut. Machen Sie alles so wie immer, aber sagen Sie ihr, Sie würden nach Panajachel fahren.»

«Wenn ich sicher sein will, daß die andere Seite die Botschaft erhält, warum rufe ich Mirtha dann nicht einfach von zu Hause aus an?» fragte Janet. «Wenn die Telefone abgehört werden, wie Sie annehmen, dann werden sie es doch mithören.»

«Genau das würden Sie aber nicht tun, wenn Sie argwöhnten, daß Ihre Telefone abgehört werden und Sie nicht wollen, daß sie es erfahren, oder?» Haydon aß eine weitere mit Krebsfleisch gefüllte Garnele. «Machen Sie sich keine Sorgen. Sie wird es weitergeben.»

Sie beendeten das kleine Essen und ihre Drinks, und unmittelbar vor dem Aufbruch sagte er Janet, sie solle nun Mirtha anrufen.

Als sie aufstand, fügte er hinzu: «Ich glaube, ich werde mit Ihnen gehen.»

Sie warf ihm einen seltsamen Blick zu. «Natürlich, okay», sagte sie.

Der Anruf war kurz. Danach kehrten sie an ihren Tisch zurück, bezahlten und verließen das Lokal. Sie stiegen in Janets Landrover und fuhren zu ihrem Haus zurück. Haydon beobachtete den dunklen Lieferwagen, der fuhr, als wisse der Fahrer, daß sie es nicht eilig hatten.

Als sie um die letzte Ecke vor Janets Haus bogen, sahen sie vor dem schmiedeeisernen Tor einen geparkten Wagen. Taylor Cage stand an den Kotflügel gelehnt.

Janet sagte nichts, aber im spärlichen Licht der Anzeiger auf dem Armaturenbrett konnte Haydon die ausdruckslose Miene einer Frau sehen, die sich für eine schwierige Begegnung wappnet. Sie öffnete mit der Fernbedienung das Tor und fuhr in die Einfahrt des ummauerten Hofes.

Haydon stieg aus dem Landrover, nahm die Reisetasche und ging um den Wagen herum nach hinten, wo Cage wie ein entschlossener Wasserbüffel näherkam. Er trug einen großen Manila-Umschlag, mit dem er ungeduldig gegen sein Bein schlug.

«Lange nicht gesehen», sagte er zu Haydon. Er trug über der Hose eine weiße Jacke, die seine Waffe nur unzulänglich verbarg.

«Das glaube ich nicht.»

Cage schnaubte und wandte sich an Janet, die zu ihnen kam und dabei in ihrer Tasche nach dem Schlüssel für das Sicherheitssystem kramte. Sie blieb stehen. «Hallo, Cage», sagte sie.

Cage grinste sie an und nickte. «Janet.»

«Was machst du hier?» fragte sie.

«Zeit für Verhandlungen.» Wieder schlug Cage mit dem Umschlag gegen seinen Schenkel.

Janet wandte sich ihm zu. «Verhandlungen?» Ihre Stimme klang giftig. Während sie sprach, wurde Haydon klar, daß er nichts über die Beziehung der beiden nach dem beendeten Verhältnis wußte. Keiner von ihnen hatte sich je darüber geäußert, eine Unterlassung, die ihn plötzlich aufmerken ließ.

«Janet, wenn du dir für den Augenblick die giftigen Bemerkungen verkneifen könntest, würden wir eher weiterkommen. Okay?»

Sie wandte sich ab, trat in den Windfang und schaltete das Alarmsystem aus.

«Nett, daß du dich wieder meldest», sagte Haydon, während er Janet allein vorausgehen ließ.

«Ich begreife nicht, wieso du nicht längst mausetot bist», sagte Cage und sah Haydon an.

«Ich hätte ein bißchen Hilfe brauchen können», sagte Haydon. «Ich dachte, das sei abgemacht, daß du mir hilfst.»

Cage hielt den Umschlag hoch. «Komm, gehen wir hinein. Jetzt habe ich etwas für dich.»

Als sie ins Hause kamen, war Janet schon in die Küche gegangen, und sie hörten, wie sie das Essen wegräumte, das Mirtha für sie und Haydon hergerichtet hatte und das sie nicht gegessen hatten. Cage und Haydon blieben im Wohnzimmer, und Cage ging zu den Fenstertüren und schaute in den Hof. Er nahm sich Zeit, um die Aussicht zu studieren, schlug wiederholt mit dem Umschlag gegen sein Bein und trat zu dem Papagei, der mit dem Fressen von Cashewkernen beschäftigt war. Er blieb stehen und starrte den Vogel an, der ihn ignorierte. «Gottverdammter Vogel. Ich hasse diesen Vogel.» Dann ging er zum Barwagen, warf den Umschlag auf das Sofa, nahm sich ein sauberes Glas und einen großzügigen Schuß Bourbon. «Du auch?» fragte er Haydon und hielt die Flasche hoch.

Haydon schüttelte den Kopf. Er nahm an, daß Cage schon eine Weile nicht mehr hiergewesen war.

«Fühl dich wie zu Hause, Taylor», sagte Janet, die aus der Küche kam. «Was willst du?»

Cage setzte sich auf das Sofa neben dem Barwagen, während Janet in einem der Sessel Platz nahm. Haydon blieb stehen. Die Reisetasche hatte er neben einem Sessel bei der Tür abgesetzt.

Cage ignorierte Janet und wandte seine Aufmerksamkeit Haydon zu.

«Ich nehme an, du hast dich während dieses Fiaskos heute morgen in Calle achtzehn mit der Guerilla getroffen», sagte er geradeheraus.

«Wieso nimmst du das an?»

«Weil meine Leute unseren Mann ungefähr eine Stunde nach der Explosion der Autobombe mit durchgeschnittener Kehle gefunden haben», sagte Cage. «Die Guerilleros schneiden sich immer gegenseitig die Kehle durch, weil diese dummen Kerle das für die richtige Guerillamethode halten.» Bei diesem Gedanken schüttelte er den Kopf, als gebe es weniger extravagante und infantile Arten des Tötens. «Aber daß sie in der Stadt sind, ist neu. Die städtischen Zellen sind schon lange zerschlagen, und nun laufen sie frei in Calle achtzehn herum. Das ist neu.» Er saß auf dem Sofa wie ein Minotaurus mit kräftiger Brust, breiten Schultern und schmalen Hüften.

«Der General glaubt, daß es die Guerilleros sind, die Lena helfen», sagte er. «Und er läßt seine bösen Buben von der Leine. Die Autobombe. Er schreit herum, daß *los guerrios* unseren Frieden wieder in Krieg verwandeln. Er hat die Polizei losgelassen und praktisch den Belagerungszustand erklärt. Morgen werden die Zeitungen berichten, wie hart der General mit diesen neuen ‹ausländischen Subversiven› umspringen wird.»

«Willst du mir sagen, ich sollte vorsichtig sein?» fragte Haydon. «Meinst du, ich wüßte nicht, wer wirklich die Bombe in das Auto gelegt hat?»

«Ja, bei Gott, ich meine, daß du wirklich nicht weißt, wer die Bombe ins Auto gelegt hat. Genau das meine ich.»

«Warum?»

Cage leerte mit raschen Schlucken das Glas und stellte es auf den Rand des Barwagens.

«Nachdem du gestern nacht weg warst», sagte Cage, «habe ich alles unternommen, um deinen Freund Fossler zu finden. Ich habe es so gemacht, wie das hier in Guatemala üblich ist. Zuerst die Krankenhäuser, dann die Leichenhallen. Ich fing mit meinen Leuten im westlichen Hochland an, weil das die Richtung war, in die Baine und Lena fuhren, und ich nehme an, daß Lena dort hinging, nachdem sie Baine verlassen hatte. Ich dachte, Fossler sei ihr vielleicht dorthin gefolgt.»

Er stand auf, nahm den Umschlag, ging zu einem Sessel in Janets Nähe und schaltete die Lampe ein, die daneben stand. «Setz dich», sagte er. Haydon setzte sich, und Cage reichte ihm den Umschlag.

Es waren Fotos aus der Leichenhalle. Jim Fossler sah grauenhaft aus; sein schlanker nackter Körper wirkte im Tode hager, die Prellungen leuchteten purpurrot, das getrocknete Blut braun, die ausgebrannten Augen nicht ganz so ekelerregend, wie man erwarten mochte. Doch es gab andere Wunden, die übelerregend waren.

Haydon betrachtete sämtliche Bilder – es waren neun – und steckte sie dann wieder in den Umschlag. Cage hatte sich noch einen Whiskey eingeschenkt.

«Die wurden in Chajul, El Quiché, aufgenommen. Da haben die Guerilleros ihn eingeholt», sagte er. «Dieselben Leute, mit denen du heute morgen fraternisiert hast. Die haben Fossler auf dem Gewissen.» Er sah Haydon an. «Dr. Aris Grajeda», sagte er. «Er ist verschwunden. Ist er derjenige, den du aufgesucht hast?»

Haydon hatte das Gefühl, in einer Art Horrorfilm zu sein, in dem jede neue Szene noch ein bißchen grotesker war als die vorige. Die Fotos von Jim Fossler waren unglaublich, und Cage trug sie mit makabrer Unbekümmertheit mit sich herum und klatschte damit gleichgültig und gutgelaunt gegen seinen Schenkel.

«Grajeda ist ein ganz Gerissener», fuhr Cage fort. «Ein kleines reiches Bürschchen, das ‹internationaler Kampf› spielt. Bei Gott, wenn ich für jeden dieser verdammten Ideologen, denen ich in all meinen Jahren hier begegnet bin, einen Dollar hätte, dann könnte ich mich morgen in Genf zur Ruhe setzen. Und Grajeda ist von der schlimmsten Sorte. Er ist ein *Dilettant!*» Er wies mit seinem Glas auf die Fotos. «Das ist die Art von Scheiße, die dabei herauskommt. Er und seine Truppe haben Lena aufgenommen, weil sie das Beste ist, was ihnen in ihrem dreckigen kleinen Kampf in den letzten dreißig Jahren über den Weg gelaufen ist. Sie wird benutzt, und sie hat nicht den Hauch einer Ahnung, wo sie da hineingeraten ist. Sie wird mit dieser ‹Dokumentation› über Azcona herauskommen, und die Guerilleros werden sie publizistisch ausschlachten, wie man es sich nicht schlimmer denken kann. ‹Schwarzmarktbabys: Amerikanisches Peace-Corps-Mädchen deckt Wahrheit über Guatemala auf.› Hach, das wird eine tolle Sache.»

«Und was willst du damit sagen?» fragte Haydon. Er konnte sich kaum auf das konzentrieren, worüber sich Cage so erregte. Er dachte an Mari Fossler, an Dystals «Scheißguatemala» und sein «Fossler sollte von da verschwinden, solange er noch atmen kann», eine Bemerkung, die er damals herablassend als Überreaktion seines Chefs abgetan hatte.

Cage ging weiter auf und ab, gestikulierte mit seinem Drink, sah Haydon an und warf den Kopf zurück, um seine Worte zu unterstreichen.

«Ich will damit sagen, Haydon, daß ich glaube, daß sie hier den kürzeren ziehen wird, und du tust alles, was du kannst, um dazu beizutragen. Mein Szenario: Sie wird dir diese Akten geben. Das ist starker Tobak. Eine dicke Story, weil Azcona Contrera *unser* Mann in Guatemala ist. Die selbstgerechte Linke wird den üblichen Stuß auftischen: ‹US-Rechte vergeben Auslandshilfe in Millionenhöhe an Ungeheuer.› Damit wird Lena herauskommen, und sie wird als Heilige verehrt werden, als Retterin der Armen, als Freiheitskämpferin aus moralischen Gründen, als selbstloses Kind des New Age, das ganze Trara, das nur die amerikanische Presse zustandebringt, mit knackigen Fotos von dieser Madonna der Neuen Güte, und alle kriegen vor Bewunderung feuchte Augen... Und dann wird jemand den Vorhang aufheben und hinter die Kulissen schauen. Das ‹Material›, das sie über Azcona hat, wird höchst eingehend von *seriösen* Journalisten untersucht werden, und sie werden feststellen, daß es nichts als schwarze Guerilla-Propaganda ist. Die Kleine wurde hereingelegt. Man hat sie benutzt. Aber damit wird es noch nicht zu Ende sein. Irgendein Reporter wird in ihrem *Privatleben* herumschnüffeln. Er wird herausfinden, daß sie sich von einem Ende Mittelamerikas bis zum anderen durchgevögelt hat, daß sie eine gerissene, verschwörerische Ausbeuterin ist.»

Cage stand mitten im Zimmer mit seinem leeren Glas, eine Hand in der Tasche, das Gesicht etwas gerötet von der Schilderung seines «Szenarios». Die Pistole wölbte den Saum seiner Jacke. «Das ist ein ordentliches Stück Arbeit, mein Freund. Und du bist mittendrin.»

Haydon sah Cage einen Augenblick an, ohne etwas zu sagen. Der verächtliche Ton, in dem Cage gerade über Lena gesprochen hatte, war ein totaler Kontrast zu seiner früheren Einstellung zu ihr. Welchem von diesen beiden Cages sollte Haydon glauben? Und wen versuchte Cage zur Einsicht zu bringen? Haydon oder sich selbst? Es war still im Raum bis auf das leise Geräusch, mit dem der Papagei Nüsse knackte.

Haydon nahm den Umschlag mit den Fotos und hielt ihn hoch.

«Wer hat das getan?»

Cage starrte ihn mit offenem Mund an, als könne er nicht glauben, daß Haydon der Sinn seiner Darlegung entgangen war.

«Wer das getan hat? Himmel, Mann, hast du denn überhaupt nicht gehört, was ich eben gesagt habe?»

«Ich habe alles gehört», sagte Haydon. «Ich will nur, daß du es sagst.»

«Ich sagte doch, die Guerilleros.»

«Warum?»

«Hör zu», sagte Cage und wies auf den Umschlag, «Fossler war gut, Haydon, er hatte seine Knochenarbeit geleistet, er hatte seine Hausaufgaben gemacht, er hat überhaupt eine *Menge* Arbeit erledigt. Er hatte die Masche mit den Dokumenten schon kapiert ... okay, das ist eine Vermutung, aber ich denke, er sagte etwas darüber zu Lena, und sie marschierte geradewegs zu Grajeda, und Fossler wurde zum Schweigen gebracht. Sie waren mit Lena fast am Ziel, sie hatten es fast geschafft. Sie wollten nicht zulassen, daß jemand wie Fossler sich einmischte und in letzter Minute alles vermasselte.»

«Warum haben sie sie nicht einfach ausgeflogen?» fragte Haydon. «Das wäre doch ganz leicht.»

Cage schüttelte den Kopf. «Nein, wenn du so lange an einer Operation gearbeitet hast, dann ist nichts ‹ganz leicht›. Ich muß zugeben, für diese Typen ist das raffiniert, ein echter Fortschritt im Vergleich zu ihren früheren kleinkarierten Kämpfen, aber das liegt an Leuten wie Grajeda. Sie sind gebildet. Früher waren die Guerilleros Indios, einfache, ungebildete Leute, die nur eine Menge Gewehre hatten. Die Zeit vergeht, und die Zeiten ändern sich. Grajeda und ein paar der Leute in seiner Umgebung sind eine neue Generation. Sie geben kein dummes marxistisches Geschwätz von sich. Sie haben intelligentere Pläne, und sie haben intelligentere Methoden, sie durchzuziehen. Sie wissen alles über Desinformation; sie wissen alles über die Vergeblichkeit von Guerillakämpfen, wie sie früher waren. Wenn sie Generäle wie Azcona in dieser Armee nicht mit Waffen schlagen können, dann tun sie es mit Worten und Ideen. Die wirklichen Kriege liegen noch vor uns, und sie werden nicht mit Waffen ausgetragen, sondern mit dem Gehirn. Dies ist Phase eins. Es wird interessant werden.»

Haydon erinnerte sich an die junge Guatemaltekin, die ihn aus dem Lagerhaus begleitete, in dem er sich mit Grajeda unterhalten hatte. Er erinnerte sich an ihr perfektes, akzentfreies Englisch. Er erinnerte sich an seine Diskussion mit Dr. Grajeda. Rückblikkend erkannte Haydon, daß dieses Gespräch den Kern dessen getroffen hatte, worum es bei dem ganzen Spiel mit Lena ging; vielleicht würde sich herausstellen, daß es das klarste Verständnis dessen bot, was in diesen hektischen Tagen geschehen war.

Haydon saß in dem Lichtschein, den die Lampe über seine Schulter warf, und erwiderte den Blick Cages, der ihn aus der Zimmermitte anstarrte – ein Mann, der völlig außerhalb der akzeptierten Verhaltensregeln der Gesellschaft gelebt und sein Geld verdient hatte. Er bewegte sich in einer Art moralfreiem Raum, und in vieler Hinsicht war er nur eine primitivere Version von Bennett Pittner.

«Was zum Teufel willst du eigentlicht?» sagte Cage herausfordernd. «Glaubst du, du kannst hier sitzen und dem Ganzen einen *Sinn* abgewinnen? Glaubst du, du kannst schlau daraus werden?» Er schaute zur Decke auf und schüttelte den Kopf, als könne er nicht glauben, was hier geschah. Dann ließ er den Kopf fallen und wies mit dem leeren Glas auf Haydon. «Weißt du noch, was ich über Pittner gesagt habe..., daß er ein Mann ist, den man belügen muß, um seine Selbstachtung zu bewahren? Über seinen egozentrischen Kummer um» – er ruckte mit dem Kopf in Janets Richtung, ohne sie anzusehen – «allen möglichen Scheiß? Ich frage mich allmählich, ob du nicht aus demselben Holz bist. Du kriegst diesen Fossler nicht aus dem Kopf, was? Als grübeltest du über irgendeine gottverdammte Frau nach. Herrgott.»

Haydon hob den Umschlag. «Wo ist er jetzt?»

Cage starrte ihn an; er schäumte. Haydons Hartnäckigkeit reizte ihn maßlos. «Er ist unterwegs nach hier, jemand holt ihn ab.»

«Aus Chajul?»

«Aus Chajul.»

«Danke», sagte Haydon und stand auf. «Danke, daß du gekommen bist und die Fotos gebracht und es mir gesagt hast.»

Cage stand wie angewurzelt in der Mitte des Zimmers; die ganze Sache war damit unerwartet zu einem Ende gekommen, und daß Haydon auf höfliche Weise durchblicken ließ, es sei für Cage Zeit zu gehen, war eine schlimmere Beleidigung, als wenn er ihn geschlagen hätte. Er richtete ein Lächeln an Haydon, das eigentlich kein Lächeln war, sondern nur der Versuch, sich seine Wut nicht anmerken zu lassen.

«Du bist ein gottverdammter blöder Narr, Haydon», sagte er in einem Ton, der ruhig klingen sollte, dessen Heiserkeit aber verriet, wie angespannt er war. Er schaute Janet an, und mit kolossaler Selbstbeherrschung gelang es ihm, nicht zu sagen, was er dachte.

45

Cage stürmte aus dem Haus, und weder Haydon noch Janet machten Anstalten, ihm zu folgen. Haydon sah auf den Manilaumschlag, den er in der Hand hielt, und ließ ihn zu Boden fallen. Er fühlte sich wie betäubt und versuchte, die aufsteigende Übelkeit zu ignorieren.

«Es tut mir leid...» sagte Janet. «Ich kann nicht...» Sie hielt inne, wohl weil ihr klar wurde, wie vergeblich es war, etwas Sinnvolles sagen zu wollen. Sie sprach nicht weiter, sondern streckte die Hand aus und schaltete die Lampe aus, die Haydon zwischen ihnen angemacht hatte. Seufzend lehnte sie den Kopf an die Sessellehne.

«Das ganze Haus wird regelmäßig durchsucht, nicht wahr, Janet?» sagte Haydon. «Nicht bloß das eine Schlafzimmer, sondern das ganze Haus.»

Sie sagte nichts, sondern saß da wie eingehüllt in die dunkle Stille vertrauter Enttäuschungen, Mißerfolge, denen nicht länger durch erneuerte Begeisterung und beherztes Leugnen auszuweichen war, sondern denen sie sich letztlich stellen mußte.

«Ich hatte das nicht begriffen...» murmelte Haydon nachdenklich, «das Ausmaß, in dem eure drei Leben voneinander abhängig sind, bis Cage eben diese Bemerkung über Pittner machte. Da wurde mir klar, daß Pittner das Haus nicht abhört. Sonst hätte Cage diese Dinge nicht gesagt...»

«Aber nicht aus Respekt.»

«Nein, nur weil es unprofessionell gewesen wäre.»

«Offenbar hat Cage geredet», sagte Janet.

«Ein wenig.»

Wieder folgte ein langes Schweigen, in dem man nur das Plätschern des Brunnens und den Nüsse knackenden Papagei hörte.

«Wir plagen uns schon lange damit herum», sagte sie. «Jeder von uns auf seine Weise. Wir sind fast damit durch. Es hat zu lange gedauert zwischen uns dreien. Es ist kompliziert ... Teufel, wir verstehen es selbst nicht.»

Haydon wollte nichts hören, was sich nach einem Geständnis anhörte. Er wollte nichts wissen. Er wollte sich nur darauf konzentrieren, mit Lena Muller Guatemala zu verlassen, falls Lena Muller gehen wollte.

«Wie lange wissen Sie schon, daß Pittner beim Geheimdienst ist?»

«Seit Jahren», sagte sie. «Von Anfang an hat Pitt viel mit mir geteilt. Keine Geheimsachen, nur Realitäten über seinen Job und das exzentrische Leben, zu dem er gezwungen ist. Ich glaube, er hat das getan, weil es ihm schwerfiel, dieses Doppelleben. Er wollte keine halben Sachen mehr. So wurde das Haus zum sicheren Hafen. Er sorgte dafür, daß es sauber war, und tut das noch immer.»

«Warum?»

«Weil die Scheidung eigentlich gar nicht so viel geändert hat. Zwischen uns, meine ich. Er war oft hier.»

«Was ist mit Cage und Pitt?»

«Sie waren enge Freunde ... und Feinde ... lange, bevor ich in die Geschichte hereinkam.» Sie setzte sich in ihrem Sessel auf. «Jetzt brauche ich einen Drink. Sie auch?» Haydon nickte, und Janet stand auf und ging in die Küche. Als sie zurückkam, trug sie zwei Gläser mit Eis und Limonenscheiben. Sie ging zum Barwagen und füllte sie mit Gin und Tonic.

«Wie ist die Beziehung der beiden im Augenblick?» fragte Haydon. «Nach allem, was zwischen ihnen – und Ihnen – geschehen ist, wie stehen sie miteinander?»

Janet sah dem Vogel zu, halb von Haydon abgewandt. Sie trank einen Schluck und streckte dann den Finger nach dem Vogel aus, der sich rasch vorbeugte und tückisch nach ihrem Finger hackte. Janet fuhr zurück, den Zeigefinger gekrümmt. Blut lief über ihren Handrücken. Sie sagte nichts, verbarg nur den Finger in der Faust und bedeckte die Wunde mit dem Daumen. Sie drehte sich um, ging in die Küche, und Haydon konnte hören, wie sie den Wasserhahn aufdrehte. Eine Schublade wurde geöffnet und geschlossen. Dann kam Janet zurück, ein feuchtes Papiertuch um den Finger gewickelt. Sie setzte sich wieder in den Sessel, stellte ihren Drink auf den Tisch zwischen ihnen und packte ein Heftpflaster aus.

«Es war meine eigene Schuld», sagte sie ruhig. «Das ist mir schon einmal passiert. Ich hatte einen Papagei, den vor diesem, der sich streicheln ließ. Ich hatte ihn lange; dieser hier ist noch jung.» Sie konzentrierte sich darauf, das Pflaster um ihren Finger zu wickeln. «Sie sind so hübsch, daß man sie anfassen möchte.»

Als sie sich umdrehte, um ihren Drink wieder aufzunehmen, sah Haydon, daß sie Tränen in den Augen hatte. Auf einer Wange war eine feuchte Spur.

«Ich glaube, sie haben sich ziemlich lange nicht gesehen», sagte sie. «Ich jedenfalls habe sie lange nicht mehr miteinander gesehen.»

«Wie lange?» Haydon glaubte nicht, daß die Tränen etwas mit dem Biß des Papageis zu tun hatten.

«Vielleicht fünf Monate. Mindestens so lange hatte ich Cage nicht mehr gesehen, bis heute.»

Rasch rechnete Haydon sich aus, daß das ungefähr der Zeitpunkt war, zu dem Lena das Peace Corps und Guatemala verlassen hatte.

«Was wissen Sie über die berufliche Beziehung der beiden?»

«Überhaupt nichts», sagte Janet. «Wirklich nichts. Ich sagte Ihnen ja schon, ich weiß keine Einzelheiten. Nur, daß sie in derselben Branche sind; sie haben miteinander zu tun.»

Haydon glaubte ihr nicht, aber das spielte keine Rolle. Hier logen alle. Er konnte nur hoffen, daß ihm irgendwann ein zufälliger Durchbruch gelingen würde. Seine größte Sorge war Pittners Schweigen.

«Sie scheinen Lena wirklich zu mögen», sagte Haydon.

«Ja, das tue ich.»

«Warum?»

Janet hob das Glas an die Lippen und trank von ihrem Gin. «Komische Frage.»

«Ich finde sie nicht so komisch, bestimmt nicht so ungewöhnlich wie die Beziehung zwischen Ihnen vieren. Ich dachte, Sie würden es vielleicht peinlich finden, eine enge Freundin zu haben, die gleichzeitig mit Ihrem Ex-Ehemann und Ihrem Ex-Liebhaber ins Bett geht.»

Janet, in ihrem Sessel zurückgelehnt, schlug die Beine übereinander. «Ich hätte meinen letzten Dollar darauf gewettet, daß Sie das früher oder später sagen würden», sagte sie. «Es ist einfach zu verlockend.» Sie hielt ihr feuchtes Glas auf ihr Knie, wo es einen dunklen Fleck auf ihrem Kleid hinterließ.

Sie saß einen Augenblick schweigend da, und Haydon wartete. Er roch den stechenden Geruch von brennendem Müll, der heute abend besonders stark in der Luft zu liegen schien.

«Ich habe immer nach etwas Sinnvollem gesucht», sagte sie. «In punkto Beziehungen, meine ich. Und als ich es gefunden hatte, war ich überrascht, daß es ... eher etwas wie Freundschaft war. Es muß sich überhaupt nicht um Sex drehen. Es ist weniger explosiv, hat aber irgendwie mehr Tiefe.» Sie schüttelte langsam den Kopf. «Ich stelle fest, daß es mir im Grunde nicht viel bedeutet, was zwischen den beiden und Lena ist. Aber eines kann ich Ihnen sagen, was immer da sein mag ... Pitt und Cage machen sich etwas vor. Männer geraten immer in diese Dinge hinein, als würden sie schlafwandeln, mit geschlossenen Augen. Sie verwechseln Traum und Realität, und ihre Drüsen machen Überstunden. Sie denken, sie seien wach, sie handeln, als wären sie wach, aber ihre Gehirne schlafen. Ich kann Ihnen versichern, daß Lena die einzige ist, die weiß, was hier läuft.»

Haydon zögerte nur einen Augenblick.

«Wußten Sie, daß Pitt ein Verhältnis mit Lena hatte?»

«Ich war ziemlich sicher.»

«Hatten Sie eine Ahnung, was ihn das kostete?»

Sie sah zu ihm hinüber. «Ihn kostete?»

«Für ihn war das eine gefährliche Sache.»

«Gefährlich? Sie meinen, für seine Karriere?»

«Ja.»

Janet lächelte säuerlich und wandte sich wieder ab. Sie schaute nach dem Papagei, dessen rundes rotes Auge nicht blinzelte. «Diese Art von Risiko geht Pitt niemals ein.»

«Diesmal hat er es getan.»

«Hat er Ihnen das gesagt?»

«Wir sprachen darüber.»

Janet starrte auf das Bild über dem Kamin, die purpurnen Vulkane über einer üppigen Landschaft.

«Was hat Pitt über sie gesagt?»

Haydon zögerte.

«Hat er gesagt, daß er sie liebt?»

«Ich weiß nicht, ob es das war. Ich kann es wirklich nicht sagen», antwortete Haydon.

«Vielleicht war es eine Sache der Hormone», sagte sie sarkastisch. «Lena hat diese Art von Wirkung auf fast jeden Mann, der sie kennenlernt. Ich kenne eine Menge hübscher, sogar schöner Frauen, die bei Männern nicht diese Reaktion auslösen. Es ist mehr als rein physische Attraktivität. Sie scheinen zu denken, daß Lena ständig in Hitze ist.»

Haydon trank von seinem Gin. Janet hatte ihn so stark gemixt, daß er beim Trinken den harzigen Duft roch. Sein Blick fiel auf den Manilaumschlag, den er auf den Boden geworfen hatte. Er fühlte sich unwohl. Er würde Schritte unternehmen müssen, der Konsularabteilung der Botschaft Meldung machen müssen, obwohl sie es vermutlich bereits wußten. Und er würde Pittners Büro benachrichtigen, obwohl auch sie vermutlich schon Bescheid wußten. Trotzdem mußte er diese Schritte unternehmen. Sie würden sehr wichtig sein, wenn es in die Zeitungen kam.

«Wenn wir in Cobán sind», sagte sie, das Thema wechselnd, «wie nehmen wir mit ihr Verbindung auf?»

«Wir gehen in den Laden, wo die Kerzen verkauft werden», sagte Haydon. «Sie werden uns finden.»

Sie sah ihn an. «Sie scheinen da sicher zu sein.»

«Sie können sich darauf verlassen», sagte er. Er sah auf die Uhr. «Wir müssen frühmorgens aufbrechen, bevor es hell wird.»

«Die Fahrt dauert nur drei Stunden, vielleicht dreieinhalb.»

«Ja, ich weiß. Aber wir müssen vor Tagesanbruch losfahren.»

Sie sah ihn einen Augenblick an und nickte dann. «Okay.»

«Und jetzt sollten wir schlafen gehen. Es ist fast elf. Dann haben wir noch fünf Stunden Schlaf.»

«Gut. Ich schließe ab, schalte die Alarmanlage ein und wecke Sie um fünf.»

Haydon beugte sich in seinem Sessel vor. «Ich glaube, das ist mein letzter Versuch in dieser Sache, Janet. Ich möchte ihn gern auf meine Weise machen.»

«Auf Ihre Weise?»

«Ja. Kommen Sie, ich helfe Ihnen beim Abschließen.»

Haydon leerte sein Glas und stellte es auf den Tisch. Er folgte Janet durch das Haus, verschloß das Haupttor, schaltete die Alarmanlage ein und sperrte dann die Türen zum Windfang und zum Innenhof zu, die ebenfalls mit Sicherheitssystemen versehen und mit den Türen und Fenstern des Hauses verkabelt waren. Haydon nahm die Reisetasche und sein leeres Glas, als sie im Wohnzimmer die Lichter ausmachten, und trug sie in die Küche.

«Ich mache mir noch einen Drink», sagte Janet. «Möchten Sie auch noch einen?»

«Ja, das wäre gut.» Für eine Weile war nicht an Schlaf zu denken, das wußte er.

Janet füllte die Gläser mit Eis aus dem Kühlschrank, während Haydon auf der Arbeitsplatte Limonenscheiben schnitt. Er sah zu, wie sie die Gläser aus einer anderen Flasche aus der Speisekammer füllte. Er tauchte die Limonenscheiben in die Gläser, und sie schalteten das Licht in der Küche aus und gingen durch den Korridor zum ersten Schlafzimmer, das Janets war.

«Neben Ihrem Bett steht übrigens auch ein Wecker», sagte Janet und blieb an ihrer Tür stehen.

«Ich glaube, wir sollten besser beide hier schlafen», sagte Haydon.

«Sie wollen hier schlafen?»

Haydon stieß die Tür zu ihrem Zimmer auf, das, wie er sah, dem seinen ziemlich ähnlich war. Die Fenster, die auf den Hof hinausgingen, waren die, durch die er sie nach ihrer Dusche nackt gesehen hatte.

Nachdem er das Zimmer betreten hatte, wandte er sich um, schloß die Tür ab und schaltete die Lampen aus. Ein blaugrüner Schimmer kam von den Gartenlampen zwischen den Farnen und Palmen im Innenhof.

«Lassen Sie das Licht an! Ich muß duschen, um Himmels willen», sagte sie.

«Sie haben genug Licht aus dem Hof.»

«Was soll das?»

«Reine Vorsichtsmaßnahme.» Er merkte, daß sie nicht sicher war, ob er außer vorsichtigen auch noch andere Absichten hatte. Das war ihr Problem.

Janet zog sich neben ihrem Bett aus. Ihr Kleid fiel zu Boden, sie zog ihren Slip aus, und das war alles. Sie wollte ins Badezimmer gehen.

«Lassen Sie die Türe offen», sagte Haydon.

«Meine Güte, ich will *pinkeln*», sagte sie.

«Fein. Lassen Sie sie einfach offen.»

Sie stand noch immer in der Tür zum Badezimmer, und er wußte, daß ihr endlich dämmerte, was er tat.

«Möchten Sie mich vielleicht knebeln?» sagte sie. «Mir in der Dusche Handschellen anlegen?»

«Wenn Sie einfach die Tür offen lassen würden», sagte er, wandte sich ab und ging zum Sofa hinüber. Er nahm die Kissen auf und trug sie zur Schlafzimmertür, wo er sie neben der Reisetasche auf den Boden warf. Er nahm die Automatik aus dem Hosenbund und legte sie daneben. Als er sich die Schuhe auszog, hörte er den Brunnen vor den offenen Fenstern und Janet im Badezimmer plätschern.

Es war heiß im Zimmer. Er zog sich bis auf die Shorts aus und legte seine Kleider auf den Boden. Er ordnete die Kissen so, daß er glaubte, darauf schlafen zu können, und lehnte sich im bläulichen Licht zurück. Er schlürfte seinen Drink und lauschte den Geräuschen in der Dusche.

Nach einer Weile verstummte das Geräusch, und er sah Janets dunkle Silhouette in das pastellene Licht treten. Sie trocknete sich ab, hängte das nasse Handtuch auf einen Haken neben der Dusche und trat an die Frisierkommode. Während sie ihr Haar kämmte, sah er nur ihre Gesäßbacken und die Rückseite ihrer Schultern.

Als sie fertig war, kam sie nackt ins Schlafzimmer und hielt kurz inne, als sie ihn vor der Tür auf den Kissen liegen sah. Dann drehte sie sich um und ging ins Badezimmer zurück. Er hörte, wie eine Schranktür geöffnet und geschlossen wurde; sie brachte ein paar gefaltete Laken. «Hier, nehmen Sie», sagte sie und warf sie ihm zu. Dann ging sie zu ihrem Bett.

Haydon breitete die Laken über die Kissen und auf den Boden und versuchte dann, es sich bequem zu machen. Sie schwiegen eine Weile und sahen sich im blauen Dämmerlicht an. Janets Haar war naß und strähnig und hing oberhalb der Brüste auf ihre nackten Schultern herunter. Janets nackter Körper war wie blasse Jade. Ihr Haar und ihre Brustwarzen und das kleine Haarbüschel zwischen ihren Beinen hoben sich dunkel ab. Gelegentlich bewegte eine leise Brise den Vorhang neben Janets Bett, aber sie drang nicht bis zu ihm vor. Seine Hälfte des Zimmers war dunkler und heißer. Er trank einen Schluck Gin und lutschte einen Eiswürfel.

Keiner von beiden sprach; nur das Plätschern des Brunnens und das gelegentliche Klirren der Eiswürfel in ihren Gläsern durchbrachen die Stille. Nach einer Weile stellte Janet ihr Glas auf den Boden neben ihrem Bett und streckte sich auf den Laken aus. Sie sagte nichts. Haydon wartete und lutschte den letzten Eiswürfel. Es dauerte nicht lange, bis er an ihrem stetigen, regelmäßigen Atem hörte, daß sie eingeschlafen war.

46

Als um fünf Uhr der Wecker läutete, schlug Haydon mit der Hand darauf und griff nach der Automatik, während er sich aufsetzte und durch die grünliche Dunkelheit zu Janets Bett hinübersah. Sie lag da, reglos, ohne Reaktion, den langen, nackten Körper schräg über das Bett gestreckt. Haydon fühlte sich, als habe er nur ein paar Minuten geschlafen. Seine Arme und Beine waren bleischwer, Schultern und Nacken fühlten sich an, als steckten sie in Zement.

Er lehnte sich in die Kissen zurück. Nichts hatte sich verändert. Die Hitze hatte alle Luft aus dem großen Schlafzimmer gesogen, und die Vorhänge hingen schlaff und klamm herunter. Haydon kam sich vor, als sei er hundert Jahre alt.

Er erhob sich auf ein Knie, stützte sich ab und stand dann auf, nahm die Reisetasche und die Automatik und ging ins Badezimmer. Er trat in die Dusche. Er ließ den Vorhang auf, damit er Janet sehen konnte, die inzwischen bäuchlings auf dem Bett lag, und drehte das kalte Wasser auf. Während er unter den sanften Wasserstrahlen stand, behielt er Janet im Auge. Als er nach einem Handtuch griff, bewegte Janet sich auf dem Bett, rollte sich auf den Rücken und strich sich das Haar aus dem Gesicht. Sie streckte ihre Arme und ihre langen Beine, lag einen Augenblick still, rollte sich dann herum und schaute in dem bläulichen Dämmerlicht nach Haydon.

«Ist es schon Zeit?» fragte sie und starrte ihn an.

«Ja», sagte er. Er trocknete sich fertig ab, zog seine Shorts an und kämmte sich. Dann nahm er die Reisetasche und seine Automatik und ging ins Schlafzimmer zurück, wo Janet gerade in einen frischen Slip schlüpfte, den sie aus der Kommode genommen hatte. Während er sich anzog, ging sie ins Badezimmer und wusch sich. Dann kam sie zurück und nahm ein Sommerkleid aus ihrem Schrank. Haydon legte die Kissen auf das Sofa, faltete die Laken zusammen und legte sie auf einen der Sessel.

«Möchten Sie etwas zu essen?» fragte sie und band ihr Haar zurück. «Ich kann rasch ein paar Eier und etwas Toast machen.»

«Fein», sagte er und sah auf die Uhr. «Ich werde Ihnen helfen. Aber wenn Sie etwas nach Cobán mitnehmen wollen, dann suchen Sie es jetzt zusammen und stecken es in eine Tasche.»

«Jetzt?»

«Ja, kommen Sie», sagte Haydon.

«Schon gut, schon gut.» Janet ging zurück zu ihrem Schrank, nahm eine leinene Strandtasche mit großen, ringförmigen Griffen und packte ein paar Sachen zusammen.

Sie verließen das Schlafzimmer und gingen durch den Korridor in die Küche. Haydon trug die Reisetasche. Er stellte sie neben den Küchentisch und half ihr, das Frühstück zu bereiten.

Nachdem sie gegessen und einige Tassen Kaffee getrunken hatten, sagte Janet: «Sieht so aus, als machten Sie das öfter.»

Haydon nickte. «Jeden Morgen.»

«Im Ernst?» Sie lächelte.

«Im Ernst.»

Janet sah ihn an, während sie ihren Kaffee trank. Sie wollte etwas sagen, aber Haydon unterbrach sie.

«Es ist beinahe sechs Uhr. Wenn Sie eine Thermosflasche haben, könnten wir etwas Kaffee mitnehmen. Okay?»

«Ja, gut.»

«Aber zuerst müssen wir für ein paar Minuten nach draußen.»

Janet versteifte sich ängstlich.

Haydon schüttelte den Kopf und kaute seinen letzten Bissen Toast. «Bloß ein paar Vorsichtsmaßnahmen, die ich ergriffen habe. Keine große Sache.» Er trank einen Schluck Kaffee. «Kommen Sie.»

Janet sperrte die Tür auf, die den Windfang von Vorgarten und Einfahrt trennte, und schaltete dann das Alarmsystem aus.

«Machen Sie auch das Tor zur Einfahrt auf», sagte Haydon. Janet drückte auf die entsprechenden Knöpfe, und die Torflügel zu beiden Seiten der Einfahrt glitten auseinander.

Haydon stand mit Janet im dunklen Korridor des Windfangs

und beobachtete die Straße. «Nur ein paar Minuten», sagte er. Der Asphalt jenseits des Tores glänzte von der nächtlichen Feuchtigkeit. Die Straßen waren leer, zumindest sah man keinen Verkehr. Haydon wußte, irgendwo da draußen, vielleicht in einer nahen Nebenstraße, hatte jemand beobachtet, wie sich das Tor öffnete.

Sie hörten den Wagen, ehe sie ihn sahen, und Haydon ging auf den Hof hinaus, als ein Taxi langsam in die Einfahrt bog. Haydon wartete, während der Fahrer ausstieg und um den Wagen herumging.

«Perfektes Timing, Dolfo», sagte Haydon und schüttelte dem Jungen die Hand.

«Ich Ihnen doch sagen. Was immer Sie wollen», sagte Dolfo und zündete sich eine Zigarette an. Anerkennend schaute er zu Janet hinüber. «Okay», sagte er zu Haydon. Dolfo öffnete die hintere Tür des Taxis und zog eine Wolldecke von zwei Menschen, die sich auf den Sitzen duckten – ein Mann und eine Frau. Sie setzten sich auf und stiegen aus.

Haydon betrachtete sie, begutachtete ihre Größe und die Frisur der Frau. «Gut, sehr gut», sagte er. «Was ist mit dem Mietwagen mit Vierradantrieb?»

«Es ist ein Blazer. Ich ihn habe auf einem Parkplatz in Zona eins abgestellt», sagte Dolfo und gab Haydon die Adresse. «Der Parkplatz hat Mauer, und die beiden anderen Leute dort warten.»

«Okay», sagte Haydon. «Der Mann soll sich nach vorne zu Ihnen setzen, die Frau auf den Rücksitz.»

«Bueno.»

«Geben Sie uns ein paar Minuten.» Haydon ging zu Janet zurück. «Wir müssen das Haus so verlassen, als würden wir wegfahren.»

«Fahren wir denn nicht?»

«Noch nicht.»

Sie gingen hinein und verschlossen alles. Nachdem Janet ihre Tasche und die Thermosflasche mit Kaffee geholt hatte, schalteten sie als letzte die Lampen in der Küche aus und verließen das dunkle Haus.

«Okay, Dolfo», sagte Haydon, während er auf den Jungen zuging, der am hinteren Kotflügel seines Taxis lehnte. «Versuchen Sie, den ganzen Weg bis zur Grenze zu schaffen.» Er schüttelte dem jungen Mann wieder die Hand. «Vergessen Sie nicht, mit wem wir es hier zu tun haben.»

«Kein Problem», sagte Dolfo, ließ seine Zigarette fallen und trat sie aus.

«Buena suerte!» sagte Haydon.

Der Mann und die Frau saßen schon im Wagen. Dolfo stieg ein, ließ den Motor an und bog in die Straße hinaus.

«Machen Sie das Tor zu», sagte Haydon, und Janet griff nach dem Kontrollhebel. Lautlos glitten die Torflügel zusammen. Haydon sah den verschwindenden Rücklichtern des Taxis nach.

«Also, was zum Teufel geht hier eigentlich vor?»

«Sie und ich sind gerade zur Grenze nach El Salvador aufgebrochen, Valle Nuevo», sagte Haydon. «Das ist hundertzwanzig Kilometer von hier, eine Fahrt von ungefähr anderthalb Stunden.»

«Und Sie glauben wirklich, das würde funktionieren?»

«In diesem Dämmerlicht könnte es klappen.»

«Großartig. Und jetzt?»

«Wir warten zehn Minuten.»

«Und dann?»

«Dann fahren Sie und ich nach Panajachel.»

«Nicht nach Cobán?»

«Kommen Sie», sagte Haydon.

Sie stellten die Taschen in den Landrover, und Janet setzte sich hinter das Steuer. Als die Zeit um war, drückte Janet den Knopf der Fernbedienung, und das Einfahrtstor öffnete sich erneut. Sie fuhren hinaus, und hinter ihnen schloß es sich wieder.

Auf Haydons Anweisung hin blieb sie auf dem ganzen Weg in die Stadt auf Nebenstraßen. Die Straßen waren noch wenig befahren, und das erleichterte es Haydon, einen eventuellen

Verfolger auszumachen. Er entdeckte nichts. Wenn jemand das Haus beobachtet hatte, dann hatte er sich an Dolfos Fersen Richtung Valle Nuevo geheftet. Niemand außer Pitts Leuten, die es von Mirtha erfahren hatten, wußte von Panajachel. Sie würden das Haus nicht beobachten. Da sie Janets Landrover kannten, würden sie sie am Roosevelt-Highway oder in Mixco abpassen, irgendwo auf dem Weg. Je näher sie beim Haus blieben, desto sicherer. Das war auch der Grund für den Wagenwechsel.

Sie erreichten die Adresse, die Dolfo ihnen gegeben hatte, als der Himmel im Osten gerade hell zu werden begann. Die ersten Autos bewegten sich durch die schmalen Straßen der Innenstadt. Sie fuhren zu dem ummauerten Parkplatz, und im Licht von Janets Scheinwerfern erschien plötzlich ein junges Mädchen in Jeans und einer kurzärmeligen Bluse. Sie schloß die Kette auf, die das Tor versperrte, stieß die beiden Torflügel auf und trat beiseite. Haydon wies Janet an, neben einem Chevrolet Blazer zu halten, der ziemlich weit vom Tor entfernt stand. Ein Mann und eine Frau stiegen aus.

«Nehmen Sie Ihre Tasche», sagte Haydon und griff nach seiner Reisetasche. «Und lassen Sie den Zündschlüssel stecken.»

Er stieg aus und schüttelte dem Mann die Hand, einem *ladino*, der eher wie ein Europäer und nicht wie ein Indio aussah. Seine Augen schauten wachsam, während er von Haydon zu Janet blickte. Die Frau, ebenfalls eine *ladino*, blieb hinter dem Blazer stehen. Niemand nannte einen Namen.

«Hat Dolfo Ihnen alles erklärt?» fragte Haydon und erwähnte absichtlich den Namen des Jungen, um den Mann zu beruhigen. «Haben Sie irgendwelche Fragen?»

Der Mann schüttelte den Kopf. «Ich habe alles verstanden.»

Haydon sah die Frau an. Ihr Haar sah gut aus, und sie trug ein amerikanisches Kleid.

«Okay», sagte Haydon. «Der Zündschlüssel des Rover steckt.»

«He», sagte Janet plötzlich, «was zum Teufel machen Sie da?»

Der Mann wirkte verblüfft und sah zuerst Haydon und dann Janet an.

«Er fährt den Rover nach Panajachel», sagte Haydon.

«Sind Sie von allen guten Geistern verlassen?» fragte Janet ungläubig. «Verdammt, wir werden den Wagen nie wiedersehen.»

«Das ist die einzige Chance, unverfolgt zu dem Ort zu kommen, zu dem wir wollen», sagte Haydon. «Es geht nicht anders, und es ist trotzdem noch ein Vabanque-Spiel. Diese Leute verdienen eine Menge Geld, wenn es klappt. Dafür habe ich gesorgt. Aber um es zu kriegen, müssen sie Ihnen den Rover zurückbringen. Sie gehen ebenfalls ein gewisses Risiko ein. Ich werde es Ihnen erklären, aber jetzt müssen wir los. Es wird hell.»

Janet sah ihn eine Sekunde an und hob dann die Hände, als gebe sie auf; die Leinentasche hing von ihrer Schulter.

Haydon streckte die Hand aus und schüttelte die Rechte des Mannes. *«Buena suerte!»* sagte er.

Die beiden Paare bestiegen ihre Wagen. Haydon setzte sich hinter das Steuer des Blazer, der neu war und neu roch. Er ließ den Motor nicht an, sondern wartete, bis das andere Paar den Parkplatz verlassen hatte.

«Die Entfernung nach Panajachel und zur Grenze nach El Salvador ist ungefähr gleich», sagte Haydon leise. «Mit etwas Glück haben wir Zeit bis acht oder halb neun, bis dieser kleine Trick entdeckt wird.»

«Das ist doch verrückt», sagte Janet. «Himmel, ich habe persönliche Sachen im Rover herumliegen. Sie wissen ja gar nicht, wie verrückt das ist. Man gibt doch solchen Leuten nicht einfach sein verdammtes Auto.»

«Nach dem, was ich miterlebt habe, kommt mir das überhaupt nicht verrückt vor», sagte Haydon. «Ganz und gar nicht.» Er zog den Reißverschluß der Reisetasche auf und nahm eine der Landkarten heraus, die er aus Borrayos Handschuhfach hatte. Er legte sie auf die Tasche, die zwischen ihm und Janet stand, und ließ den Motor an. Als er die Lichter einschaltete und zurücksetzte, kam das junge Mädchen aus dem dunklen kleinen Verschlag am Eingang des Parkplatzes und öffnete das Tor. Haydon streckte die Hand aus und reichte ihr einige Dollar; dann steuerte er den Blazer hinaus auf die frühmorgendlichen Straßen.

Die Stadt war noch nicht ganz erwacht, rührte sich aber schon, als Haydon nach Norden in die 7. Avenida einbog, die ohne Abzweigung auf der Nordsüd-Achse durch die Stadt verlief. Janet saß merkwürdig still da. Während Haydon den Blazer durch die lange, schmale Straße steuerte. Dann erreichten sie abrupt die Kreuzung der Calle Martì, die schließlich zum Mittelamerikanischen Highway Nummer 9 werden würde, bekannt als Atlantik-Highway.

47

Der Highway stieg und wand sich in zunehmend trockene und dürre Hügel, führte abwärts in kahle Schluchten und über lange, schmale Brücken, immer tiefer in eine Wüstenregion hinein, die wirkte wie von einem anderen Kontinent. Weil der Highway zum Haupthafen von Guatemala führte, nach Santo Tomás de Castilla vor Puerto Barrios am Golf von Honduras, war die Straße ständig überfüllt mit Lastwagen und Bussen, die Produkte und Arbeiter transportierten. Wie immer wurde es an diesem Morgen früh heiß, und der Verkehr nahm mit den rasch steigenden Temperaturen zu. Die Busse und Lastwagen schienen von Irren gesteuert, die das Letzte aus ihren oft altersschwachen Fahrzeugen herausholten. Sie überholten in abschüssigen und ansteigenden Kurven, hupend, schwitzend, fluchend, und erbleichten manchmal vor Schreck über selbst hervorgerufene Horrorsituationen, wenn sie sich wild die Durchfahrt zwischen den Vehikeln, die sie überholten, und dem entgegenkommenden

Verkehr erzwangen. Doch die Fahrer verlangsamten ihre Fahrt nie, und die Planen über ihrer Fracht flatterten in der heißen Luft wie die Capes auf den knochigen Rücken der Vier Apokalyptischen Reiter, die rücksichtslos über ihr Schicksal entschieden.

Bald steckten Haydon und Janet hoffnungslos in einer langen Reihe überladener Busse und klappriger Lastwagen, die schwarzen, scharfen Qualm aushusteten, während sie die ansteigenden Kehren nahmen; sie kurbelten die Fenster herunter. Janet drehte ihr Haar zu einer Rolle zusammen, die sie sich im Nacken feststeckte, zog den Rock hoch über ihre langen Schenkel, setzte eine Sonnenbrille auf und starrte hinaus auf den umkämpften Highway. Haydon merkte, daß sie wegen des Landrovers noch immer wütend war.

Sie setzten ihre Fahrt in der Hitze fort, vorbei an Bergen mit grauen Schieferfelsen, auf denen nichts wuchs als Kakteen, dürres Unterholz und gelegentlich ein Fleckchen karger Mais auf den steilen Hängen. Kleine, weiß gekalkte oder sandfarbene Häuser standen allein auf fernen Hügeln oder auf dem Grund von Schluchten und kochten in der Sonne.

Haydon sah auf die Uhr. «Wenn der Verkehr so bleibt, schaffen wir es unmöglich in drei Stunden.»

Janet schüttelte den Kopf. «Er bleibt nicht so. Wenn wir nach El Rancho kommen, müssen wir nördlich nach Cobán abbiegen. Die meisten dieser Wagen fahren weiter zur Küste.»

«Halten Sie das Steuer», sagte Haydon zu Janet. «Ich muß die Jacke ausziehen.» Sie griff herüber und hielt das Steuer, während er sich aus seiner Jacke wand und sie auf den Rücksitz warf. Dann rollte er die Ärmel auf und übernahm wieder das Steuerrad. «Danke», sagte er. «Noch eine Bitte. Könnten Sie mir eine Tasse Kaffee eingießen?» Er hatte von den ständigen Dieselabgasen einen öligen Geschmack im Mund.

Der Verkehr kroch die steilen Anstiege hoch, wurde auf den Hügelkämmen schneller und stürzte sich dann wild in die Gefällestrecken; in den Kurven quietschten die Bremsen, aber nicht lange, denn jeder Fahrer versuchte, für den nächsten langen Anstieg soviel Fahrt wie möglich zu gewinnen.

Janet reichte Haydon den Kaffee und goß sich selbst eine Tasse ein, nachdem sie den Deckel der zwischen ihren Knien eingeklemmten Thermosflasche abgeschraubt hatte.

«Haben Sie aufgepaßt, ob uns jemand gefolgt ist?» fragte sie und stellte die Kanne zwischen die Sitze.

Er nickte. «Ja, aber das ist schwer zu sagen. Wir fahren schon so lange in dieser Schlange. Es gibt mehrere Pkws und noch einen Blazer, der Rest sind Lastwagen und Busse.» Er schlürfte den Kaffee. «Wenn wir an die richtige Stelle kommen, werde ich die Probe aufs Exempel machen.»

Die Chance kam ungefähr zehn Kilometer später, als die Berge zuerst nach Süden zurückwichen und dann nach Norden; genau in der Mitte überspannte eine lange Hängebrücke eine Schlucht. Auf der anderen Seite der Schlucht beschrieb der Highway eine weitere Kurve, und unmittelbar davor zweigte eine nicht asphaltierte Straße ab und schlängelte sich in die Schlucht hinunter.

Haydon schaute in den Spiegel, merkte sich Farben und Marken der Wagen und des anderen Blazers. Die Fahrzeuge nahmen die Kurve; lebhafter Verkehr in Richtung Hauptstadt kam ihnen entgegen. Haydon behielt die ungepflasterte Straße im Auge.

«Ich biege jetzt ab», sagte er rasch und riß das Steuer scharf herum. Janet wurde überrascht, flog gegen ihn und verschüttete den Kaffee, als sie in eine Staubwolke eintauchten, die aufwallte und dann ringsum niederrieselte, während sie gleich neben dem Highway in einen Hain aus Straucheichen einbogen.

«Verdammt!» schrie sie. «Sie hätten etwas sagen können.»

Haydon reagierte nicht, er beobachtete die Fahrzeugschlange. Alle Wagen fuhren vorbei. Sie konnten nicht anders. Sie hatten sein Abbiegen nicht vorhersehen können. Haydon wußte nicht, wie weit einer fahren mußte, falls er wenden wollte.

Er sah sich nach Janet um, die das Oberteil ihres Sommerkleides aufgeknöpft hatte und an den Kaffeeflecken darauf herumrieb. Doch auch sie beobachtete den Verkehr.

«Tut mir leid», sagte er mit einem Blick auf ihr Kleid. «Wir werden ein Weilchen warten.»

«Großartig. Das ist ein guter Platz zum Warten», sagte sie.

«Glauben Sie, Sie würden einen dieser Lastwagen oder Pkws wiedererkennen, wenn Sie sie noch einmal sähen?» Er legte die Arme um das Steuerrad und starrte durch die Windschutzscheibe. Eine weitere Welle von Bussen und Lastwagen fuhr an ihnen vorbei.

«Vielleicht», sagte sie.

«Wenn uns jemand gefolgt ist, wird er weiter vorne auf uns warten.» Er griff nach der Karte auf dem Sitz. «Vielleicht in Sanarate. Sonst in El Rancho.»

«Glauben Sie, daß jemand da ist?»

Er warf die Karte wieder auf den Sitz und streckte das linke Bein aus der offenen Tür. «Ich weiß nicht», sagte er. «Vermutlich haben wir seine Chancen verringert.»

Sie blieben im Wagen, weil es sonst nirgends Schatten gab, und obwohl Janet ihre Tür ebenfalls öffnete, um Durchzug zu schaffen, war die Luft heiß und stickig. Haydon wünschte sich etwas von dem Eis, das gestern abend in seinem Gin gewesen war. Janet fächelte ihre Beine, bis es Zeit zum Aufbrechen war.

Der Ort El Rancho lag ein paar Kilometer weiter, kaum sichtbar in den flirrenden Hitzewellen und winzig neben einem riesigen Stromkraftwerk, das steil und unheilverkündend wie die Burg eines Ungeheuers am Rande der Abzweigung stand.

Haydon bog an der Kreuzung nach links ab, überquerte den Motagua in Richtung Nordufer und fuhr nach Westen zurück. Wie Janet vorhergesagt hatte, fuhren die meisten Fahrzeuge hinter El Rancho in Richtung Küste weiter. Die Landschaft begann sich zu verändern. Der Highway stieg leicht an, und die Vegetation war malerischer, stachelige Birnen- und langgliedrige Cereus-Kakteen und Gruppen dorniger Akazien. Goldamseln huschten wie orangefarbene Funken durch das rötliche Gebüsch, und mehr als einmal erhaschte Haydon kurze Blicke auf limonengrüne, stumpfnasige Papageien.

Von einer Höhe von etwa fünfhundert Metern in El Rancho stieg der schmale, zweispurige Highway stetig bis auf dreizehnhundert Meter an. Die nackten, pockennarbigen Berge der Wüste wichen Hügeln mit dichterer Vegetation, plötzlich tauchten Pinien auf, und binnen zehn Meilen fiel die Temperatur um mehrere Grad. Nebelbänke erschienen hier und da in Vertiefungen und reichten manchmal bis in die Pinien. Die Luft wurde weicher, und der feuchte Duft von Nadelbäumen wehte durch die Fenster des Blazers.

Dann stieg die Straße steil an, und sie kamen an eine Wegstation in einem Dorf, wo sie anhalten, eine Gebühr bezahlen und ihren Wagen mit Insektenspray besprühen mußten, ehe sie weiter in die üppige Vegetation eindrangen. Sie erreichten üppige, kühle Pinienwälder, die hier und da für *granjas* gerodet waren, kleine Familienhöfe mit mageren Mais- oder Kichererbsenfeldern, teilweise aus Zementblöcken mit roten Ziegeldächern, die in der feuchten Atmosphäre glänzten, teilweise aus Lehm mit rostigen Blechdächern. Die Wälder wurden dichter, der Highway stieg noch höher, und hinter einer Kurve tauchte plötzlich die Sierra de Chuacús auf unter einer gewaltigen Bank aus dicken weißen Wolken, die um die Gipfel wallten.

Das Licht begann sich zu verändern, von den riesigen Wolken beeinflußt, die die Helligkeit der Sonne nicht abhielten, sondern diffus verbreiteten. Sie fuhren durch eine leuchtende Landschaft ohne Sonne, erhellt nur von einem schimmernden Baldachin wallender Wolken.

Wieder stieg die Straße auf fünfzehnhundert Meter Höhe und überquerte die unsichtbare Grenze in die dunstigen Regionen von *la selva nublado*, dem Wolkenwald, der exotischen Tropenlandschaft im Hochgebirge, wo der berühmte und mythische Nationalvogel, der Quetzal, residierte, als wisse er nur zu gut, daß er sich in seine letzte Zuflucht zurückgezogen hatte.

Das war das Land des *chipichipi*, des feinen, unablässigen Nieselregens, der alles leicht, aber durchdringend tränkte. In dieser Region gab es keine «Trockenzeit», wenn auch das Nieseln im Januar und Februar geringer war als im übrigen Jahr. Es war kein Land für Menschen, die zu Melancholie oder düsterer Stimmung neigten.

Als sie sich dem Biotopo del Quetzal näherten, war es später Vormittag, und sie hatten noch immer eine Stunde bis Cobán vor sich. Sie hielten bei einem kleinen Gasthof nicht weit vom Eingang des Naturschutzgebietes. Es lag auf der Abhangseite der Straße mit Blick über ein weites Tal, dessen Ausdehnung man nur erraten konnte, denn es verbarg sich unter treibenden Dunst- und Nebelwolken. Auf der anderen Straßenseite erhob sich eine dschungelbedeckte Bergwand und verschwand in grauen Wolken. Sie tranken frischen, starken Kaffee aus übergroßen Tassen und aßen ein kleines Gericht aus gebratenen Kochbananen, von einer Indiofrau und ihrer jungen Tochter zubereitet. Draußen vertraten sie sich auf der feuchten Straßenböschung ein paar Minuten die Beine; das tiefe Schweigen des Wolkenwaldes dämpfte die Geräusche ringsum. Ehe sie wieder in den Blazer stiegen, nahm Janet eine Jacke aus ihrer Tasche, und Haydon zog in der leichten, aber willkommenen Kühle sein Jackett wieder an.

Nach ein paar Kilometern erreichten sie ein weit auseinandergezogenes Dorf namens Pasmolon, und kurz danach fuhren sie in das *departamento* von Alto Verapaz, den Oberen Wahren Frieden, ein.

48

Cobán war eine im Dunst liegende kleine Stadt am Fluß Cahabón, umgeben von einer Berglandschaft mit klaren Bächen, Wiesen und üppigen kleinen Tälern.

Der Marktplatz ist dreieckig; an seiner Basis im Osten steht die Catedral de Santo Domingo, deren Hauptaltar eine hölzerne Skulptur der Jungfrau Maria mit dem Jesuskind aus dem sechzehnten Jahrhundert schmückt. Auf den beiden anderen Seiten der Plaza befinden sich das arkadenverzierte Hauptquartier der Departementregierung und das örtliche Hauptquartier der Armee. An der westlichen Spitze des Dreiecks ist das Büro von Guatel, der nationalen Telefongesellschaft.

Dorthin wollte Haydon zuerst, nachdem er den Blazer am zementierten Gehsteig vor dem winzigen Hotel La Providencia geparkt hatte.

«Was jetzt?» fragte Janet. Sie hatten in der letzten Stunde seit dem Verlassen des kleinen Gasthauses kaum gesprochen; die bevorstehende Begegnung mit Lena hatte beider Gedanken beschäftigt.

«Ich muß telefonieren», sagte Haydon.

«Ich warte hier», sagte Janet.

Haydon sah sie an, und sie nickte und stieg aus. Haydon nahm die Reisetasche vom Rücksitz, schob die Waffe in seinen Hosenbund und verschloß den Wagen. Er gab drei Indiojungen ein paar Quetzals, damit sie auf den Blazer «aufpaßten», und Haydon ging über den Platz die leichte Anhöhe zum Guatel-Büro hinauf. Die Ruhe dieser kleinen, entlegenen Departementhauptstadt war angenehm nach dem Wahnsinn von Guatemala City, doch Haydon behagte das Gefühl nicht, beobachtet zu werden.

Das Büro von Guatel war ein großer, düsterer Raum. An der hinteren Seite befand sich, abgetrennt von einem Gitter mit Schwingtüren, ein halbes Dutzend hölzerner Telefonzellen, von denen eine oder zwei besetzt waren. Mit dem Rücken zum Gitter standen zwei Reihen hölzerner Stühle. Links gab es eine Art hölzernen Käfig, in dem mehrere Frauen und ein Mann schweigend ihre Arbeit verrichteten; die Frauen bedienten das antiquierte Telefonsystem.

Janet setzte sich, während Haydon einer Frau die Nummer in Belize gab. Während sie die Verbindung herstellte, setzte Haydon sich neben Janet, die besorgt durch die offene Tür auf die graue Straße starrte.

«Wo war der Laden, wo sie die Kerzen kaufen wollte?» fragte er.

Janet machte eine vage Geste mit dem rechten Arm. «Da hinunter.»

«Wann war das?»

«Voriges Jahr.»

Das Telefon in einer der offenen Zellen begann zu läuten. Haydon stand auf, ging durch die Schwingtüren zu der Zelle. Der Anruf war kurz. Dinge wurden bestätigt und erklärt. Er bezahlte das Gespräch und verließ mit Janet die Post.

Sie überquerten die Straße und erreichten einen halben Block weiter ein türkisfarbenes Haus mit zwei Eingängen. Der erste war ein weit geöffneter Imbißladen, aus dem der würzige Duft von gegrilltem Fleisch drang, der zweite eine schmale Tür unter einem Schild, auf dem IMPORTACIONES TIKAL stand.

«Ja, das ist es», sagte Janet. «Ich erinnere mich an das Schild.»

Gleich hinter der Tür führte eine hölzerne Treppe steil nach oben; auf dem Treppenabsatz links befand sich eine Milchglastür. Wieder das Schild IMPORTACIONES TIKAL. Janet stieß die Tür auf, und eine weitere Treppe führte nach oben. Sie traten links durch eine Tür in einen langen, schmalen Raum mit hölzernen Regalen, davor eine lange Theke. In der Mitte des Raumes öffnete sich eine Doppeltür auf den Balkon über einen Hof.

An den Wänden standen grobe Säcke mit Kaffeebohnen und feiner gewebte Säcke mit Kardamom. Die Glaskästen auf der Theke waren gefüllt mit Süßigkeiten, Geleefrüchten und regionalen Gewürzen. Zwei Indiofrauen in den bunten Gewändern der Region arbeiteten hier.

Während Janet mit den Frauen sprach und kleine Beutel Kaffee, Kardamom und Gewürze kaufte, ging Haydon auf den Balkon. Ein halbes Dutzend leuchtend grüner Papageien saß auf der hölzernen Balkonbrüstung; kleine Blechnäpfe mit Futter waren an einigen der hölzernen Säulen befestigt, die das Dach stützten.

Auf der Balkonseite links von Haydon öffnete sich eine Tür, und ein Mann und eine Frau kamen heraus, die sich leise unterhielten. Haydon schob die Reisetasche mit dem Fuß dichter an die Brüstung und drehte sich um, um zu sehen, was Janet in dem Laden machte, als das Paar näherkam und er die Frau erkannte, die ihn unverwandt anstarrte. Sie hob den Finger an die Lippen, und der Mann trat in die Tür, so daß Janet Haydon nicht mehr sehen konnte, und zündete sich in aller Ruhe eine Zigarette an.

«Man hat Sie nicht nach Cobán verfolgt», sagte die Frau im gleichen perfekten Englisch, das sie auch in dem Lagerhaus über dem Schuhgeschäft gesprochen hatte. Sie redete schnell auf Haydon ein. «Aber etwas ist falsch gelaufen. Der örtliche militärische Geheimdienst hat aus der Hauptstadt die Anordnung erhalten, nach Ihnen Ausschau zu halten und Sie zu überwachen. Sie haben Ihren Wagen entdeckt, und Männer in Zivil durchsuchen die Gegend rings um den Platz. Unten im Hof gibt es einen Imbiß. Essen Sie dort; gehen Sie nicht weg. Sagen Sie der Frau nichts.»

Ihr Gefährte, wie Haydon jetzt sah, war nicht der gleiche Mann wie in Guatemala City; er verschwand mit der Frau über eine Treppe in den Hof.

Haydon griff die Reisetasche auf und ging in den Laden zurück. Janet war gerade fertig.

«Unten im Hof gibt es einen kleinen Imbiß», sagte Haydon. «Gehen wir etwas essen.»

«Gleich hinter dem Platz sind ein paar gute Lokale», sagte Janet und steckte das Geld und die Papiertüte mit ihren Einkäufen in die Tasche. «Unter anderem ein gutes chinesisches Restaurant.»

«Das da unten sieht gut aus», sagte Haydon. «Außerdem will ich nicht zum Platz zurück.»

«Warum, was ist los?»

«Wir sollten vorsichtig sein, bis jemand Kontakt mit uns aufnimmt. Man hat uns gesagt, wir sollten herkommen, das haben wir getan, und jetzt sollten wir so diskret wie möglich warten. Wenn sie etwas taugen, werden sie uns abholen. Wir dürfen nicht durch die Stadt paradieren.»

«Wir brauchen nicht zu ‹paradieren›. Der Platz ist nur vier Blocks entfernt.»

«Gehen wir nach unten», sagte Haydon. «Okay?»

Sie sah ihn fragend an, als argwöhne sie, daß er etwas wußte, was er ihr nicht sagte. «Okay», sagte sie.

Der Imbißladen lag auf der entgegengesetzten Seite des Hofes und bestand aus zwei benachbarten Räumen mit einer Öffnung dazwischen, aus der man die Doppeltüren ausgehängt hatte. Die Räume waren klein und enthielten je vier einfache Holztische mit Stühlen.

Drei Tische im ersten Raum waren besetzt; daher ging Haydon durch die Türöffnung in den zweiten Raum, wo nur ein Tisch besetzt war – von der Frau und dem Mann, die er auf dem Balkon gesehen hatte. Haydon führte Janet an einen Tisch vor dem Balkon und setzte sich.

Ein junger Indio brachte ihnen Teller mit Zwiebelsuppe, Löffel und eine Platte Tortillas. Stücke von Hühnerfleisch schwammen in der Suppe. Indem sie hereingekommen waren und sich gesetzt hatten, hatten sie stillschweigend eingewilligt, das Tagesmenü zu nehmen.

Janet sah Haydon an. «Was glauben Sie, wie lange wir warten müssen?»

«Ich habe keine Ahnung», sagte er und nahm einen Löffel. Er faltete eine Tortilla zusammen und begann zu essen. Die Suppe war heiß und gut, das Hühnerfleisch würzig.

Das Paar an dem anderen Tisch sprach nicht, aber aus dem Nebenraum ertönte unablässig das Gemurmel zweier anderer Paare. Irgendwo in den dunstigen Gassen krähte ein Hahn.

Schweigend aßen sie ihre Suppe, und der junge Mann kam zurück und trug die Teller ab. Als er wieder erschien, brachte er zwei neue Teller mit je einem Maiskolben, Limonenscheiben, Avocadoscheiben, gegrillten Streifen von Schweinefleisch und zerstampften schwarzen Bohnen sowie eine neue Platte Tortillas.

«*Dos cafecitos?*» fragte er, und Haydon und Janet nickten. Gleich darauf brachte der junge Mann zwei große Tassen schwarzen, bereits gesüßten Kaffee.

Haydon begann zu essen. Er war so verwirrt über das, was die Frau ihm auf dem Balkon gesagt hatte, daß er Janet vollkommen ignorierte. Die G-2-Leute hatten von ihrer Ankunft in Cobán erfahren? Wie war das möglich? Er ging jeden Schritt seiner Planung noch einmal durch. Die beiden Paare, die zur Ablenkung dienten. Janet hatte er nicht aus den Augen gelassen. Die Frau hatte gesagt, niemand sei ihnen nach Cobán gefolgt. Alles hatte geklappt ..., aber die G-2-Leute wußten, daß er in Cobán war. Weder Dolfo noch die anderen Paare wußten, wohin er und Janet gefahren waren; selbst wenn die G-2-Leute ihre infamen und höchst überzeugenden Verhörtechniken angewandt hatten, konnten sie sie nicht verraten haben.

Es war nicht sein Plan gewesen ... es war seine Unfähigkeit, das wahre Ausmaß der Falschheit zu begreifen, mit der er es zu tun hatte. Wenn er zurückdachte, so war der einzige Ort, an dem Janet oder er Cobán erwähnt hatten, ihr Haus gewesen. Er sah zu, wie sie Limonensaft über ihrer Avocado auspreßte. Frauen wie sie waren seltsam; es erschien ihm nicht logisch, daß er nicht einmal erraten konnte, ob sie unglaublich ahnungslos oder unglaublich clever war. Genau das aber war der Fall. Er wußte nicht, ob Janet benutzt wurde oder eigene Pläne verfolgte. In jedem Falle war sie gefährlich für ihn, und das war vor zwanzig Minuten deutlich dadurch betont worden, daß die Frau auf dem

Balkon ihn gewarnt hatte, ihr nichts von ihrer Begegnung zu sagen.

Der Rauch des Kochfeuers draußen im Hof drang in die beiden bescheidenen Speisezimmer und füllte die Luft mit dem würzigen Duft von Eichenholz. Vor den Balkonfenstern regnete es wieder stetig, und ein Dunstschleier lag in der Luft, der die roten Ziegeldächer der tiefergelegenen Straßen bedeckte.

Haydons Brüten hatte auf Janet die gleiche Wirkung wie auf seine Frau; sie spürte es und beschloß, ihn in Ruhe zu lassen. Schweigend beendeten sie ihre Mahlzeit, und als der junge Indio kam, um ihre Teller abzutragen, bestellte Haydon noch eine Tasse Kaffee. Janet wollte protestieren, überlegte es sich dann anders und nickte zustimmend.

Es war die erste von je drei Tassen, die sie in den folgenden zwei Stunden bestellen sollten. Schließlich waren alle Gäste gegangen, selbst der Mann und die Frau vom Balkon. Der junge Indio zeigte sich nur, wenn Haydon mit einem Ruf neuen Kaffee bestellte. Haydon wußte nicht, was er zu erwarten hatte, aber er kam zu dem Schluß, daß dieser Imbißladen eine Art sicherer Zuflucht war. Sie mußten bleiben, bis es an der Zeit war ... für was auch immer.

Zuerst beschloß Janet, Haydons Spiel mitzumachen. Schweigend saß sie da, trank den erdigen Kaffee von Cobán mit dem rohen Rohrzucker, wippte ungeduldig mit dem übergeschlagenen Bein und sah sich in den beiden Speiseräumen um. Bald wurde ihr langweilig. Sie beherrschte sich zwanzig Minuten lang; dann stand sie auf, um auf den Balkon zu gehen und hinauszuschauen, aber Haydon hinderte sie daran. Sie wußte, warum; sie hatte nicht nachgedacht. Verlegen ging sie zur Tür, die in den Hof führte, blieb dort stehen. Haydon beobachtete sie und lauschte dem gelegentlichen Schreien der Papageien auf der Balkonbrüstung über ihnen. Doch schweigendes Warten ging gegen Janets Natur, und sie wurde immer unruhiger. Schließlich drehte sie sich um, kam an den Tisch zurück und nahm ihre Tasche, die auf einem der Stühle lag.

«Das ist Blödsinn», sagte sie barsch. «Ich gehe.»

«Warten Sie…» Haydon streckte die Hand aus und packte den Riemen ihrer Tasche.

«Was zum Teufel denken Sie sich eigentlich?» brauste sie auf und zerrte an der Tasche, doch Haydon ließ nicht los, sondern stand auf und faßte nach ihrem Arm.

«Sie werden hierbleiben müssen, Janet», sagte er mit leiser, fester Stimme. «Nur so kann ich sicher sein.»

«Wessen sicher?»

«Daß wir Kontakt zu Lena bekommen.»

Sie starrte ihn an. «Das können Sie doch gar nicht wissen.»

«Welche Lösung schlagen Sie vor?»

«Hinausgehen und sie wissen lassen, daß wir da sind. Wozu verstecken wir uns hier?»

«Sie sagten, wir sollten herkommen.»

«Verdammt, aber sie haben nicht gesagt, daß wir *bleiben* sollen.»

«Glauben Sie nicht, daß sie es uns wissen lassen würden, wenn sie etwas anderes wollten?»

Janet wandte keinen Blick von ihm. «Ich verschwinde von hier!» sagte sie, und eine Alarmglocke läutete in Haydons Kopf. Es war etwas in ihrem Ton, als denke sie, sie habe ihr Glück lange genug strapaziert, und nun sei etwas überfällig.

Die Schritte auf dem Holzfußboden waren plötzlich und laut, und reflexhaft drehte Haydon sich um und sah die Frau vom Balkon hereinkommen, zusammen mit drei Männern; alle trugen stumpfnasige kleine Uzis, und ihr Haar und ihre Kleidung waren naß vom Regen, der sich inzwischen verstärkt hatte.

«Sie empfangen Signale von hier», sagte die Frau, während sie durch den Raum ging und nach Janets Tasche griff. «Da herüber», sagte sie zu Janet und wies in Richtung der Wand hinter Haydon. Ihre Gefährten bauten sich vor den Türen auf; einer von ihnen stellte sich neben Janet. Die Frau hängte sich die Uzi über die Schulter und leerte Janets Tasche auf dem Tisch aus. Rasch sah sie alles durch, schraubte Lippenstifte auf, kratzte

Make-up aus Janets Schminkdose, nahm einen verzierten Schlüsselring auseinander, untersuchte einen Parfumflakon und überprüfte alles, was groß genug war, um zerlegt zu werden.

Als sie fertig war, richtete sie sich abrupt auf.

«Wo ist der Sender?» herrschte sie Janet an.

Janet starrte sie wortlos an.

«Ziehen Sie sich aus», sagte die Frau.

«Einen Augenblick», sagte Haydon. «*Wer* bekommt Signale?»

Die Frau wandte sich ihm zu. «Cage ist hier.»

«Cage? Sie sprachen doch von G-2-Leuten.»

«Sie sind alle hier.»

Haydon war verblüfft. Er sah Janet an. «Was in aller Welt haben Sie gemacht?»

«Wir haben Cages Leute entdeckt, und zwar kurz nach unserem Gespräch auf dem Balkon», sagte die Frau. «Es sind fünf oder sechs – so viele jedenfalls haben wir bis jetzt bemerkt, rund um den Platz verteilt. Auf der Nordseite der Kathedrale ist ein Lieferwagen geparkt. Wir glauben, daß er einen starken Empfänger enthält.»

«Haben Sie Cage gesehen?» fragte Haydon.

«Nein, ihn selbst nicht», sagte die Frau. «Vor einer halben Stunde haben sie sich in Richtung hierher bewegt. Wir verschwinden, aber zuerst müssen wir den Sender finden.»

Haydon sah Janet an. «Sie tragen einen Sender?»

«Einen ... einen Sender?» Ihr Gesicht drückte gespielte Verwirrung aus. Sie wich ihm aus, und Haydons Magen verkrampfte sich.

Die Frau ging zu Janet und schlug ihr mit dem Handrücken mehrmals hart ins Gesicht. Ehe Janet reagieren konnte, packte die Frau mit beiden Händen das Oberteil ihres Sommerkleides und riß es bis zur Taille auf. Der linke Unterarm der Frau fuhr an Janets Kehle und drückte sie an die Wand, während ihre rechte Hand nach dem Sender tastete. Janet konnte weder sprechen noch atmen, und als sie in einer vergeblichen Geste der Selbstverteidigung unwillkürlich die linke Hand hob, sah die Frau plötzlich die übergroße Armbanduhr. Sie nahm den Unterarm von Janets Kehle, packte ihr Handgelenk und riß ihr die Uhr ab, während Janet zu Boden sank. Die Frau ging zum Tisch zurück und benutzte den Griff der Uzi, um das Zifferblatt zu zertrümmern. Nichts. Wieder ging die Frau auf Janet los.

«Moment», sagte Haydon. «Wenn das Ding überhaupt eine gewisse Reichweite haben soll, kann es nichts Kleines sein.» Er schaute auf die Gegenstände auf dem Tisch, die die Frau aus Janets Tasche geleert hatte. Janets Tasche. Er nahm die Leinentasche und befühlte sie. Er versuchte, sie zusammenzudrücken, aber die Seiten waren steif. Er wendete das Innere nach außen und sah, daß sie ein Innenfutter enthielt. Er fand eine offene Nahtstelle, riß mit den Fingern das Futter auf und enthüllte eine dünne Lage Stoff, auf die ein kompliziertes Muster von hauchdünnen Transistoren, Batterien und Antennen aufgenäht war. Die ganze Tasche war mit raffinierter Technologie versehen, die sie zu einem starken Sender machte. Das war kein bloßes Spielzeug.

Er drehte sich um und sah Janet an. Er fühlte sich verschaukelt, verwirrt und wütend.

Janet ignorierte ihn; ihre Augen waren hinter ihrem zerwühlten Haar verborgen, als sie versuchte, ihr Kleid wieder zuzuknöpfen und ihre Jacke zu schließen, während sie sich mit dem Handrücken das Blut von der Nase wischte.

Haydon nahm sein Taschentuch heraus, ging zu ihr, half ihr auf und reichte ihr das Taschentuch. Sie wich seinem Blick aus. Haydon wußte nicht, was ihn mehr verstörte: ihr Verrat oder seine eigene Naivität. Alle waren da und hinter ihnen her. Das setzte die Guerilla-Freunde unter starken Druck.

49

Die Frau stopfte das Futter in die Tasche zurück und gab sie einem der Männer, der sein Hemd öffnete, die Tasche flach an seinen Körper drückte, das Hemd wieder zuknöpfte und sich durch den benachbarten Raum entfernte.

«Was ist in Ihrer?» fragte die Frau Haydon und zeigte auf seine Reisetasche.

«Eine Uzi, eine Pistole, etwas Munition...»

«Geben Sie ihm die Uzi und die Pistole», sagte sie und wies auf einen ihrer Gefährten. Haydon zog den Reißverschluß der Tasche auf und gehorchte. «Haben Sie Ihre Automatik noch?»

Haydon öffnete die Jacke und zeigte ihr die Waffe in seinem Hosenbund.

«Gut», sagte sie. «Wir können durch drei Häuser gehen, ohne ins Freie zu müssen. Aber dann müssen wir sehr vorsichtig sein.» Sie sah Janet an, die wieder stand und mit Haydons Taschentuch ihre Nase abwischte. «Wenn Sie *irgend etwas* versuchen, schneidet er Ihnen die Kehle durch», sagte sie zu Janet und wies mit dem Kopf auf den dritten Mann, der dicht bei Janet stand. «Für Sie setze ich weder mein Leben noch das der anderen aufs Spiel. Wir riskieren nichts, wenn es nicht der Mühe wert ist. Kapieren Sie das?»

Janet nickte. Aber ihr Gesicht spiegelte hartnäckigen Trotz wider.

Sie machten sich auf den Weg, Haydon hinter der Frau, Janet und ihre Leibwache hinter ihm, der zweite Mann am Schluß. Sie gingen hinaus in den Hof, wandten sich nach links und traten in einen dunklen Korridor mit einer Treppe. Auf dem oberen Treppenabsatz gingen sie durch eine Tür in einer einen Meter dicken Mauer in das nächste Gebäude, wo sie auf einen weiteren Balkon eilten, über den sie eine andere Tür erreichten. Diesmal durchschritten sie einen langen Korridor mit numerierten Türen auf beiden Seiten, ein Hotel oder eine Pension. Über eine Treppe erreichten sie einen dritten Korridor, der in ein Privathaus führte. Einmal sah Haydon über die Schulter der Frau hinweg ein dunkles Gesicht hinter einer Tür verschwinden, aber als sie näher kamen, war das Gesicht fort und die Tür geschlossen.

Dann mußten sie die Häuser verlassen und einen Innenhof betreten. Er war klein, auf dem Boden graue Wasserpfützen.

Sie überquerten ihn und wurden durch eine offene Tür in einen kleinen Raum gedrängt, der leer war bis auf ein paar rohe Holzbänke an den Wänden und einem Kamin mit einem schwelenden Feuer in einer Ecke.

«Wir bleiben eine Weile hier», sagte die Frau. «Sie können sich setzen und es sich bequem machen.»

Janet setzte sich sofort auf eine der Bänke, die dem Feuer am nächsten war, zog ihre Strickjacke fest um sich und verschränkte die Arme. Haydon setzte sich ihr gegenüber so hin, daß er den Hof im Blick hatte.

Die Frau und der andere Mann verschwanden durch eine Tür neben Haydon, während Janets Leibwächter sich auf eine der Bänke setzte und die Uzi in den Schoß legte. Er zündete sich eine Zigarette an. Er bot Janet eine an, die sie ablehnte, und dann Haydon, der dankbar annahm und sie sich von dem Mann anzünden ließ. Während er den Rauch der bitteren guatemaltekischen Zigarette einatmete, hörte Haydon durch die Tür das Rauschen eines Funkgeräts.

Er sah Janet an, doch sie schaute zu Boden. Endlich spürte sie seinen Blick, hob den Kopf, und in ihren Augen bemerkte er so etwas wie eine Mischung aus Frustration und Trotz.

«Meinen Sie nicht, ich würde verstehen, wenn Sie es mir erklären?» fragte er.

«Darum geht es nicht», sagte sie und schaute ins Feuer. «Es ist mir verdammt egal, ob Sie verstehen oder nicht.»

Er rauchte einen Augenblick schweigend und versuchte, an ihrem Profil einige der komplizierten Gefühle abzulesen, die sie empfinden mußte.

«Lieben Sie ihn so sehr?» fragte er.

Sie sagte nichts. Haydon lehnte den Kopf an die Wand und beobachtete sie. Ihr Haar, von der Feuchtigkeit bereits strähnig, war nach dem Zusammenstoß mit der Frau noch wirrer. Mehrere Knöpfe ihres Kleides waren abgerissen, so daß sie sich mit der Jacke bedecken mußte, die auch gegen die feuchte Kühle half. Die Jacke hatte rötliche Blutflecken, und bei der eiligen Flucht durch Häuser und Höfe hatte sie den Saum ihres Kleides mit Schlamm bespritzt.

Er rauchte seine Zigarette zu Ende und trat sie dann auf dem Boden aus. Er stand auf, ging zu Janet und streckte die Hand aus.

«Geben Sie mir das Taschentuch», sagte er.

Sie hatte es, zu einem kleinen Ball zusammengeknüllt, in den Händen gehalten. Sie blickte auf und reichte es ihm. Haydon ging zur Tür, hielt es in den von der Dachkante rinnenden Regen, wusch das Blut aus, wrang es aus und machte es dann wieder naß. Dann brachte er es Janet.

«Sie haben da getrocknetes Blut . . .» sagte er und wies auf seine eigene Nase.

Sie nahm das Tuch, bemüht, gleichgültig zu erscheinen, aber eindeutig dankbar. Er wandte sich ab, während sie ihre Nase betupfte und das getrocknete Blut aufweichte.

Haydon wandte sich an Janet. «Sie wollen Lenas Haut, ist es das? Haben Sie eine Ahnung, was passiert, wenn Cage sie zuerst erwischt?»

«Himmel, ihr wird gar nichts passieren.»

«Hat er Ihnen das versichert?»

Sie nickte. «Ja, hat er.»

«Was hat er gesagt?»

Sie hielt das Taschentuch einen Augenblick an die Nase. «Er sagte, das Wichtigste sei, daß Lena nicht mit den Dokumenten zum Fall Azcona aus Guatemala herauskäme. Er sagte, er könne wenigstens ihr Leben retten. Wenn die G-2-Leute sie zuerst erwischten, wäre das ihr Tod.»

«Aber was ist mit der Art, wie das hier abläuft? Schließlich hat Lena es so gewollt. Diese Leute hier haben uns Schutz gewährt.»

Janet schüttelte unwirsch den Kopf. «Verdammt, Sie machen sich etwas vor, Haydon. Glauben Sie wirklich, Azcona würde zulassen, daß diese Leute die G-2-Typen austricksen?» Sie senkte die Stimme zu einem heiseren Flüstern. «Ich weiß nicht, wo oder wie, aber Azcona wird sie alle erwischen. Diese dilettantische Operation war von Anfang an zum Scheitern verurteilt. So konnte es nie klappen, Lena hätte das wissen müssen...» Sie hielt inne. «Verdammt, Sie ahnen ja nicht, worauf Sie sich da eingelassen haben. Sie haben nicht den Hauch einer Ahnung.»

Hier stimmte etwas ganz und gar nicht. Haydon hatte mehr Vertrauen zu der namenlosen Frau im Nebenraum als zu Janet oder Cage oder Pittner oder sonst jemandem. Er fragte sich, ob dies nicht vielleicht genau der Schluß war, zu dem Lena auch gelangt war. Er fragte sich, ob sie sich schließlich entschlossen hatte, das alles einfach hinter sich zu lassen. Vielleicht hatte sie entschieden, das Leben sei letztlich doch nicht so kompliziert. Die schlichte Tatsache war, daß Azcona ein brutaler Mann war, der brutale Methoden anwandte, und wenn sie ihm einen Pflock ins Herz treiben wollte, dann waren dies die einzigen Menschen, die ihr dabei helfen konnten, fertig. Vielleicht war die Mithilfe aller anderen – Cage, Pittner, Janet – immer mit Vorbehalten verbunden. Alles, was sie taten, enthielt unausgesprochen ein «Ja, aber...», und all diese Vorbehalte verwässerten jede gute Absicht schließlich zu einer so dünnen Suppe, daß nichts Sinnvolles mehr übrigblieb. Vielleicht war Lena in ihrem jugendlichen Eifer – selbst wenn sie benutzt wurde, wie Cage gesagt hatte – die einzig moralische Person in dieser ganzen Sammlung von Wracks, weil sie die Fähigkeit und die Vernunft besaß, Dinge zu vereinfachen. Es war falsch, Kinder zu stehlen, und sie wollte den Mann stoppen, der solche Taten unterstützte.

Als der Nachmittag verblaßte und der Himmel dunkler wurde, verdichtete sich der Nebel so sehr, daß er alles in geisterhafte Bleiche tauchte und das Eingangstor des Hofes fast unsichtbar machte. Deutlich kühlere Luft wirbelte den Nebel auf. Doch die Tür des Raumes blieb geöffnet, und das einzige Zugeständnis an die Kühle bestand darin, daß der Leibwächter aufstand und ein weiteres Eichenscheit in das niederbrennende Feuer warf. Die einfachen Holzbänke waren unbequem, und nach einer Weile hob Janet die Füße vom Boden, schwang sie herum zum Feuer und bedeckte sie mit ihrem Rock. Man hörte nur den Regen, das Feuer und das kratzende Rauschen aus dem Funkgerät nebenan. Haydon vernahm aus dem anderen Raum weder Stimmen noch Schritte.

Dann erschien ein Indiojunge, der vorsichtig drei große Kaffeetassen auf einem Tablett trug. Seine Augen waren ganz auf das dunkle Gebräu konzentriert, von dem er nicht einen Tropfen verschüttete. Er ging geradewegs auf Janet zu. Sie lächelte, dankte ihm und nahm eine Tasse; dann kam der Junge zu Haydon, der dasselbe tat, und schließlich trat er zu dem Leibwächter. Diesmal zeigte er ein breites Grinsen, während der Mann eine Tasse nahm, die Hand ausstreckte und ihm die Wange tätschelte.

Der Junge murmelte etwas, klemmte dann das Tablett unter den Arm und eilte aus dem Zimmer.

«Ihr Sohn?» fragte Haydon.

Der Mann nickte. «Ja. Er ist ein guter Junge.»

Danach sprach eine halbe Stunde lang niemand mehr. Sie saßen auf den Bänken und schlürften das heiße, süße Getränk.

Dann vernahm Haydon schwere Schritte und das Klappern von Uzis gegen metallene Schnallen. Die Frau, die sie hergebracht hatte, kam mit ihrem Gefährten herein. Sie hatten beide ihre Straßenkleidung abgelegt und olivgrüne, militärische Uniformen angezogen. Ihr dunkles Haar war zu einem Zopf zusammengebunden, was ihre hohen Wangenknochen betonte. Beide hatten eine Uzi am Riemen um die Schulter hängen.

«Isauro hat sie nach Norden in Richtung Sacanchaj geführt. Er hat sein Funkgerät nicht abgeschaltet, daher konnten wir alles hören. Sie kamen nahe genug heran, um zu sehen, wer er war, und als sie begriffen, was vorging, jagten sie ihn und stellten ihn. Sie haben ganz bewußt sein Funkgerät nicht ausgeschaltet, so daß wir hören konnten, was passierte.»

«Haben sie ihn verhört?»

«Er ist vor ein paar Minuten gestorben.»

«Cages Leute?»

Sie nickte. «Cage hat ein paar Ex-Kaibiles, die für ihn arbeiten. Das ist eine Spezialeinheit der Armee, in den Dschungeln des Petén ausgebildet. In den siebziger Jahren kamen Ihre Landsleute und brachten ihnen die Taktik des Gegenaufstandes bei, und dann kamen die Israelis und unterrichteten sie. Sie lernten schneller als der Teufel und verbesserten das noch, was man ihnen beigebracht hatte. Jetzt kommen Ihre amerikanischen Spezialeinheiten zum Training zu den Kaibiles.» Sie lächelte säuerlich. «Die Kaibiles nennen sie ‹Heulsusen›.»

«Ich dachte, Cage sei nur an Informationen interessiert.»

Die Frau sah ihn an. «In Guatemala gibt es zwei Arten, sich Informationen zu beschaffen. Geld und Folter. Eine von beiden funktioniert immer. Und wie Sie sehr wohl wissen, ist an Geld in diesem Land schwer heranzukommen.» Sie hielt inne. «Wir müssen gehen. Isauro hat ihnen nicht alles verraten, aber er hat zuviel gesagt. Wir können hier nicht mehr bleiben.»

«Warten Sie einen Moment.» Haydon stand auf. «Ich sehe nicht, was es nutzen sollte, sie mitzunehmen», sagte er und wies mit dem Kopf auf Janet. «Sie wird es mir schwermachen, das zu tun, was ich tun muß. Sie hat damit nichts zu tun. Warum halten Sie sie nicht einfach irgendwo außer Sicht fest, bis alles vorbei ist, und lassen sie dann gehen?»

«Wenn sie nichts damit zu tun hat, was macht sie dann hier?» fragte die Frau sarkastisch. «Hören Sie», sagte sie, «wir wissen, wer sie ist. Sie hat durchaus damit zu tun. Sehr viel sogar.»

Die Frau wandte sich ab und rief in einem Indiodialekt etwas durch die Tür in die hinteren Räume, und sofort hörte man hektische Aktivität. Haydon warf Janet, die alles genau verstand, einen Blick zu.

Binnen Augenblicken eilten eine Reihe von Leuten, Männer und Frauen – und der Junge, der ihnen Kaffee gebracht hatte – durch den regennassen Hof davon, einige in die Gebäude auf der anderen Seite, einige durch das Tor. Sie trugen keine Uniformen wie die Frau und ihre Gefährten, sondern waren gewöhnliche Cobaneros wie hundert andere, die man auf der Straße sah. Bald war es still in den Räumen, auch das Rauschen des Kurzwellengeräts war verstummt, und Haydon und Janet wurden hinaus auf den Hof gescheucht. Sie stiegen durch die schlammigen Pfützen, und dann wurde die hintere Klappe eines planenbedeckten Lastwagens geöffnet, und sie mußten zu den Säcken mit Kaffeebohnen auf die Ladefläche klettern.

Eine lange Vertiefung, so breit wie die Fahrerkabine, war in die Ladefläche des Wagens geschnitten, in der sich eine niedrige Bank befand, deren Rückenlehne an den Rückenlehnen der beiden Sitze der Kabine befestigt war. Dort konnten drei Personen sitzen, mit dem Gesicht zur Rückseite des Lastwagens. Janet und Haydon setzten sich auf diese Bank, und rings um sie wurden Kaffeesäcke gestapelt, bis man sie nicht mehr sah. Auch die Frau und die beiden anderen bewaffneten Guerillas in Uniform wurden unter den Säcken versteckt. Mehr als einer flüchtigen Untersuchung würden diese Verstecke allerdings nicht standhalten. Falls sie an einen militärischen Kontrollpunkt kamen, dachte Haydon, würde die Frau mit der geladenen Uzi sich wohl nicht ergeben.

Ein Guerillero in Zivil kletterte zu dem Fahrer in die Kabine; beide waren bewaffnet. Nachdem sie ein paar Sätze gewechselt hatten, wurde das Tor geöffnet, und der Wagen fuhr hinaus auf die Straße. Hinter ihnen verschwand die enge Straße Cobáns im Dunst. Haydon atmete den durchdringenden Geruch öliger Abgase, feuchter Säcke und Kaffeebohnen ein und fragte sich, ob er bei diesem Geruch sterben würde.

50

Während sie fuhren, brach die Nacht herein. Eine Zeitlang fuhren sie, wie Haydon vermutete, auf der Hauptstraße Richtung Guatemala City; dann bogen sie in eine kleinere, noch immer asphaltierte, aber schmale Landstraße ein. Rechts und links standen tropfende Wälder wie Wände. Der Fahrer verringerte die Geschwindigkeit, nahm zahlreiche Kurven und fuhr zweimal durch flache Bäche, wobei das Rauschen des Wassers den Motorlärm beinahe übertönte. Die Feuchtigkeit der Bäche roch anders als die Feuchtigkeit des Nebels, wie die Nässe der Nacht anders roch als die Nässe des Tages.

Haydon konnte seine Uhr nicht sehen, daher hatte er keine Ahnung, wie lange sie so dahinfuhren, aber nach einer Weile spürte er, daß die Spannung unter den Guerilleros nachließ; sie duckten sich nicht mehr zwischen die Säcke. Einer zündete sich sogar eine Zigarette an.

Dann spürte Haydon, daß sie in einen Ort einfuhren. Hunde bellten, als sie vorbeifuhren, und der Geruch von Herdfeuern wurde zum vorherrschenden Duft. Sie waren jetzt zwischen Häusern, nicht bloßen Hütten, sondern Häusern aus Hohlziegeln. Die Straße stieg an, und im ersten Gang ächzte der Wagen über Schlaglöcher einem kleinen Platz entgegen. Menschen gingen in dunklen Trauben durch die Straße – die Stadt war zu klein oder zu arm für Straßenlaternen –, und der Lastwagen bog um eine Ecke und hielt vor einer Kirche.

Der Fahrer öffnete seine Tür und stieg aus. Jemand kam rasch auf ihn zu. Sie sprachen miteinander. Die Frau kletterte über die Kaffeesäcke zum hinteren Ende des Lastwagens, wo sie hinter der Plane wartete, die Uzi an der Seite. Haydon reckte sich neben Janet und konnte die beiden Männer von den Achseln an abwärts sehen. Der Mann, der mit dem Fahrer sprach, trug eine Militäruniform. Die beiden Männer schüttelten sich die Hand, der Offizier entfernte sich, und der Fahrer kam zur Rückseite des

Wagens, wo er mit der Frau sprach. Sie wechselten nur wenige Worte, dann kehrte der Fahrer zum Führerhaus zurück und setzte sich hinter das Steuer, während die Frau wieder über die Säcke kletterte.

Sie umrundeten den Platz und bogen auf der anderen Seite scharf rechts ab. Die Straße mußte Kopfsteinpflaster haben; sie war von gleichmäßiger Holprigkeit, doch dann hörte sogar das Kopfsteinpflaster auf. Der Lastwagen fuhr wieder geradeaus, doch auf abschüssiger Strecke, und er wurde immer langsamer, während der Fahrer behutsam Schlaglöcher und tiefe Rinnen durchfuhr. Ein- oder zweimal strömte deutlich ein Geruch nach Schweinen unter die Plane. Endlich kam der Lastwagen zum Stehen, und nach einem Augenblick des Zögerns stellte der Fahrer den Motor ab.

«Okay, gehen wir», sagte die Frau, und sie und ihre Gefährten begannen, die Kaffeesäcke zur Seite zu räumen, so daß Haydon und Janet von ihrer unbequemen vertieften Sitzbank klettern konnten. Sie warteten mit dem Leibwächter hinter dem Lastwagen, während die Frau und die anderen Guerilleros sich vorne miteinander besprachen.

«Mir ist nicht wohl bei dem hier», sagte Janet. Ihre Stimme klang fremd. Haydon hätte sie nicht erkannt, wenn er nicht gewußt hätte, wem sie gehörte.

«Vielleicht wird Lena Sie ein bißchen beruhigen», sagte Haydon.

«Das bezweifle ich. Verdammt, wie kann man sich an einem Ort wie diesem beruhigen?»

Sie hatte nicht unrecht, aber Haydon sagte nichts. Dann wurde ihm hier, hinter dem Lastwagen, der buchstäblich das Ende der Straße erreicht hatte, plötzlich bewußt, daß keiner ihn gefragt hatte, wie er eigentlich Lena und ihre Dokumente aus Guatemala herauszubringen gedachte.

Der Fahrer blieb bei dem Lastwagen, während die anderen – zwei Leute vor Haydon und Janet, zwei hinter ihnen – einen Schotterweg hinuntergingen. Haydon war sicher, daß hier seit

Jahren kein Fahrzeug mehr gefahren war. Ab und an sah man seitlich ein paar Hütten, die zwischen den allgegenwärtigen Platanen standen. Bald gab es nicht einmal mehr Hütten, und die beiden Fahrrinnen wichen einem ausgetretenen Pfad, auf dem die sechs Menschen immer tiefer in die Schwärze eindrangen.

Der Pfad war relativ leicht zu begehen, obwohl er mehrmals durch Bäche führte, die man schon von weitem über die glatten Steine plätschern und gurgeln hörte wie eine leise Warnung. Sie waren nicht tief und reichten Haydon nur bis zur halben Wade, doch mit nassen Beinen und Schuhen ging es sich schlecht. Das Zirpen der großen mittelamerikanischen Zikaden war ohrenbetäubend, und sein pulsierender Rhythmus schien Haydons Herzschlag zu beeinflussen, bis er sich von dem Lärm wie benommen fühlte. Von allen Seiten drang der Dschungel auf sie ein, ständig streiften sie Blätter, und deren tropfende Nässe durchweichte sie wie ein Regenguß. Mehrmals fühlte Haydon, wie Janet von hinten nach dem Saum seines Jacketts griff, um nicht das Gleichgewicht zu verlieren, während sie durch den glitschigen, gummiartigen Matsch stapften, der manchmal durch den schwammigen Dschungelboden drang. Schließlich sagte er ihr, sie solle sich hinten an seinem Hosenbund festhalten, was sie tat, ohne ein Wort zu sagen.

Wieder war die Zeit aufgehoben, seine Bemühungen, Dauer oder Entfernung durch Zählen festzustellen, unnütz, weil das Terrain und seine Besorgnis um Janet ihn ablenkten. Wieviel Zeit auch verstrich, sie schien endlos. Zweimal während des mühsamen Weges machten die Guerilleros halt, hockten sich auf die Fersen nieder und rauchten Zigaretten. Sie sprachen nicht mit Haydon oder Janet, aber Haydon vermutete, daß die drei Männer und die Frau nicht innehielten, um sich selbst auszuruhen, sondern daß sie es seinet- und Janets wegen taten, da sie wußten, daß beide für einen so langen, harten Marsch nicht ausgerüstet waren. Er konnte in der Finsternis zwar nichts sehen, doch Haydon stellte sich vor, wie Janets Sandalen, für städtische Straßen gemacht, jetzt aussehen mußten. Aber sie sagte nichts.

Schließlich näherten sie sich einer kleinen Siedlung. Auf beiden Seiten eines Baches, über den man eine stabile Fußgängerbrücke gebaut hatte, standen acht oder neun Gebäude. Drei der Gebäude bestanden aus Hohlziegeln und hatten rostige Blechdächer, die übrigen waren aus Flechtwerk und Lehm mit Strohdächern. An ihren Seiten sah man den Widerschein von Feuern, und Rauch hing wie eine scharf riechende Wolke in der stillen Luft.

Wachen lösten sich von den Rändern des Dschungels und sprachen beiläufig mit den Guerilleros, die sie begleiteten, und ihre kleine Gruppe betrat in loser Reihe die Siedlung und ging über die Brücke zu einem gemauerten Haus auf der anderen Seite des Baches. Die Frauen und Kinder verschwanden in den Schatten oder in den Türen ihrer Behausungen und beobachteten ungesehen das Eintreffen der Neuankömmlinge.

Als sie sich dem niedrigen Bau näherten, sah Haydon an den offenen Fenstern, daß er aus mindestens zwei Räumen bestand. Das vordere Fenster war spärlich erleuchtet, das hintere strahlend hell; sein leuchtend gelbes Licht warf einen goldenen Schimmer auf die Dschungelerde vor dem Fenster.

Das Licht machte Haydon neugierig, aber er hatte keine Zeit für Spekulationen. Sie wurden geradewegs zur Vordertür geführt, vor der mehrere Männer und Jungen mit Macheten auf den Fersen oder auf abgesägten Baumstämmen hockten, rauchten und redeten. Sie verstummten, als die Gruppe sich näherte.

«Kommen Sie herein», sagte die Frau, und ihre Eskorte blieb zurück, als Haydon und Janet der Frau in den Raum folgten. Er war ziemlich groß; drei oder vier Kerosinlampen hingen an den offenen Dachbalken, die grünlich leuchteten und leise zischten. Haydon sah rasch auf die Uhr. Der Marsch durch den Dschungel hatte etwas mehr als zwei Stunden gedauert.

Drei Männer und zwei Frauen in schmutzigen Uniformen saßen auf primitiven Bänken an den Wänden und zwei oder drei wackligen, im Raum verteilten Stühlen. Rechts in der hinteren Ecke stand ein einfacher Tisch, hinter dem ein Mann saß. Auf dem Tisch befanden sich Papiere, eine Pistole und mehrere Magazine sowie ein Blechnapf, aus dem der Mann gegessen hatte. Wegen der schlechten Beleuchtung konnte Haydon den Mann nicht genau sehen, bis er vom Tisch aufstand, auf sie zukam und zur Begrüßung die Hand ausstreckte.

«Mr. Haydon», sagte der Mann, und Haydon hob verblüfft den Kopf, als er ihm die Hand reichte.

«Dr. Grajeda», sagte Haydon. «Hier... hier haben sie Sie hingebracht?»

«Hierher sind *wir* gekommen, ja», sagte Dr. Grajeda freundlich lächelnd. Sein Schnurrbart und Kinnbart waren im Dschungel ebenso sauber gestutzt wie in der Stadt. Haydon entgingen der kleine Unterschied in der Formulierung von Dr. Grajedas Antwort und das Wort «wir» nicht. «Der Wald kann ein ziemlich scheußlicher Ort sein», sagte er mit einer Geste auf Haydons Zustand. «Vor allem, wenn man einen Anzug trägt.» Er lächelte erschöpft. «Es tut mir leid.» Er wandte sich an Janet. «Ich entschuldige mich auch bei Ihnen, Mrs. Pittner.»

Janet hatte nichts von seiner guatemaltekischen Höflichkeit und zeigte keine Neugier, wieso Grajeda ihren Namen wußte.

«Ich will mich bloß hinsetzen», sagte sie und humpelte zu einer der Bänke, wo sie sich neben eine Frau setzte, die sich auf ihr Gewehr stützte und ihre Militärmütze in den Nacken geschoben hatte. Sie schaute auf Janets Füße hinunter, und Haydon folgte ihrem Blick. Janet war barfuß, ihre schlammigen Füße waren blutig. Die Sandaletten hatte sie vermutlich gleich zu Anfang verloren.

Die junge Frau sah Janet an, die einen Fuß gehoben hatte und massierte. Sie legte das Gewehr auf die Bank und rief in einem Indiodialekt leise einem Jungen vor der Tür etwas zu. Er verschwand sofort. Die Frau tippte auf Janets Bein, ließ sich vor ihr auf ein Knie nieder und machte eine Geste, Janet solle ihr ihren Fuß zeigen. Instinktiv zog Janet den Fuß zurück.

«Sie wird Ihre Füße säubern und mit Medizin behandeln», sagte Dr. Grajeda. «Auf dem Dschungelboden gibt es viele Parasiten. Sie weiß, was sie tut.»

Grajeda drehte sich um, faßte Haydon beim Arm, und zusammen gingen sie auf die andere Seite des Raumes, wo ein gebrechlicher leerer Stuhl neben einer Bank stand. Sie setzten sich.

«Sie gehen heute nacht noch zurück», sagte Grajeda. «Aber bevor Sie gehen, haben wir eine Menge zu besprechen.»

51

«Wie Sie vermutlich erraten haben», begann Grajeda, sich zu Haydon vorbeugend, «war diese Sache über dem Schuhgeschäft in Guatemala City eine Art List. Das, was ich über mich erzählt habe, meine ich. Ich bin etwas tiefer in diese Guerillaaktivitäten verwickelt, als ich Sie glauben machen wollte. Aber eigentlich kann ich mich nicht dafür entschuldigen, daß ich Sie getäuscht habe, denn ich würde es wieder tun. Vorsicht ist alles. Das ist nicht anders möglich.»

Er sah zu Janet hinüber, die mit geschlossenen Augen an die Wand gelehnt dasaß, während die Indiofrau ihr mit Seifenwasser, das der kleine Junge in einer Schüssel gebracht hatte, die Füße wusch.

Er wandte sich wieder an Haydon und sprach jetzt leiser. «Ich weiß nicht, ob sie ein Segen oder ein Fluch ist», sagte er müde. «Mein Gott, alles läuft auseinander. Nichts kommt jemals zu einem Ende.»

«Ich nehme an, ihr Wert hängt davon ab, was hier passieren wird», sagte Haydon.

Grajeda nickte. «Die Dokumente sind hier, sowohl Lenas als auch meine.» Er rauchte und sah Haydon ernst an. «Aber das ist im Augenblick eine müßige Frage. Es sieht so aus, als seien wir in den Mittelpunkt der Aufmerksamkeit geraten.»

«Sie meinen, die andere Seite kennt diesen Ort?»

«Nein, nein. Nicht genau diesen Ort. Diese Region von Alta Verapaz ist kein Konfliktgebiet. Wir benutzen diesen Ort hier als eine Art Zwischenaufenthalt. Unsere Leute kommen auf dem Weg zu anderen Einsatzorten hier durch. Die Armee weiß davon. Sie weiß zum Beispiel, daß Sie auf dem Highway zur Stadt da oben waren, nach Calvario. Von uns hier hört man nicht viel, also sind sie unseretwegen auch nicht beunruhigt.» Grajeda rauchte. «Worum es geht, ist, daß sie wissen, daß *Sie* hier sind.»

«Aber wir haben auf dem ganzen Weg von Cobán bis hier keinen einzigen Soldaten gesehen – bis auf einen, oben in Calvario.»

«Der Mann in der Stadt ist einer von uns», sagte Grajeda kopfschüttelnd. «Aber so läuft das hier nicht. In diesem Fall werden ‹Azconas Leute› keine Soldaten sein. Es werden G-2-Leute sein, Männer in Zivil. Oder es sind Leute von den Todesschwadronen. Sie werden keine Soldaten sehen.»

Haydon steckte sich eine Zigarette an.

«Sie wissen, was Sie holen wollen», sagte Grajeda. «Und sie wissen, daß Sie damit wieder hier durch müssen. Sie warten nur auf Ihre Rückkehr. Das Warten hat Pittner organisiert. Azcona hätte bewaffnete Hubschrauber geschickt, er hätte Truppen im ganzen Polochic-Tal patrouillieren lassen, Bauern foltern lassen, um Informationen zu bekommen. Die CIA bemüht sich verzweifelt, ihn unter Kontrolle zu halten. Ihre Landsleute haben in diesen brutalen Kerl eine Menge investiert. Es kostet viel Zeit und Geld, jemanden so zu pflegen, wie sie General Luis Azcona gepflegt haben. Er ist ‹ihr› Mann. Pittner hatte alle Hände voll zu tun, und bis jetzt war er erfolgreich.»

Beide schwiegen eine Zeitlang.

«Wie ich höre, war Cage in Cobán an der Arbeit», setzte Grajeda das Gespräch dann fort. Seine Augen schauten nachdenklich auf den Boden. «Er ist unser eigentliches Problem. Er könnte etwas Verrücktes tun.»

Haydon bemerkte plötzlich eine Veränderung in Grajedas Stimmung. Sein Magen zog sich zusammen.

«Was meinen Sie mit ‹unser eigentliches Problem›?» fragte Haydon. «Mir scheint, daß es sich um lauter eigentliche Probleme handelt.»

Grajeda nickte nachdenklich. «Sagen Sie», fragte er, hob den Kopf und sah Haydon an, «wie wollen Sie die Dokumente aus Guatemala herausbringen?»

Haydon sah keinen Grund, es ihm nicht zu erklären. Wie Grajeda eben selbst gesagt hatte, war das eine müßige Frage. Es würde nicht dazu kommen.

«Zuerst», sagte Haydon, zog ein letztes Mal an seiner Zigarette und trat sie dann aus, «hatte ich gehofft, allein nach Cobán zu kommen. Das scheint jetzt absurd, aber damals dachte ich, das sei möglich.» Er hielt inne.

Dr. Grajeda nickte und wartete auf die Fortsetzung. Obwohl Haydon insgeheim wußte, daß die ganze Sache schiefgegangen war, zögerte er, das letzte Stückchen Information herauszurükken, das er für sich behalten hatte. Aber das war nun auch egal.

«Ich habe Freunde in Belize.» Er sah auf seine Uhr. «Sie sollten schon auf dem Flugplatz von Cobán gelandet sein. Dort werden sie bis Tagesanbruch auf mich warten.»

Dr. Grajeda nickte nachdenklich. «Ich hoffe, sie haben eine entsprechend ausgerüstete Maschine. Der Nebel und der Regen von Cobán erfordern eine gute Ausrüstung.»

«Sie leben in Belize. Sie sind gewohnt, nach Guatemala zu fliegen», sagte Haydon.

«Und dann fliegen Sie nach ...?»

«Belize.»

Dr. Grajeda nickte wieder, antwortete aber nicht sofort. Er saß auf seinem Stuhl, die Schultern vorgebeugt, und seine ganze Haltung drückte Erschöpfung und enttäuschte Hoffnung aus. Janet betrachtete von der anderen Seite des Raumes aus die beiden Männer. Die Frau, die Janets Füße gesäubert hatte, war fertig und nun die einzige Person im Raum außer ihnen und Dr. Grajeda. Sie saß neben der Tür, das Gewehr quer im Schoß. Janets Füße waren bandagiert, und sie trug neue, kräftige Indiosandalen; sie wirkte benommen und resigniert.

«Es ist also tatsächlich alles vorbei?» fragte Haydon.

«Sie werden mindestens zweimal angehalten», sagte Dr. Grajeda, sich aus seinen Gedanken reißend, und richtete sich seufzend auf seinem Stuhl auf. «Einmal von Cages Leuten, und dann von Geheimdienstlern der Armee unter Pittners Leitung. Azcona wird bei dieser Operation nicht in Erscheinung treten. Vermutlich sorgt er dafür, daß er irgendwo weit weg einen öffentlichen Auftritt hat. Man wird Sie gründlich durchsuchen. Sie könnten nicht einmal eine Zahnbürste herausschmuggeln.» Dr. Grajeda schüttelte den Kopf. «Es war einen Versuch wert.»

«Was ist mit Lena?» fragte Haydon. «Wird sie mit mir abreisen?«

«Ja, mein Freund. Nach all dem wird sie mit Ihnen gehen.»

«Ich dachte tatsächlich, sie würde vielleicht bleiben.»

«Niemand bleibt. Sobald Sie abreisen, erfährt Azcona, daß er die Dokumente nicht bekommt, und dann wird er einen Wutanfall bekommen. Was Pittner bisher hat verhindern können, wird er dann nicht mehr verhindern können. Azcona wird kommen. Die Leute aus dieser Siedlung werden verschwinden, wenn Sie heute nacht abreisen. Wir werden uns nach Norden absetzen, in den Petén. Azcona wird nur ein paar leere Häuser finden und seine Wut daran auslassen.» Er schaute Haydon an. «Unser Stückchen Wahrheit wird warten müssen, bis es irgendeines besseren Tages ans Licht kommt. Wir haben unser Bestes getan.»

Er stand auf und ließ seine Zigarette, die zwischen seinen Fingern schon lange erloschen war, auf den Lehmboden fallen. Er wandte sich an Janet.

«Mrs. Pittner», sagte er. «Wenn Sie mit Lena sprechen wollen...» Er drehte sich zur Seite und streckte den Arm nach der von einem Vorhang verdeckten Tür aus.

Janet schaute überrascht und erwartungsvoll auf. Sie erhob sich steif und folgte mit Haydon zusammen Dr. Grajeda, der einen Sackleinenvorhang beiseite schob. Nach vier Schritten standen sie in dem strahlend hell erleuchteten Raum.

Lenas Leiche lag auf zwei Brettern, die man über die Sitze zweier einander gegenüberstehender Stühle gelegt hatte. Ihr Haar war gekämmt, sauber und glänzend, ganz anders als das von Ästen und Laub durchsetzte, verfilzte Haar jener anderen Lena, die Haydon in der Leichenhalle des Cementerio General gesehen hatte. Sie war in ein weißes, gazeähnliches Material gehüllt, das die Guerillas für Verbände benutzten und das bis zu ihrem Kinn hochgezogen war. Weiße Pfropfen aus dem gleichen Stoff steckten in ihren Nasenlöchern und Ohren, um die Insekten fernzuhalten. Der Raum leuchtete von Kerzen, die auf jeder verfügbaren Fläche standen, in jeder Nische, auf jedem kleinen Sims, auf Stecken, die man in die zahllosen Sprünge der Hohlziegelwände geklemmt hatte. Der Raum duftete nach Wachs.

Janet stolperte, und Haydon streckte den Arm aus und stützte sie. Dr. Grajeda trat an Lenas Seite, beugte sich nieder und küßte sie auf die Stirn. Er richtete sich wieder auf und wandte sich an Janet und Haydon.

«Nur zu, reden Sie mit ihr», sagte er leise und sah sie an. Er wirkte merkwürdig gelassen, wie ein Mann nach einer Tragödie, wenn er Zeit hatte, sich vor der harten Wahrheit zu verschließen, um sie erträglich zu machen.

Haydon stand an Lena Mullers Dschungelschrein, stützte Janets zitternden Körper und fragte sich, ob er seinen Augen trauen sollte. Diese Leiche konnte ein Phantasiegebilde sein, ein Gespenst im schimmernden Licht Hunderter Kerzen, das, wenn die Kerzen gelöscht würden, in den spiraligen Rauchwölkchen Hunderter Dochte verschwinden würde. Er würde in der dunklen Hitze stehen und sie sich nur vorstellen; sie würde anderswo sein, wie sie vom ersten Moment an anderswo gewesen war, als er ihren Namen gehört, ihr Foto gesehen und sie sich vorgestellt hatte. Er war ihrer Realität jetzt nicht näher als damals.

Diesmal hatte Haydon keine Schwierigkeiten, sie zu identifizieren. Ihr Gesicht war unverletzt; es gab keine entstellenden Wunden zu deuten, keine Verfärbungen zu entziffern. Lena Muller war tot, diesmal ohne jeden Zweifel.

Plötzlich war er zutiefst traurig. Er wollte mit ihr sprechen, wünschte es sich fast verzweifelt, und er empfand eine wachsende Frustration, um das betrogen worden zu sein, was er so lange erwartet hatte. Wie mittels eines Zeitraffers schien die Suche nach Lena Muller einen guten Teil von Haydons Leben verschlungen zu haben. Er hätte sich nicht beraubter fühlen können, wenn er sie ein Leben lang gekannt hätte, so sehr hatte das Irreale seine Tage und Nächte in Guatemala komprimiert, so sehr von Phantasien durchsetzt war sein Wissen um dieses Mädchen, das wie ein engelhaftes Wesen immer ein kleines Stück außerhalb seiner Reichweite existiert hatte.

«Ich kann Ihnen versichern, daß sie antworten wird», sagte Grajeda, ganz vernünftig klingend. «Sie wird sich in der beredtesten aller Sprachen äußern – im Schweigen, dem Schweigen eines Lebens, verloren aus Gründen, die nur Menschen, die etwas zu verlieren haben, als vergeblich ansehen werden.» Er schaute Haydon an. «Sie finden mich grausam, vielleicht zynisch? Keineswegs. Sehen Sie, ich beneide sie, weil ihre besondere Sprache eine Integrität besitzt, die unsere niemals erreichen kann. So ist das bei diesen Dingen. Die einzige moralische Integrität besteht darin, selbstlos zu leben ... Nur ... das fällt uns so schmerzlich schwer ..., und natürlich endet es oft auf diese Weise.»

Dr. Grajeda sah wieder auf Lena hinab. «Und wir übrigen? Nun, wir müssen weiter Kompromisse machen, uns anpassen, uns weiterhin einrichten und arrangieren, bis wir uns schließlich eine Sprache sprechen hören, die so anders ist als ihre, so anders als unsere einstigen Ideale, daß wir unsere eigene Stimme kaum noch erkennen. Die Art, wie wir schließlich leben, unterscheidet sich so sehr von unseren Träumen, daß wir nicht länger dieselbe

Sprache sprechen, wie wir früher dachten, und eines Tages wachen wir auf und stellen fest, daß wir unserem eigenen Herzen fremd geworden sind.»

Dr. Grajedas Augen waren trocken, während er neben Lenas Leichnam stand und ihn betrachtete.

«Was ist geschehen?» fragte Haydon.

Dr. Grajeda blickte auf, sah Haydon fest an und schüttelte ungläubig den Kopf. «Es war ein banaler Tod. Absurd», sagte er. «Sie starb bei einem Autounfall, oben in Calvario, vor nicht einmal fünf Stunden.»

«Mein Gott!» sagte Janet. Sie entzog sich Haydon und ging zu Lena, während Grajeda zurücktrat, um ihr Platz zu machen. Einen Augenblick stand sie mit verschränkten Armen da, betrachtete Lena, als versuche sie sich zu erinnern, und legte dann eine Hand auf Lenas Stirn, als wolle sie fühlen, ob sie Fieber habe. «Sie ist tot», sagte Janet. «Mein Gott.»

Dr. Grajeda nahm die Brille ab, rieb sich den Nasenrücken und setzte sie wieder auf. Er fuhr sich mit der Hand durch das dichte, ergrauende Haar. Als Janet zu weinen anfing, zuerst leise, dann schluchzend, und ihre Hände auf den Arm des toten Mädchens legte, schaute Dr. Grajeda über Lenas Leiche hinweg Haydon an und machte mit dem Kopf ein Zeichen in Richtung Tür. Haydon folgte ihm in den anderen Raum.

«Wir müssen besprechen, was jetzt geschieht», sagte Grajeda und zog den Sackleinenvorhang hinter ihnen zu. «Für Sie ist das noch immer eine extrem kritische Situation.» Er strich sich über den Bart, während er in die Mitte des Zimmers ging. Die Frau mit dem Gewehr saß noch immer allein neben der Ausgangstür, die Gaslaternen an ihren Haltern zischten noch immer in der Luft. «Ist das Flugzeug groß genug, um sie nach Belize zu bringen?»

«Ja.» Haydon nickte. Die Frage irritierte ihn. Es war zu früh für prosaische Normalität. Noch immer beschäftigte Lena seinen Geist.

«Gut. Wir haben einen einfachen Sarg gezimmert, und ich

habe vier Männer, die bereit sind, sie durch den Dschungel zurückzutragen. Selbst das ist riskant für sie, weil Cage oder auch die G-2-Leute es sich anders überlegt haben und Ihnen nach Calvario gefolgt sein könnten. Sie könnten beim Lastwagen sein. In jedem Falle werden diese Männer die Leiche für Sie in den Lastwagen schaffen und den Sarg zwischen den Kaffeesäkken verstecken. Aber Sie werden den Lastwagen allein nach Cobán zurückfahren müssen.»

«Mein Gott, Grajeda, ich war auf der ganzen Fahrt auf der Ladefläche des Lastwagens», protestierte Haydon. «Ich habe nicht die leiseste Ahnung, wo ich bin.»

Dr. Grajeda schüttelte den Kopf. «Das ist kein Problem. Von Calvario aus gibt es nur eine einzige asphaltierte Straße zum Cobán-Highway, dieselbe, auf der Sie aus Guatemala City gekommen sind. Jeder in Cobán kann Ihnen sagen, wo der Flugplatz ist.»

Haydon sah Grajeda an. All das war verrückt, vollkommen verrückt. Eine weitere Unmöglichkeit konnte den Wahnsinn nicht noch größer machen.

«Es tut mir leid.» Dr. Grajeda las Haydons Gedanken. «Aber keiner meiner Leute würde eine Straßensperre überleben.»

«Nein, das ist in Ordnung. Ich verstehe», sagte Haydon. «Aber eins noch: Vorhin sagten Sie, Sie glaubten, daß Cage unser ‹eigentliches› Problem sei. Vielleicht gibt es noch etwas, das ich wissen müßte.»

«Evera», sagte Grajeda und nickte mit dem Kopf in Richtung des hinteren Raumes. Das Mädchen stand auf und ging zu der Tür mit dem Sackleinenvorhang, während Grajeda und Haydon ins Freie traten. Überall brannten Feuer in der Dunkelheit, um die kleine Gruppen von Menschen im rauchigen Dunst saßen. «Nachts wird immer viel gekocht», sagte Grajeda. «Weil die letzten Feuer um halb fünf gelöscht sein müssen, damit der Rauch sich vor Tagesanbruch verzieht. Die Hubschrauber können den Rauch in den Bäumen sehen.»

Sie gingen zu einem der Feuer hinüber, und Grajeda sagte:

«*Dos cafecitos, por favor.*» Einen Augenblick später schlürften sie ein gesüßtes Gebräu, das nicht recht nach Kaffee schmeckte.

Er gab Haydon ein Zeichen, sich auf einen Baumstamm zu setzen.

«Was Cage betrifft», sagte Dr. Grajeda, «weiß ich nichts Bestimmtes, nichts jedenfalls, wovor Sie sich hüten müßten, aber diese Mrs. Pittner hat einiges riskiert, um sicherzugehen, daß Cage es nach Cobán schaffte. Da stimmt etwas nicht. Wie Sie wissen, ist Cage ein Mann ohne Gewissen. Das hat ihm natürlich geholfen, am Leben zu bleiben. Aber es hat ihm auch viele Feinde eingetragen.» Grajeda schaute in seine Tasse und wog seine Worte sorgfältig ab. «Das Problem ist, daß ich nicht sicher bin, ob Cage überhaupt noch zwischen seinen Freunden und seinen Feinden unterscheiden kann. Er ist wie eine Stange Dynamit in der Nähe eines Feuers.»

Haydon und Dr. Grajeda saßen etwas entfernt von den anderen am Feuer. Die wenigen Indios, die da hockten, wo Dr. Grajeda es sich bequem gemacht hatte, schienen sich an der Gegenwart der beiden Männer nicht zu stören. Leise setzten sie ihre Unterhaltung fort; ihre singenden Stimmen glitten durch die seltsamen Silben ihres Dialekts. Haydon drehte die Füße ein wenig dem Feuer zu und war überrascht, das angenehm zu finden und sogar die würzigen Rauchschwaden zu genießen, die von den kleinen Flammen aufstiegen.

«Sie werden sich beeilen müssen, wenn Sie bis zum Morgengrauen den Flugplatz erreichen wollen», sagte Grajeda.

«Es überrascht mich», sagte Haydon, «daß Sie ihren Tod anscheinend so ... gefaßt aufnehmen.»

Dr. Grajeda schaute in das Feuer. «Trauer ist ein Luxus, Mr. Haydon, und Gott hat alle derartigen Extravaganzen aus meinem Leben verbannt. Er gestattet mir nichts dergleichen mehr. Vielleicht, ich weiß nicht, vielleicht ist der Tod so eingerichtet, daß die Toten den Lebenden ihre Dummheiten verzeihen dürfen. Ich glaube, in dem Augenblick, in dem man stirbt, gewinnt man Weisheit, und dann kann man verzeihen ...»

52

Der Weg mit Lenas Sarg aus dem Regenwald heraus war eine schaurige Wanderung, die eine halbe Stunde länger dauerte als der zweistündige Hinweg. Außer den vier Männern, die sich freiwillig bereit erklärt hatten, den Sarg zu tragen, ging die namenlose Frau mit, die sie aus Cobán hergebracht hatte und die Gruppe anführte, und Dr. Grajeda selbst, der die Nachhut bildete. Alle trugen Uzis, die über den Schultern hingen und gegen ihre Seiten schlugen, als sie den Sarg durch den dichten Wald, über reißende Bäche und schlüpfrige Hänge hinauf und herunter trugen. Unterwegs ließ die Frau, die sie führte, sie dreimal anhalten, während sie wartete und lauschte. Jedesmal, wenn der Sarg abgesetzt wurde, ächzten die Träger vor Anstrengung und keuchten. Jedesmal, wenn sie ihn wieder anhoben, ächzten sie erneut und stapften dann weiter durch das Unterholz.

Wieder ging Janet hinter Haydon und griff gelegentlich nach seinem Gürtel, um sich festzuhalten, wie sie es auf dem Hinweg getan hatte. Sie hatte die restliche Zeit in der Siedlung bei Lenas Leiche zugebracht und darauf bestanden, den Indiofrauen zu helfen, die Leiche von den Stühlen in den schmalen Sarg zu heben, und sie war diejenige gewesen, die Lenas Gesicht mit einem zusammengefalteten Tuch bedeckt hatte, ehe der Sargdekkel zugenagelt wurde.

Im Nu waren Haydons Kleider wieder völlig durchnäßt; seine Straßenschuhe hatten auf dem schweren Dschungelboden das dreifache Gewicht. Wieder scheuerte die Automatik, die er noch immer im Hosenbund trug, eine Blase unter seine unterste linke Rippe. Doch keine dieser Unannehmlichkeiten konnte seine Gedanken von der Fahrt von Calvario bis zum Beginn des Cobán-Highways ablenken. Was immer geschehen würde, mußte dort geschehen, irgendwo zwischen diesen beiden Punkten. Die Ungewißheit reichte aus, um Haydon fast alle persönlichen Unbequemlichkeiten vergessen zu lassen.

Als sie endlich den Lastwagen erreichten, überraschte es Haydon nicht, daß der Fahrer, den sie zurückgelassen hatten, verschwunden war. Die Leute verschwendeten keine Zeit. Die Träger gingen geradewegs zur Rückseite des Lastwagens und stellten den Sarg auf den Boden. Mit den umgehängten Uzis kletterten sie auf die Ladefläche und verschoben die großen Kaffeesäcke, bis sie genügend Platz für den Sarg geschaffen hatten. Dann wurde der Sarg auf die Ladefläche gehoben, mit Kaffeesäkken stabilisiert und schließlich mit zwei Säcken bedeckt. Die Klappe wurde geschlossen, die Plane festgezurrt.

Dr. Grajeda überwachte jeden Schritt und gab hier und da Anweisungen, bis er zufrieden war. Janet stieg auf der Beifahrerseite in das Führerhaus und schloß die Tür.

Dr. Grajeda nahm Haydon beim Arm und führte ihn einige Schritte vom Wagen weg.

«Es war gut, Sie kennengelernt zu haben, Mr. Haydon», sagte Grajeda. «Denken Sie hin und wieder an uns, an die Leute, die Sie hier in Guatemala getroffen haben.»

In der Dunkelheit konnte Haydon das Gesicht des Arztes kaum sehen. Er konnte nicht feststellen, welche Gefühle seine Züge vielleicht verraten hätten.

«Das werde ich», versicherte Haydon und reichte Grajeda die Hand. Doch der Arzt überraschte ihn.

«In Belize», sagte Dr. Grajeda, Haydons Hand festhaltend, mit ruhiger und konzentrierter Stimme, «werden die Behörden eine Autopsie und eine Einbalsamierung verlangen, ehe sie die Leiche zur Heimkehr freigeben.» Er hielt inne. «Seien Sie nicht traurig ihretwegen. Jeder Tod ist eine Botschaft, ein Brief an die Lebenden. Sogar der von Lena.»

Dann packte Grajeda mit beiden Händen Haydons Hand und drückte sie fest. Obwohl sie sich in der dunklen Nacht so nahe waren, daß Haydon den durchdringenden Blick des Arztes spüren konnte, konnte er Grajedas Gesicht nicht sehen, sondern nur einen Schimmer. Grajeda wandte sich ab, und nach wenigen Schritten hatte die Dunkelheit ihn verschluckt.

Haydon wartete regungslos in der feuchten Dschungelhitze, bis Grajedas Schritte verklungen waren. Er spürte eine unerklärliche Affinität zu dem beeindruckenden Arzt und Rebellen – eine merkwürdige Allianz, die Haydon sich nur im Zusammenhang mit dieser Zeit, diesem Ort und diesen Umständen erklären konnte, als habe er die letzten paar Tage in einem Traum verlebt, der wie alle Träume eine Welt für sich war.

Er ging zum Lastwagen zurück und kletterte in das Führerhaus. Janet weinte, den Kopf an die Scheibe gelehnt. Einen kurzen Augenblick lang dachte Haydon an Germaine Muller, wie sie den Kopf an das regennasse Seitenfenster gelehnt hatte, und er spürte selbst ein merkwürdiges Verlustgefühl, weil er das Mädchen, das bei anderen so viele Emotionen auslöste, nie kennengelernt hatte.

Er startete den Lastwagen und schaltete die Scheinwerfer ein. Der Tank war noch zu drei Vierteln voll. Er wendete, bemühte sich, den morastigen Gräben auszuweichen, und steuerte den Lastwagen die lange, ansteigende Straße hinauf, die in das mehrere hundert Meter entfernte Calvario führte.

Der schlimmste Teil der Straße waren die ersten drei- oder vierhundert Meter. Haydon fuhr im ersten Gang, von einem tiefen Schlagloch zum nächsten, bis sie allmählich seltener wurden.

Als die Straße eine Biegung beschrieb und plötzlich steiler wurde, erkannte Haydon, daß sie bei der Kehre angelangt waren. Er schaltete das Fernlicht aus und versuchte, im dicker werdenden Nebel die Straßenränder zu sehen; wieder verlangsamte er bis zum Kriechtempo. Er dachte an den Sarg und daran, was geschehen würde, wenn die rückwärtige Klappe der Ladefläche nicht sicher befestigt war. Daran dachte er auf dem ganzen Weg bis zum Ende der Kehre und dann auf dem Weg nach Calvario selbst hinauf, bis der Lastwagen nach einer scharfen Kurve auf den kleinen Platz einbog. Er überquerte ihn, und wenig später fuhren sie auf einer abschüssigen, gepflasterten Straße schon wieder aus der Stadt hinaus. Im Licht der Scheinwerfer konnte

Haydon die ärmlichen Hohlziegelhäuser auf beiden Seiten sehen. Sie erschienen ihm heruntergekommener und einsamer als auf der Hinfahrt. Wieder sah er auf die Uhr und merkte sich die Zeit.

Während er den Wagen über das lange, schimmernde Band der gepflasterten Straße steuerte, fuhr er allmählich aus der Wolke heraus, die über Calvario hing, und das Licht der Scheinwerfer hatte eine größere Reichweite. Eine Zeitlang war es klar, Dschungel und Straße sahen aus wie frisch gewaschen, doch Haydons Glück hielt nicht lange an. Zuerst kam der Nebel aus den grünen Wänden zu beiden Seiten der Straße, züngelte in dünnen Streifen in der Höhe seiner Scheinwerfer hervor. Er fuhr in diese Nebelstreifen und wieder heraus, bis sie immer dicker wurden. Er mußte die Fahrt wieder verlangsamen. Zugleich begann die Strecke ihren Serpentinenkurs durch den Wolkenwald.

Er wußte nicht, ob Janet schlief oder grübelte, den Kopf an die Scheibe gelehnt und schweigend. Haydon selbst fühlte sich schwach vor Erschöpfung. Sein Verstand kämpfte gegen den mächtigen Drang seines Körpers, schlappzumachen. Er kurbelte sein Fenster herunter und ließ den feuchten Nebel über sein Gesicht und ins Fahrerhaus wehen. Es war entnervend, ständig durch abwechselnd dichte und leichte Nebelbänke zu fahren. Ständig mußte er das Tempo wechseln, seinen Abstand vom Straßenrand korrigieren, seine Augen auf eine andere Entfernung in dem treibenden, wabernden grausilbernen Nebel einstellen.

Trotz seiner tiefen Erschöpfung war Haydon nervös, wenn er daran dachte, was vor ihm lag. Er wußte, daß etwas auf ihn wartete, eine Konfrontation dieser oder jener Art mit Cage oder Pittner oder General Azconas Todesschwadronen – vielleicht sogar eine unvorstellbare Mischung aus allen drei Möglichkeiten. Die Begegnung war unvermeidlich, aber die Angst, die er bei ihrem Näherkommen spürte, war eine ganz eigenartige Angst, die trotz der unglaublichen Erfahrungen der letzten vierundzwanzig Stunden gar nicht so sehr ihn selbst betraf. Es war Lena, die sie haben wollten. Aber das, was er ihnen brachte, würde ihnen nicht gefallen.

Der erste Bach kam überraschend, und er krachte hinein, daß das Wasser bis auf das Dach des Fahrerhauses spritzte. Besorgt, er könne den Motor abgewürgt haben, kuppelte er aus, gab Gas, bis der Motor aufheulte und zu qualmen begann, legte dann den Gang wieder ein und fuhr durch das Wasser auf die andere Seite. Er war jetzt wacher als zuvor.

Haydon sah, daß Janet wach war. Mit schläfrigen Augen starrte sie vor sich hin. Sie hatte die Ellbogen gehoben und fuhr sich mit den Fingern durch das Haar. Haydon machte sich nicht die Mühe, ihr zu erklären, was gerade passiert war. Eine Weile saß sie mit offenen Augen neben ihm, starrte wie Haydon über die Scheinwerfer hinweg, doch dann ermüdete sie der ständige Anflug des Nebels, und wieder fiel sie gegen die Tür, den Kopf an die Scheibe gelehnt.

Sie waren eine halbe Stunde hinter Calvario, als Haydon im Nebel vor ihnen ein schwaches rosafarbenes Licht zu erkennen glaubte. Doch es verschwand wieder. Dann war es wieder da. Er war so müde, daß er sofort in Verwirrung geriet. Rosafarbenes Licht? Hatte er Halluzinationen? Bestürzt atmete er zweimal tief ein und nahm instinktiv den Fuß vom Gaspedal. Plötzlich gab es eine Lücke im Nebel, und das Licht leuchtete rubinrot; sofort färbte sich die Welt rot, die Farbe tanzte in den schwebenden Nebelpartikeln.

«Großer Gott!» schrie Janet, plötzlich kerzengerade aufgerichtet, die Hände gegen das Armaturenbrett gestemmt. «Langsamer... um Himmels willen!»

Haydon trat auf die Bremse, und sie begannen zu rutschen. Der hintere Teil des Lastwagens schlingerte. Haydon ließ die Bremse los und steuerte gegen; als sie wieder geradeaus fuhren, bremste er erneut. Wieder geriet der Wagen ins Schlingern. Das unkontrollierte Schleudern auf das Herz des grellroten Lichts zu schien endlos zu dauern.

Doch er brachte den Wagen rechtzeitig zum Stehen, vielleicht zwanzig Meter vor dem Hindernis. Haydon, der jetzt zitterte und hellwach war, schaute über das Steuerrad hinweg auf die Straßensperre, zwei Wagen, Kühler an Kühler auf dem glänzenden Asphalt, beide mit roten Lichtern, die sich in den Nebel brannten. Er ließ seine Scheinwerfer an, stellte den Motor ab und blieb einfach sitzen. Einen Augenblick lang zeigte sich niemand, und Haydon hörte durch sein offenes Fenster nichts als Zikaden und Frösche.

«Himmel, was ist los?» fragte Janet heiser. Sie saß vorgebeugt auf ihrem Sitz, die Hände auf dem Armaturenbrett, die Augen so weit aufgerissen, daß Haydon den Widerschein des roten Lichts in ihnen sah, als er sie anschaute.

«Bleiben Sie einfach sitzen», warnte er sie leise. «Nur die Ruhe.»

Kaum hatte er das gesagt, als sich zwischen den beiden Autos jemand bewegte, und die einsame, massige Gestalt Taylor Cages löste sich aus dem Nebel und stellte sich mitten auf die Straße, eine Silhouette vor rotem Hintergrund.

Ein langsamer Nieselregen begann zu fallen.

53

«Haydon», rief Cage, den Regen ignorierend, «hast du Janet oder Lena bei dir?»

«Sitzenbleiben», sagte Haydon zu Janet. Er öffnete die Tür, stieg auf das Trittbrett, die Arme auf der Tür des Fahrerhauses, und schaute über die Motorhaube. «Beide», sagte er.

«Blödsinn. Wir sehen nur eine. Janet.»

«Lena ist hinten.»

«Tja, also, das ist ein Problem.» Cage wischte sich mit dem Ärmel das Gesicht ab. «Weißt du, ich habe da hinter dem Lastwagen Leute, im Wald, und die schauen sich die Ladefläche mit Nachtgläsern an, und sie sagen mir» – er hielt ein Funkgerät hoch, damit Haydon es sehen konnte – «daß sie da niemanden sehen. Also, entweder ist niemand da drin, oder er versteckt sich, vielleicht mit Uzis oder so, und wartet darauf, uns das Hirn aus dem Kopf zu blasen.» Er hielt inne. «Das können wir nicht zulassen, Haydon.»

«Ich bin der einzige, der eine Waffe hat», sagte Haydon. «Dieselbe, die du mir gegeben hast.» Haydon griff in seinen Hosenbund, nahm die Pistole heraus und hielt sie hoch.

«Wirf das Ding weg», sagte Cage.

«Nein, das werde ich nicht tun», sagte Haydon.

Schweigen.

Der Regen prasselte jetzt auf die Motorhaube und das Fahrerhaus des Lastwagens und trommelte auf die gespannte Plane über der Ladefläche.

«Hinten ist niemand?» fragte Cage.

«Ich sagte doch, Lena ist hinten.»

«Warum ist sie nicht bei euch im Fahrerhaus?»

«Sie ist tot.» Haydon gab sich keine Mühe, es milder auszudrücken, und wenn ihm eine grausamere Art eingefallen wäre, es Cage zu sagen, hätte er sie angewandt.

Cage stand einfach da.

«Blödsinn», sagte er zögernd.

Haydon war müde. Es gab keinen Grund für dieses Schauspiel. Er stieg vom Trittbrett, schlug die Tür zu und hörte sofort das Klicken von automatischen Waffen in der Finsternis. Er ging um den Wagen herum nach vorn.

«Komm schon, Cage», sagte er und winkte ihm mit der Waffe, die er absichtlich nicht wieder in den Gürtel gesteckt hatte. «Keiner wird auf dich schießen. Komm mit zur Ladefläche.»

Cage rief etwas in einem Indiodialekt, während Haydon ihm

den Rücken zudrehte und zur Rückseite des Lastwagens ging. Plötzlich tauchten auf beiden Seiten der Straße Männer auf, starke Taschenlampen wurden eingeschaltet und strahlten Haydon und die Ladefläche an. Er wußte, daß er sich im Schußfeld aller Waffen hinter den Lichtern befand.

Cage kam um den Lastwagen herumgestapft. Haydon war bereits dabei, das Seil aus den Ösen der Plane zu lösen. Er warf die Plane auf beiden Seiten zurück. Endlich steckte er die Waffe in seinen Gürtel, um die Hände frei zu haben, löste die Kette von der hinteren Klappe, zog sie heraus und warf sie auf den Boden. Als er sich umdrehte, waren die Lampen überall um ihn herum, wenige Meter entfernt, und Cage stand neben ihm. Er sah ihn an. Regen tropfte von seiner Nase. Seine Jacke war durchweicht. Er hielt ein Funksprechgerät und seine Waffe und starrte Haydon mit einem Ausdruck kalter Skepsis an.

«Sie ist in einem Sarg unter den Kaffeesäcken», sagte Haydon. Er streckte die Hand aus und zog sich auf die Ladefläche hinauf.

Wieder sagte Cage etwas in einem Indiodialekt, und die Männer kamen näher heran. Haydon hörte, wie jemand die Tür des Fahrerhauses auf Janets Seite öffnete. Dann stand noch jemand neben Cage.

«Steig ein und sieh nach», sagte Haydon, sich umdrehend, und schaute auf Litas rundes Gesicht herunter.

Sie trug einen ähnlichen uniformähnlichen Anzug wie die Frau, die sie zu Grajedas Siedlung geführt hatte. Sie packte die Seite der Plane, wie Haydon es getan hatte, und zog sich zu ihm auf die Ladefläche. Sie vermied es, ihn anzusehen, hakte eine Taschenlampe von ihrem Gürtel und leuchtete damit im Laderaum umher.

Jetzt schwang sich auch Cage nach oben. Er sah den Sarg, der unter den beiden daraufliegenden Kaffeesäcken zu erkennen war. Er starrte einen Moment darauf, und Haydon glaubte, in Cages Zögern eine echte Furcht zu erkennen, die Art von Furcht, die nichts mit der Erwartung von Gefahr zu tun hat.

«Her mit dem Licht», schrie er nach draußen, und rasch

kletterten zwei Männer hinauf und richteten ihre Lampen auf den Sarg, während Cage den ersten Sack ergriff und herunterhob, ehe Haydon ihm helfen konnte. Zusammen nahmen sie dann den zweiten Sack herunter. Cage befühlte die Ränder des Deckels. «Brechstange», sagte er und sah sich hektisch um, als sei ein solches Gerät zwischen Kaffeesäcken zu finden.

«Es gibt einen Schraubenschlüssel», sagte Haydon, der sich erinnerte, unter dem behelfsmäßigen Sitz hinter der Kabine einen gesehen zu haben, und er kletterte hin und holte ihn. Cage riß ihn ihm aus der Hand und versuchte, ihn unter den Sargdekkel zu schieben, bis er eine gewisse Hebelwirkung erzielte. Die Nägel hoben sich aus dem Holz, und Cage konnte die Finger in den Spalt stecken. Er stand auf und riß mit beiden Händen den Deckel hoch. Das Tuch, das Janet sorgfältig über Lenas Gesicht gefaltet hatte, flog mit dem Deckel davon, und der Schein der Taschenlampen fiel voll auf Lenas bleiches Gesicht. Cage ächzte, als sei er in den Magen geboxt worden, und setzte sich hart auf die Kaffeesäcke neben dem Sarg.

Lita sagte im Indiodialekt barsch etwas zu den Männern, die am Fußende des Sarges standen, und sie sprangen rasch aus dem Laderaum in den Regen. Cage saß da, die Unterarme auf die Knie gestützt, die Hände herabhängend, und starrte in Lenas nur wenige Fuß entferntes Gesicht. Niemand sagte etwas. Der Regen prasselte auf die Plane. Cage beugte sich vor und stützte den Kopf in die Hände. Er begann, langsam den Kopf zu schütteln, und gab einen Laut von sich, der tief aus seiner breiten Brust zu kommen schien, als versuche er, eine schmerzhafte Übelkeit niederzukämpfen. Lita rührte sich nicht, und als Haydon zu ihr aufsah, stellte er fest, daß ihre Augen ihn unverwandt anschauten. Er versuchte, ihre Gedanken zu lesen, aber ihr rundes Indiogesicht war undurchschaubar, als sei es aus dunklem Holz geschnitzt. Dann ließ ihn etwas nach dem Rückfenster des Fahrerhauses sehen. Janet beobachtete Cages zusammengesunkene Gestalt mit einer Verachtung, die sie auch dann nicht hätte verbergen können, wenn ihr Leben davon abgehangen hätte.

«Wer hat sie umgebracht?» Cage blickte nicht auf.

Es war eine Frage, die die Grausamkeit zeigte, die Cage zur zweiten Natur geworden war. Er fragte nicht, was geschehen sei, sondern, wer sie *umgebracht* habe. Was immer er jetzt fühlte, war eine Verirrung. Taylor Cage war unverbesserlich.

«Sie starb vor acht oder zehn Stunden bei einem Autounfall», sagte Haydon. «Ich glaube, sie ist in der Kurve bei Calvario von der Straße abgekommen. Zu schnell gefahren.»

«Ein Autounfall», sagte Cage, den Kopf noch immer in den Händen.

«Das hat man mir gesagt.»

Zuerst antwortete Cage nicht, doch dann sagte er: «Glaubst du, daß es so war?»

«Ja.»

«Du bist ein solcher Idiot, Haydon», sagte Cage und schluckte. Er fuhr sich mit den Händen durch das kurze Haar, ließ die Hände auf die Knie fallen, hob aber nicht den Kopf. «Was ist mit den Dokumenten?»

«Ich habe sie nicht», sagte Haydon. «Sie wollten sie mir nicht geben. Sie wußten, daß du oder Pittner oder die G-2-Leute auf mich warten würden. Du hast es vermasselt, als du dich in Cobán eingemischt hast.»

«Hast du die Dokumente gesehen?»

«Nein.»

Cage nickte. «Weißt du, was mit Grajeda passieren wird?»

«Nein.»

«Grajeda hat ein Problem ...» Cage wischte sich an der Schulter der Guayabera die Schläfe ab und sah zu Haydon auf. «Ihre Siedlung da hinten ist eine Art Wegstation für die Guerillas, die in und aus den Petén-Dschungeln unterwegs sind. Es gibt eine kleine Zahl ständiger Bewohner, aber die meisten kommen nur auf der einen oder anderen Mission vorbei. Eine Gruppe ist gestern auf der Durchreise dort angekommen. Einer von den Leuten ist ein Spitzel, ein Kaibile, der sich vor sechs Monaten einer der Guerillagruppen angeschlossen hat, ein ‹Schläfer›, der nur auf die Gelegenheit wartet, Grajeda über den Weg zu laufen. Heute nacht ist das zum ersten Mal passiert. Prima Timing.»

«Er wird ihn umbringen.»

«Richtig.»

«Ich sehe die Beziehung zwischen den Dokumenten und dem ‹Problem› nicht.»

«Grajeda hat Gerüchte über seine bevorstehende Ermordung gehört. Natürlich haben sie ihren Schutz verstärkt, aber ... er kennt das Risiko. Er weiß, daß er nicht mehr viel Zeit hat. Er betrachtete Lena als seine letzte gute Chance, das Zeug aus Guatemala herauszuschaffen.» Cage sah um den Lastwagen herum. «Und darum glaube ich dir nicht, wenn du mir sagst, du hättest die Dokumente nicht.»

Haydon sah Cage fragend an.

«Sie haben sie mir nicht gegeben», sagte Haydon. «Ich weiß nicht, was ich dir sonst sagen soll.»

«Ich will diese Dokumente unbedingt haben», sagte Cage. Er atmete schwer. «Weißt du, warum diese Papiere so heiß sind? Natürlich, es geht um diese Kindesentführungen von Azcona. Das allein ist schon genug. Der Staat steht ganz schön im Regen, wenn sich das herumspricht. Aber da ist noch mehr. Wirklich peinliche Sachen, die auf Pittners Konto gehen ... sie wissen schon lange von Azconas Kinderhandel, aber sie haben weggeschaut, weißt du, weil er so eine wertvolle Trumpfkarte ist. Ich meine, er hat seine Fehler, aber ... Wenn die amerikanische Öffentlichkeit auch nur einen Heller um Guatemala gäbe – was sie nicht tut –, könnte das ein Skandal sein, der einige Köpfe rollen läßt ... keiner hier will ein Risiko eingehen ...»

Cage hielt inne. Er war mit seiner Erklärung fertig. Er stand auf und rief seinen Indios etwas zu. Er trat an den hinteren Rand der Ladefläche und kletterte nach unten.

«Lita, Haydon, kommt heraus.» Haydon nahm den Deckel von Lenas Sarg und legte ihn wieder auf, wobei er im Schein von Litas Taschenlampe die Nägel so gut wie möglich in die alten Löcher drückte und mit dem Schraubenschlüssel festzuklopfen versuchte. «Verdammt, beeilt euch», schrie Cage.

Haydon warf Janet durch das Rückfenster einen raschen Blick zu und folgte dann Lita von der Ladefläche auf die Straße. Sobald sie ausgestiegen waren, schwangen vier von Cages Männern sich auf den Wagen und fingen an, die Säcke mit den Kaffeebohnen hinauszuwerfen. Unten schlitzten zwei Männer sie mit Messern auf und kippten die Bohnen auf den nassen Asphalt.

Haydon stand im Nieselregen und sah zu, als sie auf der Straße aus Richtung Cobán Autos nahen hörten. Alle hielten inne und packten ihre Uzis. Wütend stapfte Cage um den Lastwagen herum und blieb davor stehen. Der Nebel lichtete sich, als die Wagen näherkamen und hinter der Straßensperre anhielten. Auch sie ließen die Scheinwerfer brennen, so daß die Straße nach Calvario erleuchtet war wie eine Filmszenerie.

Autotüren wurden geöffnet und geschlossen. Das Klappen wurde vom dichten Nebel gedämpft, und lange Schatten von Männern in Zivil mit den allgegenwärtigen Automatiks kamen im Nieselregen auf den Lastwagen zu. Lita ging zu Cage nach vorne und stellte sich in seinen Schatten.

«Cage, hier ist Pitt.» Pittners Stimme ertönte irgendwo hinten zwischen den Scheinwerfern und den Silhouetten, die sich durch den Lichtschein bewegten. «Wir müssen reden.»

«Einverstanden.»

Pittner schlängelte sich zwischen den Autos durch und kam in den etwa zwanzig Meter langen freien Raum zwischen dem Kühler des Lastwagens und der Straßensperre. Er trug einen grauen Plastikregenmantel, der im Regen ebenso glänzte wie der Asphalt. Er hatte keine Waffe bei sich.

Mit der Pistole in der Hand entfernte sich Cage von der Kühlerhaube und traf Pittner im Niemandsland der Scheinwerferstrahlen. Lita blieb beim Wagen.

«Was ist hier los?» fragte Pittner.

«Lena ist tot», sagte Cage. Ihre Stimmen waren deutlich zu hören.

«Ja», sagte Pittner, «ich weiß.»

«Pech», sagte Cage mit etwas angespannter Stimme.

«Sind alle in Ordnung?»

«Janet ist im Lastwagen. Haydon ist da hinten.»

«Etwas gefunden?»

«Noch nicht. Aber wir leeren die Kaffeesäcke aus.»

Pittner nickte. Er schien einen Augenblick nachzudenken.

Zwei Schüsse ertönten so kurz hintereinander, daß der eine wie das sofortige Echo des anderen klang. Das erste Geschoß kam von den Scheinwerfern hinter der Straßensperre, etwas rechts von Cage, und blies ihm den Kopf weg. Er fiel nieder, wo er gestanden hatte. Das zweite kam hinter Haydons Rücken hervor und erwischte Lita am Hinterkopf; die Wucht des Treffers riß sie von den Füßen und ließ sie ein Stück über den hellen Asphalt rutschen.

54

Janet wurde sofort aus dem Lastwagen geholt, und zwei von Pittners Leuten aus der Botschaft brachten sie in eines der Autos und machten sich auf den Rückweg nach Guatemala City. Haydon durfte nicht mit ihr sprechen.

Die verräterischen Ex-Kaibiles, die für den Amerikaner gearbeitet und Cage und Lita getötet hatten, wurden von einem der G-2-Offiziere ausbezahlt und fuhren in Richtung Cobán-Highway davon.

Während Cages und Litas Leichen liegenblieben, wo sie im Regen niedergestürzt waren, beendeten die G-2-Leute in Zivil die Durchsuchung des Lastwagens – eine Formalität, wie Pittner sagte – und entleerten die restlichen Kaffeesäcke am Straßenrand, während Pittner und Haydon sie aus einem der Autos beobachteten.

Haydon betrachtete die beiden Leichen im Regen und fragte sich, wie oft derartige Dinge in der Welt geschahen, in der Pittner und Cage lebten, und er fragte sich, in wie vielen Ländern der dritten Welt ähnliche Szenarien in wie vielen fremden Sprachen durchgespielt wurden und wie viele Leben sie vernichteten.

«Das arme Schwein», sagte Pittner, während sie durch die regenüberströmte Windschutzscheibe starrten. «Als die Entscheidung durchkam, daß man ihn einfach nicht allein weitermachen lassen konnte, waren alle überrascht, wie schnell seine Leute sich kaufen ließen», schnaubte er. «Das Verrückte ist, daß Cage das nicht begriffen hätte. Sie folgten dem größeren Geld.»

«Was ist mit Lita?»

«Das haben wir nicht mal versucht. Sie war nicht käuflich. Nach Cages Maßstäben war sie eine Versagerin, weil sie ihr Leben für abstrakte Ideen wie Treue und Liebe und Respekt aufs Spiel setzte.»

«Lag ihm überhaupt etwas an ihr?»

«Falls ja, weiß ich nicht, ob er es je so verstanden hat ... wie andere Leute das verstehen würden.» Er hielt inne. «Natürlich weiß ich es nicht wirklich. Ich kannte den Mann sehr lange, aber ... das bedeutet gar nichts.»

Er wandte die Augen von der düsteren Szene im Licht der Scheinwerfer und wies auf das Handschuhfach vor Haydon. «Würden Sie das da aufmachen? Es gibt da drin eine Flasche.»

Haydon öffnete die kleine Klappe im Armaturenbrett und nahm einen Silberflakon heraus, nicht in Taschengröße, sondern mit ordentlichem Fassungsvermögen.

«Also los», sagte Pittner.

Haydon schraubte den Deckel ab und trank einen Schluck. Es war Pittners geliebter Bourbon. Er reichte Pittner die Flasche.

«Er erzählte mir von Grajeda», sagte Haydon. «Von einem Mordplan. Stimmt das?»

Pittner nickte. «Ja.»

«Irgendeine Chance, daß es nicht klappt?»

«Aber sicher. Das passiert dauernd.»

«Aber hier und heute ist es nicht passiert.»

«Nein.»

«Janet trug den Sender für Sie, oder?»

Pittner antwortete nicht sofort. Er nahm noch einen Schluck Bourbon, und sein Blick ruhte auf Cages Leiche in dem Regen auf dem Asphalt. Dann nickte er erneut. «Wir mußten ihn herschaffen. Ich nahm an, Sie würden Ihr Bestes tun, um aus Guatemala herauszukommen, ohne verfolgt zu werden, also... erklärte sie sich bereit, ihm ihre ‹Hilfe› anzubieten. Seine Leute richteten die Tasche her – er hatte Kontakt zu guten Elektronikspezialisten.»

Haydon versuchte gar nicht erst, seine größte Neugier in bezug auf diesen entscheidenden Aspekt der Vereinbarung zu befriedigen – *warum* sie eingewilligt hatte, Cage zu seiner Hinrichtung zu locken. Er nahm an, daß Janet Pittner bekommen hatte, was sie wollte, aber er glaubte nicht, daß es das war, was sie sich am meisten gewünscht hatte.

«Die Taxifahrt nach El Salvador und das Umsteigen von dem Landrover auf den Blazer, all das hat also nicht funktioniert?»

«Es hat die G-2-Leute getäuscht, die nicht mit uns arbeiteten. Wie üblich spielte Azcona mit uns und ließ gleichzeitig eine eigene Truppe laufen. Seine Truppe fuhr den ganzen Weg nach El Salvador und auch den ganzen Weg nach Panajachel.»

«Woher wußten Sie das?»

«Wir hätten es nicht gewußt, wenn nicht die Wanzen in Janets Haus gewesen wären. Nur so haben wir davon erfahren.» Er schwieg eine Weile. «Das erinnert mich übrigens daran, daß Sie uns Borrayos Notizbücher geben müssen. Sie wissen schon, die Sache mit den Geheimgefängnissen.»

«Was werden Sie damit machen?»

«Kommen Sie schon, Haydon», sagte Pittner und gab Haydon die Flasche zurück. «Fangen Sie nicht damit an.»

Haydon nahm noch einen Schluck und gab Pittner die Taschenflasche zurück. Dann lehnte er sich zurück und nahm die Pistole aus dem Gürtel. Er ließ das Magazin herausschnellen, griff zwischen seine Füße und öffnete den Reißverschluß der Reisetasche. Er warf das Magazin und dann die Pistole in die Tasche und zog den Reißverschluß wieder zu.

«Da ist alles drin», sagte er.

«Danke», sagte Pittner. Im Scheinwerferlicht krochen die G-2-Leute überall auf dem Lastwagen herum. Die Türen standen offen, und die Motorhaube war aufgeklappt.

«Was ist, wenn sie nichts finden?» fragte Haydon.

«Dann ist der Fall erledigt.»

Haydon hatte keine Ahnung, was Pittner empfand. Er wirkte so glatt wie immer, aber Haydon wußte, daß das äußere Erscheinungsbild bei Pittner nicht viel zu bedeuten hatte.

«Ist Ihnen eigentlich klar, innerlich, meine ich, warum Sie ihn haben töten lassen?» fragte Haydon.

Pittner streckte die Hand nach dem Armaturenbrett aus und schaltete die Scheibenwischer ein. Nach ein paar Wischbewegungen stellte er sie wieder ab. Der Wagen hatte sich mit dem süßen, rauchigen Duft des Bourbon in ihrem Atem gefüllt. Pittner saß zusammengesunken da; sein Körper ließ erkennen, daß er entweder völlig entspannt oder total erschöpft war. Das war nicht zu entscheiden.

«Wir hatten versucht, ihn aus allen möglichen Gründen zu pensionieren», sagte Pittner. «Hat er Ihnen nicht erzählt, daß er uns verlassen hatte?»

«Doch.»

«Das stimmt aber nicht. Wir mußten ihn absägen. Er war ein Gauner, Haydon. Er machte die irrsten Sachen. Wir versuchten, ihn unschädlich zu machen, ihn nach Langley zurückzuversetzen, ihn auf anständige Art loszuwerden. Wenn man schließlich jemanden so lange geführt hat, wie wir Cage geführt hatten, an all den Orten, an die wir ihn geschickt hatten, unter den verschiedenen Umständen ... und wenn er dann über die Klinge springt, fühlt man sich dafür verantwortlich. Also haben wir uns große Mühe gegeben. Ich habe mir große Mühe gegeben. Aber er ist abgesprungen. Dann fing er an, sich zu benehmen, als hätte es niemals irgendwelche Regeln gegeben. Er spielte mit uns und mit Azcona, mit den Israelis. Er hat sich so verhalten wie jemand, der sich vor einen Lastwagen wirft. Es war eine Provokation. Daß er jetzt da draußen liegt, hat er mehr sich selbst zuzuschreiben als irgend jemandem sonst.»

«Und das Mädchen?»

«Sie wurde im Kreuzfeuer getroffen.»

Haydon sah Pittner an.

«Bildlich ausgedrückt.»

Haydon betrachtete Pittners Profil. «Also haben Sie allen Grund, zufrieden zu sein.»

«Zufrieden?» Pittner schloß die Augen. Er räusperte sich, nahm einen ordentlichen Schluck aus der Flasche, schraubte den Deckel zu und legte die Flasche auf den Sitz. «Ich war mit nichts mehr zufrieden, seit ich zwölf Jahre alt war, Haydon. Und zum Teufel, ich bin mit nichts von dem hier zufrieden.»

Der Amerikaner aus Pittners Amt stand auf der Rückseite des Lastwagens, den schmalen Mantelkragen gegen den Regen hochgeklappt, während er sich mit einigen der guatemaltekischen Agenten unterhielt. Er schüttelte den Kopf, sie schüttelten die Köpfe, und dann nickte er und drehte sich um und lief zu Pittners Autotür. Pittner kurbelte das Fenster herunter.

«Ich denke, wir sind fertig, Pitt.»

«Also nichts?»

«Nichts.»

Pittner sah Haydon an. «Kommen Sie», sagte er, und sie stiegen beide aus. Sie gingen zur Rückseite des Lasters, wo sie auf eine Schicht von zerdrückten Kaffeebohnen traten, die von so vielen Füßen zermalmt worden waren. Pittner zog sich auf die Ladefläche des Lasters, gefolgt von Haydon und einigen der Männer, einschließlich des Amerikaners. Die Ladefläche duftete aromatisch nach Kaffee, sie war leer bis auf Lenas Sarg.

Einen Augenblick stand Pittner unter dem Baldachin der Plane, die Taschenlampe an die Decke gerichtet, um eine indirekte Beleuchtung zu erzeugen.

«Laß ein paar von den Leuten den Sarg öffnen und sie hier auf die Ladefläche legen», sagte Pittner.

Es mußte gemacht werden, das war Haydon klar, aber dieses Wissen erleichterte die Sache in keiner Weise. Der Deckel ließ sich jetzt mühelos abheben. Sie legten den Deckel beiseite. Der Sarg war zu klein, was Haydon zuvor nicht bemerkt hatte, und die Guerilleros hatten Lenas Schultern etwas nach vorn ziehen müssen, um sie hineinzulegen. Deswegen war die einfachste Art, die herauszuholen, den Sarg einfach umzudrehen und ihr eigenes Gewicht die Arbeit tun zu lassen. Die Leute taten das vorsichtig, vorsichtiger, als sie gehandelt hätten, wenn das Mädchen keine Amerikanerin gewesen wäre und kein Amerikaner dabeigestanden hätte.

Sie fiel nicht heraus, als der Sarg auf der Seite lag. Sie mußten ihn also ganz umdrehen. Lena fiel auf ihr Gesicht, und als sie den Sarg abhoben, lag sie bäuchlings da, die Arme mit etlichen Metern Gaze fest an die Seiten gebunden. Ein Teil davon war blutdurchtränkt. Erwartungsvoll drehten sie den Sarg wieder um. Er war leer.

Niemand sagte etwas. Sie standen einfach da, starrten auf die dunklen Flecken auf dem Sargboden und Lenas langes blondes Haar, das ausgebreitet auf den schmutzigen Bodenbrettern des Lastwagens lag. Lange stand Pittner da. Er war am Zuge, aber er rührte sich nicht.

Endlich sagte Pittner: «Bevor ihr sie in den Sarg zurücklegt, vergewissert euch, daß nichts an ihr versteckt ist.» Er wandte sich ab und stieg von der Ladefläche. Haydon folgte ihm.

Der Regen hatte nachgelassen und fiel jetzt in feinen Fäden. Ohne zu zögern ging Pittner an Lita und Cage vorbei. Überall auf dem Asphalt vermischte sich ihr Blut mit dem Regen.

Als sie zu den Autos kamen, blieb Pittner stehen, lehnte sich an einen Kotflügel und schaute sich nach dem Lastwagen um.

«War es wirklich ein Autounfall?» fragte Haydon.

«Herrgott, ja», sagte Pittner, als könne er es selbst kaum glauben. «Wir hatten Beobachter da oben in Calvario, und sie haben es gesehen. Lena war mit einem Mann zusammen, einem der Guerilleros. Der Junge fuhr durch die Kehre wie der Teufel und kippte um. Dieser Hurensohn überlebte, aber Lena wurde aus dem Auto geschleudert.» Pittner schüttelte den Kopf. «Es ist unglaublich.»

Gleich darauf begannen die Männer, von der Ladefläche des Lastwagens zu klettern. Ihre Aufgabe war erledigt. Es gab keine Dokumente in Lenas Leichentuch. Pittner sah zu, wie sie Lita aufhoben, sie zum Lastwagen trugen und ebenfalls aufluden; dasselbe taten sie mit Cage.

«Wissen Sie, was ich da hinten in dem Lastwagen gedacht habe?» fragte Pittner. «Ich habe gedacht, daß ... ich mich so an sie erinnern würde ... ihren Hinterkopf, ihr Haar, auf dem rohen Holzboden eines Lastwagens ausgebreitet, ihren in blutige Gaze gewickelten Körper. Ich war wie betäubt, ich wollte nicht, daß es so wäre ... nicht dieses Bild. Jede andere der vielen Arten ... auf die ich sie gekannt hatte ... wäre mir lieber gewesen. Aber ich wollte auch nicht sehen, wie sie sie umdrehten, wie sie ... sie anfaßten ... Gott stehe mir bei ... damit muß ich leben.»

Pittner räusperte sich. Er wurde emotional und merkte es. Er starrte auf seine Füße auf dem schwarzen Asphalt; der leichte Regen bildete glänzende Tropfen auf seinen Schuhspitzen.

«Mir tut es leid, daß ich sie nie kennengelernt habe», sagte Haydon.

«Manchmal», sagte Pittner, «ist es so, daß man Jahre leben kann, ohne das Wesentliche zu begreifen. Das ist so verdammt einfach, daß es einem Angst einjagen kann. Lena zu kennen, war so eine Sache. Wir alle wollten etwas von ihr, aber wir haben nie wirklich den echten Wert dessen begriffen, was sie zu geben hatte. Wir kamen nie durch die Oberfläche. Wenn wir sie ansahen, sahen wir eine hübsche Frau, die mit dem Teufel tanzte, und wir verstanden sie falsch. Alles, was wir wollten, war, an dem Spaß teilzuhaben. Wir waren selbst zu raffiniert, zu gierig, um zu erkennen, daß das, was sich da abspielte, kein Tanz war, sondern ein Kampf. Die Wahrheit ist, daß wir gar nicht richtig begriffen haben, wer sie war. Und das war unser Fehler, nicht ihrer.»

55

Es war nicht schwierig, ihre Leiche in das Flugzeug nach Belize zu schaffen. Der Flugplatz war kaum mehr als eine Rollbahn mit ein paar Gebäuden, von einigen Wachen besetzt, die fast die Flucht ergriffen, als sie den Lastwagen auf die Landebahn fahren sahen, wo das geheimnisvolle Flugzeug die ganze Nacht gewartet hatte. Pittner und der G-2-Offizier, der bei ihm war, sprachen mit den beiden Wachen. Und Haydons Maschine war in der Luft, als der Himmel im Osten grau wurde.

Der Flug dauerte wenig mehr als zwei Stunden, bis sie die private Landebahn in Belize City ansteuerten.

Haydon sorgte dafür, daß Lena in eine private Leichenhalle transportiert wurde, wo sie blieb, während er mit einigen Beziehungen einen diskreten Pathologen auftrieb, der die Autopsie in Gegenwart eines ebenso diskreten Polizeibeamten durchführen sollte, der autorisiert war, alle erforderlichen Dokumente auszustellen, damit Lena das Land verlassen konnte. Nachdem all das arrangiert war, war später Nachmittag, und der Pathologe begann mit der Arbeit. Nach wenigen Minuten zog er eine kleine Plastikhülle unter Lena Mullers Brustbein hervor, wo eine durch den Autounfall verursachte Schnittwunde grob genäht worden war. Es sah so aus, als habe Dr. Aris Grajeda Lena Muller schließlich doch für seine Zwecke benutzt, wie Taylor Cage vorhergesagt hatte, wenn auch nicht auf die Art, die Cage sich vorgestellt hatte. Die berüchtigten Dokumente über General Luis Azcona Contrera waren endlich aus Guatemala heraus. Und Germaine Mullers Tochter kam endlich nach Hause.

Doch Lena Mullers Geschichte war für Haydon noch viele Monate lang nicht zu Ende. Im Namen von Mari Fossler und ihren Söhnen übernahm er den Papierkrieg, um den Leichnam ihres Mannes überführen zu lassen. Das war eine grausame und beschämende Angelegenheit mit offizieller Bestechung. Als sie absurde Ausmaße mit unverschämten finanziellen «Erfordernissen» angenommen hatte, ließ Haydon der amerikanischen Botschaft übermitteln, sie möge einschreiten und der Farce ein Ende machen. Binnen Tagen war Fosslers Leichnam überführt, der Papierkrieg erledigt, die Tortur zu Ende. Haydon begriff nie, wieso Pittner in dieser Sache nicht von Anfang an etwas unternommen hatte; die Vorgänge konnten ihm kaum unbekannt geblieben sein.

Die ungeklärten Aspekte des guatemaltekischen Unternehmens erreichten ihn wie ein wiederkehrender Traum in Form anonymer Postsendungen aus Guatemala City. Die beiden ersten waren zwei Zeitungsausschnitte, einer aus *La Prensa Libre* und der andere aus *El Gráfico*, den beiden führenden Tageszeitungen Guatemalas. Sie waren kurz und berichteten vom Tod eines dreiundvierzigjährigen amerikanischen Touristen namens Taylor Lee Cage, der beim Tiefseefischen in der Bucht von Amatique gleich vor Puerto Barrios im *departamento* Izabal einen Herzinfarkt erlitten hatte. Mr. Cage kam aus Spokane, Washington, und hinterließ einen Bruder, Robert Cage aus Fort Myers, Florida, der mit ihm zusammen fischte, als er starb. Die Artikel waren kurz und in beiden Zeitungen identisch.

Die nächste Sendung traf einige Wochen später ein, wieder zwei Artikel aus denselben Zeitungen, die vom Unfalltod eines freien amerikanischen Journalisten berichteten. John Baine war

Verletzungen erlegen, die er erlitten hatte, als sein Wagen am Nordufer des Atitlán-Sees «bei hoher Geschwindigkeit» verunglückte. Wie es in den Zeitungsausschnitten hieß, hatte Mr. Baine nur einige Jahre in Guatemala gelebt und sich auf Geschichten über «Indio-Kunsthandwerk» und Artikel für Touristenmagazine spezialisiert.

Anfang Juli, als der kurze, aber strenge Winter schon lange vergangen und die glühende Hitze nach Houston zurückgekehrt war, um so bald nicht wieder zu weichen, erhielt Haydon das gedruckte Programm einer Totenmesse für Dr. Aris Grajeda, der soeben mitten in der Regenzeit auf dem Zypressenfriedhof in Guatemala City beerdigt worden war. Eine kurze Biographie von Dr. Grajeda erwähnte seine akademischen Preise im College und seine Leistungen während des Medizinstudiums, einschließlich eines Stipendiums der medizinischen Fakultät der Johns Hopkins University, mit dem er nach seiner Assistenzzeit tropische Krankheiten studierte. Nach der Aufzählung seiner akademischen Leistungen hieß es einfach, er habe als Arzt in seiner Heimatstadt Guatemala City praktiziert. Sein guter Freund Dr. Bindo Salviati hielt die Grabrede. Dr. Grajeda war an den Komplikationen nach einer Blinddarmentzündung gestorben, an der er während seines Urlaubs bei den Maya-Pyramiden im Petén erkrankt war.

Aufgrund der sechs Monate, die zwischen Haydons Abreise mit Lena Mullers Leiche aus Guatemala und der Beerdigung Dr. Grajedas verstrichen waren, nahm Haydon an, daß der Kaibile-Mörder in jener regnerischen Nacht im Januar sein Ziel verfehlt hatte. Und was war in der Zwischenzeit mit Dr. Grajeda passiert? Haydon hatte nichts gehört und angenommen, er sei tot. Wie hatte er in diesen sechs Monaten gelebt? Und wie war er wirklich gestorben? Es war ein seltsames Gefühl für Haydon, daß er schon um den Arzt getrauert und in den letzten sechs Monaten viele Male in der Vergangenheitsform an ihn gedacht hatte, während Grajeda in Wirklichkeit noch gelebt hatte. Nun mußte er mit seiner Trauer noch einmal von vorn beginnen. Und nun hatte er auch Schuldgefühle, denn die weltbewegende Reaktion, die Dr. Grajeda von der Veröffentlichung der aus den Regenwäldern von Alta Verapaz herausgebrachten Mikrofilm-Dokumente erwartet hatte, war nicht eingetreten. Dr. Grajeda mußte in den darauffolgenden Monaten gespannt auf die Medienwirkung des Skandals gewartet haben, den seine Papiere aufdeckten – nur um schließlich zu erkennen, daß er ausblieb.

Die traurige Wahrheit war, daß Haydon beträchtliche Zeit und Mühe aufgewandt hatte, um dafür zu sorgen, daß die Dokumente den angesehensten Journalisten und Spezialisten ausgehändigt wurden, die sich für mittelamerikanische Angelegenheiten interessierten, und zwar in allen Medien. Doch die Medien waren eine sehr gefragte Mätresse und eine, die von ihren Verehrern sehr viel verlangte. Guatemala? Da gab es den Mahlstrom Osteuropas, das Durcheinander in der Sowjetunion, die Wüstenstürme im Nahen Osten. Die Sünden des Generals Luis Azcona Contrera wurden weggewaschen vom Blut anderer entsetzlicher Ereignisse an anderen Orten, Orten, in die die Vereinigten Staaten viel mehr Geld investiert hatten und wo für sie viel mehr auf dem Spiel stand. Außerdem war Guatemala ja bekehrt worden: Es war ja schon eine Demokratie.

Dr. Grajeda mußte all das mit wachsender Verzweiflung erkannt haben, während er sich in den Dschungeln des Petén versteckte. Es mußte ihn verfolgt haben, wenn er in den dunklen Nächten voller Zikadengesang schlaflos lag und sich an seine kurze Zeit mit Lena Muller erinnerte und daran, wie sie zusammen davon geträumt hatten, eine so mächtige Wahrheit zusammenzutragen, daß deren Offenbarung die Rettung von Kindern bewirkte.